"天地英雄气，千秋尚凛然。"一个有希望的民族不能没有英雄，一个有前途的国家不能没有先锋。包括抗战英雄在内的一切民族英雄，都是中华民族的脊梁，他们的事迹和精神都是激励我们前行的强大力量。

——习近平

广播电视连续剧创作教材

烽火连天倭寇进犯满目疮痍·国难当头湘西王者横空出世
——根据王淇生同名报刊连载长篇小说改编

"湘西那些往事"系列广播电视连续剧

The Secret of Chieftain Kingdom

王淇生　王静 ◎ 著

中国传媒大学出版社
·北京·

图书在版编目（CIP）数据

王城诀 / 王淇生，王静著 . -- 北京：中国传媒大学出版社，2020.9
ISBN 978-7-5657-2773-3

Ⅰ . ①王… Ⅱ . ①王… ②王… Ⅲ . ①电视文学剧本—中国—当代 Ⅳ . ① I235.2

中国版本图书馆 CIP 数据核字 (2020) 第 168721 号

王城诀
WANGCHENG JUE

著　　者	王淇生　王　静
策划编辑	张莉莉
责任编辑	张莉莉
特约编辑	裴向敏
责任印制	李志鹏
出版发行	中国传媒大学出版社
社　　址	北京市朝阳区定福庄东街 1 号　邮箱：100024
电　　话	86-10-65450532 或 65450528　传真：010-65779405
网　　址	http://cucp.cuc.edu.cn
经　　销	全国新华书店
印　　刷	北京玺诚印务有限公司
开　　本	787mm×1092mm　1/16
印　　张	28.5
字　　数	635 千字
版　　次	2020 年 9 月第 1 版
印　　次	2020 年 9 月第 1 次印刷
书　　号	ISBN 978-7-5657-2773-3/I · 2773　定　价　98.00 元

本社法律顾问：北京李伟斌律师事务所　郭建平

版权所有　　翻印必究　　印装错误　　负责调换

目录 CONTENTS

前言	001
剧情简介	004
全剧故事大纲	006
人物戏剧关系图	027
主要人物小传	028

序幕 036
山崩地裂　荒野惊现千年王城
天灾人祸　古墓诈尸利箭袭来

第一章 041
祸起萧墙　土司王族危机四伏
斩尽杀绝　忠肝义胆姐弟情深

第二章 052
荒野魅影　落洞新娘温婉柔情
少侠登场　蓝色妖姬显露原形

第三章 061
巫傩奇幻　神秘杀手如影随形
天不藏奸　东瀛倭酋铤而走险

第四章 077
内忧外患　南倭北虏生灵涂炭
恩威并施　湘西科考选拔精英

第五章 086
狭路相逢　各路高手云集湘西
青出于蓝　巫傩王者横空出世

第六章 098
暗度陈仓　钦差大臣党同伐异
见利忘义　蛇咬虎伤弄巧成拙

第七章 108
沉鱼落雁　东瀛妖姬千姿百媚
玉树临风　翼北坠入情色陷阱

第八章 114
王者之村　傩头虎王大智若愚
萍水相逢　醉翁之意暗藏杀机

第九章 136
微服潜行　钦差大臣诡计多端
恩威并施　招抚剿叛冤家路窄

第十章 153
码头风云　劫匪布下天罗地网
两肋插刀　彭氏兄弟携手逆袭

第十一章 168
替天行道　山寨陷入四面楚歌
金蝉脱壳　舵主侥幸逃过一劫

第十二章 183
神秘造访　总督张经道出玄机
敲山震虎　奸臣严嵩威逼利诱

第十三章 192
宁静致远　王爷帕普一身正气
鬻题致财　奸佞献媚软硬兼施

第十四章 见贤思齐　隽言妙语才智非凡 一箭三雕　古城问斩跌宕起伏	201
第十五章 魔高一尺　虎穴营救深陷囹圄 道高一丈　天师出观道法高强	211
第十六章 生死攸关　总督张经力挽狂澜 彭公显灵　王族子孙气宇轩昂	219
第十七章 黄雀在后　忠奸博弈波诡云谲 横征暴敛　贪官伺机中饱私囊	228
第十八章 流水无情　烈女退礼拒婚藩王 落花有意　天娇翼南相爱相杀	239
第十九章 鬼使神差　科举场上意外连连 义结金兰　追杀途中险象环生	246
第二十章 侠肝义胆　孤男寡女情有所衷 大智若愚　奇人奇招智破谜题	258
第二十一章 劫后重生　情侣一对终成眷属 喜中双庆　湘桂两峒消除积怨	274
第二十二章 因祸得福　藩王意外坐上龙椅 窃权囷利　奸贼贪腐机关算尽	283
第二十三章 世事难料　伴读翼北路遇妖姬 玩物丧志　皇上沉沦荒淫无度	288
第二十四章 造化弄人　虢成高擎义军大旗 大礼之争　嘉靖偏执迷恋天娇	302
第二十五章 擅斩将帅　东南前线将士哗变 借刀杀人　皇帝追责冤斩督师	314
第二十六章 至亲相残　翼北统兵攻打虢成 成王败寇　狼兵头王生死不明	330
第二十七章 恩怨情仇　追剿凤姐重蹈覆辙 纵敌出险　皇上大怒通缉翼南	345
第二十八章 蛊惑狼兵　提督江彬人仰马翻 绝处逢生　翼南创新祖传神器	352
第二十九章 手足相残　翼北带兵攻打王城 勠力同心　勇者岂能坐以待毙	364
第三十章 波诡云谲　虢成叛逃海外称王 疾恶如仇　翼南奇招治理湘西	375
第三十一章 组兵抗倭　为国尽忠报仇雪恨 狭路相逢　弩箭所指势不可挡	383

第三十二章   395
   与子同袍   湘军统帅智筹粮饷
   夜袭港口   王者翼南围城打援

第三十三章   401
   智者不惑   兄弟联手卧底江泾
   将计就计   规劝虣成弃暗投明

第三十四章   405
   勇者不惧   里应外合攻破古城
   相爱相杀   母子上演生死对决

第三十五章   408
   祭祀海神   奸贼妖道一丘之貉
   天命难为   负荆请罪大义凛然

第三十六章   414
   助纣为虐   父女密谋沆瀣一气
   云谲波诡   火烧连营反遭全歼

第三十七章   419
   最后一吻   魔女毒舌无力回天
   玉石俱焚   恐怖天使灰飞烟灭

第三十八章   423
   夺岛大战   钩镰枪弩大显神威
   明月清风   姐弟恩怨冰释前嫌

第三十九章   428
   旷世奇才   客死异乡魂归故里
   神秘湘西   王者精神千古流芳

天地英雄气   千秋尚凛然   436

后记   448

前　言

　　何谓"真实历史与艺术感人"？处理好历史的真实与艺术的真实感人这二者之间关系是影视艺术创作的前提，历史真相需要忠实的记录者，然而任何历史记录者也有时代的局限性，记录的客观性只是相对的，事实并没有想象中的那样神圣、壮观，其真相可能被掩盖，并非百分之百的实况；而艺术的真实与感人是创作者对真实事件的生动描绘或经深刻感悟而演绎出来的艺术结晶，使史实更具艺术感染力和观赏性，它就必定带有作者一定的主观性。

　　历史记录的是真实时间、真实地点发生的真人真事，旨在还原真相，不允许任何虚构；而历史剧演义，则是"据史而作"而又不拘泥于历史事实的一种艺术创造。因为历史剧是以剧为本体的，这就决定了历史剧不是严谨的教科书，而重在描绘事件细节以及人物之间的情感纠葛，在尊重历史事实的前提下，基于人性的观照和历史的体察，表达对历史事件、历史人物的独特见解，或是以史为鉴、借古讽今，因此，历史剧肯定会带有某种个人的感情色彩，编剧创作时很难做到绝对客观。因此创作者在对历史真实的遵从上，也都选择了不同的侧重点，所以说影视剧的创作不应拘泥于对历史事件本身的感知，而是要挖掘人物内在丰富细腻的情感世界，借助于历史事件、历史人物传达作者感悟到的审美理想。

　　创作者应在尊重历史真实的基础上，站在时代精神的高度理解历史，诠释历史事件和历史人物，做到"大事不虚，小事不拘"。比如：罗贯中根据陈寿撰写的《三国志》创作出的小说《三国演义》，集中描绘东汉末年魏蜀吴三国封建统治集团在政治、军事、外交方面斗智斗勇，及其形成的三足鼎立的格局，这些都是有史实依据可查的。作者为了增强赤壁之战章节的感染力和观赏性，借鉴自己亲历的、元末明初发生在鄱阳湖的那场"朱元璋大战陈友谅"以少胜多的经典战例，演绎出了脍炙人口的"火烧赤壁"精彩桥段。然而令人质疑的是：在"滚滚长江东逝水"的激流之中如何实现大船之间连成一体的？又靠什么动力使得"巨轮"前行？实际上这种依靠风力推进的"帆船"，乃宋元之后才出现于中国近海，两者至少相差了上千年；还有诸葛亮唱的"空城计"则是为了彰显其智慧，将其他史事嫁接到了诸葛亮身上，真可谓作者的神来之笔，这就是"演义"艺术的独特魅力。所以说不论陈寿撰写的《三国志》还是罗贯中创作的《三国演义》都有作者"编"的成分，其目的就是让历史和历史人物鲜活起来，实现作者与受众之间的心灵对话，从而达到以史鉴今的目的，让历史的光芒照亮我们未来的行程。

　　一部成功的影视作品，无疑是创作者对生活领悟的艺术结晶。常言道：艺术源于生活而高于生活。编导在熟悉的生活中营造艺术化的陌生，同时又将"陌生"化为"熟悉"，适时唤起观众心中的联想与共鸣甚至感动。即便若干年以后，人们不一定记得具体故事情节，但一定会记得剧中那另类的、鲜活的、栩栩如生的人物形象……

影视编导都希望自己的作品所表现的内容是真实的，故事和人物是能够感动观众的，无论剧中主人公所经历的生死命运与情感纠葛如何一波未平一波又起，也无论剧中运用了多少种视听手段，影视编导的终极目标就是将真实的生活升华为感人的艺术！栩栩如生的人物、朴实无华而又看不出任何痕迹的真诚表演，以致观众沉浸于剧情而不会按倍速快进键，看完时犹然感觉太快，无数次因剧情的真实感人而忍不住热泪盈眶，仿佛在目睹一场正在发生的"现场直播"……

明朝初期，为了防御倭寇突侵东南沿海，明太祖朱元璋就将钓鱼岛列入防区。钓鱼岛顾名思义：由于周边海域很多鱼，可以坐那里钓鱼，所以就叫钓鱼岛。其实它并不是一个孤立的"岛"，而是由相邻的七十多个岛屿共同组成的钓鱼岛群岛。其中的"江泾岛"与杭州湾门户的王江泾古镇隔海相望，战略位置极其重要。

嘉靖三十四年（即1555年）江泾岛以及嘉兴的王江泾古镇连遭东瀛海盗侵占，这里就成了倭寇的老巢。江泾岛南临浙江嘉兴、北望日本平户，倭寇依托岛礁之间诡异的水道所形成的迷魂阵般天然屏障负隅顽抗，朝廷举兵进剿，无奈屡战屡败……

国难当头，湘西土司彭翼南率领虎兵与广西狼兵组成"虎狼复仇者"联军，在兵部尚书张经的指挥下，水陆夹击，收复了王江泾，斩敌一千九百余人，溺死者无数。根据《明世宗实录》记载：王江泾大捷取得了对日作战的决定性胜利，明史称此次战役"自有倭患以来，盖东南战功第一"。这是中华民族引以为豪的真实历史，也是我国历史上第一次将日寇侵略者真正地赶回了岛国老家。殊不知自大唐以来，东瀛倭寇与湘西虎兵数次交手，东瀛倭寇均以惨败告终，真可谓不是冤家不聚头！

东瀛木下家族为了报仇雪恨，在东海深处采集含有巨型病毒的沉积物，通过女巫的诅咒，毒素产生致命性变异。如果这种毒素与湘西激流中的阴沉木相遇，瞬间裂变、毒上加毒。木下家族将这种病毒隐藏在东瀛"情感精灵"魔盒里。魔盒外表虽拥有诱人的魅力，但一旦打开它，魔盒就会释放瘟疫恶魔，灭绝生灵万物，闻之令人毛骨悚然。

南倭北虏，边疆危机。少年土司彭翼南率领湘桂虎狼之兵千里远征杭州湾，山地少数民族与倭寇在东南沿海展开了一场生死较量，与其说中日两国交战，倒不如说是湘西巫傩绝技与东瀛邪术之间的巅峰对决。王族少年念念有词的"王城秘诀"，开启了先祖赐予的神器"钩镰枪弩"，杀敌于无形，"土匪打海盗、木船打军舰"，可谓千古传奇。神秘的湘西巫傩文化，适时引领着观众去感受少数民族叹为观止的人文传奇！

我们从以上中日大战的时间间隔上不难看出：从1555年到1895年时隔340年，这说明这一仗把日寇打怕了，三百多年来不敢轻举妄动，然而从1895年的黄海大战到1937年的抗日战争时隔还不到50年，日寇又兴风作浪，大举侵略中国。习总书记明察秋毫、警示人们：勿忘国耻，奋发图强。战争的达摩克利斯之剑依然悬挂在中华民族的头顶，铭记历史，居安思危，警钟长鸣！

2015年"抗倭英雄彭翼南"故居——湘西土司王城被录入联合国"世界文化遗产"名录,使得湖南实现了世界文化遗产"零"的突破。

"中国梦"就如同一缕春风吹走了岁月的尘埃……

四百多年前这段湘西人民抗击外来侵略的史实,让世人震撼。昨天的历史,就是今天我们所要正视的现实,以史鉴今……

剧情简介

　　本剧根据2015年荣膺联合国世界文化遗产的千年"土司王城"所发生的历史事件演义创作而成，以"东南第一战功"彭翼南的成长、崛起为主线，讲述了王城姐弟精忠报国的人生传奇。

　　湘西土司嫡长子彭翼南刚出生就被"诅咒"，在王族遭遇生死危机之时，他意外得到了开启先祖神器之秘诀，真可谓天有暗示、人有感应，从此命运充满了凶险！

　　在明王朝的非常岁月里，彭翼南与姐姐彭金凤、弟弟彭翼北因朝廷科举风波而被卷入官场的明争暗斗中，成为你死我活的对手，在不断激化的矛盾中，三姐弟终于走到了至亲相残、挥刀相见的一天……

　　1555年隆冬，倭寇逼近留都南京，大明王朝危在旦夕，恩断义绝的三姐弟捐弃前嫌，为报家仇国恨组成了"复仇者联军"，千里远征杭州湾抗击来犯之敌。往日恩怨情仇在民族大义前烟消云散，在中日王江泾大会战中，他们用祖传神器聚集天地日月之精华，致倭寇葬身于火海。

　　本剧将湘西"一座城、一家人、一把枪"的历史传奇与地域少数民族人文精神风貌文学化、影像化，从原汁原味原生态之神秘湖湘巫傩文化这一独特视角，讲述王城三姐弟在国家危亡之际，毅然走出湘西大山抗击外寇建功立业的故事。"一个士兵要不战死沙场，便是回到故乡"，这种爱国爱家的英雄主义情怀，适时引发观众的共鸣、联想甚至感动，这一切的一切尽在《王城诀》中……

　　故事围绕湘西土司王族与东瀛邪毒家族，展开了一场正义与邪恶、智慧与狡诈的斗智斗勇和生死较量。源于传说，又与传说迥异，基于传说，又较传说更为惊险曲折。《王城诀》将已经发生、正在发生以及尚未发生这三种时态作为套层结构进行复合叙事，营造视听形象，诠释了湘西土著乃东方战斗氏族，王者的"焰火精神"就是为国家和人民燃尽自己，哪怕只是瞬间的璀璨；展现了民族英雄彭翼南"修身、齐家、治国、平天下"的雄才大略与人格魅力；讴歌了湘西少数民族淳朴、善良、倔强的性格特质，以及面对外来侵略无惧无畏、拼死抗争、永不言弃的中华民族精神！

　　"土匪打海战，木船打军舰"，可谓千古奇闻。主人公彭翼南以湘西人特有的巫傩思维克敌制胜，打赢了这场几乎不可能赢的战争。玄事、幻事、诡异怪事，尽在王城背后的故事；神人、牛人、巫傩奇人，湘西王者的智谋绝对超乎常人。无论东方还是西方，医学源于巫、始于巫，继而巫和医混合为一体，再进而巫和医分立。以巫治病，为世界各民族在人类社会发展早期普遍采用的方法，古时候的人类都认为或只能无奈地认为自然界存在着一种神秘的"灵性力量"——"天灵灵，地灵灵，钩镰枪弩，阵列前行，降妖除魔显神灵……"空中回荡起王城秘诀，祖传神器开启，杀敌于无形。本剧将引导观众随着探险家头上的摄像机镜头去冒险，踏入这座神秘的千年王城——老司城。

　　本剧所表现的绝不是仙侠玄幻。神秘湘西没有统一的宗教，千百年以来，当遭遇疑难杂症、不能理解的自然现象时，人们的意识中就形成令人敬畏的人格神，以至于万物有灵，只有巫能与这些神灵沟通，因此巫医结合，为人祛病消灾。鬼是死去的人，人是活着的鬼，自古人鬼情未了，人死魂离，怨念深重；心存歹念，必遭天谴；心存善念，必遇天使；人是介于天使与魔鬼之间的生灵。而那些主观幻想与史实杂糅的远古神话，崇拜自然、信鬼尚巫的原始宗教以及质朴淳厚、雄强剽悍的民族精神早已融入湘西人的血脉，其存在的意义更多地在于历史久远、约定俗成的文化精神的传承，生生不息，绵延至今……

　　然而，存在便是硬道理，傩，人有难，傩神以去之。湘西巫傩奇人——神秘"刀尖上的舞者"，每当国家危亡之时，必定横空出世书写卫国抗敌的英雄传奇。金戈铁马，唤起土家儿女的豪情；英雄传奇，激起了当代国人的梦想。湘西英雄四百多年前团结抗倭的精神不但是一个历史的符号，而且是精忠报国的体现，是各民族团结起来一致对外的旗帜，是中华民族英雄的典范，是大中国精神的写照——天地一股英雄气，一腔热血扭乾坤，一身正气鬼神惊，人间正道是沧桑……

▲该剧原名《王者无敌》2016年4月　国家广播电视总局　批准立项 ●

点击国家新闻出版广电总局官网公示：https://dsj.nrta.gov.cn/tims/site/views/include/quickSearch/checkBlueprint/result.shanty?ids=0153506b25e50f574028e4a151437faa

全剧故事大纲

1. 楔子

夜幕笼罩，几个头戴鬼狐面具的蛊贼潜入了湘西"老司城"墓葬区。

黝黑盗洞中不时传来蛊贼之间的联络暗语："人走路，鬼打墙——千年黑，万年白""要致富，去盗墓——春眠不觉晓，死鬼满街跑！"

这伙蛊贼费了九牛二虎之力，才撬开地宫大门一条缝隙，然而眼前的景象令他们大吃一惊：原本停放在地宫中央的棺椁，竟独自飘移游走，棺椁竟然堵住了被撬开的石门，挡住了去路。盗墓贼还真以为遇到了鬼，恐慌之中不慎踢翻了爆炸装置——"轰隆"一声巨响，古墓地宫被炸开了一道豁口……

盗贼野蛮之举触发了暗道机关，一团火焰汹涌喷出，顿时，在眼花缭乱中可见棺椁渐渐融化，刹那之间，墓主人头戴虎王傩面具从冰棺中赫然站立起来，手持的"神器"霎时弹射出利箭袭来，寒光闪闪——

祸不单行。电台播报声划破夜空：今晚午夜，日本右翼势力抢占我钓鱼岛，并在岛峰插上太阳旗。内阁官房长官坚称"钓鱼岛是日本的固有领土"……

"叭嚓！"一道惊雷撕破天际，说谎者必遭天谴。

当烟雾散去，一座沉睡了千年的土司王城遗址惊现"万马归朝"。这里是以四面群山为天然屏障托起的古城，山脊就如同万匹骏马朝向王城"叩拜"、听从土司役使，大有乾坤挪移、拔地倚天、万马齐朝之势，堪比古罗马庞贝鬼城……

翌日清晨，公安文物部门桌上的报警电话骤然响起……

消息传出，媒体一片哗然。此刻正值钓鱼岛纷争、中日剑拔弩张之时，古墓中被盗走一件威震东瀛的神秘冷兵器事件已被国内外媒体炒得沸沸扬扬……

一架直升机飞临土司王城遗址上空……

联合国教科文组织的古遗址专家杰克、露丝夫妇携手英国皇家空降特种兵、探险家贝尔·格里尔斯不远万里前来实地考察，探险家头上的摄像机镜头——好似观众的眼睛，记录了事件现场所发生的一切，适时引领我们"跟着贝尔去冒险"，在惊心动魄的神奇之旅中，探寻巫傩魔幻之谜……

湘西土司故都老司城，是历代土司王府所在地。自1555年湘西土司彭翼南率兵大战王江泾、荣膺明王朝"东南第一战功"封号起，就盛传嘉靖皇帝赐予其金银财宝无数，且当年"彭公"留下的那把无惧无畏的钩镰枪弩更是价值连城，这些吸引了无数盗墓贼接踵而至……

世事沧桑，风云变幻……

两座神秘的墓穴映入了探险家贝尔·格里尔斯的眼帘——墓穴里土家织锦"西兰卡普"缠裹着一具婴儿残骸。不言而喻，孩子死于非命，让人感到震惊的是：婴儿骸骨的脖颈上竟然还挂着一把"忠肝"字样的长命锁；而另一座坟茔里的情况则更加令人匪夷所思，这是一座没有遗骸的衣冠冢，包裹着一把"义胆"的长命锁。看来，这一对"忠肝、义胆"长命银锁并不保长命……

忽然，盗洞中一道蓝光闪过，二义冢上弥漫着当年的血雨腥风——

2. 祸起萧墙

追溯这一对长命锁的来龙去脉，就必须回到明王朝正德年间……

湘西第25代土司彭宗舜久病不治，王位承袭刻不容缓，朝廷和土司宗族早有祖制，即父终子袭或兄终弟及。土司王爷虽三妻四妾，但因都是姑表近亲通婚，膝下儿女荡然无存，这无疑成了王族绵延百世最大的隐痛……

土司王爷病逝，若无子嗣继位，王权就会旁落族叔。永乐年间朱家王朝叔侄争袭就酿成了天下大乱，从而也引发了湘西彭氏家族分裂成永顺、保靖土司两大派系，此后，纷争不断、骨肉相残……直到保靖土司彭荩臣将其侄女巧儿嫁给了彭宗舜之后，兄弟相争才得以暂时平息。

此时此刻作为永顺土司遗孀的巧儿、小妾阿花已有怀孕迹象，土司祖母阿玛协调了宗族内部不同意见，不论妻妾只要生男则王位继承非之莫属，其生母也就可"母以子贵"掌控王府大权……

萧墙之祸。遗孀巧儿难产危在旦夕，小妾阿花勾结管家五爷"狸猫换太子"，谎称其产下的是一个带着"诅咒""睁一只眼闭一只眼"的怪物。嫡长子的到来，好歹打破了土司王爷"不生男丁"的魔咒，给王族香火延续带来一丝希望，这本是上苍恩典，使王族生下一子接香火。"相见时难别亦难，东风无力百花残"，当今乱世更是"别亦难"，依据其谐音巧儿的孩子被取名："彭翼南"。就在巫婆的"法"雾中，小妾阿花生产，仿佛是被烟火"熏"出了一个二少爷"烟火弟"（取名：彭翼北）。然而，早一刻出生也是兄长，若按祖上规矩应该是嫡长子继位，所以只要这个一出生就被诅咒的傻小子还在世一天，就是小妾儿子"继承王位"的心头之患。

小妾阿花欲将嫡长子彭翼南斩草除根……生死关头，幸得有大姐金凤舍命相救，彭翼南才免遭杀身之祸。其实这个大姐跟彭氏王族没有任何血缘关系，她是翼南爷爷彭明辅早年奉朝廷之命，率领湘西土兵征剿桂北蛮族叛逆时，俘获的当地土官的遗孤，因聪慧乖巧，帕普将她带回王府，后来被儿媳巧儿收为义女陪伴左右。日渐长大的金凤美貌俊俏，不幸被管家五爷强暴，金凤身怀有孕后，管家五爷唯恐丑事败露，欲杀之灭口，幸得巧儿夫人及时解救，金凤才免遭杀身之祸。

巧儿临终前，将结婚时帕普赏赐给她的那一对长命银锁拿了出来，其中那把"忠肝"长命锁赏给了金凤刚出生的孩子；另一把"义胆"长命锁则挂在了她自己孩子的脖颈上。巧儿托付金凤把孩子抚养成人，将来一定要为她报仇。

金凤感激夫人的救命之恩，伺机将孩子救下并偷偷抚养。翼南是喝着大姐金凤的乳汁渐渐长大的，那年金凤才15岁，她既是大姐也是乳母，更是他生活学习的启蒙老师，虽不是血缘至亲，但相似的命运已将他们姐弟连在了一起。

3. 神秘杀手

屋漏偏逢连夜雨。一个贩蛇药的神秘杀手到来，使得彭翼南命悬一线。就在毒蛇悄无声息地发起攻击之时，凤姐救了傻弟弟。而这个神秘杀手不是别人，正是金凤失踪多年的表哥、当年老土司帕普桂北剿叛时的漏网之鱼——虢成。

虢成是来找表妹联手复仇的——焚毁土司王城、灭绝王族子孙！然而，时过境迁，金凤已不是原来那个复仇心切的表妹，她认为仇恨只会加剧痛苦。小妾阿花发现了她与杀手之间的蹊跷关系，小妾阿花几次暗下毒手，凤姐都侥幸生还。

为了拯救王族遗孤，凤姐不惜牺牲自己的孩子，代替傻弟弟落入冰窟深渊。如同《赵氏孤儿》中的晋国义士程婴……

阿花铲除嫡长子的阴谋屡次遭挫，虢成由此幡然醒悟：眼下不是要去"断根"，而是要去"护根"、护佑这个傻小子尽快继承土司王位，巧借其手达到复仇目的。可表妹并不配合，随着十多年来的朝夕相处，凤姐已与傻弟弟感情深厚。当发现表妹已与傻小子"难舍难分"时，虢成忽然心生一计：除掉一个嫡长子，摧毁不了整个土司王族，何不趁机制造"内讧"，致使彭氏王族自己毁灭自己？

其实，这个阿花就是前些年朝廷国子监掌门人严嵩带领倭商到湘西采伐金丝楠木时，献给土司王爷"花儿一般"的高丽国女子——金银花。

阿花不惜以金钱和色相诱惑虢成，一个要铲除继位障碍、一个要报满门抄斩的家族之仇，于是两人狼狈为奸、合伙设置"落洞"陷阱，致使彭翼南掉落深渊，还差点要了金凤的命……

因祸得福。老土司本来在朝廷担任科举主考官，因遭到奸党"鬻题纳贿"诬陷而被革职返乡。老土司彭明辅的回归，立刻稳住了王族的阵脚。

只因那一对老土司帕普当年赏给儿媳的"忠肝、义胆"长命银锁神秘消失，小妾阿花与管家五爷的"狸猫换太子"计谋败露，心怀鬼胎的小妾阿花害怕东窗事发，在虢成协助下欲逃离王府，不料却被她自己设下的陷阱吞噬，可谓：机关算尽、终有一失，自己挖坑自己跳！老土司发现王府金库的钥匙不见了，猜测应是被小妾阿花窃取，当他命人打开墓室寻求真相时，让人惊恐的是：棺材里空空如也，阿花的尸体早已不翼而飞。

"落洞"陷阱反而阴差阳错、奇迹般地使得"火焰哥"彭翼南重见了天日。而对于凤姐的舍身救孤之义举，老土司帕普感激不尽，并在彭氏祠堂召开"宗亲大会"，收其为干孙女，赐彭姓。殊不知这背后正是东瀛木下邪毒家族蓄谋已久的一场阴谋……

早在公元653年，湘西土司鼻祖彭公爵主随唐朝大军与倭国水军会战于朝鲜白江口，大唐统帅刘仁轨遭数倍倭军围困，危急时刻，彭公爵主手握"神器"弹射携带霹雳火焰的弩箭射向敌人，后焚毁敌舰，烧杀日军。决斗中东瀛邪恶之首木下晋一被斩头于彭公爵主的钩镰枪下，唐高宗赐封彭公"武神将军",赏蟒袍玉带……

木下家族为了复仇,采集到了深海含有巨型病毒的沉积物,经过女巫诅咒,毒素产生致命性变异。如果这种毒素与湘西激流中的阴沉木相遇,瞬间产生梦幻般裂变,杀人于无形。木下家族将其隐藏在"情感精灵"魔盒里。魔盒外表虽拥有诱人的魅力,一旦打开它,它就会像潘多拉魔盒,释放出瘟疫恶魔灭绝生灵,给人类带来惨绝人寰的大劫难。

4. 蓝色妖姬

"不是冤家不聚头",如今倭酋要想在东南沿海站稳脚跟,必先拿下桥头堡王江泾古城,进而攻打留都南京,然而欲攻克王江泾,必先征服王者之村老司城,因为王者祖上留下的钩镰枪早就令倭贼不寒而栗。眼下"落洞女"京子施以美人计,致使王族兄弟窝里斗、自相残杀,京子想以此击垮这座神秘的土司王城。

日有所思、夜有所梦。王府二少爷彭翼北身患梦游症,其实就是在睡觉中半梦半醒。梦游症即睡行症,睡眠障碍是精神疾病,眼睛是睁开的,人在梦游时不用眼睛,行走时能躲避障碍物。在这场诡异的"落洞"梦幻之中,彭翼北坠入了魔女京子精心编织的情色陷阱——东瀛"情感精灵"魔盒一旦被打开,病毒肆虐,其后果不堪设想……

自从与京子奇遇之后,翼北便是望穿秋水、一眼万年。对于这场惊世骇俗的跨境恋,湘西王族是严令禁止的,若与外夷往来,轻则削夺官阶、革职闲住,重则子孙永不许承袭。可他彭翼北不信邪,偏偏爱上了这个蓝色妖姬,非她不娶。

王城内外,危机四伏。京子的突然出现让彭翼北遭遇生死危机,在劫难逃。黑龙洞口一个幻影飘然而至,口中念念有词:"天灵灵,地灵灵,王城遁甲,阵列前行,降妖除魔显神灵……"难道这个神龙见首不见尾、驱除疫鬼、祓除灾邪的虎头傩王就是彭翼南?只要他戴上巫傩面具、口吐焰火之后,判若两人,如同佐罗、燕子李三一般——"从不按常理出牌"。虽贵为王族世子,却偏行走江湖路,喝烈酒烫喉。其结交的不是湘西土匪就是巫傩"牛鬼蛇神",在其鼓动之下,灾民纷纷揭竿而起,杀贪官,分田地。虎头傩王神秘之处在于千呼万唤始终不露真面,但他又无时无处不存在,使得妖邪惶惶不可终日。眼前这个大快朵颐、狂饮鬼酒的彭翼南,可谓"酒鬼背鬼酒,千斤不嫌赘;酒鬼喝鬼酒,鬼酒醉酒鬼"。只见他腰上常常别着酒葫芦,一副事不关己、混世魔王的神情。他平生好喝酒,逢酒必喝,喝则必醉,醉过方罢休,仿佛酒中有乾坤,天下之事都在一口酒水中!

5. 黄雀在后

"南倭"与"北虏"之祸,使得明王朝举步维艰。朝廷紧急在大西南武侠发源之地、湘西土司王城举行全国"武举"会考,选拔精兵强将迎击外寇。南京留都兵部尚书张经出任此次"国考"的总督;同时朝廷又令北京国子监掌门严嵩与其干儿子赵文华为湘西"清匪剿叛"的钦差大臣。前者招抚,后者弹压,可谓:螳螂捕蝉,黄雀在后!

朝廷清剿大军已将匪巢万虎山团团围住,这让南派招抚大臣焦虑不已。

万虎山是湘西著名的"匪城",它一脚踏四省——湘鄂川黔。守住了万虎山,也就扼守住了通往大西南唯一的咽喉要道———一夫当关,万夫莫开!

严嵩、赵文华得到了湘西州衙向重九送来的情报:土匪已在万虎山必经之道的阴河中修筑了大坝,并在堵死的大坝死穴安放了爆炸装置。一旦朝廷清剿大军发起强攻,那里便立即遭遇洪水滔天的灭顶之灾。但死穴在什么位置?什么时候引爆?这些人又有怎样的背景?暂且尚不清楚……

同时,秘密组织"祭刀会"蠢蠢欲动,这是明王朝叔侄相残的后患在作祟。早年燕王朱棣以恢复祖训为国"靖难"之名起兵,夺取了侄儿建文帝的皇位。南京城陷,宫中火起,侄儿却不知所终。自"靖难之役"后,他害怕因忤逆不道而遭到报应,四处搜寻建文帝踪迹。然而建文帝残余势力冠以"祭刀"之名,如同幽灵一般,百年以来,让历届明王朝统治者如心悬利剑,惶惶不可终日。

招抚大臣张经、俞大猷为了避免这场血光之灾,微服潜入了匪巢,欲以高官厚禄对万虎山匪首雷舵主进行招抚,劝其放下武器,归顺朝廷……

然而,就在这节骨眼儿上,"祭刀会"为阻止雷舵主投诚,派妖道实施绝杀。危急时刻,神龙见首不见尾的彭翼南前来解救,不幸也身陷绝境,幸亏大姐金凤及时赶到,释放了"圣女凉液"喷洒傩面,顿时火焰升腾,法力奇效立即显现,化解了妖道毒符绝杀危机,也巧妙地制止了这场杀戮。

这令隔岸观火、幸灾乐祸的魔女京子气恼不已。

6. 义结金兰

就在各地武士赶考湘西的途中,一对太祖皇上亲赐的雌雄鸳鸯宝箱引来了蒙面刺客,湖广兴藩王朱厚熜、钦差大臣严嵩以及赵文华先后突遭袭击……

万万没想到这位朱姓皇族少年朱厚熜,不甘"徒有虚名、坐縻厚禄",竟敢违反大明律,前来参加朝廷科举,欲"立身行道、扬名后世"!

虎头傩王救了少王爷朱厚熜一命。然而,他的善良之举,并没让少年藩王心存感激,反而为他们日后的交往埋下了仇恨的种子……

好奇害死猫。就在即将要揭开鸳鸯宝箱上的皇族密符时,蒙面杀手的黑巾被挑开,朱厚熜对其美貌一见倾心,原来,刺客就是科考总督张经的义女张天娇。

侠女天娇誓与皇族不共戴天,偏与傩王翼南情投意合;魔女京子的狐媚柔情让彭翼北坠入爱河;而凤姐与表哥虤成重续了前缘。三个女人围绕着彭氏兄弟,正上演着惊天地、泣鬼神的情感纠葛!

朝廷科考之日乃湘西土司王城一年一度的"祭枪节"。赛制采用了土司祖上传统规矩,也就是考生要凭借智谋、武勇连闯三关夺得钩镰枪成为"枪王",才能成为最终的获胜者。

在总督张经的不懈努力之下,老土司帕普重掌主考大权。严嵩深知舞弊没了指望,便利用老百姓仇官心理转移视线,唆使知州向重九散布谣言:历代的湘西土司广揽豪杰,其门徒故吏遍布大西南,若无土司的暗中怂恿,新近"抗捐抗税"、揭竿造反,怎会愈演愈烈?

科举场上比武正酣。彭翼南、虢成、朱厚熜携手分别击败了各路高手……

钦差大臣严嵩、赵文华幕后作祟，致使科举无疾而终。兄弟三人疾恶如仇，揭穿了严、赵受贿、徇私舞弊行径，震怒之下钦差大臣以违反"祖制""大明律"对他们治罪。在锦衣卫的追杀中，彭翼南、虢成、朱厚熜被迫踏上了逃亡之路。

风雪之中，他们在关帝庙结拜为生死兄弟，大家都想将自己置于危险境地，最后只得以抓阄的方式择路而逃——

往东的朱厚熜误入"八阵"迷宫，东躲西藏中，巧遇彭翼北前来指引……

往北的虢成途中遇险，幸有金凤及时解救，两人携手落草桂北"草寇"……

向南引诱追兵的彭翼南处境险象环生，危急中张经、张天娇父女赶来搭救……

造化弄人，阴差阳错——此后的王城三姐弟各自投入了不同的阵营。

7. 天子天命

正德皇帝朱厚照早已暴病身亡，首辅大臣杨廷和与张太后考虑到江山社稷之安危，秘不发丧，正在为皇位继承人选而大伤脑筋。若按太祖皇上亲自制定的《皇明祖训》，帝位传承制度为"有嫡子立嫡，无嫡立长，帝无子嗣，兄终弟及"。而正德皇帝死后绝嗣，也没有任何兄弟，只能从朱姓皇族近亲之中甄选，而正德皇帝的叔叔伯伯堂兄堂弟侄子一大堆，究竟由谁来继承皇位？朝臣两派众说不一。此时的朱厚熜、彭翼北正逃往兴藩王府的老巢——安陆，不幸被京城提督江彬率领的锦衣卫抓获。自从靖难之役之后，明成祖朱棣为了防止宗藩世袭贵族势力膨胀和对官场的渗透，特在"祖训"中增补"皇族世子严禁参加科举，违令者斩"！

皇族世子竟敢违反皇令祖训参加科举，罪不可赦！然而，就在处斩朱厚熜、彭翼北的危急关头，彭翼南、虢成闻讯前来搭救……

夜幕降临，刑场上空惊现两道异光直冲云霄：南面的那道发出紫色的光芒，北面的那道发出红色的光芒，而当两束光交会时则幻化成一只腾云驾雾的鸿雁。如此奇异的天象，令人匪夷所思。当提督江彬拔出尚方宝剑欲斩杀朱厚熜之时，忽闻鸿雁孤鸣，突然天降陨石将大雁击落，锦衣卫在其肚子里找到了朱砂描绘的一根叶片很粗很厚的大葱，寓意真龙天子朱厚熜。看谁还敢动这根"葱"？彭翼南无疑是在借天象说事，使用巫傩秘咒营造"天子天命"拯救朱厚熜。手持尚方宝剑的提督江彬心生胆怯，只好将朱厚熜押往京城，听候朝廷的处置。

世事无常，风云变幻。首辅大臣杨廷和、张太后看到朱厚熜仪表堂堂、少年老成、十分聪明，还带有皇族霸气，很中意。朱厚熜与正德皇帝同一个爷爷，血缘关系最近，年轻人嘛也容易控制和教育，毕竟杨廷和之前已伺候过一位任性、特立独行的天子朱厚照，现在自然要按照自己的想法来打造下一位天子，所以，杨廷和有意让先帝的这位堂弟来继承皇位。万万没有想到年纪不大的朱厚熜是一个权谋高手，根本不受人摆布，完全不按照杨廷和安排的程序走，一场"大礼之争"后，张太后凄凉而死，首辅杨廷和丢官去职，这些当然是以后的事了。

幸得拜把兄弟彭翼南舍命相救，本该杀头治罪的皇族世子朱厚熜，在惊心动魄的命运逆转中因祸得福，竟意外地登上了皇帝龙椅，改年号为"嘉靖"。

8. 分道扬镳

京城张经府上早已是危机四伏。彭翼南不惧凶险，护送张经父女冒死进谏，张经撰写"十罪五奸"奏章揭露了严嵩、赵文华勾结倭酋贪腐敛财的弥天大罪……

严嵩哪能让其奏章面呈圣上？他派曾经的考生徐海充当杀手取张经父女首级，幸有彭翼南拼死相救，张经父女才得以脱离险境。

朱厚熜以堂弟的身份入继大统备受世人质疑，而鸳鸯宝箱上的密符则隐藏着皇族世子之谜，从而点燃了拜把兄弟反目成仇的导火索……

"大礼之争"中朝臣上下众说纷纭，"嫡出庶出"始终是新皇帝的一块心病。朱厚熜唯恐自己皇族世子的秘密被拜把兄弟彭翼南、虢成外泄，为此他绞尽了脑汁。为披上"天命天子"正宗血统、君权神授的外衣，他忘记了义结金兰时曾许下的誓言："有福同享，有难同当，生不同生，死必同死"。其实从他爷爷朱佑樘开始，皇族皆有广西土司的血脉。早在宪宗皇帝朱见深成化年间，湘西土兵奉朝廷之命剿叛时，抓获了桂北土司一个纪姓女子，宪宗皇帝见其貌美临幸了她，之后她生下了朱佑樘。朱佑樘的身世犹如赵氏孤儿一般传奇，因宪宗皇帝膝下无子，他后来居然还做了皇帝。

"一个人快活、二个人生活、三个人就是你死我活！"猜疑心很重的嘉靖"宁可天下人负我，也不可我负天下人"，而眼下的知情人彭翼南、虢成无疑成了他最大的威胁。于是他邀约兄弟在"六必居"再次聚首，设下了"鸿门宴"。虢成侥幸逃脱了"死亡酒局"，义结金兰的三兄弟从此分道扬镳。

9. 打虎拍蝇

作为新皇帝的朱厚熜毕竟还是在乎天下人之口实的，为免遭世人谴责，他只得让彭翼北当上了文华殿伴读，成了辅佐圣上治理朝政的左膀右臂；而考生徐海则也坐上了江南织造督管的宝座……

朱厚熜痴迷于张天娇不能自拔，一直没能走出当年被拒婚的阴影，由此性情大改，疑心越来越重。为了掣肘彭翼南，他借平衡南北两派势力为由，在为冤臣张经平反的同时，又重新启用北派旧臣严嵩、赵文华……

为了平息民怨，皇上推行反腐中兴之治，任命彭翼南为朝廷"打虎拍蝇"的督查，"大老虎"严嵩、赵文华均在查处之列。江南织造督管徐海贪腐累累，妄图蒙混过关，在欺骗彭翼南不成后，施计谋将其关进了牢洞。天娇及时出手相救，不料身处险境。嘉靖得知张天娇被囚禁，心急如焚，只身微服施救，却被徐海纵火围困。危急之时彭翼北送来了那神奇的傩面，徐海因受神鬼难测之术震慑，仓皇而逃，彭翼南伺机救出了皇上。这位湘西王者"言既出、行必果"，斩断了助纣为虐的东瀛爪牙，他的果敢之举，令贪官、倭酋不寒而栗。

为何还要重用这些贪官？嘉靖辩解说："泾水清、渭水浊，自古'泾渭分明'互不相融，但一清一浊的河水都可灌溉两岸良田，朕不能因水清而偏用，也不能因水浊而废弃。当然百姓都愿天下海晏河清，难道朕只用泾水而废渭水？世上没有真正的贤臣。贤与不贤有时也由不得他们，贤时便用，不贤便黜！"

10. 王者火焰

严嵩、赵文华"调虎离山"，蛊惑皇上令彭翼南随同俞大猷督师海防……

崇明岛是东南前沿，战略位置十分重要。而镇守崇明岛卫所的参将胡文斌，倚仗叔父胡宗宪是浙江巡抚为所欲为，不顾军人职责，热衷海上贸易，拼命捞钱。一旦倭寇发起突袭，卫所必将损失惨重……

督师俞大猷疾恶如仇，不顾彭翼南阻拦将其斩杀。京子趁机施以"离间计"，挑起事端，致使崇明岛上的守军哗变。

严嵩、赵文华栽赃嫁祸于督师俞大猷，欲趁机除掉心头之患。奸臣妖言惑众，借题发挥，促使皇上追责，冤斩了俞大猷。

翌日，倭寇舰船来势汹汹，意在乘虚而入……

彭翼南前去迎击，而崇明岛上只剩下妇孺之辈，无力抵抗。

眼见敌舰渐渐驶近，孤身一人的彭翼南走上城楼，发现倭寇旗舰上风帆油光发亮，应该是不久前刚上过湘西桐油。彭翼南抬头望天，烈日照得人眼睛都睁不开。只见他仰望空中，念念有词："天灵灵，地灵灵，王城遁甲，阵列前行，降妖除魔显神灵……"秘咒念毕，他便指挥百姓们把家中的镜子拿来拼成一排硕大的"照妖镜"，对准倭贼旗舰。镜面反射的阳光集中照射到刚上过桐油的风帆上引起燃烧，火借风势迅速蔓延。"火焰王者"来袭！令敌人无处躲藏，纷纷弃船跳水逃命。

对于彭翼南此次单枪匹马击退群倭，朝臣褒贬不一，彭翼南卷入了南北两派争议的风口浪尖中。

11. 借刀杀人

此时落草于桂北的虢成、凤姐，因不满朝廷腐败，在家乡揭竿而起，义军连下诸城，直逼桂林皇叔的官邸——"福王府"。

嘉靖龙颜大怒。严嵩觉得时机到了，便和赵文华一唱一和，蛊惑皇上令彭翼北前去桂北剿匪。奸党明知彭翼北此去是肉包子打狗毫无胜算，为何明知不可为却偏要为之？他要让嘉靖试想一下：如果直接让彭翼南带兵征剿，一个是抚养他长大的凤姐，另一个则是拜把兄弟虢成、如今的姐夫，他可能会领兵前去清剿吗？然而，这一切均是彭翼北的心上人京子精心布下的陷阱，只有先置彭翼北在剿匪中身陷囹圄，彭翼南作为亲哥哥才会舍身相救，从而卷进至亲相残的绝境，如此实施，严嵩、赵文华才能从"打虎拍蝇"的激流中解脱出来。

12. 东瀛邪毒

果不其然，毫无实战经验的彭翼北率兵刚到桂北，姐姐、姐夫就给了他一个"见面礼"，打得他措手不及，所带官军几乎折损殆尽，四面楚歌的他在绝境中幸得哥哥及时解救，才侥幸脱身。令奸贼们万万没想到的是：智勇双全的彭翼南只身闯入义军的阵地，手持皇上亲笔特赦令，规劝身陷绝境的姐姐、姐夫"放下屠刀、立地成佛"，往日罪孽一笔勾销，并以项上人头担保。彭翼南竟然说服了义军首领虓成、金凤放下刀枪同意归降，从此不再与官府争斗。

一计不成又生一计。京子蛊惑激将彭翼北："你是朝廷主帅，回到京师皇上那儿，你怎么说，那桂北的流寇，是平了还是没平？"

彭翼北不以为然："他们已同意归降，从此再不犯上作乱。"

京子："你彭翼北率领的是朝廷清剿大军，不是瘸子赶强盗，光凭嘴上喊。你只有提着叛贼的脑袋进京，那才叫真正的得胜回朝呀！"

彭翼北："我何尝不想如此，可我们官军打不过人家。"

京子："我有一计叫瓮中捉鳖，可不费吹灰之力，一举剿灭匪寇。就怕你顾忌手足情分，下不了手……但是为了你的建功大业，谁要阻拦你，哪怕是最亲的亲人，你也要狠得下心……"她谎称官军明日就要班师回朝，临行之前设晚宴款待姐姐、姐夫以及归降的众首领，殊不知她早已在酒中下了东瀛邪毒……

义军首领大多被毒杀，只有凤姐、虓成带着小股残余侥幸逃脱……

敌中有我，我中有敌，谍影重重。其实，这个木下京子原名赵天薇，她与张天娇是赵文华的双胞胎女儿。其母含冤溺亡后，姐妹俩分别被人领走……

天薇养父因贪腐东窗事发叛逃日本，被"东瀛神社"招募成为木下邪教组织的一名信徒，赵天薇改名为"木下京子"。邪教的实质就是神化天皇，让人心生敬畏。该组织通过"血仪式"来激发教徒兽性，敌视中华，憎恨人类，心态极端阴暗，邪教首领木下自诩是太阳神的化身，借此大肆聚敛钱财。

京子诡计多端，借刀杀人。凤姐在丈夫的掩护之下，杀出了一条血路，从而使得义军残部冲出重围……不料，京子唆使赵文华率锦衣卫设下埋伏，身为"狼兵"头领的虓成被皇上赐予的尚方宝剑砍落水中，生死不明，这无疑中了"成王败寇"的魔咒。

13. 兄弟相残

彭翼南在追剿桂北流寇中，重蹈"捉放曹"的覆辙，竟然放走了大姐金凤。嘉靖皇帝暴跳如雷，令彭翼北率兵捉拿大哥彭翼南，还请来了妖道邵元节前来助阵，神秘的土司王城即将遭遇官军的重兵围困。

彭翼南还乡途中，突然遭遇东瀛超级剑客的拦截。在"神风剑"与"钩镰枪"的搏杀中，彭翼南寡不敌众，险象环生，幸得道长吴用出手相救……

彭翼南在挫折中领悟：任何祖传绝技，都有时代的局限性，继承先贤而又不能泥古，吸取新知，才能与时俱进。于是，他将祖传枪拳技法，根据孩童玩具竹蜻蜓旋转的原理进行了创新改进：不仅将镰刀绑在长枪上当兵器使用，还将镰刀锋刃压缩进特制的套管内，两者之间用韧性十足的牛筋连接，遇敌时镰刃弹射出去，迅疾将敌人首级钩住，而当牛筋达到伸展极限后会立马自动收缩（犹如变色龙弹射捕食之法），在惯性作用下迅速将敌人擒获，由此他创立了鬼神难测的"钩镰枪弩"绝技！

朝廷清剿大军压境，当提督江彬率领的朝廷神机营赶到湘西时天色已晚，由于长途跋涉，军士们早已疲惫不堪。忽然，他们看见前方一家火铺灯火通明，提督江彬想在此歇息。道士邵元节提醒他：怕是黑店，应小心行事。然而骄横的提督根本没在意，命令队伍在此休整一晚，明天一早开拔。

他们走进火铺，发现今天是"社葩摸泥"情人节，这里正在举行一场别开生面的傩面相亲舞会。一群头戴面具的人，围着篝火在粗犷的歌声中跳着傩舞。好色的提督一见到性感漂亮的老板娘金凤便变得魂不守舍。

美女即刻摆开宴席，抬出了白酒数瓮犒劳将士……

提督嗜酒如命，一闻到酒香，欲罢不能，张口便想喝，却被道士邵元节拦住。他先拿一条狗做实验，见狗吃了没有事，江彬满心欢喜，手下们也很高兴，便抱着酒坛畅饮起来。眨眼工夫，那些酒菜全都被吃得精光……

此刻傩舞已进入高潮，阎王小鬼齐登场，顿时将士们酒醒了一半。少顷，呕吐四起，恶臭一片，原来酒中早已放蛊施药，这些吃过酒菜的将士们手脚乏力上吐下泻……那个喝得醉醺醺的妖道邵元节顿感不妙，不顾老板娘的阻拦，跃马扬鞭，预要逃跑……不料，刚跑几步，"吧唧"一声他便摔在地上，人仰马翻……

金凤取下傩面，厉声呵斥道："该死的杂种，骑马不喝酒，喝酒不骑马，这是我们湘西骑马（起码）的规矩，难道这也不懂吗？"

早在外面埋伏多时的万虎山雷舵主，终于闻到了恶臭味，便下令兄弟们里应外合，全力出击。面对劫匪的突然袭击，官兵大多中毒至深，无心恋战，仓皇出逃……

就在彭翼北带领官军攻打王城的关键时刻，金凤姐率"狼兵"联手彭氏族叔、"湘西第一刀"彭荩臣共同来解围土司王城，阻止了这场兄弟相残的悲剧。

"窝里斗"导致朝廷上下乌烟瘴气。东瀛趁机扶植那个死里逃生的虓成潜逃海外，并在东南沿海建立了"大宋王城"伪政权。朱厚熜急派钦差赵文华前去招抚，遭到虓成的断然拒绝。此时的东南沿海，倭寇一路烧杀，无恶不作，五十三名东瀛武士，竟敢攻打重兵把守的留都南京……

江浙沿海频遭倭寇掳掠，生灵涂炭。国难当头，在民族大义面前，恩断义绝的彭氏姐弟捐弃前嫌，又重新站在了一起。彭翼南椎牛酾酒，摆"牛头宴"召湘民会饮，酒数行，南起曰："天下国家，本同一理，国破家亡，匹夫有责……"姐弟各自率领桂北狼兵与湘西虎兵组成"复仇者联盟"，远赴千里之遥的东南前线。

14. 虎狼之兵

嘉兴海滩，充满着诡异。监军赵文华正率领文武百官跟随妖道施法降魔，奸臣妄想用祭祀"海神"的荒唐愚昧之举平定倭寇。

倭寇来势汹汹，大明面临生死存亡的危机。一场大战在即，嘉兴城内的富豪们全都跑光，驰援的湘桂联军终于赶到。总督张经为了提高参战部队自信心，决定在临战之前检阅参战部队，三个受阅方阵，领头的是朝廷官军，紧接着是湘桂虎狼之兵——巫傩"弹簧步"整齐划

一、威武雄壮；虎兵们抬着棺材，高举伤时拭血、死后裹身的"死"字旗，在凄厉的牛角号声中，肩扛钩镰枪接受总督张经的检阅……

在彭翼南率领下，这群从大山深处走出来的土家苗汉一看到烟波浩渺的大海，格外兴奋。

阅兵场上，混迹于人群中的东瀛蓝色妖姬发起自杀式突袭，这些海盗遗孀组成的"恐怖天使"将炸弹投向检阅方阵，手持火绳枪扫射人群，顿时，阅兵场上血流成河。由于朝廷监军赵文华为了避免枪械走火，禁止受阅人员配备实弹，此刻明军官兵毫无还手之力……

哪知彭翼南这厮是从不按规矩出牌的家伙，他手下虎兵的枪里全都装满了实弹，只见他抬手一火枪就将为首的妖姬魔头击毙，随即虎兵们的"松树炮"一阵怒吼，将发起自杀式恐怖突袭的黑寡妇打得四散溃逃……

"轰轰！"倭寇特混舰队已逼近海岸，不断向滩头发起炮击。

炮声隆隆，阴云密布，一场中日大战旋即展开：虎狼汉子对阵倭寇——这是一场湘西巫傩奇术与东瀛邪教倭贼的斗智斗勇、生死对决……

倭寇抢滩登陆，彭翼南率湘军"虎兵"进行拦截。他效仿祖上的"铁塔式"进攻阵法，打得倭寇节节败退，只得逃进了毓成苦心经营的伪"大宋"王城。

古城堡垒固若金汤，堑壕连绵，易守难攻，彭翼南一时也无计可施。

15. 智筹军饷

翌日，"虎兵"出事了！原来旗头麻五从京子口中得知：官军们都发了棉衣，就他们虎兵没有。这冬季天寒地冻，虎兵冷得直跺脚，一怒之下旗头麻五带了几个弟兄抢劫了当地的一家店铺。这还了得，赵文华大怒：朗朗乾坤，竟敢公然抢劫，匪性难改！

由于湘西虎兵是千里奔袭，加之少数民族非朝廷正规军，后勤补给难以保障。

作为监军的赵文华非要严惩抢店铺的"湘西土匪"不可，他指使桂北狼兵将那几个参与抢劫的虎兵抓了起来，立即形成了虎、狼两派对峙。彭翼南忧虑不已，如此任其发展下去，联军将无法协同作战。

虎兵紧急集合，麻五等人挨完军棍处置，彭翼南当场脱了自己的棉衣给了他。"岂曰无衣，与子同袍"，此情此景，让那个来告状的商号老板都为之泪下，他当场将被抢的棉衣、棉被捐给了湘西虎兵。

如何解决衣被粮草问题？彭翼南听说有个捕鱼人，在东海捕获了一只金色乌龟，便有了主意：于是他令傩师爷将这只变异金龟"请"来，供奉在神龛上，白天杀头牛祭祀，晚上派士兵把守。众人大感不解，一只海龟何以受此隆重的礼遇？经过傩师爷的"点化"，众人明了，原来这只海龟乃东海龙王的金龟婿，是无价之宝，谁要是拥有了它，要风得风、要雨得雨，还会使主人长生不老……

这下整个东南诸地全都沸腾了，这只金色海龟也被越传越神乎。王江泾古城久攻不下，眼看抗倭联军就要断了后勤供给，彭翼南打听到了江南首富马化云，家里囤积了棉布千匹、粮食数万担，足够让抗倭联军吃上半年，于是他便有了主意。他亲自找到马家老爷，说要拿那只金龟婿换他的粮食布匹。马老爷受宠若惊，赶紧接受那只金龟回家供着，而湘军缺衣少粮的问题就这么被解决了。

总督张经听说此事后大笑道："翼南你真有本事啊，一只变了异的海龟竟让你忽悠来万担粮食、千匹棉布！"彭翼南嘿嘿笑道："任何东西，只要赋予其故事传说，就会价值连城，这个世间如果没有盲从、贪心之人，我上哪儿去忽悠呢？"

16. 将计就计

一波未平一波又起。"狼兵"的操训同样出了麻烦：上峰派来的教官，偏偏是当年追剿桂北狼兵的人——彭翼北手下的旗头张三。

果不其然，双方见面就瞪眼，旗头教正规拼杀，狼兵兄弟学来学去学不好，张三偏偏还要"流寇、笨蛋"地骂。操训"向前走"还好，而当操训"向后转走"时，旗头惹翻了狼兵副将岑大猛："你这向后转走，岂不是想逃跑？"两人动了手，结果酿成了几十号人的群架，双方打了个头破血流……

"秀才遇到兵，有理讲不清。"彭翼北的一个苦笑，又勾起了昔日那场带兵攻打老司城的新仇旧恨，气头上的彭翼南暴打张三几十军棍，将其逐出军营。

京子得知缘由，便愤愤不平："打狗还得看主人，他就没把你当亲兄弟！如今继承土司王位、带兵出征的都是彭翼南，跟你毫无关系，出尽风头的都是他！"京子知道他心胸狭窄，于是趁机再施离间计，策反彭翼北投奔了虢成。

然而令彭翼北万万没想到的是，"徽王"虢成的"皇后"竟然是他死而复生的亲生母亲阿花！京子还暗自庆幸计谋得逞，岂不知这正是彭氏兄弟将计就计，联手唱的一出双簧，精心谋划的"计中计"。

卧底江泾古城的彭翼北终于弄到了城防图，兄弟俩里应外合，约定在"徽王"五十大寿之日发起攻击，智取伪"大宋"王城。

正当彭翼北绑缚虢成时，身后一把尖刀刺来，而拿刀的正是他的母亲阿花！

张三迅疾一箭射中了"皇后"阿花的手腕，母子即刻上演生死对决……

虢成趁机挣脱，慌不择路地朝海上逃窜而去……

彭翼南用钩镰枪弩携带火药弹进行猛烈攻击，打得倭酋鬼哭狼嚎，木下晋三不得不带领残余势力逃往易守难攻的江泾岛。

倭寇老巢江泾岛是东南海域战略要地，此岛"江泾"的由来，是因为海面上分布着许多个形态诡异的岛礁，而岛与礁之间呈现出无数曲折诡异的水道，自古这些水道被称为"泾"。江泾岛自古有"七十二泾"天险之称，海盗凭借"一夫当关，万夫莫开"的海上天险固守孤岛，赢得了喘息机会。这里四面环水，但东南方向与大陆架实际相连，与王江泾古城港口遥相呼应，涨潮时一片汪洋，退潮时淤泥成滩，易守难攻。联军用陆兵攻打难于涉渡淤泥，用水师进攻则船易搁浅。倭寇凭借着此海上天险，在岛上已经营多年，筑城建垒，时常驾小船出外抢掠，为非作歹。

联军一时也无法攻破。雪耻复仇，尽快夺取江泾岛，无疑成了彭翼南的当务之急。

17. 釜底抽薪

谍影重重，暗藏杀机。就在"夺岛"的关键时刻，京子化装成虎兵行刺监军赵文华，被侍卫俘获。原来刺客竟是他失散的女儿"天薇"。京子趁机蛊惑其父："如若彭翼南此次抗倭名声大噪，必将国人拥戴，而一旦重兵在握，即便皇权至高无上也奈何不了他。父亲您作为一个监军又算得了什么？必将死无葬身之地！'桂北狼兵猛于狼，湘西虎兵猛于虎'，人无害虎心，虎有伤人意，养虎为患！"赵文华如梦方醒，便与严嵩密谋一唱一和，编造彭翼南后脑勺上长有一块反骨，匪性难改，唆使皇帝未雨绸缪，将张天娇扣为人质。其实木下京子与张天娇是赵文华失散多年的双胞胎女儿……

赵文华将京子身上的这块残玉与扣为人质的张天娇脖子上的玉佩拼在一起时，竟然天衣无缝，难道世上竟有如此巧合？

深夜，彭翼南救出了张天娇。赵文华带锦衣卫闯入总督营帐抓人，遭到张经阻拦。于是，赵文华诬告其"纵匪侵民、违抗军令"，上疏嘉靖抓捕张经，欲釜底抽薪。朝中大臣亦怨张经久战而不能克倭，其麾下'虎狼之兵'军纪涣散，骚扰百姓……

18. 半块残玉

赵文华借"祭海"布下了陷阱，当他率锦衣卫缇骑抓捕张经时，立刻引发了朝廷官兵与湘桂联军之间的刀枪相见。

彭翼南横刀立马："在场人谁敢动？"

张经深明大义："切莫因个人而误了国事，我会在皇上面前说明是非的。"

当赵文华下令将张经押走之时，火冒三丈的彭翼南迅速将锦衣卫缇骑降服，劝张经逃走，张经拒绝，彭翼南只得强行将他架走，送他上渔船。临别之际，张经将张天娇的终身大事托付给彭翼南，彭翼南跪谢，二人改口翁婿相称。张经将张天娇的身世告诉了彭翼南，要他善待天娇。三人含泪道别。

赵文华带领官军追击，却遭到虎兵弟兄的拦截，双方刀枪对峙。

"轰轰！"就在双方剑拔弩张之时，倭寇舰船上的大口径大炮喷出了火舌，在红夷大炮的掩护之下，裸身跣足的海盗武士登上了祭祀海滩……

刚才还不可一世的赵文华被飞来的炮弹炸了一个趔趄，瘸着腿仓皇逃走。

19. 负荆请罪

翌日，嘉靖皇帝巡视东南前线，彭翼南已经做了最坏打算："我辜负了圣上，对不住皇兄。但总督张大人不仅是我岳父，更是我的恩师，我别无选择，只能这么去做，要杀要剐任由皇兄处置……"

然而，令彭翼南没有想到的是，朱厚熜并没有发怒，只是踱步叹息："翼南，知道朕为什么器重你吗？就因为你身上有别人没有的优点：一是男子汉的敢做敢当；另一个是你对兄弟、朋友、师长的忠诚。一个不懂得感恩之人不能为友，一个没有忠诚度的人不能任用。你最大的优点是忠诚，最大的缺点是太忠太义，就像你胸前的这把义胆长命锁。不过，翼南你想过没有，你这样仗义执言讲真话，还代人受过，你就不怕杀头吗？"

"精诚所至，金石为开。不讲真话，难道说假话不成？"彭翼南挺直腰杆，泰然处之。

嘉靖拍了拍他的肩膀："翼南呀，舌为利害本，口是祸福门。真人面前莫弄假，痴人面前莫说梦话。自古良言忠告逆耳，真话实话，从来是不受褒奖的，得闭口时须闭口，得放手时须放手。让朕感到欣慰的是，朕几次故意当着你面说张经的不是，你却从来没有附和一句，这是难能可贵的。这个世界上，在权力利益面前迷失自我、溜须拍马甚至出卖朋友、亲人的人太多了。凡成大事者必须具有两手，一手忠诚，一手能力，如果没有忠诚，能力无足轻重，人生高度取决于你读过的书和遇到的人。朕之所以再三容忍你的鲁莽之举，就是希望你彭翼南建功立业，了却朕之心头大患……"

20. 火烧连营

京子自诩有"绝招"可为父亲在朝中争回颜面，那就是：劝降"海贼王"虢成、徐海。赵文华当然求之不得。而当赵文华接到投诚密信后，难辨真假，犹豫不决，直到见到那张"岛防图"之后，才相信他们是"真心"归降。赵文华在京子的怂恿下亲自组织水军并自任都统，自作聪明地将战船首尾紧扣，并声称这样不识水性的抗倭联军就可如履平地，来往自如，何愁倭寇不灭？然而彭翼南早识破了这是京子布下的"火烧连营"诡计。他促成了凤姐与虢成这对曾经的夫妻秘密会见，晓以利害，规劝虢成受抚招降。虢成在湘西科考时就知彭翼南的厉害，此次更受钩镰枪弩的震慑，只得勉强同意立功赎罪，配合实施"将计就计"……

几近疯狂的京子，诡计频施，无疑将姐姐张天娇、恋人彭翼北置于了危险境地。

张天娇为复仇将计就计，揆情审势，趁机俘获了朱厚熜那颗阴暗之心，使得皇上将奸党的诬告奏折付之一炬，暂时保住了彭翼南的军事指挥大权……

对于江泾岛海域的潮汐、海流等自然现象，彭翼南早已了如指掌：冬季时节雨水偏少，海域的盐度不同，海流方向导致表层海水涌向江泾岛，一旦时机成熟，进攻木船即便没有风帆动力，也可顺着水流的涌动攻击倭寇老巢……

"我愿平东海，身沉心不改"，彭翼南想要尽快捣毁江泾岛倭巢，必须了解地形、潮汐规律和倭寇分布情况，并根据江泾"夺命岛"的地形和倭情，传檄民众，防止奸细。他首先抚收胁从，肃清外围，斩断爪牙，并且制定从东南浅滩方向伺机登岛的攻击方略：东南是一望无际的海涂，而就在这片海涂的尽头就是诡异的江泾岛，彭翼南率领的湘军需巧妙利用涨潮的时机，用"水寨船城"迅速在东南方向搭成一条海上"通途"，这样就不论潮涨潮落，他们都能利用这座"水上浮桥"登岛攻击，击败倭寇！

虢成惯用"狡兔三窟"的伎俩，早在追剿桂北流寇时，彭翼南就领教过他的"诈降"。深夜，大姐金凤率领狼兵潜至虢成"徽王"旗舰底部，炸穿了他最后逃跑所倚的战船，给其造成了巨大的心理恐惧。此时万事俱备，只欠东风——以其人之道，还治其人之身！

子夜，虢成如约前来"投诚"，赵文华大喜过望。不料，"降军"用火攻法点燃了抗倭联军的船只。奸贼赵文华仓皇逃走。倭寇首领木下晋三亲率"神风敢死队"倾巢出动，欲全歼明军于大海之上。万分危急之时，彭翼南戴上了虎头傩面，口中念念有词："天灵灵，地灵灵，王城遁甲，阵列前行，降妖除魔显神灵……"王城秘诀引来了神奇的东南风，顿时狂风大作、电闪雷鸣。祖传神器聚集天地日月之精华，携火弹朝敌舰投射，湘西神鬼难测之术，反而使前来实施"火烧连营"的倭寇葬身于火海……

21. 来世再见

此刻联军爆破队在雷舵主的率领下秘密登岛，正欲偷袭江泾岛"鬼门关"时，却反遭倭寇的伏击，几乎全军覆灭。

黑寡妇"恐怖天使"手持倭剑将已点燃的炸药包导火索砍断。危急时刻，只见身中数箭的雷舵主，一个鹞子翻身跳到"太阳鸟"化石上，弯弓搭箭，"嗖嗖嗖"三声，箭无虚发，三个黑寡妇应声倒地。

不断冲上来的敌寇将其逼至绝境，情急之下雷舵主点燃"巫傩焰火"——

焰火点亮了天空，给祖传神器袭击"太阳鸟"指明了方位，但握着钩镰枪弩的彭翼南一时下不了手，因为七剑客还在岛上，一旦按下操作手柄将玉石俱焚。

雷舵主大声疾呼："来世再见，向我开炮！"

箭在弦上，彭翼南不得不挥泪按下手柄，顷刻之间地狱飞弹发出了怒吼——就在地面"太阳鸟"化石被炸飞的同时，虎兵特制的"蝙蝠炸弹"钻进隐藏于地下的军火库，引发爆炸，导致江泾岛火山喷发，熔岩如火龙般蔓延，奔向大海……

22. 夺岛大战

总攻的时机到了，王者"呜吼"大声疾呼，牛角号吹响：千舟竞发东风助，正是扬帆远航时！借着强劲的东南风，连接在一起的"水寨船城"就像一艘巨型的航空母舰推动着前来进攻的倭寇船只，迅速朝倭寇老巢一路乘风破浪地挺进。此次的"土匪搞海战，木船打军舰"，堪称千古传奇，彭翼南令虎兵们用"喷火油柜"向敌人开火，顿时，倭寇苦心经营的江泾岛老巢立即陷入一片火海之中。

火，足够大；风，足够猛。无敌神器钩镰枪弩不时袭来，似刀、似枪、似戟又似弩，让敌寇阵脚大乱，纷纷溃逃。乱作一团的倭酋欲驾船逃跑，彭翼南用射程更远的"梨花炮"投射出炸药包，强大的火攻利器实现了远程狙击。这种新式武器类似于"猛油火柜"，就是将桐油树脂混合灌进一个封闭的、类似于风箱的容器，通过不断地压缩气体之后，遇敌时点火喷射出去，巨型喷火器刹那之间投射出的炸药包，能远距离攻击敌舰，非常适用于木船时代的海战，加之东南风适时地袭来，立即引燃了敌人船上的风帆，倭寇望风而逃，舰船在火海中焚毁……

"还我河山，开炮！"彭翼南的怒吼声仿佛从上天获得了雷电能量，一时间枪弩弹射出的喷火筒，就像那多管"一窝蜂"火箭，喷出的火舌中夹带着的铅弹、铁块、碎石乱窜；硝烟毒雾肆虐，令敌寇不寒而栗……

23. 恐怖天使

东瀛倭寇四面楚歌。京子以身挡住了兄长木下晋三刺来的利剑，她掩护了彭翼北得以脱身。当彭翼南寒光闪闪的钩镰枪将京子逼向绝境时，她选择跳崖前瞬间与彭翼北"最后一吻"，谁知"情感精灵"魔盒里释放出的"唾液"如同潘多拉病毒迅速蔓延扩散，尽管有神犬"黑豹"的舔舐，彭翼北也难逃厄运。万万没想到钟爱之人却把他送上绝路，就连大姐的"圣女凉液"也无力回天，生死攸关之时只有那只猎犬最忠实。

看似两国之间的生死较量，背后却是人性扭曲的间谍之战⋯⋯

江泾岛上激战正酣，登岛的虎狼联军此刻正急需驰援。这时，一件不可思议的诡异事件却发生了，戚继光、卢镗率领的两路朝廷援军不知因何纷纷倒下了，这便是"东瀛魔女"京子死后阴魂不散所隐藏着的玄机之一，侵略者为达到目的不择手段！

这个玄机便是东瀛实施了细菌战。京子早就令"恐怖天使"黑寡妇将病死的马、羊埋进了沿途水源，经这些头插蓝色妖姬的女巫诅咒后，这样的水就有了剧毒，这是中日战争史上的首次细菌战。

危急关头，彭翼南的爷爷彭明辅赶来增援，只见他率领湘西土兵从王江泾侧面水道杀出，围歼海湾堡垒防线上的恐怖天使黑寡妇⋯⋯

24. 最后一战

虎头傩王神奇之处就在于他能"改天道之运作，集日月之精华"。彭翼南率抗倭湘军以近战、夜战以及火战，令倭贼防不胜防，加之戚继光、卢镗带领的明朝官兵四面堵截，神奇的巫傩绝技早已令倭寇草木皆兵，倭寇头颅一一被砍落，所向披靡的湘西巫傩王者，让东瀛这个凶残好斗的邪恶蛮族闻风丧胆。

此时的倭酋首领木下晋三如困兽一般，以日本传统武士的名义实施最后的疯狂——只见他手握锐利的东瀛倭剑横冲直撞，瞬间就将旗头张三的刀剑劈断。危急关头，彭翼南、凤姐赶来，姐弟两人携手对付倭酋，刀光剑影中彭翼南大声怒吼："倭奴拿命来！"仿佛是天神赐予他无穷力量，顷刻间他挥舞钩镰枪弩出神入化，几个回合下来就将木下晋三击败，绝望之中木下只得剖腹自杀⋯⋯

钩镰枪弩如迅雷铳多管火绳炮一般，铅弹肆虐如狂风暴雨，倭寇纷纷溃逃。海盗头子辛五郎挥动倭刀疯狂突围，但最终也被飞速旋转的钩镰枪弩砍去了首级。

"海贼王"虓成、徐海见势不妙欲潜逃，被天降巫傩神兵先后捕获，而那些溃败的汉奸伪倭寇们，先后也被虎兵狼兵一一擒拿归案。

夺岛战斗中，钩镰枪弩吐出的火焰魔幻、梦幻、玄幻，在震天怒吼声中不时传递着死神的气息：恐怖、惊险、离奇、诡异！巫傩奇幻、如影随形，令敌寇不寒而栗。在这场土司王族与木下家族的殊死血战中，王者姐弟用鲜血与生命，铸就了气壮山河的血肉长城：一寸山河一寸血！

主人公彭翼南以湘西人特有的巫傩思维克敌制胜，打赢了这场几乎不可能赢的战争，收复江泾岛，将倭贼赶出了中国领土！

25. 明月清风

王江泾大捷，大明举国欢庆。京城商家的"鬼酒"销售一空……

彭翼南姐弟一行来到京城，他们不是来受封领赏的，而是来向当年的大哥、如今的皇上讨说法来了，因为胜利者是不受指责的。

嘉靖皇帝却不愿见他们。皇宫门前太监挡道："皇上身体有恙，不见任何人，尤其是你彭翼南！"

当张天娇回家向义父报告胜利消息时，不料，看到的却是他自拟的墓志铭：人生最大的破产，就是绝望。张经告诉女儿，东南倭患平定之时，必是自己大限之日。如今大限将至，这便是注定的宿命，谁也改变不了。他还告诉女儿其生父就是那个奸贼赵文华，这让天娇大感意外。

说曹操，曹操到。赵文华带领锦衣卫赶到，正如张经所预料，赵文华手持嘉靖皇帝的圣旨，称张经纵匪侵民、贻误军机，是死罪。张天娇可不管那么多，她抽出梅花剑，要与赵文华拼命。这可是她的生身父亲、一个冷血的灵魂丑陋的变态男人。张经呵斥了她的冲动之举，说咱爷儿俩总得有一个要活下来，好歹要看到这盘棋的结局呀。张经半生都在与严嵩、赵文华较量，但总是斗不过人家，现在他突然省悟到了，只有一个办法能让自己成为压倒对手的最后一根稻草，那便是自己一死。如果成功了，也就死得其所了。

回到下榻客栈，彭翼南与金凤之间多年的姐弟情仇，也有了一个了结。

倭患平定，作为掣肘对立面的严嵩也就不起作用了。自古多行不义必自毙，严嵩预感大限已到，此时皇帝就要卸磨杀驴了。当嘉靖下令抄家逼他悬梁自尽时，严嵩忽然想起正德皇帝生前曾给他留下一道保命的"遗诏"，然而当他打开密旨后却傻眼了，因这道圣旨里只有三个字：留全尸！

萧瑟寒风中，彭翼南和凤姐他们就要离开京城，即将回到天高皇帝远的家乡。就在他们离开之际，满城尽传赵文华死了，是被砍死的。验尸的仵作说刺客的刀法极好，又极怪，还极狠，差点将脖子砍断了。

26. 王者神器

就在江泾岛大捷的翌日，日本派来使者，向大明求和：中日两国，从此再不交战！

夜晚，向老太爷在京城"湘西大酒店"里早已备好了筵席，款待凤姐、翼南姐弟一行，令他们意外的是，一同在王江泾大捷并肩作战的参将戚继光、卢镗正在此恭候王者的光临。

酒宴上，当向老太爷打开家乡陈酿的"鬼酒1555"，一股白酒的馥郁芳香扑鼻而来，此酒素以入口绵、落口甜、饮后余香、回味悠长特色而著称。觥筹交错，相聚甚欢，趁着酒兴彭翼南将用兵的"铁塔阵""镇倭拳"之祖传武学一股脑儿地传授于明军参将戚继光，后这些武学被"戚家军"的"鸳鸯阵法"发扬光大，威名远扬。

而当戚继光问及钩镰枪弩超级无敌的玄机时，彭翼南却摇头不语……

此时，太监传来了皇帝圣旨："自有倭患以来，东南用兵未有得志者，此其第一功，子孙永享，立牌坊予以'昭告'天下，赐湘西土司彭翼南二品乌纱冠帽，授其昭毅大将军……"

诸位庆贺，好不热闹。隔壁包间的日本微服使者寻着"鬼酒"乙醇的芳香过来举杯敬酒，忽然他被彭翼南身后的包袱所吸引，此刻的使者，似乎发现了一件神秘兵器，疑惑地道："这……就是传说中的王者神器？"见彭翼南未置可否，他便又滔滔不绝地道："中日一衣带水，唇齿相依……"

"一衣带水，而非唇亡齿寒。"彭翼南扭转头望向窗外的天空（画外音）："但愿东南无战事，鬼酒定能化碧涛！"

趁着王者与诸位将领挥泪畅饮之机，微服使者偷偷操起神器朝王者刺去——不料，神器蜻蜓一般飞旋，刹那之间喷射出巨大的火焰……

微服使者急忙打开随身暗藏的东瀛魔盒，释放出病毒，灾难的渊薮即刻肆虐。只见火焰化作血盆大口，犹如虎啸龙吟，中日魔法相互厮杀，虎头傩面对阵东瀛魔盒，难解难分。

飞速旋转的神器反而将刺客砍飞，临死之前，使者喘息诧异："钩镰枪弩，匪夷所思！"

这就是京子死后，阴魂不散所隐藏着的玄机之二——东瀛亡我之心不死！

27. 魂归故里

普天同庆的鞭炮声响起，满城"噼里啪啦"的摔碗酒则是为祭奠战死将士的亡灵。用火、敬火、祭火的湘西土家人"生于火塘边，死于火堆上"，这透露出湘西各族人民的淳朴、善良、倔强的性格特质，以及面对外来侵略者无惧无畏，拼死抗争，永不言弃的精神。这一团团升腾的火焰，无疑是光明的象征，展示出的精神力量就是为国为民燃烧自己，直至烟尘的消亡，哪怕只是瞬间的璀璨！

就在彭氏姐弟返乡途中，一条大河横亘在眼前，这里正是当年虢成被尚方宝剑砍落水中的那个春陵码头。彭翼南触景生情："步出霜林若隔世，回头一笑大河横！"

话音未落，停靠在码头的大船上走出一个人，他正是与彭翼南一齐并肩抗倭的水兵都司汤克宽。

汤克宽："翼南兄，汤克宽在此恭候多时了。"

彭翼南诧异地道："克宽兄如今已是东南封疆大吏，为何出现在这里？"

汤克宽掏出皇上圣旨："湘西土司彭翼南升任云南右布政使，赏飞鱼服，立即转道云南赴任，不得延误，钦此！"

彭翼南面对调虎离山，让他有职无权的皇命："翼南实难从命，莫非……"

"从也得从，不从也得从！实话跟你说吧，让你转道云南赴任也只是一个借口。"说罢，汤克宽身后闪出一队朝廷锦衣卫，拦住了彭翼南的去路……

汤克宽撕下面具："为确保大明江山一统，以防土司拥兵自重，湘西土著军队就地解除武装，彭翼南你必须即刻交出那把钩镰枪弩……"

彭翼南："还是为了这把钩镰枪弩。克宽兄，你觉得这些锦衣卫拦得住我吗？"

汤克宽："此事可由不得你。为了对付你的钩镰枪弩，此次我专门从东南沿海请来了一位高手。话音未落,船舱里走出一位神秘武士。"

武士:"彭将军武功盖世,领军破阵的威名如雷贯耳,今日得见,果真气度非凡。"

彭翼南:"如今彭翼南乃山野草民,并非领军破阵之将军。"

武士:"彭将军所创神器名扬天下,在下欲讨教几招,长点见识……"

此刻被微服使者邪毒侵蚀的彭翼南头晕目眩:"这么说,你是专程来挑战的?枪弩入鞘,四海太平,彭翼南从此收山,不问江湖……"

汤克宽:"翼南兄,你已经中了东瀛邪毒。实不相瞒,我来的时候,你那位皇上兄长一再叮嘱,像彭翼南这样的旷世奇才不能任其留在世间,否则迟早是大明王朝的心头之患……"

彭翼南:"不能任其留在世间?那就要置我于死地?"

汤克宽:"我杀不了你,能杀你的是他。翼南兄,你可知道他是何人?"

彭翼南:"他是……"

汤克宽:"为破解你钩镰枪弩绝技,皇上令我请来东瀛头号武士木下晋四……"

彭翼南:"木下……晋四?"

木下:"我木下家族数代武士都一一败给了彭公子孙,此次我哥哥又被你所杀,我潜心研究数年,苦练一套家族绝世武功,今日我定要破解你的钩镰枪弩……"

彭翼南:"哦,我想起来了,你哥哥就是幕府将军木下晋三……"

木下:"知道就好,早就想取下你的人头,为我哥哥祭奠。"

彭翼南:"就算你取下我的人头,你哥哥也不能起死回生。"

木下:"不,我要让天下人都知道,彭公祖传神器败在我东瀛木下家族。"

闻听此言,身受东瀛邪毒侵蚀的彭翼南重振雄风:"好,老子接受你的挑战!"

只见他戴上傩面口吐焰火,念念有词:"天灵灵,地灵灵,降妖除魔显神灵……"

话音刚落,双方展开了一场生死对决……

在惊心动魄的生死较量之中,木下头颅被飞旋的钩镰枪弩砍落水中。

见此情景,汤克宽不禁惊叹:"王城秘诀,神鬼难测?!"

而就在彭翼南身上的邪毒发作之时,汤克宽拿出尚方宝剑挡住了他的去路:"朝廷已大军压境,如果你置若罔闻,湘西土司王城即刻夷为平地……"

彭翼南不解:"如今,东南敌寇已经被剿灭,为何还要像成祖皇帝朱棣那样,非要赶尽杀绝?"

汤克宽:"东瀛倭寇只是撬开国门,掠夺财富,无伤大明江山社稷;而如今你抗倭名声大震,得到国人的拥戴,说不定哪天挟天子以令诸侯,无疑是皇上的心头大患。长兄如父呀,父兄要你死不得不死,执意顽抗的后果,就是'城内三千家、城外八百户'的王城百姓都将死于非命,何去何从,你没得选择。老弟我在此有一句忠告:千万不要去做名人,这名乃登天之梯,也是踏入地狱之门;自古少年得志者,皆不得好死。这句话,留给你下辈子享用吧!"

彭翼南的眼前不时闪现:朝廷大军已将王城山中的阴河堵死,并在阴河大坝的咽喉死穴处安放了千吨炸药，如若爆炸，不仅王城毁于一旦，还会引发洪水滔天，殃及下游百姓。尤其是阴河大坝中倭酋早已埋下了东瀛魔盒，一旦炸开，隐藏在里面的瘟疫一齐飞出，再与激流中的阴沉木相遇会瞬间产生裂变，毒上加毒，犹如潘多拉病毒蔓延，瘟疫肆虐。这便是京子死后，阴魂不散所隐藏的玄机之三。

为了拯救天下苍生以及兑现出征时的承诺——若不战死沙场，我一定会带你们回到家乡；如若战死疆场，我彭翼南也会带你们魂归故里——彭翼南唯有牺牲自己才能让虎兵兄弟回归家门……

"将吾头往谢之，王城不可得也！"彭翼南仰天狂笑，喝完酒后将碗摔碎，当汤克宽指挥锦衣卫将其逼致天坑绝境之时，忽然一阵狂风袭来，他毅然跳进了深渊，犹如十年前那场"落洞"。为了保住祖宗家业不被毁灭，彭翼南以自己性命换取了千年王城的延续。王者的决绝笃诚、大仁大义惊天地泣鬼神，十分悲壮！

张天娇、金凤阻拦未果，情绪失控，挥剑厮杀……金凤不幸被尚方宝剑砍杀，天娇也被锦衣卫刺伤了手臂，她眼前不断浮现当年西楚霸王项羽自刎乌江时的情景："生当作人杰，死亦为鬼雄！"

汤克宽："将其拿下，押送京城，皇上正等待着这个小美人呢！"

张天娇视死如归，宁为玉碎，不为瓦全："朋友妻不可欺，何况还是结拜兄弟？人在做、天在看，这样的昏君天良丧尽，朱家皇族一定会断子绝孙！"

话音未落，雷鸣电闪，暴雨倾盆。这突如其来的奇异天象实在令人费解。

张天娇趁人不备，一头撞向"忠义碑"也追随亡夫而去。忽然间天雨纷飞，一对化茧成蝶的伴侣且为忠魂舞，让人肝肠寸断。

（山涧回荡起嘉靖皇帝的画外音）你的优点是忠义，缺点是太忠太义，就像你胸前的那把"义胆"长命锁……

"神秘湘西，王者无敌"。东瀛邪恶势力的克星，最终却倒在了中国人自己的手里，不禁令人扼腕叹息。这才是京子死后，阴魂不散所隐藏的最致命的玄机。

28. 尾声

"山的梦，水的魂，湘西山水养育土家人；烽火狼烟那是倭贼马蹄触发的警报，国难当头正是王者英雄横空出世之时；要不战死沙场，便是回到故乡；客死异乡，魂归故里，老子死活也要回家门！"

王者兑现了当初的承诺，牺牲自己性命拯救了麾下子弟兵和保证了千年王城的延续……

世人万般哀苦事，无非死别与生离。善恶到头终有报，只争来早与来迟！

此时此刻，前朝首辅大臣杨廷和之子杨慎正好前往湘西，路经此地，杨慎触景生情，不禁吟唱唐教坊曲《临江仙·滚滚长江东逝水》……

歌声之中，傩师爷口吐九昧真火，耀眼的火花溅射开来，释放出了光芒四射的巨大火球，在熊熊火光中浮现出一个个抗倭英烈，威风凛凛、横刀立马的光辉形象，似乎在激励后人不忘国耻，振兴中华。人们仿佛看到彭公英灵以及许多在抗击外寇中客死异乡的阴魂，正在傩师爷"赶尸"的吆喝之下，一个个魂归故里……纸钱、冥币漫天飞舞，苍凉歌声响彻云霄，一路相随——无惧无畏的王者精神，囊括了湘西土家儿女救国于危亡、救民于水火的崇高思想，这精神源远流长……

　　字幕：公元1567年，王者彭翼南（剧中人物原型）英年早逝，年仅31岁……

　　流水的帝王，不朽的王城。2015年7月4日，在德国波恩、联合国第39届"世界历史遗产"评选大会上，可见古遗址专家杰克和露丝、探险家贝尔·格里尔斯与日本政府代表据理力争……

　　随着联合国教科文"世界历史遗产"大会执行主席玛丽亚·博默尔（Maria Bohmer）女士手中的槌子落下，全场掌声雷动，大家纷纷向中国代表团表示祝贺——本剧主人公的故居、"湘西土司王城"申世遗成功了！湖南省终于实现世界文化遗产"零"的突破。谜底、悬念终于被揭开——古墓中这件令日寇闻风丧胆的"神器"无疑就是中华民族无惧无畏、永不言弃的精神！

　　剧终！

　　【该作品已申请版权保护，湘作登字：18—2015—A—2230；剽窃、借鉴必究！】

人物戏剧关系图

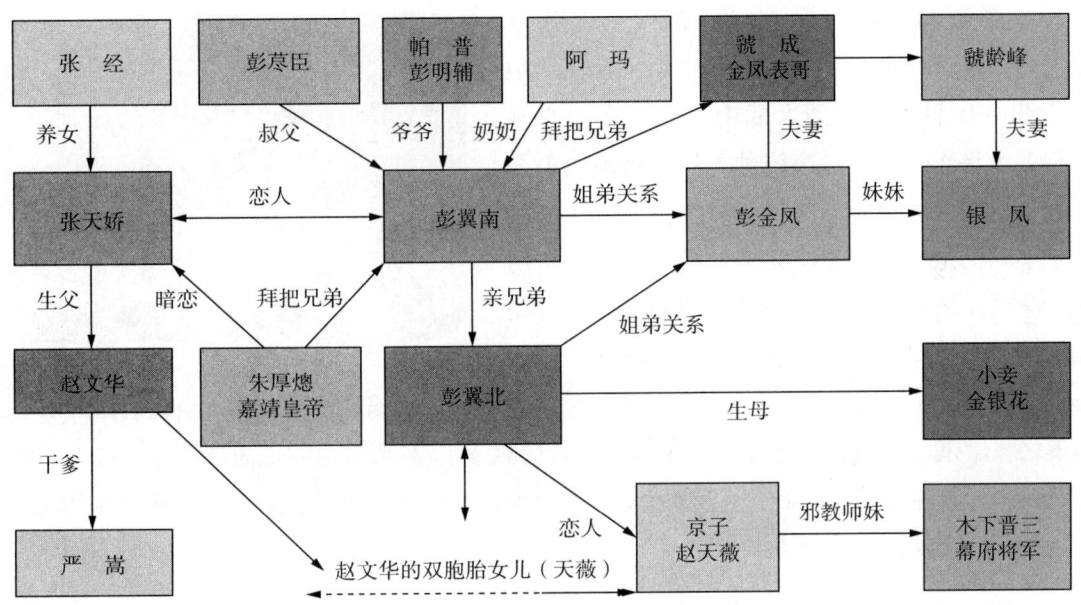

　　剧中的主人公彭翼南的形象已超越了历史上这个真实人物本身,作者笔下的这个艺术形象是湘西千百年来、几十代土司"忠君爱国"的集中代表。希望各位领导、历史学者、民俗专家理解编导采用戏剧演绎这种艺术手法的用意与苦衷。

主要人物小传

1. 彭翼南：男，15—19岁，湘西第26代继任土司，其王族世袭了唐宋元明数朝，管辖封地20余州，在后来的抗倭大战中，他是横刀立马的昭毅大将军、湘军最高统帅。然而自出生第一天起，他就能"睁一只眼闭一只眼"地应付人生初来乍到的危机。接生巫婆诅咒其"长相东拼西凑，命里火焰太高"。小妾施以"狸猫换太子"诡计，致使其生母暴亡。他喝着大姐的乳汁长大，  身世堪比赵氏孤儿般传奇。诡异的"落洞"陷阱反而使得火焰哥重见天日，至此他与火结下了不解之缘。"青出于蓝而胜于蓝，老子就是湘西彭翼南"，只要戴上傩王面具、口吐焰火，他就仿若两人，其神秘之处在于千呼万唤始终不露真面，但他又无时无处不存在。其"神鬼难测之术"，使得各路妖邪惶惶不可终日。

道高一尺，魔高一丈。切记：主人公必须一直处于弱势，陷入四面楚歌的绝境，甚至毫无还手之力，只有这样人物才有命运的危机感。俗话说：性格决定命运。然而为了实现人物命运的大反转，就要设置主人公的双重性格。人世间但凡真正有才智的人，表面上看似愚笨，从不露锋芒，骨子里实乃大智若愚也。

军人以服从命令为天职。但在美剧《巴顿将军》中，巴顿是一个"一切行动不听指挥"的暴戾军神；《亮剑》也一样，李云龙屡次抗命，明知不可为却偏要为之，从而使得人物性格格外鲜明。即便若干年以后，观众不一定记得清具体的故事细节，但一定记住了剧中那另类的、鲜活的、栩栩如生的人物形象——巴顿、李云龙。编导就是要把"不可能"变成"可能"，实现主人公命运的大逆转，塑造出真实可信的人物形象。

军令如山——战场上命令一旦下达，必须绝对服从。彭翼南屡次违抗军令，为何能侥幸躲过？黄鼠狼有三个救命屁，他有三座靠山。每当犯错之后，就有人为他求情；每当被惩罚时，总有人站出来替他说话。一是有老土司帕普的溺爱袒护；二是总督张经，不仅是他的岳父，而且一直很赏识他；三是他早年救过的嘉靖皇帝，与他结下了兄弟情谊。再说嘉靖皇帝早就意识到倭寇如此凶悍，真正能克敌制胜的是彭翼南，怎能处置他？这就是亲情友情的魔力。俗话说"夜路走多了总会碰见鬼"，只有把倭寇赶走之后，老谋深算的嘉靖皇帝为了至高无上的皇权才会痛下杀手，置他于死地。有人会说彭翼南非帝王将相，只不过是地方上的一个土司而已，题材体量不够大，不值得大张旗鼓地去歌颂这样的小人物。在小说《水浒传》中，宋江招安投诚后，朝廷敕封其的官职相当于现在的一个中校营长或副团长，难道小股的梁山好汉能把聚众数万的方腊剿灭？明显可以看出作者施耐庵把水泊梁山聚义规模夸大了，《水浒传》的成功，不仅在于历史真实更在于艺术的感人。正如茨威格所说："世间一切伟大的壮举总是默默完成的，世间一切智慧总是深谋远略的。"那些能够守住本心的人，总是创造着一个又一个惊人之作。彭翼南虽然是个名不见经传的"小人物"，但他却是中国历史上将日本侵略者赶回老家的第一人，他无疑释放出自身的"大能量"，传递着我们民族自信的正能量——国家兴亡，匹夫有责！

如果说《哪吒之魔童降世》中的哪吒是个魔童，那么《王城诀》中的少年彭翼南，就是一个"从不按常理出牌"的湘西歪才、巫傩鬼才、王族怪才……

一代鬼才彭翼南，面对棘手问题，总能跳跃式思维，或者逆向思维，非同一般，其身上关键就在于一个"魔"字——魔童或魔少。哪吒手持乾坤圈，脚踩风火轮；彭翼南口吐"焰火"、念王城秘诀开启祖传神器，瞬间弹射出的钩镰枪弩，杀敌于无形。此乃编导苦心经营的视听形象，适时地引发观众的共鸣和联想。

有人说："演员选对了，戏就成功了一半。"那换句话说，如果剧中的主要角色定位设置好了，就会事半功倍。因为影片中的人物形象是靠演员自身来创造的，其饰演的角色直接与观众见面，所以说人物塑造成功与否，直接关系着整部剧的未来。有一句经验之谈，叫"戏保人"和"人保戏"，也就是剧本好，人物刻画到位，这样就会给饰演者提供塑造好人物的基础。

剧中的主人公彭翼南形象，已超越了历史上这个真实人物本身，他是湘西千百年来、几十代土司"忠君爱国"的集中代表。因为他去世时很年轻，常言道"童言无忌"，所以应将其塑造成湘西特殊地域的叛逆少年。因主人公自幼受地域巫傩的影响，"鬼"迷心窍，走火入魔到了极致，还有他嗜酒如命，整天酒醉迷糊，口无遮拦，傻到了极致，这些使得人物形象古灵精怪、傻得可爱、大智若愚。巫傩神奇鬼怪的耳濡目染，造就了他继任土司后采用以毒攻毒的绝招来治理湘西官场腐败，千里远征抗倭时，土兵缺乏后勤补给，他就用变异海龟忽悠粮草等诸多奇智怪招来解决燃眉之急。这些绝不是仙侠玄幻，主观幻想与史实杂糅的远古神话，崇拜自然、信鬼尚巫的原始宗教以及质朴淳厚、雄强剽悍的民族精髓早已融入湘西人的血脉，其存在的意义更多地在于历史久远、约定俗成的文化精神的传承，生生不息，绵延至今……

自古英雄出少年，这是一部关于王族少年的青春励志剧，讲述了湘西巫傩王者的传奇。只要主人公是少年就好办了，年少必定轻狂，因为："童言无忌""初生牛犊不怕虎"，我们就可以采用"扑盲子"手法。"天不怕地不怕，就怕少年说大话！"尤其是醉酒后的湘西人，其豪爽洒脱闻名遐迩，如何展示神人、奇人、鬼人超乎常人的另类智谋，以及讲述好他的"酒壮英雄胆"的人生传奇，塑造出令观众记忆深刻的人物形象，这是编导关注的焦点。湘西人敢说敢做，语言风趣幽默，可以将主人公话痨式的"笨拙"演绎到极致。人物对话可以借助于相声创作手法"扑盲子",即一本正经地真诚"胡说八道",也就是"没准词儿",随意性很大,口无遮拦,让人听着东一头、西一头,自个儿也不知道要说些什么,仿佛一切话语都是即兴随意的,实则人物内心早就有了主意,此乃塑造人物"大智者若愚"之手法。主人公作为湘军最高统帅,他的话痨与毒舌,似乎违背了"军中无戏言",恰恰正是他言多必失的"戏言"、年少轻狂时的行为语言轻松愉悦诙谐,与他后来的凝重与浩然正气形成对比,从而表现出这个另类、叛逆的少年的成长历程,塑造出真实、可信、感人的人物形象。

关于历史人物年龄的真实性。根据历史记载,皇帝朱厚熜的实际年龄要比彭翼南大了十八九岁,因此只能将人物的年龄往嘉靖上靠——画鬼容易画人难,因为熟悉彭翼南的人并不多。就像观众津津乐道的《唐伯虎点秋香》,史料记载确有秋香这个女子,她与唐伯虎是同时期的真实人物,可她至少要比唐伯虎大了四十岁,难道唐伯虎三点秋香奶奶?所以,我们可以用同样的方法来处理彭翼南的年龄。只有"现实批判主义"与"魔幻现实主义"相辅相成,才能化腐朽为神奇般地将久远的历史化为眼下正在发生的现实。故事起承转合皆由钩镰枪弩引发,然而令倭寇闻风丧胆的钩镰枪弩,至于是"钩""镰""枪",还是"弩"?历史文献并没有详尽记载。那么彭翼南在王江泾大捷中究竟使用了什么样的神秘武器战胜倭寇的呢?专家们一直有争议。但在爱国主义、家国情怀的大背景下,在理想信念与现实的冲突之中,人们不会再去强调其本身是否真实。历史题材,大事不虚,小事不拘。影视是直观形象的视听艺术形式,直接诉诸观众的视觉与听觉。电视剧不是历史的真实而是艺术的感人,艺术源于生活一定高于生活。玄事、幻事、诡异怪事,一切尽在王城背后的湘西往事;神人、牛人,巫傩奇人,展示出主人公"修身、齐家、治国、平天下"的人生传奇。

倭寇来势汹汹,大明王朝危在旦夕。彭翼南三姐弟捐弃前嫌,为报家仇国恨组建了复仇者联军"虎狼之兵",毅然走出大山,千里远征杭州湾抗击来犯之敌。在中日王江泾大会战中,他将祖传神器钩镰枪发扬光大,聚集天地日月之精华,致倭寇葬身火海。彭翼南以湘西人特有的巫傩奇招克敌制胜,打赢了这场不可能打赢的战争,收复了江泾岛,将倭贼赶出了中国领土!因此他获得大明王朝"东南第一战功"殊荣,被赐封为大西南右布政使、赐二品飞鱼服。

"我愿平东海,身沉心不改!"这无疑是中国版的王子复仇记!

这是一部有德之人"信守承诺"的故事。为了兑现出征时给家乡父老的承诺——"若不战死沙场,我一定会带他们回到家乡;如若战死疆场,我也会带他们魂归故里";同时也是为了阻止土司王城不被毁于一旦,殃及下游百姓,彭翼南不惜牺牲自己。王者诀别之举,惊天地泣鬼神!

湘西土司彭翼南与戚继光是同一时期抗倭英雄,1555年"王江泾大捷"时,彭翼南为此次战役的主将,而戚继光只是浙江都司佥书,次年升任为参将。只因"戚家军"乃朝廷官军,历史有详尽记载,入选了教科书,为人们所熟知,广为流传。而彭翼南非帝王将相,所带的土兵也不是朝廷正规军,所以在《明世宗实录》《嘉靖传》等关于抗倭史记上只是寥寥几笔带过。

这对于湘西人顶礼膜拜的民族英雄彭翼南是绝对不公正的,好在2015年7月4日,在联合国第39届"世界历史遗产"评选大会上,彭翼南的故居、湘西土司王城被荣列"世界文化遗产"名录,从而使得三湘四水的湖南终于实现世界文化遗产"零"的突破!

2. **彭翼北**:男,18—21岁,湘西彭氏土司次子、彭翼南的同父异母兄弟。

"烟火弟"彭翼北聪明绝世,全身长满了"心眼",自诩:不高不帅不言败,上知天文地理,下知大象蚂蚁。彭翼北为了摆脱排行老二的尴尬处境,多么渴望"走出去"——改变自身的命运。当嘉靖因祸得福坐上了龙椅,彭翼北作为天子伴读,成了辅佐圣上治理朝政的左膀右臂。然而"聪明反被聪明误"的翼北自从与京子相恋,陷入了东瀛魔女蓄谋已久的阴谋,被卷进至亲相残的迷局。在京子的蛊惑下,彭翼北带兵追剿大姐金凤,不料身陷图圄,幸得大哥彭翼南及时解救,才得以脱身;而当彭翼南重蹈"捉放曹"的覆辙,放走了大姐时,彭翼北又率兵攻打土司王城,捉拿大哥彭翼南。危急关头,大姐率"狼兵"解围了王城,阻止了兄弟相残的悲剧。俗话说"事不过三",当京子再施"离间计"策反翼北投奔虢成之时,却中了彭氏兄弟精心谋划的"将计就计"之计。然而令翼北万万没想到的是:"徽王"虢成的"皇后"竟然是他死而复生的亲生母亲阿花!母子即刻上演生死对决。编导借助他演绎了母子之间、兄弟之间相爱相杀的人伦悲剧。

3. **彭金凤**:女,31岁,她是彭翼南、彭翼北朝夕相处的大姐,人称"蛊仙姐"。她是当年老土司率兵征剿蛮族叛逆时,俘获的桂北土官的一个遗孤,因其聪慧乖巧,被土司夫人巧儿收养为义女。后因其救嫡长子有功,老土司帕普赐其彭姓。

她幼小心灵里早已埋下仇恨的种子,而其表哥虢成一直寻机与她联手复仇,这无疑给湘西土司王族埋下了祸根。可随着十年来的朝夕相处,凤姐已与傻弟弟感情深厚,早已不是原来那个复仇心切的金凤,她认为仇恨只会加剧痛苦,害人终害己。王府小妾阿花发现她与杀手之间的蹊跷关系,几次暗下毒手,凤姐都侥幸生还。为了拯救傻弟弟,金凤甚至在"狸猫换太子"的生死博弈中不惜献出自己刚刚出生的孩子……

4. **张天娇**:女,20岁,她是忠臣张经的养女、奸臣赵文华亲生女、彭翼南的恋人、朱厚熜的暗恋对象。她既卖得了萌,又撒得了泼,具有双重性格。彭翼南和朱厚熜都爱上了这个奇葩侠女。她与彭翼南并肩作战,经历了血与火、荣与辱、生与死的考验,最终踏上了一条超越家族至亲的复仇之旅。她与彭翼南的"相爱相杀"堪称虐心,她性格中的执念和果敢令人动容。

她与天薇（京子）都是贪官赵文华的女儿。当年，赵文华为了霸占其母，制造了那场震惊朝野的科场舞弊大案，并嫁祸于天娇的外公，致使其外公被株连九族。她母亲在生下她姐妹的当晚，知晓了冤案缘由，决意跳河自尽，自尽前将"天娇天薇"的吉祥玉佩一分为二，留给了两个女儿。而天娇在复仇追杀中发现严嵩、朱厚熜随身携带的一对皇帝赏赐的鸳鸯宝箱之中，不但隐藏着皇族之子朱厚熜的身世之谜，还有当年那场舞弊大案的真相。这场大案甚至还让科举主考官受到牵连，这个人就是彭翼南、彭翼北的爷爷——老土司帕普。

天娇的绝色之美貌让嘉靖皇帝始终痴迷而不能自拔，他一直没能走出当年被拒婚的阴影，从而使得天娇恋人翼南命运坎坷。朱厚熜与张天娇、彭翼南陷于情感的纠葛中，严嵩、赵文华趁机打起了主意：如果皇帝与天娇修成正果，他们岂不要死无葬身之地？所以他们欲置皇帝于爱之深恨之切的境况中。

5. 京子（赵天薇）：女，20岁，倭酋木下晋三的邪教师妹、彭翼北的恋人。

魔女妖姬木下京子（赵天薇）与张天娇是奸臣赵文华的双胞胎女儿，自幼被人收养。后来赵天薇的养父王直因贪腐东窗事发而叛逃日本，并将天薇交给"东瀛神社"，使其成了木下邪教组织的一名信徒，赵天薇改名为木下京子。她有岛国"第一女邪星"之称，会易容术，所谓"落洞"偶遇、邂逅土司王府二少爷彭翼北，都是她精心策划的阴谋，致使彭翼北情魔缠身，无法解脱……

6. 彭明辅：男，68岁，他是彭翼南、彭翼北的爷爷土司老王爷。他深藏不露，但只要提起他的两个学生唐伯虎、杨慎就无人不知、无人不晓了。他慧眼识英才，发掘另类人才的传奇故事，流传甚广。当年唐伯虎参加科考，在前两场"童试""乡试"中唐伯虎已中"两元"，深得科举出题帘官彭明辅的赏识。于是唐伯虎带着诗集画作和两束腊肉登门拜访，请他为其诗画集"题跋作序"。然而就在最后一元的考试之后，唐伯虎口出狂言。俗话说"祸从口出"，他因此遭诬陷而被卷入了"受贿鬻题"的舞弊大案……此后两束"湘西腊肉"便成了人们交往的尊贵礼品。而这个杨慎乃当朝首辅大臣之子，其父杨廷和与彭明辅是同门监生，后来被严嵩扳倒贬为庶民。杨廷和与儿子杨慎流落到湘西土司王城时，触景生情，写下了千古名篇——滚滚长江东逝水，浪花淘尽英雄……

老土司与世无争，淡泊名利，如同魏晋时期的竹林七贤归隐山林。"走出去"——"我不愿你在近前尽孝，只愿你在民族大义上尽忠"。他就是湘西千百年来几十代土司"忠君爱国"的集中代表，秉承"一等人忠孝守羲，两件事报国读书"的祖训，他开办了"若云书院"培育人才，"老骥伏枥，志在千里"就是此人物的真实写照。然而在抗倭的关键时刻，风烛残年的他，不顾年事已高，弃笔从戎，以抬着自己棺材的决心和勇气，率领湘西土兵义无反顾地赶赴东南抗倭前线，增援孙子收复边疆……

7. **朱厚熜**：16—21岁，朱姓皇族世子、彭翼南的拜把兄弟，后来继承了堂哥朱厚照的皇位，成为明王朝嘉靖皇帝。他是湘西科考"结拜兄弟"中的二哥。智谋与狡诈并存的他在至高无上的皇权争夺中渔翁得利。然而张天娇拒婚的阴影，造成了他内心扭曲、遇事多疑的性情。落花有意，流水无情，嘉靖常叹息："我并不是喜欢人妻，而是我喜欢的人慢慢成了人妻；国不可一
日无君，君不可一日无娇呀。爱情之酒，两个人喝是甘露，三个人喝是酸醋，随便喝便会中毒。""表面都是心连心，背后却在玩脑筋"，他竟然不顾道德伦理，施计谋害结拜兄弟；"皇权再大，钱再多，阎王照样往里拖"，他毕生追求长生不老，痴迷道教求神拜佛，从而使得贪官严嵩、赵文华借机把持了朝政，致使贪腐猖獗，造成边关武备废弛，倭寇肆虐，53名倭寇竟如入无人之境，一路烧杀打到了大明留都南京。

8. **虢成**：35岁，桂北土官世子、彭翼南拜把兄弟、金凤的表哥，后叛逃成为东瀛倭寇扶持的王江泾老巢伪徽王。他是桂北灭门惨案中的漏网之鱼，为报家族仇恨"走出去"——乔装药贩子潜入土司王城，寻找当年被掳走的表妹，同时伺机复仇，欲致王族的嫡长子于死地。虢成本想巧借小妾阿花之手使王族内部自相残杀，万万没想到差点搭上自己的表妹。当他发现此时的表妹已
与彭翼南感情深厚时，他恍然大悟：除掉了一个继位长子，摧毁不了整个彭氏土司王族，最好的报仇方式，就是让他们自己毁灭自己……湘西科考时，虢成"巧遇"虎头傩王彭翼南，终于弄清桂北灭门惨案的真相：当年家族招致灭门，实乃奸党所为，湘桂两地土司均是受害者。志趣相投的他与彭翼南、朱厚熜结为拜把兄弟，后因遭奸贼陷害而逃亡，在锦衣卫追杀之中幸有表妹凤姐及时搭救，两人携手落草桂北"草寇"，并结为夫妻。朱厚熜坐上龙椅之后，害怕虢成泄露其身世之谜，伺机设下了"死亡酒局"。虢成侥幸逃脱，在家乡揭竿而起，与朝廷为敌，直逼桂林福王府……

朝廷剿叛中他被皇上赐予的尚方宝剑砍落水中，生死不明。后来在东瀛木下兄妹的扶植下，他在东南沿海王江泾建立了"大宋"伪政权，最终成为臭名昭著的海贼"徽王"。

9. **张经**：男，56岁，张天娇的养父，南京国子监掌门，后为留都兵部尚书。性情耿直的张经是明代著名抗倭将领，在历史紧要关头被任命为科举总督。文官武将是明王朝的特色，张经虽自身不会武功，却精通天下武学，虽然个子矮小，操一口闽南口音，却历经了官场上几度大起大落。他是张天娇外公徐经的同门师弟，其为人处世哲学：口袋里早就装着获胜感言，另一只口袋里却装着失败后的悔过书。他是嘉靖年间抗倭统帅，总督江南军务，尽管其战功显赫，因受奸党诬陷，最终自杀身亡。此原型是历史真实人物张经、张邦奇之合成，他们都历任过南京兵部尚书。

10. **俞大猷**：男，49岁，朝廷科举副督考，总督张经的得力助手。疾恶如仇的俞大猷，性格刚烈，身经百战的"俞家军"威名赫赫，与当时的另一位抗倭名将戚继光并称为"俞龙戚虎"。他督查崇明岛时发现守将胡文斌胡作非为，将其斩杀。京子趁机离间，挑起事端，致使岛上守军哗变。奸臣妖言惑众，借题发挥，促使皇上追责，冤斩了俞大猷……

11. **严嵩**：男，58岁，京城国子监祭酒，后来成为臭名昭著的内阁奸臣。此人阴险狡猾、诡计多端，是明朝轰动一时的"科场舞弊案"幕后的始作俑者，先为翰林院编修，后顺利掌管了国子监。嘉靖中期他擅专国政长达20年之久，先后出任吏部、礼部尚书、内阁辅臣。他与干儿子赵文华"走出去"与倭商狼狈为奸。其为官专擅媚上，窃权罔利，排除异己，吞没军饷，废弛边防，招权纳贿，肆行贪腐，激化了当时的社会矛盾，以致东南沿海倭患愈演愈烈。

12. **赵文华**：男，42岁，严嵩的干儿子，张天娇、赵天薇的生父，国子监弟子，后任朝廷吏部侍郎。

13. 金银花：女，36岁，高丽国女子，土司王室小妾，后为"海贼王"虢成的"皇后"。
14. 阿玛：女，湘西老土司夫人，彭翼南、彭翼北的奶奶。
15. 彭荩臣：男，45岁，彭翼南的族叔，湘西保靖土司。
16. 向佰强：男，75岁，人称"向老太爷"，湘西地方一霸。
17. 向重九：男，30岁，湘西府衙知州，向老太爷的孙子。
18. 虢龄峰：男，28岁，虢成之胞弟，桂北山寨少峒主，岑银花的丈夫。
19. 岑银花：女，22岁，彭金凤之胞妹，桂北"白果"山寨女首领。
20. 汤克宽：男，30岁，曾为追剿桂北流寇的副帅，后为朝廷东南封疆大吏。
21. 杨廷和：男，66岁，明朝正德末期、嘉靖初期的内阁首辅大臣。
22. 谷大用：男，58岁，内廷掌管大印的御用太监，宦官集团"八虎"之首。
23. 江彬：男，38岁，京城卫戍禁军统领。
24. 刀疤脸：男，30岁，官至锦衣卫百户。
25. 后奈良：男，65岁，日本南朝后奈良天皇。
26. 木下晋三：男，36岁，幕府将军，倭寇集团（日方）首领，京子的邪教师哥。
27. 王直：男，40岁，收养京子的养父，倭寇中方首犯，朝廷A级通缉第一人。
28. 辛五郎：男，25岁，倭寇敢死队头领，东瀛神风剑道传人。
29. 徐海：男，32岁，先为江南织造督管，后为倭寇武装中方头目。
30. 彭宗舜：男，58岁，第25代土司，因健康原因故在本剧中为"不出场人物"。
31. 朱厚照：男，29岁，正德皇帝，朱厚熜的堂哥，剧中同样作为"不出场人物"。

其他次要人物（略）

1. 楔子

序 幕

山崩地裂　荒野惊现千年王城
天灾人祸　古墓诈尸利箭袭来

▲湘西荒野（夜，外）

深夜，荒野灵异不时传来凄厉的嘶鸣，令人毛骨悚然……

（画外音）16世纪中叶，湘西土司王城突遭一场天灾人祸，一夜之间竟然变成了巫傩"鬼蜮"？由于年代久远，至今说法不一。对于"鬼蜮"的产生，源于一个神奇的传说：那天夜里，空中突然响起巨大轰鸣声，紧接着是一道黑色球状闪电撕裂天际，一股炽热的橙色烟雾与烈焰喷薄而出，巨大的火球从空中坠落，造成惊天大爆炸，从而导致千年古城瞬间焚毁，化为灰烬……

淡出字幕：公元2015年　清明节

▲古城遗址（夜，外）

月黑风高，电闪雷鸣。夜幕笼罩之中，只见几个头戴鬼狐面具的蟊贼潜入湘西土司王城废墟遗址——"老司城"紫金山墓葬区……

黔黑盗洞中不时传来蟊贼交流的盗墓暗语："人走路，鬼打墙——千年黑，万年白""要致富，去盗墓——春眠不觉晓，死鬼满街跑！"这伙人费了九牛二虎之力，好不容易把地宫大门撬开了一条缝，然而眼前的景象令人瞠目结舌：一股阴风扑面而来，原本停放在地宫中央的棺椁，独自飘移游走，棺椁竟然堵住了被撬开的石门，挡住了盗贼去路。盗墓贼还真以为遇到了鬼，仓皇逃跑中不慎触碰到了爆炸装置——"轰隆"一声巨响，地宫被炸开一道豁口……

盗墓贼野蛮之举瞬间触发了暗道机关，一团火焰汹涌喷出，眨眼之间冰棺融化。更令蟊贼目瞪口呆的是：墓主人头戴虎王傩面具从冰棺中赫然站立起来，手持的"神器"霎时之间弹射出利箭袭来，寒光闪闪。蟊贼们丢盔弃甲赶紧逃跑，哪知一场地质灾害顷刻降临：山崩地裂，天翻地覆，天灾、人祸如影随形……

电台播报声划破夜空:"据中国地震台网中心消息:今晚23时58分,湘西地区北纬29.1°、东经109.8°,发生6.0级地震,震源深度18千米……"

狂风大作,暴雨倾盆,地震引发的山洪泥石流倾泻而至,灾难现场触目惊心!

当烟雾渐渐散去,一座沉睡千年的土司王城遗址惊现"万马归朝"。这是以四面群山为天然屏障托起的古城,山脊就如同万匹骏马朝向王城"叩拜",听从土司役使,大有乾坤挪移、拔地倚天,万马齐朝之势,堪比古罗马庞贝鬼城。这些被掩埋在地下的街巷纵横交错,店坊星罗棋布,气势雄伟、浑然天成……

群星闪烁,一张诡异的秘符在王城遗址的上空随风飘然而落……

翌日清晨,公安文物部门桌上的报警电话骤然响起……

各大媒体头条现出醒目标题:"湘西惊现千年土司王城遗址""神秘的冷兵器钩镰枪弩千古之谜""土司王城遗址荣膺全球十大考古奇迹"……

一架直升机飞临风光旖旎的土司王城遗址上空……

直升机上坐着湘西文管局翻译江诗琴和几个老外,他们是联合国教科文组织的古遗址专家杰克和露丝,以及英国探险家贝尔·格里尔斯。

(画外音)贝尔·格里尔斯曾是英国皇家空降特勤团的特种兵,空手道黑带,擅长近距离目标侦察和攻击,因主持《荒野求生》而走红……

翻译江诗琴带领着杰克、露丝、贝尔·格里尔斯一行走进了芙蓉镇(王村)古城。急不可耐的贝尔独自朝着一家客栈走去……他的脑海里不断地闪现那张飘然而至的王城秘符:"天灵灵,地灵灵,降妖除魔显神灵!"观众随着探险家头顶上的摄像镜头,跟着贝尔去冒险,踏入了这座神秘的千年王城——老司城。

这时一个东张西望的"冒失鬼"与他迎面擦肩而过,神色慌张……

当贝尔走进客栈抬头望去,一幅醒目的书法作品映入眼帘:欢迎您光临胡玉音火铺——

人生就如同一次旅行,途中我们要遇到很多火铺(客栈),请不要随便入住,要看看是否适合自己,是否对自己安全。无论用餐、住宿还是乘车都要懂得选择,不要入错店,更不能搭错车,因为途中到处都是陷阱。沿途一路风光无限,错过了将是终生遗憾。把握每一个瞬间,珍惜眼前的风景,留下永恒的纪念……

——秦书田书写

望着这幅"致游客"的温馨提示,贝尔·格里尔斯眼前不时闪现飘然而至的王城秘符与电影《芙蓉镇》里的画面。殊不知秦书田毛笔书法功底之所以深厚，都是他在十年"文革"中长期刷写标语练成的……

▲**灵溪河畔（日，外）**

灵溪宛如一条绿色丝带，环抱着老司城——透露出昔日"城内三千家，城外八百户，一片缠绵摆手歌"的辉煌……

（画外音）中国大西南门户的这座"千年王城"，为什么会在公元16世纪中叶的一夜之间突然消失？怎样才能揭开巫傩奇幻的神秘面纱？联合国教科文古遗址专家与英国探险家贝尔·格里尔斯就是要通过实地考察，揭开鲜为人知的"巫傩鬼蜮"天灾人祸之谜……

一是关于"天灾"的传闻：古城在被焚毁前，天空出现大量"黑色球状闪电"，它是由特殊带电离子发生复合并伴随某些活性化学物质如臭氧、氧化氮、碳基化合物燃烧而形成的。巨大的球状闪电瞬间大爆炸，是这场恶性自然灾害的罪魁祸首。

另一个则是关于"人祸"之说……

（闪白）

▲**紫金山（日，外）**

云遮雾绕，中外考古专家正在发掘紫金山墓葬区，现场一片忙碌……

这座古墓封土如此之高，难道这里就是传说中的彭公爵主的墓穴？

蟊贼都害怕古墓有亡灵守护，神圣不可侵犯，怕遭诅咒而以悲剧收场，尤其是心中有鬼的歹人更害怕。凡是来过这里的盗贼，都没有好下场。每当他们挖到一半的时候，就会感到一阵眩晕，洞穴里就像是发生地震一样，突然沙石横飞。眼看就要被卷进去给古人陪葬，盗墓贼赶紧往外跑，当他们跑出来一看，辛辛苦苦挖了两天的盗洞已被掩埋了。这盗墓不是想干就能干的事，要是不懂技术，轻则白费力气，重则小命不保。

君子爱财，取之有道。仁道乃人们安身立命的基础，生活之原则。从古至今，若说起那些不劳而获、窃人钱物的强盗贼寇，在世人的眼中，个个都是该遭千刀杀、万刀剐的歹人。可细论起来，朝臣天子、士农工商，在那三百六十行里，从上到下，哪行没有天良丧尽、瞒天过海、行奸使诈的贼子呢？

大盗窃国、中盗窃义、小盗窃侯，成王败寇，只有最末等的才会窃取金银财宝。

以老司城为中心的大湘西，充满神秘与传奇，血性的湘西儿女，在山野自然中，形成了天然、质朴的爱憎分明的性格。看似原始而封闭的湘西人，流淌着倔强、强悍的血液。明朝嘉靖三十四年，土司王者彭翼南率领虎兵千里远征，在嘉善王江泾打败倭寇。从那时起湘人组成的军队，就成了武勇剽悍、无惧无畏的代名词。"无湘不成军"，风云变幻，岁月峥嵘，老司城的彭公庙前，朝廷敕立的"铭功铜柱"，不仅使彭翼南化身成为湘西好汉共同膜拜的"彭公神"，更将尚武好勇的血性，刻进了每一个湘西汉子的灵魂深处。

老司城，山重水复，虎踞龙盘，是历代土司王府所在地。自1555年湘西土司彭翼南荣膺明王朝"盖东南战功第一"封号起，就盛传嘉靖皇帝赐予其金银财宝无数，只要能破解王城秘诀中所隐藏的玄机，就能得到价值连城的财宝；且彭公先祖留下的那把钩镰枪弩不仅令倭寇闻风丧胆，其更是无价之宝。数百年以来，无数盗墓贼接踵而至，流传了不少关于"钻山打洞"群贼倒斗发家的秘闻与传说……

世事沧桑，风云变幻，自从20世纪80年代改革春风吹绿中华大地，人们如八仙过海，各显神通，打破了这片神奇土地的安宁……

静谧的湘西深山里，骇浪惊涛，悄然酝酿……

只见探险家贝尔·格里尔斯飞身钻入了黝黑盗洞，映入眼帘的是飞瀑、深潭、地缝以及不明生物，罕见的诡异明器似乎在诉说着千百年来隐藏的秘密……

（画外音）这里三座古墓被盗，墓主人是三姐弟。古代墓葬一般习惯于"头东脚西"，唯独其中一座古墓朝向东南，棺内尸首分离，疑云重重。

墓室封门上钩挂着盗贼骷髅，他显然是被甬道上形似竹蜻蜓的暗器所射杀。这件神秘冷兵器似刀、似枪、似戟又似弩，仿佛正在讲述着尘封数百年、土司王族三姐弟爱恨情仇、生死离合的历史传奇。

一块墓碑引起了专家注意：墓主人谥号"忠贵彭翼南"，字永顺，号北江，乃第26代湘西永顺土司，明王朝曾授予他"昭毅大将军"，赐二品飞鱼服，官至大西南右布政使，其墓志铭是由当朝"一人之下、万人之上"的首辅大臣徐阶所撰写。不言而喻，这件神秘冷兵器出自明代中期。那它究竟如何操控？它和墓主人有何关系？背后又有多少鲜为人知的故事？这些都是未解之谜……

山洞传来古老的民谣："山的梦，水的魂，湘西山水养育土家人；藤儿长，树儿高，树高千尺离不开根；烽火狼烟那是倭贼马蹄触发的警报，国难当头正是王者英雄横空出世；盖东南战功第一，铁汉英豪还数我虎狼之兵；要不战死沙场，便是回到故乡；客死异乡，魂归故里，老子死活也要回到家门！"歌声中伴随着傩师"赶尸"的吆喝声。

"呜吼——逮起啰！"在雄浑激昂的"星光焰火"巫之歌、傩之舞音乐声中，隐约可见贝尔·格里尔斯独自穿越湘西秘境，下列触目惊心、交替呈现的画面被急速推出——

北方草原游牧民族：鞑房铁骑，跨越疆界，骚扰不断，民不聊生……

东南沿海大和民族：倭寇侵扰闽浙，杀人越货，无恶不作……

黑夜中"叭嚓"一道闪电划过，王城上空惊现钩镰枪弩！

"轰隆隆"沉闷炸雷滚过——寒光闪闪的王族"神器"迎面扑来……

枪弩锋刃上汩汩地流淌着鲜血，本剧片名《王城诀》被急速推出在"非常岁月"之"大明风云"三维动画的视听变幻之中，在历史影像与现代视听的整合之中，两者交相辉映……

喷溅的血滴被梦幻般地依次触碰，闪现出主创演职人员名单……

当演职员名单出完之后，在王城土家博物馆大厅内，一座封土大墓模型前的探险家贝尔·格里尔斯举起茶杯喊道："Waiter——Xiangxi Golden Tea！"

"贝尔先生，湘西黄金茶来了！"身穿店小二戏服的剧务端着热茶送了上来。

只见贝尔·格里尔斯边饮茶边调侃道："各位看官，我们即将开启神秘湘西荒野的探险之旅……欲知后事如何，尔等容我品完茶之后慢慢道来。"

画面渐黑……

黑底的画面上急速叠印出字幕：第一章

● 第一单元叙事之：

第一章

祸起萧墙　土司王族危机四伏
斩尽杀绝　忠肝义胆姐弟情深

▲**紫金山，荒野（日，外）**

土司王城遗址坐落在大西南门户，自古乃朝觐圣地，尤其是王城背后这座紫金山，因信仰和文化而被尊崇，神山远望云雾笼罩，近看宛若仙境。然而土家先祖早有禁令，未经土王允许，异族不得踏入。

青山倒映在绿水之中，贝尔·格里尔斯从河床上走来，迎面与那个正贼眉鼠眼、东张西望的"冒失鬼"撞了一个满怀，他挎在肩上的求生"行头"被碰翻，散落一地……

贝尔·格里尔斯收拾好散落器材，抬眼望去，已不见了"冒失鬼"的身影。

荒野探险的道路崎岖不平，贝尔·格里尔斯急速穿行在原始森林之中，山峰相似，沟谷雷同，峰回沟转，奇幻的地形地貌使人一旦误入其中便很容易迷失方向，很难走出来，如同那"百慕大三角"一般诡异。

突发的这场地质灾害，瞬间湮没整个河川，漫山遍野的火山灰、碎石和泥浆。此次贝尔的野外考察，无疑是一场惊心动魄的神奇之旅。而就在他探险古遗址的同时，盗墓贼接踵而至，正邪较量可谓：一波未平一波又起！这座精绝古城似乎在讲述着诡谲怪异、波澜壮阔、惊心动魄的魔幻奇闻。

探险家贝尔·格里尔斯，被誉为站在全球"食物链顶端的男人"，不管是天上飞的，地上爬的，还是水里游的，没什么东西他咽不下的。眼前湘西这座神秘的"鬼蜮之城"，对于"有险必探"的探险者而言，土著人的理念想法显得如此不可理喻，因为他们不允许外人去打扰神山。对于前来祭拜的人们，他们招待热情，但绝不容忍任何人践踏他们所信仰的神灵。当淳朴善良的当地人得知探险者的真实意图之后，便开始产生敌意，为了阻止贝尔进山，乡民们横堵在吊桥上，并扬言"谁敢闯入，将其扔下悬崖！"只见他们正跪拜祈祷神山显灵，天空乌云密布、狂风呼号，然而，顷刻之间，笼罩在贝尔头上的云雾就像幕布一样，恍然拉开，神山的身影就这样突然显露在众人面前，刹那间，霞光照耀山涧，光芒四射。难道神山果真显灵了？

在阴森诡异的鬼蜮环境中，贝尔·格里尔斯以身犯险，适时地引领着观众不断探索这片神秘土地，解开一道又一道谜题，探寻鲜为人知的历史传奇，而这些历史传奇皆逃不出一个"情"字，他们以'爱'的名义相互残杀。

（闪白）

▲紫金山，摆手堂（日，外）

摆手堂上好不热闹，土家族青年跳着"摆手舞"，喝起"摔碗酒"——

"山外的同志山下的哥，请到土家摆手来——捧起苞谷烧，瓷碗举过头；蛮酒酿成扑鼻香，猛喝一碗胜壶觞；摔啊摔啊耶嗬嗬！摔得喜鹊闹枝头，摔得唢呐掀盖头，岁岁（碎碎）平安好兆头，好兆头！摔啊摔啊嗬嗬耶、耶嗬嗬……"

歌舞声中众人猜拳行令、跺脚摔碗，忽然脚下竟砸出一个深不见底的黑洞……

联合国专家杰克和露丝在贝尔·格里尔斯陪同下匆忙赶来：这个掩埋于地下的秘密即将重见天日，两个青年自告奋勇钻进了地洞里一探究竟……

忽然，黑洞里两个青年发出一阵惊叫，顿时引起了贝尔·格里尔斯的好奇，只见他放下升降绳，迅速下洞营救……

黝黑洞中两座神秘的坟茔映入了贝尔的眼帘。其中一座坟里，土家织锦"西兰卡普"缠裹着一具婴儿的残骸。不言而喻这孩子当年死于非命，让人感到震惊的是：婴儿骸骨的脖颈上竟然还挂着一把"忠肝"字样的长命锁；而另一座坟茔里的情况则更加令人匪夷所思，这是一座没有遗骸的衣冠冢，里面包裹着一把有"义胆"字样的长命锁。然而这一对"忠肝、义胆"长命银锁并不保长命。此刻洞中一道蓝光闪过，二义冢上似乎弥漫着当年的血雨腥风……

（闪白）

字幕：明朝中叶，正德年间，湘西。

▲土司王府（夜，外）

午夜，王府萧墙之内传来"啪啪啪"急促拍打房门的声音……

只见一个十来岁的姑娘正焦急地呼喊："开门，快开门，要生了……"

"吱呀"一声门开了，只见一个睡眼惺忪的老头一见到姑娘便露出了鹰隼般狡诈的目光，猥亵地说："凤丫头，谁要生了？是咱的快要生了吧！"说着便伸手去摸姑娘的肚子，可见丫头的小腹已明显隆起。

手足无措的丫鬟金凤语无伦次："五爷，夫人，是夫人要生了……土司王爷刚刚病逝，整个王府里也没找着阿玛婆婆，你是王府的大总管，我不找你，还能找谁？"

总管五爷："阿玛因儿子去世伤心过度，眼下她还在天门山道观里休养生息，一时半会儿也回不来！"

（画外音）话说年逾六旬的老土司奶奶阿玛遭遇了她人生中白发人送黑发人的变故，长子刚继位土司不久就不幸英年早逝，而此时阿玛的丈夫老土司帕普又远在朝廷担任科举的主考官，阿玛便成了承袭之事的主持者。本来土司承袭，朝廷和土司宗族内部早有祖制，即父终子袭或兄终弟及。由于阿玛的长子生前未有子嗣，王权就会旁落族弟。但此时长子的妻、妾已有怀孕迹象，深谋远虑的阿玛协调了宗族内部不同意见，只要妻妾生男则王位继承非之莫属。土司承袭不仅事关纲纪与人伦，亦是治乱之根源，必须未雨绸缪消除隐患。西南诸司因争袭夺位而导致骨肉相残、政局动荡之事累有发生。永乐年间朱家王朝的叔侄争袭就酿成了天下大乱，引发湘西彭氏王族分裂成永顺、保靖土司两大派系，兵祸连连……

而眼前这位五爷性情刚烈，曾随老土司王爷征战多年，立下战功无数，他在族人中也颇具威望，如今已是王府里的大总管，土司王爷去世后，他就如同宫廷里的摄政王，掌控着一切……

▲**王爷正妻内寝（夜，内）**

一个大肚子女人处于临产，正在床上痛苦地挣扎……

古时候孕妇产子就如同过鬼门关，弄不好喜事不成变丧事——儿奔生，娘奔死！然而此刻的"生门""死位"无疑是土司王爷夫人和她肚子里孩子必经的"不二门"。

接生巫婆额头上渗着豆大汗珠，她一边上蹿下跳拜佛求神，一边不停地念咒语："天灵灵，地灵灵，送子观音快显灵！"大片血渍已浸透了床单……

▲**小妾内寝（夜，内）**

三炷香举过头顶——只见一个大肚子女人背影，她正虔诚地向彭公爵主的神像磕头叩拜，口中细语唠叨："思密达……"明显可看出她是来自朝鲜半岛的高丽女子。她名叫金银花，土司王爷小妾。

在这个大肚子小妾的身后还跪着一大群丫鬟侍女。

这时，管家五爷气喘吁吁地跑来："花夫人，巧儿……巧儿夫人快生了。"

"哦？"小妾阿花身子一颤，头也不回地问，"五爷，一切都已安排妥当？"

"按照花夫人的吩咐，王府后院，三步一岗，五步一哨，所有进出门楼，都加派了双岗……"

小妾阿花："不怕一万就怕万一，绝不能放走这个刚出生的孽种……"

"请花夫人放心，城内城外，各关各卡，守得铁桶一般，莫说是一个婴儿，就是这王府后院里的麻雀也休想飞出去一只。"

"嗯？"王爷小妾金银花这时才转过身站立起来，眼里露出邪魅狡诈的凶光，"这可不是对付一只山麻雀，巧儿夫人可是保靖土司彭荩臣的亲侄女，你若万一失手，后果不堪设想……"

管家五爷："方圆十里，凡是通往保靖的水旱要道，没漏一个口子。"

"小心驶得万年船，即便机关算尽也难免一失……"

话音未落，门外传来王府家丁、土兵马弁杂乱的脚步声……

小妾阿花："一旦出错，后患无穷。要不是我替你兜着，你强暴凤丫头那些丑事抖露出来，王爷早就叫你死无葬身之地了。"

"是是……我都听花夫人的，料想这只煮熟的鸭子也飞不起来！"五爷鸡啄米似的不停地点头。由于土司小妾掌握了五爷偷情的把柄，此刻五爷只得唯命是从。

当总管五爷搀扶着小妾阿花走出房门时，室外已是刀光闪闪，杀气腾腾……

忽然，阿花腹内一阵疼痛，她不得不弯下腰去，这时传来了呼喊声："生了，巧儿夫人生了！"急促的呼喊声令阿花、五爷犹如万箭穿心。

纷至沓来的脚步声中，夹杂着一阵新生婴儿的啼哭，哭声诡异、惊悚。

被搀扶着的阿花嘴里不停地叫喊："哎哟，不行，不行了……"

"巧儿已经生了，花夫人只怕现在也赶不及了……"管家五爷不停地安慰她。

只见阿花使出了吃奶的劲儿，似乎要与时间赛跑……

她耳边不时回荡起祖母阿玛的呐喊（闪回）："谁先生下儿子，谁就是王府的当家人！"（闪回完）

▲王府，祖师大殿（夜，内）

大殿开坛设醮，烟雾缭绕。神秘道场上，祖母阿玛正陪同瘸子梯玛道士转圈，施展法术，祈福禳灾。只见妖道念念有词："一二三四五，金木水火土，五行通天地，八卦定乾坤，太上老君急急如律令，行敕令下界护法度众生，天降神医治万民，五脏六腑除病根……"

土司祖师殿大厅遗址上，探险家贝尔·格里尔斯正声情并茂地讲述着四百多年前湘西土司王族鲜为人知的历史传奇："Xiangxi Tusi king city……坊间传言这个白鼻子土司是蛇精投胎转世，他制定了一条十分荒唐的规矩：无论谁家娶亲嫁女，他都拥有新娘的初夜权。他荒淫无道，身体每况愈下，虽然拥有三妻四妾，皆因姨表近亲通婚，膝下硕果荡然无存，这无疑是王族延续百世最大的伤痛……为了承续子嗣，祖母阿玛请来了21个道士作法81天：祭祀天地鬼神，叩拜送子观音，菩萨果真显灵，时隔不久，夫人巧儿、小妾阿花双双身怀有孕……"

▲摆手堂上（夜，内）

土司王爷葬礼就设在摆手堂上，道士们跳起了祭祀先人的"茅古斯"舞蹈……

唢呐、笙箫呜咽。只见已身怀六甲的长子遗孀巧儿、小妾阿花正陪伴在土司阿玛的左右……

五爷起身："不孝有三，无后为大。阿玛年事已高，王族盼子心切。眼下王爷夫人妾室都已身怀六甲，不过，阿玛有言在先：为确保彭氏王族绵延百世，夫人妾室的排位需要重新排列……阿玛，您老是这个意思不？"说罢，五爷躬身与土司阿玛耳语……

阿玛起身，颐指气使地呐喊道："不管白猫黑猫，能生崽就是好猫。母以子贵，即日起先生者即为王府大当家，后生者为妾室！"

话音刚落，全场顿时议论纷纷。夫人巧儿和小妾阿花深感竞争压力。

酒过三巡，五爷酒醉忘乎所以，唱起了淫秽情歌："天上乌云重乌云，地上磨子重磨心。打开碗柜碗重碗，打开帐子人重人。"趁人不注意五爷对夫人的贴身丫鬟金凤动手动脚，他那猥琐浪荡的小动作，顿时引起了夫人巧儿的注意。

忽然巧儿夫人发现：尽管丫鬟金凤腰部束缚着，明显小腹已微微隆起……

（画外音）可只见妻妾怀孕却不见产子，难道这肚子里怀的是三头六臂的莲花童子哪吒？翌日，东方泛起七彩霞光，预兆圣人即将出世——紫气东来凤凰飞，雪融冻土蕴富贵，难道天现异象，会有神体降临？

然而，随之"后宫"灾难接踵而至——

▲王爷正妻内寝（夜，内）

"夫人，巧儿夫人快醒醒！"接生婆念念有词，"天灵灵，地灵灵，观音菩萨快显灵！"夜深人静，土司夫人床单残留大片血渍，巧儿因分娩大出血已昏迷不醒——产妇巧儿正在生死路上，生命岌岌可危。

总管五爷搀扶着小妾阿花来到产妇门前，掀开帘子朝内寝偷窥——

接生婆立刻将新生婴儿抱了出来，当她将沾满血迹的褴褓打开，惊煞旁人：一个长相"东拼西凑"的奇葩男婴，双眼一睁一闭，诡异的眼神直愣愣地望着，直盯得王府总管、小妾阿花的头皮发麻，心里发怵。

巫婆急忙用驱邪符帖"咒语"遮盖住了孩子的双眼："昨晚上老妪睡梦之间，见到一个妖魔窜入王府。忽闻夫人临盆，一定是妖物投胎——奇婴睁开一只眼，挑动人间天下反，唉，灾星降临，家破人亡！"

大家面面相觑，心怀鬼胎的小妾阿花与巫婆耳语："土司阿玛尚在道观养病……"示意趁着阿玛帕普不在家，赶紧施展魔法逆转这一残酷的现实。

巫婆捣鼓法器，诅咒道："一代玲珑，二代痴，三代、四代出渣滓。你看这熊孩子长相东拼西凑，命里火焰太高，实乃天降灾星，不祥之兆！"

（闪白）

贝尔·格里尔斯仍在王城遗址废墟上穿行，其讲述画外音在继续："中国有句俗话说'精三分，傻三分，留下三分给子孙'。意思是土司王族上一辈人特别精明，那么下一辈有可能要出傻子或败家子了。此话提醒人们，待人做事不宜过于精明。细细品味这句话，还真有一番道理呢。"

但凡奇人出世，都会有一些怪异天象：刮大风，下暴雨，祖坟冒香气，天上星星闪烁，空中七彩霞光，反正这个奇葩婴儿和别人不一样。巧儿夫人的儿子出世也不例外，他出生之时，红光满地，夜间房屋之中泛出异光，以至于王府家丁以为失火了，都纷纷跑来紧急救援……

这个一出生就被诅咒的傻小子，好歹也打破了王族不生男丁的魔咒，他给王族香火延续带来了一丝希望。"相见时难别亦难，东风无力百花残。"当今乱世更是"别亦难"，王族依据其谐音为这个傻小子起名为："彭翼南"。然而就在巫婆施法的烟雾中，小妾阿花突然生产，仿佛是被烟火"熏"出了一个二少爷"烟火弟"，小妾阿花的儿子取名为：彭翼北。然而，早一刻出生也是长兄，若按祖上规矩应是嫡长子继位，只要这个被诅咒的孩子还在世一天，就是小妾阿花儿子继承王位的心头之患。

（闪白）

▲王府，柴房（夜，内）

子夜，柴房内，烛光摇曳，阴森恐怖。

一个剥去皮毛的果子狸（湘西人称之"白面猫"）鲜血淋淋，十分诡异。

小妾金银花怀里抱着她自己刚生出的婴儿，正在与总管耳语，商量着什么……

"什么？调包？这？岂不是'狸猫换太子'？"管家五爷指着小妾怀中的孩子大惊道，"你是想让你儿子取而代之……'嫡长子继位'这是规矩，不可更改。"

"规矩是人定的，是可以改的……"

"规矩是祖宗定下来的，除非？你就是祖宗！"

"我儿子出生，你看紫金山上的祖坟开始冒青烟，这是王族绵延万世的先兆，上天赐予彭氏祖宗的嫡传！要么吃人，要么被吃，一不做二不休，干脆……"

小妾掏出金条递给旁边的巫婆："趁着那妖婆昏迷未醒，土司大人也还没有回来，你快快用这剥去皮毛的怪物，替换夫人刚刚产下的灾星……"

金凤抱着夫人的孩子正好路经此地，听见柴房里的说话声，不由大惊失色！忽然她肚子疼痛起来，似乎也要临产了。

一道闪电划过黑暗的天空。

失魂落魄的金凤，在瓢泼大雨之中步履蹒跚……

▲马厩（夜，外）

狂风暴雨。金凤一手抱着孩子，一手捂着肚子艰难地躲进了院内的马棚。

她艰难地呼吸着，肚子里的孩子即将早产，脸上汗水、泪水、雨水使她显得异常疲乏。

金凤痛苦地呻吟着，但她凄苦的喊叫声却被这无情的狂风暴雨完全吞没了。

一声婴儿啼哭，孩子生了下来，金凤竭尽全力用牙齿咬断了脐带……

望着眼前的两个嗷嗷待哺的婴儿，金凤是那样的无助。

马厩里，刚产下的小幼马正在吸食着母亲的乳汁……

少顷，金凤终于抱起两个孩子，一左一右开始哺乳起来……

▲王府大殿（夜，内）

是夜，在众人的簇拥之下，土司阿玛从道观匆忙赶了回来。

阿玛喜形于色地问道："巧儿生下的是龙还是凤？"

接生婆："回禀阿玛，巧儿夫人产下的，既不是龙，也不是凤……"

阿玛："那是什么？"

接生婆："夫人产下的……乃是一个妖怪！"

"什么？"阿玛几乎不相信自己的耳朵。

接生婆将血迹斑斑的褯裸打开，露出的是血淋淋油光光被剥了皮毛的怪物！

阿玛顿时大惊失色！

巫婆摇动铜铃，卜卦问吉凶："不幸不幸，老道掐指一算无疑是妖魔附体。夫人命里火焰太高，实乃天降不祥之妖邪也！"

一旁的小妾阿花愤然大怒："妖魔鬼怪投凡胎，王族家门遭不幸！"

阿玛气急败坏，拂袖而去。

▲**王爷正妻内寝（夜，内）**

一双手正在将混合着银环蛇、蜈蚣、蝎子的毒液的液体倒入酒杯中……

这是一种湘西神秘的放蛊巫术。当毒酒杯被递给丫鬟金凤时，她害怕得全身颤抖。

心狠手辣的小妾恶狠狠地道："这可是阿玛的赏赐，马上给夫人灌服下去！"金凤迟疑着不敢去接酒杯……

"磨磨蹭蹭干啥，快！"管家五爷不停催促，金凤望着那张恐怖变形的脸。

（闪回）

▲**丫鬟内寝（夜，内）**

午夜，正在寝室熟睡的金凤，突然被一条窜进来的黑影死死压住……

一道闪电划过，挣扎中金凤看清强暴者正是总管五爷，顿时一声惊叫。

喊叫声惊醒了夫人巧儿，当她快步来到丫鬟寝室，将房门推开——

王府管家五爷提着裤衩仓皇逃离……

蜷缩在被窝里的金凤瑟瑟发抖。（闪回完）

▲**王爷正妻内寝（夜，内）**

望着瑟瑟发抖的金凤，小妾阿花气不打一处来，她一把夺过酒杯，将巫婆施放蛊毒的液体强行灌入昏迷的巧儿夫人口中，一个时辰之内必毒发身亡。

"孩子呢？"小妾阿花逼问丫鬟金凤。

金凤不语，这时屋外传来路人的脚步声。

小妾阿花压低嗓门威胁道："赶紧将那个妖孽丢掉……听清楚了没有？"

面对阿花凶神恶煞的眼神，金凤茫然不知所措。

望着奄奄一息的巧儿，阿花与老管家眼神对视交流之后，仓皇离去……

（画外音）然而夫人服毒不久居然醒了过来，临终前将孩子托付给了丫鬟金凤，拜托她把孩子抚养成人将来为母报仇。

经过联合国教科文组织专家杰克和露丝的考察得知：其实这个贴身丫鬟金凤跟夫人巧儿没有任何血缘关系，她是老土司早年奉朝廷之命，率领湘西土兵清剿桂北蛮族时，俘获的当地土官的遗孤，因年幼乖巧，后被夫人巧儿收为义女陪伴左右，而这个巧儿则是保靖土司彭荩臣的外甥女，两地土司同根同祖，可谓亲上加亲。日渐长大的金凤美貌俊俏，早就被王府管家五爷盯上了。金凤身怀有孕后，总管唯恐丑事败露，欲杀人灭口，幸得夫人及时相救，金凤才免遭杀身之祸。

巧儿夫人临终前用尽了最后一丝力气，好不容易找到那对长命银锁……

（闪回）

继位土司彭宗舜大婚，父王将一对长命银锁赏赐给了儿媳。

儿媳巧儿手捧长命锁，上面镌刻着的"忠肝、义胆"字样，格外醒目。

父王："一等人忠孝守义，两件事报国读书，乃祖上彭公爵主遗训，今朝这一对"忠肝、义胆"长命银锁交予你，望后辈子子孙孙光宗耀祖……"

（闪回完）

眼下巧儿夫人深感自己的时日不多，望着金凤手中两个嗷嗷待哺的婴儿，便将那一对长命银锁中的"义胆"银锁挂在自己产下的孩子的颈脖上，而另一把"忠肝"长命锁则赏赐给了金凤刚生的孩子，并托孤给金凤："孩儿长大后，一定要替我报仇雪恨！"

金凤感激夫人的救命之恩，伺机将孩子救下并偷偷抚养。

这个挂着"义胆"长命锁的彭翼南是喝着姐姐金凤的乳汁一天天长大的，那年金凤才15岁，她既是姐姐，也是乳母，更是他生活学习的启蒙老师。

然而天下没有不透风的墙，小妾阿花隐约感觉"义胆"仍存活人世，恼怒不已，她要与管家五爷合谋，斩草除根。

▲**黑龙洞（夜，外）**

家丁野蛮地绑缚着金凤穿过花园、楼台，将其押至黑龙洞口……

夜幕笼罩之下，小妾阿花在众人的簇拥之下紧随而来。

这里就是湘西神秘的赤、黑也即"热""凉"二洞，本是世代王爷保暖避暑之所——冬季里赤洞暖风阵阵，夏季里黑洞冷风嗖嗖。由于先祖巴人崇拜洞穴，而赤、黑二穴中的阴石与阳石酷似男女生殖器，所以这里无疑成了土家诅咒人断子绝孙之所，在此处必须说出真话，否则男人就会掉进滚烫的赤洞烧成灰；而女人就会掉进冰凉黑洞中冻僵而痛苦死去。

此时的凤姐已将夫人的孩子"义胆"视如己出，面对狰狞的小妾阿花，她只能用沉默与其周旋，如同"赵氏孤儿"中的门客程婴。

第一章

祸起萧墙　土司王族危机四伏
斩尽杀绝　忠肝义胆姐弟情深

　　望着阴森恐怖的黑洞口，凤姐瑟瑟发抖。
　　小妾阿花露出凶光："你把那个小孽种藏在哪儿了？若不交出来，就把你推进凉洞里冻死！"
　　"找到了，找到了……"这时，王府家丁抱着两个婴儿赶了过来……
　　小妾阿花急忙迎上前去左瞧右看——土家织锦"西兰卡普"包裹着几乎一模一样的两个婴儿，一时也难以判别哪个是巧儿夫人生下的孩子。
　　小妾阿花怒吼："究竟是哪一个？难道逼我把这两个孽种都丢进天坑？"
　　"不！"这时，管家五爷气喘吁吁地赶来，"花夫人，那岂不是滥杀无辜了吗？我都这把年纪了，好不容易才有这个儿子。"他从家丁手中夺过孩子，挑来挑去也不知哪一个是侄儿？哪一个是他的儿子？于是他将金凤单独拖到树下，喃喃自语："这些年来，我一直想要一个自己的孩子，老子跟随老土司征战大半辈子，立下战功无数，可到头来还是一无所有。当年，朱棣为什么要夺侄儿朱允炆的皇位？难道老子的儿子就不能继任土司王位？"
　　望着手中的这两个孩子，五爷挑来挑去也不知该留下谁，他喃喃自语："而当这个孩子来到人世间，我反而变得忧心忡忡，忐忑不安，不知该做些什么才好，生于乱世，焉知祸福。昨晚在梦中，我分明看见孩子从我眼前跑过去，然后就消失在茫茫的黑夜里。这是一个不祥之兆，这个梦似乎想告诉我些什么，可我却什么也不知道，什么也不明白，我只能为孩子祷告苍天赐福！老子五爷为什么不能像明成祖朱棣那样夺了侄儿的皇位？凤丫头啊，咱们的儿子可是未来的土司王爷，你可要看仔细，千万别挑错呀！"说着，他将两个孩子交给金凤，让她挑选出其中的一个……
　　凤姐咬紧牙关，始终一言不发，心里默默念叨："夫人有恩于我，有我在就有孩子在！"
　　管家五爷好言相劝："凤丫头，难道想看到咱们孩子就死在你的眼前？"
　　凤姐望着老管家那副虚假仁慈的丑恶嘴脸。（闪回）
　　日渐长大的凤姐美貌俊俏，却早已被王府管家五爷盯上……
　　凤姐遭强暴，身怀有孕……大殿上，巧儿夫人怒斥老管家！
　　娇滴滴的小妾阿花极力为老管家开脱，土司大人一时也难辨真假……
　　管家五爷唯恐丑事败露，欲杀人灭口，幸得巧儿夫人及时相救，凤姐才免遭杀身之祸。（闪回完）
　　黑洞口的阵阵冷风仿佛吹醒了凤姐。小妾阿花将凤姐推至洞前，恶狠狠地说："今天你在两个孩子中要做出选择，必须丢掉一个！"
　　凉风袭在凤姐的脸上分不清是冰水还是泪水，十分纠结，痛苦至极！
　　"快、快！"面对小妾阿花恶狠狠的催促，凤姐只得慢慢地打开织锦包裹，察看两个孩子脖子上那一对刻有"忠肝、义胆"的长命锁，此刻内心十分矛盾的她犹豫着将挂有"忠肝"长命锁的孩子抱在胸口……
　　管家五爷再三叮嘱："凤丫头，可千万不要弄错呀！"

小妾阿花上前一把夺过，将其丢了出去——凤姐顿时感到天旋地转，撕心裂肺！

为了救下"义胆"，她不惜用自己孩子"忠肝"替代"义胆"落入深渊。

凤姐眼前一黑晕倒在地，管家五爷趁机将她手上的另一个孩子夺走……

嗖嗖凉风吹醒了凤姐，无助的她默默地打开织锦包裹，拽着那把"忠肝"的长命锁。凤姐喃喃自语："我的孩子'忠肝'没了，你看他那脸庞上竟还是红扑扑的……不，我的孩子他还活着！"

（幻觉）画外响起婴儿的啼哭声，一个阴间小鬼从黑洞里"窜"了出来……

小鬼："阎王爷说了，这孩子没姓没名的，你们地上人倒是干脆，叫我们地下工作的没法儿造册登记，你要说出这孩子姓甚名谁。"

凤姐："他没有姓……"

小鬼："难道他没爹？"

凤姐："他爹不是人……"

小鬼："哦，跟我们一样，是搞地下工作的，不方便透露，大姐呀，那这孩子总得有个名儿吧！"

凤姐："也没有名字……"

小鬼："名字只是个符号，给他取一个不就得了？"

凤姐："没有，他没有，他是顶替别人死的。"

小鬼："啊，这可是冤魂呀，我们地府更不能收了！"

凤姐从织锦包裹里取出那把刻着"忠肝"的长命锁，喃喃自语："要问他的名字叫什么，你就叫他'忠肝'吧！"

小鬼："忠肝？忠肝义胆……那'义胆'呢？他又该姓什么呢……"

这时一声雄鸡啼鸣，东方亮出了鱼肚白。

小鬼："罢了，天色不早了，我得走了，等哪天起好了名字，我再来取他。"说罢眨眼之间小鬼就不见了踪影，似真若幻。（闪白：幻觉消失）

这时，管家与小妾阿花本来已经走远，忽然小妾停住了脚步。"一不做，二不休！"阿花俨然要赶尽杀绝，指使家丁将凤姐活埋。可怜巴巴的凤姐对着正在挖坑的家丁说："叔叔，请你把我埋得浅一点，要不然妈妈会找不到我的……"

阿花恶狠狠地道："你妈早就见阎王爷了，你正好到阴曹地府里去找她。"

"那……那我还有表哥呢，他也会来找我的呀！"

阿花："表哥？你们桂北土官家族不是在十年前就被满门抄斩了吗？"

话音未落，树丛中突然杀出了一条黑影，三拳两脚就将挖坑的家丁们打倒，迅速将金凤救走，消失在黑夜之中……

只因那一对老土司帕普当年赏给儿媳的"忠肝、义胆"长命银锁神秘消失，小妾阿花与管家五爷的"狸猫换太子"计谋败露，狗急跳墙的小妾给病榻上土司阿玛灌服了东瀛邪毒，使其口吐鲜血九死一生，幸得吴用道长及时出手，偷偷将她背上天门山救治。在这场"后宫政变"中，阿花掌控了王府内政实际大权。其实她就是前些年朝廷钦差大人严嵩带领倭商到湘西采伐金丝楠木时敬献给土司王爷的一个高丽国妖姬。

土家博物馆内。经联合国教科文组织专家杰克和露丝考察得知：巧儿夫人乃保靖土司彭荩臣的侄女，永顺、保靖两地土司本是同根同祖，两家之间联姻可谓亲上加亲，而此次的"后宫"谋杀，无疑给后来王族兄弟之间的关系埋下隐患。

话说树丛中杀出的黑影刚把金凤救走，路途又遭管家五爷的抢夺，一番打斗，难解难分。夜幕之中，金凤望着管家五爷仓皇逃走的身影，终于松了一口气。当她再回头看清黑影人的脸庞时，蓦然惊诧不已！

——定格！

急速渐映的画面上滚屏叠印以下字幕——

【第一单元叙事，第一章完】

画面急速转黑……

● 第一单元叙事之：

第二章

荒野魅影　落洞新娘温婉柔情
少侠登场　蓝色妖姬显露原形

字幕：十五年之后……

▲黑龙洞（夜，外）

深夜，一团黑影正在快速往黑龙洞无底的深渊掉落……

坠落中幸被洞壁上的藤蔓钩住，挂在悬崖之上……

紧接着山野传来："呜吼，新娘落洞，新娘子落洞了！"

阵阵凄厉的呼喊声，仿佛撕碎了寂静古城的夜幕。

城中之城的老司城分内罗城、外罗城，有纵横交错的八街十巷，人户稠密，市店兴隆，"城内三千户、城外八百家"，被誉为"五溪之巨镇、万里之边城"。

"猛峒河绕宅如龙盘，武陵山远望似虎踞"——土司王城可谓虎踞龙盘之地……

▲王府大院（夜，内）

此刻，老司城王府后宫大院里一片沉寂。

内寝厢房，烛光摇曳，一个少王爷模样的人正在床上呼呼大睡。

忽然"哐哐"密集的锣鼓声将他从梦中惊醒……

画外不时传来"呜吼，新娘落洞了，呜吼！"阵阵凄厉的叫喊声。

锣鼓声、叫喊声中似乎夹杂着道士的呐喊："呜吼，新娘落洞，傩师出马，行人让道！"

少王爷忍不住打了个呵欠，眼睛三睁三闭，睡意不时袭来——

▲山路上（夜，外）

崎岖的山路上，夜幕中的火把光亮如同一条游龙，蜿蜒前行……

玄衣朱裳的傩师正带领一群弟子行色匆匆……

师徒正赶往新娘掉落的洞口，前去施以法术，驱妖降魔。

锣鼓声、呼喊声中人们纷纷汇聚，交头接耳：

"新娘落洞？落在哪个洞里了？"

"还不是那个神秘的黑龙洞……"

"咱这里好多年都没发生过落洞怪事了，怎么今晚就出鬼了……"

"出鬼？哎呀，是不是惹怒了那个凶煞洞神？这离奇的'落洞'，诡异、惊悚，它与'放蛊'"赶尸"并称咱们湘西的三大邪术……"

"呃，欺山莫欺水，欺人莫欺神！"

（闪白）

▲民俗馆内（夜，内）

突然"唰"的一束灯光将土家族民俗馆内的"讲述者"照亮……

联合国教科文组织专家杰克和露丝夫妇正在娓娓讲述着——

巫傩是湘西一种古老的精神驱鬼、祈福免灾的民俗文化现象。

千百年以来，神秘大湘西没有统一的宗教，当遭遇疑难杂症以及无法理解的自然现象时，人们的意识中就逐渐形成令人敬畏的人格神，以至于万物有灵，只有"巫"能与这些"神灵"交流对话。而那些主观幻想与史实杂糅的远古神话，崇拜自然、信鬼尚巫的原始宗教以及质朴淳厚、雄强剽悍的民风民俗早已融入湘西人的血脉，成为历史久远、约定俗成的民族文化传统，生生不息、绵延至今……

人是活着的鬼，鬼是死去的人，人鬼情未了。鬼不在阴间地狱，一定存在于人世凡间，心中有鬼，定存歹念。人是介于天使与魔鬼之间的生灵，心存善念，必遇天使；心存恶念，必遭魔鬼。神秘的"落洞、放蛊、赶尸"被并称为"湘西三大邪"，让世人称奇。（闪白完）。

▲黑龙洞（夜，外）

傩师带领弟子们赶到了黑龙洞口。此刻幽深、潮湿的洞穴中更显神秘莫测。

火把光亮之中，傩师设坛祭祀施法，口中念念有词："天灵灵，地灵灵，傩神大仙快显灵；上有玉皇钟馗立，下有一位黑煞神；东请太郎神一位，南请太定火帝君；西请佛陀来相助，北有祥光二郎神；四大护法来护驾，八大金刚来护身；鬼怪与我化为水，殃煞见我化成灰；吾今念动护身法，杀尽妖魔战鬼魂……"

一阵嘈杂声中，只见万虎山舵主雷也行带领一帮喽啰来到这里。

法师询问雷舵主："施主，这个落洞女子，姓甚名谁？来自何方？"

雷舵主："这……我哪里晓得？反正是在船上抢来给老子做婆娘的。"

法师："既不知名，又不知姓，来路肯定不正，也敢抢来做婆娘。施主呀，你抢来的可能是东瀛妖姬。你惹祸了，摊上大事了！"

雷舵主听罢，顿时大惊失色！

（闪回）

▲酉水河（晨，外）

清晨，雷舵主率众兄弟倾巢出动，他们要在沿河两岸设卡拦截来往商船……

远方一艘艘货船驶来，船队在酉水河面上扬帆竞舟，锣鼓喧天，鞭炮齐鸣，人神和乐，福星高照。其他船与之相遇时，纷纷避让，船舱里满载着桐油、楠木、朱砂等，这一列官商勾结东洋人打造的"万金"特混船队仿佛就是这方水土的主人。

（画外音）东洋的"万金"特混商船正在将这些稀缺的宝贵资源，驶离这一方净土——静逸的湘西土司王城。而这里的老百姓一穷二白，生活中充斥着舶来的洋烟、洋油、洋布、洋钉、洋蜡、洋碱、洋漆等各种东洋商品。

眼见船队进入伏击范围的天罗地网，雷舵主"呜吼"一声令下，众匪蜂拥而至，岸上、水面齐齐动手，商船顿时陷入一片混乱……

当雷舵主挑开船舱密室轿帘：里面一个东洋女子貌美如花，仿若天仙，他顿时垂涎三尺。匪首傩师公立马明白了舵主的意思："连人带货全部劫上山！"

一旁小弟舍宝客不解地问："师爷，咱们万虎山要的是钱财，抢个洋妞干什么？"

雷舵主："就是给老子用的。老子这叫什么？抢亲纳妾！"（闪回完）

▲**黑龙洞口（夜，外）**

"抢亲纳妾？施主，你莫不是抢来了一个东洋魔女灾星吧？"法师问道。

雷舵主："也不知出了么子鬼，抓上山后的新娘子转眼之间从新房里消失了，到了深夜依然杳无音信。老子没得办法，只好找大师您来降妖除魔！"

话音未落，一阵妖风袭来，山野冷风嗖嗖，火把亮光随风摇曳飘浮不定。

落洞新娘挂在黑暗、幽深的洞壁悬崖上摇摇欲坠，生死未卜……

这时隐约传来了女子诡异的歌声："绿水青山白云天，倩影飘逸舞翩跹，美景只应天上有，疑是仙女下凡间……"

法师赶紧在阴森森的洞口前做功施法："短命非业谓大空，平生灾难事重重；凶祸频临陷逆境，终世困苦事不成。人来隔重纸，鬼来隔座山；千邪弄不出，万邪弄不开；洞神爱上美女，摄取新娘魂魄。"法师一阵忙乎后，缕缕青烟飘过，洞魔渐渐显露原形——原来所谓的洞神竟然是一条毒蛇。突然之间蛇尾挣扎着，痛苦地一甩，眼见昏昏欲睡的落洞女就要掉落悬崖……

就在这生死瞬间，忽然一团烟雾横扫飘过，顿时将蛇尾斩断，一个黑影飞身上前，迅速将坠落的新娘接住，搂入了怀中。来者竟然是一个英俊的少侠，他顺手将一粒神秘药丸塞进了落洞新娘的口中。

少侠的奇异之举，令在场的所有人瞠目结舌。

口含药丸的落洞新娘迷迷糊糊："刚才好大一声响，是谁掉落？没事吧？"显然她已昏昏欲睡，神志不清。

"当然没事，你没看看，我是何人？"

"……你是？"

"我？我就是我，玉树临风、不一样的烟火。"说罢他丢出了一串冲天炮驱邪。"叭、叭！"两声炸响后，他又念念有词："天空一声炸响，翼北闪亮登场！"接着这个自称翼北的英俊少年示意中邪女子伸出手来，他把脉号诊，欲解除其蛇精"蛊与惑"的魔咒。不料，中邪女子却魔幻般飘然离去……

彭翼北依依不舍，立即释放出冲天炮烟火追她而去："我就是我，是颜色绚丽、不一样的传奇、不一样的烟火！"空中腾起的烟云色彩斑斓。

此刻山谷回荡着："不一样的烟火、烟火、烟火……"

余音缭绕，烟雾隐约中那个落洞新娘踏歌起舞，风情万种，飘浮如燕，仿若花枝乱颤，又如彩蝶穿飞花间，令人目不暇接、如痴如醉……眼前的这位女子手如柔荑、皮如凝脂，举手投足、一颦一笑尽显温婉柔美，犹如天仙下凡。

只见她深情地演唱着："爱一个人有多苦，只有自己最清楚，昨夜梦难留，今夜难有梦……遇见你，一眼万年；春心荡漾，覆水难收；凝视的眼眸中，满是望穿秋水的脉脉柔情，缠绵情意似风柔；与风景无关，与浪漫有缘。一见钟情，钟爱无限。凄美爱情犹如那桃花瓣落，浮沉随风；灵溪河的水，那是我的泪……"靡靡之音如泣如诉，似真若幻，如影随形……

彭翼北吟诵："坚强如我，飞蛾扑灭，就像爱你的一团烟火。"

"亲爱的，你爱我吗？"

"爱呀……"

"那我跟你妈掉进水里，你先救谁？"

彭翼北没有直接回答问题，而是反问道："你爱我吗？"

落洞新娘回答："爱……"

"爱我就不要问这个问题。"

落洞新娘仍不甘心，转而说道："那我不爱你……"

彭翼北紧接着机智回应道："那我干吗要救你？"

"这……难道你不爱我吗？"

"我不爱你妈……"

"你？？？"

"亲爱的，我不爱你妈，但我爱你呀！"

女子的音容笑貌即刻浮现在彭翼北眼前，她疑惑问道："你……真是一团爱的烟火？"

"嗯，"翼北点头道，"我可是正月十五的烟火。"

"十五？难道你家还有初一？"

"初一？那是我哥，他是初一的焰火，不过，他已消失多年……"

"消失？岂不是十五烟火灭了初一焰火？"

傩师："侯门一入深似海，从此萧郎是路人。"

舍宝客："还是咱们过得舒坦。舵主带咱钻深山，抓个蛇精做晚餐，不羡王爷不羡仙。拿起咱们的刀，扛起咱们的枪，吃的千家饭，抽的百家烟，快活的日子赛神仙……"

落洞女歌声再起："婆婆玉人亮倩姿，仙女佳人下凡间，回眸一笑百媚生，六宫粉黛逊色颜……"歌声中，落洞新娘翩翩起舞，显露出美女蛇般妩媚的容颜。眼前这对歌的场面，如同土家男女青年"三月三"情人歌会。

此时的落洞女神情恍惚，似乎被洞魔摄取了魂魄，进入情感痴迷的状态，她面色灿若桃花，眼睛亮如星辰，声音如丝竹般悦耳，身体里散发出醉人馨香，令人想入非非……

歌甜舞美醉人心，少年翼北顿时不能自已，疑惑地道："难道你是蛇……妖？"

"らない（日语"不"，读音 shi ra na i）是蛇不一定是妖，蛇在湘西又叫小龙，所以我就是万人迷的小龙女……"

翼北仿佛沉浸在美好遐想之中："小龙女，你的眼睛真的很美！"

落洞女："美吗？人家都说我的双眼长得好迷人……我的眼睛为什么那么好看？就是因为我的眼中有了你。"

话音未落，幽深洞口忽然传来了诡谲怪异的魔咒："一代玲珑，二代痴，三代、四代出渣滓……我乃至尊无上的洞神，不可触犯的神灵。管你是初一还是十五，全都是死鬼一个！"

此刻洞魔已附体于落洞新娘，小龙女变成了见血封喉的鸡冠蛇精。

翼北大惊："你究竟是……"

小龙女顿时面露狰狞："我是阎妮，专取性命！"

翼北纳闷地道："哦？阎王爷的妮子不就是'阎妮'吗？你不是'娶'人性命，而是想嫁人了吧？"

小龙女："我……我又不是凡人，如何嫁人？"

翼北："不是凡人，便是烦人，千年妖孽！"说罢释放冲天炮驱邪灭妖——

"且慢！"小龙女胡诌起"鬼话"，"那是很久很久以前，我被捕蛇者追赶，幸被一位英俊少年所救，此番是前来报恩的。再说，今天死在这里也不吉利，恳求烟火兄弟给我换个风水好一点的地方以便投胎……"

烟火少年顿起善心，欲将倒地美女扶起，而阎妮趁其不备，口吐毒信子袭来，眼见着少年就要落入毒蛇之口……其实，附体的蛇精不是来报恩的，而是来报仇的。

就在蛇精吐出毒信子的关键时刻，空中闪现一团巨大的火焰，霎时一只猎狗从烟雾中出现，犹如二郎神的啸天神犬从天而降猛扑上来，死死咬住了蛇冠，接着神犬主人虎眉剑眼、仙风道骨般的傩王，头戴虎头傩面，脚踏风火轮飘然而至。只见他一边拉拽着手中孩童玩具竹蜻蜓，一边口吐真火，念念有词："抬头望青天，师傅在身边，虎头傩王救万民，手按宝剑斩蛇精，胆大妖姬近我身，五雷击顶化为尘，你这阎王爷的鬼妮子——人话不讲，鬼话一大堆！"

"你又不是二郎神，遛狗为啥不牵绳？真人不露相，露相非真人。"突然出现的这个虎头傩王，究竟是拯救苍生的闪电奇侠？还是焰火超人？小龙女顿时乱了方寸，"恶魔？らない（日语"不"，读音 shi ra na i）看看咱模样，听听咱声音，难道不是'神话'？"

虎头傩王："什么らない？听声音风调雨顺，看到人颗粒无收。你是神话，我也不是壁画，你还不晓得老子马王爷有六只眼睛……"

"全是废话！只听说过马王爷有三只眼睛。"

"我这是两个马王爷……你那神话的神话就是满口鬼话，阎王爷嫁女儿——抬轿的是鬼，坐轿的也是鬼！"

"谁是鬼？看你人魔鬼样的，长得那么丑……"

"长得丑活得久，长得帅老得快，我宁愿当个丑八怪积极又可爱……"

"你究竟是谁？"

"我就是我，看到你，老子就起天火！我头上顶着太阳，看到的定是希望。今天不知是我的荣幸，还是你的不幸！"他说罢口吐焰火——

蛇魔在地上痛苦挣扎，顿时一团烟雾升腾，妖魔顷刻之间灰飞烟灭。

"天皇皇，地皇皇，我家有个夜哭郎，有缘千里来相会，无缘睡到大天亮。"此刻坠入妖邪情色陷阱的王府二少爷，就是小妾阿花的儿子彭翼北……而他一听到"虎头傩王"不由得大吃一惊！难道失踪多年的大哥如今已变成了传说中驱除疫鬼、祓除灾邪的傩王？"傩"乃人避其难之谓，行走姿态柔美佩玉之傩。然而翼北眼前这个大哥的神秘之处在于千呼万唤始终不露真面，但他又无时无处不存在，从而使得妖邪惶惶不可终日。没有人知道傩王的真名实姓，人们只知道他叫"义胆"傩王，他的前生今世充满着传奇。其实，他和彭翼北乃同父异母兄弟，都是老土司帕普的孙子。

此时的大湘西正遭遇百年未遇的大旱，河水断流、农田龟裂、瘟疫肆虐，灾民纷纷揭竿而起，杀贪官，分田地，一时间风起云涌……

南倭北房、内忧外患。明朝正德皇帝崇神信鬼，走火入魔，而一衣带水的东瀛则妖邪横行，光怪陆离。当朝正德皇帝沉溺于声色犬马的感官享受。"豹房"淫乐窝里充斥着东瀛歌妓、西亚色目淫荡妇人以及光着大腿的高丽女子，然而，荒淫过度，膝下无一子嗣，这也给皇室传承"真龙天子"带来了无穷隐患。

大自然中的动物世界，即便是无天敌的老虎狮子，在一岁之前的幼年死亡率也高达三分之二，若没有母亲的护佑，幼崽必死无疑。

为报答巧儿太太的救命之恩，凤姐不惜以自己的"忠肝"替代"义胆"去死，并将"义胆"藏匿起来偷偷养大。日久生情，凤姐的母性萌发，姐弟俩感情深厚。这天晚上火焰娃"义胆"对金凤说："老姐，我偷偷叫你一声妈妈可以吗？"凤姐顿时泪奔，将其紧紧搂在怀里。然而"义胆"愚笨至极，傩师施魔法称"蚯蚓切成两节还能复活"，可火焰娃切断的却活不了，因为他是纵向切开的。面对接踵而来、如影随形的凶险，他每次总能侥幸躲过，这真是"傻人有傻福，大难不死，绝境中总有贵人相助"。一天凤姐问他："你说这世上究竟是先有男生，还是先有女生？"这个问题就像是问先有鸡还是先有蛋一样，思维陷入纠缠不清的怪圈，永远不会得到确切答案……猜他怎么回答？

彭翼南附耳告诉凤姐："世上肯定先有男生。"

大姐问："为什么？"

翼南回答道："因为男生是先生嘛！"

"我丑，我姐喜欢。"生活中他不修边幅不爱理发，别人劝他："你的头发那么难看，怎么不去理一理？"可他答道："我出银子，你们好看，不干，不干！"凤姐带他到店铺买东西，老板打开一罐糖果，要他自己去拿，但火焰娃却没有伸手去抓。老板只好亲自抓了一大把放进他的口袋。回来途中，凤姐好奇地问："你为啥不去抓糖果而要老板抓呢？"火焰娃回答道："因为我的手小而老板的手大，所以他拿的一定比我拿的多。再说天上只会掉冰雹雨雪不会掉馅饼。这东西可是他主动拿给我的，日后也不好意思再来索取回报。虽说我的个子矮，但矮子是从来不向人低头的。"凤姐听后大吃一惊：原来孩子并不傻，而是大智若愚。凡事不是仅靠自己的力量，学会适时地依靠他人，这是一种谦卑，更是跳出了一般正常的思维定式——傻到极致是精明！傻有傻的好处，傻子无欲，无欲则刚。傻，有时候也是一种自我保护的天然屏障。

深夜，只见万马归朝的王城之巅，傻子翼南负手而立，双眼异常明亮，仰望夜空。世界上每个人皆是独一无二的，但要承认，大多数人的独一无二都是没有价值的，只有少数人例外。上苍造人一百个中有一个怪人；一千个人中有一个才人；一万个人中有一个鬼人；亿万个人中必有一个伟人。小荷才露尖尖角，可见火焰娃彭翼南非比寻常，无疑就是鬼人、奇人集大成之人，不容小觑。

日有所思，夜有所梦。湘西土司内寝，王府二少爷彭翼北身患梦游症，其实就是在睡觉中半梦半醒。梦游症即睡行症，睡眠障碍是精神疾病，眼睛是睁开的，人在梦游时不用眼睛，行走时能躲避障碍物。在这场"落洞"诡异的梦幻之中，彭翼北坠入了东瀛魔女编织的情色陷阱。

自从烟火少年翼北与魔女京子神奇相遇之后，便陷入了"一代玲珑，二代痴，三代、四代出渣滓"的魔咒，每当夜晚，翼北就会从噩梦中惊醒，顷刻之间，大汗淋漓。难道这一切都是幻觉？然而梦幻中与魔女相遇，便是望穿秋水、一眼万年……

▲王城遗址，书院（夜，内）

为了探寻王城秘诀之玄机，贝尔·格里尔斯在古城遗址书院的博古架上发现了一本古籍，打开之后念道：一切有为法，如梦幻泡影，如露亦如电，应作如是观……此段偈语出自《金刚经》，顿时他感触极深：世间一切法道，都如梦幻泡影一般一触即破，不可捉摸，又如晨露闪电一般转瞬即逝，应该怎样看待芸芸众生？梦指的是非真实的存在，幻则告诉我们这一切都是假象，泡影亦是如此。露则是一个相继像，我们人的生命是由很多的片段组成，时时刻刻都在变老，只是我们见到的这个过程是连续的，而实际上变老过程也是一个一个片段组成的。它告诫我们凡人修法，纵使千万岁，也未必成正果，这又是为什么呢？一切有为法，世间一切有所为，或者有所不为的法，都是凡人的执着，所为或者所不为在世尊看来都是一样的，那么怎么摆脱呢？就是把这些法都视如梦幻泡影，视如朝露、闪电，一切都是瞬间，一切皆为梦幻。当然事实上凡人是无法理解的，那就先作如是观，也就是先这么看，虽然不理解，没能顿悟，但先这么看。说得简单点就是一道题目也不会，先看到答案，从答案的思路倒推，也未尝不可呢。

"斑竹一枝千滴泪，湘女多情醉古今"，山水奇特、风情诡异，湘西自古就是一片神鬼之地，雄奇险峻的高山，忽隐忽现的地下水道，更多的恐怕要数神秘莫测的溶洞和天坑，充斥着各种匪夷所思、波诡云谲的幻象，其中赶尸、放蛊和落洞并称为湘西三大奇幻，而落洞是其中最难以理解的奇幻，"落洞"之意就是把魂魄掉到洞里去了，聪明而美丽的未婚"落洞女子"眼光明亮，性情纯和。其实，落洞是一种心理病态，女子之所以落洞，是女性在性行为方面极端压制，因人和神怪之爱悦，落洞女在性方面的压抑情绪得到慰藉……

驱赶洞魔的"白日焰火"无疑是光明的象征、人间之正气。湘西风俗"傩祭"燃放焰火祈盼驱逐邪气，"傩"乃捉鬼放鬼之巫傩行者的拿手好戏。姿态柔美则"佩玉之傩"，驱逐疫鬼仪式的傩舞、傩戏已传承了数百年。然而，洞魔、妖姬的诅咒似乎预示了土司王族将要面临的灾难厄运。

深夜，王府内寝，魔女托梦仍在继续，深陷梦游症的彭翼北难以自拔……

日有所思，夜有所梦，似真若幻，如影随形。此刻王府内寝的烟火少年眼前不断闪现那个"落洞新娘"的倩影，睡梦之中情痴"美女"正在不断地托梦诱惑……

▲王城书院（夜，内）

联合国专家杰克和露丝正在解开鲜为人知的湘西"人祸"之谜：作家沈从文笔下那些落草为寇的湘西土匪，大多是失去土地的农民、没有家园的流浪者，帮派结伙群聚和靠勇猛拼杀夺取生活必需品的生活方式，使他们比有土地的农民多了一份超越地域关系的侠义之情，以及均贫富、共患难的江湖豪气，也有着打家劫舍、除暴安良、敢作敢为、讲究信义的优秀品质。

这些山野游侠者身上散发着的英雄气息，体现在匡扶正义上。在作家沈从文的笔下，湘西土匪还温柔多情乃至敢于殉情、一诺千金。土匪大多也是平凡的人，他们有善良的本性，野性而又多情，他们也都懂得爱，而且比别人更渴望真爱，为了爱情他们可以做出任何牺牲，甚至献出自己的生命。一方面为了结拜的情义不忍舍弃弟兄自己逃命，一方面又为了心爱的女人而不得不做了卖客，湘西土匪身上原始、强悍的性格特质，再现了湘西人的古老文化精神。在沈从文笔下的湘西土匪，作为生活在未经现代文明开垦的原始社会中的人物，他们身上同时也具有与生俱来的原始野性，这是对湘西人不羁生命力做出的最好的诠释，沈老塑造出了湘西人独具魅力的性格特点，向我们展示了湘西诡异、魔幻、原始、浪漫的一面。

湘西土匪所具有的独特的人性、野性以及他们对爱情的忠贞则构成了沈从文作品中一道独特的风景，让人们在字里行间强烈感受到其中所蕴含的激情与力量，那对淳朴人性的赞美，对不羁生命的呼唤，同时也唤起人们对"充满原始神秘的恐怖魔幻，交织着野蛮与优美"的神秘湘西那一方水土的向往，唤起人们对"人性之美"的向往。

风起云涌——山雨欲来风满楼，东奔西走何时休？俗话说："夜路走多了，总会遇见鬼。"万万没有想到，享誉世界的野外求生第一人贝尔·格里尔斯却在原始森林莫名失踪了，这里是由远古陨石掉落砸出来的坑凹形成的，由于陨石本身形成强大的磁场，贝尔刚进这里就受到磁场的作用，指南针发生紊乱，人体生物钟失衡，记忆混乱，他竟然迷失了方向。

　　贝尔的意外失联，急坏了联合国考察组古遗址专家杰克和露丝，湘西文管局翻译江诗琴随即发出了SOS国际求救信号，一场拉网式紧急搜寻就此展开……

　　但自搜救工作开始以来，因正值"清明时节雨纷纷"，连日来的不断降雨，雾气弥漫着山区茫茫林海，使得直升机空中探测效果不佳，地面上的搜寻竟也成了历险，探险家贝尔的神秘失踪，引发了国际考察组的一场生存危机……

　　——定格！急速转黑的画面上，滚屏淡出以下字幕——

【第一单元叙事、第二章完】

● 第一章回单元叙事之：

第三章

　　巫傩奇幻　　神秘杀手如影随形
　　天不藏奸　　东瀛倭酋铤而走险

　　（画外音）这里的山谷被当地人称为死亡谷，虽草木葱茏，却没有任何动物。凡是去过死亡谷的，回来就会生一场大病，几乎九死一生。探险家贝尔根本不信这个邪，不顾别人的劝阻，独自来到死亡谷。正是早春时节，这里的草木早已郁郁葱葱，他登上山顶，向下望去，发现山谷里有一处类似陷坑。他走近那个坑，忽然感到身体不适，头昏脑涨还想呕吐。他看了一下手表，发现表上的指南针在疯狂地旋转。他意识到这里存在着辐射场，极其危险。此时，由于探险家贝尔过于好奇，靠得太近了，人体已被磁场牢牢吸住，想逃走也很困难了……

　　▲荒野（夜，外）

　　野鸟惊飞，疲惫不堪的贝尔深一脚浅一脚、软一脚硬一脚地探路前行……

　　忽然"轰隆"传来一阵巨大的爆炸声，贝尔便循声望去——远处山下顿时升起滚滚浓烟。"不好，有人盗墓！"贝尔说罢便奋不顾身地朝山下跑去……

　　贝尔此次探险湘西秘境，却意外地与外界失去了联系，而眼下遭遇盗墓贼，无疑是雪上加霜。

　　正当那个"冒失鬼"与"背时鬼"欲钻进盗洞时，突然发现烟雾中一条黑影朝他们奔来——

　　这两个"活鬼"以为是"死鬼"阴魂显灵，吓得赶紧逃窜……

　　望着盗墓贼慌不择路逃跑的背影，贝尔若有所思……

　　（闪白）

　　▲土家陈列馆（夜，内）

　　夜幕下的陈列馆，悄然肃静。只见"冒失鬼"手拿一张老照片潜进来，当他推开展厅大门时，一根青铜铸造的大柱赫然映入眼帘。他对照着手中的照片，这不正是国家首批重点保护文物——"溪州铜柱"吗？铜柱实物顶端的"帽子"空空如也。

　　"冒失鬼"进行反复比对，确认老照片上的帽子来自铜柱顶端，苦苦寻觅多年的他立马兴奋起来："难道祖传王城秘籍就藏匿其中？真是'踏破铁鞋无觅处，得来全不费工夫'，这可是顶尖级的国宝呀！"正当他幻想美好之时，一条大狼狗突然蹿了出来……

　　展厅内，"冒失鬼"与那条大狼狗相互对峙，"冒失鬼"眼看就要被逼至展厅死角……

　　"嗷嗷"犬吠声，惊醒了守夜的络腮胡子老头，他赶紧起身前去查看……

古怪老头名叫秦书田，自"文革"平反之后，他已从王村（芙蓉镇）文化站退休，被返聘到县里"申世遗"筹备小组，每天独自看守着这座民俗陈列馆。不知今夜怎么了，秦书田辗转反侧难以入眠，眼皮子老是跳，到底是吉兆还是凶兆？

正当秦书田大声呵斥大狼狗时，"冒失鬼"趁机越过院墙溜走了……

逃走的"冒失鬼"，其实就是秦书田死对头李国香的外甥钱新。

车走直路，马走斜。"冒失鬼"钱新本是镇上的小混混，仰仗着姨妈李国香在当地的关系，长期在地摊上靠卖假药坑蒙拐骗。但这也不是长久之计，如今，赚钱得有门路，只要找准门路，肯定发大财。一次偶然间他在姨妈办公室发现了这张戴帽的"铜柱"老照片，于是心生歹念……岂不知在四百多年前，王城遭遇了一场东瀛"潘多拉魔盒"灭顶之灾，如果魔盒里的毒素与铜柱上的腐蚀物相遇，瞬间发生裂变，病毒蔓延，瘟疫肆虐，灭绝生灵万物。

钱新找到"背时鬼"黄褐，两人一合计便有了主意。原来，黄褐是文管所的司机，对文物还是有一定了解的。这根"定州神针"之铜柱，是土家族珍贵历史的见证，铜柱高4米，直径40厘米，呈八边形，每边长15厘米，重5 000多斤。铜柱的铜质精纯，黑黄发亮的八面铜柱上镌刻2 000多个颜、柳体阴文，记录了公元939年，湘西土司王彭士愁率领少数民族万余人，反抗楚王马希范统治的历史。当时双方交战多日不分胜负，因彭士愁在当地少数民族中威望颇高，马希范一时无可奈何，只得相约议和。天福五年双方会盟于今古丈县境内的会溪坪，楚王马希范效法其烈祖马援"象浦立柱"的做法，以铜5 000斤铸柱，并铭刻誓状于其上，双方以此溪州铜柱为界碑，以示互不进犯，这大概是我国最早的"民族区域自治"典范。这究竟体现了楚王超凡的包容之心，还是土家族聪敏过人的智慧？后人自有评说。虽历经千年风雨，铜柱上的字迹依然清晰完好。1949年之后，它被列为国家重点保护文物。"背时鬼"黄褐因迷恋赌博，目前正好缺钱。他们一个在明，一个在暗，打起了铜柱的主意。

黄褐不禁问道："这张戴帽的铜柱老照片是从哪儿来的？"钱新故作神秘地讲了一个故事："在1945年抗日战争的湘西会战中，日本一支考古队欲将溪州铜柱劫走，途中却遭遇盟军轰炸，铜柱帽盖被炸飞落入深潭，至今下落不明。如果能找到铜柱上这顶盖帽，两者合为一体，就拿到了开启墓葬的王城秘诀。到时候你要还上那点赌债，不是小事一桩？"财迷心窍的黄褐，似乎半信半疑："王城秘诀究竟是什么？"

钱新胡诌道："就像阿里巴巴打开财富大门的口诀——'芝麻开门吧'。只要我们拥有王城秘诀，土司王族墓室的石门就会豁然分开，露出价值连城的金银珍宝。"他的这番歪理邪说，顿时让黄褐豁然开朗。

两个"活鬼"说干就干，不料钱新下水打捞时，不慎触碰到了深潭中遗留的"东瀛魔盒"，加之又遭到阴沉木毒素的侵蚀，两毒相遇更是雪上加霜，诱发了病毒。阴沉木毒素是明成祖朱棣在京师兴修紫禁城时，湘西土司敬献给朝廷兴修宫殿建筑的楠木被冲散后长久沉积产生的。钱新身上的毒素即刻发作。真乃"三分气在千般用，一旦无常万事休"，钱新拼尽全力，也没能把铜柱盖帽从深潭里打捞上岸……

人为财死，鸟为食亡。殊不知"道不盗，非常盗，盗亦有道，盗不离道"，真正在那绿林中结社取利，分赃聚义的，也向来不乏英雄豪杰。绿林大盗中钱财名声最为显赫者，莫过于致力于"钻山打洞"的盗墓贼，可迅速一夜暴富！

盗墓邪术不外乎"望、闻、问、切"（与中医郎中瞧病相近）四字分八法，各有上下两道。如"望"之上法，乃为上观天星、下审地脉；下法观泥痕、辨草色，其间高下，虽相去甚远，却皆有道。叹老祖宗留下的四大发明之一的指南针（罗盘）皆为阴阳风水先生和盗墓者所用，而盗墓古术"四门八法"之秘闻传奇以及人物之间的生死命运、情感纠葛，尽在王城内外。

此次贝尔·格里尔斯的野外探险，无疑打乱了两个活鬼的计划。然而，盗墓贼为了钱财不计后果，引发了毒邪肆虐的恶性事件——魔盒散发出的瘟疫邪毒，使贝尔顿时眼前一片黑暗，生命已危在旦夕。孤立无援的贝尔凭借野外求生的特殊技能，只能展开自救了……

▲土司王城遗址（夜，外）

联合国教科文组织专家杰克和露丝夫妇在王城遗址废墟堆里发现一柄锈迹斑斑的短剑，两人相互交流，交替着娓娓讲述——

福无双降，祸不单行。一个神秘杀手的到来，使得王族内斗火上浇油。其实，这个杀手正是15年前树丛中杀出的那一条黑影——当年桂北剿叛漏网的虢成。此次他潜入湘西，就是要联手表妹金凤报仇雪恨的，这无疑给彭氏土司王族埋下了隐患。

可随着十多年来的朝夕相处，凤姐早已与傻弟弟感情深厚。神秘杀手虢成只得与小妾阿花狼狈为奸，伺机欲致继位长子于死地，幸得凤姐拼死相救才得以化解了危机。当得知这个假扮蛇药贩子的神秘杀手正是自己失踪多年的表哥虢成时，金凤十分纠结。然而时过境迁，凤姐已不是原来那个复仇心切的小姑娘，她认为仇恨只会加剧痛苦，况且害人终究害己！小妾阿花发现金凤与杀手之间的蹊跷关系，她几次暗下毒手，凤姐都能死里逃生。凤姐的护犊之举一波三折，犹如拯救赵氏孤儿的晋国义士程婴，她决意以死报答巧儿太太的知遇之恩。

小妾阿花急于铲除儿子继位的障碍，不惜以金钱、色相诱惑虢成，而虢成则发誓要报当年遭满门抄斩之仇。于是他们这两个"活鬼"联手合谋，精心策划了诡异的"落洞"陷阱……

▲黑龙洞（夜，外）

洞口，蛇精遗骸上青烟袅袅，烟雾中显露一个亭亭玉立、妩媚面善的美女。

万没想到垂死挣扎的蛇魔沾上了人气，借尸还魂吐出毒信子袭来……

彭翼北急忙应对，冲天炮"噗嗤"腾空而起，璀璨的火花溅射开来……

眼看到手的猎物就要逃脱，美女蛇释放出彩色毒雾像那太阳光般暧昧朦胧，寒冷而耀眼，烟火顷刻熄灭。关键时刻，虎头傩王喷出巨大的"巫傩焰火"，焰火与毒雾顷刻之间绞杀得难解难分……

眼见弟弟翼北就要遭殃，大哥彭翼南猝不及防，慌乱中连连后退，不料，却落入了幕后"活鬼"事先设下的陷阱，坠入滚烫的"热洞"深渊中。危急时刻，只见凤姐肩披"凤凰金翅"赶来营救！

美女蛇幻影："呵，癞蛤蟆插根毛，你究竟是飞禽还是走兽？"话音未落，忽然洞口一阵冷风袭来，小妾阿花释放毒雾攻击，致使凤凰金翅不幸折翼，蛇妖乘机将金凤甩落"凉洞"冰窟，姐弟俩生不见人，死不见鬼，此后便杳无音信……

▲"热洞"（夜，内）

热洞高温不仅毁了彭翼南的容貌，还灼伤了他的双眼，让他陷入一片黑暗。

此时，洞里传来一阵悠扬的琴声，一位白发老翁手持古琴正朝着烫瞎双眼的彭翼南飘来，他正是彭公爵主化身的"热巴"大仙。绝境之中大仙告诉他琴槽里有一张治疗失明的王城秘籍，只有在弹断一千根琴弦之后才能打开秘籍疗伤。于是傻乎乎的彭翼南天天想，夜夜盼，尽心尽力地弹断了一根又一根……

终于有一天他大功告成，当他欣喜若狂地打开秘籍，结果只能勉强看清开头："天灵灵，地灵灵，王城遁甲，阵列前行，降妖除魔显神灵……"后半部分字迹斑驳早已分辨不清，先祖赐予的秘诀，难道只能凭想象？

梦想瞬间崩塌，就在他绝望之时，洞中再次回荡起王城秘诀，奇迹出现了。突然火焰四射，一把"钩镰枪"神器横空出世，在黑暗中划出佛光。焰火带来了希望，大仙出现："所谓拯救的秘籍就是在信念的支撑下接受命运的谎言，追逐生命的意义，即使梦想再次落空，坚持活下去就是使命：每当上帝关上一扇门必定打开一扇窗，欲治好眼睛看这个世界，必先心中升起一团希望的火焰，适时感受太阳的温暖和炽热，不过在恢复容颜和重拾光明之间，你只能二选一，切莫贪婪……"于是他按照大仙的嘱咐做了，不知过了多少时光，终于迎来了光明。

真是天无绝人之路。惨遭毁容的彭翼南不仅得到了先祖赐予的神器——钩镰枪以及那张字迹斑驳的王城秘籍（每当念起秘诀，祖传神器便顺势弹出，杀敌于无形），而且经过先祖点化，彭翼南恢复了视力，重塑帅气容颜并化作一团"巫傩焰火"飞出深渊，这真是"大难不死，必有后福"。而他大姐金凤在冰窟深渊中也巧遇了能摧毁万物、重造万物之神——"凉巴"大圣。金凤在喝了"圣女液"后迅速修身养性，摇身一变成了传说中的"蛊仙姐姐"。然而，眼见为实，耳听为虚，这些都只是街头巷尾的传闻而已——但有一点人们有目共睹：此后的彭翼南与巫傩奇幻结下不解之缘，开始了他的双面人生之路。只要戴上虎头面具口吐"巫傩焰火"，他就立刻判若两人，其释放的能量超乎常人的想象……而他大姐金凤似乎坠入了妖孽之师、妄说祸福的"巫门邪道"，她成了预知前世今生的蛊仙姐姐！其实所谓的巫傩蛊与惑超乎寻常的神奇，其实就是一种心理暗示，这也是湘西巫傩术的神奇所在。

▲司城王府（夜，内）

深夜，土司王府内寝，女鬼托梦仍在继续，少年翼北深陷其中难以自拔……

洞魔突然张牙舞爪，正朝他袭来……

然而，拥有巫傩焰火的大哥不慌不忙，念念有词："抬头望青天，师傅在身边，隔山山应，隔水水应……"他仿佛进入了天人合一的"巫傩世界"！

咒语之间一股"九昧真火"从傩面獠牙中喷出——洞魔妖邪顿时灰飞烟灭！

就在袅袅青烟升起时，只见那落洞姑娘犹如出水芙蓉，亭亭玉立。

忽然天地之间"叭嚓"一道闪电惊雷击来——姑娘扑向烟火少年……

翼北从噩梦中惊醒，顷刻之间大汗淋漓，这一切究竟是梦境还是幻觉？

日有所思，夜有所梦，似真若幻，如影随形。此刻，少年翼北眼前不断闪现那个落洞新娘的倩影，口中不停念叨着那个梦中女孩……

此时，神秘杀手骶成早已被仇恨吞噬，极尽疯狂，他本想巧借阿花之手让王族内部自相残杀，万没想到差点搭上自己的表妹。当他发现表妹已与傻小子难舍难分时，忽然心生一计：除掉一个继位长子，摧毁不了整个土司王族，何不趁机制造内讧，使其自己毁灭自己。其实在这场"落洞"引发王族内乱的背后，真正的始作俑者便是倭酋木下兄妹。

▲土家民俗馆（夜，内）

联合国专家杰克和露丝查阅史实：公元653年，朝鲜半岛爆发内战，引发中日两国直接参与军事对抗，双方会战于白江口，东瀛不论战船还是倭军均数倍于唐朝军队。激战中大唐左卫郎将刘仁轨陷入了重围。关键时刻一支神兵突然从天而降，这正是湘西彭氏土司鼻祖彭公爵主的军队，彭公爵主手持钩镰枪弹射出霹雳火焰，焚毁敌舰，烧杀倭军，四战皆捷，水陆连胜……厮杀中东瀛邪恶之首木下晋一毙命于彭公的钩镰枪下。唐高宗李治赐彭公爵主"武神将军"，赏蟒袍玉带……

尤其是彭公钩镰枪的致命一击，让倭奴闻风丧胆，湘西王者无疑成了倭奴的天敌、克星，岛国神社供奉的那把倭寇残剑就是当年厮杀的见证，从此，湘西土司王族与东瀛木下家族结下了世代冤仇……

木下邪毒家族耿耿于怀，一直伺机报仇雪恨，专门招募武士采集深海沉积物，通过女巫的诅咒，致使毒素变异，瞬间梦幻般裂变，杀人于无形。木下家族将这种毒素隐藏在"情感精灵"魔盒里，在这个神奇的魔盒里既有东瀛武士的荣耀，也有万劫不复的噩梦。魔盒外表虽拥有诱人的魅力，一旦打开就会释放瘟疫恶魔灭绝生灵，给人类带来一场惨绝人寰的大劫难。然而世上有矛就有盾，湘西王族祖传神器与东瀛魔盒相生相克，生死较量仍在继续。

公元1273年，高丽国挑拨离间，引发元世祖忽必烈东征日本，武德将军彭思万率领湘西土兵随元朝联军前去讨伐。由于高丽建造的战舰质量粗劣，在突遭强台风袭击时沉没，战舰上的湘西土兵在被敌寇围困中弹尽粮绝全部阵亡，无惧无畏的武德将军不幸倒在了幕府将军木下晋二射出的毒箭之下……

日本人自诩是在"神风"保佑下击溃了元朝联军，其实主要原因是元世祖忽必

烈选择东征的时间是在台风多发的夏季，而并非天皇始祖的神灵掀起"神风"挽救了日本。

　　岛国日本是单一民族的国家，大和族占了99%，万世不变的太阳旗和天皇陛下成了最高精神文化象征。日本自古就有欺软怕硬的陋习，中日之战大多有这样一个规律：当遭到致命打击后日本人屈服称臣至少600年，从653年唐军大败倭寇到1273年元军东征相距620年，直到1868年初日本开始明治维新，国力迅速增强，便肆无忌惮地发动了中日甲午战争，而黄海大战中北洋水师全军覆灭，日本人便得寸进尺，在时隔不超过50年的1937年开始全面侵华，如此周而复始，历史就是这般重演！

　　自从湘西彭公爵主在白江口大败群倭后，尤其是元朝联军东征日本以来，历任天皇极度恐慌，预感勇猛蛮族总会来袭。幕府将军木下晋三授以天皇未雨绸缪之计：华人改朝换代只是城头变幻大王旗，治标不治本，何不来他一个"人种基因突变"，根治蛮族无惧无畏的野性。办法就是献上东瀛、高丽歌妓与蛮族人种杂交，致使其子孙后代野性退化。东瀛邪教计划实施原始的"基因"改造，利用人种特征上的差异，将湘西土著人种替换、繁衍成为另一个没有血性的种族，让他们沉浸在轻歌曼舞的醉生梦死中。另一方面为迅速增强日本自身实力，木下晋三极力游说国内各大财团出资办学，实施教育兴倭的百年大计，其中上疏天皇的《木下奏折》意在功在当代，利在千秋。岛国财团掌门们纷纷质疑："重视教育虽惠及千秋万代，可咱们都是上了年纪的人，还有机会上学读书吗？如今最关心的是出资办学啥时能有回报。"

　　木下答道："一百年之后……"这句话顿时引发了财团大佬们的议论纷纷："别说一百年，就是五十年咱也看不到那一天了。"唯有天皇理解了其意："日本资源匮乏，唯有对人进行开发。西方国家之所以强大，是因为有真正的学府，洋人强大的奥妙，一个是科学，一个是法律。科学是管自然万物之间关系的，而法律是管人与人之间关系的。先用文化精神塑造人的心灵，然后才是政治体制，最后才是经济。只有让大和民族人才素质提高，岛国的自然与人文生态才会屹立在世界东方，处于不败之地！"大家茅塞顿开，木下将军已是三四十岁的人了，他能想到百年之后的事，一定经过深思熟虑。于是大家就答应了投资教育兴国的百年大计，意在卧薪尝胆，东山再起。而由此一来，两个世族之间的仇恨又雪上加霜了。

　　（画外音）明太祖朱元璋将鬼谷子的智谋玩到了极致，汇集百川用人之道。如今王朝有湘西彭公后人的护佑，东瀛面对无惧无畏的土著蛮族束手无策。

　　杰克和露丝在土家族民俗馆查阅史料时有了惊人的发现：千百年来，湘西彭氏土司与历代王朝之间和谐相处，土司遵循溪州铜柱上"尔能恭顺，我无科徭；本州赋租，自为供赡；本土兵士，亦不抽差。永无金戈之虞，克保耕桑之业"的盟约，为国家抵御外患，平息内乱，运输楠木支持故宫重点工程建设。土司敬仰君王，捍卫社稷，忠于国家，执圭守土，鞠躬尽瘁。彭翼南爷爷、老土司彭明辅在平定广西思州和田州叛乱凯旋班师之日，南京兵部尚书、南京都察院左都御史王阳明以诗赞曰："嗟尔彭明辅，少年多战功，从亲心已孝，报国意弥忠。"湘西土司秉承"齐政修教，因俗而治"，以和为贵、爱憎分明，这也反映了中央王朝与地方族群在民族文化传承和国家价值观方面思想统一。而这种和谐理念也体现在维护国家统一领土完整上，对于犯外之敌，土司责无旁贷，积极出兵予以抗击！

东洋人欲征服中国，必先征服湘西蛮族。为了雪耻复仇，木下晋三欲以"万金"株式会社合作经商之名与大明奸宦严嵩、赵文华同流合污，企图在土司王族中植入东瀛邪毒，改变湘西族群骁勇善战的血脉基因。早年，佞臣严嵩在东瀛授意下，献上波斯美女借以诱惑，但是体弱多病的土司，觉得异域女子太性感且长相奇怪，不感兴趣，于是就将其关进了笼子，只是远远地观赏一下，不敢近身。一计不成，又生一计，严嵩再次献上从朝鲜半岛挑选来的美女金银花，因其肤色长相较国人相近，渐渐被接受，然而这个高丽国的女子金银花却给土司王族带来了无穷后患。眼下的新娘"落洞"奇幻，也正是东瀛实施的遗传基因变异的情色诡计，他们企图以此导致土司王族兄弟分裂。

而当朝正德皇帝正是中了东瀛的诡计，被"豹房"异域女子吸干阳气，面临膝下无子继位的窘境。

家国唇齿相依，东南沿海正在遭受东瀛海盗侵扰，倭贼来势汹汹，连下诸城，日渐逼近江浙沿海重镇王江泾，东瀛妖姬木下京子携手邪毒巫师践踏东南沿海，他们暗中勾结当朝奸宦严嵩、赵文华，施展邪术，荼毒百姓……

"屋漏偏逢连夜雨，船迟又遇打头风"，自从这个"傻小子"灾星来到世上，王族遭遇接二连三的横祸：首先是小妾金银花的"狸猫换太子"，欲致"傻小子"于死地，幸得金凤舍命搭救；紧接着神秘杀手虓成利用毒蛇攻击，要取其性命，生死关头，金凤姐再次化解危机；而最隐匿的危险是蓝色妖姬京子的情色诱惑，不仅致彭翼北深陷其中，而且让"傻小子"和姐姐金凤落入了东瀛邪教精心布下的陷阱。"傻小子"可谓福大命大，每次居然都能躲过。而眼下本应在朝廷里担任科举考试帘官的老土司彭明辅，因遭奸党"鬻题纳贿"诬陷，被革职返乡。直到他老人家回归故里之后，王族的阵脚才逐渐稳住。明朝初期，朱元璋考虑到大西南穷山恶水，直接派官员管辖得不偿失，于是沿用之前的土司世袭制度。由于相对独立的政治地位，各地土司割据一方。随着人口和经济利益的竞争，土司之间互相仇杀、残害军民之事时有发生，而对中央王朝也是明里一套暗里一套，还不断骚扰周边，内斗也不止，严重影响了南方的安定环境。明王朝为加强统治，开始对西南地区实行改土归流政策，逐步取消土司继承制，辄复奏扰变乱者，土官子孙永不许承袭。为了加强中央王朝的高度集权，明王朝在湘西设立了永顺府，任命向重九为知州，借以掣肘土著地方势力。为此老土司深感忧虑，如果土司继位废长立幼，势必引起动荡，后患无穷……

经常有人感叹："我祖上曾经阔气过……而今的落魄无疑是中了'一代玲珑，二代痴，三代、四代出渣滓'的魔咒。"

所谓玲珑，聪明也；痴即蠢；渣滓，废物也。老土司帕普，早年考取进士，求学于南京国子监，承袭土司后，遵从朝廷旨意率湘西虎兵进剿桂北反叛狼兵，战功卓著，可谓文武双全，当然是聪明之人；但到了其儿子彭宗舜这辈，因其体弱多病，与其父相比，就大不如老土司了；而到了第三代孙子这辈就是理所当然地要出一个人渣、废物了。

返乡后的老土司发现他当年赏给儿媳的"忠肝、义胆"长命银锁神秘消失，一系列变故让他心生怀疑，于是他派人暗暗调查事情的真相。

在这场王府"后宫"内乱之中，小妾阿花和管家五爷各怀鬼胎，她岂能让五爷的阴谋得逞，想让他的儿子继承王位，门儿都没有。五爷最终被刺身亡。妾室阿花篡权夺位，欲让自己的儿子取而代之，不过是一场噩梦的开始，她与其子彭翼北因此触犯王法受到了严厉惩处。

人生无常，世事难料。无缘无故消失的"火焰哥"，每到夜晚都会托梦给帕普：自他掉进高温溶洞后，得到彭公爵主赐予的虎头傩面神器，使其化作一团"巫傩火焰"飞出了深渊……

老土司醒来之后，便将梦中孙儿的影像描绘成画像，派人四下寻找。

当京子带着傻翼南与金凤回到王府时，彭翼南口中一直唠叨："我丑，我怕谁？我很丑，但我姐姐漂亮。我虽长丑了，但我可以想得美呀！"这令老土司帕普伤感不已。

当老土司询问京子选择什么赏赐时，京子借此机会拯救了违反王法正遭受着惩处的二小子，对此彭翼北感激不已。其实她早已给傻翼南施以东瀛"情感精灵"魔盒释放的邪毒。而就在毒性发作时，万虎山匪首雷舵主出手救了彭翼南，他采用以毒攻毒之法使其不但保住了性命，而且重塑了他男子汉帅气的容颜。说来也奇怪，出洞后的这一对姐弟与落洞前判若两人，尤其是经过高温烧烤后的"火焰哥"变得聪明、幽默了，大智若愚的彭翼南从此以后不再睁一只眼闭一只眼……

"狸猫换太子"真相大白，对于凤姐的舍身救孤之义举，土司帕普感激不尽，并在彭氏祠堂召开宗亲大会，收其为干孙女，赐彭姓。阴谋败露的小妾阿花在虢成协助下欲逃离王府，不料却被她自己设下的陷阱吞噬，可谓：机关算尽，终有一失，自己挖坑自己跳！老土司发现王府金库的钥匙丢失，判断应是被小妾阿花窃取，当他派人打开墓室寻求真相时，让人惊恐的是：棺材里空空如也，阿花的尸体不翼而飞。

"青出于蓝而胜于蓝，老子是湘西彭翼南"——虎头傩王从此横空出世，这位土司嫡长子，面对四面埋伏的危机，总能侥幸躲过。别看他说话东一榔头西一棒子，总是顾左右而言他，但只要他将恐怖、狰狞的虎头傩面戴上，口中就会念念有词，"傩王抬头望青天，雷公神仙下凡间"，立刻他就变得判若两人，戴上虎头傩面后的彭翼南无疑就是蛮荒异域勇者、智者的化身。

东瀛妖姬木下京子外表惹人喜爱，散发着成熟女性的魅力，这对于刚进入青春期的王府少年必定是一种致命的诱惑。

道高一尺，魔高一丈。早年朝廷钦差严嵩伙同东洋商人到湘西采购金丝楠木时，给土司献上高丽女子金银花，犹如打开"潘多拉"魔盒，王府被搅得鸡犬不宁……而眼下突发的这场诡异的新娘"落洞"，让"不高不帅不言败，上知天文地理，下知大象蚂蚁"的二小子彭翼北落入了东瀛妖邪精心布下的陷阱。

日本自古就有"东瀛、胜者、异界、幻想、由来"等五大邪说，岛国号称拥有"八百万神明"，妖风阵阵，光怪陆离。魔鬼都有自己的身世与传说，它们并非个个青面獠牙，面目可憎，有的妖怪还温柔可爱，如同蒲松龄笔下的小倩。在日本西部靖港甚至还有妖怪资格考试，考生为获得颇具荣誉的"妖怪博士"称号而自豪。东瀛盛行妖魔文化，而这些妖怪的原型大多来自中国。《日本妖怪奇谭》作者认为：公元5世纪，佛教从中国传入日本，一些神话故事也借由佛经东渡日本。随后中国的古典志异大量流入日本。佛教神话、古中国的玄幻故事与日本本土妖怪传说嫁接结合，成就了日本鬼神文化。比如像东瀛妖姬的嫉妒心在日本被称作"邪（蛇）心"；当人们自欺欺人强装笑颜时，妖怪"苦笑"就会现身。

木下家族为了尽快复仇，在东海深处采集含有巨型病毒的沉积物，然后通过女巫的诅咒，致使毒素产生致命性变异，并将其隐藏在东瀛"情感精灵"魔盒里。魔盒外表虽拥有诱人的魅力，一旦打开它，它就会释放瘟疫恶魔灭绝生灵，令人毛骨悚然。如果这种毒素与湘西激流中的阴沉木相遇，会瞬间裂变，邪毒肆虐，令人防不胜防。

联合国专家操着一口不流利的南方口音，却说起了北方流行的"评书"，来讲述460年前的湘西历史传奇。

▲演播厅（夜，内）

联合国古遗址专家仍在讲述——

大明王朝正德年间，江南大旱，饥人相食；苛税如虎，生灵涂炭，灾民纷纷揭竿而起……

南倭北虏，奸宦当道，内忧外患，愈演愈烈。"非常岁月"使得大明王朝这艘千疮百孔的飘摇之舟正驶往死亡之海……

1521年4月20日，当朝正德皇帝突然驾崩，因其膝下无子又无兄弟继位，内阁首辅杨廷和鉴于江山社稷之安危，经与正德之母张太后磋商后决定秘不发丧……

正所谓祸不单行，就在这王权交接的关键时刻，东南沿海边关传来急报：一支由日本幕府将军、流浪武士、国内不法走私商人、海盗勾结组成的倭寇侵略者，已连下诸城，来势汹汹，直逼大明王朝留都南京……

此刻，明王朝正为谁是皇位正宗继任者而争执不下。如果按大明律制，入继大统的应该是先帝直系子嗣或同父同母的兄弟，这些称之为"大宗"，而朱厚熜与正德只能算是堂兄弟近亲"小宗"。即便首辅杨廷和偷换了"兄终弟及"祖训的概念以及编造"先帝遗诏"，但这些都是明显违反《皇明祖训》的杀头之罪。前此一百多年间，朱氏王朝皇位传承一波三折，既有摧垮建文帝的"靖难之役"，又有"土木之变"英宗北狩以及"夺门之变"，刀光剑影，至亲相残，大宗与小宗也缘此易位，历历往事不堪回首。

明王朝忧患重重，举步维艰，而一衣带水的日本也是饥寒交迫，内外交困。由于日本战国时期多年的南北朝混战，国力衰退，资源匮乏。临近东南沿海的南朝政权穷得揭不开锅，即便天皇驾崩，皇室也无钱安葬，只得四处求告献金勉强凑钱了事。当朝的后奈良天皇和他的前辈一样，就连即位大典都没钱举行，直到十年之后得到幕府提供的献金才得以补办。一个天皇还不如流浪武士富裕。为了养活皇室和宫廷官员，天皇甚至要靠贩卖字画以及封赐官爵换取献金，还有一个说来可笑的生财之道，那就是天皇时常派遣使者向中国朝廷进贡……

中国的历朝历代君王，往往以泱泱大国自居，乐于周边的附属国来朝贡，显示天朝地大物博，皇权至高无上。而这种'勘合贸易'进贡来的都是些不值钱的所谓工艺品、土特产，而朝廷回赠给他们的全是金银财宝、绫罗绸缎，其物品的总价值高出进贡品数倍甚至数十倍。长此以往的"怀柔荒远""薄来厚往"次数多了，皇上也明白了，对这种赔本朝贡礼节也渐渐不感兴趣了。不但如此，日本南朝对于倭患睁一只眼闭一只眼，一直没能实施有效管控，明王朝为了防范海盗的掠夺，实施了史上最严的海禁政令：禁止任何海上往来贸易，凡走私贩私者，一律处以极刑。

自然界中的竞争，无非是食物领地与交配权之争，都是为了生存和物种的延续。国家与国家之间，不论贸易还是战争，最终还是一个"利"字当头。日本的生存发展有的时候是建立在中国百姓的痛苦之上的。明王朝颁布的"海禁"令，断了日本依靠贸易的生存之道，作为资源匮乏的岛国，日本只能向外扩张。被东瀛邪教誉为"巫豪将军"的木下晋三，这个连"日本国王"头衔都看不上的野心家，却摇身一变成为最大的倭寇，一伙由日本幕府将军、流浪武士与国内不法商人、海盗组成的"倭寇"集团，踏上了我国的疆土，攻城略地，侵扰江南。

东瀛工业产能日渐提高，急需对外商品输出和资本输出。但作为一个岛国，其资源匮乏，市场狭小，以南朝后奈良天皇为首的日本幕府集团急于从对外扩张中寻求出路。日本制定了蚕食大明东南沿海的"大陆策略"：其第一步是攻占江泾岛，并以此为跳板侵吞琉球群岛、朝鲜半岛，逐渐实现侵略中国，从而征服亚洲、称霸世界。而此时对王江泾的争夺战，就是日本实现狼子野心的首要环节，由于其自身实力、资源都匮乏，日本只能实行以战养战的策略来实现最终目标。

对于中日开战，日本南朝内部也有不同意见。这天，"巫豪将军"木下晋三把从中国掠夺来的桐油、古董、苏绣、瓷器等物品都一股脑儿摆在了南朝天皇后奈良的面前，试图直观形象地说服天皇、大臣们：只有通过战争日本才能摆脱目前的生存危机……

▲东瀛邪教神社（日，内）

神社大厅内，在《樱花颂》的音乐中，邪教信徒们正在举行血祭仪式。

东瀛邪教为了实施疯狂报复，采集深海含有巨型病毒的沉积物，通过血祭仪式诅咒，致使毒素形成致命性变异，瞬间产生裂变，杀人于无形。女巫将其隐藏在"情感精灵"的魔盒里，一旦打开它，魔盒就会释放出瘟疫恶魔，灭绝生灵，给人类带来惨绝人寰的大劫难。

仪式的血腥与暴力令人胆战心惊。神社通过邪教祭祀，除了神化天皇以外，其目的还有促使信徒仇视异族，憎恨人类，心态变得极其阴暗，教主则借机聚敛钱财。

此时的木下家族巫豪们，已被异化成张牙舞爪的野蛮怪兽。说是举行"血祭仪式"，倒不如说是一群东洋矮子大聚会。为首的木下晋三侏儒身材，身高仅1.4米，容貌丑陋，面色皱黑，如猱玃状，深目星眸，寒光闪闪。

参拜神社仪式上，日本南朝右翼政要们脸色极度阴沉。

血祭仪式刚毕，画外传来："天皇陛下驾到！"

信徒、群臣们纷纷致以邪教礼节来迎接这位神秘的嘉宾！

南朝后奈良天皇在众人的簇拥之下前来参拜巫豪神社。

幕府将军木下晋三拱手致礼:"陛下,大明朝廷实施'取缔海外贸易,禁止来往日商船舶'之策,造成我万金商船在湘西被劫。各位内阁大臣、室町望族都希望尽快派遣远征军拯救在华日籍侨民,寄希望陛下为此增加军费拨款。"

后奈良:"皇室入不敷出,哪来的钱款用于增兵?我能做到的就是睁一只眼闭一只眼,默许你们到中国去竞争资源财富,来缓解东瀛的经济压力。中日一衣带水,往来商贸源远流长,东瀛生存的希望在东方海上。如果大明实施全面海禁,无疑给我们带来了前所未有的生存危机。如果别国都学中国,拒绝了自由贸易,几年以后大和民族便不复存在,这才是必须出兵的理由,我们要把东南沿海蛮荒之地,开垦成东方一片皇道乐土,谁拥有了中国,谁就拥有了世界……"

此言一出,在场的内阁大臣们议论纷纷。

"安静,安静!微臣德川代表室町家族,想在此发表一孔之见……"

德川:"各位不要忘记,中国地大物博,人口众多,东瀛人口只相当于中国的六分之一,东瀛的地域疆土只相当于中国的二十八分之一。若我们这里是中国早就分裂成几十个南朝政权了。可他们始终由一个皇帝统治,说一种语言,这难道不是一件很可怕的事吗?如果能施压说服与他们恢复通商贸易,不是比武力征服更明智吗?"

激进派丰臣:"你说得没错,中国人说一种语言,国土面积也比整个东瀛大了近三十倍。但是一个没有组织的国家,别看它历史悠久,名义上是由一个皇族统治,民族内部却早已四分五裂,每个地方藩镇都有自己的军队,各地拥兵自重,各自为政,难以拧成一股绳,我们怕就怕中国统一而一致对外。如今明王朝断绝与我们通商,近日闽浙沿海又实施了史上最为严厉的'迁界禁海令',残暴对待我东瀛客商,我们只有通过战争武力征服,才能迫使他们敞开国门!"

大臣乙:"是呀,这口窝囊气实在难以咽下。我们拥有世界上最先进的制造业,中国有最大的市场。衣食住行,衣是排第一位的。上衣下裳,华夏乃礼仪之邦最讲究仪表,如果中国人的衣服加长一寸,就够咱们东瀛忙乎几十年的!"

顿时,场内一片哗然。

"肃静,肃静!"德川大声说道,"大家知道中国有孔子、庄子这两个人物吧?影响着中国几千年。我们大和民族要用几代人去理解其思想精髓。他们的北方有一道万里长城,南方有一条不可想象的都江堰。这是一个可怕的民族,深不可测,就像一头沉睡的雄狮。假如他们每人吐一口唾沫,都会把人淹死!在此奉劝各位:不要轻易去惹怒他们。我们也许可以战胜他们,但永远不可能征服他们。"

木下晋三怒气回应:"休得胡言!灭我志气,长他人威风!常言道:水能载舟,亦能覆舟。中国四大名镇之一的王江泾,就有这么一条京杭大运河穿镇而过,这是春秋战国时期吴国为伐齐国而修建的,当年开凿运河并不是为了造福于民,而是为了运送军队北伐齐国。所以在中国，不论万里长城还是千里大运河，任何一项宏大工程，皆是为'窝里斗'建造的。而我大日本虽分南北两朝，却拥有同一面太阳旗帜，永世不忘大和民族的传承。我们只要像安抚婴儿一样，给他们既得利益者嘴里塞一个"奶头"，满足那些中国少数人迅速致富的欲望，有了这些见利忘义的华人配合，就没有攻克不了的堡垒……"

大家听着听着，似乎已被其说辞感染。

木下晋三："尊敬的天皇陛下，在此我呈上一道奏折，各位大臣，我神道家族在华亲眼看见了日侨在海上贸易的困境。大明王朝企图用海禁封锁，欲置我日商于死地，他们收缴货物，烧毁商船，查扣日侨，从而使得我大批同胞漂流海上，生死不明。"说罢木下晋三潸然泪下，少顷，他擦拭眼泪后，朝门口一挥手，只见几名武士抬着两只木箱进来。"我给各位带来了几件礼物！"说着，木下晋三便将其中一只木箱打开——一件青铜器呈现在眼前。

木下晋三解释道："这件叫毛公铜鼎，是中国西周时期、雕刻铭文最多的青铜器，距今有三千多年历史，上面刻有神灵的图案，这是中国人的祭祀礼器，是东方文明的象征。中国自诩为瓷器的故乡，洋文中'瓷器（china）'与中国（China）同为一词，这些中国当今的青花瓷和彩瓷就是见证。"说着，他从另一只木箱中拿出中国官窑出产的青花瓷"狮子滚绣球"和"诸神之宴"等彩色瓷器……

顿时众臣交头接耳，议论纷纷。

紧接着他又将一摞绣品摆在了众人眼前："这些精品叫苏州刺绣，产自中国江南重镇王江泾。这里海域与我东瀛圣地江泾岛比邻，岛上这块'太阳'海雕化石，乃我远古先人崇拜的日照神。相传远古时后羿射日，在射下了第九个太阳的同时，落下了一只海雕，久而久之，海雕形成了古老的化石，这就是东瀛精神之地。江泾岛由许多个形态各异的小岛与礁石组成，而岛礁之间分布着无数曲折诡异的水道，水道随岛而转，人们称这些水道为'泾'，七十二泾锁住龙门天险，因泾路纵横交错，故有'一夫当关，万夫莫开'之称。江泾激流汇集于海上古城王江泾重镇，方圆数十里，丝绸日出万匹，镇上店坊林立，市街繁荣，被誉为'衣被天下'的丝绸之府。苏州刺绣显示出了中国人的智慧，其精与细是指针法精细，雅与洁主要体现在色彩文雅、素洁。此绣品雍容华贵，但犹如大明王朝一样中看不中用，只需轻轻用力，便是不堪一击。"说罢他用力将其撕碎，顿时惋惜之声一片。

面对大家扼腕叹息，木下晋三大声道："中国有句古话叫'饱暖思淫欲''有钱能使鬼推磨'。大明王朝有钱人都怕死，江浙民风柔弱，大明朝廷实施的海禁迁界，严格限制商贸往来，如若再不增兵抗击，我神道家族在华的家人以及众多商家将命悬一线，难道在座的各位见死不救吗？"

激进派丰臣："我对贵府在华的不幸遭遇深表同情，将军所说的这条生财之道，的确在王江泾，那是中国经济、文化最发达的地区，我们急需的物产资源、金银财宝、丝绸刺绣、青花陶瓷无疑就在东海的那一端——中国。"

木下晋三："遏制大明的咽喉，无疑是东瀛的战略目标，王江泾自古为兵家必争之地，大和民族要迅速崛起，必须发动这场你死我活的争夺之战，首先得拿下东南重镇——王江泾！"

顿时，场内响起一片高呼："王江泾，王江泾！"

"肃静，肃静！"德川挥手大声说道，"木下将军只知其一却不知其二，只知东南的王江泾镇，不知中国西南门户的蛮夷之地，还有一个王村镇……"

大臣们顿时议论开了："王江泾镇和王村镇？这'二王'之间有何关系？"

德川："王村镇，同样是中国的四大名镇之一，坐落在大西南的门户，湘西境内这座著名的重镇王村却非同寻常。王村不是王姓人的村子，而是'王者之村'。这个王者乃湘西彭公爵主，当年他在白江口手持钩镰枪弹射霹雳火焰，焚毁舰船，屠杀我军，四战皆捷，水陆连胜，我东瀛幕府将军木下晋一毙命于彭公的钩镰枪下，大家可别忘了彭公爵主的后人更是骁勇善战，无惧无畏，要想虎口夺食绝非易事。湘西是咱们绕不过的一道坎，那里物产资源之丰富，让人意想不到，没有原材料又何来的东瀛制造业与销售？"

木下晋三："德川说得没错，湘西盛产的茶油、桐油，堪称'万金油'，茶油是人们生活必备品，桐油是用于建筑、机械、兵器、车船、渔具等的防水、防腐和防锈的涂料，此乃人间极品也。所以说：欲拿下东南王江泾，必先征服湘西王村。那里的蛮夷土著民族武勇彪悍，自古就是东瀛武士的天敌！"

此言一出，全场立即静了下来，只见木下晋三打开了一个红绸布包——包内露出了一柄断了剑头的"神风"残剑和一个外表诱人的"情感精灵"魔盒……

木下晋三手捧残剑说道："280年前，成吉思汗的孙子忽必烈率领的元军企图东征，我大和勇士为防御元军登陆，在比邻中国最近的平户岛与闽浙皖沿海商人建立的"徽王"政权联合抗敌，并以此为据点延伸东亚皇道乐土。没想到此举惹怒了元王朝，湘西彭氏土司彭思万受朝廷之命率领土兵攻打我平户岛。我神道家族奋勇抗击，有着'木下剑神'美誉的晋二将军亲率五千精兵，抵御来自湘西土兵的登陆袭击，最终惨败于湘西土著首领武德将军的钩镰枪下，这把残剑就是当年厮杀的见证。关键时刻，天皇先祖的英灵掀起一股神风击退了元军，我大和民族才得以脱逃被元军灭国的命运。今我神道木下家族为了给先祖雪耻复仇，通过世代不懈努力，精心打造了这个神奇魔盒，盒子里既有武士的荣耀，也有万劫不复的噩梦。魔盒一旦打开，就会释放出致命瘟疫，给敌方以灭顶之灾。这不正应验了中国人那句古话'君子报仇，十年不晚'，为了这一天，我等待了近百年！"说完他将东瀛魔盒举过头顶五体投地地叩拜着……

德川老谋深算："将军剑指江泾岛，必先经济后战争，只有未雨绸缪，方可启动大规模战争。以岛为巢，囤积物资，为今后的大规模军事行动做准备。但咱们即便占领了大明全境，最终还不是为了倾销产品而获取暴利？据我所知，神秘湘西、巫傩奇幻，尤其是新近出现的虎头傩王，匪夷所思。与其武力征服，倒不如两国合作共赢，待东瀛战争储备充足，来日再消灭湘西蛮夷，称霸世界！"

大臣乙："德川君所言极是，以其人之道还治其人之身。凡是淹死的都是会游泳的。没本领的人，从来不敢起贼心，只有学会了本领的人，才敢铤而走险，本领是福，也是祸。咱们要以东瀛邪术克制湘西巫术。待我东瀛羽翼丰满，还怕他湘西巫傩王者不成？

"欲亡其国，必先灭其史，欲灭其族，必先灭其文化灭其精神。欲战争必先经济，欲经济必先娱乐，还打什么仗？古人云，'饱暖思淫欲'，只要把咱东瀛的歌妓放过去，致使中国人精神麻醉，娱乐至死，还会有什么王者英雄？"

天皇无不激动地说："一个没有英雄的民族是可悲的民族，一个有了英雄却不懂得敬重和爱戴英雄的民族是不可救药的民族。中国之所以敢于对抗，就是因为他们有英雄书写的历史，激励国民与我大和民族不断较量。湘西人先祖彭公当年留下的那把钩镰枪，已成为蛮夷武勇强悍、无惧无畏的精神支柱……"

德川不无担心地说："是呀，殿下，如今的中国人纷纷抵制日货……"

木下晋三："德川君不用担心，据以往的经验，华人最多抵制一时半会儿，就像刮阵风。"说着他诡异一笑："等那一阵激动劲儿过了，咱们呀只需打个折扣，他们就会像捡了大便宜似的蜂拥而至。"

木下晋三："大和民族之所以屹立于世界民族之林，就是因为有骨气有血性！"

天皇："这件事尺度火候的把握要精准，湘西人鬼得狠，切莫留下后患呀！"

木下晋三："陛下请放心，世上有矛必然有盾，不入虎口，焉得虎子。只要上有神风的保佑，下有中国既得利益集团那些汉人助我东瀛，就天时地利人和了。中国人不是酷爱高丽、东瀛的歌妓吗？如今的朝鲜半岛被我们实际控制，只需我东瀛第一欢乐街的歌舞伎町、名伶舞娘加上朝鲜艺妓，为大明人营造醉生梦死的环境，他们就会流连忘返。日本名伶、陪酒女郎、脱衣歌妓、朝鲜舞娘，让那些有钱的汉人享受纸醉金迷的奢华生活，使他们一掷千金、销金销魂……这不正应验了中国那句俗话'他山之石，可以攻玉'吗？若要成就东瀛一方伟业，必须先迎合中国人的胃口。中日一旦开战，那些见钱眼开的中国人自然而然地会投向我们一边，何愁大明王朝不灭？"

众人听罢，纷纷点头……

▲**演播厅（夜，内）**

联合国专家正在娓娓讲述之中……

中国成语撒豆成兵，即撒下豆子变成军队的魔法瞬间能战胜敌人，因而东瀛就有撒豆驱鬼的邪术，这源于公元653年那场中日白江口大战，湘西彭公爵主随唐朝军队突袭倭军，手持钩镰枪弹射出霹雳火焰焚毁敌舰，四战皆捷，水陆连胜，东瀛邪教首领木下晋一毙命于彭公的钩镰枪下。此后的东瀛鬼怪，恐怖惊悚，让人望而生畏，这都是源于战争创伤。东瀛有关妖怪的传说五花八门、种类繁多。可以说妖怪文化是日本文化的一个重要组成部分。而这些妖怪的原型，大多来自中国。拥有大量关于妖怪的传说，这大概与身处岛国的日本人在心理上有种神秘主义倾向有关。

何谓大唐盛世？就是唐朝的人们不仅仅限于衣食温饱物质财富，而且开始注重精神生活，因此被称为"大唐盛世"。唐朝的文化名人当官发财更有钱，这都是正常的。

但是，什么样的人更有钱则显示了一个社会的价值取向和人们的价值追求。一个科学家、工程师、教师、医生拥有较多财富的社会，一般是文明进步的社会，一个企业家拥有较多财富的社会，一般是开放自由的社会，一个大多数劳动者都有钱的社会一般是公平的社会，而一个官员占有较多财富的社会定可能是专制腐败的社会，而一个庸俗艺人暴富的社会则可能预示着这个社会正走向堕落。

艺人是靠提供娱乐来赚取钱财的，当艺人比别的人来钱快、挣钱多，出现暴富的时候，说明全社会的人都在追求享乐，整个社会出现了娱乐化的倾向。而娱乐化倾向出现的真正可怕之处不是让艺人有钱，而是导致社会沉浸在太平盛世和歌舞升平的醉梦之中，官员流连于娱乐场所不理政事，军人追求享乐不练武，百姓沉浸于欢歌笑语中不勤奋劳动，搞科研做学问的浮躁不刻苦，家家孩子齐学艺，不爱武装爱红装，一步步走向堕落。

在中国历史上，大宋王朝就是这样一个社会。当时从皇帝到官员百姓都喜欢娱乐，文人得势，艺妓发红，宋徽宗爱书画、玩妓女，下面的官员和文人们都争相去勾栏瓦肆吟诗作词，整个社会一片歌舞升平，就是不强军修边，甚至败退到杭州后，还不思改，仍是一番"商女不知亡国恨，隔江犹唱后庭花"的景象。这种社会娱乐化的结果，就是崖山亡国。

宋朝亡国的悲剧告诉我们，一个社会如果出现娱乐化倾向，就是走向堕落的征兆，要消除这种征兆，就要让全社会的人认识到面临的危机，并树立强烈的危机意识，从歌舞升平中走出来，摆脱太平盛世的幻觉，创造有利于真正创造价值的人成为富人的环境，让该富的人富起来，让该受尊重的人受到应有的尊重。

▲东瀛邪教神社（日，内）

大厅内，后奈良天皇振振有词："要想搞垮一个民族，最便捷的方法是在精神上釜底抽薪。若想让一个民族灭亡，必先让这个民族疯狂。湘西这个野蛮的土著民族，无惧无畏，视死如归，几近野蛮疯狂。自唐朝白江口大战以来，一直没把东瀛放在眼里……既然天皇神灵赐我神风护佑，又何惧这群野蛮的湘西土著人？"

木下晋三赶紧附和道："一个中国人是一条龙，三个中国人是三条虫，一群中国人就是一窝蜂，千百年来中国汉民族只善于窝里斗，难以形成合力一致对外。然而湘西蛮族勇悍团结，一直是大和民族的天敌。我们无法将一头狼驯化成狗，也无法将龙培养成天子。天子和狗都需经过上万年的物种进化，人性熏陶，而非一朝一夕可以办到的。然而狼狗虽小，却能群体合作，扑倒体形大于自己数倍的野牛。湘西蛮族就像一头野牛，只要我们合力将其降服，中国人才会俯首帖耳，任由你摆布。"

（闪白，画外音）联合国教科文组织考古专家杰克和露丝打开一本泛黄的奏折：东瀛是地震多发的岛国，资源极其贫乏，东瀛人觊觎中国地缘优势，物产丰富。木下晋三借搞活经济之名实施侵略之实，若要征服世界必先征服亚洲，要征服亚洲必先征服中国的侵略方针，就是臭名昭著的《木下奏折》的内容。木下是东瀛有名的诡辩派，其荒谬言论的实质是要扩充战备而展开掠夺。东瀛为了掠夺，所以就要向中国开战动武？这岂不是强盗逻辑？

木下在奏折中再三强调："千百年来发生在东瀛列岛的所有战争，实际上是中日之间的战争，是中华民族与大和民族的较量，如欲征服世界，必先征服中国，要征服中华民族，必先征服湘西王族。倘若湘西完全被我大日本征服，其他国家地区民族必然会敬畏我大和民族而俯首称臣，全世界认识到亚洲是属于日本的就永远不敢进犯。这是先帝的遗策，也是我大和民族存立于世之首要！"该奏折对侵略行动做了详细部署，字里行间无不彰显日本帝国主义武力侵吞中国以及整个亚洲的狼子野心。（闪白完）

只见木下晋三咬牙切齿地叫嚣道："欲征服中国，必先征服湘西王者手中那把钩镰枪，我神道家族精心打造的东瀛魔盒，一定给予其毁灭性打击！"说罢，他郑重其事地递上了一本奏折——这就是影响中国四百多年、臭名昭著的《木下奏折》……

——定格！

只见土司王城土家博物馆内，一座封土大墓模型前，探险家贝尔·格里尔斯举起茶杯喊道："Waiter——Xiangxi Golden Tea！"

"贝尔先生，湘西黄金茶来了！"身穿店小二戏服的剧务端着热茶送了上来……

只见贝尔边饮茶边说道："欲知后事如何，尔等容我品茶之后慢慢道来。"

急速滚屏淡出字幕：【第一单元叙事①、第三章完】

---

① 每个单元叙事的容量为影院一部大电影放映时间，时长为150分钟左右。以上三章视听叙事，时长相当于电视播出平台一晚上三四集播出的容量。

● 第二单元叙事之：

第四章

内忧外患　南倭北虏生灵涂炭
恩威并施　湘西科考选拔精英

▲**演播厅内（夜，内）**

联合国专家杰克和露丝继续他们的历史讲述——

根据《史记》记载：秦始皇梦想长生不老，听说在东瀛九州海域有一座蓬莱仙岛，生长着一种神奇的植物，俗名"寬寬"，日本古书中称之为"千岁"。其果实大小如核桃，汁浓味甘，传说食用了它可保千年不死，即使闻一闻也可以增寿数年。于是，秦始皇派方士徐福寻找，徐福历经千难万险，终于到达了这座仙岛，发现神奇的不死之药，其实就是中国的野生猕猴桃。徐福哭笑不得，未能带回长生之药怕杀头，只得谎称在海上遇到巨型鲛鱼的阻碍，无法远航采集，要求增派射手对付鲛鱼。秦始皇增派弓箭手射杀大鱼。然而徐福这一次率领五百童男童女和三千工匠出海，竟然一去不复返了，因为徐福深知回国必死无疑。徐福来到平原广泽感到当地气候适宜，风光明媚，便留下来自立为王，教当地人种植、畜牧、捕鱼和沥纸的方法，现如今专家们认为，徐福去了日本，使得东瀛从弓箭狩猎、捕捞鱼虾为生的绳文时代，直接进入了种植稻米的农耕时代，创造了大和民族，是日本天皇始祖。不论传说如何，徐福带领着能工巧匠以及中华文明来到了未开垦的东瀛列岛，与当地人融合、繁衍，这已是不争的史实。

无论东方还是西方，医学源于巫、始于巫，继而巫和医混为一体，再进而巫和医分立。以巫治病，为世界各民族在文明发展初期普遍现象：那时的人们都认为或只能无奈地认为自然界存在着一种神秘的超乎人想象的"灵性力量"。傩，人有难，傩舞以去之。湘西巫傩奇幻——神秘"刀尖上的舞者"，当国家危亡之时，巫傩英雄必定横空出世书写卫国抗敌的英雄传奇。

众所周知，上古神话故事中黄帝与蚩尤交战，无奈一直打不赢，九天玄女授予其《奇门遁甲》，靠着这部天书，黄帝终于打败了蚩尤。这本帝王之书，其用处在于其中之术能够夺天地之造化，因此被广泛地用于战争之中。失败后的蚩尤遭到了驱赶，以致其后代子孙逃亡偏远山区、海域荒岛残存生息，恶劣的自然条件以及生存环境铸就了他们无畏的性格特质。日本人始终坚信：湘西崇山峻岭中的土家苗汉与东瀛列岛上的大和族同属于蚩尤的后人，只不过当年战败之后，有的跑进了深山，有的逃到了荒岛……历史上除了秦朝的徐福之外，逃至日本列岛的中国人也不少，比如汉献帝的玄孙刘阿知，带着亡国之君的后裔两千多人，东渡日本避难，定居在大和国高市郡桧前村，后来发展成为日本原田、高桥等多个家族共同的祖先。这些后代知道自己是汉高祖刘邦的后代，一直梦想回到中原认祖归宗。

为了摆脱湘西虎狼之兵的威胁，木下晋三亲自组建探险队，以合作经商之名，深入湘西腹地寻找一个神秘洞穴——能够控制世界的"地球轴心"。木下坚信，如果把地球轴心转到相反的方向，就可以使时光倒流，重新回到元朝军队伐日招致先皇神风击溃的时代，他可打造一支海上不死军团，伺机发动战争。

东瀛邪教家族鼓吹种族优越论，称人类每五百年进化一次，终极目的是将大和民族优秀人种进化为具有超常能力的新人类，来对付湘西少数民族组成的队伍。岂不知山里人崇拜自然，尊神信鬼，无惧无畏，自古就是东瀛倭贼的天敌。

正德年间，东南沿海倭寇不断侵占掠夺，北方蒙古骑兵不断袭扰中原，这就是长期困扰朝廷，危及大明江山社稷的南倭北虏，中国面临空前绝后的边疆危机。

大明中叶，东南倭患愈演愈烈。东瀛幕府将军木下晋三率领的海盗大军直逼江浙沿海诸城。倭寇攻城略地、无恶不作，造成了边疆危机。

倭寇沿途烧杀淫掠残暴至极，崇明岛、小昆山、嘉兴、嘉善已危在旦夕……

波涛汹涌，拍打着礁石。骑士策马扬鞭，马蹄声碎，溅起浪花——

▲皇宫太和殿（日，内）

奔驰的马蹄迅速叠化为一双急匆匆踏上太和殿石阶的脚步……

画外传来急促的禀报声："传嘉兴知府张经觐见——"

烟雾缭绕中，道士正在宫廷大殿施法降妖除魔，龙椅上空空荡荡。正德皇帝之母、慈寿张氏皇太后与内阁首辅大臣杨廷和正在神秘地商量着什么，一旁站立着司礼监太监谷大用。

听见殿外禀报呼喊声，大家不约而同地朝门外望去——

只见张经急匆匆地走进大殿，俯身叩拜："微臣张经，叩见太后、杨大人。"

"你有何事禀报？"皇太后起身欲询问……

首辅大臣杨廷和接过话语："你没见我和太后正忙着施法降妖除魔吗？"

张经："微臣乃嘉兴知府，有东南紧急军情禀报。"

张太后："紧急军情？你快快如实道来。"

张经："微臣遵照朝廷旨意，实施'迁界禁海令'，断绝了杭州湾一带所有与倭商的贸易往来，不料此举激怒东瀛神道巫豪将军木下晋三，他亲自率倭寇大军袭击我沿海诸地。贼寇肆无忌惮，杀人越货，无恶不作……微臣所辖重镇王江泾已陷入敌手，参将汤克宽率领水师反攻受阻；倭贼以老巢江泾岛为据点，辐射侵扰我东南沿海诸城。木下晋三觊觎中国大陆地缘优势、物产丰富，以搞活经济合作共赢之名，实施武力侵略、掠夺资源之实，叫嚣要征服世界必先征服亚洲，若要征服亚洲必先征服中国……"

张太后："这些东瀛矮子鬼也是得寸进尺，前些年强占江泾岛，今又抢夺了王江泾镇，真是没完没了。"

杨廷和："江泾岛是钓鱼岛群岛中的一个小岛。它与嘉兴隔海相望，战略位置极其重要。日本人称之为太阳列岛，这个岛的名字叫法不同，两国之间存在争议。先帝的意思是先把这个问题放一下不要紧，等个十年八年也没关系，我们这一代缺少智慧，谈这个问题达不成共识，咱们下一代肯定比我们聪明，一定会找到彼此都能接受的结果。万没想到一夜之间江泾岛却被倭贼强行霸占。江泾岛及其附属岛屿，自古以来就是中国的领土……"

司礼监太监谷大用不阴不阳地插话："如今民间传言，江泾岛就像北宋时期的潘金莲，名义上是武大郎的，可实际上归西门庆占有……以奴才之见，与其两国军事对抗，倒不如大家合作共赢。"

张经："没有边界的心软，只会让倭寇得寸进尺，毫无原则的仁慈，只会让敌人为所欲为。"

张太后："难道又重蹈'勘合贸易'的覆辙？如此再次开放官方贸易，能够满足得了东瀛海盗的胃口吗？南朝天皇脱不了干系，应尽快派出使者出使东瀛。"

张经激动地道："南朝天皇在外交上看似卑躬屈膝，态度十分谦恭地向我朝示忠，还信誓旦旦许下承诺，会对时下浪人海盗加以管制，但背后却又搞另外一套，实则默许倭寇胡作非为，自己睁一只眼闭一只眼，靠着倭寇掠夺来的财富物资缓解日本经济。自从大明实施勘合贸易，东南沿海安稳了一阵子。然而，倭寇对东南沿海的财富垂涎三尺，经常搞些摩擦。衣食住行，'衣'为什么排在第一位？而中国正是'礼仪之邦'的代名词。前几年，为了掌控中国的经济命脉，日本南朝天皇后奈良与木下集团合谋实施一系列的巧取豪夺：中国百姓自古以织绨为业，绨是一种厚而滑的绸子。于是天皇带头穿起绨做的衣服引领时尚，号召左右大臣也穿起了绨服，日本列岛及其追随国朝鲜半岛也都纷纷效仿，一时间，绨服遍及东南亚。然而日本国内则禁止百姓织绨，于是绨的价格猛增。中国投机商一看织绨有利可图，便鼓动国内百姓放弃农耕织起绨来。家家纺机响、户户织绨忙。木下又贴出告示：凡中国商人给日本贩来一千匹绨，奖励三百斤黄金；贩来一万匹，就会得三千斤黄金，美其名曰：南朝政府的贸易补贴。"

谷大用："织绨能发大财，圣上当然高兴，单靠收取出口绨税就很充裕了。"

张经："当年是发财了，于是全民种桑养蚕，人人都忙于织绨，田地荒芜了，中国蚕丝绨料源源不断流进日本。转眼一年之后，日本禁止中国绨料进入，同时天皇和大臣们都改穿帛料衣服，于是，日本、朝鲜帛料又大兴，无人再穿绨料服装了。这一下可苦了中国百姓。人误地一时，地误人一年。两季庄稼没有收成，国内的绨料堆积成山，人们顿时陷入了饥饿之中，奸商纷纷逃离国内，投奔东瀛。圣上这才发现中了日本人诡计，急忙下令百姓停止织绨，可为时已晚。大明只好向日本控制的东南亚一带购粮。木下晋三却把粮价一提再提，这可把大明搞得焦头烂额，只好向日本求救了，老老实实地听从日本人调遣，商战即国战也。如今他们又明目张胆占领了江泾岛……"

谷大用："太后，占领江泾岛也好，侵扰沿海诸城也罢，倭寇最终的目的就是一个字：利！只要满足了东洋人对利益的需求，就可保大明江山千秋万代。"

张经激动地道："公公此话不妥，自从日本人实际控制江泾岛后，他们避开我军防线，分路袭扰张庄、小昆山、嘉善诸地，杀人越货、无恶不作，大明江山已危在旦夕……微臣快马直奔京城，原以为当晚能把军情急奏圣上，不曾想在宫外候旨了三天二夜，皇上呀皇上……"

当听到"皇上"二字，皇太后、杨廷和不禁一惊，似乎刺痛了他们的神经。

杨廷和："为遏制东洋人经济掠夺，大明禁止国人下海通番，皇上早已颁旨实施禁海令，违者处斩。时至今日，倭患却愈演愈烈，长此以往国将不国呀？"

太监谷大用急忙岔开了这个敏感话题："张经，你乃嘉兴衙门知府，你怎么不去组兵迎击外敌？"

张经："公公有所不知，江浙虽一方富庶之地，但民风柔弱，军队素质不齐、士气不高，微臣虽组兵迎击，却连连受挫……"

谷大用呵斥："大胆张经，你难道要太后和杨大人亲自出征吗？"

张经："微臣该死！太后、杨大人，倭寇今日之经济掠夺，实则是为日后的大举入侵做准备，尽快铲除倭寇，乃大明王朝当务之急呀……"

张太后："那你说说如何抗击外寇，大明王朝当下最缺什么？"

张经脱口而出："人才！"

张太后："人才？这就是你的破敌之良策？"

张经："臣以为'水来土掩，兵来将挡'，大敌当前最奇缺的是领兵抗倭的良将英才……"

杨廷和："哦？难道我堂堂大明王朝，就没有领兵抗敌的良将英才？"

张经："恕臣直言，太祖皇上一生英武，自正大位后却不断剪除异己、诛杀当年武将功臣，以致当下遭遇外敌入侵之时，皆是文臣代理武将之职呀……"

谷大用："放肆！你竟敢辱骂、贬低我太祖洪武大帝。"

张经："臣斗胆谏言，罪该万死！"

谷大用："古往今来，驭人之术也就是用人之道。东汉三国鼎立，刘备和曹操的用人之道，就能看出两人不同的性格。刘备奉行的是'用人不疑，疑人不用'，而曹操则是'唯才是举'，历史上有道明君用人之术，令人叹为观止。大胆张经，你知道'猎人与猎狗'的典故吗？"

张经茫然……

谷大用："汉高祖平定天下后论功行赏，刘邦认为萧何的功劳最大，就封萧何为侯，食邑八千户。为此，一些武将提出异议，说：'我们披坚执锐出生入死，多的打过一百多仗，少的也打过几十仗，攻城略地，所向披靡，大大小小都立过战功。萧何从不领兵打仗，仅靠舞文弄墨，口发议论，就位居我们之上，这是为什么？'刘邦听后反问道：'你们懂得打猎吗？'

大家说：'知道一些。'刘邦又说道：'知道猎狗吗？'大家回答：'知道。'刘邦说：'打猎的时候，追杀野兽的是猎狗，而发现野兽指点猎狗追杀野兽的是人。会打仗的不过是因能猎取野兽而有功的猎狗。至于萧何，他却是既能发现猎物又能指点猎狗的猎人。再有，你们这些人只是单身一人跟随我，而萧何他可是率领全家数十口人追随我，你们说说他的这些功劳朕能忘记吗？'皇上一番话，顿时说得群臣哑口无言。

杨廷和赶紧打圆场："帝王驭人之术乃收买人心。早在大唐时期，有一次，刑部尚书张亮被控犯有谋反罪，唐太宗非常愤怒，朝中百官讨论如何处置张亮。对于这个问题，多数大臣都认为张亮罪不可赦，应当处斩。唯有殿中少监李道裕认为张亮犯罪证据不足，不应定罪，并且李道裕在朝堂上说得慷慨激昂，把倾向治罪的唐太宗一时弄得很没面子。盛怒之下的唐太宗根本不听李道裕的话，毫不迟疑地就把张亮杀掉了。事后不久，刑部侍郎的职位出了空缺，因这个职位关系到大唐王朝执法的准确和严肃，所以唐太宗反复叮嘱宰相要严格挑选这个人选。可宰相几次上奏推荐的人，均未获得皇上的批奏，最后唐太宗竟建议宰相把这个位子给李道裕，理由是李道裕执法严格谨慎，这个说法的确是在理的。但是，群臣都知道李道裕曾当众反对唐太宗的意见，皇上不会不记得，现在却偏偏还任命李道裕来做这个执法官。此项任命一经公开，朝廷上下都无不盛赞唐太宗的仁德和雅量。时至今日，大明圣上应任人唯贤，开疆拓土一统天下。"

张经："皇上英明。"

张太后："张经，那你说眼下该如何是好？"

张经："尽快恢复朝廷武举科考，公正公平公开地选拔人才。"

张太后："如果恢复科考，就能拯救大明于危难，这未免不是个好主意……"说着她与首辅大臣眼神交流。

杨廷和："圣上早有此意。这项采用分科取士、选拔官员的制度，早在隋朝开始实行，历经各朝各代不断改进，沿用至今。尤其是在国难当头之际，科考与国运息息相关，它是一个国家绝地反击、走向兴旺的风向标。"

张经："科举是天下读书人的头等大事，榜上有名就能跻身达官贵族，光宗耀祖，他们在改变个人命运的同时，改变了国家和民族的命运。正因为科举的重要性，科场内外最容易滋生腐败。"

"嗯！"杨廷和一边点头，一边掏出一道圣旨念道，"奉天承运，皇帝诏曰，大敌当前，南倭北虏，为挽救大明于危局，即日起全国恢复武举科考。为了确保选拔良才，杜绝科场徇私舞弊、受贿纳银，一经查明，缉拿严惩，罪不容诛。"

张经叩拜："皇上英明！"

杨廷和继续道："今年的武举科考就由你张经来主持，你当尽力为朝廷选拔人才领兵进剿，平定倭患。我和太后都在等着你的好消息，这也是……圣上的意思。"他一边说一边不断地用眼神与太后交流着。

张经:"臣遵旨……"

杨廷和厉声道:"依照大明惯例,北文南武。京城国子监主持文科举;南京国子监担负武科选拔。皇上令你为此次科举的总督考并兼任南京留都国子监祭酒,至于今年科考举行的贡院(地点)嘛,你看如何定夺?"

张经:"太后、杨大人,以往的科举贡院都是选在富庶之地,殊不知"饱暖思淫欲",有钱人皆怕死。西南门户大湘西,虽地瘠民贫,但民风骁勇、无惧无畏,是中华武侠发源之地,若要对付来自东瀛的倭寇,臣以为只能以夷制夷、以蛮制蛮。如能在湘西永顺举办此次科举,定能选拔良将精英。"

"永顺?"张太后似乎疑惑不解。

张经:"说起'永顺'地名的由来,就要追溯到公元653年中日白江口之战,湘西土司鼻祖彭公爵主随唐朝大军与倭国水军会战于朝鲜白江口,大唐统帅刘仁轨遭数倍倭军围困,危急时刻,彭公手握神器弹射携带霹雳火焰弩箭射向敌人,焚毁敌舰烧杀日军。唐高宗赐封彭公"武神将军",赏蟒袍玉带……为表彰彭公爵主抗倭的英勇壮举,皇帝特赐名土司官衙之地溪州为永顺。永顺自古乃湖广通往西南的咽喉要地,为湘西彭氏土司二十州首府,明洪武六年(1373年)升为永顺宣慰司。永顺,即取'永久顺从'之意,自古'湘军出马、天下永顺'。"

"永顺?微臣曾记得三十年前,在南京国子监就读期间,同室有个监生姓彭名明辅,字帕普,其家族世代承袭湘西土司宣慰使。他曾担任过岳麓贡院的山长,也是朝廷多届科举主考官,后来承袭湘西永顺宣慰使司,俗称湘西'土司王'。他只因远避尘世喧嚣、醉影纵横卧南山,故提前让位给儿子,晚年他秉承'一等人忠孝守义,两件事报国读书'之祖训,求贤若渴,任人唯贤,开办湘西若云书院,将毕生精力致力于开办学堂,培育人才之上,尽其所能,期望为家乡造就人才。他是以文修身、以文载道、由人化文、以文化人,用文化的精神力量启迪、感化人的中国文化人。你到湘西永顺可代臣向他问好。只要能为朝廷排忧解难、平定倭患,天子脚下,科举在哪里举行都行。不过,沿海边关军情十万火急,你需即刻启程前往湘西永顺,完成救民于水火、救国于危难之千秋大业!"杨廷和随即让张经退下。

"愿永顺永顺,天下永顺,谢太后、杨大人。"张经叩首退了下去……

这时一旁的司礼监太监谷大用见张经已走远,便急进谗言:"什么天下永顺?自古湘西匪患猖獗、刁民频出,从来就没有顺从过。奴才以为:湘西永顺土司乃一方镇藩诸侯,假如没有土司的煽动与怂恿,怎么会有大规模的刁民造反?再说永顺土司已好几年没派人进京朝贡,岂不是早与朝廷有了二心?"

"嗯?"张太后大感意外,转头对杨廷和道,"杨大人你看这……"

杨廷和:"谷公公何出此言?"

谷大用:"近来湘西灾民暴乱只是表象,土司谋反野心昭然若揭。"

杨廷和:"谋反?有何证据?"

只见谷大用一挥手,小太监递给他一个恐怖、狰狞的傩面具,他将傩面递给了杨廷和,神秘地说道："根据东厂锦衣卫的密报，近来湘西出现的'虎头傩王'昼伏夜出，搅得鸡犬不宁，官府衙门形同虚设。这个王字头的巫傩面具就是土司王族谋反的铁证……"

杨廷和仔细打量了一番："公公，不必大惊小怪，这个面具是湘西唱傩戏的一种道具而已……"

谷大用："大人只知其一，永顺州衙传来的密报，这个巫傩奇人只要他戴上虎头傩面之后，就判若两人，如同孙行者一般，从不按常理出牌，劫富济贫、行侠仗义，那些湘西土匪、牛鬼蛇神皆追随其门下，闹得当地乌烟瘴气呀……各种迹象无疑都在表明：彭氏土司家族，难脱干系！"

杨廷和："据我所知，永顺老土司帕普早已退隐，其儿子继位不久也已夭折，土司奶奶阿玛体弱多病一直在道观修养，彭氏家族还有何人参与？"

谷大用："大人有所不知，土司王府几个后辈嫌疑最大。早在秦始皇统治时期，陈胜吴广就是利用老百姓敬奉鬼神的心理，人为制造'鱼腹丹书'等发动了戍卒起义，借民之所向，达己之所欲。如今彭氏土司就是利用巫傩笼络人心，反叛朝廷。所以，欲擒贼必先擒王……"

张太后："这？"

杨廷和："太后，万万不可也。自古藩镇犯上作乱，定有这几个重要标志：一是切断辖地与外界的一切联系；二是攻城略地，进犯临近州县；三是设置重兵阻截朝廷南下清剿官军。目前这些迹象皆不存在，这不得不让老臣想到早在贞观元年（627年），岭南王冯盎与他人互相争斗，很久没有入朝。各地方州府多次奏称冯盎意在谋反，蛊惑唐太宗李世民发兵前去征剿。大臣魏征劝谏道：'中原刚刚平定，岭南路途遥远、地势险恶，有瘴气瘟疫，不可以驻扎大部队。况且，目前奏报表明，冯盎反叛情形尚不成立，不宜兴师动众。'唐太宗不解：'上告冯盎谋反者络绎不绝，你凭什么说反叛还没有形成呢？'魏征答道：'冯盎如果反叛，必然分兵几路占据险要之地，攻掠邻近城池。现在，告发他谋反已有几年，而冯氏兵马仍未出境，显然无反叛迹象。各州县府衙既然怀疑冯氏谋反，而陛下您又不派使臣前往安抚，冯氏害怕杀头治罪，所以更不敢进京朝贡。如果陛下能派使臣向他示以诚意，冯氏必然欣喜能免于祸患，这样就不费吹灰之力而使冯盎顺从。'于是，唐太宗下令收兵，同时又派使节前往岭南慰问冯盎，果不其然，冯盎则让其儿子随同使臣回到京城，以示忠于朝廷。一场兵戎厮杀在魏征的良谏之下，化干戈为玉帛。"

张太后："杨爱卿一席话，胜过十万雄兵，你就是我大明的魏征也。"

杨廷和："唐朝贞观年间，许多人反对与外族和亲，李世民要诸位大臣试想，若把公主嫁过去，传承我大唐皇族血脉，往往少数民族都是母后做主，那外族的后人不都是我的外孙了吗？所以说'和亲''招抚'都是上上之策。目前我大明内忧外患，攘外欲先安内，如果采用科举选拔，能将天下英雄揽入朝廷，岂不是两全其美，何愁东南倭寇不灭？"

张太后："杨爱卿所言极是，历朝历代国家都是通过人才选拔解决危机的。"

谷大用嘟囔："只是让张经主持今年的科考，是不是……"

"嗯——"听到这里,杨廷和、太后不悦地望了他一眼。

谷大用连忙解释道:"奴才的意思是……一个小小的嘉兴知府主持这样大的国考,此举是否欠妥呀?"

张太后:"张经虽一地方知府,但他持正不阿,上下称贤,心底无私天地宽,有何不妥?"

谷大用:"可……张经他……他根本不懂武功呀,如何主持武考?"

杨廷和:"张经虽自身不习武,可他却精通天下武学。"

谷大用:"大人有所不知,张经一伙招朋引类、谈古论今、讲学议政、危言耸听。所谓针砭时弊的奇谈怪论,实则是对皇上和朝廷的评头论足。这天下的良才若被他揽入门下,乃大明之大患也。"

张太后:"那……那你说该怎么办?"

谷大用:"既然圣上让张经主持今年武考,那奴才就举荐京城国子监的祭酒严嵩和他的弟子赵文华一同前往监督武考。湘西乃大西南荒蛮之地的门户,往往人才与叛匪仅一步之遥。今年那里又遇大旱,据湘西州衙的禀报,湘西饥民纷纷抗捐抗税,尤其是领头的万虎山'七剑客'举旗暴动,闹得乌烟瘴气。长沙府衙虽多次派兵进剿,但收效甚微,如今又加上这个'王'字头的巫傩王者兴风作浪……奴才以为,为确保此次科举顺利招募人才,朝廷应委以严嵩、赵文华他二人为钦差大臣,一手拿笔杆子,一手拿枪杆子,方能招抚与清剿并举,软硬兼施,一箭双雕。"

张太后:"这……"

杨廷和:"太后,臣以为在湘西的大山深处,只能恩威并施,不可大动干戈,以免官逼民反,造成不可收拾的被动局面。只要是人才,且为我大明所用,不管以往犯下多大的罪孽,一律赦免。"

谷大用:"大人所言极是。严嵩、赵文华他二人德才兼备,对朝廷忠心耿耿,孰轻孰重,自有考量。再就是既然朝廷禁止了勘合贸易,而对于沿海少量的民间贸易往来,应睁一只眼闭一只眼,不然若是把东洋人惹急了,局面难以收拾。不知太后您意下如何?"

张太后与杨廷和对视一眼后,说:"那……这事你就看着办吧。"

"谢太后!"谷大用说罢,欣喜离去。

张太后疑惑地道:"湘西近年来一直相安无事,难道是灾荒引发的饥民暴乱?"

"太后,这恐怕只是其一。"杨廷和眺望远方,深有感触地说,"自五代十国长沙楚王与湘西土司彭士愁立下溪州铜柱签订盟约起,湘西土司政治地位和管辖地域已得到历代朝廷的确认,并被授予溪州刺史,掌管西南门户诸州县。湘西地域虽受辑攘,但他们不必向朝廷缴纳赋税,不提供兵源;同时,他们也不得与内地争夺土地和人口,不阻挠交通,不强迫买卖等,也就是在民族地区全面实行自己治理自己……"

张太后:"这不就是一朝两制吗?"

杨廷和:"对,咱大明王朝不是有北京、南京两座都城两套官员吗?土司制度就是利用湘人治湘、以蛮治蛮。换句话说，就是在一个朝廷之下实行两种不同的管理制度。"

张太后："那为何眼下还是出现了暴乱？"

杨廷和："这样的制度历经唐宋元各代，虽历经战乱不断，但湘西这个地方还算太平。直到武宗元年，刘瑾当上了司礼监掌印太监的那年，他给皇上举荐了京城国子监一个叫向重九的监生，这个投机分子做了湘西永顺知州后，一心邀功，欲超额完成朝廷下达的任务，实施高压，盘剥民众，向当地民众收税纳赋，并扬言要废止实施了数百年的民族制度，不服者予以镇压。他的举措引起了湘西保靖、永顺、花垣各地湘民的强烈不满，加之今年又遇大旱，农田颗粒无收，你想，灾民们怎不揭竿造反？"

张太后："杨爱卿，这湘西土司继位无人，皇宫天子病入膏肓，如今，太师椅上没土司，龙椅上也没皇帝，这天下不出大乱子才怪呢。"

杨廷和："太后，微臣以为万事顺应天道、游戏规则。奸贼刘瑾，上悖天意、下悖民意，已处斩首极刑，自当罪有应得。湘西蛮荒之地，只能是以夷制夷、以蛮制蛮、恩威并施。好在湘西那边还有个老土司帕普在掌舵，只是眼下皇上龙体堪忧，尽快策定皇位最佳继任的人选，此乃重中之重……"

话音未落，内廷太监匆忙禀报："太后，大事不好……皇上……皇上快不行了！"

张太后、杨廷和顿时瞠目而视，脸色突变！

——定格！画面急速滚屏叠印以下的字幕：

【第二单元叙事、第四章完】

画面急速转黑……

● 第二单元叙事之：

第五章

狭路相逢　各路高手云集湘西
青出于蓝　巫傩王者横空出世

▲土家族民俗馆（夜，内）

夜深人静，此刻操着一口带有南方口音普通话的联合国专家们，正娓娓讲述着千百年以来、鲜为人知的中国"湘西往事"——

东南烽烟再起，倭寇大军来势汹汹，连下诸城，日渐逼近了留都南京。东瀛幕府将军木下晋三疯狂至极，而他眼下面临的最大天敌、克星却源自遥远的湘西！

凡天地之间有鬼，非人死精神为之，皆人思念存想之所致也。

东瀛妖风阵阵，明王朝这艘千疮百孔的飘摇之舟正驶向死亡之海。为了力挽狂澜，朝廷首辅大臣杨廷和实施的救国举措就是迅速恢复国考，紧急在湘西土司王城举行全国武举大会考，选拔智勇双全的精兵强将迎击外犯之敌。留都南京国子监的祭酒张经出任国考总督，同时在宦官集团的操纵下，北京国子监掌门严嵩与其干儿子赵文华被任为"清匪剿叛"钦差大臣：南派要招抚，北派要弹压，可谓螳螂捕蝉，黄雀在后！

朝廷科举消息不胫而走，各地考生纷纷云集于湘西。就在赶考途中，一对皇帝赏赐的鸳鸯宝箱引来了蒙面刺客。一场场杀戮接踵而至，钦差大臣严嵩、藩王之子朱厚熜先后突遭袭击……

▲演播厅（夜，内）

联合国教科文专家仍在讲述——

以永顺土司王城为中心的湘西山区，自古就是神秘而蛮荒的异域，堪称中国的盲肠。这里的土家汉子，封闭、保守中不乏愚昧，强悍、血性而一诺千金。

湘西行政划分归属于湖南，自然地理位置则处于大西南门户。永顺老司城是湘西宣慰使的王府所在地，而州衙行政首府设在永顺。何谓宣慰使？它管理军民事务，分道掌管郡县，为行省和郡县间的承转机关，一般不设于内地，而独存于西南少数民族地区的土司首领世袭封地，就相当于如今的民族自治州，所以湘西永顺土司，是受中央王朝任命的、世袭的、当地最高行政长官，又是当地的军事领袖。

湘西老司城一方山水神秘传奇，彭氏土司王族已在此生活了上千年。

这座湘西土司王城，千百年来抵御外来侵略，保护着民族的安宁。

而今，经岁月侵蚀，残垣断壁的古城，反倒需要人们来保护它了……

▲酉水河畔（日，外）

电闪、雷鸣，湍急浑浊的酉水拍打着河岸。

乌云翻滚，就如同厚重的黑幕挤压在天地之间……

▲官船上（日，外）

船头，京城国子监樯幡迎风猎猎，好不威风……

四周戒严的锦衣卫正执刀警惕地把守着——

刀，黑沉沉。

笔直的刀身格外厚重——刃口一线雪白，阴森森杀气扑面……

持刀之手，肌肉虬结，粗壮有力。

船桨"吱呀"，沉重地摇摆着，京城国子监旗幡上下翻飞。

船头设置的祭祀神龛前供奉着一部天书《奇门遁甲》以及一口雄性鸳鸯箱——宝箱封口一道密符格外显眼。三炷高香高高地举过了花白的头顶，我们只能见到这名执香老者的背影，此刻正虔诚地磕头叩拜，而随行的东洋万金商行的商人以及旗下弟子也正在机械地效仿着他的一举一动；紧跟其后的花船上一个娇小玲珑的东洋歌妓在人丛中载歌载舞。

官船、花船、货船组成了一支官商勾结东洋人的"万金"特混船队，此刻的船队正驶向远离尘世喧嚣的湘西土司王城。

这时，一瘦小弟子挤进了人群，急匆匆跪在老者身后，小心谨慎地道："干爹，我们船队已驶入湘西州府的管辖水域，这里的府衙向天歌、向重九父子，跟孩儿一样，都是您早年国子监的弟子，按干爹您的吩咐，一切安防措施都已布置妥当……"

"文华呀，"老者头也没回地淡淡地问道，"这沿河两岸？"

赵文华："官兵三千，锦衣卫八百，各关各卡，布满暗哨……"

老者"嗯"了一声，望了望身后的一队商船："确保东洋人的安全，也就是保证了咱们自身的利益。"

赵文华："干爹，你说这东洋人怪不怪，不仅垂青江南刺绣、瓷器，更酷爱湘西盛产的桐油、茶油、药材、木材、白蜡等土特产以及水银、朱砂这些稀有金属矿产。他们千里迢迢跑到这里，贩运这些究竟干吗？"

老者头也不回地说："这些都是东洋人不可或缺的，尤其是湘西的桐油，更是用途广，即便油枯、油饼、油壳也全是宝，可用于建筑、机械、兵器、车船、渔具的防水、防腐和防锈涂料。随着江南经济和海外贸易的兴盛，这湘西桐油、茶油供不应求，同时湘西的木材，尤其金丝楠木需求达到高峰，南京的皇木采办，汉口的工业生产，上海的船舶加工等，都依靠湘西盛产的这些宝贵资源。"

赵文华："哦，难怪他们要将湘西的桐油、茶油、稀有贵金属通过贸易收购，然后水路分遣，经洞庭通长江达东南沿海，最后送达东洋列岛。他们经营商贸，咱们赚咱们的钱，互通有无，妙哉妙哉。"

老者:"不过,朝廷正在实施'迁界禁海令',断绝了与日商的一切贸易,你我这样放纵东洋人进入内地湘西做买卖,可是杀头之罪呀!"

赵文华:"上有政策下有对策,此次贸易是江南集团商业行为,又不是东洋人。"说着,他指了指花船上正飘扬的万金商行的旗幡。

老者点头:"嗯!文华呀,难怪有人夸你才华横溢,鬼点子多呀。"

赵文华不无得意地道:"有需求就有市场,有市场就会形成交易,有交易才会有买卖。自然法则,适者生存,有钱能使鬼推磨,对于男人来说金钱美女都是无法抗拒的。"

老者:"无法抗拒?这大湘西自古就是中国的盲肠,匪患猖獗、巫傩横行,吉凶难料呀!"说着他掏出了一个精巧的带'王'字头的虎头傩面。

"虎头傩王?"赵文华道,"干爹放心,莫说是傩王,即便是阎王也休想靠近……"

"傩王可不是阎王!"话音未落,老者厉声呵斥。

这时,祭拜的老者才抬头起身,我们这才看清他的正面模样——虽似笑面虎,但鹰隼般犀利的目光中透露出阴冷的杀气,他,就是朝廷最高学府京城国子监①的祭酒严嵩。

严嵩遥望两岸崇山峻岭:"湘西八百里大山,卧虎藏龙呀,今又是灾荒之年,造反刁民随处便可遭遇。此行一路还得谨小慎微,低调行事。"

"这……"赵文华一时语塞,不免有了些后怕和担忧,连忙示意后面的花船停止敲打,偃旗息鼓。

"哼!"严嵩不屑地冷笑一声后便转身在锦衣卫和弟子们的簇拥下走向船首……他衣着雍容华贵,脸上虽然抹着一层白粉,却掩饰不了岁月的风尘。他望着旗幡上"敬天舜德,唯我独尊"的溢美之词,显得十分惬意。河风吹过,他自信地伸着懒腰,透出那样的绝顶傲慢、不可一世。

赵文华和几个弟子紧紧跟随在其身后,狐假虎威。

官船忽然"哗"地晃动摇摆了一下,严嵩差点摔倒,赵文华连忙将其小心扶住。

"嗯?"严嵩凶狠地盯了一眼,不悦地望向船夫。

"找死呀!"赵文华说罢猛踢了船夫一脚,在船的晃动中,突然他发现——

前方不远处,一艘船也在晃晃悠悠,似乎已被礁石撞破,正在搁浅下沉……

▲兴藩王船上(日,外)

激流中那艘船已搁浅,一位长者正指手画脚,呵斥家丁们抢修船只……

▲官船上(日,外)

严嵩仔细打量了一番后,对赵文华说:"这,好像是安陆兴藩王府的官船。"

赵文华:"哦?兴藩王朱祐杬,不是刚刚归西见阎王爷去了吗?"

严嵩:"你看那站在船首的老头儿,不就是兴王府的长史②袁宗皋吗?"

---

① 国子监乃朝廷最高学府,祭酒相当于大学掌门人兼教育部部长。
② "长史"就是王府里掌管日常事务的管家。

赵文华："嗯？兴藩王朱祐杬刚去世不久，按理他的儿子朱厚熜，应在家里守孝三年，此时兴王府的座船跑到这里来干吗？"

京城祭酒船队渐渐驶近了搁浅的船只……

严嵩、赵文华惊讶地发现——

长史胸前怀抱着一口雌性鸳鸯箱（宝箱封口藏有一道密符），其身后站着一名十五六岁的英俊少年。此少年正是继任兴藩王的朱厚熜。

此刻，河风袭来，微服的少年王爷不禁颤抖哆嗦，警惕环视……

突然"噗嗤"一个精巧的、带'王'字头的巫傩面具袭来，将国子监官船上的樯幡击断，接着从岸边传来怒吼："手执钢刀九十九，杀尽不平罢手，杀——"只见一个身穿黑衣，脸上蒙着黑巾的人撑着长竿，似乎瞄准了两船上的雌雄鸳鸯箱，并朝着严嵩和少年藩王朱厚熜"嗖嗖"飞出暗器——严嵩抱起祭祀桌上的那只雄鸳鸯箱欲逃走！

蒙面黑衣人手执长剑，跃起如履平地，绕过护卫朝严嵩胸前雄鸳鸯箱刺去——宝箱封口被黑衣人挑开，一道密符露了出来……

危机之中赵文华替他干爹挡过一剑，顿时，腹部血流不止。

严嵩趁机从袖中飞出一支毒镖——黑衣人机警躲过！

官船上那些随从官员们惊慌不已，四处逃散，唯有赵文华奋勇上前，拔出佩剑，护卫严嵩躲进了船舱密室……

蒙面黑衣人只得跳上搁浅的藩王座船，寻机行刺。黑衣人一脚踢倒侍卫，渐渐逼近了他们的小主子……哪知年轻气盛的小藩王无所畏惧，挥剑与之打成一团。

众侍卫拼死救主，迅速将黑衣人团团围住。

躲过一劫的严嵩探出头来，大声喊道："给我拿下，重重有赏！"

蒙面黑衣人身手敏捷，将一柄梅花长剑舞得出神入化，锦衣卫一时也无法上前抓捕。黑衣人寻机又朝着藩王府座船上的那只雌鸳鸯箱劫杀而去……

严嵩喝令属下追击，并朝黑衣人"啪"的发出了一把金光闪闪的暗器，黑衣人仓促中挥剑挡开了几枚暗器，可还是受了伤：一枚金镖扎入了其左手臂膀。

受伤的蒙面黑衣人，身形一歪，险些跌倒。

少年藩王趁机舞剑朝黑衣人逼来……

蒙面人见势不妙，挥剑杀出一条血路，施展轻功，飞也似的跳上岸边，沿河而上，迅速逃离。

严嵩气恼至极，歇斯底里地叫嚣着："快追，追到天边，一定要将刺客给我抓住！"说罢，他捡起了遗留在船舱地板上的那枚'王'字巫傩暗器……

眼见黑衣人逃走，官船上的锦衣卫头目刀疤脸翻身下船，沿河追去——

少年藩王也带着他的侍卫们随之追杀堵截……

▲猛峒河边（日，外）

只见蒙面黑衣人熟练地蜻蜓点水似的沿河逃走……

侍卫、锦衣卫、少年藩王紧追不舍。

脚步声疾，峒河水咽……

▲官船上（日，内）

官船上，严嵩正手握那个'王'字巫傩暗器，惊魂未定，琢磨不透。他对站在身边腹部缠着绷带的赵文华道："这玩意儿是何暗器？刺客又是何人呢？自湘西出现虎头傩王之后，凡打劫者都是假冒其名，鱼目混珠，难辨真假。"

赵文华有所感悟地道："干爹，黑衣刺客这身形，孩儿我好像在哪儿见过？"

严嵩："哦？你曾见过？"

赵文华："不不，我总觉得似曾相识……"

严嵩："刺客什么来头？究竟是来谋杀老夫，还是行刺兴藩王那个小子的？或者是盯上了这只鸳鸯箱？"说罢，他抚摸了一下宝箱上的那道密符。

一连串问题问得赵文华直摇头，他眨巴着小眼睛："干爹，孩儿以为，刺客一定与此次湘西科考总督张经有关……"

严嵩不屑一顾："张经？哦不不，张经这个迂夫子，虽说是此次湘西科举的总督考，还兼任南京国子监祭酒，他哪会主持什么武举科考？就知道发发牢骚讥讽朝政，行刺老夫这等事，他做不出来。再说，张经乃一代名儒，手无缚鸡之力，他根本不会武功。"

赵文华："干爹您有所不知呀，张经自身虽不懂武功，可他却精通天下武学，当今无数年轻人都拜在他的门下，其中不乏武林高手。"

严嵩："他门下会有什么高手？全是一些书呆子。咱爷儿俩现在面临的是两个战场——科举考场和剿匪战场。难道此次是冲着老夫来的？"

赵文华："行刺钦差，定当格杀勿论！"

严嵩："若是行刺小兴藩王，就另当别论，只要他是个人才就可揽入门下，此人说不定还能为我所用。"

赵文华："是人才就不会甘于平庸，不甘于平庸就会有逆反。"

严嵩："有逆反就好，他们这些皇亲国戚，斗得死去活来再好不过。早年江西宁王朱宸濠谋反，皇族鹬蚌相争，咱们臣子才会渔翁得利。还记得你是怎样从慈溪县的一个普通进士跨入国子监的吗？"

赵文华："这还不因为干爹您是国子监祭酒，一日为师终身为父呀。"

严嵩："文华呀，如今你已是提学副使，掌管学务、选用僚佐、旌别属官，大权在握呀……"

赵文华："全仗干爹提携，没有您，也就没有孩儿文华的今天……"

严嵩："今天？今天的事难道你不觉得有些蹊跷吗？刚刚遇见兴藩王府的人，就立即遭遇刺客，我看长史身后的那小子定是继任兴藩王的朱厚熜，那么此次王府长史陪他来湘西干吗？"

赵文华疑惑地摇摇头。

严嵩："唉！这些年来，老夫手下个个自称大内高手，居然连个刺客也拿不下。"突然他转身变脸大声斥责："全是酒囊饭袋！这些年京城国子监旗下弟子虽众多，忠心耿耿而又才华卓越者，也没几个！"

严嵩的一番话让赵文华立刻陷入沉思之中……

▲**河滩（日，外）**

此时河滩上，黑衣人已被小藩王、侍卫、锦衣卫团团围住，拼杀得难分难解。

少年藩王武功高强，出神入化，黑衣人执剑左突右防，险象环生。

眼见黑衣人渐渐难以抵挡，小藩王避开来剑，趋身上前，迅疾出手，将对手蒙在脸上的黑巾挑了下来——

这黑衣人竟然是个年轻艳丽的女子，酷似月兔，一头秀发披落下来，英气夺人。

"玉兔精？"少年藩王不禁一愣——刺客竟然如此美貌！

黑衣人迅速将挑开的蒙巾再次挂在脸上。

生死瞬间，黑衣人挥舞利剑将腹背攻击者击退，金蝉脱壳般迅速逃走。

少年藩王似乎中了玉兔精捣药杵的迷惑，稍后如梦方醒，立刻紧追不舍……

▲**会溪坪河畔（日，外）**

碧绿的河水映衬着岸边矗立的那根溪州铜柱，四周群峰犹如万马归朝，古朴土家吊脚楼山寨，错落有致，依山而建，傍水而居，山重水复，虎踞龙盘。

深潭边，一个虎头虎脑、年龄十五六岁的少年正用那玉米壳制成的"杀白"拖网赶鱼，他便是玉树临风的彭翼北……河中鱼群瞬间被"杀白"赶至事先布好的渔网口袋里，而那个在网里抓鱼的，正是前不久老土司赐予彭姓的凤姐。

那只啸天神犬在岸边扑腾，彭金凤一边呼喊神犬，一边将活蹦乱跳的鲤鱼抛起——神犬高高跃起将鱼叼在嘴里，一溜烟朝大槐树下跑去……

此时，树荫下正燃着一堆篝火，猎犬通人性地将嘴里的鱼"交给"了一个被烟熏火烤、蓬头垢面的小子。此刻他正在大口吃着烧烤，狂饮着鬼酒，唠叨着："酒鬼背鬼酒，千斤不嫌赘；酒鬼喝鬼酒，鬼酒醉酒鬼。"那人一副混世魔王的神情——"平生好喝酒，诗酒都是老朋友；逢酒必喝，喝则必醉，醉过方罢休；酒中有乾坤，天下大事都在一口酒水中！鬼酒出湘西，涓涓传万里。人生如酒，人生似茶，俗话说，饮酒可成仙，品茶可成道。酒，热烈、香醇，是精神之液，灵魂之饮，忧愁要它，欢乐也要它；孤独要它，聚会也要它；天气好了要它，风霜雨雪也要它；爱情要它，失恋也要它；生诞要它，死亡也要它；恶人要它，善人也要它；当官的要它，百姓更是离不开它，鬼酒……"

只见这个酒醉佬儿嘴里喷出一团焰火，柴草瞬间腾起火苗。他就是赶鱼少年彭翼北的大哥彭翼南，而抓鱼少女无疑就是他们的大姐金凤，这时他们已被远处传来的急促追杀声所吸引……

大家不禁放下渔具，循声望去——

只见河滩上，三个侍卫正追杀着黑衣人，她且战且退，朝这边败逃而来……

侍卫"嗖"的一箭，将黑衣人射倒，并迅速将其团团围住，厮杀起来……

黑衣人身上挂满伤痕，气喘吁吁，渐渐招架不住。

万分危急之时，只见凤姐大声呵斥："几个大男人欺负一个弱女子，有这么干的吗？"追杀者根本不予理睬，继续厮打。

眼见伤者处于绝境，只见凤姐挥竿上前解围，护卫着受伤的黑衣人。

侍卫们径直朝她直扑了过来……

凤姐手中的鱼竿如疾风横扫落叶，侍卫们被这意外之举逼得连连后退。

此刻，那个叫彭翼北的男孩看见凤姐挥竿迎击，不禁有些担心，连忙朝树下酒醉佬儿大声呼救："老哥，你，你还不快些出手相救？"

这个被称作老哥的正是彭翼南，他十五六岁，面对险情却事不关己，高高挂起的样子。他腰间别着的那个鬼酒葫芦十分显眼，只见他连打几个酒嗝，吐出一根鱼刺，嘟嘟囔囔道："黄鼠狼自有三个救命屁……你着急什么？"

"一天到晚醉醺醺，只晓得喝猫尿……"

"喝酒是人与野兽的区别，越喝越清醒。"

只见凤姐和那个黑衣人联手对抗追杀者，拼杀了一阵，但毕竟两个女孩，气力不支，渐渐败下阵来。

凤姐回头大声疾呼："酒醉佬儿还不出手帮忙，老姐我就要没命了！"

说话之间，只见那个锦衣卫刀疤脸趁机挥刀劈了过来——

忽然"咔啾"一声，一弹弓袭来，从刀疤脸头顶飞过，他不由得怔住，寻着来袭方向望去——树下那个吃烧烤的酒醉佬儿正拉开弹弓，对准了他："别动，你……对……说的就是你，再敢动一下，老子就一弹弓打瞎你的狗眼！"

刀疤脸显然真怕了他神乎其神的弹弓绝技，手中的刀僵住了："小兔崽子，你……你敢打，老子就一刀劈了你老姐！"凤姐惊恐地望着刀疤脸举起的刀……

酒醉佬儿彭翼南："你敢劈我就打！"

刀疤脸："你敢打我就劈！"

彭翼南："不信，你试试！"

刀疤脸作势欲劈，翼南作势要打，吓得刀疤脸只得又收住了刀。

两个人一时僵住了。

河滩另一头，彭翼北紧张地观望这边的动静。

翼南向夹在中间的凤姐丢了个眼神，凤姐扭头挤出一丝笑脸："这位大叔，要不，听我说一句，你呢也不想瞎眼，我呢也不想挨刀，干脆，我们都莫动手，都把家伙先放下，有事好商量嘛。"

翼南："行，你先把刀放下，老子不打你。"

刀疤脸："小兔崽子，老子才不上你的当，要放你先放。"

翼南："你先放！"

刀疤脸："你先放！"

翼南："你比我大，你先放！"

刀疤脸："你人小鬼大，你先放！"

凤姐："你们都莫争了，要不这样，我数123，你们一起放，这算公平了吧？"

她口中说着"123"，右手伸出示意的却是两根手指。

翼北从河滩上看过去——凤姐贴在身后的左手，同样伸出了两根手指。

翼北的脚悄悄探出，钩起了地上的鱼竿……

刀疤脸显然同意这种公平交易："好，123，一起放。"

翼南："一起放就一起放！"

"那我就数了啊……"蛊仙姐姐故作正经，拉腔拉调地道，"1——"

两个人仍然对峙着。

凤姐倒吸了一口气，好像准备继续拉腔拉调，然而她口中迸出的，却是干净利落的一声"2！"

就在"2"字出口的一刹那，翼南、凤姐同时低下头，与此同时彭翼北脚上的那根鱼竿"呼"的瞬间扫来，掠过二人头顶，结结实实地打在了正等待数"3"字的刀疤脸面门上，刀疤脸被打得前仰后合，摇摇晃晃……

凤姐在空中一把接住了刀疤脸脱手的刀。

彭翼南这才不紧不慢地收起弹弓，三根手指伸到了刀疤脸面前："这是3，看清楚了，老子说话算话，数到3就放家伙，没骗你吧？"

他手指点击刀疤脸的脑门，早已被打晕过去的刀疤脸便瘫倒在地上。

此时一旁愣住的小藩王和侍卫们幡然醒悟，持刀猛扑过来……

"啪嚓"彭翼南犹如大鹏振翅，腾空飞扑到凤姐和黑衣女子前面，赤手空拳将袭来的兵器一一挡开……

凤姐忙将黑衣女子拉至一旁："只要我家傻大难一出手，老娘万事无忧。"

"傻大难？"此时的黑衣女子正注视着彭翼南的一招一式。

小藩王对彭翼南呵斥道："你，你小子少来管闲事！"

彭翼南一笑："闲事？"只见他猛喝一口酒："嘿嘿，老子就是专管闲事的。"

小藩王疑惑地道："如此胆大包天，难道你小子有靠山？"

彭翼南："靠山？是呀，老子有山可靠，有树可栖，无忧无虑，靠山吃山，靠水吃水。"

小藩王:"你?你的靠山是?"

"老子的靠山说出来吓死你!"

"难道你的靠山是当今的皇上不成?"

彭翼南:"你的靠山要是皇上,老子的靠山就是玉皇大帝,天上地下数第一!"

小藩王气急败坏地道:"你?竟敢对抗官府,当心祸累满门!"

彭翼南:"天子脚下,朗朗乾坤,竟敢欺负一弱女子,尔等分明就不是什么好人,举头三尺有神明,不使人间造孽钱。人在做天在看,自作孽不可活,作恶多端必遭报应,老子今天硬要送你三个字……"

小藩王:"哪三个字?"

彭翼南:"你吃屎了!"

小藩王细数之后道:"哼,可这是四个字呀。"说罢对两个侍卫扬手示意:"杀!"

三人联手挥刀朝彭翼南劈去——

彭翼南不慌不忙,拳掌游走于刀光剑影之中,凶狠的兵器竟然无法敌过他的双拳。而此时昏倒在地的刀疤脸已苏醒,困兽一般拔出短刀,欲再次偷袭——

黑衣女子急了,大声喊道:"酒醉佬儿,当心呀!"

危急时刻,那条啸天神犬一跃而起,瞬间将偷袭的刀疤脸扑倒……

"给!"凤姐情急之下,随即将地上的那根鱼竿踢飞,顿时鱼竿在阳光下划出一道炫目的弧线……彭翼南一跃而起,将鱼竿抓在手中,姐弟三人配合得极佳。

凤姐朝黑衣女子妒忌地瞪了一眼,不悦道:"你刚才叫他什么?"

"酒醉佬儿呀!刚才你不是这样叫的吗?"

"那是我叫的,不该你叫。"

黑衣女疑惑道:"为什么?难道他不姓酒?"

凤姐:"还姓鬼呢!他喝的是鬼酒,但大名叫彭翼南,是我从小一手带大的。"

黑衣女嘟囔道:"你的就你的,蛮巧吧,多认一个老姐又何妨?"

凤姐得意地道:"咱土家女孩不在排行序列,彭翼南实际上是老二……"

"老二?嗯,他真的很二,实在很二,二得狠呢!"黑衣女奚落道。

此时,彭翼南酒醉上头,被对方击打得晕头转向跌跌撞撞,狼狈不堪。

幸好那只啸天神犬及时叼来了神奇的虎头傩面,只见他一戴上傩面具,獠牙之间瞬间喷出一团焰火,顿时烟雾缭绕……

虎头傩面给予其的能量超乎人的想象,彭翼南手中的鱼竿如同长剑,气势磅礴,那两名侍卫不是你手臂上被刺,就是他腿上挨打,顿时兵器脱手,先后败在鱼竿之下……

少年藩王见状只得挥刀上阵,无奈也被烟雾熏得睁不开眼,渐渐不敌……

彭翼北拍着巴掌喊叫起来:"好,逮得好!"

只见彭翼南挥竿欲将小藩王套住之时,只听到一声"且慢!"小藩王拱手道:"少侠武艺高强，我们……就此认输。"彭翼南旋即收回了鱼竿。

侍卫们连忙爬起，大家相互对望一眼，惶恐地欲转身离开——

小藩王望了望四周山势，忽然转身揖首道："敢问少侠，这里是什么地方？"

"这里嘛……只要老子一戴上傩面，就不得不即兴赋诗一首'从前有座山，山里有座城，住着一群霸得蛮的湘西人。城内三千家，城外八百户，红灯万点人千叠，一片缠绵摆手歌'。你猜，这究竟叫什么城？"

少年藩王摇头，打量四周的山势，不解地道："这里只见山，何来的城？"

彭翼南不无骄傲地指了指前方的大山深处："此乃湘西老司城。"

少年藩王疑惑地嘀咕："湘西？老司城？为何这里四周只见山，而不见城？"

彭翼南索性取下腰间的酒葫芦大喝一口，不无自豪地道："你看这四面群山筑起天然屏障，山峰如同万匹骏马向司城朝拜，听从土司役使，大有拔地倚天之势，俗称万马归朝。若问老司城在哪里？老子又要赋诗一首呀：'老司城中锦做窝，土王宫畔水生波'，你小子若想见到城，往这边看——"

果然在远处的群山峡谷之中，赫然矗立着一座雄伟壮观的千年古城。

小藩王朝精绝神秘的古城方向打量了一番之后，叹息一声想离开，刚走了几步，忽而又折转身来："再想请问少侠……"

凤姐："还问什么？你这个人怎么啰里巴唆地老问。"

小藩王："请问少侠尊姓大名？"

彭翼南打了一个酒嗝，坦然地道："平生好喝酒，诗酒都是老朋友。青出于蓝胜于蓝，老子就是湘西彭翼南。行不更名，坐不改姓，路见不平，拔刀相助。实话跟你说，老子是个大人物……"

"什么大人物？你算老几呢？"

"是呀，我算老几呢？我乃一人之上、万人之下的湘西齐天大圣是也。"

"啥？一人之上、万人之下？这可是个可有可无的大人物哦。青出于蓝而胜于蓝的彭翼南，难道你是天庭里的弼马温？这可是个不起眼的小人物呢！"

"恭喜你答对了，在天庭里孙悟空的官儿比谁都小，可小人物自有大能量！当今朝廷官场，不智障就当不了官。你还别说地上，就是天上的玉皇大帝也是智障，你看他派孙猴子去守蟠桃园，众所周知，猴子都是喜欢吃桃子的，岂不是给他提供了监守自盗的便利，岂不智障吗？"彭翼南唠唠叨叨，总是顾左右而言他。

小藩王朝彭翼南拱手作揖之后，便呵斥属下："走，咱们改走旱道！"说罢，狼狈地从河滩离去……

黑衣姑娘欲持剑前去追杀——

彭翼南上前连忙拉住她，不解地问道："呃，姑娘，得饶人处且饶人，既然……既然人家已经认输，何必取其性命？"

黑衣姑娘:"唉,这天下有两个人最笨,一个是当今昏庸的正德皇上,另一个便是你青出于蓝而胜于蓝的彭翼南了。"

彭翼南:"我?我怎么了?"

黑衣姑娘:"既然人家已知你姓甚名谁,家住何方,难道你就不怕被朝廷兴师问罪、满门抄斩吗?"

彭翼南猛地大口喝下鬼酒,结结巴巴地道:"老子……老子彭翼南,站着是一竖,躺下是一横,还怕他!"他大义凛然、视死如归:"请看我身后的这根铜柱——"

大家循声望去,一根铜柱赫然映入眼帘。

黑衣姑娘:"难道这根铜柱,就是你孙行者的神器金箍棒?你就不怕官家平叛剿乱?"

彭翼北慢条斯理、如数家珍似的道:"这铜柱非比东海龙王的定海神针,那是在公元939年,湘西大旱,饥人相食,灾民揭竿造反。楚王马希范遂派大军镇压,在那场反击征伐战之中,我祖上首领彭士愁不畏强敌,率兵奋起抵抗。血拼苦战中双方伤亡惨重,最终只得议和结盟,并立此铜柱为凭。上面镌刻着盟约条款:楚王对溪州属地免征赋税,不抽兵差;楚军不能随意进入湘西领地,各部落酋长如有罪过,只能由彭士愁科惩,楚王不能出兵干涉;从此之后,确认我彭氏土司的绝对首领地位,开启湘西历朝历代之太平盛世。"

"哦?这根铜柱居然这么神奇?"

彭翼南:"谁敢违反铜柱上祖宗立下的盟约,那就是——茅厕里面打地铺……"

黑衣姑娘:"茅厕里打地铺?怎么个说法?"

彭翼南:"离屎(死)不远了。"

黑衣姑娘笑了,其酒窝容貌无比甜美,令回头一望的小藩王顿时仰慕不已。

望着姑娘脸庞,小藩王爱意萌生:"咱们俩得拜拜这座神奇的土司王城!"

彭翼南:"朋友来了逮①碗鬼酒,强盗来了逮一火枪。山外的客官山下的哥,请到土家摆手来!"说罢,三姐弟兴高采烈,竟然在原地载歌载舞起来……

此时,兴藩王府的长史袁宗皋捧着那只鸳鸯宝箱急急忙忙赶了过来,管家告诉小藩王:他走了以后不久,又来了一伙劫船的,听说这些抢匪是万虎山的七剑客,不光抢东西,而且还要抢人!

---

① "逮"字在湘西语境中,能替代95%以上的动词或形容词。

小藩王："那你是如何逃走的呢？"

藩王府管家："幸亏我水性好，跑得快，抢匪只好朝那艘官船劫杀而去……"

只见黑衣姑娘加入了三姐弟的摆手舞，大家一起舞动，好不热闹。突然，黑衣姑娘趁人不备，欲抢夺管家怀中的鸳鸯宝箱，双方纠缠起来难解难分，厮杀之中这个女子的一招一式尽显性感与妩媚，其曼妙身姿堪称沉鱼落雁、闭月羞花，彭翼南看得如痴如醉，小藩王朱厚熜完全被其惊艳美貌所征服。

黑衣姑娘就是此次朝廷科举总督张经的义女张天娇，她为了争夺这对鸳鸯宝箱，可谓冤家路窄。宝箱里究竟藏有什么秘密？总督义女张天娇为何要穷追不舍？

大智若愚的彭翼南机警地发现了这对鸳鸯宝箱乃当朝正德皇帝祖母的遗留之物，传闻如若鸳鸯绕颈，不仅能揭开张天娇外公遭科场冤案的真相，而且还会揭秘桂北土官祖上鲜为人知的、凄美的爱情故事，更会泄露一个惊天秘密——皇族之子朱厚熜的身世。其实，从朱厚熜爷爷开始，皇族世子均含有桂北娘娘的血脉基因。那是早在宪宗皇帝朱见深的成化年间，湘西土兵奉命追剿叛匪时，俘获桂北土司一个少女，宪宗皇帝见其貌美临幸了她，之后不久这位桂儿娘娘便生下儿子，在那万贵妃专权的黑暗日子里，这个孩子的身世犹如赵氏孤儿一般传奇，因那时宪宗皇帝膝下无子，这个孤儿后来居然还当上了皇帝。此人就是朱厚照的父亲、朱厚熜的爷爷——朱佑樘。

自见到张天娇，朱厚熜便陷入爱情不能自拔，既然有爱，又何必相杀？这都是鸳鸯宝箱惹的祸，而虎头傩王总是用他那傻到极致的精明频频搅局。横亘在两个冤家之间的彭翼南，关键时刻救了朱厚熜一命，但其善良之举，并没让朱厚熜心存感激，反而为其日后埋下杀身之祸。他整天鬼酒葫芦爱不释手——逢酒必喝，喝则必醉，醉过一日方休，仿佛天下大事，都在一口酒水中！

真可谓"不打不相识"。醉酒佬儿彭翼南："喝酒之后，我的内心世界很大，但自从与你相遇相识，你就是我的全世界！"此刻他对姑娘一番颠三倒四的表白令人啼笑皆非。忽然"啊"的一声，姑娘痛苦倒地，只因她手臂先前中了严嵩的毒镖，她因毒发而晕厥过去。

"啊！"彭翼南大惊失色！

——定格！急速转黑的画面上滚屏淡出以下字幕：

【第一单元叙事、第五章完】

● 第二单元叙事之:

第六章

暗度陈仓　钦差大臣党同伐异
见利忘义　蛇咬虎伤弄巧成拙

▲**湘西，王村集镇（日，外）**

古色古香的王村集镇，土家吊脚楼依河而建，四周青山绿水，一座土司王行宫临崖而立；长达五华里青石板街市上，各种特色的商铺琳琅满目。王村镇——瀑布上的千年古镇。只见倾泻而下的水流，一面咆哮着撞击、侵蚀、淘刷着陡坎和溪床，鬼斧神工般"掘出"了一个巨大洞穴，一面反弹着溅起漫天的水雾，这"雪浪"在强烈的太阳光照射下，如七彩长虹飞渡，瀑布气势非凡。

古镇街市上，人们行色匆匆……

▲**王村，古镇接官楼（日，内）**

赵文华："干爹，各地武士已陆续云集湘西，看来今年的武举马上就要举行，而我们却困在路途王村。堂堂的朝廷清剿大臣，途中反被截杀，真是天大的讽刺。干爹何不干脆亲率朝廷平叛大军，以雷霆之势荡平湘西匪寇……"

严嵩："欲速则不达，兵部虽调拨官军万余，但又能怎么样？湘西山高林密，大军贸然进剿，只怕连个匪徒的影子都找不着。文华你要加派人手，不仅要确保咱们'万金'商队顺利抵达，还要弄清行刺老夫、拦路抢劫的，究竟是哪路妖孽。我估摸着那个中了金镖的黑衣刺客，此刻已经毒发……"

赵文华："难道没法儿医治吗？"

"金镖尖沾涂了五步蛇、银环蛇的混合毒液，除非华佗再世，不然必死无疑。"

"哦！"赵文华顿时瞠目结舌。

严嵩："你说那女刺客似曾相识，我越来越感觉你和她有父女相，不会是你早年丢失的女儿吧？"

"哎呀！干爹，绝对不可能，我那双女儿早就随她母亲跳河淹死了。"

严嵩："世界上没有无缘无故的爱，也没有无缘无故的恨。我的脑海里总是感觉到你那双女儿，四目圆睁怒视、无影之剑相随……"

赵文华："干爹您这是幻觉吧！"

严嵩："俗话说，雁过留声、人过留痕。这事儿没这么巧，肯定与湘西叛匪主谋脱不了干系，只要顺藤摸瓜，就一定能抓住幕后真凶。"

赵文华："即便大海捞针，也是一种威慑，匪患未曾清剿，此次怎能顺利与东洋人合资经商？又何谈为朝廷科举招募人才？"

严嵩："那个张经可不管那么多，他会一意孤行，照样主持今年的武考！"

赵文华急了："哎呀干爹，湘西这些牛鬼蛇神，若被张经揽入门下，日后必成大患呀！"

严嵩："先别说日后，眼下该咋办？我看，不如这样……"说着，便示意赵文华靠近，轻声对他耳语一番。

"哎呀！"赵文华惊讶道，"干爹您的这一招，恐怕太危险了吧……"

严嵩："越是危险就越要冒险一闯，这就叫剑走偏锋。湘西这个鬼地方呀，三教九流、红黑两道，这些人从不按规矩出牌。强龙压不过地头蛇呀，俗话说，舍不得笼中鸡就逮不到山中狼。要想将其一网打尽，就得另出奇招，引蛇出洞。"

赵文华一边听一边点头："嗯、嗯，匪徒再狡猾也一定逃不出干爹您的手心，何况咱京城国子监的弟子遍及各地，不是有人说'得国子监者得天下'吗……"

严嵩："科场如战场，战场似科场。得有两手准备呀！京城国子监祭酒，哪次南巡不是威风凛凛？今天遭此厄运，就不怕天下人耻笑？唉！向重九呀向重九，你跟你父亲作为湘西府衙的前后任知州，难辞其咎，脱不了干系。"

赵文华："唉，因受上次"捐监冒赈"事件的牵连，向氏父子暂被革职，不过孩儿已疏通了户部，正在启动复核程序，不久就会官复原职。向重九是湘西本地人，他向氏家族很有背景，在这里称得上地方一霸。"

正说着，锦衣卫刀疤脸匆匆进来禀报："大人，这接官楼的四周突然来了许多身份不明的乡民！"

严嵩、赵文华赶紧朝窗外望去——

街市巷口，果然有穿着奇装异服的各色人等在此处来回溜达闲逛……

赵文华："干爹，湘西三教九流，鱼龙混杂，赶尸、放蛊、落洞，这些巫傩绝技，让世人瞠目结舌，无人破解，此处不可久留呀！"

严嵩："嗯，来人！"

刀疤脸稽首："属下听令。"

"看来水道危险，步步惊心。"严嵩踱步来到鸳鸯宝箱前，"这口宝箱可是先帝赐予的护身符，鸳鸯宝箱一雌一雄，另一只赏赐给了兴藩王。我本想借皇威浩荡震慑各路妖邪，却惹来了杀身之祸。这口雄鸳鸯箱里装着的可是谷公公费了好大一番周折从朝廷调拨来的赈灾银子，如今，谷公公已是内廷司礼监掌印大太监。这些银子是合资生意的本钱，咱得想个法子带着它改走旱道……文华，你快派人给州衙捎个信，令向重九速来王村保驾护航……"

▲古镇大街（日，外）

十里长街的王村集镇，店坊林立，商贾云集，热闹非凡。

人流中，锦衣卫刀疤脸正跟踪着一个身穿黑衣的女子，只见她乌黑的发髻上插着一物，形状格外玲珑精致，发出巫傩神光，令人迷幻。行色匆匆的她肩上挎着鼓鼓囊囊的西兰卡普的织锦袋子。刀疤脸跟了过去，就在与她擦肩而过之时发现，姑娘发髻上插着的竟然是带王字的傩面，酷似刺杀严嵩时现场遗留的那枚暗器。

刀疤脸大声呵斥："站住！"

而当黑衣人回过头来时，刀疤脸发现原来这名女子是蛊仙凤姐！

讨了个没趣的刀疤脸，只得鸡啄米似的点头赔罪，灰溜溜地走开了。

凤姐嫣然一笑朝后挥手示意，只见彭翼南、彭翼北带着啸天神犬护佑着一辆马车匆匆驶来，车上垂帘紧闭……他们匆匆驶进了这座土王行宫的大门。

▲土王行宫内（日，内）

行宫厢房内，中了飞镖的黑衣女子已毒性发作，奄奄一息。当金凤揭开她的衣襟后，发现细嫩的皮肤油光发亮，不时散发出一股异味……

谁曾想到围观的翼南、翼北兄弟出现了头晕目眩、恶心、呕吐、呼吸急促、皮肤烧灼感，很快意识模糊，十分诡异！难道黑衣女子是一坨毒药？抑或是精神紧张情况下，兄弟互相影响而引起的一种心理反应？

慌乱之中，兄弟俩的帮忙更是添乱。

"快走！"凤姐一把将他俩推开，"让开！别土地佬儿放屁———一股神气的。"

彭翼南："话是人说的，屁是人放的，都是为了出口气而已……"

凤姐："凭你那点儿三脚猫的功夫，也想给人治病？别在这儿碍手碍脚的，你们俩儿快去劈柴、烧水。"

彭翼南只得招呼弟弟彭翼北走开……

他一边走一边还不放心地回头叮嘱："蛊仙老姐，她伤势怎么样？"

凤姐："嗯？难道你小子看上这姑娘了……"

彭翼南吟唱道："我爱的姑娘，何时来到我身旁，给我带来一点温柔的花香？不要让我的爱在黑夜里独自飘荡，你能给我一个如痴如醉的地方……"

忽闻厢房里传来凤姐的惊呼："大事不好！"兄弟俩赶紧跑回厢房查看。

姐弟之间土语交流："视网模糊，生命危在旦夕……"

由于他们说的都是当地土话，昏迷中的黑衣女子也不知他们葫芦里卖的什么药。

凤姐从织锦袋里掏出药丸，示意她吞服："来，快快将这粒药丸吞下……"

几经折腾，黑衣女清醒了三分："你们……这是？"

凤姐将拔出的金镖拿给她看："你这是中了蛇毒！"

第六章　暗度陈仓　钦差大臣党同伐异
　　　　　见利忘义　蛇咬虎伤弄巧成拙

黑衣女疑惑地问："蛇毒？哪来的蛇毒？"

"这只镖的镖尖上有蛇毒！"，

"那……你们给我吃的什么药呀？"

凤姐："解毒药。你不敢吃，是怕我放蛊吧？要毒死你呀？这可是我蛊仙姐姐专治蛇毒的特效解药！"说罢将药灌服。

翼南担心地问："蛊仙姐姐，你这药靠谱不？"

凤姐："只可惜时间耽误太久，若要保险无误，就还得在伤口处敷上些药。"

为了治疗伤口，凤姐令其脱下衣服以便涂药，可她却死活不愿意，两人拉扯时凤姐忽然发现：黑衣姑娘发髻上插有形似行刺严嵩的巫傩簪子暗器，凤姐欲仔细查看暗器时，黑衣姑娘却一把夺回……

凤姐甚是不解，不禁好奇地询问小簪子的来历，黑衣姑娘却避而不答，只是半推半就地将衣服脱下半截，露出手臂伤口让凤姐抹药。她的胸口露出一块玉佩，引起凤姐的关注——玉佩残缺，像是凤形，却只有半块。她边涂药边唠叨："哎，你怎么挂着这么一块破玉呀？"说罢拿起残缺玉佩一看，依稀可辨"天娇"二字，加之衣领口绣有"张府"，她便猜测揣摩地问道："难道你是张府的……张天娇吧？"

黑衣女不耐烦地道："不该你问的你就别问！"

"嘀？脾气还不小呢，看来你不是官家小姐就是皇亲国戚，或者就是……"

张天娇："或者就是什么？"

"这儿……有毛病！"凤姐指着脑门说着。

"哦？"彭翼南、彭翼北大惑不解。

凤姐："估摸已过去了两个时辰，毒素扩散至大脑，病入膏肓……"话音未落，黑衣女子张天娇又晕了过去。

彭翼南焦急地问："这……怎么办？"

凤姐："翼南，你快到镇上买条蛇来做药引子。"

彭翼南："什么蛇？"

凤姐："五步蛇、银环蛇，毒性越毒越好。"

彭翼南："死的？活的？"

凤姐："死活都行。"

▲王村古镇（日，外）

走出王府行宫，彭翼南正匆匆行走在王村古镇街头，人流中可见暗中追查的锦衣卫刀疤脸时隐时现。这时，路边的一阵吆喝分外引人注意——

街头，一个年长者在两个同伙的配合下正在摆场子吆喝："人在江湖，身不由己。福祸安危天注定，悲欢离合难言尽。"只见他在那儿一边摆弄着毒蛇，一边故弄玄虚地鼓吹着地摊上药物的药效。

彭翼南傻乎乎地走了过来，他的到来立即引起了一个戴斗笠的汉子的注意，他与吆喝长者一番耳语后便神秘地躲在暗处静观其变。

长者的两个同伙扯开嗓子喊道："人心不足蛇吞象，蛇咬虎伤，前世冤孽……帅哥美女，走过路过，千万不要错过！"

彭翼南似乎被喊声所吸引，他驻足观看，长者顿时来了劲，竭尽全力吆喝："老少爷儿们，马车不是推的，牛皮不是吹的，本人姓周名围叫周围，要是我这神药不灵验，骂我周围的娘就是！"

自称周围的长者正一个劲儿地胡吹："千年家传秘方，抚平人间创伤。神丹妙药在手，犹如太上老君急急如律令。不管什么毒蛇咬伤，只要用上一粒，左手敷药，右手揭壳。若要是平日预服，毒蛇闻之远避。万一被伤，用上这种药保证你伤口不痛不痒，不肿不烂。不信呀？请看——"说着，他指了指缠在他手臂上的那条蛇："它叫眼镜蛇，湘西人称它吹风蛇，如若人畜被咬伤，多则一个对时，少则两三个时辰，就会中毒命亡。不过，它今天只要一闻到我手中的神药气味，就要退避三舍……"

傻里傻气的彭翼南，好奇地挤进了围观人群，欲掏钱购买神药……

"这么神？不可能吧？"一乡民说。

"是呀，跑江湖、卖狗皮膏药全凭三寸不烂之舌，都是骗人的！"另一乡民说。

几个孩童调侃道："看看看，牛在天上飞，他在下面吹、吹、吹……"

顿时，四周的围观者一阵哄堂大笑。

彭翼南只得将掏出的钱又收了回去，但是他依然没有离开。

长者周围见没能把彭翼南吸引过来，于是有意招呼起来："小伙子，天庭饱满、地阁方圆，要不老生我给你算上一命？"

彭翼南嘟嘟囔囔，未置可否。

长者开始满嘴跑火车："人在高山就是人+山=仙，成佛成仙的仙；人在低谷，就是人+谷=俗，俗人的俗。低谷的人高度不够，看到的都是问题，格局太小，纠结的都是鸡毛蒜皮；提升高度，放大格局，方能成功！什么？算命太贵？这总比你抽烟喝酒强吧，你抽烟伤肺，喝酒伤胃，打个马吊牌还扰乱社会，还不如花个小钱预测前程未来，改变一下命运。你'头大耳朵小，父母管不了'，说明你这个小伙子很有个性嘛，'人中一条线，母子难见面'，你看我算得准不准？你终究会一事无成孤零零度过余生。不过，一个人也好啊，一个人吃饱，全家都不饿呀！常言说得好，要在江湖混，最好是光棍，没拖累，没顾虑，你舍得花钱，舍得拼命，所以你很有发展前途。但就是你以前没有遇到贵人，需要有贵人给你指点迷津，去化解人生障碍。今天你遇到我呀，是你的福气，也是缘分，你要珍惜缘分，抓住机遇，现在这个机遇就摆在这里。哎，你别抠颈根摸脖子嘛！你抠得皮破血流也解决不了啥问题，对不对？姜子牙六十多岁的时候跟你一个样，命里不着金，经过我给他一化解呀，嘿，娶个漂亮媳妇，事业发了迹，八十多岁还当了丞相。哦，没听说过吗？只要经过我给他们这么一改，有的成了人间枭

第六章

暗度陈仓　钦差大臣党同伐异
见利忘义　蛇咬虎伤弄巧成拙

雄，有的成了江洋大盗，有的进了国子监，最差也能中个进士。搞得好了，也是我的骄傲，不跟你一样只晓得闷着脑壳傻笑，十文钱算个命，从此你就走大运，保你财源广进、一帆风顺，不然你继续生活贫困，孤独苦闷，住在厕所，臭味难闻。小老弟呀，我推心置腹讲了这么久，嘴巴都讲干了，你到底算不算命？我不是跟你吹呀，你称二两棉花去访一访，上至长江以南，下至黄河以北，算命的有哪个超过我周半仙？搬家修房、做生意、跑运输、合八字、看风水、求官求财、问婚姻、问前程的，没有哪个不来找我。经过我一算一改命，个个婚姻美满、家庭幸福、事业有成。如今，我是名声在外、如雷贯耳。哦，那个朱厚照经我给他一改命，就做了朝廷皇帝。他一坐上皇位我就给他讲了，当了这么大的官，你千万莫发癫，洗澡莫进潭，上树莫倒尖，走路莫靠边，不要贪图美色不要玩，定能活过七十三，拨开乌云见青天，无忧无虑保平安。他呀就是不听我的话，现在病入膏肓，痛哭流涕，后悔莫及。这下想改也改不了了。我要跟你说，我不仅会算命，还会武林绝学，跟你来一套太极八卦连环掌，哼哼哈哈，你看咋样，是不是真功夫？看来你得花点小钱，预测未来，改变一下你未来的命运……"

彭翼南仍然不为所动，一旁的大爷开始质疑贩药长者："你到底是算命的？还是卖药的？"

周围便故技重施，又发誓赌咒起来："看来，不来点真功夫，还不知道马王爷有三只眼。行不更名，坐不改姓，鄙人姓周名围叫周围，要是我这药不灵验，骂我周围的娘就是！耳听为虚，眼见为实，不信你就把手伸进来试试……"说着，他示意彭翼南将手中的铜钱凑近吐着信子的蛇嘴……

大家惊讶地屏住呼吸——

蛇头"呼呼"声响，彭翼南拿钱的手不断地向后退缩。周围趁机得意地又大夸海口道："大家都看好了，现在不妨让它咬我一口，让大家见识见识我这蛇药的神奇妙用。"说罢他嬉笑着将脑袋靠近蛇头，并张开大嘴伸出舌头舔舐蛇头，蛇果然被激怒，猛地一口狠狠咬下——

"哎呀！"人群中不约而同地发出一阵惊叫。

只见周围也似乎身子一颤，打了个寒噤。但他仍若无其事地把舌头伸给大家看，果然他的舌头瞬间变成了紫绛色，舌面还渗出一点血迹。只见他不慌不忙地从小瓷瓶里倒出一粒药丸吞入口中，故作镇定地说："请大家再看看我这蛇药的神奇效果……"可是意外发生了，此时，他脸色渐渐转青，一阵阵抽搐，身子不由自主地摇晃起来，只见他发疯似的把蛇扔到地上，狠狠地在蛇头上踩了几脚，突然，一个跟跄栽倒在地，口吐白沫，两手在胸前乱抓，四周人群"哗"地一下骚动起来……

人命关天，正当人们惊慌失措之际，刚才一旁围观的那位大爷开始数落起彭翼南："要你把铜钱塞进蛇嘴，你却畏畏缩缩，这下可好了，他这一弄小命给玩完了。"

这时，凤姐挤进围观人群，将那个微缩虎头傩面递给他，指着彭翼南脑门儿埋怨道："你呀不记事，傻乎乎的还敢出门，别人把你卖了，你还帮人家数钱。难道你的脑子也中了毒？叫你来买药引子，你却在这儿看热闹，你买的蛇呢？"

"嘿嘿，喏。"彭翼南傻乎乎地努努嘴，示意地面上的那条死蛇。

凤姐拾起地上的死蛇，上下仔细端详着。

大爷焦急地叫道："不是蛇死了，而是人快死了！"

凤姐这才发现眼前情况不对，忙将贩假药的周围扶起来坐好，然后从肩挎的西兰卡普织锦袋子里掏出一小粒药丸，道："这位大哥，快把这药丸吞下。"

周围睁开无神的眼，望了望四周——忽然，他发现街对面那个戴斗笠的同伙，正在暗处观察这里所发生的一切。

人群中有人大声喊起来："玩蛇的，算你走运，今天碰上神仙姐姐了，她可是湘西神秘的放蛊高手，不仅使人迅速遭遇万劫不复，也可再施蛊解毒，逢凶化吉！"

周围半信半疑地将药丸吞了下去……

大爷感叹道："你可真敢玩命呀。"

当彭翼南戴上微缩傩面之后，忽然像变了一个人似的，思路清晰："大爷，这叫聪明反被聪明误，偷鸡不成蚀把米。这不正应验了：蛇咬虎伤，前世冤孽！"

大爷问道："耶，这卖药人眼生，以前从来没见过呢，也不知何方人士？"

一旁的麻大嫂心直口快地道："他刚才不是说了嘛，他叫周围。"

彭翼南："我敢肯定，他不叫周围。"

大爷不解："那他为什么要自称周围呢？"

翼南："你们没听见他刚才是如何诅咒发誓的？"

"他说他姓周名围叫周围，要是他这药不灵，骂他周围的娘！"麻大嫂说道。

彭翼南："那他的周围是谁呢？不就是我们在场的围观者吗？"

麻大嫂顿时豁然开朗："哦……"

人群"哗"地一时喧哗起来："这人也太不地道了，他把咱们周围旁观者全都给诅咒了！"

麻大嫂："明明知道蛇毒厉害，那他刚才为什么……"

"马失前蹄，老道失算！"微缩傩面所激发出的能量超乎在场所有人的想象，顿时给了彭翼南无穷智慧，"东吴招亲，弄假成真。毒蛇咬人靠的是前门主毒牙释放的毒液，就像洋人郎中用针管注射药水一样。如果事先把排泄毒素的主毒牙拔去，毒蛇也就无能为力了，刚才他把舌头伸进拔去了主毒牙的蛇口，让蛇的副牙将自己舌尖划破出血，然后用牙齿咬住舌根，使其血脉不通，这样看起来舌面自然肿大发紫，其实并没有实际中毒。只是他万万没想到，毒牙虽已拔去，毒囊仍然可排出毒液伤人。其实，自然界任何动物都有自我修复再生的功能，殊不知'夜路走多了，总会碰到鬼'的……"

少顷，他的脸色渐渐好转，他羞愧地起身稽首道："谢神仙姐姐救命之恩。"说着恭恭敬敬地朝彭氏姐弟磕了三个响头之后忏悔致歉："嗯，这蛇的确是我已饲养多年的，可能是毒牙尚未拔尽，抑或是蛇牙再生惹的祸……"

"大哥究竟何方人士，来到湘西干吗？"

"我……我的确不叫周围，我真名叫王直，安徽齐云观的俗家弟子，这两个是我的侄儿王煎、王熬。此次我们叔侄来湘西赶考武举,本想卖点假药来赚几个盘缠钱的,没想到偷鸡不成反蚀一把米。"说着身子不禁一颤。翼南、金凤连忙将其扶住。

金凤介绍傻弟弟说:"他是我家大佬彭翼南。"

王直拱手:"幸会!"

翼南语重心长地道:"这位王直大哥,做人要厚道,千万不要见利忘义,老话讲得好,起心害人终害己。看你今天伤得不轻,快去找个地方休息去吧!"

大家议论声再起——

孩童甲起哄:"嗨,卖狗皮膏药的,他肯定也不叫王直……"

麻大嫂疑惑地问:"那他叫什么呢?"

孩童甲:"赵钱孙李、周吴郑王……你说王姓排在第几?"

麻大嫂扳起手指计算:"第八呀。"

孩童甲:"那他就是王八啰!"

顿时大家豁然开朗,孩童们嬉笑:"牛在天上飞,王八在下面吹……"

"牛皮吹到天上去啰……"

大爷:"胆子不小呀,竟也敢在湘西人面前班门弄斧。"

人群顿时哄堂大笑。

这时,金凤发现在人群中那个戴斗笠的汉子,两人对视,不由大吃一惊!原来隐藏在蛇药贩子之中的竟然是她失踪多年的表哥虢成,此刻表哥手中的毒蛇正欲袭击傻弟弟彭翼南!

突然大街上"咣、咣!"铜锣声骤响,随着"湘西赶尸、行人让路"的吆喝声传来,一队队持刀官军站立街头,如临大敌,接踵而来的是法师赶尸队伍,紧接着是一辆遮挡得严严实实的官家马车队急匆匆驶过……

▲山路(夜,外)

电闪雷鸣,暴雨倾盆。

"快快!"假扮赶尸法师的锦衣卫百户——刀疤脸正在不停地催促着……

崎岖的山路上,那辆遮挡严实的马车紧跟赶尸队伍,颠簸前行。

车轮急速滚过积水的马路,溅起泥水三尺。

▲吊颈岩火铺(夜,内)

"砰砰砰!"一阵急促的敲门声,火铺老板打开店大门一看——

赶尸法师和那辆遮挡得严严实实的马车已停在了吊颈岩火铺的门口。

瓢泼大雨中,门口来了这些住店的,领头的正是假冒法师的锦衣卫百户——刀疤脸,他正指挥手下抬着那口沉重的木箱。这正是从那艘官船上卸下来的鸳鸯宝箱,里面装的全是朝廷下拨给湘西赈灾的银两。

▲王村接官楼(夜,内)

室外瓢泼大雨,室内严嵩手握那只虎头傩面,焦灼不安,来回踱步……

这时，赵文华匆匆走进室内："干爹，鸳鸯箱已改道旱路押运，神不知鬼不觉，估计明日即可抵达永顺，顺利交给'万金商行'的东洋人……"

严嵩："文华呀，湘西正遭受百年未遇的大旱，哀鸿遍野。朝廷为安抚灾民紧急下拨一笔赈灾银两，这可不是一笔小数目，也是咱发财的本钱，不得有任何闪失。"

赵文华："孩儿我知道，咱爷儿俩捞钱机会很多，可像这么一大笔银子也是头一回，这可是干爹投资给东洋商行的本金……"

"湘西山高林密，各路妖孽横行……"严嵩望着窗外大雨，突然一道闪电划破夜空，他不禁有了一种不祥之兆，"你看这鬼天气，押运鸳鸯箱的队伍今晚肯定路途受阻，呃，文华呀，你估摸这会儿刀疤脸他们到了哪里？"

赵文华："沿途只有一家叫吊颈岩火铺的可以歇脚。"

严嵩突感不妙："你赶快亲自带锦衣卫尾随而去，以确保银两万无一失！"

赵文华："是！"

▲吊颈岩火铺（晨，内）

东方亮出鱼肚白。

赵文华带领手下冲进火铺客栈，发现锦衣卫百户刀疤脸仍在呼呼大睡。

当他打开鸳鸯宝箱一看，顿时傻了眼：八十万银两不翼而飞！

百户刀疤脸似乎从梦中惊醒，将尖刀搁在店主脖子上追问银两下落。

店主告诉他："新近出现一个黑衣高手本事了得，精通茅山道术，日行一千，夜行八百，飞檐走壁，白昼隐身。一句话，他要你三更死，你就莫想活到五更天！"

赵文华可不信这个邪，令锦衣卫将客栈上下掀了个底朝天，依然一无所获。

这时一个算命先生进来，店主说："别看他外貌丑陋怪异，却能料事如神。"

赵文华："师傅你算一下，这银子现在何处？"

算命先生故作正经地给他卜算一卦："若要找银子的去向，快去找一顶轿子抬上我走上一遭，到时就知晓那口鸳鸯箱的下落了。"

▲山野古城堡（晨，外）

于是，锦衣卫抬着算命先生一会儿往东一会儿往西地在崎岖山路中行走……

忽然，空中飞过一只硕大的猴面鹰，引导他们来到一座有古城堡的山下。

这时一个瘸子巫婆走来指了指说："往前有个朝南开的大门，里面有座神殿，但你们只能派一个人进去。"

锦衣卫刀疤脸只得让其他人站在门外，自己一个人走进了大门……

▲神殿（晨，内）

石廊幽深犹如八阵图迷宫，刀疤脸沿着狭窄的小径进入了神殿，阴森恐怖的四周墙上挂着各式各样的人面巫傩，脸部五官腐朽，腥气熏鼻，让人毛骨悚然。他正欲退出之时，一个傩面人将其拉住，亦步亦趋地领他进了一道密室，他侧身瞧去，惊讶地发现：一个戴着虎头的巫傩大王模样的人正背朝他打坐，未露真容。

刀疤脸急忙上前跪拜："锦衣卫百户叩见大王。"

傩面大王头也不抬："你就是钦差大臣管押运的百户？银子都在这里，这赃款老子要照单全收！"

百户哭诉："大王呀，回去后若交不出银子，小的就会被问斩处死的。大王您若是硬要扣留银子，空口无凭，回去之后我又如何交代？"

大王："这事倒不难，这儿有封信，拿着它向你主子交差，保管没你的事！"

百户将信将疑，又不敢申辩，只得拿着信函，惊愕地退出了神殿。

▲**王村接官楼**（日，内）

百户回去禀报事情的经过。严嵩听后气急败坏："这是我听到的最恐怖的鬼故事！"严嵩认为他是在说谎糊弄，百户忙解开包袱，拿出了那封信呈给严嵩。可严嵩信还未看完，早已脸色如土，喃喃地说了句："银子是个小事，你先出去吧！"

原来昨晚严嵩跟爱妾睡觉醒来之后，发现爱妾的头发全没了，大为惊骇。他怎么也猜不到其中的缘由，而就在百户带回来的这信封中，里面有爱妾的头发，还有一张纸条，内容是："你从市井无赖起家，已经做到朝廷钦差大臣，贪婪地收受贿赂，赃银不计其数。此树是我栽，此路是我开，要想从此过，留下买路财。江山父老能容我，不使人间造孽钱。这八十万两银子，老子已收缴归公，作为赈灾专款专用。昨晚特来取你爱妾的头发，如若再不遵令，老子早晚会取下你项上人头！附上你爱妾的青丝一缕，以示警告！"

这笔赈灾银两终于下发给了灾民，人们无不拍手称快。可钦差大臣严嵩哪能受这般屈辱，暗地里将银款被劫消息报告给了宫廷司礼监掌印大太监谷大用：一是以湘西灾情严重为由，请求朝廷再次增拨赈灾款；二是紧急调集朝廷神机营前来镇压，他要借清剿匪患之名，敲山震虎，迫使这个飘浮不定"白天人祸、夜里鬼火"的巫傩王者显露原形，扫清与日本人合资经商道路上的障碍。

神秘的虎头傩王始终未露面，但大东亚"万金"商行不时遭受威胁，从不按常理出牌的巫傩王者，如同佐罗、燕子侠李三一般，与他结交的不是湘西土匪就是巫傩"牛鬼蛇神"，且在行侠仗义时，往往不以真身露面，但他又无时无处不在，令各路妖邪惶惶不可终日。

——定格！

只见土司王城土家博物馆内，一座封土大墓模型前，探险家贝尔·格里尔斯举起茶杯喊道："Waiter——Xiangxi Golden Tea！"

"贝尔先生，湘西黄金茶来了！"身穿店小二戏服的剧务端着热茶送了上来……

只见贝尔边饮茶边说道："欲知后事如何，尔等容我品茶之后慢慢道来。"

急速滚屏淡出以下字幕：

【第二单元叙事、第六章完】

● 第三单元叙事之：

第七章

沉鱼落雁　东瀛妖姬千姿百媚
玉树临风　翼北坠入情色陷阱

▲**土家博物馆（夜，内）**
联合国古遗址专家杰克和露丝在博物馆交替着讲述——
明王朝是中国历史上的一个特殊王朝。经过长达一个世纪的异族统治，汉人终于夺回了政权。明朝统治者吸取了元朝因贪腐而亡的教训，励精图治，希望大明江山万万年。从开国皇帝朱元璋一直到末代崇祯皇帝都十分重视反贪，手段之残酷，古今罕见。尽管对贪腐者实行抄家灭族、剥皮实草等史上最严厉的酷刑，但人本性贪，生而好利，与天道相违，朝廷任何反贪之举都是徒劳无功的。正所谓"玩刀的死在刀上、玩枪的死在枪上"，明王朝最终毁于腐败。早在朱元璋时期，为防止官商勾结，朝廷严禁官员及其亲属从事商业活动，但到了嘉靖年间禁令已经废弃。例如：严嵩父子的贪腐令人叹为观止，官无大小，皆有定价，以致整个社会腐败得无可救药。而真正毁掉明朝的是利益集团，他们操纵着国家政治机器，致使社会一系列政策变成最符合这些利益集团的利益。"打虎拍蝇"只针对冒出水面的冰山一角，而撞沉泰坦尼克的恰恰是没在水里的暗礁，这种人看人的反腐是治标不治本的。
擅专朝政的严嵩，万没想到此次在湘西碰到了真正的对手，虎头傩王神出鬼没，搅得他与东洋人合作的万金商行四面楚歌。这个不以正面示人的傩面王者不是别人，正是傻小子彭翼南，只要他戴上傩面之后，来无影去无踪、神龙见首不见尾。严嵩隐约感到傩王一定源自土司王族，但一时半会儿也没有真凭实据，他便从彭翼北身上寻找突破口……

▲**万金商行（夜，内）**
大东亚万金商行大厅，人来人往，络绎不绝。
只见彭翼北手持竹蜻蜓孩童玩具优哉游哉地走了过来……
墙上张贴着各种日本女优、朝鲜高丽歌妓的裸照、成人漫画。
这个万金商行，实际就是严嵩党羽与东瀛商人合资经营的株式会社。
商行左边正在收购当地特产。右边货柜贩卖的却是加工生产出来的各种洋货：洋

烟、洋油、洋布、洋钉、洋蜡、洋碱、洋漆等，应有尽有。真可谓：左边的一筐草，变成右边的一筐宝！明显看出东洋人如此不公平的贸易掠夺……

闲逛到此的彭翼北已被飘来的歌声所吸引，他踮起脚尖遥望万金商铺演出前台，两个歌妓正在载歌载舞……

这时，来自安徽齐云观的考生徐海带着一叠画品来到了柜台前，只见那个头插蓝色妖姬的女子停下来接待他，只见姑娘忽闪着一双纯洁得像泉水般的眼睛，似乎是唱着问候客人："是你让我渴望，是你让我等待，渴望入眠，渴望沉醉，渴望美好，客自何方来？"

徐海："我乃安徽齐云观武生，我这儿有几幅画想典当。"

头上插着蓝色妖姬的姑娘接过了画品："哟，不愧为齐云观大侠，智勇兼备还有商业头脑，参加科举还不忘经商理财？"说着，姑娘不时发出阵阵银铃般的"咯咯"笑声……

彭翼北望着望着——脑海里不断闪现那个梦中女孩……

徐海："姑娘，中了科举不就是为了把官当嘛，当官哪能不发财呢。如果当官不发财，请我都不来哩。"

姑娘笑了笑："就你明白事理。嗬，这么多古董字画，看来是个行家里手……"

徐海："你说行家里手，其实咱也不懂古董奥秘，只知道急于变现要去疏通科举关节。"

姑娘正欲鉴别徐海递过来的古字画时，忽然被眼前奇怪景象所吸引——那个手持竹蜻蜓的少年彭翼北，正在将上方安装着扇叶的木棍置入竹管里，而扇叶下方的棍子则用绳子缠绕着，并从竹管中心孔中透出，他用力一拉扯绳索，竹蜻蜓便在惯性的作用下，迅速盘旋着飞向空中……

彭翼北玩得起劲，他潇洒自如，得意扬扬；姑娘表面上看似乎毫不在意，仍在忙着眼前的生意，实则用余光注视着少年翼北的一举一动……

忽然，彭翼北愣住，脑海闪现：这不正是他救过的那个落洞新娘吗？

柜台，姑娘笑容满面地对客人说："好，客官，咱们成交！这画就收下了，喏，这是纹银十两。"她三言两语就将客人徐海打发走了，说罢她转身询问少年翼北："你是……"

"我？我就是我，玉树临风、不一样的烟火……难道你不记得了？"少年神秘地回答道。

彭翼北的回答似乎唤起了姑娘的回忆："哦，原来是你哟！"

"是我，是我，还是我……"翼北望着眼前的两幅画感慨万千，"纨扇和仕女是历代画家心里最理想的搭配。唐寅的《秋风纨扇图》和东瀛画家喜多川歌麿的《三美图》不约而同选择了仕女与纨扇作为艺术描绘对象，二位画家笔下的仕女，对酒当歌，共醉这诱人的秋色吧！小小纨扇，可以让'班姬行中道之怨，江淹行零落之诗'。妙哉，妙哉，妙在其中也！"

姑娘："公子真是好眼力。一把小小纨扇，可以让唐伯虎着意描摹，也可让喜多川歌麿铺陈笔墨。其实东瀛最古老的浮世绘《逛艺伎馆》被称作'血染的芳华'，作者一生与鬼怪相伴，探究生与死的奥妙。"

彭翼北："画家毫不吝啬自己的笔墨线条，把关注和爱怜的感情投向命若漂萍的歌妓伶人，借'乱红飞过秋千去'的物哀之感抒写出画家对自己人生际遇的感慨。他们用最细腻传神的笔触，生动地刻画出人物的心理：灯下醉眼相看，歌妓与自己，皆如美丽而脆弱的蝴蝶，易逝，似幻似真，就是庄周在世也难以分辨。"

姑娘唇红齿白，笑靥如花："公子真有品位，小女子我在此不得不高歌一曲'对酒当歌，人生几何？'"她那面部微笑，始终如一。

甜美的歌声令人筋酥骨软，尤其是她那一对蠕动的胸器诱惑，致使少年痴情迷离，欲罢不能。

趁着姑娘转过身收拾画柜，一个蟊贼青年突然窜出，他四处瞟了一下，偷偷将柜台上刚收购的精品画作一一揽入囊中！

"喂！你干吗？！"少年翼北忍无可忍，"光天化日之下，竟敢抢东西？"

听到呵斥声，小偷故作镇定："抢东西，老子还要抢人呢！难道这是你的？"

"不是。"翼北茫然摇头，皱紧眉头，"这可是她……"

"你和她？"小偷阴阳怪气，十分轻蔑。

"我——"翼北哽住，少顷脱口而出，"她是我……"最终还是卡住了。

"你？难道她和你……"小偷猥琐地追问道，翼北一时尴尬不已。

这时姑娘转过身来，翼北急中生智："亲爱的，你答应过不会喜欢别人的！"

姑娘脸上顿时泛起红晕，露出甜甜的笑容，令少年如沐春风。忽然，她看见贼眉鼠眼的小偷拎着的布袋里露出精品画作，不禁大惊失色。

小偷狗急跳墙欲逃走，姑娘在与蟊贼拉拽的过程中差点被绊倒……

说时迟那时快，彭翼北手中的竹蜻蜓"噗嗤"一声，扇叶从顶端旋即飞出——犹如螳螂弹射捕食之法，以迅雷不及掩耳之势将小贼的裤裆钩住……

翼北拉紧了长绳，大声道："还跑？门儿都没有。还不快把东西还来！再跑，老子只要用劲一拉，就废了你的子子孙孙！"

小偷低头一看插在裤裆下方的竹扇叶，连连求饶："少侠饶命！"赶忙将东西交了出来。

当彭翼北将物品送还给姑娘时，一不留神，小偷溜走了……

此时翼北的目光投注在姑娘的身上，尤其是她那一对诱人的酒窝……

姑娘羡慕道："看不出你这么瘦小，还真有两下子呀！"

彭翼北得意地挥臂展示肌肉："我呀，穿衣显瘦，脱衣有肉！"说罢，他随手将竹蜻蜓往她胸前比画……

姑娘眼前一亮："你这……典当吗？"

彭翼北条件反射般将竹蜻蜓收回，故作镇定道："不、不！呃，爱屋及乌，女菩萨，你这幅画不错，可转卖给我吗？"

"公子好眼力，这幅画叫'爱屋及乌'。爱这个屋子，也爱那屋顶上的乌鸦，寓意爱一个人而连带地关爱与他有关系的人或物，'爱屋及乌'乃'爱人及物'也。"

第七章 沉鱼落雁 东瀛妖姬千姿百媚
CHAPTER 07 玉树临风 翼北坠入情色陷阱

彭翼北："这不是刚才花了十两银子收购的吗？"

"刚才是刚才，现在是现在，咱们商行有规定，得看买家识不识货，不同的人，不同的价。"姑娘答道。

"哦。"彭翼北爽快地道："那这几幅我全包了？"

姑娘："哟，公子还真识货有品位，这可是江南风流才子书画名家唐伯虎的大作，呵呵……"

彭翼北："女菩萨，如果你能在这上面签个名就更好了。"

姑娘："您是要唐伯虎的签名吗？可画师他不在……"

"不，不。"彭翼北摇摇头说，"是想请女菩萨你在这上面签个名。"

"我？"姑娘疑惑地问，"你让我签名？"

"嗯，"翼北调皮地点点头，"可以吗？"

姑娘："当然可以，不过……我的签名，管用吗？"

彭翼北："太管用了，你的签名比任何文人墨客的签名更有价值。"

"为什么？"姑娘忽闪着大眼睛，疑惑不解。

"因为……我喜欢！"

"对不起，咱们商行有规定，艺术品上面不能乱涂乱画。"姑娘深表遗憾。

彭翼北急了，慌乱地伸出手臂："那，那你就签在这儿吧！"说着从砚台上将毛笔递给了她。

姑娘接过毛笔，望着手臂却一时没了主意："那写什么好呢？"

彭翼北："随便，只要写上您的大名就可以了。"

姑娘又问："汉语的还是外语的？"

彭翼北："难道你还会外语？"

"嗯。"姑娘点了点头。

彭翼北："东洋话、西洋语什么都行，只要是你的签名，我都喜欢。"

"哦。"姑娘想了想，"那签哪个名呢？"

彭翼北："难道你还有好多名字？"

"嗯。"姑娘点头。

彭翼北："签什么都行呀，只要它能代表你。"

姑娘随即就在彭翼北伸过来的手臂上签了一个数字：2。

彭翼北左看右看，不解地问："这2，是外语吗？"

"阿拉伯语呀，呵呵……"姑娘顿时又发出那熟悉的、银铃般的笑声。

彭翼北更疑惑了："那这2，又是何意？"

姑娘指了指胸前："你瞧——"

彭翼北仔细一看，挂在姑娘胸前的工作牌果真编号就是"2"。

姑娘："这个2，它完全可以代表我了，嘻嘻，你也可以叫我2号微笑姑娘。"说罢她莞尔一笑，令少年意乱情迷。

翼北："2号微笑。呀，真是巧了，我也排行老二，家里人都叫我二佬呢！"

姑娘："二佬？呵呵，看来咱们都是'2'字辈的啰……"

"2号微笑姑娘？"彭翼北自言自语，仿佛一见钟情，天降不解之缘。

正当他俩聊得开心之时，几个官员带着一群朝鲜歌妓急匆匆走过柜台。

原来是严嵩、赵文华在众人的簇拥之下走进了商行贵宾室。歌妓们随即载歌载舞起来："葡萄美酒夜光杯，新婚喝醉太悲催。新郎累死青楼上，不知新娘睡死谁……"歌舞中充满着色情诱惑的意味，可谓娱乐至死，饱暖思淫欲。

一个掌柜模样的见姑娘与客人谈得热乎，便过来耳语几句，示意她离开——

姑娘欲离开之时，招呼道："二少爷，掌柜有事，我要走了，咱们再见啰！"

翼北望着姑娘离去的背影，再看看手臂上签的"2"，忽然，他幡然大悟道："呃，2号微笑姑娘，往后怎么能找到你呢？"

姑娘回头嫣然一笑，答案似乎就在她那一对酒窝里。

此情此景令彭翼北筋酥骨软，脸上泛起红晕。

姑娘："蓦然回首见到了你——"

翼北："梦中的你不期而遇——"

姑娘："多想和你再次相遇——"

翼北："你的笑容多么甜蜜！"

姑娘："恭喜你答对了。"

彭翼北大声地道："这是接头暗号吗？"

姑娘羞涩地点点头。

彭翼北："哎！2号微笑姑娘，你还没告诉我，你叫什么名字？"

姑娘回答道："我叫——京子！你呢，你叫什么？"

"我呀，玉树临风彭翼北！"他显然没听清对方姓名，"什么京、什么子呀？"

只见姑娘一个大转身，回眸一笑娇媚无比，令翼北惊叹不已："回眸一笑百媚生，六宫粉黛无颜色。"

京子矜持地回答道："我呀，京城的京，女子的子，叫京子！"

"京子，呵呵……"彭翼北边走边回味着，似乎沉浸在梦幻之中。

忽然一个端盘子姑娘过来，和彭翼北一不小心撞了个满怀，彭翼北大惊，如梦初醒。

姑娘忙致歉："对不起，让您受惊了。"

翼北茫然："我？受惊了，刚才？"

"嗯。"姑娘点头，再次强调，"先生，真不好意思，让您受惊了！"说罢离开。

翼北顿时十分得意："我喜欢三月的风，四月的雨，不落的太阳，和你那回眸一笑；眸中带着暖暖的情意，似那晨雾中的一缕阳光般温暖。"望着她匆匆离去的背影，翼北喃喃自语道："你逃不过我彭翼北的手掌心，弱水三千只取这一瓢，轮回三世，只倾心你一人，老子一定要逮到你！"

蓝色妖姬木下京子外表艳丽，身上不时散发着狐媚柔情、成熟女性的魅力，这对于男人来说是一种致命的诱惑。此次一面之缘，让少年翼北飞蛾扑火般地落入了温柔陷阱，岂不知京子正是利用美貌和性感引诱翼北获取情报的东瀛女间谍。

翼北与翼南截然相反，聪明帅气，全身长满了心眼。自从结识狐媚柔情的京子，翼北便深陷其中难以自拔。对于这场惊世骇俗的跨境恋，土司王族严厉禁止，若与外夷联姻，轻则削夺官阶，革职闲住，重则子孙永不许承袭。可玉树临风的彭翼北不信这个邪，偏偏痴迷于东瀛魔女，非她不娶。殊不知"讨坏一门亲，要害几代人"，不过，回到家乡的老土司已察觉到了其中的端倪：早年儿子彭宗舜娶阿花为妾，引发了王族后院的危机；而今奸贼与东洋人合谋，欲让魔女频频周旋于翼南、翼北之间，目的是让兄弟俩为情所困、反目成仇……

当今大明王朝贫富悬殊，东瀛木下家族献出了一条毒计：采取麻醉、低成本、半满足的办法，卸除"边缘化"人口的不满，就像安抚婴儿一样，给他们嘴里塞一个"奶头"。这无疑是东瀛邪恶势力坑害中国人的"奶头乐战略"——他们打着海上贸易共赢的旗号，与大明开展经济合作，极力推广发泄式娱乐与博彩，以致大明人玩物丧志，娱乐至死，游戏人生，信仰枯竭。千百年来，东瀛亡我之心，从未断绝！

对于派遣木下京子远涉重洋，潜入土司王城，起初，幕府犹豫不决，湘西荒域，沟壑纵横，蛮烟瘴雨，若派京子深入虎穴，岂不是肉包子打狗有去无回？但为了东瀛南朝扩大生存空间，这也是作为幕府将军的木下晋三不二的选择。京子不仅能歌善舞，姿色出众，而且还会一口流利的汉语，舍不得笼中鸡逮不着山中狼！而当京子此次随朝廷商贸船队刚到湘西，就上演了一出落洞大戏，欲以东瀛邪道还治湘西巫道。此次王城"意外"偶遇，木下京子深得土司王府二小子酷爱，京子的到来致使土司王族鹬蚌相争、至亲相残，京子堪称史上第一个东瀛女间谍。

既生瑜何生亮，卿不死孤不安。相生相克的两大家族为何偏要出在同一个时代？更何况当下大明王朝两大著名的古镇形成了对决——湘西王村镇和东南沿海的王江泾镇，一个是"王者之村"的土司王城，一个则是倭寇扶持的伪政权王城……

彭氏土司王族与木下邪毒家族之间的生死决斗即将在两座王城上演——

——定格！

急速渐变的画面上，滚屏淡出以下字幕：

【第三单元叙事、第七章完】

画面急速转黑……

● 第三单元叙事之:

第八章

王者之村　傩头虎王大智若愚
萍水相逢　醉翁之意暗藏杀机

▲**演播厅（夜，内）**

联合国专家正在讲述之中……

东瀛倭酋要想在中国站稳脚跟，必先夺取东南沿海重镇王江泾，进而攻打留都南京；欲征服王江泾，必先征服湘西王者之村，然而彭公祖传的钩镰枪神器早已让倭贼不寒而栗。自从叛逆小弟彭翼北遇见京子，似乎这一切都是冥冥之中的天意，犹如遇见了前世情人——"爱上一个人，恋上一座城"。为了使蛮荒之地尽快欣欣"向荣"，在京子鼓捣下，东洋玩物丧志的博艺、鸦片、妓女都被带到了这一方净土。不仅如此，朝鲜高丽艺妓也被引入，在轻歌曼舞的情色鸦片中，中国人痴迷、沉沦。东瀛疯狂实施"欲战争必先经济，欲经济必先娱乐"之大东亚战略，大明亡国灭族已近在咫尺，王朝危在旦夕。

王城内外，危机四伏。王府管家五爷在风月场暴毙，但死因蹊跷，其随身携带的金库钥匙下落不明，查来查去原来是小妾阿花秘密窃取。阿花被处死之后，老王爷带人撬开阿花坟墓时，眼前的场景令人不寒而栗：坟墓里空空如也，阿花的尸体早已不翼而飞……

屋漏偏逢连夜雨，船迟又遇打头风。原本在朝中担任科举考官的老土司帕普（彭明辅），只因他出的一道科举试题，招致严嵩、赵文华诬陷其"鬻题纳贿"而被问责追究……奸党诽谤试卷命题人以民为本是假，实则是想借古喻今，欲图谋不轨。他们又蛊惑朱姓皇族联名上疏，要以百姓痛恨的贪腐之罪惩治考官——老土司帕普，可谓：欲加之罪何患无辞？

其实，一些大臣早就劝过他：朝中之人，说你好的有，说你坏的有。老土司帕普却不以为然：春雨如油，农夫喜其润泽，行人恶其泥泞；明月皎洁，佳人喜其可供玩赏，盗贼恶其光明。天且不能尽如人意，而况臣乎？我辈乃凡夫俗子，但能行其心之所安，人家背后说好说歹，还用得着在意吗？天且如此。

严嵩、赵文华明修栈道，暗度陈仓，意在将赈灾款据为己有，以便投资给万金商社，欲与日商沆瀣一气。而眼下时局混乱，尤其是那神龙见首不见尾的虎头傩王，每到夜晚，戴上面具的他，化作为民除害、行侠仗义的巫傩奇葩与朝廷官府作对。

世事难料。为了追踪少年兴藩王和钦差大臣严嵩手上的那一对鸳鸯宝箱，黑衣人张天娇与虢成组成了复仇者联盟，寻机截杀他们共同的仇人。

这天傍晚，少年兴藩王朱厚熜邀约徐海等几位考生乘坐一辆四轮马车来到了火铺里"煮酒论英雄"……

然而，令他们万万没想到的是，虢成与张天娇早已恭候多时，欲在他们返程途中实施绝杀。虢成埋伏在前，张天娇押后，只等这几个醉鬼离开火铺之时下手突袭。一场腥风血雨即刻来临……

▲火铺（黄昏，外）

少王爷这辆四轮马车就停在火铺门前，当喝得醉醺醺的朱厚熜在徐海等几位考生的簇拥下走出店门时……只见马车夫急匆匆前来禀报："少王爷，大事不好，咱们的车轮被人卸下了一只。"

朱厚熜在徐海的搀扶下赶紧前去查看，果然轮轴上空空如也。

正当大家议论纷纷时，火铺老板娘打扮的金凤走了出来。

少王爷连忙向老板娘打听："你……看见谁卸走了我的车轮？"

老板娘："不是那个黑衣癫子婆娘，还能有谁？"

店小二："是呀，刚才还看见她在店门口溜达。"

少王爷四下瞭望，她气愤地道："怎么眨眼不见了人影，这事儿究竟谁干的？"

▲火铺对面的楠木树下（黄昏，外）

"是姑奶奶我干的！"卸走车轮的确是黑衣女子张天娇，此刻她正拎着那只车轮，躲在树后观察着店门口这边的一举一动……

▲王村火铺（黄昏，外）

少王爷对马车夫道："看来要找回轮子希望不大，你去拿备用车轮安装上去。"

"是！"当马车夫从车后将备用车轮拿来时，他一看却傻眼了，"那个女人居然把固定车轮的螺钉也卸走了，没有螺钉，螺帽也安装不上去呀！"

少王爷大感意外："这事儿严重了，难道今晚要在这儿过夜？"

正一筹莫展之时，一个傩面怪人蹦蹦跳跳地过来，发现困境中的少王爷。

傩面人停下来问："怎么了？发生了什么事？"

醉酒的朱厚熜本不想搭理，但出于礼貌还是结结巴巴地告诉他："车轮被人偷了，螺钉也卸走了……"

傩面人："我有办法！"说罢，他从其余三个轮轴上各自卸下一个螺钉，这样就将备用轮安装了上去。

惊喜感激之余朱厚熜问道："你是怎么想到这个办法的？"

傩面人哈哈大笑，唱起了傩戏："人说我疯，可我不傻；世人笑我太疯癫，我笑他看不穿！"看来此人非傻非疯，而是另类的聪明。其间傩面人释放焰火迷雾，趁机打开了马车上的鸳鸯箱，在挑开宝箱上的那道密符之时，他目睹了那张皇上当年御赐、配有龙腾图案的"奉天诰命"，上面还加盖了皇帝玺印。他终于弄清了那场灭门惨案的真相：虢氏王族与黑衣女子张天娇的外公招致株连九族，实乃奸党诡计所为，湘桂两地土司均是受害者……

当巫傩烟雾散去，朱厚熜不禁好奇地问："那你知道是谁在背后搞鬼？"

傩面人："阎王爷和孟婆搞对象——鬼才知道呢？"

▲火铺对面的楠木树下（黄昏，外）

躲在树后的黑衣人张天娇，顿时气恼不已，咬牙切齿地骂道："你还不傻呀？榆木脑壳，又傻又疯。"说罢，她气愤地将手中的那只车轮扔进了荆棘丛中……

▲王村火铺（黄昏，外）

望着这个傻瓜般奇思怪想的傩面人蹦蹦跶跶地离去的背影，少王爷若有所思，自言自语："这人好像在哪儿见过？"

一时之间，围观人群议论纷纷——

甲："这个傩面怪人，难道是热巴大神的弟子？"

乙："传说上次东洋妖姬落洞后，傩面姐弟不也掉落深渊了吗？"

甲："呃，山有山神，洞有洞神。你有所不知呀！这对傩面姐弟福祸相随，分别巧遇了凉、热洞中两位洞神大仙，真是天无绝人之路。惨遭熔浆高温毁容的翼南得到热巴大神赐予的神器，经过仙风道骨的高人点化，又得道成仙了。"

丙："大难不死，必有后福。而他那多灾多难的大姐在冰窟深渊中，巧遇了能摧毁万物、重造万物之神——凉巴。她在喝了神仙赐予的圣女凉液之后也迅速修身补性，化作了救苦救难的蛊仙姐姐。"

甲："你们说的傩王傩神都是街头巷尾的传闻，今天总算是'耳听为虚，眼见为实'。但有一点可以肯定：巫傩王者正在开启双面人生之路；而他的大姐金凤化作的蛊仙姐姐更是神奇得不可思议！"

▲科举考生登记处（日，外）

王村大码头是大西南的门户和交通枢纽，不论水陆两道，去湘西王城还是到永顺府衙，都必须途经此地。沿码头拾级而上，门楼的两侧站满了官兵，牌坊上"科考登记"的横幅格外醒目。

摩肩接踵，人声鼎沸。考生们正在大院门口的登记处填表报名——

大门巨匾上刻着"贡院"两个大字。官兵正堵在大门口盘查各位考生，此刻，这些考生正在此排队报名待查。

只见彭翼南、金凤、天娇还有手持竹蜻蜓的翼北带着啸天神犬走来……

彭翼南："哟，这么多人围在这儿，是哪家嫁女还是娶媳妇？"

彭金凤："你看大门上张贴着——'贡院禁地，闲人免入'！"

张天娇："除了考生举子，任何闲人不得入内。"

彭翼南："咱不是闲人，是仙人，参考咱不行，捣个乱还不行吗？"

彭翼北："那要看你怎么捣法儿了，走……"说罢，他大步流星走上前去。

守门官兵气势汹汹地吼着："排队！站好！凡参加科举的都必须接受盘查，各位考生身份，需首先在此一一确认，验明正身！"

彭翼北唠叨道："犯得着这么凶吗？"

守门官兵忽然发现他手中所持的竹蜻蜓，疑惑地问："暗器？"

"非也，此乃孩童玩具也。"彭翼北说罢，手一拉绳头蜻蜓便飞向空中……

▲**贡院门口（日，外）**

贡院大门口排队的考生们中，那个朱厚熜尤为眼熟，旁人议论纷纷。

考生甲："听说这负责科举资格查验的，都是京城国子监严祭酒派来的人，一个姓钱，一个姓方……"

考生甲："哦，这钱不就是'孔方兄'吗？你看这铜钱都是外圆内方，人们管圆形方孔叫'钱眼'。那这哥俩儿的姓氏加在一起，不都是些要钱的鬼呀！"

"站住！"只见前面出现的那个斗笠低压的壮汉，正牵着马大步流星地闯入查验关口，这引起了翼南、翼北、金凤、天娇以及微服少王爷（朱厚熜）的目光，人群已将注意目光投注到了这位壮汉的身上。

只见姓方的查验官拦住了那位壮汉，拿出了两本登记册子，封皮一黄一白："愿意拜在我们严大人门下的，交五两银子，将名字登记在黄皮本上；不愿拜者，就将名字写在这白皮本上。"

壮汉故作糊涂地问："严大人是谁，我都不认识，叫我如何拜他？"

姓钱的查验官讥讽道："不知道严大人，居然也敢来官场混。我们严大人乃德高望重的京城国子监的祭酒、此次科举的钦差大人。你若拜在他的门下，包你仕途亨通，前程似锦。"

壮汉："倘若我不拜他，又将如何？"

方姓查验官上下打量了他一番："看你一表人才，给你交个底吧，名字写在这白皮本上，别说做不到官，恐怕连小命都难保。"

壮汉不屑一顾，豪气地说道："好，拿笔来！"

钱姓查验官连忙将笔递给他，然后将那黄皮本也送到他面前——

壮汉却将另一白皮本拿起，翻开一看："呃，怎么这上面竟无人登记？"

方姓查验官："没吃豹子胆，谁敢在这个白皮本上留名！"

"那我就是那个吃了豹子胆的啰！"话音未落，壮汉便在白色封皮上唰唰写下几个大字，哈哈一笑，顺手将笔抛向空中后潇洒自如地翻身上马，独自闯进了大门……

方、钱查验官愣住并不急于追赶，摇摇头相视一笑："真还有不信邪的！"

钱姓查验官拿起那白皮本，照本念道："桂北汉子——虢成！"

"虢成？"旁观人群中传来惊呼，金凤趁机想溜进大门……

校尉乙突然发现了金凤发髻上的簪子，不禁一怔："嗯，黑衣刺客？"说罢大声呵令属下抓人，金凤陷入围困之中……

此刻，只见一个青衣人为了解救金凤，情急之下纵身一跃上了贡院石拱大门，再一跃，就到了贡院巨匾之下。他手指如刻刀，将石匾上的"貢"字中间添上了一个"四"字，顿时

"貢"字变成了"賣"字；他又把"院"字的偏旁去掉，剩下了一个"完"字，"贡院"瞬间变成了"賣完"（简体字："卖完"）。当人们定眼一看，顿时一片哗然："贡院"成了"賣完"？

考生甲："科举名额卖完了？"

考生乙："这，我们这还去考个鬼呀……"

石匾上方的青衣人大声呼喊："卖完了，卖完了，大家都快回去吧！"

校尉甲气急败坏地喊："快抓住他！放箭！"

当弓箭出弦之时，金凤"呼"地平地跃起，就将飞出的箭矢死死抓在手中——人群中又是一阵惊呼、叫好声。

居高临下的青衣人见此身手，不由赞叹道："好身手！"

几个官兵挥刀扑向金凤："快！快把她拿下！"

金凤顿时置身于左冲右突的打斗之中……

此刻，那个微服的兴藩王朱厚熜，一直在静观其变，不动声色。

"嘘"的一声清哨，一匹马应声而来。只见青衣人飞身跃下，直落马背上，并向金凤招呼："上马！"金凤纵身一跃，骑到他的身后，一马双人，如飞而去……

彭翼北趁混乱之机，"嘘"地吹出哨声，神犬啸天飞身跃起，将桌子上那两本考生名册登记本叼走了。

校尉忽然又发现那个使用小簪子暗器的黑衣姑娘，大声喊道："抓刺客！"黑衣姑娘张天娇见状，脚底板揩油——溜了。

这时，一队胸前、背后印有"兵勇"的团丁紧追而去……

突然一团巫傩烟雾四散开来，阻隔了兵勇视线，顿时，街市上一片混乱。

巫傩者彭翼南总是用他那傻瓜般的奇思异想巧妙地化干戈为玉帛。

冤冤相报何时休？张天娇惊讶地发现：湘西土司奉朝廷之命曾经清剿过桂北土官，如今两家后人想要冰释前嫌、化敌为友，绝非易事。不仅如此，她还诧异地发现这个京子与自己长相几乎一模一样，似乎存在着某种特定关系……

原来在天娇、天薇刚出生时，其家庭遭奸党陷害被迫分离，不同的人生经历铸就了迥异的性格，巧合的是，长大后的俩姐妹阴差阳错般地爱上了王族兄弟，上演了一出错位爱恨情仇、兄弟反目的悲剧。朱厚熜暗恋总督义女张天娇，可天娇为复仇大计却与彭翼南若即若离，而此时的凤姐则已与表哥虩成重续前缘。魔女京子的狐媚柔情致使彭翼北坠入情色不能自拔。"三个女人一台戏"，她们正围绕彭氏兄弟，上演着惊天地、泣鬼神的情感大戏。

古灵精怪的张天娇，性格偏执，深陷家仇始终不能释怀，虽然对爱坚贞，但为了复仇不择手段，甚至可以牺牲个人的幸福。最终她被翼南报国情怀所感染。

▲"王者之村"瀑布（日，外）

彭翼南、彭翼北兄弟二人沿瀑布之下的鹅卵石小径走来……

曲径通幽、别有洞天——垂柳含烟，碧波若镜。

只见前面那位自称桂北虢成的汉子，此刻，正心事重重地在瀑布之下的小路上踱步。他望着悬崖上的瀑布，诗兴大发："千岩万壑不辞劳，远看方知出处高。"话音未落，身后传来"溪涧岂能留得住，终归大海作波涛……"

原来是彭翼南看见了虢成，便走过去热情打招呼："虢成兄……"

虢成疑惑地问："你是？"

"青出于蓝胜于蓝，兄弟是湘西彭翼南。"

"彭翼南？你们……找我何事？"

"我们是想结交你这个朋友……"

彭翼北见他不善言辞便赶紧接过话："老哥，交朋友，当然得先送上见面礼啰！"说着，一声清哨，神犬啸天跃起——彭翼北随即从狗嘴上取下了叼着的那带有黄白两色封皮的花名册。

彭翼南不解地问："你拿它干吗？"

虢成一看，惊讶地问："这……这是怎么回事？"

彭翼北一笑："既然你虢大侠胆敢写上自己的大名，我就敢让啸天神犬把它叼走。两位老哥，那黄册上的人都是狗眼看人低的，绝不是好东西。"

彭翼南："是呀，狗嘴里哪能吐出象牙来？"

彭翼北："等你们以后做了大官，这些人都不能用！"

这时画外音传来——"对！坚决不能用！"

大家回头——原来是金凤与那个闹事的青衣人一边走来一边俏皮地说着。

"哦，对了，大家认识一下。"金凤介绍起青衣人，"这位是桂北土官的虢公子……"

彭翼南疑惑地问："虢家公子也是王族弟子？"

金凤："桂北土官与湘西土司一样，都是名望贵族，地方藩镇……"

"横看成岭侧成峰，我乃桂北王子虢龄峰……"青衣人正油口白嘴地自我介绍着，却被虢大侠打断了话头："别听他瞎掰，他就是我的小弟虢龄峰。"

金凤指着彭翼南、彭翼北说："咱家的大佬彭翼南、二佬彭翼北，他们都是我的小弟。"

"哦……两位兄弟，幸会幸会！"虢龄峰一边向对方拱手示礼，一边对虢成说道，"大哥，金凤可不是外人，她……"

"嗯——"话音未落，大哥虢成横了他一眼。虢龄峰马上意识到了失言，急忙改口："她……她说她家小弟翼北，对你可是佩服得五体投地呀。"

彭翼北："是呀，贡院门前，虢大侠大笔一挥，潇洒自如，叫人好不羡慕。"

虢成："桂北、湘西，地处湘桂交界，今日我们虢氏兄弟结识你们湘西彭氏姐弟，真是有缘千里来相会，无缘对面不相识哟！"

彭翼南还礼："久仰、久仰！桂北虢氏开山拳威震西南，令老弟我佩服不已。"

虢成："那比起你们彭氏镇妖拳就不足挂齿了，不吝赐教。"

彭翼南："哪里哪里，山外有山，天外有天。"

金凤："你们一个是湘西土司王子；一个是桂北土司王子，就不必谦让了。"

▲不二门（日，外）

只见他们一行人边走边说，渐渐步入石扉天凿的不二佛法之门。

彭翼南："你们看——"说着他指着眼前的一道石门，只见石壁迎面矗立，高指蓝天，远望绝壁危岩，疑无前路；近看石扉洞开，曲径通幽。

金凤："这就是湘西著名的'不二门'。据说，在很久很久以前，湘西就有了这样一道门。据老班子讲呀：真正的中华之门就在此不二门，当年祖上彭公爵主出征朝鲜白江口，就是从这道门出发，横扫东瀛的。作为有形之门，它是水陆两道的瓶颈，是通往大西南的门户。作为无形之门，在家为家门，在国为国门，它是湘西人民的精神之门；作为佛教之门，它既是成佛成仙、不二佛法的唯一之门，又是进入理想和境界之门……"

这时虢成猛一抬头，石壁上镌刻的文字映入眼帘：到此人皆佛，同来我亦仙。

虢龄峰顿时感悟："我等难道已成了神仙？"他抬眼望去，崖壁之上雕琢的——"半窗阴雾藏高木，一片青山衬夕晖"格外醒目。

彭翼南："远道来的朋友们，此时此刻您已经步入了仙境……"

彭翼北："当你来到了不二门，就如同已步入天堂，这里能让你拥有神仙一般的感觉。古往今来的文人墨客，在此留下了许多千古不朽的诗篇……"

只见山石之间一股清泉不断涌出，在此汇集成一池潭水。说话之间他们来到一眼泉水池前，这就是湘西胜景洗心池。传说每当泉水潺潺，必是清泉；而当泉水汹涌之时，必是"贪泉"，只要官吏一饮此水，必贪心大发。彭翼南手指洗心池石壁上刻写的一首诗词："古人云此水，一歃怀千金；试使夷齐饮，终当不易心。"

彭翼南："这洗心泉水，不论天旱地冻，涓涓不断，它洗却人间忧愁与烦闷的同时，时时警醒人们要洗心反省，清净身心。"

虢成感触颇深："那些贪官污吏黑心人，就该来这里剖腹洗涤罪恶的灵魂！"

这时金凤打量四周，才发现一同随行的那个黑衣姑娘张天娇不见了身影："耶？奇了怪了，和我们一起来的那个姑娘，她……她去哪儿了？"

彭翼南："哦？咱们分头去找找看。"

彭翼北调皮地道："怎么找？一个大活人你上哪儿去找？她总是一袭黑衣，我行我素，神龙见首不见尾的。放心吧，该出现时就会出现，哥你着什么急呀？"

彭翼南："别看她女扮男装，毕竟还是一个姑娘家，万一被人劫持怎么办？"

彭翼北："她呀，胆大包天，不劫持别人就不错了！"

虢成和翼南相对一望，不约而同地笑了起来。

彭翼南："虢大侠，一看就知你是个性情中人，咱们找个火铺共酌几杯如何？"

虢成："好呀，那咱们今天就来个一醉方休！"

▲不二门火铺（日，内）

彭翼南带着一行人来到了不二门火铺。

只见火铺门楣上写着："少砍柴，多种树，少吃肉食多吃素！"

当众人敲击大门后，里面传出暗语："天王盖地虎……"

彭翼南答道："牛肉炖萝卜！"

"宝塔镇河妖"——"萝卜炒辣椒！"

"春色满园关不住"——"一枝红杏爬出来！"

门猝然打开，探出一个人头："哦，是王府大少爷来了，各位客官请——"只见店老板和店小二赶紧上前迎候来进餐的客人们。

店内，食客满座，隐约可见那个锦衣卫刀疤脸带领手下也在其中……

"点燃万家灯火，满足您的味口！"店老板边说边递给彭翼南一杆烟……

彭翼南："给烟不给火，纯属调戏我。"

"哦！"店老板连忙给其烟嘴点上了火。

虢成："翼南兄，看来您是常来此光顾？"

"吃饭就吃家常饭，享福要享下等福！"

店老板："不但常来光顾，而且咱店里的生意与王城兴隆都全靠少王爷的关照哟。"

虢成感到很意外："哦，这是为何？"

店老板得意地如数家珍："好酒不怕酿，好人不怕讲；好茶不怕细品，好事不怕细论；舌头是肉长的，事实是铁打的。本店用事实说话，开放经营，所有的酒菜，均由食客自主选择，提供配料食谱，大家嘛合作经营，我们大少爷提供的土司王府秘制的美酒、佳肴，深得广大食客们的喜爱哟。"

"哦？这土司王府的美酒佳肴，有何绝招？"

店老板口若悬河、滔滔不绝起来："客官，不是跟你吹，我们王府的掌勺大厨，有着'大明食神'的美誉，民间传言'不食八勺、宁饮一汤'，这'一汤'指的就是土司王城里的'王八汤'，这锅汤熬煮已三百多年，为了保持鳖汤的鲜美滋味，定期要往汤里添加茴香、八角、桂皮、花椒等十八味调料……"

虢成："翼南，还真看不出王府美食如此神奇，那今天非得尝一尝了。"

"到了这块地盘，虢兄就不要客气！"翼南一口气点了"丝丝相扣"等十几道最具特色的土司王府秘制的生态美食，外加一大壶湘西鬼酒。

虢成不解地问："何谓'丝丝相扣'？"

彭翼南："这'丝丝'说白了，就是指萝卜丝炒牛肉丝。不过这萝卜、牛肉食材可不一般，萝卜得是我们车坪出产的，清脆甜美，以往专门进贡给宫廷皇上的；而牛肉呢也得是我们湘西高寒山区、野生放养的黄牛，肉紧味香；然后将两者用温火炊热着吃，再加上土家人酿造的湘西鬼酒，妙哉醉哉似神仙……"

虢龄峰迫不及待地问："那如何让萝卜丝和牛肉丝之间'丝丝相扣'呢？"

彭翼南："'相扣'乃两者之间相互融合，相辅相成。大千世界，凡天地阴阳之间，讲求的是融入互补，萝卜丝入味黄牛肉、黄牛肉自然就融入萝卜丝的味道，从而使得两者浑然天成。此时的萝卜就比牛肉更好吃了，色香味美，奇妙无比，此乃人间美味佳肴。"

虢成："这就好比那东坡肉酥香味美，肥而不腻。传说苏东坡到杭州做太守的时候，当时西湖已被葑草侵占了大半，他上任之后组织民工铲除葑草，疏通湖巷，筑堤建桥，使西湖重新恢复了容貌，并增加了景点。杭州城的老百姓都很感激他，听说苏东坡平时最喜爱吃红烧肉，于是大家不约而同地上门送猪肉。当他收到许多猪肉后，便让家人将肉切成方块，加上调味料和酒，用他的烹调方法煨制成红烧肉，分享给参与疏浚西湖的民工。大家吃后，称赞不已。苏东坡就在《食猪肉》一诗中云：'黄州好猪肉，价贱如粪土，富者不肯吃，贫者不解煮。慢着火，少著水，火候足时它自美。每日早来打一碗，饱得自家君莫管。'于是人们便以他的名字将此红烧肉命名为"东坡肉"。后来此菜流传开来，并成为闻名遐迩的传统佳肴，一直盛名不衰。"

虢龄峰好奇地问："王府菜肴如此诱人，那你们的这鬼酒又有何奇妙之处呢？"

彭翼南："天下的河，河床上流的都是水。唯独湘西的这一条河里，流淌的却是酒……因为这条河的名字姓酉——叫酉水河，酉字加上三点水，不就是酒吗？"

开始上菜了，翼南："各位，湘西可是酒的故乡，咱们喝点啥酒？"

大家异口同声："湘西鬼酒！"

"要不咱先来几壶鬼酒怎么样？"众人忙附和："要得，要得！"

当第一杯酒斟满后，彭翼南端起酒杯发表祝酒词："今天，咱们兄弟几个在此相聚也算是一种缘分，来，大家连干三杯！"

酒过三巡，虢龄峰问："如果酒跟女人必须放弃一样，你会选谁？"

"看年份！"彭翼南脱口而出。

虢龄峰："年份？酒水是年份越久越好喝，这女人嘛是越年轻越好看；那些会喝酒的女人还真看不出她的实际年龄，女人不喝则矣，若真喝起来让男人恐惧，唯有喝酒的女人会更自信。"

彭翼南:"美酒看年份,美女要看缘分。常言道:借酒浇愁愁更愁,唯有美女解千愁。不可太醉,不可不醉,英雄煮酒论英雄。美酒虽能消忧解愁,但终究是在醉梦之中,晚上想的千条路,早上醒来磨豆腐。逮!大家来为美女给男人带来一道风景而干一杯!"

虓成:"翼南,这鬼酒的价钱贵不贵?"

彭翼南:"要问当今什么酒最贵?那么肯定是专为朝廷特供的'贵酒'。贵酒之贵,其实是大明王朝的一种病。不管贵酒好不好喝,反正贵酒很贵,而且真酒不好买。贵酒为什么这么贵?主要还是因为它已贴上了权力的标签。人们对贵酒的追捧胜过了喝酒本身,骨子里其实是对权力的追捧——仿佛喝了皇亲国戚享用的东西,就能分享皇权的荣光。上有所好,下必从之。楚王好细腰,宫中多饿死……贵族为啥对贵酒趋之若鹜?更多的是靠讲故事。贵酒真的好喝吗?说实话,我喝不出来,也不知道它比鬼酒好在哪里。单论口感,我觉得湘西鬼酒,比贵酒好喝。有人说:贵酒是好酒,喝了不上头。难道不上头就是好酒吗?你去喝茶水、牛奶会上头吗?所以,究竟什么酒最好,肯定是湘西的鬼酒!当然啰,也可能有极少数的人,确实善于品酒,能品出酒水的佳妙之处,但这种人毕竟很少……"

▲演播厅(夜,内)

联合国专家仍在娓娓讲述——

中国汉文里的"酒"字,是取自姓氏。那是发生在什么年代的呢?春秋战国,隋唐五代,魏晋南北朝,先秦两汉——岁月如歌,雪化无痕。土家先祖酿造的湘西鬼酒,早已流淌在后辈的血液里。酒壮英雄胆,它使得湘西人世世代代为了祖国的安危而前仆后继……

您能从醉美湘西中,领悟到山里人的豪爽与执拗;您能从摆手舞中,感受到湘西人的热情与好客;您能从"咚咚喹"中,体会到土家人的朴实与率真……

湘西的酒神,是一位女性,叫酒神娘娘。她主管着酒,于是,也就主管了爱情,主管了生育、人类的繁衍。是她,把那些从五谷杂粮里提炼出来的奇妙精髓,命名为酒精。

喝一杯湘西的鬼酒!酒神娘娘的后代,没有辜负这个流芳百世的命名。人世间,天地间,鬼神间,这是湘西文化特有的宇宙观。

人世,说的是社会。天地,说的是自然。鬼神,说的是什么呢?

人死了,会变成鬼,鬼灵了,就是神仙。神仙当烦了,仍然去做鬼,鬼,一不留神,又会来到人间。

鬼,是人与神之间的媒介。

鬼酒,说的是一个人在醉意中,找到了神仙的超然,也说的是一个神仙,在醉意中,找到了男人和女人的快乐。

不管你有多少阅历,如果你没有明白湘西人的宇宙观,你就不会知道,湘西这里最好的酒为什么命名为鬼酒,不会知道,鬼酒为什么会特别香,能让人特别陶醉……

▲ 不二门酒肆（日，内）

彭翼南、虢成等兄弟们推杯换盏、举杯畅饮，火锅里萝卜丝炊着牛肉丝，香气扑鼻。烫热的鬼酒沁人心脾，众人畅所欲言：

"酒从眼前过，不喝是罪过——人生难得几回醉，喝得少了对不起胃！"

"你不喝我不喝，白白点了这一大桌——宁可胃伤烂个洞，不让感情有裂缝！"

"用拳脚打倒敌人，用好酒放倒兄弟。"

"放倒并不可怕，怕就怕——今日之兄弟，明日之死敌！"

虢成："管他兄弟也好敌人也罢，我还是不明白，你们湘西人为什么一定要把酒菜炊热着吃？"

彭翼南："在人类历史上，生吃食物的年代可能要远远长于吃熟食的年代。食物弄熟了吃，算是人超越动物的一个标志。中国有一个成语叫脍炙人口。这'炙'指的就是火烧火烤的炙热，而丝丝相扣的'相扣'，则是指经过膳食烹饪之后，其味道妙不可言……"

虢成："中国人的吃喝最具想象力，尤其吃与喝的勇气，更是世界之最。天上飞的，地下爬的，水里游的，无不可以入席，无不可以进嘴。在长沙城里，一年吃掉的蛇，达数十万条之多。另外，中国人好喝酒，过一个春节，所喝掉的酒够装满整个西湖。因此，每年为嘴上的腐败所花掉的国帑，不计其数，所造成的恶果，令人发指。吃喝风之愈演愈烈，成为当今一个社会问题。"

虢龄峰："那些当官的总认为，我为官一任，不往家里拿，不往口袋里揣，吃点喝点，总不算犯王法。我犒劳自己，加强营养，也是理所当然的事嘛！什么好点什么，什么贵吃什么。借吃喝联络感情，加强友谊，这就叫乐得大方。什么山珍海味，无不上桌，只要肯赏脸光临，就不怕你不堕我彀中。如今的贪官不仅好食，同时也好色，情妇多了需要动力，为了使性欲不减，为了旺盛的荷尔蒙，他自然要吃各式各样能够壮阳的东西。食和色，在餐桌上达到了高度一致。"

彭翼南："大明朝廷，有几个不讲究口福的官员呢？只要是官，花的是公帑，用的是银票，财务可报销，还可打白条，因此凡官皆擅吃，不吃白当官。再则，官职虽分大小，但大官有大官的宴请，小官有小官的饭局，被请客、被招待、被应酬，被尊到主桌主位的机会，自然要比老百姓多得多。因此，这些官员嘴巴越吃越刁，舌头越吃越灵，胃口越吃越大，品位越吃越高，于是就逼得厨师的手艺跟着与时俱进，精益求精甚至登峰造极。殊不知虾大红之日，便是社会生态大悲之时。"

虢成："朝臣官员，骄横跋扈，无不拥有那一张能吃、会吃、敢吃，永远填不满、吃不够的嘴。其所食精细精致到难以想象，刁钻促狭到不近人情，铺张靡费到不可理喻，肆恣奢侈到欲望横流，那绝对是无可挽救的堕落了。即便他们被摘掉乌纱帽，换穿囚衣，威风不再，或是铁窗度日，或是牢底坐穿，或是绑赴刑场，还在念及那些美味佳肴。由馋而懒，由懒而贪，由贪而烂，由烂而完，那张嘴成了永远填不满的欲壑。这种大吃大喝、浪费国帑的腐败现象，是应该受到谴责的，'吃垮了大明王朝，也吃坏了自己的胃'，胃坏了有药可治，而道德风气'烂'了，便不可救药了……"

顿时大家议论纷纷。

江南人很柔弱吧，苏州是胭粉之地，温柔乡里一掷千金。那里也有一道名菜松鼠鳜鱼，很残酷。鱼儿被剐，被切，被油炸，端上桌还务必得活着，嘴巴翕动，否则不足以展示厨师的手艺。宾客点头，大快朵颐。动物何辜，竟遭此荼毒杀戮？动物是人类的伙伴，它们也是地球的主人。有些动物我们是绝对不能再吃了。人性本贪，再吃，或再残忍地吃，我们民族是要遭天谴的。动物也会报复我们，动物并不比人类傻，有时比我们还聪明。

这时，端坐在另一桌的微服兴藩王朱厚熜一直注视着他们，此时便站起身来喊道："小二！"

店小二赶紧上前询问："客官，什么吩咐？"

朱厚熜指着那一桌，说道："那桌几位仁兄的酒菜钱，都算在我账上。"

"好呢。"店小二屁颠屁颠地应答道。

虢成和彭翼南不由得将目光投向朱厚熜。

只见朱厚熜醉醺醺地端着酒杯走了过来……

彭翼南眼前闪现：此人似曾相识。（闪回）

少年藩王朱厚熜转身道："请问……少侠尊姓大名？"

彭翼南："行不更名，坐不改姓，在下彭翼南是也！"（闪回完）

王藩："各位朋友，幸会、幸会！"

彭翼南惊讶："哦！你不是那个……什么？"

朱厚熜拱手："感谢老弟手下留情，这杯酒我先干为敬！"说罢当即饮尽。

彭翼南："呃，不打不相识嘛，你是？"

朱厚熜："各位，在下王藩。"朱厚熜不想透露自己少王爷的真实身份。

彭翼南揖手道："青出于蓝胜于蓝，我是湘西彭翼南。"

虢成："桂北虢成。"

王藩："幸会，幸会。你们慢用，请！"

彭翼南："王藩兄弟，大家何不一同共饮？"

王藩："好呀！"说罢抽凳坐下。

只见刀疤脸和那几个锦衣卫便衣，也朝这边渐渐靠拢过来……

几位开怀畅饮，酒至半酣，虢成揖首道："今日相聚，不如大家效仿三国曹刘二公，试论天下英雄何如？"

少王爷王藩："如此甚好。咱们也来个青梅煮酒论英雄，只是王某初来乍到，多有不明，信口雌黄，还请各位兄台指教。"

于是，大家各执一词，开始议论起来——

　　酒，有水的形态，却具有火的性格。诗人苏轼说过：明月几时有把酒问青天。

　　一壶浊酒一生沉醉，诉说人间多少悲欢离愁；酒呀酒，大江东去沧海横流，千古英雄豪杰，哪里是你的驿站？

　　李白斗酒诗百首；贵妃醉酒千古风流；荆轲饮酒壮士一去不回头！

　　酒是诗人的相思豆，酒是画家笔下月如钩，酒是游子一夜避难的小舟，酒是故乡淡淡的云烟是流离的思愁，酒是清清的小河是涓涓的热流，酒是寒冬炭火，酒是水中明月，酒是灵感的启明星，酒也是激情的火山口。举杯邀明月与青山绿水同醉，跟朋友干杯一定要跟着感觉走……

　　喝上一杯壮行酒，壮志未酬志不休；喝一口交杯酒，天荒地老手牵手；喝一杯离别酒，千言万语在心头；喝一杯重逢酒，岁月无痕在你手……

　　一杯酒诗一首，二杯酒化杵臼，三杯酒情谊厚，四杯酒热泪流。人生如梦，一壶老酒忠孝两难求。酒逢知己千杯少，天涯海角任神游，今夜举杯邀明月，千里婵娟人长久……

　　彭翼南："把酒言欢，畅所欲言，依几位之见，咱这桌上，今后谁能堪称英雄？"

　　虢成："将相本无种，男儿当自强。咱们在座的几位中间，说不准日后有的人能成为龙袍加身的皇上，不是九五之尊也是盖世英雄！"

　　少王爷王藩顿时大惊，眼睁睁望着虢成、彭翼南，可谓说者无心，听者有意。

　　"冷酒伤肺、热酒伤肝、没酒伤心！"彭翼南已渐入酒醉佳境，便东一头西一头地胡言乱语，"九五之尊那是黄袍加身，怕是睡着没醒吧？昨晚走路疲乏便倚靠路边一棵大树睡着了。梦中大树对我说：你看这周围原来是有很多兄弟的，现在就只剩我一个了，这是为何？因为它们要么长得直，要么长得粗，木匠一看都是有用的木材，便给砍伐了；只有我长得歪歪扭扭，还有很多疤结，就没人惦记我了。梦醒之后我才明白我一个吃蒜长大的山里人，一口的大蒜味儿，哪能当什么英雄？唯有喝几碗鬼酒逍遥自在……"

　　王藩："大蒜味儿？这又是何意？"

　　彭翼南："意思就是算了吧！九五之尊也好，盖世英雄也罢，我可没那个野心。"

　　王藩见这酒蒙子一个劲儿地猛喝，不禁疑惑：湘西的酒为什么叫鬼酒？这酒跟鬼又有啥关系？

　　说起鬼酒，彭翼南便滔滔不绝……

　　（闪回）他从小嗜酒，幼年时闻到酒香就会兴奋起舞，长大以后喝遍王城内外无敌手，见到酒就比见到自己亲爹还亲！整天到处找人喝酒拼酒，为此赢了不少的赌金。一天，彭翼南在酒楼里听人说起，在他们村里有一个老酒王，喝起酒来如同喝水一般。

　　彭翼南听到这里，心中暗喜："这回算是找到对手了。"于是他笑嘻嘻地走到那个人的身后大声问道："那个酒王在哪儿？"

　　这可把说话的外乡人吓了一大跳，哪来的冒失鬼？外乡人是个精瘦的高度近视眼，眼睛可不好使，只得寻声凑近用鼻子去闻，此人浑身酒气，肯定也是个好酒之徒！外乡人转过头，却发现身后没人，再一回身发现这人早已坐在自己身边，正抓起酒葫芦一股脑儿地直往嘴里灌。说话的外乡人皱皱眉头，心想这人好没礼貌。可在他乡地盘，也不好发作。彭翼南急忙打听酒王现在何处。外乡人被整得一愣一愣的、丈二和尚摸不着头脑。经过一番周折，彭翼南打听到了酒王的详细地址，决心去找那个老酒王拼酒赚几个酒钱！

酒王也是当地名人，倒也好找。彭翼南说明来意，并喊来村里人当裁判。有人来找老者拼酒，乃村里大事，于是众人里三层外三层地围了起来看热闹。两个好酒之徒从下午拼到了晚上，起初两人真是喝酒如同饮水一般，扯着脖子直往嘴里灌酒，喝到后来，二人渐渐有些不支，老者满面红光，彭翼南气喘如牛。再拼一会儿，彭翼南就实在支撑不住了，"哇"的一声，大吐了起来。湘西拼酒规矩就是要么喝倒，要么喝吐，否则不分胜负。彭翼南这一吐便注定输得一败涂地，押在桌上的赌金便"飞"走了。老酒王拿着赌金，笑嘻嘻地一步三摇地离去了。

彭翼南懊恼不已，这下可好，不但没赢到酒钱，反倒把自己的银子输光了。他晃了晃头，觉得自己还能行走，于是，摇摇晃晃地朝着回家的方向走去……

此时夜深人静，彭翼南走着走着，忽然发现前方大树下站着一个人，正是白天告知他酒王地址的那个精瘦的近视眼。他见到彭翼南问道："兄台，夜已深了，四周漆黑，我也喝醉了，找不到回家的路了。"

彭翼南因拼酒输了钱，正憋着一肚子火，不想搭理他，径直往前走去。"近视眼"紧随其后发问："还请兄台指引方向，我是一鬼，找不到回家的路了。"

"鬼？"彭翼南嘴一撇，心想，"你是鬼，老子还是鬼呢，还是一个刚喝醉的醉鬼。"

"近视眼"又问："你刚从我家乡拼酒回来，你肯定知道路往哪儿走。"

彭翼南一听酒字，顿时觉得喉咙里辛辣苦涩，平时饮酒的甘甜之感已然消失，肚子里顿时翻江倒海，"哇"的一声，又吐了起来。看来今天真是喝多了。

彭翼南摇摇晃晃站起身刚想骂那个人，却发现自称鬼的人已消失得无影无踪。他觉得奇怪，但就着酒劲，并未在意，回到家中倒头便睡，做了一个美梦。

第二天，他起床后的第一件事，便是想去找那个"鬼"，这次倒不是为了拼酒，而是酒逢知己，想找他聊聊。可当他来到昨晚到过的地方，四周却是一片荒芜，只有几十座坟茔分布在山坳，这里竟然是一片乱坟岗。眼前累累坟茔挤挤攘攘，似乎正在吵个不休……

彭翼南吓得浑身哆嗦，连滚带爬地跑了回去，找到王城里的老班子述说了这件怪事。

老班子告诉他："饮酒之人呕吐的是脏东西，你是遇到鬼圈里的人了，幸亏那鬼问话你没有应答，不然，你就回不来了。你呕吐的酒水是鬼最怕之物。"

"鬼酒驱鬼"越传越邪乎，于是，湘西鬼酒名声大噪，而我们的主人公彭翼南至此——愁肠已断无由醉，唯有鬼酒解千忧！

（闪回完）

王藩经过这一番试探，自忖：眼前这厮吊儿郎当、胸无大志，只是一个不可能走出湘西大山的草莽罢了；而对面这位虢成野心勃勃，无疑是他将来最大的威胁！

"客官菜来了！"只见女店员送上一碟菜。

王藩看了看，疑惑地问："这菜叫什么？"

"女人三十……"

王藩："这？不就是黄花菜吗？怎么叫女人三十？"

"女人三十，难道不是黄花菜吗？"虢成幽默地说道。

王藩："那男人三十又是什么呢？"

彭翼南："十岁的快乐是清蒸，吃的是新鲜；二十岁的快乐是小炒，吃的是生猛；三十岁的快乐就已经是红烧，吃的是回味。至于以后嘛，便是五味杂陈、历久弥香的佛跳墙了……"

话音未落，"男人三十……来了，客官慢慢享用！"店员吆喝着送上了菜肴。

王藩定睛一看："这不就是一盘大萝卜吗？"

虢成恍然大悟："男人三十，不就是一盘花心大萝卜嘛。"

顿时众人哄堂大笑，随即议论纷纷——

翼北不解："为什么男人可以三妻四妾，女人则不行？"

虢成答："常见一把茶壶陪四个茶杯，有谁见过一个茶杯配四把茶壶的？"

翼北又问："那一壶配四杯和一杯配四壶的差别在哪儿呢？"

王藩："鄙人以为，一把茶壶配四个杯子，你可以适时喝到四杯香浓纯净的茶。"

彭翼南插话："那按你的意思，如果一个茶杯配四个茶壶，你只能喝到一杯说不清楚什么滋味的清汤寡水？"

王藩："一壶配四杯，慢慢倒慢慢和，你就能品味到茶的芳香、人生的滋味。"

虢龄峰："一杯配四壶，倒来倒去，杯子不堪重负，茶壶还闲置，效率低。"

虢成："不过，你的这一把壶要管好这些杯，是需要一定管理学问的，不是一般男人所能驾驭的哟！"

说的这些，七分是真理，三分是儿戏！大家顿时哄堂大笑起来……

"哈哈，我给各位来道绝味儿漱漱口"彭翼南大喊道，"小二，上湘西酸菜！"

"好嘞，好嘞——湘西酸菜来了。"顷刻间，店小二送上一道道精美的酸菜系列。

店小二一边摆菜，一边如数家珍地报菜名："酸萝卜、酸茄子、酸苞谷、泡黄瓜、泡白菜、泡凤爪、酸笋、酸肉、酸鱼……酸酸甜甜，清脆爽口，开胃助消化，去油又降火，质地脆嫩，滋味鲜美，香飘四溢，味道奇特无比。"

彭翼北："酸菜特色在湘西，世人喜爱把它吃，大江南北有身影，吃饭下酒最合算，身是小菜价也贱，百姓解馋又省钱。"

虢龄峰："钱不是好东西。到处需要钱，得到心喜欢，看到眼欲穿，失去伤心肝。家有千金砖，老翁娶红颜。鸡鸭为捞钱，卖身也心甘。违法捞钱不择手段，敢冒坐牢险，掉头也情愿。钱非万能，没钱万不能。铜臭滚出人间，极乐才实现。百姓皆欢颜，不愁吃和穿，贫富不再悬，幸福万万年。"

彭翼北："权势不可使尽，福气不可享尽，便宜不可占尽，聪明不可用尽。权力是暂时的，财产是后人的，只有健康才是自己的。夹起一片酸菜，放进嘴里咀嚼，韵味奇特，酸味绵长……"

彭翼南："人生就像这一道道酸菜，酸甜苦辣尽在其中，就如同世间的阴晴圆缺、悲欢离合。昨日，我还同这位王藩兄交手厮杀，今日却坐在一起对酒当歌。酸甜苦辣都是菜，饭桌不可能只有甜菜，那样的筵席只会单调乏味。酸甜苦辣何尝不是人生一道'菜'，赤橙黄绿青蓝紫，酸甜苦辣皆尽有。生容易，活容易，生活真是不容易；爱难得，恨难得，爱恨真的很难得。"

王藩："当百姓难，当皇帝的也不容易呀。大明英宗皇帝不顾朝臣反对，御驾亲征瓦剌时，由于准备仓促，途中军粮不继，军心不稳，当撤退行至土木堡时，英宗皇帝被瓦剌俘获。"

虢龄峰："土木之变中皇帝被俘北狩一年，南宫幽居七年，八年间尝尽了人间酸甜苦辣，他又于景泰八年（1457年）通过'夺门之变'重新从兄弟手中夺回皇位。"

虢成："土木之变与唐朝的安史之乱有着惊人的相似。它是一个王朝由盛到衰的转折点。官员们明明知道，皇帝为了政绩，准备不足，仓促出征，肯定凶多吉少，可就是没有一个人愿意站出来说句真话，官员们似乎都在坐等出事！"

虢龄峰："不犯错误才能升官。'多磕头，少说话！'诠释了官场成功秘诀：做事越多，错误越多，不干活最保险。所以，大家遇到事情习惯于绕道走，踢皮球，把犯错误的机会留给别人。"

"如今朝臣上下都是'我'字当先。有一天'我'字丢了一撇，成了'找'字，为了寻找那一撇，'我'问了很多人，那一撇代表什么呢？"虢成疑惑不解地道，"商人说是金钱，政客说是权力，戏子说是名气，军人说是荣誉……蜘蛛之所以能坐享其成，靠的就是那张网。最后'生活'告诉'我'，那一撇是：'健康和快乐'。没有健康和快乐，世间什么都是浮云。人就是风的一生，来也匆匆去也匆匆！人生苦短，欲壑难填，贪念是人的致命弱点，正是那无止境的欲望让人变坏。古往今来，贪腐之最还数我大明王朝……"

虢龄峰："官员们除了贪，还特别懒，没人想做事，讨厌担责任，整天无精打采，敷衍了事。一条鱼死了是鱼的问题，如果一池子里的鱼接二连三地死去，那就是水的问题了。这些已不是个别现象，而是整个官场出了问题。"

虢成："唉！人生聚少苦离多，对酒当歌意如何？如今东南海盗猖獗，为了掠夺财富，他们将东瀛邪教渗透进大明，娱乐愚人，以致百姓精神麻醉。对此，官员们却睁一只眼闭一只眼，假装不知道。可谓人生如梦，梦如人生。"

彭翼南："只有梦中要什么就会有什么，美梦成真嘛！没人无缘无故出现在你的生命里，每个人的出现都有原因，都值得感激。因为看轻，所以快乐，因为看淡，所以幸福。"

"人生如茶，不会苦一辈子，但会苦一阵子。"这时虢成大声喊道，"小二，来两盘蟠龙菜。都说湘西蟠龙菜是一道皇菜，造型美观，味道鲜美，油而不腻，营养丰富，以吃肉不见肉而著称的天上龙肉美味也！"

店小二提醒："客官呀，万万不可说想吃'龙肉'二字。"

虢成："天子算个什么？将相本无种，皇帝也一样。君临天下的应为有德之君，说不定咱们几位当中，有谁还能衣金带紫，南面称君，也未可知呀！"

见食客夸下如此海口，店小二赶紧离开，生怕惹祸上身。

正当他们几个议论如何吃"龙肉"时，外面街道上，一群人吹吹打打，抬着一块牌匾经过酒肆。牌匾上是八个大字：为人师表，至神至圣。只见十几个州府衙门的文武官员毕恭毕敬地跟在牌匾后头机械地走着……

彭翼南嘲笑道："什么至神至圣，装神弄鬼的。我看应该是严嵩老贼神志不清，脑子有病。官再大，钱再多，阎王照样往里拖。"

虢成："翼南老弟有所不知，宪宗皇帝在位时，太监谷大用大权在握，就算是首辅大臣杨廷和也要看他脸色行事，以至于人们戏称'纸糊三阁老，泥塑六尚书'。如今谷大用又与国子监祭酒严嵩勾结，门下弟子众多，且几乎都成了身居要职的朝廷大员，所以不论你是何官职，也得看严嵩的眼色行事！此人奸诈圆滑，朝廷财政赤字，他就倡导'捐监冒赈'，就是让有一定资格的学生交钱或交粮购买进入国子监的资格，说白了就是花钱买文凭；而冒赈，则是以赈灾的名义，私吞赈灾款。严嵩等人正是将捐监的财政收入以赈灾的名义中饱私囊，合伙分赃的。"

刀疤脸和那几个锦衣卫便衣，正在一旁全神贯注地偷听着他们的对话……

虢龄峰："捐监这事，以前早就搞过了，无奈腐败丛生，被叫停了。后来，边关危机、财政捉襟见肘，他们又重操捐监这招。但皇上明确规定，只能收粮食，禁止收钱。但总是上有政策，下有对策，严嵩、赵文华一伙为了便于自己发财，同时，为了贿赂谷大用，擅自将此政策改为收钱不收粮，这样一来就省事多了。赵文华与湘西知州向重九联合导演了一出贪腐大戏。以往规定每名监生需捐粮50石（约2.7吨），但自从改收钱后，他们将粮食折合成50两银子，并外加办公银、杂费银10两，总计60两。由于粮食变银子，严嵩、赵文华一伙贪官算是赚醉了。当皇亲国戚为至高无上的皇权争得死去活来之时，就是贪腐官员发财之日。"

虢成："如今东南沿海倭患危机严重，社会秩序动荡持续加剧，严嵩又热衷搞活经济、中日合作共赢。你看那万金商行，实际就是严嵩党羽与东瀛不法商人合资开设的商号，专门低价采购湘西的楠木、朱砂、棉花、蜂蜜、桐油、茶油……"

彭翼北："那怕什么，这些东西漫山遍野多得是。"

虢成："而经洋人加工出来就变成了各种洋货：洋烟、洋油、洋布、洋钉、洋蜡、洋碱、洋漆等，汉奸借东瀛不法商人资本运作，彼此依附，狼狈为奸，实施所谓的合作开发、共同致富，其实都是以经济掠夺为目的。

"殊不知奸贼们对大自然过度开发，必将遭到生态灾难的严厉惩罚，这地震、泥石流何时爆发，究竟是50年、500年？谁也无法预料……"（闪白）460年后的泥石流、地震的发生，使得千年土司王城遗址重现人间！

虤成："林木肆意砍伐，矿产无尽挖掘造成了水土流失，灾难频发。更为恶劣的是东瀛、朝鲜歌妓们的轻歌曼舞、靡靡之音，颓废、萎靡、淫荡，几乎都是从色情染缸里捞出来的……"

彭翼北："那有什么，难道这些歌妓还能翻得了天？"

虤成："文化生态的污染和破坏是隐性的，它对社会精神的腐蚀、国民素质的败坏，乃至对人性的残害，往往不会在短时期内显现。这些只有用理性鉴别才能察知，不像自然生态环境被破坏那样明显。文化生态的污染和破坏最终造成的是人们精神、道德的沦丧，这可不是几十年可以修复好的……"

王潘感悟道："真没想到，这东瀛、朝鲜歌妓如同洪水猛兽、妖魔鬼怪呀。"

"那怕个什么呢。"彭翼南激动地道，"湘西巫傩一出手，妖魔鬼怪无处遁形，老子们的法器降妖驱邪，硬要剥她的皮、抽她的筋……"

虤成："病入膏肓、无力回天。尽管有傩师、巫医们施以法术与上天神灵交流、沟通，也无法改变大自然'优胜劣汰，物竞天择'的生存法则。唯有人与自然、人与社会、人与人、人与自我的平衡以及和谐相处，才是生存的唯一之路。"

虤龄峰："难道逆党的助纣为虐、倒行逆施，居然没人治得了？我就不明白像严嵩这个不学无术的家伙，凭什么就能当上国子监的掌门，还公开与东瀛倭寇合资开商号，光面堂皇地榨取湘西人的物质财富？"

彭翼南："这倭寇不倭寇的管我们湘西什么事，这严祭酒杂毛要是在湘西耍花招、搞名堂的话，老子就叫他一命呜呼死翘翘……"

王潘："难道我们这个社会，就没有公理可讲？"

虤成："所谓的'公理'就是'公讲公有理，婆讲婆有理，媳妇出来大道理'，我们生存的世界弱肉强食，如今官吏们只顾捞钱，还有什么公理。"

虤龄峰："当今朝廷官吏腐败，真是'吏害'呀，来，大家逮起来！"

然而就在他们赌酒、猜酒，把酒畅饮之时，从酒肆中忽然冲出锦衣卫刀疤脸和那几个校尉，冲着他们大声呵斥道："大胆！你们几个，骂够了吗？"

虤成起身："我们喝酒聊天，与你何干？"

刀疤脸："你们为何辱骂严大人？"

"辱骂？老子还想杀了他呢！"虤成说罢，猛地喝下一壶鬼酒。

"好，酒醉英雄胆！"顿时引来周围一阵叫好声。

此时，醉醺醺的彭翼南提着酒葫芦走了过来，将刀疤脸推开："经常有人问我：除了喝酒……你还会干什么？我的天哪，喝酒，你以为那么容易吗？喝酒起码要具备以下条件：会聊天，会沟通，会社交，会吹牛，会看人，能熬夜；另外还得上知天文地理，下知鸡毛蒜皮；还要经得起家人怒骂，受得了女人的白眼。喝酒岂非易事，喝酒是一种文化，是一种修养，是一种高尚的情怀！壶里乾坤大，杯中日月长！如果连喝酒都不会，你会干什么都是假的，记住：有空朋友聚聚喝几杯，世界都是你的。他们，都是我请来的，有事儿冲我来吧！"说罢，他死死地挡在了前面。

刀疤脸顿时恼羞成怒："好啊，反了你们！一群酒疯子，来人呀！"只见他将手一挥，一队官兵立即冲入，兵刃闪闪。

顿时，酒肆屋里屋外，布满了官兵，他们手持武器将彭翼南等人团团围住。虢成对彭翼南说道："你带小弟和这位王藩兄先走，我来对付他们。"

彭翼南："有福同享，有难同当。"

虢成："好，我也正想看看湘西汉子的真功夫。"

官兵们和虢成、彭翼南打了起来。虢成飞起一脚，将一校尉踢倒……

彭翼南更不示弱，趋身上前，拳脚并用，几下便将前面的官兵击退，谁知从室外又冲进一列官兵，将酒肆重重包围，此刻生死攸关，十分危急……

这时，王藩突然起身厉声呵斥："住手！"

在场的所有人都被这位王府少爷的气场给镇住了。

众官兵一愣，虽横刀摆开了阵式，但一时也拿不定主意。

王藩淡淡地道："你们谁是头儿，快过来说话。"

刀疤脸理直气壮："是我，尔等已犯下死罪，还有何话可说？"

王藩不慌不忙地将刀疤脸拉出酒肆外耳语了一阵……

虢成和彭翼南疑惑地望着他们——

酒肆外，王藩还在与刀疤脸轻声说着什么，并出示一个腰牌让他看清楚，只见那个刀疤脸唯唯诺诺不断地点头。而后刀疤脸进门立即对那帮官兵喊道："快走！"那帮官兵逃也似的狼狈地走开了。

彭翼北调皮地跟上去，躲藏在王藩身后，伸头朝官兵们喊道："恕不远送，慢走，慢走！"

虢成不解地对彭翼南说："这王藩兄弟好大的来头。"

彭翼北："我觉得也是。"

这时，彭金凤从屋外走了进来，对彭翼南："唉！你要找的那个黑衣姑娘，我找了一大圈，也没看见人影……"

彭翼南："她能到哪里去呢……糟了，要出大事了！"说罢跑出门外。

金凤、虢氏兄弟等人疑惑地望着他离去的背影——

（联合国古遗址专家的画外音）酒桌上的人各怀心思，"说者无心，听者有意"，康德曾经说过："对男人来讲，最大的侮辱莫过于说他愚蠢；对女人来说，最大的侮辱莫过于说她丑陋。"主人公彭翼南嗜酒如命——"平生好喝酒、诗酒都是老朋友",逢酒必喝,喝则必醉,醉过一日方休,仿佛天下大事,都在一口酒水中。

喝酒是认清一个人的最佳时机,俗话说:酒不醉人人自醉,其性格弱点往往会暴露无遗。古有"闻香识女人",今有"闻酒识男人"。酒桌小社会,社会大酒桌,酒品即人品。酒,有时是你的朋友,能帮你释放压力;有时也会背叛你,让你的人性在他人面前赤裸裸地暴露……想要认清一个人,看他喝酒时的表现就行了。1. 酒后喜欢唱歌的人,生活起居较具规律性,也是乐观进取之人,虽会酒醉,但心不会醉。2. 酒后胡言乱语的人,喝醉酒就信口开河,胡开承诺,是怯懦型,有消极的倾向,常见怀才不遇或不满现状者。3. 酒后会哭的人,个性消极,自卑感重,这种人日常生活中曾遭受挫折、鄙视或者有许多委屈,便会常抱怨或发牢骚。4. 酒后呼呼大睡的,属于理智型之人,平常不喝酒时颇懂得自我约束,言行也很规矩。5. 酒后爱笑的人,是个性乐观、随和、不拘小节,颇具幽默感之人。6. 酒后唠叨、暴躁,甚至会动手打人者,是由于平常情绪不稳,处在长期的时运不济,或屡遭挫折、不顺的际遇下,属于怀才不遇的典型。7. 喜欢独自喝酒的人,属于郁郁寡欢型,因拙于交际与辞令的表达,个性孤独,为人拘谨。此类人富于理智,能明辨是非,心境性格上却是怯懦与消极的。8. 酒后喜欢走路的人,多半是怕老婆!喝完酒走着回家,这一路酒劲也就过了。9. 端起就干的人,无疑性格豪爽、心境坦荡。不过酒要喝好,不可不醉,不可太醉,切莫贪杯!"酒逢知己千杯少,话不投机半句多。"愿朋友们聚会中,酒桌识人。

中国的酒文化源远流长,"无酒不成席",而每一场酒局都有特定的目的和意义,其中究竟暗藏什么玄机?酒局对人又有着怎样的影响?喝酒的最高境界:三分醉,七分醒。这是人生的掂量。斟的是酒,品的却是人生。酒桌上几位王子通过"煮酒论英雄",在猜酒、议酒之时,也见证了人的人品。

人们在觥筹交错、开怀畅饮中往往扭转乾坤。古有最不辱使命的酒局"渑池之会"、最具杀机四伏的酒局"鸿门宴"、最霸气的酒局"煮酒论英雄"、最坑人的酒局"群英会"、最鼓舞人心的酒局"东晋新亭会"……

每一场酒局,其实都是人与人的较量,喝酒之中见人品……看似吊儿郎当,仪容不整,酒醉如泥的彭翼南,却在猜拳行令中实现了兄弟喝酒三部曲——以酒会友、借酒浇愁,兄弟之谊,滴水之恩、涌泉相报;而朱厚熜、虢成却总想放倒对方……

酒场识英雄。万万没想到,在猜酒、划拳、赌酒中,看似不胜酒力的彭氏兄弟大智若愚,最后倒下却是意料之外又在情理之中……

▲巫傩鬼蜮,荒野(夜,外)

福无双至,祸不单行。连日来的阴雨绵绵,空气之中不时弥漫着一股血腥的异味,殊不知这正是两个"活鬼"钱新、黄褐闯下的弥天大祸。为了寻找到盗掘王城宝藏的密钥,他们竟炸开了四百多年前遗留在深潭中的"东瀛魔盒",导致巨型病毒扩散。这种病毒是一种极其罕见的嗜血病毒，凡是恒温热血动物立刻遭到侵蚀，瞬息之间生灵万物沦为毒魔的猎物。

对于病毒虐杀来袭，地方的管理者起初决定宁可违规、拖延不报，也要以维稳大局为重，不愿向社会公开事实真相。但随着疫情发展不断失控，官方急救药物却迟迟研发不出，情况十分危急……四百多年前埋下的隐患，引发了这场危机，空气中弥漫着死神诡异的气息。一些疑似病人出现发热症状，可检测出来却是阴性，超级病毒如此聪明机警，巧妙躲过了追踪，专门摧毁人的免疫系统，导致机会性感染或产生恶性肿瘤，其表现为常见的发热症状。疑似病人只有经过多次检测，才会呈现阳性，被确诊为病毒感染者。难道东瀛邪毒也读过《孙子兵法》？"兵者，诡道也，故能而示之不能，用而示之不用……"如果站在地球的角度想一想，人类只不过是另外一种病毒罢了，自从有了人，整个地球便不再安宁了。

突然爆发的瘟疫，引发了当地民众一片恐慌。面临疫情持续恶化，全国各地火速驰援。为了遏制瘟疫蔓延，城市乡村启动突发事件一级应急响应，全面进入战时状态——封城、戒严、切断交通等诸多措施有效地阻隔了病毒传播途径。一直以来，人类把动物关进笼子，任人宰割。如今瘟疫来袭，人们都不敢出门，动物已把人类关进了"笼子"。天道轮回，善哉、善哉！只有善待生灵万物，才能保住人类自身的安康。

这是一场没有硝烟的战争，相关负责人一边要应付疫情，一边要派人寻找失踪的探险家。在文管局翻译江诗琴引导下，参与搜救的考古专家、公安消防干警终于在巫傩鬼蜮的荒野之中，找到了失踪数日的贝尔·格里尔斯，只见他已昏倒在盗洞口，手里却紧紧拽着那根探险专用的升降绳……

当大家合力将升降绳拉上来时，令人意外的一幕出现了：这根绳子的另一头绑缚着"钻山打洞"的盗墓贼钱新、黄褐……

众所周知，史上堪称最神秘的三座皇陵：一座找不到，一座不敢挖，一座挖不动。其中成吉思汗的皇陵"找不到"、秦始皇的皇陵"不敢挖"、武则天的皇陵则"挖不动"。时光虽已飞逝千年，但这三座墓却从未被盗过。然而还有一个"很神奇"——这便是湘西土司始祖彭公爵主的王陵，墓穴机关密布，一碰就毙命。当蟊贼钱新、黄褐再次潜入阴森恐怖的盗洞时，便立刻命悬一线，危急关头，幸得贝尔出手相救，不曾想贝尔还差点搭上自己性命……

▲王城，书院遗址（夜，内）

联合国专家仍在讲述：中国不缺人，人口众多、幅员辽阔、地大物博……

中国人不缺钱，世界上任何地方的奢侈品都是由中国人来消费的。

自古以来，中华民族最讲底线。比如"己所不欲，勿施于人"，比如"杀人偿命，欠债还钱"。做生意明码实价，童叟无欺；做学问，言之有据，持之有故；做官，不夺民财，不伤无辜；做人，不卖朋友，不丧天良。正是靠着底线的坚守，华夏儿女虽历尽苦难，中华文明却得以延续、生生不息。

君子爱财取之有道。上善若水、德行天下，沧海横流，以兼容之心诠释"内涵"，容人之长、之短、之能、之过，不以力胜，而以理达，睿智尔雅，含蓄而为；德善情怀孕于世间万物的变化之中，以水之智立身行事，不迷失于急功近利，能在迂回中积蓄力量，在通变中寻找出路，在前行中练达智慧人生，唯有道德、品行高尚才能行遍天下……

做人以德为本，治国以德为道，此乃实现中华民族伟大复兴之道！

——定格！

急速转黑的画面上，滚屏淡出以下字幕：

【第三单元叙事、第八章完】

● 第三单元叙事之：

第九章

微服潜行　钦差大臣诡计多端
恩威并施　招抚剿叛冤家路窄

▲永顺州衙，接官楼（日，内）
戒备森严的永顺府衙接官楼里，朝廷科举督考官就在此下榻。
总督张经正在更衣欲小憩，此时，门外传来脚步声，他回头看见他的助手俞大猷走了进来："总督大人，小姐总算是有消息了。"
"哦？"张经抬头问，"大猷呀，娇儿她现在人在哪儿？"
俞大猷："昨天有人看见她出现在王村，好像是跟几个当地年轻人在一起。"
张经："当地人？唉，真是儿大不由爹呀！这一路兵荒马乱的……"
俞大猷："哦，大人请放心，我已派人寻她去了。"
张经担忧地道："这要是万一有个闪失，我怎么给她死去的娘交代？"
这时，俞大猷附耳小声地道："大人，朝廷钦差大臣严嵩和他的干儿子赵文华已赶到了王村，奸党调遣的清剿大军随后就会赶到……"
"哦，真是福祸同行呀！"张经大感意外。
俞大猷："大人您别着急，咱们南京国子监是来湘西招募人才的，与他剿匪无关。喏，这是此次拟定的科考宣传告示……"
（展开特写）自古英雄出湖湘、不拘一格降人才！
张经喃喃地道："那他们京城国子监有何动静？"
俞大猷又掏出一条标语："他们此来清匪剿叛……喏，这是京城国子监的剿匪檄文……"
（特写）朝廷大军压境，清匪剿叛指日可待。

▲王村，接官码头（日，外）
整个屏幕展开的都是"清匪剿叛"的檄文、标语。
这些檄文、标语悬挂、张贴在码头墙壁上，异常醒目。
（镜头拉开）码头台阶上的茶食摊，一个身形单瘦的黑衣人，正坐在角落湾，卖着茶叶蛋——斗笠檐遮住了她的脸庞，我们一时还看不清其模样。
码头上一片狼藉：河面飘过阵阵硝烟，只见一些官兵正在清理现场。
不远处，挤满了等待登船的湘民，人来人往，小贩叫卖，颇为热闹。

第九章

微服潜行　钦差大臣诡计多端
恩威并施　招抚剿叛冤家路窄

等候渡船的湘民们正议论纷纷。

甲："搞什么名堂，船怎么还不来，都什么时候了！"

乙："难道你没听说，昨晚上出大事了耶，停靠在这里的京城官船都给炸飞了，朝廷钦差大臣的尸首到现在都还没找到呢。"

丙："听说炸船的，就是那帮领头暴乱的七剑客……"

"要讲这保靖过来的七剑客，那本事当真了得，尤其是那舵主雷也行，日行一千，夜行八百，飞檐走壁，白昼隐身。"码头茶食摊前，摆摊的老板边炸油香，边口沫横飞，跟茶客、候船的人讲得正来劲，"一句话，他要你三更死，你就莫想活到五更天！"

"哦，竟有如此之狠角色？重九呀，你可听说了？"

——插话的，是路经此地的一个穿锦缎马褂，扮成富商模样的严嵩，身边陪着他的青年就是前来保驾护航的知州大人向重九，他因受"捐监冒赈"贪腐事件牵连，而暂被革职。

而站在一旁的赵文华以及几个伙计模样的人，正牵着驮行李的马匹，鞍前马后地紧紧跟随在严老板的左右。

向重九："严老板，这些都是市井传言。天不怕、地不怕，就怕湘西人吹牛、讲大话，瞎说而已，不听也罢……"

茶摊老板："哟，几位客官，是来赶船的吧？你们还不晓得保靖人狠吧？"

严嵩点点头："哦，老板你刚才说的那个舵主雷……什么也行的？"

茶摊老板："雷也行又名匼笼客，这'匼'本意是周、圈、环绕的意思，匼笼是湘西山区人们日常使用的又长又大的一种竹子编织的大型背笼，即使再多的东西都能装下。而我讲的这个匼笼客雷也行，其祖辈与湘西保靖土司交往甚密，所以他才顺利当上了万虎山七剑客的总舵主，相当于水泊梁山的宋江，旗下三教九流、各路豪杰追随于他。"

严嵩："哦，难道有保靖土司的祖护，别人都怕他不成？"

茶摊老板："莫怪您不信，就连我们永顺这边北门冲的莫寨主起初也不信，还放出狠话：'雷也行你要真有本事，上他北门冲走一遭试试！你猜结果怎样？'"

严嵩："怎么样？"

茶摊老板："话刚放出来，第二天一清早，莫寨主就在枕头边发现了雷舵主的粮草清单，喊他马上将二百石粮食送过去，不然的话，当心项上人头！这莫寨主家里也养了百十号刀客，给人摸到枕头边都不晓得，你讲这雷也行是不是会隐身法？"

茶客甲："这有什么？他姓雷的，还不是仰仗着自己是保靖土司彭荩臣的小舅子，别人惹不起他……"

茶客乙："话可不能这么讲，早几年，永顺土司与保靖土司这两兄弟争夺封地时，全靠雷也行给保靖土司打头阵，抢走了不少地盘……"

茶客丙："是呀，永顺城养兵大几百号的向老太爷不是讲狠嘛，倚仗孙子在永顺州府衙，向老太爷跟他雷也行斗了几十年，结果呢，死伤上百号人呀！"

说话之间，跟在严嵩身后的那几个伙计，来到戴斗笠的黑衣人的茶食摊上，摊主连忙在木盆里挑选着，先后夹出了几个茶叶蛋——

"谢了！"斗笠人收了钱，依然将檐帽压低，只闻其声却不见其容。

这边的严嵩迫不及待地道："哎，老板，还没说完呢，接着说呀。"

向重九对此不屑一顾地道："市井流言，不必相信。"

严嵩："听听也好嘛。老板，来来来，泡上茶，接着说。"

"好嘞。"茶摊老板忙不迭地泡起了茶。

两名随从连忙给严嵩、赵文华抽好板凳，扶持他们端坐下来，那个叫向重九的也只得陪他们在一旁将就坐下。

几个随从立即挺身背手，环侍在严老板的前后左右。

▲接官码头，台阶（日，外）

就在他们身后不远的人群中，一个戴毡笠、背背篓的汉子收住了脚步。

毡笠低垂的汉子，警惕地扫过了茶食摊前赵文华、向重九等人的背影。

——这正是七剑客老四、目光鹰隼般的棒棒客！

随着他一个极不起眼的手势，人群中、路边上，好几个戴毡笠的汉子同时起身，闷头向码头中央走去……

▲接官码头，摊点（日，外）

茶食摊上，严嵩端起茶，急切地问："老板，接着说呀，那后来呢？"

茶摊老板："后来还用说吗？莫寨主当天就按照清单，把粮食送上了万虎山，他也得要命啊。"

赵文华、向重九听得眉头直皱，但见严嵩兴趣正浓，他俩也得陪着干笑。

严嵩："照你这么说，你们永顺人都怕保靖人啰？"

茶摊老板："唉，永顺人差火得很呀，就连保靖那边的婆娘也逮不得，你看永顺州府接连两任二把手——彭总管、杜总管，就是因为逮了保靖婆娘！"

严嵩："哦，保靖人有这等厉害？惹不起还躲不起呀！"

不等茶摊老板答话，旁边茶客乙接上话题："哟，话可不能这么讲。"

严嵩："怎么，难道还有比他更厉害的？"

茶客乙："那当然，新近不知什么时候，湘西又冒出来一个隐身黑衣大侠，居然还敢劫持钦差大臣。这黑衣大侠行走如蜻蜓点水，使出的簪子暗器无人能敌！"

茶客丙："神秘隐身术，自古乃暗影潜行，隐杀一族，如今居然也敢出现在大白天？福祸难知呀！"

此言一出，四周好几个茶客纷纷首肯："那是……那是，来无影去无踪……"

茶摊老板："我看也未必，黑衣大侠只是个过路客，他暗器再狠，也不一定逮得赢。雷也行不也跟天门道长学过隐身术吗，到底哪个更厉害，难讲！"

茶摊上热聊正欢，只有角落湾里那个戴斗笠、卖茶叶蛋的黑衣人在一旁不动声色、静观其变。

只见她慢慢拿起勺子，搅动着木盆里的茶叶蛋。

她的脸庞渐渐出现在观众面前——是一个二十来岁、清癯文弱的姑娘，这不就是那个美艳惊人、湘西七剑客中的幺妹老七"闹药客"吗？！此刻她的肩上还斜挎着土家典型的西兰卡普织锦袋子。

勺子刚放下，她却愣住了——

一旁，几个衣衫破烂的小乞丐眼巴巴地正盯着木盆里的茶叶蛋，咽着口水，却又怯怯地不敢近前。

幺妹向小乞丐们招手示意。

她的笑容是如此亲切，目光是如此温和，消除了孩子们的胆怯，一个大胆的小乞丐上前抓起一个茶叶蛋欲吞下——却被幺妹一把夺下，小乞丐不解地望着。

只见幺妹帮他擦了擦手，然后在木盆里挑选出另一个蛋递给了他，其他几个小乞丐见状一拥而上——这一动作让周围的人十分费解。

"慢点慢点，我来给你们挑个大的、好逮一点的……小心噎着，慢慢吃。"

▲码头台阶（日，外）

渡口码头，一艘帆船正在靠岸，船工们正忙忙碌碌，准备迎接候船的客人。

船老板催促着船工："快些快些，手脚都放麻利些，客人等上船呢……"

突然一只手从背后拍了拍他的肩膀——

老板回头一望，迎面正是那七剑客老四——棒棒客埋在毡笠下的那半张脸，后面还站着好几个戴斗笠的汉子："老板，船上雇伙计吗？"

船老板不耐烦地道："不要，不要，我船上有伙计……"

棒棒客打断了他："兄弟们不收工钱，白给你撑这趟船，总可以了吧？"

"我讲了我有伙计，不要……"船老板的话刚到一半，蓦然哑了口。

——棒棒客撸起袖子，搭在船老板肩上的那只手腕上，隐隐露出"三把半香"的刺青文身！

船老板顿时大惊失色。

棒棒客："你船上还雇伙计吗？"

船老板点头犹如鸡啄米："雇雇雇，我雇，我全雇……"

▲万虎山匪城（日，外）

绣有七把刀剑的黑色大旗，猎猎迎风。

两峰相夹，壁立千仞，天余一线，鬼斧神工，山寨天险震撼人心！

沿着狭窄、险峻、一眼望不到头的石台阶，黑衣黑裤、劲装执刀的剑客刀匪一路把守森严。

画外音传来——"大明万虎山、湘西七剑堂、峒河灵溪水、忠义万古香……"

石阶尽处，豁然开朗，巨石、原木搭建的万虎山大寨雄浑粗犷，寨门上——七剑堂图案尤为明显。

画外传来舵主雷也行的质疑声音："清匪剿叛？"

▲万虎山寨，威虎大厅（日，内）

那几张"湘西科考即将举行""清匪剿叛指日可待"的檄文在雷也行手上颠来倒去，舵主雷也行端详着——显然他并不识字："这一张白纸一堆黑字，靠得住不？"

众刀匪面面相觑，一时之间不知该如何回答才好。

只见雷舵主挥刀割下一块肉顺手丢去——舵主宝座边躺着的一头雄虎立马跃起，朝飞来的肉块猛扑上去，大口吞吃起来……

牛皮客："舵主，这可是沅陵排帮罗老大专门捎来的官家檄文，罗老大讲了，这上面的话，就跟皇帝圣旨是一码事。"

精瘦干练的雷舵主点了点头："那，到底是先清匪剿叛，还是先朝廷科举？"

傩子客："按官府檄文的意思，是又剿匪，又科考，没分个先后。"

雷舵主："一口就想逮两颗硬核桃，它牙口倒蛮硬扎。"

傩子客："听排帮罗老大讲，朝廷此次清剿规模空前，除了装备了火绳枪，官军还从国外进口了红夷大炮。"

雷舵主恼怒地扔掉檄文，站起身，扫视着眼前的山寨大厅。

粗犷的大厅全部由原木搭建，两边靠墙全是刀枪棍剑，两侧是四幅画像——《风雪赠衣粮》《桃园三结义》《梁山聚义》《秦琼哭头》。

这四幅条屏画就是江湖上称的"三把半香"。山寨强人将这些标榜为共同遵守的有关忠诚信义的最高信条。在牌位之下，贡祀着历代头领的亡灵牌位。

每一块牌位下，均架着一柄残剑。

整座大厅，充满野性、阳刚之气。

几位头领面色严峻，两旁就座，其中空着两张椅子。

雷舵主对傩子客淡淡地道："依你看，我这万虎山寨，挨得起红夷大炮几下？"

傩子客的目光扫过空着的那两张椅子："舵主，只要今朝老四、老五得了手，就一炮也不用挨了。"

▲王村，接官码头（日，外）

"放板上客喽——"

随着船老板一声吆喝，客船跳板放至渡口前，等船的人们纷纷涌上……

夹杂在人群中，严老板、赵文华、向重九等人也向渡船走了过来……

向重九突然像发现了什么，一脸惊喜地道："哟，这不是咱们科考总督张大人的千金张大小姐吗？"

就在前方不远，一个身材高挑的姑娘转身回头一笑——此人正是此次科考总督张经的女儿张天娇，不过，她对眼前的向重九疑惑地道："你是……"

向重九："小姐真是贵人多忘事，早几天在藩屏王城，我和长沙府吉王还接待过你们父女呢！"

张天娇："哦……你，你就是永顺州府衙门的向大人，失敬……"

这时，天娇身旁走过来一个高个青年朝她打招呼："小姐，我们又见面了。"——来者正是王藩，他气质儒雅，风度翩翩。

张天娇一怔："嗯？怎么又是你？"

王藩："是我是我还是我，你这是要去哪里呀？"

张天娇淡淡一笑，反问道："你……你要去哪里？"

王藩："嗯，你去哪里，我就去哪里。"

张天娇："哦，这趟船是开往老司城的，难道你……"

王藩："去土司王城呀，我曾说过'咱们得去拜拜这座神奇的土司王城'。今日能与小姐同船，真是三生有幸。古人云：前世五百次的回眸，才能换来今生的一次擦肩而过……"

向重九见他俩谈得热火，插话道："古人还说，百年修得同船渡，千年修得共枕眠。哈哈，一个窈窕智慧的淑女，一个风流倜傥的才子，真是有缘千里来相会，无缘对面不相逢呀！"

严嵩："重九呀，怎么，碰上朋友了？"

向重九："哦，介绍一下，这位是京城做玉石生意的严老板，我这回专门陪他到老司城去看看货。这位呀，听口音像是湖广人士，一定是为寻芳而来、勇立潮头的青年才俊。对月形单望相互，只羡鸳鸯不羡仙呀，先生贵姓？"

王藩："免贵姓王，单名一个藩字。"

向重九："王藩，久仰。——哦，对了，这位张小姐就是此次科举总督张经、张大人的千金。"

"原来是张总督府上的千金！"严老板闻言，神色顿起恭敬之意，抱拳拱手，"幸会、幸会。"

天娇："怎么，严老板认得家父？"

严嵩："严某一个生意人，哪敢高攀？只是早闻令堂赫赫威名，仰慕已久而已——小姐，您先请。"

听到"张总督"三个字，码头一角那个正拎茶叶蛋上船的、黑衣幺妹不由得扭过头来，留意地望了一眼张天娇……

船上，船工们忙碌着，巨大的风帆正在冉冉升起。

撑起风帆的正是棒棒客的同伙，一群戴着毡笠的汉子……

▲万虎山大厅（日，内）

雷舵主："那姓严的指定在船上？"

傩子客："排帮罗老大亲自传的消息，绝对错不了的，官船已被棒棒客炸了，严贼一行只得改便装乘坐民船，明日中午到达王城大码头。现如今老四堵在船上，老五和幺妹端坐码头上等候了两天，哼哼，跑不了他！"说着他拔出腰上的一柄短刀扎在案桌上。

舵主宝座旁边的那只雄虎立马狂躁不安，大声嘶吼起来……

▲船上（日，外）

峒河清幽，碧水如兰。

船头，微服的严嵩入神地凝望着湘西山水，不禁吟起诗来："秋色连波，波上寒烟翠；山映斜阳天接水，芳草无情，更在斜阳外。"

打量着眼前的青山碧水，一旁的张天娇接着吟诵道："夜夜除非，好梦留人睡；明月楼高休独倚，酒入愁肠，化作相思泪。"

严嵩："小姐也知宋词名家范仲淹？"

张天娇："范仲淹的这首《苏幕遮》是他出任陕西四路宣抚使、主持防御西夏军务时，在边关防务前线写就的乡思旅愁之作。既有家乡苏州景色，又有陕西风物。难道严老板此行肩负着朝廷要务，这会儿又勾起乡思了？"

严嵩："哪里哪里，严某只是感叹湘西山水之美，借古人之言聊舒胸臆而已。"忽而他口气一转，不禁叹息道："只可惜，如此青山碧水，却偏不太平。"

张天娇："为何不太平？"

严嵩："自古湘西是中国的盲肠，这等匪患是非之地，啥时能太平？"

张天娇："湘西的土匪很多吗？我怎么不觉得。如果湘西没有逆党助纣为虐帮助东洋倭寇实施贸易掠夺，这里的世界该有多太平呀……"

严嵩："非也，早就听说湘西匪患猖獗，严某原本也不相信，不想这一路行来，耳朵里灌满的便是个匪字。"他手一指王藩道："比方这位王公子，难道就没有亲身感受到吗？"

此时的王藩，正凝视眼前的美人美景，一时还未反应过来："山美、水美，最终是人更美；众里寻他千百度，蓦然回首，那人却在灯火阑珊处——严老板，你怎么会在如此美色之中，对湘西匪患这么深恶痛绝呢？"

"哦，"严老板在二人之间坐了下来，"所谓君子不立危垣之下，严某生意人，做生意嘛，求个平安是福，自然唯愿海清河晏，一路太平。哦，对了，老夫也是刚到此地，依公子、小姐所见，这朝廷湘西剿匪，真能剿得清吗？"

不等王藩答话，向重九凑过来连忙回答："那是自然，以我朝廷威武之师、雷霆万钧之势，荡寇清匪，必定马到功成。"

严嵩："哦，真有这么简单吗？"

王藩淡淡一笑，虽未答话，但对向重九所言之不屑一顾却是显而易见。

向重九似乎看出来了："怎么，王兄好像另有高见？"

王藩："听兄一席话，乃官府之言，论剿匪，自然比我等有发言权。"

向重九："王兄客气了，刚才听严老板说，你也曾与劫匪多次交手，理当比我更清楚吧？"

第九章　微服潜行　钦差大臣诡计多端
CHAPTER 09　恩威并施　招抚剿叛冤家路窄

▲**万虎山大厅（日，内）**

"不清楚，您的意思是？"牛皮客（七剑客之老六）一脸疑惑。

雷舵主自信地道："傩子客，那你应该清楚老子的套路吧？"

"不在水面下手，偏要挑选码头？"傩子客思索念叨着，"这码头上……"

▲**王城古镇，码头（日，外）**

"老板，泡茶——"

"永顺城码头"的牌楼下，几个戴毡笠的精壮汉子结伴在茶摊前坐了下来。

一名汉子（七剑客之老五：舍宝客）将一个卷起的竹席筒靠在了茶摊桌边。

舍宝客抬眼望去——四周同样的毡笠汉子三五结伙，先后席地而坐。

同样的竹席筒被小心翼翼搁置，或在脚下，或依靠在墙边。每个毡笠汉子，都无一例外，戴着护腕……

▲**万虎山大厅（日，内）**

雷舵主："码头，不正好下手吗？"

傩子客担忧地道："从王村到老司城，水路五十里，只要严贼一行上了老四的船就插翅也难逃了。可船真的到了王城大码头，就进了向老太爷儿子府衙的地头，在向家屋门口摆场合，人家可是拥有大几百号的刀斧手呀！"

▲**王城，向府大院（日，外）**

脚步杂乱，众多刀斧手、团丁正在集合。

家仆收拾着鞭炮、横幅，乐手抬着锣鼓器乐，大门口一片忙碌。

"那边那边，抬过来抬过来，没吃饭啊，都快点……"管家向贵贵正来回吆喝、指挥着众人。

回廊上，向老太爷手持烟袋，审视着眼前的一片繁忙景象。

站在一旁的是老太爷的大孙子向八八，他是向重九的阿哥。此刻他却是一脸的不以为然："帕普，不就是迎个把子客吗？这么点小事，用得着摆这么大架势？"

向老太爷："小事？你当这是一般的客？朝廷钦差大臣。我向家今后的前程，还得指望在人家身上，今天头回接风，万万出不得一点纰漏，懂吗？"

向八八显然还有些不服气："您老人家倒是舍得上心，可老二向重九捎来的信里不是讲了吗，那姓严的这回是微服私访，没露身份。人家藏头隐尾的，我们反倒大张旗鼓去迎接，醒了人家的门子，费力不讨好。您老莫劳神费力搞了半天，马屁拍到马腿上了……"

向老太爷："你懂个什么！他严大人堂堂国子监祭酒、朝廷钦差，来一趟王城，为什么还要微服潜行？你就没想过？"

向八八："他爱唱哪出，我哪晓得？"

▲**万虎山大厅（日，内）**

雷也行："不晓得？他姓严的屁股一翘拉的什么？"

"拉的什么？"牛皮客一脸茫然。

傩子客："牛皮客你真是刚买回来的一头月猪儿……"

牛皮客："月猪儿……怎么说？"

傩子客："一张寡嘴！遇事你要多动动脑子！"

▲向府大院（日，外）

"你小子呀，就是不动脑子！"向老太爷数落道。

"这？"向八八一脸茫然。

向老太爷："我问你，严大人这回来湘西干什么？"

向八八："清匪剿叛呀。"

向老太爷："他要清匪剿叛，先得过哪一关？"

▲万虎山大厅（日，内）

"山！"雷也行的声音斩钉截铁。

牛皮客："山？"

▲船上（日，外）

严嵩："山？"

"山！"王藩语不高声，却不容置疑，"——湘西匪患数百年，历朝历代，征伐不止，也没听说有剿尽的时候，根源就在这个'山'字。"

严嵩："怎么讲？"

王藩："湘西八百里大山重峦叠嶂，五十弯峒河九曲回肠。依照朝廷惯例，你就是调来了万余官兵，但真要进这莽莽群山，也不过沧海一粟。到时候兵在明而匪在暗，千山万壑皆可藏身，官兵要对付的，只怕不是匪，先是山。而单凭这万余兵马，又怎能令百里群山纤毫不漏呢？"

▲万虎山大厅（日，内）

雷舵主："到时候，莫讲匪在哪里摸风不到，光是万余官兵要吃要喝要打仗，这粮秣军饷，刀枪弹药，一天得耗掉多少？他还能翻山越岭几百里路，从山外运进来？"

▲向府大院（日，外）

向老太爷："一句话：若无我这本地人相助，配合，不出半个月他就得喊天！"

向八八更是不解："喊天？难怪……"

▲万虎山大厅（日，内）

牛皮客："难怪大军未动，姓严的他要只身微服潜行。"

雷舵主："他会先拉拢向家这些地方势力，以解其后顾之忧，另外嘛，此次微服前往土司王城，只怕也是想先丢个石头试试深浅，官军……"

▲船上（日，外）

王藩："官军此来，对这个'山'字若无良策，只怕未必就能有什么突破哦。"

严祭酒听得连连点头，显然对王藩有些刮目相看了："嗯，不简单，老弟你熟知兵法韬略啊！"

王藩："晚辈一介书生，哪知兵法韬略，只是有感而发罢了。"

严老板："照老弟所言，这匪患难绝，吉凶难料，我们这趟来湘西，还真得当心才行啊。"

▲向府（日，内）

向老太爷："不过，话又讲回来，身边没带重兵，他堂堂朝廷钦差深入匪区，敢明目张胆吗？"

向八八："帕普的意思是——"

向老太爷："他要藏起掖起，我们偏要倒过来搞。他微服乔装是担心匪患太甚，危及自身，我们大张旗鼓，就是要让他看看，不管这大湘西的匪患闹得如何凶，进了王城，除了土司王是个象征外，就是我向家的天地，没人敢动他一根毫毛！到时候，他才真正明白，要想在这大湘西站住脚，离不开我向家这尊土地爷！懂了吗？"

"帕普此举高明，咱们向家的前程，今后就全指望这个严祭酒了……"

▲万虎山大厅（日，内）

雷舵主："捉了一个严祭酒，还会派来张祭酒、李祭酒，我挑在他向家大门口下手，就是要让朝廷长个记性：不管是向家还是别的什么霸主，哪条地头蛇都靠不住。只要断了官兵这个念想，他们今后就在湘西待不长！"

傩子客："可这王城码头毕竟是他向家人的地盘，这要万一……"

雷舵主："老子十年前还帮我姐夫打过老司城呢，这回不一样，我在暗地他在明处，老子要搞得他措手不及。"

傩子客："要是官府那一万多剿匪官兵赶到，就麻烦大了。"

雷舵主："一万多官兵怕个什么，老子只需派一个人去对付。"

牛皮客："一个人就够了？"

雷舵主："嗯，你们不想想？官兵要到湘西来，不论水旱两路，官庄一定是必经之地。牛皮客你快去给船上捎个信儿，要幺妹提前赶到官庄，她自有办法对付官军。现在码头上有埋伏，就算他姓严的有防备，我船上有老四……"

▲船上（日，外）

船头，掌梢的老四棒棒客正闷头撑着船……

▲万虎山大厅（日，内）

雷舵主："码头有老五……"

▲永顺城，峒河码头（日，外）

码头一角，三个戴毡笠的汉子正在摆地摊卖烟叶。

样子邋遢，一脸懒洋洋的老五舍宝客就蹲在中间，毡笠下，一双沾着眼屎、混浊无神的眼睛眯缝着，模样毫不起眼。

——整个码头，在他的目光下一览无余。

▲**万虎山大厅**（日，内）

雷舵主："就凭老四、老五的身手和本事，想拦他们，老司城只怕还没生出这种狠角色！"

▲**火房灶屋**（日，内）

"狠角色，快起来吃饭啰！"金凤掀开门帘，探头一看，床上居然没有人，"耶？这个死鬼，一早起就不见人，是不是又赌去了？"

一旁的彭翼北不置可否地回答道："他呀行踪诡秘，来去无踪。"

金凤："讲好今天要去码头接天娇和王藩的，眼看中午了，还不记得回！翼北，你赶紧把你哥找回来呀！"

"哎！"彭翼北赶紧出门寻人去了。

▲**王城赌档**（日，内）

"哗啦啦啦"，一只手熟练地摇动着骰盅……

赌档里，所有人都挤在一张赌桌前，目不转睛——这场赌显然十分吸引人。

对赌一方，是紧张得满头大汗的地府团丁队长——向七七。

另一方则是摇骰盅者，围观者遮住了他的身影，我们只能看见他一只脚踩在桌沿上，手中骰盅摇得跟变魔术一般，挂在屁股后面的酒葫芦晃晃悠悠。

"砰"的一声，骰盅被扣在桌面上——

所有人屏住了呼吸，赌档内一时鸦雀无声，死一般沉寂，唯剩向七七死盯着骰盅，神经质地叨念着："一、二、三，小！小！小……"

酒葫芦里倒出了几滴酒水——摇骰人的脸凑了过来——张大嘴接饮着——这是彭翼南，他眉尖眼利，敞胸露怀，一脸坏笑地道："老子倒是想摇个小的，让七哥好歹也赢一把回去，可惜赌神菩萨不答应，偏要摇个大，我也没法子呀。"

说话间，他不紧不慢地揭开了盅盖。

"四、五、六，大！"人群一阵欢呼。

"奶奶的！"向七七懊恼地一拳砸在桌上。

"哈哈……"彭翼南呼啦扫拢桌上大把的铜钱，扯开口袋靠拢桌沿后将钱扫落自己的口袋，喝了一口酒后得意地道："又让七哥破费，几多不好意思啊。"

"哥，哥——"人群外，可见彭翼北手持竹蜻蜓进赌档在寻找人。

"哎，来了来了。"彭翼南一边喝酒，一边拍了拍向七七的肩膀，"七哥，兄弟还有事，改天再陪你玩，多谢了。"

向七七一把揪住了他："哎，等等……赢了就想跑，没这规矩吧？"

彭翼南："我真有事，还得上码头接人呢……"

"是呀，七哥——"站在向七七身边的团丁跟班也拉扯着向七七的手臂，"团上集合了，再晚大少爷又得发火……"

第九章 微服潜行 钦差大臣诡计多端
CHAPTER 09 恩威并施 招抚剿叛冤家路窄

"少啰唆！"向七七打断了跟班，冲着翼南道，"最后一把，一把定输赢！"

彭翼南："真没空，七哥，改天一百把我都陪你，行了不？"

他甩开向七七的手，分开人群，扬长而去……

"站住！"赌红了眼的向七七看来真豁出去了，三两下掏空了全部口袋，"老子今天非赌完这把不可！彭翼南，有种的你就莫跑！"

忽然"叮当"一声，他将剩下的钱物全部摊在桌上！

围观众人顿时一片惊叹——这桌上，除了零钱铜板，居然还有一根金条。

彭翼南回头看见金条，眼睛顿时见金眼亮，脚跟似乎被粘住不动了。

少顷，他转回头与弟弟商量："翼北，要不哥再玩最后一把，就一把，马上就完。"

彭翼北急了："老哥呀！你这没完没了，赌到什么时候呀！"

彭翼南凑近他耳边轻声道："这可是金灿灿的金条呢！不要白不要。"

他"哧溜"又钻回到了椅子上，拿起金条咬了咬，看来是真的，于是他满脸堆笑："向大团头下这么大血本，不陪你玩这把，我也不够意思嘛。想怎么玩？七哥定，我呢奉陪！"

彭翼北无奈地等在原地不动，显然他已习惯了哥哥我行我素的作风。

向七七早已赌红了眼，只见他一咬牙关："老子跟你赌铁骰子！"

"铁骰子？"彭翼南一脸的夸张，伸手摸了摸向七七的额头，"向大团头，你没着凉发烧吧？这铁骰子可是我彭翼南看家的买卖，你跟我赌铁骰子，这岂不是茅厕边上打地铺——找死（屎）吗？"

"你少啰里巴唆，就用铁骰子，老子今天赌定了！你小子若使诈，莫怪我翻脸不认人！"说罢，向七七抽出背后一把火绳枪往桌上"啪"地重重一拍。

"这可是你选的，输了可怨不得我啊。"彭翼南说着，怀中一掏，摊开手掌，四下展示着，全身并无任何使诈的工具。

——三颗精制铁骰子躺在他的手心，乌黑锃亮，上面用红漆点着数。

围观人群七嘴八舌："这就是铁骰子？""哟，铁打的骰子，手上没劲儿可摇不了……"

观者顿时一片兴奋——

只见彭翼南手一松，铁骰子落入骰盅，"当啷啷"的声音清脆悦耳。他将骰盅往向七七面前一推："庄让闲，七哥先请吧。"

"我先就我先！"捧起骰盅，向七七闭上眼睛，边摇边叨念着，"天灵灵，地灵灵，赌神菩萨第一灵，招财童子抬元宝，一只一只抬进门，一一通杀！"

骰盅被重重地扣在了桌面上。

他小心翼翼，慢慢地掀开骰盅——偷偷看了一眼。

运气还真不错，骰子是三个五。

骰盅掀开——"三个五……哇，三个五，好手气啊！"围观人群顿时发出了一片羡慕叫好之声。

向七七也忍不住一脸得意："哈哈，看清楚了，彭翼南，这把你要还能赢，除非老子撞了鬼！"

"这可很难讲呀！"彭翼南喝了一口酒后，操起骰盅，一边摇动，一边嬉皮笑脸地道，"七哥，这人嘛要真的走背运，大白天也不一定不撞见鬼哟。"

"砰！"他将骰盅扣在桌上。

所有的脑袋一齐凑了上来——

只见骰盅之内，骰子凸显：三个"六"（特效）

"等等！"向七七的手，按住了彭翼南掀骰盅的手。

彭翼南："怎么了？"

向七七："这把我来开。"

"怕我玩鬼呀？你开就你开。"彭翼南挪开了手。

向七七的左手，抓住了骰盅盖。

赌桌下，借着桌子的掩护，向七七右手一抖，一块磁石从衣袖中落到手上。

磁石悄悄一敲桌底——（特效）骰盅之内，三个骰子轻轻一跳，其中的一个翻了个面。

此刻，彭翼南似乎具有第六感特异功能，骰盅之内传出的轻微响动，让他的耳朵也在上下微微抽动着。

只见赌桌之下，变戏法一般——彭翼南的手中已摸出了一颗铁弹子。

手指一弹，铁弹子正中向七七右手腕，向七七痛得一抽，磁铁石脱手掉落。

彭翼南的手灵巧至极，不但抄住了反弹回来的铁弹子，两指一夹，还夹住了那块磁石。

当他的手收回之际，磁铁石已轻轻一敲桌底——

（特效）骰盅内，骰子又变回了三个"六"。

桌面上，向七七疼得直咬牙，却又不敢叫出声，脸都憋紫了。

彭翼南打了一个酒嗝后，一脸关心，凑上前来："哟，七哥，怎么了，气色突然这么差，真撞见鬼了？"

向七七吃了哑巴亏，还不能争辩，只能恶狠狠地骂了一句："你个兔崽子！"

按着骰盅，他犹豫着，显然心里没了底。

四周，看客们纷纷催促着："开呀，快开呀……"

团丁跟班也在不停地催促着："七哥，快点呀，再晚大少爷真要发火了！"

向七七还在犹豫着。

彭翼南："等什么呢七哥？我这骰子摇好长时间了，你未必非要等到铁树开花，才肯开骰盅。"

说着，他抓住向七七的手腕，往上一提，骰盅开了——

"三个六，豹子！"人群顿时一片惊喜之声。

向七七把骰盅盖一摔，拿起桌上的火绳枪扭头就走。

身后，却传来了彭翼南的声音："七哥，你的东西掉了——"

向七七回头，只见翼南手一挥，有东西直向向七七脑袋飞来，吓得他一缩头，伸手在空中乱抓一把，居然还接住了来物。

——那正是他要诈使用的磁铁石。

"彭翼南，你个兔崽子，老子一定会收拾你的！"向七七边骂边逃出了门。

一把抓起桌上那根金条，彭翼南得意地将其高高抛起——

▲街巷（日，外）

高高抛起的金条被一把接住——彭翼南哼着小调，眉开眼笑，得意扬扬。

他身边的彭翼北嫉妒地皱了皱眉头："赌博赢钱，蛮光彩吧？"

彭翼南："赢钱是本事，输钱算活该。"

彭翼北："那也莫赢得这么狠嘛。"

彭翼南："他爱输给我，难道我跟钱有仇呀？再讲哥赢几个钱，还不是想早点给你娶个嫂子回来呀。"

说话间，几个逛街的妹娃与他们擦肩而过，其中一个长得颇为漂亮。

"哇，好水灵的妹娃儿！"翼南顿时来了劲，冲着妹娃的背影，使劲吹口哨。

彭翼北："哥，快点走吧！"

"哎哎，来了来了。"答应着，彭翼南还恋恋不舍，边走边回头……

▲王城，接官码头（日，外）

"闪开闪开，都闪开……"

吆喝声中，向府大队人马，簇拥着向老太爷与孙子向八八，一路驱开路人，径直向码头走来。

团丁们的肩头，黑沉沉的刀枪阴森森，杀气扑面而来。

码头四周，三五结伴的毡笠汉子们不约而同地望了过来。

烟叶摊后，舍宝客却仍若无其事地闷头整理着烟叶。

毡笠汉子们见状，也都收回了目光。

"都闪开都闪开，听到没有，都给我闪开……"领头的管家向贵贵正驱赶着码头前来等待接人的湘民。当他欲推开码头上一个姑娘时，却传来向老太爷呵斥的声音："慢着管家，她可是我早几天刚认的干孙女京子。"

此刻来到码头的，正是向老太爷和他的大孙子向八八。

京子战战兢兢地道："帕普，大哥？"

向老太爷："京子，这兵荒马乱的，你跑到这里来做什么？"

京子："我是来找彭翼北，他说中午要到码头上接客。帕普，你们这是？"

向老太爷："我们也来接人，你一边等着吧。"

"是，帕普。"京子不敢再多问，小心翼翼地让到了一边。

——烟叶摊后，舍宝客浑浊的目光瞟向了京子，大拇指向上一抬。

身边的那个瞟子客立马会意，背起背篓，顺势站到了京子的身后。

码头前团丁整队，鼓乐排开，竹竿挑起长长的爆竹，向府人马摆开了架势。

"恭迎京城严祭酒大人莅临"的大红横幅，铺展开来……

▲**船上（日，外）**

船头，严老板谈兴正浓。

严老板："张小姐怎么不说话？依你之见，朝廷是先清匪，还是先剿叛呢？"

天娇："什么剿叛、清匪，我可数不清。"

严老板："张小姐可谓大智若愚，将门之女，所见必定不凡。"

天娇："家父只教过我读书认字，这些打打杀杀的事，可没教过我。再说这匪那匪的，也没惹到我们头上来不是？"

赵文华越来越觉得此女子似乎在哪儿见过："张小姐，您这可就是'各自打扫门前雪，哪管他人瓦上霜'了，若论湘西七剑客叛匪之首雷也行，原本不过一个山巴佬，还不是仗着自己是保靖土司大人的小舅子，为所欲为。此次令尊在匪区主持这么大的国考，难道你就不为家父安危担心吗？"

不等天娇答话，一旁却传来了一个淡淡的声音："真要人人有饭吃，有衣穿，有书读，又有谁愿意提起脑袋过日子呢？"

所有的人都循声望了过来——说话的正是那个一直闷头不作声的卖茶叶蛋姑娘幺妹。

天娇："姑娘所言极是，官逼民反，只能是越剿越多。要是日子好过的话，这匪还能从天上掉下来？又哪来这么多匪啰！"

王藩："嗯，取水灭火不如釜底抽薪，此言确是至理。"

向重九吃醋地讥讽道："看来王藩兄与小姐之意完全苟同，这一路走来，不离左右，不愧护花使者呀！"

一语道破玄机，顿时说得二人不好意思起来。

这时，一条小船驶来，戴毡笠的牛皮客对幺妹喊道："卖茶叶蛋的妹子过来，我们全包圆。"话音未落幺妹跳上了小船，轻声耳语之后，朝大船上艄公做了一个手势，镜头扫过船头、船尾，以棒棒客为首的艄公、舵手，正闷头驾驶着船只。

只见扮成乘客的毡笠汉子，已经倚坐在严老板的随从身后。

——看似不经意，整条船上下，全在毡笠汉子们的掌控之中……

▲**王城，接官码头（日，外）**

码头的石级上，只见彭翼南边走边上下抛耍着三颗铁骰子；而彭翼北手持竹蜻蜓正在将上方安有扇叶的木棍置入竹管里。

然而码头上盛大的迎接场面，把彭翼南、彭翼北都给弄迷糊了。

只见彭翼南边喝酒，边打酒嗝："哇，搞什么，这么大的排场？这爆竹锣鼓的搞起，收媳妇呢还是嫁闺女？"

翼北："他们是在接人吧？"

翼南："接什么财神菩萨，值得他向家摆这么大的场合？"

说话间，二人已下了大半台阶，看见了团丁们扯起的横幅——

翼南一边喝酒，一边胡乱指点，不禁念出声来："恭、迎、严、祭、酒，祭什么酒？不如老子逮一口酒！"

翼北："这不是逮酒，好像是严什么祭酒的排场。"

翼南口齿不清地道："这家伙名字好怪呀，喝酒就喝酒，叫个什么祭酒？"

彭翼北："你管他叫什么？向家的事，莫拢边。"

两人绕开向府队伍，从路边的湘民中挤过……

然而就在码头的另一侧，向老太爷的干孙女京子正翘首张望着远方。

她的身后，那名毡笠汉子——瞭子客的目光，正冷冷地盯着她的背影。

两人走在人群中，彭翼南的眉头突然一皱，面露警觉。

他的胳膊肘轻轻一碰老弟："翼北。"

翼北："啊？"

翼南压低了声音："场合有些不对头呢。"

四下望望，彭翼北却没看出什么异常来："怎么了？"

翼南："都快腊月天了，怎么这么多人带着凉席，嫌河风不够凉吗？"

顺着他的目光看去，彭翼北这才注意到四周摆的那些竹席筒。

——就在竹席筒旁，摆摊的、闲坐的，三五成群，都是精壮的毡笠汉子。

彭翼北这才醒过神来："你看——"

翼南："竹席里有名堂。"

翼北："冷杀还是硬火？"

翼南："试试就晓得了……"说着便往前走去。

码头上，人来人往，络绎不绝……

"老板，逮碗茶。"茶摊前，翼南大大咧咧地晃悠过来将一个铜钱扔在桌上。

"来了——"茶摊老板泡来了滚烫的茶水。

彭翼南一副口渴难忍的猴急状，急不可耐地端起茶，却被茶烫了手，就在他"哎哟"声中，茶水泼出，胳膊也撞倒了斜靠在茶桌边上的竹席筒。

他赶紧笨手笨脚地去扶，一旁的毡笠汉子却条件反射般地伸出手，抢先一步扶住了竹席筒，场面顿时紧张起来——

——滚烫的茶水泼湿了毡笠汉子的半截裤腿，这汉子却只顾一手扶竹席筒，一手拦在翼南前头。

茶摊上，几名毡笠汉子顿时紧张起来，一脸戒备，几乎同时站起身子——

尤其是码头角落湾里那几个卖八月瓜的伙计，神色尤为紧张……

顿时，场面剑拔弩张。彭翼南、彭翼北惊恐地相对一望！

——定格！

　　只见土司王城土家博物馆内，一座封土大墓模型前，探险家贝尔·格里尔斯举起茶杯喊道："Waiter——Xiangxi Golden Tea！"

　　"贝尔先生，湘西黄金茶来了！"身穿店小二戏服的剧务端着热茶送了上来……

　　只见贝尔边饮茶边说道："欲知后事如何，尔等容我品茶之后慢慢道来。"

　　急速滚屏淡出以下字幕：

【第三单元叙事、第九章完】

● 第四单元叙事之：

第十章

码头风云　劫匪布下天罗地网
两肋插刀　彭氏兄弟携手逆袭

▲王城，接官码头（日，外）
"哎哟，对不住对不住，没烫着吧？"翼南赶紧蹲下，拍打着汉子的裤腿。
——目光所及，歪斜的竹席筒下，露出的是黑乎乎的刀枪！
毡笠汉子迅速扶正竹席筒，重新盖住了刀枪："一点儿水，不打紧的，兄弟莫客气。"
"那就不好意思了，对不住，对不住啊。"翼南连忙点头致歉。
毡笠汉子望着他有些莫名其妙。
彭翼南重新晃回到翼北身边，漫不经心地望着河面："是硬货。"
彭翼北同样望着河面，两个人全然像相互不认识的、等待接船的湘民。翼北嘀咕道："依你看，什么来路？"
"只怕是这个……"彭翼南右手伸出"七"的手势示意左手腕。
（镜头掠过）所有毡笠汉子，手上都戴着护腕。
"七剑客？"彭翼北似乎已明白，"这么说，是来摆向家场合的？"
翼南："不，不像。"
翼北："不像？"
彭翼南用脚尖，在地上画出了几道痕迹："真要是摆向家的场合，就该断后路，把人往水里赶，这个架势，正好是反的。"
——他的脚下画出的正是码头大概的形势图：向家大队人马居中，各处毡笠汉子分布在两翼靠河边，两股势力直插向家人马与峒河水面之间。
彭翼南："这是想拦劫水面，不让向府团丁靠近峒河——"
彭翼北疑惑地问："水上有什么好拦的？"
刹那之间，他猛然醒悟，反应过来："船！"
彭翼南："没错，他们要截杀的就是船！"
▲水面上（日，外）
（镜头拉起）远远的峒河水面，载客的帆船已映入了人们的视线之中——
▲船上（日，外）
不少旅客都已陆续起身——

从船上望去，码头上的迎接场面也已清晰可见。

打量着岸上盛大的欢迎场面，严老板对弟子向重九投来了微带嗔怪的目光，但见向重九不断谦恭地赔着笑，严老板也一时不好责备，只得摇了摇头。

▲码头（日，外）

彭翼北："王藩兄和天娇姐他们还在船上！"

▲船上（日，外）

天娇、王藩正在眺望码头——

▲码头（日，外）

彭翼南："我担心的就是这个。要是他们动向家，姓向的是死是活关我们什么事，可要是劫船，就由不得他们了。"

翼北："他们人多，硬逮拦不住。"

翼南："蛇打七寸雁打头，这东一伙西一堆的，里头不可能没掌盘子的。"

翼北："嗯，那就挑掌盘子的下手。"

两个人的目光，掠过眼前这一伙毡笠汉子，正搜索着……

——所有的毡笠汉子都闷声不响，神态自若，实在没什么太大的区别。

翼北："水太深，探不到底啊。你呢？"

翼南摇摇头，他显然还看不出端倪。

翼北："船快到了，要快！"

眉头紧锁，彭翼南飞快思索着……

河面上，船还在不停地向河岸靠近……

"让一下，让一下……"就在这时，两个人正好从翼南、翼北身边挤过，匆匆忙忙朝向府队伍跑去。那正是换上了团丁号服、背着刀枪的向七七和他的那个跟班。

两个人气喘吁吁，跑到了向八八面前。向七七："老爷，大少爷。"

向八八："你挺尸去了？不晓得今天有事吗？"

向七七："对不住啊，大少爷，我我我……我肚子痛，不小心搞晚了……"

他边说边往团丁队伍里挤。

向八八："还挤挤挤，挤你个头啊！没看到队伍都排好了，去，上那边看着爆竹——备好香火，等客人下船就点。"

"是，大少爷。"向七七赶紧跑向一旁手持爆竹的团丁，将其手中的爆竹撑杆一把夺下……

望着高高挑起的爆竹，再看看竹竿下持香火的向七七，彭翼南突然鬼精地笑了。

他用胳膊肘一碰翼北："我去闹个响动，惊惊盘子，你盯起。"

彭翼北："嗯。"

握着点燃的香火，向七七自顾自地守在爆竹撑杆之下。

第十章 / CHAPTER 10

码头风云　劫匪布下天罗地网
两肋插刀　彭氏兄弟携手逆袭

"哟，七哥。"翼南从身后凑了上来，亲亲热热地搂住了向七七的肩头道，"做什么呢，你这是？"

向七七："去去去，我这儿有事呢。"

"什么大不了的事哟，这么正经的。"彭翼南狗皮膏药般黏着他——借着身体的掩护，他的手顺势灵巧至极地从爆竹串上拔下了一枚鞭炮。

向七七："迎贵客呢，哎呀你让开，莫耽误我的正事。"

彭翼南："得得得得，你的事大，我让开我让开，还不得了了。"

趁着转身离去的瞬间，他手一掠，那枚鞭炮已经在向七七握着的香上点燃，扔在了向七七脚下。

"砰！"鞭炮骤响！

顿时所有人大惊！

四周毡笠汉子，条件反射般地将手伸向了竹席筒！

不动声色，彭翼北紧盯着毡笠汉子的动作。

他的视线之下——所有毡笠汉子的目光，都在投向同一个方向。

——那正是角落湾里的烟叶摊。

烟叶摊前，毡笠下的舍宝客，本来浑浊无神的目光，骤然犀利！

只见他的右手伸出，手指挂在耳际——

"怎么回事？啊？怎么回事？"向八八冲着鞭炮声处吼了起来。

答案显而易见——向七七的脚边，青烟未散，半截鞭炮碎屑还在滚动。

捡起那半截炸断的鞭炮，向八八"啪"一个响亮的耳光，打得向七七一个趔趄："一挂爆竹都看不好，搞什么名堂？"

"我、我……不是我呀，都怪那个……"向七七捂着脸，满是委屈，回头却早已不见了彭翼南的身影。

看清了是鞭炮捣的乱，舍宝客犀利的目光重回浑浊无神。

那挂在耳际的右手手势则也顺着脸颊自然滑下。

同样的手势，被毡笠汉子们依次传出。

所有的毡笠汉子又都恢复了原状。

彭翼南重新回到了老弟翼北的身边。

彭翼北的眼睛朝烟叶摊一瞟："喏，中间那个。"

翼南抬脚欲走，却被翼北一把拉住。

翼北："除非天娇姐、王藩哥他们下不得船，不然莫生闲事。"

彭翼南："我心里有数。"

"翼北！"这时京子发现了彭翼北，欣喜地道，"我都找你半天了。"

翼北赶紧给她使了个眼色，轻声道："这里危险，快，快回去！"

京子大大咧咧，毫无察觉，那个瞟子客一直跟在她的身后，紧盯不放。

▲河面上（日，外）

船已近岸，旅客们纷纷准备下船……

严老板也起了身，随从们立即牵马提行李，簇拥左右，回头一看却愣住了：那两个吃了茶叶蛋的汉子（锦衣卫大内高手）早已昏迷不醒。

（闪回）两个随从模样的伙计来到茶食摊上，幺妹在木盆里挑选着，先后夹出了两个茶叶蛋递给了他们。（闪回完）

严老板顿时大惊失色："迷魂药？！"

向重九大惊失色："哎呀，他们中了七剑客幺妹的蛊毒！"

严老板、赵文华顿时一阵惊慌……

就在此时棒棒客使了个眼色：扮作船工、舵手、旅客的毡笠汉子挤上前来，各自贴住了自己的目标——

▲码头（日，外）

岸上，锣鼓拉开了架势，乐手举起了唢呐。

向七七的香火凑近了鞭炮的引线。

向老太爷整了整衣襟，起了个范儿准备与孙儿、团丁一道迎接——

▲河面，岸上（两景合一，日，外）

隔船相望，船上与码头上的人们相互挥手致意。

搜寻着码头上的人，王藩也看到了岸上站在烟叶摊后的翼北、翼南。

笑容浮现在王藩的脸上，他举起了手，欲打招呼——

忽然，他的视线扫过——船上、岸上，从棒棒客到茶水摊，一双双毡笠汉子的犀利眼睛，都在注视着同一个目标。

那就是烟叶摊后的舍宝客，此刻他的右手正挂在耳际——

举起的手让王藩突然心头一紧，他的笑容瞬间凝固！

——岸上，翼南、翼北目光严峻，全无喜悦之情，翼南正向船上猛递眼色，示意他们提防左右。

王藩下意识地左右瞟了一眼——身边四周，是一个个贴上前来的毡笠汉子、一双双骤现凶光的眼神！

岸上，一双双手，伸进了背篓，摸向了后腰，黑沉沉的刀柄隐隐闪现！

王藩猛然省悟，一把将前面的张天娇用力向后一拉！

与此同时，严老板的脚就要踏上下船的跳板。

跳板狭窄，本来簇拥保护的随从，都自然地让开——

烟叶摊后，舍宝客的手突然揪了一下自己的耳朵——

说时迟，那时快，船上的棒棒客猛地一掀毡笠，拔刀在手，飞身扑上前来，猛地一脚将前

第十章　码头风云　劫匪布下天罗地网
　　　　　　两肋插刀　彭氏兄弟携手逆袭

面那个给严老板牵马的随从踢落河中，不等严老板反应过来，冷森森的刀刃已架在了他脖子上："都莫动！"

"干爹！"赵文华惊叫。几名随从猝不及防，刚刚拔刀，一口口利剑已经架了上来——那正是他们每人身边早已盯上他们的七剑客匪徒！

与此同时——

岸上，所有的汉子将毡笠同时抛向空中，黑色的毡笠漫天飞舞！

一个个竹席筒瞬间被抖开，一只只手，凌空接住了席筒中散落的刀枪。

更多的刀，从背篓中、席筒中、推车上……纷纷闪现！

眨眼工夫，散布码头两侧的七剑客众劫匪同时冒了出来，如同两股利箭直插而上，正如事先彭翼南所预料的一样，拦在了向府人马与大船之间。

如雷贯耳的吼声，整齐划一："手执钢刀九十九，杀尽不平方罢手！"

"七剑客！七剑客……劫匪来了……"

船上、码头，顿时一片恐慌！

旅客惊呼、人群大乱，乐手们扔下了唢呐锣鼓，家丁丢开了横幅，点鞭炮的向七七被香火烫伤了手，正迎向船只的京子，顿时被吓得魂飞魄散……

向八八与团丁们立刻握紧了刀枪。

迎面，七剑客众匪徒同样将刀枪齐举，拦住了去路。

船上，向重九下意识地摸向了自己腰间……

棒棒客将架在严老板脖子上的刀微微一提，刀刃刺得严老板全身一僵。

只见棒棒客冷笑着朝向重九伸出了手："府衙大人，你再动一下，老子就要了他的命！"

看看利刃下的严老板，向重九也只好无奈地交出了火绳短枪，乖乖地把它递到了棒棒客的手上。

船上，惊恐的旅客纷纷向后四散躲藏。

王藩一步上前，挡在天娇前面——犹如护花使者，意在时刻准备英雄救美。

虽然眼前风云突变，姓严的却并不显得惊恐，只是淡淡地观望眼前的一切。

岸上——

向府阵营中只有向老太爷最为镇定，少顷间，他已恢复了平素的气定神闲。

打量着眼前的场面，他上前一步，抱拳，扯开了嗓子："万虎山的剑客兄弟好汉们，向佰强这厢有礼了。各位好汉，远道而来，老朽眼拙，招呼不周，你们要多少大洋，开句口吧。"

船上的棒棒客："对不住，向老太爷，今天兄弟们不求财。"

向老太爷："来了老司城，就是我向家的客，好汉看上什么，只要我向家有的，任挑任拿。"

棒棒客："兄弟们千不挑，万不拿，就看上了你船上的这位贵客，想请他回我们山寨喝碗水酒。"

向老太爷笑容一收："要杀要剐冲我向家来，冲旁人算什么本事？"

"哈哈……"棒棒客大笑起来,"向佰强,我刀下这位是哪路贵客,你心里最清楚。兄弟们一路陪客到你家门口,就为了当面给你带句咱雷舵主的话:想借下江兵的势撑你的腰,你打错了算盘!"

烟叶摊上,舍宝客闷着头,右手指将耳坠往下轻轻一拉,挥手示意——

船上,棒棒客会意,发出了号令:"整船开走!"

一把冷冷的钢刀已架在船老大的脖子上,船夫在逼迫之下只好调转船头。

向老太爷:"船上的好汉,岸上的兄弟,你们自己睁开眼睛看看清白,我这里的人手刀枪,比你们不知多出了多少倍,想走?走得了吗?"

说话间,向八八与团丁们挺身上前,步步紧逼。

棒棒客凛然道:"兄弟们敢来,就愿意拿命陪你玩,只要你不怕伤错了客,尽管动手!"

迎面,七剑客的汉子们同样上前一步,双方的刀枪几乎都抵到了对方身上,剑拔弩张,一触即发!

刀子架在严老板的脖颈,棒棒客一脸自信。

向八八一时慌乱起来:"帕普?"

向老太爷也显然没了主意,只能眼睁睁看着船开始掉头——

眼看大局已定,烟叶摊上,舍宝客终于起了身,闷憨憨地背起了背篓。

他的左右,两名汉子也收拾起背篓,各自没事一样,朝不同方向离去。

刚要迈步,舍宝客身子却突然一僵——身后,两只手同时按在了他肩膀上。

两名已经走出几步的汉子也是一惊,同时站住了。

舍宝客扭过头,迎面是翼北和翼南两张全无表情的脸。

舍宝客傻憨憨地问道:"两位,有事啊?"

彭翼北淡淡地道:"船上有我家客人,放了他们你再走。"

"啊?"舍宝客满脸懵懂,傻笑着,"什么?"

彭翼北淡淡地重复道:"船上有我家客人,放了他们你再走。"

舍宝客仍然一副事不关己的神情:"你们讲什么?认错人了吧?"

彭翼南:"认没认错你心里清楚,不放人,休想走。"

船上、岸上,所有的目光都立马投来了关注——显然这一幕大出人们意料。

迎着二人咄咄逼人的目光,舍宝客终于明白此刻躲是躲不过去了。

——刹那之间,他的目光骤然凶焰大露,锋利如刀,身子也变得迅捷无比,倒退一步,挣开了二人的手,肩膀一抖,背篓即刻弹起,篓里的烟叶掠过他的头顶,撒向翼北、翼南……

与此同时,左右两名汉子同时拔出背篓里的刀,从背后砍向翼南、翼北!

舍宝客的手,同时抄起了背篓里弹跳出来的刀,闪电般向翼北刺出——

翼南手里的铁骰子却比那两名毡笠汉子的刀更快,双手手指齐弹,两名汉子手腕同时中招,刀即刻脱手而飞,翼南伸手接住一把刀,看都不看地用左脚同时将另一把刀向前踢去:

第十章 / CHAPTER 10
码头风云　劫匪布下天罗地网
两肋插刀　彭氏兄弟携手逆袭

"翼北，接刀！"

翼北同样看也不看，右手向后一抄，正好接住了翼南踢过来的飞刀，刹那之间迎向舍宝客出手的快刀。

两道刀光，相对如电！

"小心啊，翼北！"那是一旁的京子脱口而出的惊呼！

舍宝客的刀却猛然僵住——

——他的刀距翼北的胸膛距离还有一尺。

——但翼北的刀却早已触碰至他的头顶！

一滴鲜血，从舍宝客的脑门流下，顺着额头，流过鼻梁。

他头上的毡笠突然一裂两半——翼北的刀，已压在了他的天灵盖上！

"老五！"棒棒客疾呼。

"五爷！"众匪徒措手不及。

船上、岸上，棒棒客与七剑客匪徒们一片惊呼。

怔怔地看着翼北——舍宝客显然难以相信，对方的刀，竟有如此神速！

翼北闷声闷气，依然是那句话："船上有咱家客人，放了他们你再走。"

刀口之下，舍宝客异常镇定，催促疾呼："老四，开船！"

船上，棒棒客大呼："老五，要走一起走！"

舍宝客声嘶力竭："开船啊！"

棒棒客："不行！要走一起走！"

略一犹豫，舍宝客无神的眼珠，突然斜向一旁。

——他望向的，正是一旁目瞪口呆的京子。

京子的身后，暗藏的瞟子客马上会意，突然拔刀架在了京子脖子上，顿时，向府上下吓得一声惊呼。

这一突如其来的变故，使得码头上的向老太爷、向八八，船上的天娇、赵文华等人都吓了一大跳。

彭翼南、彭翼北也不由得一愣。

瞟子客："姓向的，你干孙女在我手里，想要她活命，就叫你的人马上放了我们五爷！"

在场众人顿时大惊失色！

▲接官码头，台阶（日，外）

瞟子客拔刀架在京子脖子上的突然之举，顿时吓得京子一阵惊呼求救。

不久，彭翼南笑了："这位好汉，对不住，你押错宝了，我们兄弟不姓向。"

瞟子客："不是向家人，为何要来管向家的事？你少跟老子装！放下刀！"

随着这声吼，瞟子客用力将刀往下一压，京子的脖颈上顿时见了血。

"帕普！"京子疼痛得惊呼出来！

船上，天娇也险些失声惊呼，王藩却暗暗一拉她，示意她莫出声。

▲码头上（日，外）

码头上，向八八急了，举刀就要径直往上冲……

向老太爷却一把拦住了他："万虎山的剑客兄弟们，同你们动手的这两位，真不是我向家的人，我管不了他们。就算管得到，拿我干孙女一条命就想唬住我，你们也太小看了我向佰强！"

——他竟然如此摆明了，根本不在乎干孙女京子的死活。

舍宝客也急了："瞟子客，他们再不放刀，你就给老子动手！"

望着刀下瑟瑟发抖的京子，彭翼北显然动摇了，求助的目光投向了翼南——

彭翼南微微摇头，示意他不必慌张。

瞟子客："快快放了我们五爷！不然，老子真动手了！"

刀下，鲜血已经顺着京子的脖子流淌下来！

望着京子绝望的眼神，彭翼北于心不忍，任由翼南不断使眼色，手中的刀，还是一点一点，从舍宝客头上抬起——

看得出翼北内心分明是顶不住了，突然间，翼南换了表情，满脸堆起了笑："你看你看你看，这又何必呢？船上的英雄，岸上的好汉，你们都听我讲一句，你拿把刀架我脖子，我拿把刀再架你脑袋，架来架去，两边人头一起落地，这样两边不都成了赔本的买卖了吗？我看不如这样，咱们打个商量好不好？"

瞟子客："如何商量？"

彭翼南："两边一起放下刀，你走你的阳关道，我过我的独木桥，井水不犯河水，你说是不是这个理儿？"

不等瞟子客开口，刀下的舍宝客抢先吼道："不行，船上的人不能放！"

翼南："拿老兄你一条命，想换一船人，我像做这种黑心买卖的人吗？"

舍宝客："那你想哪样？"

翼南："你一条命，就换老太爷干孙女的一条命。"

这回不等舍宝客开口，船上棒棒客先应了声："这个逮得！"

翼南："那好，我数123，这位兄弟和我小弟一起放下刀。"

他口中说的是"123"，手上伸出的却是两根手指。

——身边的彭翼北，船上的王藩、天娇，目光都盯在了他手上。

——刹那之间，三人已传递了眼神，相互会意。

棒棒客："好，就这么逮！"

翼南："好汉一言。"

棒棒客："快马一鞭！"

"那我可就数数了啊。"翼南把刀往地上一插，手举了起来……

第十章 / CHAPTER 10
码头风云　劫匪布下天罗地网
两肋插刀　彭氏兄弟携手逆袭

　　船上——眼看危险即将来临，王藩便怜香惜玉地上前轻轻扒开天娇——
　　张天娇条件反射般地回击他一肘，王藩一个趔趄差点儿倒地。
　　王藩顿时一愣，少顷，他淡然一笑，示意她往后退，这样他将自己置身于危险前列，此刻他的目光死死盯住了前面的棒棒客。
　　满船人的目光，此时都集中在岸上彭翼南身上，几乎没有人注意到王藩的举动。
　　——而他身后的张天娇，此刻却悄悄地取下了发髻上的银簪子，准备伺机行刺王藩。
　　王藩的蓄势待发，早就被岸上的彭氏兄弟看得清清楚楚。
　　但令王藩万万没想到的是——螳螂捕蝉，黄雀在后，那黄雀就是一直想把他置于死地的张天娇。
　　这时，岸上的彭翼南伸出了头一根手指，动作夸张，拖腔拉调地喊道："1——"
　　他的左手背在身后，三颗铁骰子已捏拽在手心——
　　身边，彭翼北的刀已从舍宝客的额头上微微抬起——
　　船上，王藩的手已渐渐抬了起来——
　　他的身后，张天娇的手，已悄悄地握紧了小银簪子……
　　翼南长吸一口气，似乎又要拖腔拉调，可口中迸出的，却是干净利落的"2"！
　　"2"字出口的刹那之间，四人几乎同时发动攻击——
　　彭翼北的刀猛然掷出，就在脱离舍宝客的瞬间，投掷出去的刀正好击飞了瞟子客手中那把劫持人质的刀……
　　船上，王藩猛然撞开面前的匪徒，动作如电，劈手就将棒棒客的刀夺了下来。
　　只见翼南右手拔刀，左手一扬，掩护彭翼北迅速朝瞟子客冲去，不等瞟子客反应过来，翼北一脚踹开他，顺势将京子搂入怀中……
　　——船上猝不及防，棒棒客的脖子上，已经架上了王藩的短刀！
　　惊诧之间，旁边几名山匪刚要扑上去，翼南的三颗铁骰子齐发，正中三人。王藩趁势用连环飞脚，将几名汉子踢下河去……
　　几乎也在同时——
　　舍宝客惊觉上当，立即追赶翼北，拼力挥刀一阵猛劈……
　　两侧的山匪乘机欲偷袭彭翼北……
　　翼北却早已料到，背后的竹蜻蜓瞬间飞出——"噗嗤"将他们击倒在地……
　　翼北左手在解救京子的同时，右手正好徒手抓住了舍宝客迎面砍来的刀刃！
　　船上，趁着王藩忙于对付众多对手，后背全无遮拦，那名看管船老大的劫匪挥刀偷袭上来——
　　张天娇突露凶相，趁乱将手中的那只银簪子猛地投掷——不料被偷袭的劫匪的砍刀挡了一下，簪子改变了飞行方向，扎进马的屁股上，那匹驮行李的马突然受惊，扬蹄而起，正好踢中了那名偷袭的劫匪的要害，瞬间将他踢落于河水中。

刀锋掠过，只差毫厘，王藩后背的衣服被割破了一个大口子！

死里逃生，王藩转身——回头朝张天娇感激地一笑，却突然发现她头上明显少了那只银簪子！

码头上——

彭翼北的怀中，京子呆呆地望着翼北的右手——赤手抵挡着舍宝客砍来的刀刃，此刻他的手掌已然鲜血淋漓，却坚如铁铸，纹丝不动！

舍宝客冷冷地道："兄弟，信不信我一发力，你这手掌就得断开？"

"信！"舍宝客的身后传来了彭翼南的声音，"不过你信不信，你的子子孙孙，比我小弟的手掌断得更快？"

舍宝客低头一看，这才发现自己的裤裆下，伸出的是彭翼南的刀尖。

手一颤抖，他只好被迫收起刀来。

翼北这才松开了挡刀的手，接着当啷一声，舍宝客的刀，落在了地上。

两人四目相对，翼北这才意识到自己还紧紧地抱着京子，京子也蓦然反应过来，顿时红了脸，两个人不好意思地赶紧分开……

船上——

王藩刀下的棒棒客愤愤地骂道："娘的，原来还埋着暗招，老子看走了眼！"

他冲着翼南，扯开了嗓子："兄弟，讲话不算话，算什么男人汉子？"

彭翼南："哦，有人讲话不算话吗？我怎么没听到、也没看到？"

棒棒客："还装迷糊？这么多双眼睛看着，你讲一起放下刀，又来玩阴的，你还有什么话讲？"

"原来是骂我啊？"彭翼南一脸委屈，"好汉，这就是你的不对了，我刚才讲得清清白白：我数1、2、3，你这位大哥同我小弟一起放下刀，这么多双耳朵都听到的，对不对？到现在，我可才数到2啊。"

"你……"棒棒客顿时哑了口。

"3——"翼南还偏要拖腔拉调，数完了数，一指彭翼北和瞟子客，"都听到了，我数完了啊，大家都睁眼看清白做个见证，我小弟翼北同地上躺的这位兄弟，手里现在都没了刀，两家都是讲话算话，钱货两抵，童叟无欺，谁也没亏谁，对不对？"

棒棒客仍一脸不服输。

"老四！"舍宝客打断了他，"人家比我们强，输了就认栽！"

说着他转向了翼南："好汉，我们兄弟栽了，要怎样，你开口。"

翼南："我小弟先就讲了，船上有我家客人，放了他们，咱们两不相欠。"

舍宝客："你现在占了上风头，还肯放我们走？"

第十章 码头风云 劫匪布下天罗地网
两肋插刀 彭氏兄弟携手逆袭

翼南："回了本就要得，我又没讲要加收利息。"

舍宝客："好，我应了。"

"当啷""当啷"两声，翼南、王藩同时扔下了刀。

船上，严老板、张天娇注视着这一幕——匪徒们还有几十把刀枪在场对峙，翼南、王藩的刀，却放得如此果断、毫不犹豫。

舍宝客："向老太爷，你人多枪多，可你的客还在船上，我的人虽然少，但临死也还来得及拉几个垫背的。"

——的确，匪徒们还有几十把刀枪挡在船与码头之间，只要掉转枪口，船上的严老板、赵文华、向重九等人未必能有活命。

向老太爷立即回话："只要你们放下家伙，我敞开大路任你走。"

"说话算数？"舍宝客问道。

"君子一言，驷马难追！"

"好——"舍宝客的手将耳朵往下一拉。

此信号一发出，所有万虎山汉子立即收起了手中的武器。

舍宝客回转身，抱拳拱手："不知两位好汉高姓大名，还请留个字号。"

彭翼北刚要开口，却被正掏腰上酒葫芦的翼南抢先答道："老司城醉佬儿，哪谈得上什么字号。"说罢自顾自地猛喝起来，似乎沉溺于醉梦之中。

舍宝客："话不能这样讲，酒醉心里明呀。今朝兄弟们栽在几个酒醉佬儿手里，输得稀里糊涂，这趟回山，总舵主面前，总该有个交代，晓得是输给了哪路神仙。"

翼南："无名鼠辈，不值得一提。烦请转告总舵主，我们兄弟今朝只是为了接自家客人，拦了他老人家的生意，多有得罪，万望宽谅。"

"好，酒醉英雄胆，就此别过，各安天涯。"舍宝客说着倒退一步抱拳过顶，恭恭敬敬，深深揖首。

翼南、翼北同样倒退一步，抱拳揖首。

看来此刻他也问不出什么名堂了，舍宝客只好拱手，用江湖黑话试水深浅："大明万虎山，湘西七剑堂……"

彭翼南接过话头："峒河灵溪水，忠义万古香。"

舍宝客："青山不改，绿水长流，咱们后会有期。兄弟们，走！"他一挥手，领着万虎山的弟兄们沿着河岸撤离而去……

"娘的！"眼见他们要走，向八八脾气来了，立即举起手中的鸟铳——

忽然枪口之前，被一个身影给挡住了……

向八八定眼一看——彭翼南！

向八八："你？"

翼南："讲的话，要着数！"

向老太爷见状厉声阻止:"住手!'言既出,行必果!'这是我们向家的祖训,不然,我们在湘西何以服众!"

向八八不得不放下了鸟铳。

见孙子气嘟嘟显然不服气,老太爷将其拉近轻声耳语:"马上带人去凉亭坳拦截,那是他们上山的必经之地,哼!此次决不能放虎归山……"

船上——

眼看劫匪人马撤走,向重九、赵文华与几名随从这才回过神来,赶紧簇拥着严老板下船。

"干爹,孩儿无能,让您受惊了。"赵文华忙不迭地掏出手帕,欲给严老板擦拭脖子上的血痕。

严老板却一把挡开了他的手,只见他微笑着走向了王藩:"书生意气侠士胆,想不到王老弟儒雅风范,竟有如此身手,令老夫大开眼界,佩服,佩服!"

王藩:"哪里哪里,小时候跟家父练过几下而已。严老板您才是真人不露相啊。"

严老板一笑,抱拳拱手:"老夫乃京城国子监祭酒严嵩,朝廷钦差也。"

▲码头台阶(日,外)

京子沿码头拾级而上,追上翼北掏出了手帕:"翼北哥,你的手……"

翼北赶紧遮掩:"一点小伤,没得事,不打紧的……"

京子:"还在流血呢!"

她拉住了翼北的手,翼北不好躲闪,任由她用手帕包扎伤口——

一时间,京子离他是那么近,弄得翼北颇为拘束……

"翼北,"翼南一拍翼北的肩膀,"走啊。"

"哎!"翼北只得跟着他向船边奔去。

望着他离去的背影,京子久久伫立无语……

她的身后,同样盯着兄弟俩的,是向老太爷。

他的视线中:翼南、翼北迎上了下船的王藩、天娇。

他们一边互致问候,一边嬉笑着走了过来……

严嵩上下打量着翼北、翼南,问王藩:"那两位是——"

王藩介绍:"彭翼南、彭翼北,他们是兄弟。这位是京城国子监严祭酒。"

彭翼南忽然大悟道:"哦,你就是那个严祭酒……这么大的场合,原来都是冲你来的哟!"

严嵩:"全仗你们兄弟拔刀相助,救命之恩,各位多谢了。"

王藩:"同船共渡,论不上谁救谁,真要谢,我还得谢张小姐及时出手相助呢。"

张天娇赶紧回道:"哪里哪里,花拳绣腿,凑合而已。"

望着她头上发髻的空当之处,严嵩若有所思。

台阶上——

"帕普,钦差大人下船了,快迎客啊。"向八八催促着向老太爷。

第十章　码头风云　劫匪布下天罗地网
　　　　　　两肋插刀　彭氏兄弟携手逆袭

向老太爷却充耳不闻，依然目不转睛地盯着彭氏兄弟。

兄弟几个勾肩搭背，正沿着码头台阶拾级而上，一路说笑，那样开怀。阳光映照着他们的背影（剪影），光线模糊了他们的边界，一瞬间似乎融合成了一个难以分割的整体……

"帕普，帕普——"发现向老太爷没跟上来，向八八又折转回来搀扶着他，这才发现向老太爷目光如此严峻，看得那样出神，"帕普，你怎么了？"

盯着彭翼南他们几个远去的身影，良久，向老太爷喉咙深处才挤出了一句："想不到，几年工夫，老土司居然把这两个兔崽子调教成如此狠角色！"

向八八、向重九兄弟俩转身望去——

在下船的旅客中，钦差大人的目光，同样也盯着彭翼南他们离去的背影——刚才兄弟两个的惊人表现，显然已给了他太深刻的印象……

张天娇同样注视着彭氏兄弟的背影，淡定的目光中，流露着由衷的欣赏……

▲**王城接官楼（日，内）**

朝廷科考总督大人张经正在下榻的府衙接官楼里看书。这时，门外传来脚步声，他抬头看过去——

他的助手俞大猷走了进来："总督大人，我看到小姐了……"

"哦？"张经感到很意外，抬头问，"大猷呀，你啥时见到她了？"

瞧，这说什么来什么，就在俞大猷点头之间——只见一袭黑衣的女子气喘吁吁地溜了进来："父亲大人。"

张经："娇儿，这么多天，你都上哪去了？"

张天娇："我到王村玩去了。"

张经沉下脸："大姑娘家四处乱跑，也不事先打个招呼，老让我牵挂。"

张天娇："下次不敢了，父亲……"

张经："你怎么知道跑到这儿来找我？"

张天娇一笑："朝廷总督张大人主持湘西科举考试，天下皆知。"

张经："在外面尽学了这些油腔滑调的……"

张天娇："父亲，这些天，我结识了一些好朋友。"

张经："好朋友？是人品好，学问好，还是武功好？"

张天娇："反正都好。我要他们都来参加武举科考，父亲迟早会见到的。"说罢，她走进内室更衣去了。

张经："哦……"

俞大猷走近张经低声道："都说湘西土匪多，我看好人也不少。朝廷被劫的那八十万赈灾银两终于下发给了灾民，人们无不拍手称快。"

张经："这本来就是朝廷用来湘西赈灾的，严嵩老贼想据为己有，投资给东瀛商行，哼，殊不知夜路走多了总会碰到鬼！"

俞大猷："乡民传言就是碰到了鬼呢。可严、赵二贼哪能咽得下这口恶气，正在调集清剿大军围困万虎山……"

"难道这劫走赈灾银两的傩王来自万虎山？"张经顿时焦虑起来，"大猷，万虎山是湘西著名的匪城，它一脚踏四省——湘鄂川黔，守住了万虎山，也就扼守住了通往大西南的唯一咽喉要道——可谓'一夫当关、万夫莫开'。"

俞大猷："据可靠情报，匪徒已将必经之道的山中阴河堵死，并在阴河大坝死穴中安放了爆炸装置。一旦朝廷清剿大军发起强攻，便会陷入灭顶之灾。不仅朝廷官兵全军覆灭，而且殃及下游的百姓。但死穴究竟在什么位置？什么时候引爆？这些人又有怎样的背景？暂且尚不清楚……"

张经："这肯定与万虎山七剑客、湘西祭刀会这些秘密黑帮组织有关。目前怕就怕严嵩、赵文华挑起匪帮之间的内斗，那将会引起湘西一场大乱！"

俞大猷："祭刀会正是明王朝叔侄相残带来的后患。早些年燕王朱棣以恢复祖训、为国'靖难'之名起兵，夺取了侄儿建文帝的皇位，南京城陷，宫中火起，侄儿却不知所终。自'靖难之役'后，朱棣害怕自己忤逆不道而遭到报应，四处搜寻建文帝踪迹。然而其残余势力冠以'祭刀'之名，如同幽灵一般，百年以来，让历届继任皇帝心悬利剑，惶惶不可终日。"

张经："大猷，此次咱作为朝廷留都的招抚大臣，可要把握好分寸，切莫陷入皇权内斗。不论科举招人也好，还是劝降招安也罢，为了大明王朝和下游百姓的安危，咱们都要竭力阻止这场血光之灾。"

俞大猷："如何阻止？万虎山地势险峻，戒备森严，你我如何进入匪巢？"

张经："我已找到线人可微服潜入匪巢，许以高官厚禄对匪首进行招抚，劝其放下武器，归顺朝廷……"

这时，管家进来插话道："大人，官轿已备好，您看啥时启程？"

张经："时候不早了，即刻启程……"

这时，张天娇从内室出来，不解地问："父亲，您要去哪里呀？"

张经："万虎山。"

"万虎山？"张天娇若有所思，眼前浮现虎头傩王傻乎乎的身影……

▲**万虎山（黄昏，外）**

天空乌云密布，一场暴风雨即将来临。

而就在张经、俞大猷走出山寨大门时，空中忽然掠过一只体型硕大的捕食猛禽，它就是猴面鹰身的怪物——凶残的冠头角雕，预示着不祥……

▲**万虎山大厅（黄昏，内）**

威虎厅里那只雄虎嘶吼、狂躁不安。

密室里，雷舵主正召集兄弟们前来商议。

雷舵主磕了磕烟袋说："目前，严嵩的清剿大军，已将万虎山团团围住了。刚才弟兄们也见到了张大人捎来招安投诚书……"

话音未落，诸位无不担忧起来："若招安投诚，必然得罪祭刀会！"

眼下该如何是好？大家顿时左右为难起来……

——定格！

急速转黑的画面上，滚屏淡出以下字幕——

【第四单元叙事、第十章完】

● 第四单元叙事之：

第十一章

替天行道　山寨陷入四面楚歌
金蝉脱壳　舵主侥幸逃过一劫

▲**演播厅（夜，内）**

联合国专家正在讲述——

（画外音）严嵩为报复鸳鸯宝箱银款被劫，紧急上报谷公公调遣内廷精锐之师前来镇压劫富济贫、抗捐暴乱的万虎山七剑客。严大人的敲山震虎之举意在揪出那个神龙见首不见尾的虎头傩王。大明王朝神机营内卫京师，外备征战，是朝廷直属战略机动部队，配备有洋枪、洋炮，对付山匪无疑是小菜一碟。

朝廷清剿大军已将万虎山团团围住，这让招抚大臣张经、俞大猷焦虑不已。

万虎山是湘西著名的匪城，它一脚踏湘鄂川黔四省，守住了万虎山，也就扼守住了通往大西南唯一的咽喉要道——可谓"一夫当关、万夫莫开"！

此时，钦差大臣的弟子、湘西知州向重九给严嵩密报：土匪已将必经之路的山中阴河堵死，并在阴河大坝死穴中安放了爆炸装置。一旦朝廷清剿大军发起强攻，便立即遭遇洪水滔天的灭顶之灾。但是死穴在什么位置？什么时候引爆？这些匪徒与虎头傩王、天门山祭刀会究竟有怎样的关系？暂且尚不清楚……

经联合国专家考证：南京乃虎踞龙盘之地，既是六朝古都，又是明太祖朱元璋的老根据地，燕王朱棣率军攻破金陵南京，侄儿建文帝朱允炆失踪，朱棣成功地夺取了皇位，成为明朝第三位皇帝。那朱棣为什么要迁都呢？因为北京是他发家的"龙兴之地"，明成祖朱棣下诏迁都北京，改金陵应天府为南京。虽然迁都，但他并没有将南京废弃，这里仍然保留了一套完整的中央王朝行政机构。如果哪一天北方丢了，皇帝也可逃到南京依然东山再起。然而两百年后的崇祯皇帝面临抉择的时候，却放弃了这条路，宁愿自杀殉国他也不愿做逃跑的君王。那崇祯皇帝为何不选择南迁呢？主要是因为"天子守国门，君王死社稷"的祖训不允许他退缩。崇祯煤山自缢后有人把一切过错归咎于大臣，其实这是片面的，大臣们是有错，而崇祯皇帝自己的犹豫不决、死要面子也是大明灭亡的主要原因。

招抚大臣张经、俞大猷是朝廷留都南京的温和派，为了避免这场血光之灾，他们微服潜入了匪巢，许以高官厚禄对匪首进行招抚，劝其放下武器，归顺朝廷……

张经、俞大猷二位大人费尽周折，深入虎穴，晓之以理、动之以情，总算是说服了万虎山舵主雷也行。不过，雷也行说，这事他还得与众弟兄商议之后，再做定夺。

第十一章 / CHAPTER 11　　替天行道　山寨陷入四面楚歌
　　　　　　　　　　　　　金蝉脱壳　舵主侥幸逃过一劫

就在这节骨眼儿上，天空中掠过一只体型硕大的捕食猛禽，它就是猴面鹰身、凶残的冠头角雕，巨鸟口吐三昧真火，预示着不祥……

▲万虎山大厅（夜，内）

威虎厅里，雷舵主急召兄弟们前来商议。大家都深知目前困境，当舵主说到打算招安投诚时，诸位无不担忧起来：湘西秘密组织祭刀会首领吴用，乃天门山"隐形道士"，誓与朝廷为敌，其耳目遍布每个角落，就连土司王爷也在监视之列，所以今天商议之事一定要绝对保密。话已至此，七剑客中的小兄弟牛皮客气愤地说："与其得罪朝廷官府，倒不如先下手为强，将这个凶残的道长给灭了，以绝后患……"

此刻唯有山寨军师、傩师公始终一言不发，雷舵主觉察到今日有些不对劲，问其原因，傩师公叹道："诸位兄弟在错误的时机商议了一个错误的事情并且做出了错误的决断，必将招致杀身之祸。隐形道长吴用是何等厉害的人物，信不信？我们在这个屋子里所说的每一句话，他都听得清清楚楚。

话音未落，厅堂大门"吱呀"一声自动打开——真可谓：说曹操，曹操到！

只见一个穿黑衣的僮儿"嘿嘿"冷笑着走进来说道："大名鼎鼎的万虎山舵主与弟兄们商议大事，何不叫上我师傅前来听听？"

眼看情况不妙，牛皮客迅疾甩出飞镖朝他刺去，不料却被黑衣僮儿用拂尘弹开，身后飞出的冠头角雕迅疾将牛皮客扑倒——"替天行道，罪孽罪孽！"威虎厅回荡着老道长厉声斥责的吼声……

匪首们惊愕地发现：那只猴面鹰身、口吐三昧真火的冠头角雕已站在黑衣道长的肩头。他慢慢转过身来，顿时露出鹰隼般犀利的目光，彰显出"隐形道长"的非同一般。

雷舵主："是我召集弟兄们来此商议，天大的事由我一个承担，天师道长你就杀了我吧，请不要为难众位弟兄。"

道长大声呵斥："临阵反水，背叛道规，十恶不赦，大逆不道，天打雷劈！"

话音刚落，就在道士挥手下令的紧要关头，一个嘶哑声音响起——"妖道且慢！湘西老司城，忠义万虎堂，长江黄河水，王城万古香。"忽然之间一支火龙箭袭来，不偏不倚地落在了舵主与黑衣道士之间……

僮儿大惊失色："虎头傩王？"

燃起的火焰升腾翻滚，伴随着浓烈的"刀之歌"与"火之舞"的巫歌傩舞，虎头傩王飘然而至，一边口吐烈焰一边翩翩起舞："一支火龙穿云箭，千军万马来相见，呜呼！傩王白日焰火，横扫一切妖魔鬼怪……"

道长："天地玄宗，万炁本根，广修万劫，唯道独尊。你究竟是何方神圣？"

烈焰中的傩王居然开口说话："斩妖……缚邪、普度众生，我乃热巴……"

"哦？"道长大惊失色，"你——是热巴大仙？"

傩王："我乃热巴大仙的……弟子初一……"

道长："仙界凡间从没听说过大仙有弟子初一还是十五。人之性恶，其善者伪。人救人，是伪善；人杀人，乃本质。"

傩王恼怒："妖道惑众……为人莫做亏心事，举头三尺有神明；善恶到头终有报，只是来早与来迟。自相残杀，罪孽、罪孽！"

烟雾缭绕，隐约可见虎头傩王幻影中似乎就是那个神龙见首不见尾的彭翼南。"天灵灵，地灵灵，王城遁甲，呼风唤雨，降妖除魔显神灵……"只见他念完秘诀之后双手合十，"罪孽深重，放下屠刀，立地成……成"，说着说着，接下来的"佛"字，却被一个飞蛾子给卡住了喉咙（似乎悄无声息断了电），

造成傩王口中虽火焰喷射，但枪弩利剑未能顺势弹出……

道长顿时怒发冲冠："人挡杀人、佛挡弑佛！你躲得过初一，躲不过十五，你每次在作祟的现场都会留下"王"字的微缩傩面符号，借以展示巫傩魔法无所不能，可你知道不知道？你土司老阿玛还在我天门山道观！"傩王瞬间被镇住，道长见状挥手，一群弟子蜂拥而至，将其团团围住。傩面傻小子很牛地摆开了架势："孰不可忍，生的……更不可……忍。"突然他张口结舌，显露原形，这……咋回事儿？顿时大家都惊呆了。道长旋即抛出一叠毒蛊符帖，顷刻之间符帖化作蛇魔狂舞，张开血盆大口，迎面袭来！① 令傩面傻小子避之不及，狼狈不堪。

原来，傩面香薰时间不够，使其显露真身。而此次穿帮的背后，是有人动了手脚，提早熄灭了佛香焰火以致法力不够。危急时刻，幸亏大姐金凤及时赶到，释放圣女凉液喷洒傩面，顿时火焰升腾，法力奇效立即显现，化解了妖道毒符绝杀危机，也巧妙制止了这场杀戮，这令暗地里隔岸观火的魔女京子气恼不已。

雷舵主万万没想到，在这个不以正面示人的虎头傩王的焰火的协助之下，他和弟兄们逃过了一劫。

常言道："天高皇帝远。"湘西八百里大山重峦叠嶂，五十弯猛峒河九曲回肠。即便是剿匪大军进了这莽莽群山，也不过沧海一粟，兵在明而匪在暗，千山万壑皆可藏身。朝廷官兵要对付的，恐怕不是匪，应该先是山，仅仅单凭万余神机营官兵，又怎能令百里群山纤毫不漏呢？

差之毫厘，谬以千里。钦差大臣严嵩几番强行征剿，损兵折将，眼看硬来不行。自古湘西匪患猖獗、刁民频出，如今又出了这个巫傩奇人，只要他戴上虎头傩面即刻仿若两人，劫富济贫行侠仗义，红黑两道皆追随于他……各种迹象表明：土司王族难脱干系！假如没有他们的参与、怂恿，怎么会有大规模的灾民造反？再说，湘西土司这几年也没派人进京朝贡，谋反野心

---

① 这里所谓的巫傩玄幻实乃人物的主观幻觉，心里暗示。

昭然若揭。而今，恐怖狰狞的虎头傩王早已令奸党们痛恨得咬牙切齿……

▲**府衙房间（日，内）**

宽大的铜镜里，侍卫的手，正在给人更衣，换上二品飞鱼服。

这种高级朝服是由云锦中的妆花罗、妆花纱、妆花绢制成的精品官服。

府衙房间里，宽敞华丽，家具讲究，陈设堂皇。

略带谦恭笑容的向老太爷与向重九、赵文华，正在一旁伺候着。

向老太爷："柴门陋户，招呼不周，委屈大人姑且栖身陋舍了。"

镜前人转过身来——除去先前商人装束，严嵩一身整齐威严的朝廷官服："向老太爷客气了。"

随从们也已换上了锦衣卫戎装，几位州衙官员、富商在一旁赞叹不已。

官员甲："严大人不辞辛劳带来的朝廷赈灾银两，及时下发灾民，咱们湘西百姓是欢欣鼓舞呀……"

严嵩顿时十分尴尬，赵文华见状打断话头："干爹此行不远万里，一路波折，为的就是湘西灾民。"

这时，锦衣卫刀疤脸进来揖首报告："大事不好，大人您的鹬蚌相争之计，已被那神秘的傩王化解，如今，天门山妖道已与万虎山匪徒同流合污。"

"又是这个傩面王从中捣鬼！"严嵩气恼至极。

官员乙："就是这个'王'字头的巫傩奇人兴风作浪。只要他戴上虎头傩面之后，就判若两人，白天是人，黑夜是鬼，就如同孙行者一般，从不按常理出牌，劫富济贫、行侠仗义，那些湘西土匪、牛鬼蛇神皆追随其门下，闹得乌烟瘴气……各种迹象表明：傩王妖孽一定来自土司王族！"

赵文华："杀无赦！干爹，若不来点硬的，还不知道咱们的厉害。"

严嵩："文华，不是不报，时候未到。内廷谷公公派来的锦衣卫千户率领着锦衣卫剿匪大军，即刻前来清剿镇压……"

向老太爷："好，我向府人马一定鼎力配合，听从严大人调遣。到底是内廷谷公公有魄力，锦衣卫剿匪大军以雷霆之势，清匪剿叛，指日可待。"

▲**猛峒河边（日，外）**

望着雷舵主与天师道长揖首言和一同离去，彭翼南便只顾自己一边喝鬼酒，一边钓起鱼来，仿佛又回到了从前，根本无暇顾及一旁的天娇、金凤这两个女人的感受……

张天娇："这年月没什么道理可讲，就得用拳头说话。从小被人欺负，我就去学南拳北腿……"

金凤快人快语："拳腿算什么，略施放蛊小计，不费吹灰之力就把人撂倒！"

彭翼南："子曰：'学而不思则罔，思而不学则殆。'嘿嘿，要我说呀……"

张天娇："说什么？你又学了哪门子绝技？"

彭翼南："南拳北腿，放蛊施药，还不如练短跑，遇事老子跑得快。"

金凤:"跑?难道老姐遇到危险,你也跑?"

彭翼南:"穷则独善其身,达则兼济天下。我是搞得赢就搞,搞不赢就跑。"

张天娇:"那本小姐有难,你救不救?"

彭翼南:"救!"

金凤:"那老姐呢?"

彭翼南:"一定救,坚决救!"

微胖的金凤得意地问:"我和你妈同时掉进河里,你会先救谁?"

彭翼南:"当然先救你啦,救出你后水位就下降了,我妈就不会淹死了。"

天娇顿时心生妒忌地问:"如果我和你妈同时掉进河里,你会先救谁?"

彭翼南疑惑地道:"这事你得去找如果,问他好了!"

天娇赶紧换掉"如果"再次问道:"我问的是假如我和你妈同时掉进河里……"

傻翼南嘟嘟囔囔:"那……你得去问问假如了。"

天娇气急:"我这是打比方说'如果'……"

傻翼南大惊:"什么?你还要打比方?我也不认识'比方'呀,如何去打他?"

天娇一字一句地再次强调:"我和你妈同时掉进河里,你会先救哪个?"

大姐金凤:"其实,在他刚出生那会儿,他妈就死了……"

天娇一时愕然……

翼南:"信不信由你。我是有一说一,全是大实话。一言既出,五马分尸!"

这一通逻辑混乱的回答,不得不令张天娇摇头叹息:"你?猛地一看你不怎么样,仔细一看还不如猛地一看,真是酷毙了!"

金凤不解:"小姐,他都长成这样了,为什么说他酷毙了呢?"

天娇:"我说他长相'酷毙了',用的是简称……"

翼南:"那全称呢?"

天娇:"长相太残酷,思维太混乱,应该立即拉出去毙了,简称'酷毙了'。"

翼南纳闷地问:"难道我就是这样子的'酷毙了'?"

顿时在场所有人都开怀大笑起来。

▲王城接官楼(日,内)

俞大猷匆匆走进来报告:"大人,严嵩调兵遣将,京师锦衣卫千户率领朝廷清剿大军已经开拔,这次巫傩王者,可惹大麻烦了。"

张经:"哦……内廷谷公公手下的锦衣卫担负着内卫京师,外备征战的重任,现如今却要镇压自家老百姓?"

俞大猷:"这样一来,湘西还不闹个天翻地覆?"

张经:"哦,管家,你赶快去备马……"

"是!"管家转身出去。

俞大猷："备马？大人，这要去哪儿？"

张经："若要力挽狂澜，就得快去拜见这尊真神。"

俞大猷："真神？"

"这尊神仙就是首辅大臣当年国子监的室友、湘西这一方水土的定海神针。时候不早，即刻启程……"张经说罢，快速更衣。

这时张天娇回到家里，望着匆匆忙忙的父亲，不解地问："父亲，这么晚了，您还要去哪儿呀？"

张经："老司城。"

"老司城？"张天娇纳闷，"您去那儿干吗？"

她正欲询问究竟时，只见管家神色慌张地跑进来对父亲耳语一阵，然后俩人匆匆离去……

张天娇顿感大事不好："难道老司城里要出大事了？我……"

▲山道（黄昏，内）

乌云笼罩，天色渐暗，一匹快马飞驰而过，黑衣人的身影依稀可见。

▲向府，客房（黄昏，内）

严嵩正在梳洗整理，向老太爷来到卧室门前。

向老太爷："老夫早已备好水酒薄宴，为大人洗尘，恭请移步赏光。"

接过了侍卫递上的乌纱帽，严嵩端端正正戴好："严某此刻还有要事急办，饭，还是回头再吃吧。"

向老太爷："千事万事，吃饭是大事嘛。哦，老夫还请来了东瀛、朝鲜歌妓前来为大人助助酒兴……"

严嵩诡异地一笑："向老太爷真会来事儿，是个有心人，不过此刻不是时候。"

向老太爷："我还邀集了几位专门陪酒的，大家都想一睹钦差大人的风采，他们可是湘西一方名绅志士，在这儿极有声望！"

严嵩微微一笑，不容置疑地打断了他："在湘西，再有名望，也不及你们的老土司彭明辅吧！"

向老太爷："哦，土司老王爷呀！可他已隐退多年，其儿子彭宗舜继任土司不久就病死了，土司王权是由阿玛垂帘掌控，老太太她懂个啥？湘西大小事还得我家二孙子重九说了算。"

严嵩："不不！向老太爷，还记得十五年前那场科举舞弊大案吗？那可是惊动了当朝皇上的。"

向老太爷："那次是彭明辅作为科举考试内帘官，举报了外帘官赵大人徇私舞弊，收受贿银。最终这场科场舞弊案使他们两败俱伤，各被打五十大板。"

严嵩："早年的'科场案'闹得沸沸扬扬，弄得我京城国子监元气大伤。老夫如今要办成事，关键人物非他彭明辅莫属，他就是湘西的活菩萨呀。"

向老太爷："可现在时候不早了，从这里赶往土司王府，还有一段路呢。"

严嵩："重九呀，你速去备马。"

"是！"向重九说罢立马退下。

严嵩："文华呀！"

赵文华："干爹，孩儿在。"

严嵩："那个黑衣刺客，有线索吗？"

赵文华："孩儿正在追查。不过……"

严嵩："不过什么？昨日船上一幕，让我改主意了，得先摸清这个刺客的底细，以备后患。"

赵文华："干爹，这是为何？"

严嵩："张经逆党、湘西劫匪，皆在明处。俗话说得好，明枪易挡，暗箭难防。这个黑衣刺客的来路不明，不管是逆党还是劫匪，说不定我们还得助她一臂之力。"

"哦？"赵文华大感意外。

严嵩："湘西路途，两次遇袭，均有一个人在场，你难道不觉得有些巧合吗？"

赵文华竭力地回忆："……难道是那个叫王藩的公子？"

严嵩："哼哼，你且将'王藩'二字颠倒过来……"

赵文华疑惑地道："王藩……藩王！难道他就是兴藩王之子朱厚熜？"

严嵩："十有八九，此人就是朱厚熜。"

赵文华："可兴王府远在湖北安陆，路途遥远，再说他父王朱祐杬刚刚去世，他不在家守孝，跑到湘西来干吗？"

严嵩："这就是事态的严重性。目前，各种迹象都表明，皇上已病入膏肓多时，也许早已驾崩，只是内阁首辅杨廷和一手操纵而秘不发丧。如今皇帝膝下无子，又无亲兄弟，就只能在近亲属中寻找，而这个小兴藩王乃当朝圣上的堂弟，作为候选顺序继承人，说不定日后也许能成为天子。"

赵文华："既然可能成为未来的天子，我们应趁早搞定他才对，为何……"

严嵩："对别人可以这样，但对这个逆反小子可行不通。依照大明祖训、《大明律》，凡圣上封赐的皇族藩镇，以及地方世袭土官和他们的子孙们均不得参加朝廷武举，以防备藩王拥兵自重。而他竟敢冒杀头之罪前来湘西参加科考，说明这小子性格执拗、乖戾偏执、我行我素……大明正处于空位期，这日后谁坐龙椅还是个未知数。"

赵文华："即便皇帝驾崩，还有张氏皇太后垂帘听政，太后也得为自己的后路着想。"

严嵩："正因如此，太后考虑到册立的新君要听命于她，才可保其日后尊隆犹在。而朱厚熜正值年少，况且又寓居在安陆偏远的藩国，他与宫中接触甚少，便于日后把控，可能是继承皇位的最佳人选。太后的想法有可能与首辅大臣的不谋而合，意在挟天子以令诸侯，矫诏捏旨，号令天下。"

赵文华："那我们为何……不尽早将其抓握手中，为我所用？"

第十一章 / CHAPTER 11

替天行道　山寨陷入四面楚歌
金蝉脱壳　舵主侥幸逃过一劫

严嵩打断了他："性格决定命运。但凡刚愎自用、玩世不恭的人，一定专横暴虐。如果杨廷和欲与太后联手扶持这位兴藩王，在谋立新帝一开始他们便陷入了思路错格。他忽视了未来天子乖戾专横的性格，这个逆反少年的偏执暴虐，将为首辅大臣的日后埋下杀身之祸。"

赵文华："那我等眼下该如何是好？"

严嵩："朝中自古南北两派较量，由来已久。边关统领江彬乃当朝皇上的干儿子，眼下其亲率大军十万，正在与京城卫戍调防，加之内廷御用太监谷大用的里应外合，只要占据皇城，江彬就可拥立亲自己的代王朱充耀继位，到了那时，江彬、谷公公无疑就是"太上皇"了。但目前尚不知结局如何，咱们父子千万别站错了队。尔等只需坐山观虎斗。文华，别人下棋只能看到三步之内，而你干爹我却能想到五步之后。他们争权，咱们得利。"

赵文华："干爹英明！未雨绸缪，至圣至神，我们可以在此大干一番了。"

严嵩："正所谓'天高皇帝远'，'强龙压不过地头蛇'。历代湘西土司广揽牛鬼蛇神，豪杰聚首，其门徒故吏遍及大西南。此行硬要弄清这个"当面是人、背后是鬼"的巫傩王者的真实身份。如若不被我所用，必杀无赦！俗话说，在什么山上就要唱什么歌……各家门前自有三尺硬土，在湘西这块神秘土地上，咱们只要有老土司这尊活菩萨，就没有办不成的事。马上启程，赶往土司王府……哦，还有你。"说着，他将一封密信递给了刀疤脸，并交代道："你，快马赶往官庄，将这个交给清剿大军的锦衣卫千户！"

赵文华："干爹，难道您……"

严嵩："对付这帮山里人，得双管齐下，软硬兼施。锦衣卫千户率领朝廷大军必须在官庄分兵，其中一路前去清剿万虎山，另一路得重兵围困土司王府。对付老土司帕普得有软硬两手，如果劝说无效，嘿嘿，休怪我手下无情！"

▲司城大门（黄昏，外）

漫山遍野的吊脚楼群怀抱着老司城。古城坐落在崇山峻岭之中，对面的山峰如同万匹骏马朝向司城朝拜，听从土司役使。

黑衣人骑马在前面飞驰——不远处一匹白马紧随其后，越来越近……

"等一等，张姑娘！"黑衣人张天娇回头一看，原来是王藩。

张天娇勒马停住，诧异地问："你？怎么跟幽灵似的？"

王藩气喘吁吁地道："我……你能来我怎么不能来？"

待双方互相打量着来意之时，吊桥上的人马一闪而过，这正是彭翼南带领着翼北、金凤飞马来此迎接……

张天娇惊讶地问："你们？"

彭翼南笑了："今早喜鹊喳喳叫，贵客临门的预兆；老司城门口一望，原来是你们……"

"我急着赶来，是要告诉你大祸临头了……"张天娇望了王藩一眼，欲言又止。

"除死无大祸，讨米再不穷，老司城就是你们的福地！"彭翼南大大咧咧地道。

金凤："是福不是祸，是祸躲不过。来到咱王城都是客，茶有茶的歌，酒有酒的歌，一方唱来八方和。"

"走吧，驾！"在彭氏姐弟带领下，他们一行人骑马来到王城东南大门口。

"吁！"只见张天娇、王藩先后勒住马首，抬头看见：城门左侧的彭公祠处，祠前一尊石像，格外显眼——一匹跃起的战马昂首长嘶，马背上的将军作厮杀状，手中挥舞着那把神奇的钩镰枪，威风凛凛。

彭翼北介绍道："这是咱们祖上英雄好汉、威震东瀛的彭公爵主。"

门楼楹联是元世祖忽必烈的御笔题词："湘西老司城、天下英雄城"，字迹苍劲有力。

祠堂大门两侧是唐高宗皇帝御书的楹联："武官下马、文官落轿。"于是，大家只得翻身下马，步行进入古城……

张天娇、王藩刚进老司城大门，就不禁倒吸了一口凉气，对于眼前的王城古建筑，连连称奇……真正感受到一方山水养育一方人。

彭翼南介绍道："这座王城，原名福石城，始建于唐朝，在宋元两朝进行了改建重修。古城建筑，鳞次栉比，错落有致，固若金汤。"

一行人骑马穿过东大门，上下打量后，张天娇不解地问道："中国的古建筑最讲究大门朝向的设计，而古城这个大门不朝正东，却偏向东南，是否预示着来犯之敌一定来自东南方向？"

彭翼南："古城三面环山，一面环水，来犯之敌只能是东南方向。"

张天娇大悟："哦，难怪彭公祠和武德将军雕塑都搁置在东南大门，这不得不让人联想到抗击来自东南的倭寇。这就叫一行服一行，泥巴服瓦匠。"

彭翼南："城墙上设有灭火水槽，以防敌军火攻。其间还开了弓弩鸟铳对外射击的枪眼。城墙之外均有两道防洪闸门和向城外排水的暗道，设计精巧，防守自如。你看这古城之外是护城的猛峒河，这里谷宽坡陡，浪高水急，形成天然屏障。"

张天娇："啊，令人不得不惊叹大自然的鬼斧神工以及土家先祖的聪明智慧。"

彭翼南他们一行人从东大门走进，来到老司城最为宽敞的青石板大街，纵横交错的大街小巷，人户稠密，市店兴隆……

彭翼南解释道："王城地处猛峒河畔，整座古建筑犹如太极八卦图。这里历史悠久，名人辈出，具有浓厚的民族特色。王城坐南朝北，整个古城建筑呈'回'字形结构，分9街81巷。东西南北四个城门以及这里的街巷布局像迷宫，纵横交错，时而相通，时而相闭。这是为了适应冷兵器时代的巷战之需。它是中国唯一设置有九离门的建筑，以示永不投降的大湘西土司王城……"

忽然，迎面一支马队疾驰而过，只见领头的向八八不停地催促："快，快快！"

彭翼北望着远去的人马，嘀咕道："该死的向八八，你是要赶去投胎呀！"

彭翼南若有所思地道："这伙人急急忙忙的，莫不是要去攻打万虎山？"

彭翼北："万虎山天险易守难攻，恐怕他们连根毛也逮不着。"

张天娇："此次有朝廷清剿大军助阵，情形就大不一样了。"

彭翼南："凉亭坳是万虎山匪徒退守之必经之地，如果咱们抄近路赶过去的话，也要不了半个时辰。"

彭翼北："莫管闲事，是死是活，就看他们的造化了。"

"哦，不能这样坐视不管！"彭翼南对彭翼北比画着，"你快去赶到五里铺，半道上截住他们，给他们搞餐酒喝，喝得越久越好，让这帮杂种在凉亭坳就像那'痴情野老公等野婆娘——干着急'。"

"这事儿，要你手下'黄鼠狼'去一趟就行了。"说罢，彭翼北策马而去。

穿过熙熙攘攘的人流，他们走进了王城核心的衙署区建筑群——祖师殿、禹王宫、摆手堂、书院和文昌阁……这些都无不闪耀着中华儒家文化的光芒。

彭翼南陪同着客人们边走边看。

张天娇："你看，王城最让人称奇的是，城内只有东南西北四条大街是直道，其他全部是丁字形死胡同。敌人一旦攻入府门，立刻会陷入巷战……自投罗网于封闭的瓮城：道环关口，处处藏兵，步步杀人……"

"此山、此水、此地，定有高人！"一直未说话的王藩突然冒出这么一句。

金凤："要说高人，这方圆八百里湘西大山，就数咱帕普了。"

王藩："帕普？"

金凤："就是你们汉人叫的'爷爷'。"

王藩："如此厉害的帕普，啥时能目睹尊容？"

金凤："这样吧，我们先回家准备，晚上帕普请你们吃晚饭，你陪天娇四处转转吧！"说罢，彭金凤和彭翼南就此离开。

望着他们彭家姐弟走远，天娇冷冷地说道："哼，好你一个王藩，你究竟是谁？到底想干什么？"

王藩："我就是我，不一样的我……"

天娇："你？"

王藩："那你说，我应该是谁？"

天娇："王藩、藩王，你就是安陆兴藩王之子朱厚熜！"

"啊！"还没等王藩反应过来，天娇"驾"的一声，打马飞奔而去……

稍一迟疑，王藩便迅速跟了上去。

▲八阵图（黄昏，外）

石峰林立，古木幽深，歧路怪石，他们犹如进入了鬼斧神工的天然迷宫。

王藩一路追赶："站住啊，张姑娘！"

张天娇勒马，诧异地回头道："我到哪儿，你就追到哪儿，你到底想干吗？"说罢取下头上的银簪子，试图吓唬他。

没想到王藩却笑了："你……你这定情之物，送给我吗？"

张天娇："想得美，你就不怕本姑娘用这'定情物'，杀了你吗？"

王藩："怎么会呢，刚才船上生死关头，姑娘还使出银簪绝招，出手相救呢。"

张天娇苦笑着："你是装傻呢，还是真傻？堂堂藩王公子，别人把你卖了，难道你还会帮人家数钱？"

王藩："脱下王服，我跟普通人没啥不同，我敢肯定你对我还是有感觉的，你那双漂亮妩媚的眼睛，早就把你给出卖了。"

张天娇嗤之以鼻："你太自信了，别说皇亲国戚，你就是未来的皇帝又怎样，本小姐也不稀罕。"

王藩："嚄！真不愧为科举总督张大人的千金小姐，我喜欢。"

张天娇大惊："你？……"

王藩："假如你是个普通民间女子，能这样自由出入红黑两道的江湖吗？"

张天娇："你想怎样？"

王藩："凡是嘴上不饶人的女人，心肠一般都很软；心里不饶人的，嘴上才会说好听的话。所以，好人心善坏人嘴善，我始终就不明白，在你那不饶人的嘴里，怎么满是仇恨怒火？"

张天娇："我张天娇……誓与你们朱氏皇族不共戴天！"

▲演播厅（黄昏，内）

联合国专家、学者继续讲述——

湘西是大西南门户，而层峦叠嶂的古城沅陵又有"湘西门户"之称，千里沅江穿境而过。沅陵官庄是水旱两路通往湘西的必经之地，享有"金都、林海、茶乡"美誉。而就在雷舵主派幺妹路途拦截朝廷锦衣卫的同时，向府的人马趁山寨空虚之机包围了万虎山……

▲火铺前坪，凉亭（黄昏，外）

由向八八、向七七率领的两路人马，已在火铺前坪集结。

前坪凉亭里，向八八正在部署伏击之前那伙码头上铩羽而归的劫匪——

这时一团丁骑马飞驰前来报告："大少爷……万虎山上……那些土匪剑客们都下山了……"

向八八："下山了？往哪个方向？"

团丁："好像是去往官庄……"

向八八："官庄？去那干吗？难道是要去拦截朝廷官军？"

团丁摇头，然后神秘地道："反正现在守寨的山匪已不多了……"

第十一章 / CHAPTER 11
替天行道 山寨陷入四面楚歌
金蝉脱壳 舵主侥幸逃过一劫

向八八:"舵主雷也行、军师爷傩子客这几个匪首还都在山上不?"

"嗯。"团丁点点头。

向七七大喜:"大少爷,这可是千载难逢的好时机,下山的下山,该回山的没回山。趁着现在山寨空虚,老太爷那边只需给其一击,我们这边坐等瓮中捉鳖,山下土匪想杀回马枪都来不及……"

向八八对团丁说:"你快去通知老太爷,此时带人攻打山寨,只要把匪首们赶出来,凉亭坳是他们唯一的退路,我们就可在此一举全歼!"

团丁得令翻身上马,飞奔而去……

向七七:"大少爷,如此形成夹击之势就会断了他们后路,我们定让上山下山的两路土匪插翅难逃!"

向八八大笑起来:"哈哈,此乃天助我也,来陪老子逮几杯!"

向七七令卫兵摊开桌椅,拿出酒壶、酒盅,倒上酒水递给大少爷,预祝清剿马到成功,两人得意忘形,碰杯庆贺——

▲老司城,王府餐厅(黄昏,内)

俩人的碰杯——瞬间叠化为一家人在餐厅里集体碰杯、喝酒的场面。

酒菜齐备,佳肴满桌——鸡鸭鱼肉以及农家小菜的香味扑鼻而来,令人垂涎欲滴。金凤在一旁上菜,斟酒,忙个不停……

彭翼南的帕普——老土司彭明辅将不离手的水烟袋收起,老人家也被眼前年轻人的热情所感染,举起了酒杯——

彭翼南、彭翼北兄弟和张天娇、王藩同时举起酒杯,等待着长辈开口。

老土司望着眼前的年轻人,似乎有一肚子话想说,却一下又不知从何说起,脸上露出了欣慰的笑容:"俗话说,相聚就是一种缘分。刚才这位王公子说了,'前世五百次的回眸,才换来今生的一次擦肩而过',既然有缘相识,就是朋友,算是前世修来的福分!能看到你们活得新新鲜鲜的,比什么都强。来——"

"逮!"所有的酒杯再次碰在了一起。

翼南、翼北、王藩一饮而尽,帕普、金凤、天娇各自抿了一口。

杯子一放,金凤忙不迭地给大家夹起菜来:"好了好了,吃菜吃菜,新鲜野胡葱炒熏腊肉,大家多尝尝啊——"

王藩吃了一口,不禁感叹道:"真香!"说着他习惯性地在碗里扒拉几下后,才夹起菜,对他喜欢吃的菜,他更是翻来覆去地挑选。一边挑菜他还一边说:"翼南,这不就是你说的,野胡葱入味熏腊肉,腊肉自然就会入味野胡葱,这两种菜的味道混在一起,奇妙无比呀!"

彭翼北:"湘西熏腊肉独具特色。大概在离过年还有二十来天的时候,家家户户都会杀年猪迎接新年的到来。猪肉被切成条状,涂抹上花椒、食盐腌制一段时间,等椒盐味完全进入猪肉里面了,然后就用棕绳穿起来挂在火塘炕上,让慢慢升腾的烟熏烤。湘西腊肉外表看上去并不美观，黑漆漆的一块，但品尝之后你会永远难忘其中的独特滋味。"

彭翼南："熏干的腊肉，不残留一点水分时，外皮开始翻卷，肉里慢慢向外渗出油来，偶尔滴落一滴到下面燃烧的火塘里，顿时响起'噼剥噼剥'燃烧的声音，香气散发开来，一时间家的气息愈发浓郁。腊肉被日复一日地熏制着，就会将一个家庭所有的欢乐、哀愁，以及所有痛快不痛快的事情，都慢慢吸收干净，随之烟火被封进了腊肉里。所以人们说湘西腊肉是湘西人用寸寸光阴的乡愁熏制出来的。"

老土司："山里人家爱做熏腊肉，除了好吃、存放得久等原因之外，也许与湘西人居住偏远山区有关。每当客人来到，主人无法及时赶到集镇购买好菜招待，如果有了腊肉，一旦来了客人就可随时拿来招待。因此，制作腊肉这种习惯，便世代相传。腊肉不仅用来待客，同时也可做走亲访友、联络感情的礼物。逢年过节，人们总要带上一些腊肉走亲访友，湘西人家都少不了腊肉这一道别有风味的美味佳肴。"

金凤："你看这野胡葱菜的清香味、腊肉的烟熏味融合在一起之后，闻着香，吃起来更香。"

王藩："是呀，湘西腊肉可口而不油腻，野胡葱滋味更是满屋飘香。"

张天娇："这不就是翼南所说的'丝丝相扣''脍炙人口'吗？"

老土司："那可不一定，得看食材之间的组合搭配。世上的万事万物，相辅相成也相生相克。"

王藩："这难道就是民间所说的禁忌？"

老土司："番茄忌绿豆，同食伤元气；花生和黄瓜同食，伤害肾脏；牛肉和栗子同食，引起呕吐……"

彭翼南："冬瓜南瓜西瓜都能吃，那世界上还有什么瓜不能吃？"

"傻瓜！"张天娇道，"你头脑太笨，越吃越傻……"

老土司："毒瓜也不能吃，毒瓜的果和根，吃了后患无穷，但入药之后，可清热解毒消肿。"

张天娇："他呀，什么瓜也不能吃。"

翼北："为什么？"

张天娇："冬瓜南瓜西瓜吃多了，就是找不着北！"

老土司："另外还有驴肉忌黄花，同食心绞痛；海蟹忌大枣，同食易致疟疾；芥菜忌鸭梨，同食心慌作呕，如此等等，不胜枚举。"

彭翼南："大千世界，相生相克，无处不在呀。"

王藩："其实，人与人之间更是如此，有爱必有恨，有多少爱就会有多少恨，又有多少爱值得去等待呢？"

彭翼北："王藩哥，你是爱上一个人了吧？你和你所爱的人，是相生呢还是相克呢？"

此言一出，立即引得大家哈哈大笑。

▲**火铺前坪**（傍晚，外）

火铺前三岔路口上同样传来一阵野性狂笑。那正是码头铩羽而归的棒棒客、舍宝客（七剑客的老四、老五）带领着劫匪们大大咧咧地走来……

劫匪们万没想到向家的伏兵已将这里团团包围，只等他们入瓮就擒。

舍宝客望着前方亮起的灯笼，对棒棒客说："四哥，凉亭坳火铺就在此，兄弟们不如进去逮它几杯？"

"好，都穷折腾一整天了，肚子早已空空如也，逮去！"

说罢，棒棒客挥挥手，劫匪们大大咧咧地进入了火铺。

草垛后闪出一个人头，此人正是向八八，他得意地对向七七使了个眼色。

举着火神枪的向七七迅速带领团丁们跟了过去——黑影划过画面……

▲老司城，王府餐厅（傍晚，内）

划过画面的却是——端菜上桌的金凤，此刻她显得十分热情。

金凤："哦，你说白天的事噢，怪不怪啊，这保靖七剑客这些年来没到永顺这边来过了，今天怎么闹了这么一出？"

翼北："这有什么呢，只怪他们运气不好，碰到咱们兄弟几个，相生相克呗！"

翼南："话可不能这么说，今年湘西大旱，灾民揭竿而起，朝廷派官兵进山清剿，头一个就是万虎山的七剑客。以官兵的实力，雷也行他若不先下手为强，到时候麻烦就大了。"

王藩："其实，他们这些灾民也是被逼无奈。哦，我听说那雷也行的姐夫是保靖的土司，叫彭荩臣，他与你们永顺彭氏土司还是同宗同族的兄弟呢！"

彭翼北："莫这么讲，我们两家早就不来往了。"

张天娇："哦，这是为何？"

彭翼南："早年为封地之争开过战，那个时候，雷也行就充当了马前卒。"

张天娇："这不是相克，而是兄弟手足相残。"

金凤："是呀，就像今天那架势，刀架在脖子上往死里整啊！"

翼北："这还是朝廷大军尚未开始清剿，真要是到了那一天，不打个天翻地覆才怪呢。"

张天娇担忧地道："那……到时候雷舵主还顶得住不？"

彭翼南："不要到那时，只怕今晚就难过……"

"哦？"王藩大感意外地道："这又是为何？"

彭翼南："自古大湘西鱼龙混杂，各山头之间纠缠不断，但都是明人不做暗事，哪能半道上使黑枪？"

张天娇："难道回去的路上，那伙山匪会有凶险？"

彭翼南点点头："不过，我已经提前托'黄鼠狼'送去了傩面一尊，外带救命屁三个……"说着他便大声吃喝："来呀，上鬼酒——"

▲火铺（夜，内）

"鬼酒来了——"只见火铺店小二屁颠屁颠地端着酒菜上来了。

这时酒已过三巡，只见舍宝客、棒棒客以及劫匪们早已喝得酒醉迷糊。

此时屋外——手持刀枪、箭弩的团丁们在向七七的指挥下正对准他们……

酒桌上，当店小二揭开托盘盖子的瞬间——

里面赫然躺着一具巫傩面具——恐怖狰狞，顿时让棒棒客酒醒了大半。

店小二使了一个眼色，并且脚踏地板打开了暗道机关。原来这个店小二就是彭翼南派来的"黄鼠狼"，只见他把那尊傩面高高抛起——

棒棒客立马会意，大喊一声："弟兄们快跑！"说时迟、那时快，只见他掀翻酒桌，脚下地板顿时烟雾四起，突现一个黝黑的地洞，棒棒客瞬间翻身钻了下去，紧接着弟兄们鱼贯而入……

就在"黄鼠狼"跳下地洞之时，他抖开了傩面里的包袱气囊，顿时，房内充满一股难闻的黄鼠狼臭气，火辣辣的烟雾熏得人睁不开眼睛。

臭气缭绕中，向七七率众团丁冲了进去，发现火铺大厅内早已空空如也。

气急败坏的向八八歇斯底里地叫喊着："追！"

——定格！

急速转黑的画面上，滚屏淡出以下字幕：

【第四单元叙事、第十一章完】

● 第四单元叙事之：

第十二章

神秘造访　总督张经道出玄机
敲山震虎　奸臣严嵩威逼利诱

▲老司城，王府餐厅（夜，内）
"追？追什么？早跑光了，俗话说：黄鼠狼自有三个救命屁。"
王藩："三个救命屁？究竟是巫术还是医术？有解药吗？"
老土司："世上没有最好的医生和药物，只有医者仁心，人性的善与美……"
"一切罪恶都源于贪婪，它是人的本性！"王藩若有所思地道，"我看七剑客倒在其次。船上听严大人的口气，他此行一是为东洋商人铲除隐患，二是争夺科举的主考权，招募人才为其所用，进而操控朝廷领兵抗倭将帅的人才选拔。"
张天娇："奸宦利欲熏心，最终目的还是一个'利'字作怪。"
彭翼南："帕普，这事您老怎么看？"
所有目光，都集中在了老土司彭明辅的脸上。
望着眼前这些年轻人，老土司不紧不慢，放下筷子："人际交往是建立在真诚交往基础之上的，尔虞我诈的欺骗、虚伪的敷衍都是对人际关系的亵渎。要处理好人际关系记住三句话：看人长处、帮人难处、记人好处。清匪也好，招募也罢，都不是你们能左右的事。做人凭良心、诚信走天下。人字最容易写，但做个好人却不易，往往天使与魔鬼只在一念之间。"说着，他拿起餐桌上叉肉的短刀："就像这把双刃的刀……"

▲万虎山，大厅（夜，内）
"就一刀？"傩子客问道。
熊熊火把照亮山寨大厅，军师爷傩子客紧锁眉头，他显然不敢相信。
七剑客头领面前，是逃回来的舍宝客、棒棒客，显然两人酒精已发作。
舍宝客舌头根本不听使唤："就……就一刀。"
傩子客："比你还快？"
舍宝客："还……还快。"
"哦？"
棒棒客："关键是向家那些人不守信用，半道上埋下伏兵截杀，然而危机之时，是这几个小子派'黄鼠狼'前来接应，给了咱三个救命屁，兄弟们这才得以逃脱。"
傩子客疑惑："料事如神呀！大湘西什么时候出了这等狠角色？你刚才讲，还是几个后生？"

舍宝客："嗯，年纪最大、刀最快的那个，也不过十六七岁。"

顿时嗡嗡议论声一片——众头领们面面相觑，几乎不敢相信自己的耳朵。

所有的目光，都不由自主地投注在了一直没开口的雷舵主身上。

只见雷也行摸了摸舵主交椅边拴着的那头猛虎的屁股，缓缓地起身问道："老五，你当时怎么出的刀，现在就怎样再出一遍。"

"是。"舍宝客立即摘下腰刀，丢进背篓，竭力地站稳在雷也行面前。

犹如码头那一战，他猛然动手，全力以赴，迅捷无比，拔刀向舵主刺来——

待他一出手，雷也行看也不看，反手也从刀架上拔出一柄刀，迎头砍去……

两柄刀同时停住！舍宝客的醉意顿时清醒了大半。

——完全是码头一幕的情景再现，舍宝客的刀，离舵主还有尺余，雷也行的刀，却已到了舍宝客头顶！

雷也行："当时你的刀到了哪儿？"

舍宝客："同现在一样。"

这一下，所有头领都惊得站起了身！

傩子客："老五，你没记错吧？他能同舵主一样快？"

棒棒客："五弟讲得没错，当时在场的弟兄们都看见了，那个后生，真有那么快的刀。"

舍宝客却摇了摇头："不，还是舵主更快。"

雷也行："为什么？"

舍宝客："舵主是自己拔刀，他是接兄弟扔过来的刀，比舵主更方便。"

雷也行："接人家的刀，不该比自己拔刀更快呀。"

舍宝客："舵主您是没看见，那几个小子动起手来，完全就像一个人，他从空中接过飞刀，根本看都不用看，就像刀原本就在他手上。"

傩子客越发不敢相信了："真能这么严丝合缝？"

这回轮到棒棒客点头："真的，他们配合默契，就像只长了一颗脑袋。"

缓缓插回刀，雷也行长长吸了一口气："单对单，比我慢不了多少，合起来，就能跟我一样快——如今的大湘西，真的出角色了！"

傩子客："舵主，沅陵排帮罗老大传来消息，内廷谷公公派来的锦衣卫千户率领朝廷剿匪大军已出发，估摸今晚抵达湘西门户的必经之地——官庄。"

雷也行："哼、哼！幸得有虎头傩王的神机妙算。万虎山也不是吃干饭的，此次为了专门对付锦衣卫，我得到虎头傩王的消息后，就派幺妹赶到了官庄等候，老子要让这帮杂种见识见识咱们万虎山七剑客的厉害！"

▲桃源官庄（夜，外）

天色渐渐暗了下来，浩浩荡荡的朝廷剿匪大军正在日夜兼程地赶路……

骑在高头大马上的锦衣卫千户，显得骄横不可一世。

第十二章 / CHAPTER 12

神秘造访　总督张经道出玄机
敲山震虎　奸臣严嵩威逼利诱

这时只见锦衣卫缇骑飞马而至，翻身下马的原来就是刀疤脸，此时他赶到了大军必经之地官庄，将严嵩的那封密信亲手交给了千户。

千户接过一看后，挥手给副将下命令："钦差大臣有令，右路副将巫浩率五千精兵清剿万虎山，其余人马按原计划前去围困老司城，队伍就此兵分两路，加速前进！"

三岔路口上，清剿大军开始分兵，各自奔往东西两个不同方向。

▲演播厅（夜，内）

联合国专家继续他们的讲述——

科举总督张经与其助手俞大猷为使此次科举真正达到"杜绝弊端，选拔良才"的目的，急速赶往王城，他们前脚刚到王城，严嵩与弟子赵文华后脚就赶来了。此刻这两拨人都要马不停蹄地赶往老司城去拜访一个神秘人物——此人便是彭翼南的帕普彭明辅。大唐中叶，中日在白江口大会战中，彭公爵主用神秘的钩镰枪对倭奴的致命一击，让倭奴闻风丧胆，他无疑成了东瀛武士的天敌、克星，倭酋木下晋一死于彭公爵主的钩镰枪下，从此，湘西土司王族与东瀛木下家族结下了世代冤仇……

如今威震东瀛的那把钩镰枪已成为湘西土家苗汉武勇强悍、无惧无畏的代名词，它承载着湘西人民勇敢顽强的精神！

历代王朝在加强对地方土司政治控制的同时，也加紧对土民实施文化教化，历代王朝广设学宫，吸收土人入学，采取各种措施，使其逐渐接受中原汉文化。弘治十四年（公元1501年）明孝宗朱祐樘下令："土官应袭子弟，悉令入学，渐染风化，以格顽冥，如不入学者，不准承袭。"这些措施客观上促进了土人文化事业发展，有利于土官文化素养的提高。老土司就是其中的佼佼者，他曾担任过中国四大书院之一岳麓书院的山长、朝廷科举主考官，因遭人诬陷，涉唐伯虎、徐经"科场舞弊"大案而交厄运，这个大案彻底改变了他的命运，后虽承袭湘西永顺宣慰使，但他愤世嫉俗、狂傲不羁，醉影纵横卧南山，提前辞职让位于儿子彭宗舜。老土司真诚开明、精通儒学，因时下科举取士这种八股文的考试命题，要求读书人只能从儒家四书、五经中套用，难以自由发挥，这就束缚了思维。于是他极力倡导学生素质教育，其开创的思想、文化、教育体系利在当代，功在千秋。武勇的彭公爵主、睿智的老土司，无疑成了湘西王城的精神领袖。

"古有彭公爵主，今有圣贤帕普。"古往今来，湘西人要想挣脱大山的束缚，出人头地，脱颖而出，要不当兵吃粮，要不读书做官。

自家门前三尺硬土。在湘西这块神秘土地上，只要有了老土司这尊"菩萨"的鼎力支持，就没有办不成的事，一切均可顺理成章，决胜于千里之外。

▲王府门口（夜，外）

"砰、砰、砰！"一只手有分寸地叩击着门环。

▲王府餐厅（夜，内）

"老爷——"

只见管家庾叔拿着一封书信走了进来，打断了餐桌上的欢声笑语："老王爷，有客来访。"

老土司彭明辅问："什么客？"

庾叔："不认得，他讲是专受老王爷友人所托，带书信来的，想见老王爷一面。"

彭明辅接过信，起身问道："客人呢？"

庾叔："没老王爷的话，我没敢贸然领进，现在门口候着。"

彭明辅："请他进来吧——哦，我到书房见他。"

"是，老王爷。"庾叔匆匆而去……

彭明辅回头跟大家交代："我去见见客，你们先吃吧，不用等我了。"

他整整衣襟，走出了餐厅……

几个年轻人相互看看，显然都有些诧异。

翼南："帕普这些年可一般都不见客的，什么人这么大的面子？"

翼北："是啊，还请到书房里去了。"

张天娇若有所思，不由自主地放下了筷子……

王藩一直注意着她的一举一动。

▲王府书房外（夜，外）

"吱呀"声中，管家庾叔小心翼翼地掩上了书房门。

可见进门拜访的正是科举总督张经，手上拎着两束腊肉见面礼，还带来了内阁首辅大臣杨廷和的亲笔书信一封……

▲王府书房内（夜，内）

老土司彭明辅接过那封信，认真看着。

张经："听杨大人讲，您老人家曾与他是南京国子监同居一室的监生，后来还一道回湘在岳麓书院讲学议政，共商国是。岳麓书院位于湘江西岸的岳麓山下，古木参天，浓荫蔽日，为世人瞩目的中国四大书院之一，始建于北宋，千年学府，弦歌不绝。传统书院都是先生高高在上，徒儿们拜倒在下，而岳麓书院则不同，乃读书人聚会之所，大家平起平坐，各抒己见，虚怀以言，虚怀以听，畅所欲言，以民生疾苦为忧，研究经世致用之学。"

彭明辅头也不抬，仍在认真地看书信……

"杨大人寄希望于您在湘民中无人可及的威望，还有彭氏祖传钩镰枪的勇猛神奇——自古就是倭寇的天敌。先生若能振臂一呼，大湘西上下，万众一心，何愁内忧外患难治？微臣今日登门，指望先生能为朝廷此次科举出谋献策，尽快选拔良才，此举不光造福桑梓，也是助朝廷首辅大臣一臂之力，再说智勇双全的湘西王者焉能蜗居深山老林？天下兴亡，匹夫有责呀！"

张经不断地在一旁劝解着。

看完了信，彭明辅转过头淡淡地说道："难得廷和兄还一直记挂着老朽……他现在还好吧？"

张经："如今的杨大人乃当朝首辅大臣，一人之下，万人之上！尤其这几年他的精气神好得令人不敢相信，虽年逾花甲，但童颜鹤发，连感冒都难得生一回，就是脾气比以往更大了一些。"

彭明辅："脾气大，怕是肝火旺盛，要经常清火，尽量克制哟！"

张经："朝中上下要他操心的事太多，不比先生清风鹤影，心无凡俗。"

彭明辅："哪里，哪里，老朽是眼不见为净也，不像首辅大臣，胸怀大志，有家国牵羁。"

"作为朝廷重臣，他也有难圆之梦呀！以边军统领江彬与谷大用为首之宦官集团盘根错节，唱和呼应，统兵将帅，伺机密谋反叛。如今更让杨大人忧虑的是大敌当前，南倭北虏，攻城略地，为祸边关，而奸宦利益集团则兴风作浪，助纣为虐……"张经一边说一边观察着老土司的微妙表情。

彭明辅："国家遭难，民不聊生……难道老朽能化腐朽为神奇，有如此回天之力？"说着，他打量张经拿来的两束腊肉见面礼连连摇头。

张经："《论语》曰：'自行束脩以上，吾未尝无诲焉。'有人将其理解为只要有人给孔子十束腊肉，他就可收来者为弟子，悉心教导他。朱熹认为，礼轻情义重。先辈这么说其实是打个比方，其意无非是想说即使是最轻微的礼物，先生都会给予知识传授。微臣今日送上的这两束腊肉见面礼，正是此意。"

从张经渴望的眼神中，彭明辅不由得回想起当年唐伯虎登门造访的情景……

（闪回）

时任科举会试帘官的彭明辅，非常赏识青年才俊。当年唐伯虎拜访时也是带来了两束腊肉，彭明辅便兴致勃勃地给他的诗画集题跋作序……

风流倜傥的唐伯虎高兴至极，忘乎所以，便拿着题跋四处炫耀，不曾料到祸从口出，主考官如此公然抬举唐伯虎，惹得其他考生心生妒忌。

随后科考中，由于试题冷僻刁钻，很多应试者答不上来，唯有其中两份试卷不仅答题贴切，且文辞优雅。它们分别是唐伯虎和张天娇的姥爷徐经的考卷。按说两人离状元、榜眼咫尺之遥，万万没想到……

就在发榜的关键时刻，有人举报唐伯虎、徐经贿金预得试题，于是蜚语满城。朝廷为平息舆论，令锦衣卫加以审讯，经多方查证，并无鬻题实据。唐伯虎考前曾拜见主考帘官，送过腊肉见面礼，而处以罚科，也就是取消考生的参考资格。

而张天娇的姥爷徐经被栽赃有"顶替冒籍"之罪，也就是隐瞒考籍和枪手代笔（为平衡各地教育差异，科举分配名额，"南北榜"实际上是分省录取；考生必须在户籍所在地报考，如果瞒报，就是古代的"高考移民"），治以死罪，株连九族。主考帘官彭明辅因此事件牵连而被削官，遣回原籍……

（闪回完）

此刻，张经不得不给他讲了一个"牛眼藏玄机"的故事：说的是北宋著名书画家米芾，当年米芾遇到贩卖唐代大师戴嵩《松石牧牛图》的生意人，他私念顿生，以鉴别真伪为名，将画留下来，连夜精心仿制了这幅画。第二天，米芾以画有假为由，将仿制品交还给卖画人，对方将画端详一番，说这不是他的原物。原来戴嵩的《松石牧牛图》中的牛眼里有牧童的身影，而米芾的仿制品中没有。就这样米芾没能骗过那个生意人，可见细节之重要，不言而喻。

其实，十年前的科场舞弊案，暗藏玄机。当年举报科举考官受贿鬻题的两幅写实画作的出炉，正值科举张榜之前，太吸引人眼球了。画面上记录了行贿全过程：一边是提着贿银的考生走进了考官的家门，另一边则是他之后空手走出大门……这一进一出，不禁让观画者浮想联翩：向来为人耿直、公正清廉、视金钱如粪土的主考官，不过也是一个贪官，因为这个世界太现实！

▲**演播厅（夜，内）**

联合国专家继续讲述——

此科场舞弊案一出，朝廷自然要彻查。科举帘官彭明辅向追查事件的刑部侍郎提出申诉：事情的真相是京城国子监为推荐自己门下的监生，多次登门拜访。当时彭明辅都没让对方走进自己的家门，怎么会有一进一出行贿一说？这说起来简单，但是调查起来何其之难。你说没收过礼，口说无凭，况且那个行贿的考生早已失踪，无从寻觅。迫于舆论压力，彭明辅被暂停主考帘官之职。

接受调查的彭明辅刚回到湘西老家，刑部侍郎和京城国子监祭酒竟同时找上门来，一则专程来道歉，二则劝其辞去科举帘官，并邀请他到京城国子监任职。

舞弊案件中调查者与被调查者往往都是水火不相容的，甚至鱼死网破，可就在这风口浪尖上，他们竟然明目张胆地来当掮客，胆子真够大，行为真够猖獗。当然，对付清廉官员软硬兼施的做法，在现实中并不鲜见，但如此高调行事者，绝对是凤毛麟角。涉事人如此公然挑衅，难道这真是一个精心布的局，可证据在哪里呢？没有证据，纵然百口，又能辩明什么？面对这个写实绘画的举证，怎样才能澄清事实，还自己一个清白呢？怎样寻求一个突破口，来破解迷局呢？

疑案缘由之一就是在科场考试后，分管阅卷外帘官的赵文华对分管出题内帘官的彭明辅说，先生这次出的题目太难，绝大多数考生都难以切题，只有一张卷子不仅切题而且文笔优雅。老土司一听，脱口而出："这八成就是唐寅的卷子。"疑案缘由之二是前两场考试中唐伯虎已中两元，此次最后一元的考试之后，举子们在酒庄相聚，唐伯虎口出狂言，此举非他莫属。俗话说"祸从口出"，不久有人举报主考官受贿、泄题。由此"江南科场舞弊案"不断发酵，众说纷纭。皇帝得知后，龙颜大怒，明令立即彻查此案，并将此次科举得高分者唐伯虎、徐经投入了大牢，严加审讯。就因为彭明辅赏识唐伯虎说了一句"这八成就是唐寅的卷子"，便引发了这场科举舞弊大案。

唐伯虎在狱中饱受皮肉之苦，始终未招。而入狱的徐经未能挺住酷刑，被屈打成招，承认自己考试前曾去过分管出题内帘官的家，并给了他家童子好处费，由此事先得到了考题，然后泄露给了唐伯虎。然而经过一年多的调查审讯，帘官事先鬻题之说，查无实据，纯属道听途说。朝廷只得下令取消这一届科举帘官之职，唐伯虎终生被禁考，所谓贿金预得试题的徐经结局最惨，最终冤死狱中……

▲王府书房（夜，内）

张经的一番逻辑推理，道出了当年举报信上写实绘画的造假之处——正所谓：当局者迷，旁观者清。张经为何能道出实情，并引出了故事里的故事呢？原来他们张氏家族有着多年祖传雕版年画的手艺，破绽窍门就在此画上。原来普通年画上门神的眼睛都是睁着的，而举报写实绘画上门神的眼睛却是睁一只眯一只，这就说明举报人没有去过彭明辅的家门进行实地观察，纯粹是主观臆想出来的。原来，京城国子监掌门人严嵩授意举报信上绘制的门神画需睁一只眼眯一只眼，并派人偷偷调换了彭府门神年画，其寓意收礼人对行贿者是睁一只眼闭一只眼的，从而制造了这场"科场舞弊"千古奇冤。谁知这张画第二天一早就被管家发现替换了。正是此画画蛇添足、弄巧成拙，才使张氏父子一眼识破。这年头真是挣钱也年画，洗冤也年画，露馅也年画。迷局破解竟是在这微不足道的门神眼睛上，原来小细节里竟暗藏着大玄机——细节决定成败呀！

老土司彭明辅顿时大悟："听君一席话，胜读十年书。"

"哪里哪里。"张经赞叹其彭氏家族注重培育人才，开办湘西若云书院，并为了国家长治久安、天下太平，积极参与肃清各路流寇，战功卓著。张经又大赞彭明辅高风亮节，淡薄名利，公而忘私，彭氏王族尤以"不要官、不要钱、不要命"之美名而著称于世……

这时，走廊上，一个黑影飘然而至，室内两人的谈话声，引起了他的注意，他不由得侧耳去偷听——此人正是王藩，他是借上厕所之名，从饭局中抽身出来的……然而令他万万没想到的是，就在他的身后也露出了张天娇的身影，她一直暗中注意着王藩的一举一动。

室内，张经诚恳地在咨询彭明辅意见："为了尽快选拔出智勇双全的人才，此次科举将尝试新的举措，意在先要考察学子们知识与智谋的积累，也就是武考之前加试文考，过不了文考关的，也就不能进入下一轮的武考。但是……"说着说着，他不得不低头叹了一口气。

彭明辅道："如此改革举措，必然会遭遇各方阻力……"

张经道："是呀，我乃奉旨担任科举总督，负责科考一切事务，可不知何因，紧接着朝廷又派京城国子监祭酒担负全程总监考，说是此举为了考试的公平、公正。我们南京国子监负责出试题不少于3套，然后，京城国子监从中随机抽取一套试题作为笔试考卷。南监出题，北监就阅卷，总之，你新提一案，他必对应反制……"

面对张大人的"再次出山"之请，彭明辅面呈难色："考官之职，岂忍言之，所请难允。中兴之治已付之一炬，阴霾来袭，妖风阵阵，奸党胡作非为。官商勾结、狼狈为奸，筑成一座贪腐大山！只因这个社会太现实，金钱至上、物欲横流——吃什么就补什么：吃肝补肝，吃肾补肾……读书为了升官发财：'书中自有黄金屋，书中自有颜如玉''当官不发财，请我都不来'。明明做官是为少数既得利益服务的，却还要打着'为民'的旗号。在这样的'读书做官'前提下，八股文科举应试制度压制人性，束缚思想，长此以往，人将不仁，国将不国。"

彭明辅："知识是人们对自然界，经过验证了的、正确的认知。早在三千年前的周朝就有了'勾三、股四、弦五'的勾股定律；战国至秦、汉时期独创的《九章算术》，不仅在世界数学史上最早提到分数问题，其《方程》章还在世界数学史上首次阐述了负数及其加减运算法则。如果要问何谓数学素质？通俗地说，一个人的数学素质好，和说一个人有数学头脑的意思差不多，归根到底是指他能力如何。培养数学素质就是培养人从数学的角度来分析问题、思考问题、解决问题的这种逻辑思维能力。不同层次的数学知识，帮人建立起不同水平的数学思维，使人具有不同程度的解决问题和逻辑推理能力，并且形成坚定、自信的意志品格。无论语文还是数学都是源自生活实践的学科，也是人类智慧发展的结晶。祖先将其思维付诸语言文字表达以及数学分析问题、解决问题之逻辑思维方式之中，以此传递他们的智慧，使我们以及我们后代能领悟并传递下去，进而推动人类社会向前发展。不知有多少为师者考虑过教书育人根本目的在于什么。眼下科举应试唯考试分数论，为了考试而考试，只能培养出死读书、读死书、死磕书本的蠢材。这些就连我们的师者们都没有搞清楚，每天只知道让学生去做大量的习题花很多的时间来换取那一点可怜的分数。最后换来的却是学生们一句，"我们学了这么多年的语文、数学究竟有何用？"这不得不令我们师者汗颜，难道这就是传道授业换来的回报？殊不知为了推动社会文明与进步，人类亟待提高整体的文化素质与精神素养。语文培养人的沟通表达能力；而数学则是关于数的学问，也可以说数学是关于数的哲学。我们通常所说的加、减、乘、除运算是算术，这是实数的运算规律，培养人的计算能力。那么难道图形就不是数学了吗？是的，仅仅是那么一个图形当然不是数学。如果我们用数的观点来研究它，比如在平面内，当一条直线与另一条直线垂直时，怎样用数来加以研究？人们指这两条直线所形成的角度为90度，用90度这个数来研究图形，这就是数学……能将这种抽象化的概念予以形象化表达，这就是我们师者授业解惑之关键所在。学习知识犹如推开一道道大门——欲知后事如何且听我一一分解。只有兴趣才是最好的师者，假如没有兴趣硬着头皮读书学习，岂不是"瞎子点灯白费蜡"吗？西方中学期间的初等数学是培养人的顺向逻辑思维能力的，而大学里的高等数学则是培养人的逆向逻辑思维能力。凡是接受传销洗脑的，肯定逻辑思维不行。人一旦缺少逆向思维，肯定也易上当受骗……"

张经一边听一边点头。

彭明辅："我乃这个科举取士制度的受益者，同时，也是这种应试制度的痛恨者。然而，正是这'一考定终身'的朝廷选拔人才制度，滋生了多少科场腐败。历朝历代的科举皆与国运息息相关，它是一个国家兴盛的'风向标'。真可谓'此科场气运之所以终，而国之所以亡也'。难怪世人疾呼'不拘一格选人才！'"

张经："大明王朝之所以面临前所未有的困境，实际上是陷入了一场空前绝后的人才危机——世界上只要有了人才，什么人间奇迹都可以创造出来！"

彭明辅："更应是人性的回归。大明当下所面临的最大危机是人性危机。人心浮躁，人就

第十二章 / CHAPTER 12

神秘造访　总督张经道出玄机
敲山震虎　奸臣严嵩威逼利诱

没有根，民族也就没有魂。人心冷漠、自私、残忍，为了一己私利什么都敢做。

彭明辅的一番话让张经感到深深震撼。

彭明辅："我们这个社会，有一个越来越显著的特点：杀善！我们这个几千年的文明大国，为何突然之间在短时间内人性变得如此之恶。今天的社会欺凌弱者、贪图小利、欺诈、胆小怕事、不敢担当、幸灾乐祸、看热闹的不嫌事大，种种现象，屡见不鲜。中国人需要找回我们祖先身上曾经有的王者精神：自信、诚信、勇武、博学、彬彬有礼、有爱、敢担当……只有人性的回归，国家才有希望！"

张经若有所思："微臣而今所肩负的科举，就是为了国家的未来。"

"科举救国兴国，机会不等待犹豫者、观望者、软弱者、徘徊者，我老了，大明王朝的未来全指望你们了。"说着，彭明辅起身，来到书案前，铺开宣纸："见到你很高兴，这样吧，我写四个字，劳烦张大人回京时带给廷和兄。"

张经："我代杨大人聆听教诲。"

老土司彭明辅提笔蘸墨，落了下去，此时，画外传来敲门声——

▲王府大门口（夜，外）

"砰砰砰"，外面又有一只手在猛力地拍打着大门。

"来了来了，哪位呀？"敲门声中，管家庚叔赶紧去开门。

庚叔打开门的瞬间却微微一愣——

门口站着的是身穿二品飞鱼朝服的严嵩，后面跟着向重九和锦衣卫。

——定格！

只见土司王城土家博物馆内，一座封土大墓模型前，探险家贝尔·格里尔斯举起茶杯喊道："Waiter——Xiangxi Golden Tea！"

"贝尔先生，湘西黄金茶来了！"身穿店小二戏服的剧务端着热茶送了上来……

只见贝尔边饮茶边说道："欲知后事如何，尔等容我品茶之后慢慢道来。"

急速滚屏淡出以下字幕：

【第四单元叙事、第十二章完】

● 第五单元叙事之：

第十三章

宁静致远　王爷帕普一身正气
鬻题敛财　奸佞献媚软硬兼施

▲王府书房（夜，内）

雪白的宣纸上，老土司彭明辅落笔写下的是"宁静致远"四个大字，写完，他放下了笔："张大人，你看如何？"

"宁静致远？！"张经赞赏道，"好字！洒脱灵秀，书法博采众长，直追钟王呀！"接着张经意味深长地道："先生这四个字取自西汉《淮南子·主术训》之：'是故非澹薄无以明德，非宁静无以致远，非宽大无以兼覆，非慈厚无以怀众，非平正无以制断。'先生淡泊名利，生活简单朴素，不追求热闹，心境安宁清静。只有两袖清风，方能一身正气，先生此高雅志趣情操，仿若置身世外桃源。"

彭明辅："人在世外，如同梦中，挥笔龙飞凤舞，潇洒自如！"

张经："先生书法字如其人，高风亮节，不屑于同流合污，不屑于攀权附贵。而这，恰恰是当今大明王朝最缺的。"

彭明辅："惭愧、惭愧！"说罢他将字一卷，递给了张经："烦转交廷和兄，告诉他，我要跟他讲的，就这四个字。"

▲王府大院（夜，外）

在管家庹叔的带领下，严嵩与贴身锦衣卫正沿小径一路走来……

快到小花园门口时，庹叔忽然停住脚步，举手示意他们在此等候。

庹叔："王爷正有事，麻烦稍等，我先去禀报一声。"

他刚要离开，严嵩却抢先一步："不必了，严某乃恩师一弟子，拜见师长，当自报而入。"

不顾庹叔阻拦，严嵩迈开大步，径直朝走廊闯了过去……

对于这一突如其来的一招，庹叔顿时措手不及。

王府保镖闪出，将严嵩身后的锦衣卫拦住："王府内寝，不得携带任何武器！"

庹叔只得一边追赶一边大声疾呼："王爷、王爷！有客来访……"

▲王府书房内（夜，内）

画外传来的疾呼声，令室内的张经、老土司彭明辅不由大吃一惊——

▲王府书房外（夜，外）

走廊上，正在门外偷听的王藩和黑衣人张天娇赶紧躲开……

紧接着画外传来："弟子严嵩，求见恩师——"

▲**王府书房（夜，内）**

走廊上随着急促的呼声越来越近，彭明辅赶紧把张经拉到一边："那今晚就到此吧！"

此时门外急促拜访求见的声音越来越近，张经已听清来者正是他的死对头——钦差大臣严嵩。

走廊上再次传来（画外音）："弟子严嵩，拜见恩师——"

门外的张天娇、王藩迅速绷紧了神经……

书房内，老土司的眼前不由自主地出现当年的情景（闪回）——

难道十年前的那一场悲剧将会重演？同样也是这样一个晚上，唐伯虎、徐经前脚刚进来拜访，而严嵩、赵文华后脚就跟进来了……

唐伯虎因涉嫌科场舞弊大案，蒙冤受罚之后，只能在朝廷体制之外折腾了。

（闪回完）

张经收起了"宁静致远"的字幅匆匆告别，临走时丢下一本册子，说道："这些都是备选试题，恭请先生过目。我会像刘备那样，三顾茅庐，麻烦先生的……"

张天娇眼见父亲此刻已被钦差大臣堵在室内了，情急之下欲挥刀前去拦截，却突然被一只手给拉住了，回头一看，原来是彭翼南，示意她不要冲动莽撞。

彭翼南就像变戏法似的，只在刹那之间他已满面春风，迎上前去："严老板，今儿是什么风把您给吹来了？"

严嵩："原来是你？咱们又见面了。"说罢，他不想与其纠缠，欲再次推开书房的大门——

彭翼南赶紧拦在他的前面："看您这身打扮，还真有点认不出来了。"

严嵩："旅途漫漫，鱼龙混杂，严某我原本不想惊动土司大人，故微服而来，让少王爷见笑了。"

彭翼南："既然不想惊动，那严老板为何急匆匆又赶到了这里？"

严嵩："严某乃令祖大人的弟子，来了老司城，自当亲来拜访。"

"帕普，有客人来拜访——"门外，彭翼南故意扯高嗓门朝内室喊道。

▲**书房内室（夜，内）**

老土司彭明辅听到门外喊叫声，示意张经赶紧从后门离开……

当朝廷"招抚"总督从后门刚走，"剿寇"钦差大臣随后从前门就来了……

门开了——打量着眼前这位不速之客，老土司彭明辅一脸淡定。

严嵩："难道恩师不记得我了？当年在岳麓书院，弟子我曾聆听先生讲学议政，目睹过恩师岳麓会讲之风采。先生主持书院数年，以反对应试制科举利禄之学、培养传道济民的人才为办学的指导思想，培养出一批济世救国之才。"

他用期盼的目光望着老土司，显然希望对方能回忆起历历往事。

严嵩见老土司依然面无表情，他又赶紧打圆场："哦，弟子当年才疏学浅、貌不出众、学业不佳，恩师也许不记得，这也不奇怪，不奇怪……"

没想到，彭明辅却打断了他，如数家珍地报出了他的履历："江西萍乡人士严嵩，生于成化十年。弘治十六年入学岳麓书院，学期头一年因考试舞弊，被训诫责罚五十大板，我下的指令。正德十一年再入京城国子监……"

严嵩顿时一脸荣幸："哎呀呀，恩师门生何止成千上万？没想到对弟子我等无名小辈，还记得如此清楚，令弟子感佩莫名！"

彭明辅："你现在在哪儿高就？如今是——"

严嵩："京城国子监祭酒、此次清匪剿叛的钦差大臣。"

彭明辅："出息了，请坐吧。"

"深夜打搅，不好意思。"严嵩微微鞠躬顺势便坐下来，眼睛却一直盯在张经遗留在茶几上的那本试题册子上——

这让门外的天娇焦急不已，严嵩手持那把折叠扇子正一个劲儿地扇动，以致那本册子不停地颤抖，纸页正随着扇子扇动的微风上下翻动着……

书房内室，透过门缝看去——那本试题册子在茶几上，距严嵩不过咫尺之遥，在彭明辅面前他不敢去拿，但又想看清题册上的内容，他便停住了扇子……

张天娇顿时焦急万分——彭翼南情急之下拿出吹火筒，朝室内吹去——

在吹风的作用下，试题册子翻动得更厉害了，毕竟人工风力也不是长久之计，这时，金凤端着茶水走来，彭翼南示意其借上茶之机，将那本题册带出来。

金凤明白其意，进门之后将茶盘压盖在题册之上："大人请喝茶……"

严嵩趁接茶水之机，欲拿茶盘下的题册，没想到金凤用抹布将册子一并带而走之。严嵩顿时尴尬不已："嘿嘿，弟子严嵩能有今天，全仗恩师提携。"

彭明辅："何来的提携？如今你已是京城国子监祭酒、清匪剿叛的钦差大臣，而我则是平头百姓，也许是你们所要剿的湘西草寇了……"

"哪里哪里，恩师虽已退隐土司王位，但仍然是大湘西掌舵人，哪能剿您呢？若不是弟子当年入学岳麓书院，就不会有今天的京城国子监祭酒、朝廷钦差大臣。"严嵩急忙解释道。

彭明辅："师者，传道授业解惑，假如学子以其人之道还治其人之身，为师的传什么道、授什么业、解什么惑呢？再说作为师者，当你的道、业、惑已然为学生运筹帷幄，还能称师吗？青出于蓝而胜于蓝，若在此时，谁给谁传道授业解惑呢？如今像那些学业不佳、考试舞弊、常常受到训诫责罚的，还不照样成了朝廷栋梁？所以说，没有永远的老师，也没有永远的学生。"

严嵩："弟子惭愧。至今仍记得当年考试前您说的那番话，科举为何要通过入门考试呢？就是为了把一些学习好、生活习惯好的人招进书院进一步培养和深造。作为考生首先得具备一定语言、文字的表达能力，以及分析解决问题的能力。恩师不是常说数学中低年级学的算术是培养人对数据的一种计算能力，年级再高一点，学的数学则是培养一个人处理问题、分析问题、解决问题的逻辑思维能力。人们常说解题，也就是解决问题，那么要解题，得先学好前人总结归纳的定律公式，然后将未知带入运用，这就是知识的魅力。西洋人倡导学好数理化，走遍天下都不怕。此种数理化思维方式潜移默化，万变不离其宗，应用非常广泛，甚至充斥着人的整个一生！恩师晚年秉承"一等人忠孝守義，两件事报国读书"的祖训，求贤若渴，任人唯贤，开办若云书院，将毕生精力致力于开办学堂、培育人才上，尽自己所能，期望能为家乡造就人才。恩师之谆谆教诲，历历在目，弟子早已铭记于心。"

彭明辅："三百六十行，行行出状元。不论你日后干什么，这种分析问题、解决问题的能力，会让你受用终身！当今科举取士，使得读书人有了升官发财的机会，但他们给民族和社会贡献了什么呢？大明王朝不缺人，人最多；也不缺钱，世上角落湾的奢侈品，几乎都是国人来消费。中国人最缺的东西，是见识，比见识更重要的是远虑，人无远虑必有近忧！"

严嵩感慨道："是呀，读书的不一定有出息，但是，要有出息就必须读书！先生所言，精辟之至。"

彭明辅："严大人身为朝廷钦差，今日登门，难道就是为了絮叨这些……"

"一来专程拜师谢恩，二来弟子目前遭遇前所未有的困惑……"话已至此，严嵩只好摊牌，"此次朝廷科举选拔，弟子肩负监督重任，朝中官员众多，追根溯源皆来自南北国子监两个圈子，形成内廷六部与内阁首辅大臣之争，这已由来已久，朝廷内的那些黑恶势力愈演愈烈……"

彭明辅："不怕黑社会，只怕社会黑，不怕贫困就怕不公，不怕天灾就怕人祸。"

严嵩："弟子以为，若要科举顺利，必先大兵压境，清匪剿叛，扫清障碍。"

彭明辅："天作孽犹可违，自作孽不可活，湘西民变事出有因。就像六百年前的那场溪州之战，还不是因为连年灾荒、苛税如虎。如果人人有饭吃，个个有衣穿，又有谁愿意造反呢？"

严嵩："灾荒、苛税岂是反叛的理由？时下刁民揭竿造反，猛于风暴洪水。"

彭明辅："看这一场场暴风骤雨，把大地变得一片狼藉，到处是折断的树木，到处是倒塌的房屋。那这一切又是谁造成的呢？"

"风暴洪水。"严嵩回答道。

"不，是空气。"彭明辅说。

"空气？空气是那么柔和，那么平静，怎么可能折断树木，推倒房屋，伤害人类呢？"严嵩不解。

彭明辅："风暴，不就是疯狂肆虐的空气吗？不就是空气失控、发怒乱窜时的一种状态吗？哪怕是柔和的空气，如果不能很好地加以控制，使其率性而为，恣意忘形，也会露出狰狞的面目，给人类和大自然带来伤害和灾难。如果一个人病了，也许是个体的不幸；如果一座城的人都被放倒了，那一定是空气中弥漫着瘟疫。所以社会风气是一个王朝兴衰的风向标。如今外有强敌家有内患，南倭北虏，天下岂能太平？"

严嵩："即便赶走外敌，朝政大权早落乱党之手。明成祖朱棣不愧为雄主，堪比千古一帝。朱棣攘外必先安内，为的是王朝长治久安，因为内战会消耗、牵制大量的兵力，从而削弱对外的军事实力。"

彭明辅："从历史角度看，以皇帝之尊，远赴大漠的，除了蒙古大汗之外，也就朱棣了。然而，朱棣的攘外必先安内，错上加错，他滥用一个连环计，坑了弟弟一把，却让大明北疆数年来不得安宁。"

严嵩："他的侄儿建文帝朱允炆坐上皇位后，作为叔父的燕王朱棣北平起兵，争夺侄儿的皇位。那时在北方诸王中，势力最大的是宁王朱权。然而宁王却拥兵观望，既不帮侄儿建文帝，也不帮四哥朱棣！他是朱元璋的第十七子，统帅边塞九十余城，带甲八万，革车六千，所属朵颜三卫骑兵，皆骁勇善战。对于宁王的态度，朱棣非常难受，如芒在背，如果宁王一旦倒向建文帝，朱棣无疑处于危险境地；宁王的手下精兵众多，如果争取到的话，就会事半功倍。因此，朱棣设置一个连环计谋，他只身进城去见弟弟宁王，说是不得已才造反，请求他代为起草奏章谢罪。但实际上朱棣手下官兵早已悄悄进城，勾结了朵颜三卫，趁弟弟送他到郊外时，设伏兵将其绑架。朱权遭朱棣控制，只能跟着一起造反，而宁王所属的朵颜三卫早已被朱棣重金收买，朵颜三卫骑兵也就充当了朱棣'靖难军'的马前卒。"

彭明辅："朱棣当上皇帝之后，改变了父亲朱元璋的藩王守边的政策，他将各地藩王纷纷改封，其中的辽王、谷王、宁王都改封到了南方，宁王改封到了南昌。后来，宁王为何造反？就是因为朱棣在绑架朱权之时，承诺"事成之后，平分天下"！当时也只是朱棣的权宜之计罢了。可以说，从一开始到最后，善于谋略的朱棣使用了连环计，将弟弟玩弄于股掌之间。因朱棣的这一连环计，藩王守边政策被废除，明军防线后撤到长城之内，那么长城之外的土地就赏赐给了蒙古人，让其代为守卫边疆！朱棣的退缩策略导致了蒙古各部很快就开始叛乱；而关外的卫所撤销，明朝就失去了对草原的控制。更为重要的是，当时的蒙古三股势力从永乐初年开始就一会儿背叛一会儿依附，犹如墙头草。原本有朵颜三卫牢牢控制，他们不敢造反，如今，他们彻底自由了。原本牢固的边疆，结果被朱棣这样一改变，蒙古各部由此离北京实在是太近了，成了大明王朝的心头之患！试想，如果朱棣不后退防线，或者不改变朱元璋的"藩王守边"的国策，那么蒙古骑兵，能随意入关抢劫吗？早年在与鞑虏长期的战斗中，明军为何越打越强？其实原因很简单，镇守边关的藩王会更有动力保卫自己的财产。原本明朝对蒙古鞑虏是攻势，结果给朱棣弄成了守势，虽然朱棣五次亲征漠北，却依然没能改变战略态势。所以说朱棣这一连环计，在一定程度上，导致了大明北疆多年不得安宁，甚至酿成了土木堡之变的大祸临头。"

严嵩听着听着感觉有些不太对劲："土木堡之变中蒙古人确实是俘虏了皇帝朱祁镇。当时蒙古大汗也先又忧又喜，喜的是连明朝皇帝都能抓住，忧的是不知该杀该留。倒是大汗的弟弟觉得明朝的皇帝奇货可居，不如留下他，也好向明朝索要财物。大汗也先觉得这个提议好，便留了朱祁镇一命。他们本想借皇帝名义招摇撞骗，可惜明朝以于谦为首的大臣不同意，建议皇太后：国不可一日无君，何况在此危难之时。于是他们便拥立朱祁镇弟弟朱祁钰为明朝新皇帝,遥尊被俘的朱祁镇为太上皇,同时下令边关将领,不得私自与蒙古人接触,即便假借太上皇的名义,也不用搭理。

"大汗也先恼羞成怒,挥师攻打北京,结果却被明军击败。蒙古人无奈之下,退走大漠。次年,蒙古人无法从朱祁镇身上获得任何好处,又多次被明军打败,于是派人南下求和,说是愿意放朱祁镇回去。蒙古大汗也先倒是愿意放人,可是明朝新皇帝却不高兴了,他只是派了大臣杨善前往漠北查探,谁知杨善却乘机迎驾,将太上皇朱祁镇接了回来。于是'北狩'一年的明英宗朱祁镇终于回到了京城,不久再次登上了皇位。所以说治国'攘外必先安内',内患才是最致命的,只有大军清剿、荡平内乱,方可保大明江山长治久安!"

彭明辅:"大军清剿这一招,在湘西,恐怕不灵……"

严嵩:"为何不灵?公元939年,湘西灾民揭竿而起。楚王马希范派大军清剿,湘西土司彭士愁率兵奋起抵抗,结果土兵大败伤亡惨重……"

彭明辅:"土兵虽不敌官军,但朝廷也奈何不了大湘西崇山峻岭,双方最终只得议和结盟,立溪州铜柱为凭,上面镌刻着盟约条款:楚对溪州属地免征赋税,不抽兵差;楚军不得随意进入湘西领地,各部落的酋长如有罪过,只能由土司科惩,楚王也不能出兵干涉;从此之后,确认我彭氏土司的绝对首领地位,开启湘西历朝历代之太平盛世。"

严嵩:"湘西匪患不除何以太平?朝廷清剿官兵已大军压境,恩师身为湘西的定海神针,您也得为土司王族的前景着想,内忧不除,外患何以平定?"

彭明辅:"湘西茫茫八百里大山,如何清剿?当务之急是外患南倭北虏!"

严嵩:"如今的湘西万虎山七剑客,揭竿举旗,闹得风波四起,他们杀人越货、无恶不作!"

彭明辅:"他闹他的,与老朽何干?"

严嵩:"弟子担心恩师受奸臣、匪贼的妖言蛊惑啊!"

老土司彭明辅盯着他:"他们有必要来蛊惑我吗?"

严嵩的目光,居然毫不相让:"听说,恩师当年,对杨廷和可是青睐有加,最为欣赏,私交甚密。如今他虽已是首辅大臣,但若是站错了队,后果不堪设想。还有保靖的七剑客舵主,可是你侄子彭荩臣的小舅子,此乃朝廷心腹大患呀。"

彭明辅:"所以,我不是跟奸党为伍,就会与叛匪同流合污?"

严嵩:"岂敢!恩师言重了,是弟子失言,我绝不会怀疑恩师对朝廷的忠诚。"

彭明辅:"既然不会,那你找我做什么?"

严嵩:"弟子此来,一来是想提醒恩师,小心提防逆党,切莫碍于旧情,上了他们的当;这二来嘛,严嵩即刻统兵进山,清匪剿叛,而对于这湘西大山,恩师自然比我清楚,若无地方势力的鼎力相助,我大军必定寸步难行。"

听了这番话语,老土司轻蔑地一笑了之。

▲走廊上（夜，外）

王府走廊上，王藩与天娇听着听着眉头紧锁。两道目光碰在了一起，两个人显然都在猜测着对方的真实身份和目的……

▲书房内室（夜，内）

老土司彭明辅："看来，钦差大人主意已决？"

严嵩："我以为重金招抚，不如大军进剿，不然，朝廷科举如何顺利进行？您在这里的威望，弟子早有耳闻。若您能振臂一呼，则大湘西上下，能不众志成城？到那一天，八百里的湘西大山，就将是奸党逆匪迈不过的铜墙铁壁，而恩师于国于民，也可再立奇功了。"

彭明辅："难得钦差大人如此看重老朽啊。"

"弟子向来对土司王族倾慕不已，早年进献给贵府的高丽美女，还成了您的儿媳。喏，这礼单册上的高丽、东瀛佳丽都是献给府上的。"严嵩说着递上册子。

见到花名册，老土司气就不打一处来："你就不要再提那个高丽女子金银花了，搞得我土司王府鸡犬不宁！"接着他细数起高丽女人对王族的种种祸害……

师生之间随即展开了一番唇枪舌剑……

"元朝末年，天灾不断，流寇四起，农民起义风起云涌，但是元顺帝铁锅儿依然沉浸在骄奢淫逸之中，他尤为喜爱高丽美女，连皇后都是高丽人。

"元顺帝已经不满足于常规的进献，干脆派人亲自去高丽大肆搜罗民间美女，以供淫乐。他在后宫内"囤积"了大量的高丽佳丽，其中一部分封为妃子，床前承欢，剩下的暂时没排上号的就作为宫女，近身伺候，算是替补'选手'。

"公元1368年七月，朱元璋的明军攻占元大都（今北京），元顺帝慌忙出逃，蒙古人退出中原，元朝统治就此终结。皇帝逃回了草原老家，却扔下了众多高丽美女，数量达到了一千多人，全都成了明军的俘虏。这一群如花似玉的高丽女子，等候明军的发落。明军的统帅大将徐达，面对这些高丽美女一时没了主意，于是请示朱元璋，要个处理办法。朱元璋回复：'所有女子，一律遣返回国。'当时很多人不理解朱元璋此举，这么多精挑细选出的美女，而且还是异域风情的美女，朱元璋你自己不收留，分给手下跟你辛苦打天下的兄弟们也好啊，可你偏偏费时费力将她们遣送回国，这是为何呢？因为明军正在进京赶考的路上，历代王朝的毁灭，几乎都是因为贪图享乐，而高丽佳丽无异于红颜祸水。

"我们不得不佩服朱元璋的远见卓识。把数以千计的高丽美女遣返回国，这一举动无疑向世人展现了明朝完全不同于前朝的气度风采。你元朝统治者荒淫无度、搜刮民脂民膏，而我大明王朝则是以德服人，高下立现。朱元璋是底层农民出身，但有着完全不同的思想层次和战略眼光，这也是朱元璋立下不朽基业的根本原因。"

面对老土司劈头盖脸的抨击，严嵩尴尬起身，恭恭敬敬地道："弟子肺腑之言，诚望恩师鼎力成全！朝中乱党、湘西贼匪，可是无孔不入，极尽煽动之能事呀。"

彭明辅："难道不收你送来的境外女子，就会成为乱党劫匪？"

严嵩赶紧道:"岂敢岂敢!不过,不瞒您说,弟子调遣的朝廷进剿大军,即刻抵达湘西……"

▲**官庄火铺(夜,外)**

原来,就在老土司与严嵩就科举制度"选无清浊"进行唇枪舌剑的同时,内廷谷公公手下、锦衣卫千户率领朝廷剿匪大军抵达了湘西门户——官庄。

只见巨大石碑上镌刻着两个大字"官庄",旁边大树上挂着"清明时节雨纷纷,孤家寡人欲断魂;借问美女何处有,牧童遥指鬼酒村"的旗幡,眼前这家火铺招牌格外醒目。

朝廷大军正陆续到此集结,此时由于长途跋涉,军士们早已疲惫不堪。锦衣卫千户刚下令在此歇息,火铺里就跑出了幺妹装扮成的店小二:"官爷有请!"

下属锦衣卫百户提醒:"千户大人,这鸟不拉屎、鸡不生蛋的鬼地方,居然敢篡改'借问酒家何处有,牧童遥指杏花村'这首杜牧的清明诗句,这首诗可是祭祀鬼魂的,其中……会不会有诈?只怕是黑店,大人应小心行事。"

"老子已闻到酒香了。"千户大人嗜酒如命,早已欲罢不能,"放心吧,本官自有提防。队伍在此休整一晚,明天一早开拔。"

▲**王府书房内(夜,内)**

"好吧——"彭明辅来到书案前,铺开宣纸拿起毛笔:"我每天只写一幅字,刚才已经送人一幅,不过,今晚我就破个例,给你再写上一幅。"

洁白的宣纸上,他挥笔落下"淡泊明志"四个大字。

彭明辅放下笔:"钦差大人,你看如何?当年诸葛亮写给他儿子的《诫子书》中有警句'非淡泊无以明志,非宁静无以致远'。为官要淡泊明志、清正廉洁,如果做不到岂能一身正气?"

严嵩一边欣赏一边说道:"好!简单话语,警醒深刻。"忽而他话锋一转:"可天下有多少官员能做到这四个字呢?当官不发财,请我都不来。无论在官场、商场和战场,人无非是为了一个'利'字,人为财死鸟为食亡。'道德''良心'与'良知'究竟几斤几两?当今人们疾恶如仇,'仇富'实则是'仇不公';'仇官'实则是'仇腐败'……先生置身于世外、高风亮节,实乃淡泊明志、宁静致远。"

彭明辅:"如今我是无官一身轻,淡泊明志、宁静致远,遥看人世间又有谁能有这样的人生境界呢?"

"恩师一手好字,洒脱灵秀,美则美矣。"严嵩叹了口气说,"只可惜这——神韵之中,太过飘逸,仿佛有些不食人间烟火之感。"

听他语带双关,彭明辅淡淡一笑:"老夫不曾超凡脱俗,哪能不食人间烟火?怕只怕钦差大人所说的人间烟与火,莫不是炮火硝烟吧?"

严嵩:"哪里哪里,弟子随口说说而已。"

彭明辅拿起书法:"如不嫌弃,这幅字就送给你了。"

他说完，不再理会严嵩，从书架上抽出那本老子的《道德经》往椅子上一坐，自顾自地翻读起来——"天之道，利而不害；圣人之道，为而不争……"

严嵩尴尬地收起那幅字："多谢恩师惠赐墨宝。弟子唐突，多有打扰，告辞。"

"不送！"彭明辅头也没抬地下了逐客令。

严嵩自感无趣，转身出门。

▲王府门口（夜，外）

看见严嵩出门而来，等候在此的向重九赶紧迎上去："大人，怎么样？"

严嵩没有答话，只是将那幅字往向重九怀中一丢。

"淡泊明志？"展开条幅，向重九似乎明白了一切，"怎么，他不肯给面子？"

严嵩冷笑："都来淡泊明志、宁静致远，朝廷清匪剿叛就不用搞了，这天下拱手让给乱臣贼子拉倒！"

向重九："大人犯不着生气，老土司这个榆木疙瘩，就这臭脾气，愤世嫉俗、狂傲不羁。"

"你以为我生气了？"严嵩哈哈大笑，"我高兴！——他辞官不做，闭门十年，多少大风大浪惊不动这尊真神，能为了我今天的几句话就出这个山？我这次来，就没指望他会答应我什么。"

向重九："大人您的意思是——"

严嵩："敲山震虎！老土司彭明辅就是这大湘西最大的老虎，我上门拜访是要把话讲在明处：清匪剿叛乃大势所趋人心所向，他要是聪明，就别想跟张经穿一条裤子，否则我踏平土司王城！"他说着手一拍那幅字："看见了吗？他这几个字，就是告诉我，他会隔岸观火两不插手。把字裱起来，挂我房里，我要让他看看，我是怎么'淡泊明志、宁静致远'的。只要他不明目张胆地站在张经一边，我就心满意足了，就等朝廷大军一到，剿灭万虎山、活捉雷也行，只有将张经、俞大猷孤立起来，才可尽快掌控此次科举选拔大权……"

话音未落，忽然，赵文华骑马疾驰而来，气喘吁吁地前来报告："干爹，大事不好……朝廷派来的……剿匪大军路途中出大事了！"

定格——

急速转黑的画面上、滚屏淡出以下字幕：

【第五单元叙事、第十三集完】

● 第五单元叙事之：

第十四章

见贤思齐　隽言妙语才智非凡
一箭三雕　古城问斩跌宕起伏

▲凉亭坳（夜，外）
埋伏在此的向府团丁们正眼巴巴地张望着路口——
向七七呵欠连连："都下半夜了，连个鬼影都没看见，这岂不是野老公等野婆娘……"
话音未落，路口出现一个衙门的传令兵上气不接下气地赶来报告："大少爷，朝廷派来的清剿大军在官庄遭遇劫匪伏击，损失惨重……"
"啊！"向八八大吃一惊，"老子在此设伏，却没想到劫匪反倒给我们一个出其不意。"
传令兵道："令尊向大人已带人前去攻打匪巢。老太爷说了，趁目前山寨空虚，彻底荡平匪寇！"
向八八挥手："赶紧集合队伍，踏平万虎山！"

▲万虎山（夜，外）
画外隐隐传来"冲呀、杀呀"的声音，一阵盖过一阵……
雷也行正纳闷时，一刀匪气喘吁吁地报告："舵主……大事不好，向老太爷和他儿子向天歌率兵前后夹击，已将万虎山团团围住了……"
"啊！"雷也行大惊失色，"快给老子顶住！跟他们拼了。"说罢他抡起大刀带领弟兄们冲上前去……
眼见山寨大门已被攻破……
七剑客残余山匪渐渐被包围……

▲王府卧室（夜，内）
深夜，彭翼南已喝得酩酊大醉、迷迷糊糊，爷爷彭明辅进来说："这个叫王藩的朋友，你认识多久了？"
彭翼南大大咧咧地道："好……好久，也没得好久。"
彭明辅："以我之见，此人不可深交呀。"
彭翼南意外地道："哦？人家王公贵子，大户人家，为人豪爽，怎么啦……"
爷爷："看一个人要察言观色，从今晚饭桌上的吃相看，基本可以估摸出他是个怎样的人。他夹菜有个习惯性动作，总是用筷子把盘子底部的菜翻上来，扒拉几下，才夹起菜，对自己喜欢吃的菜，更是反反复复地翻找，就好比把筷子当成锅铲，把一盘菜在盘子里几乎重新炒了一次。"

彭翼南不以为然地道："帕普，每个人习惯不同，有的人喜欢细嚼慢咽，有的人喜欢大口快吃，不必苛求。"

爷爷彭明辅却摇摇头道："如果一个生活困窘的人面对一盘盘美味佳肴，吃相不雅可以理解，可你这位朋友本是大户人家，物质生活并不困苦，如此吃相，只能说明他是个自私狭隘之人。面对自己喜欢的菜，他丝毫不顾及别人的感受，用筷子在盘子里翻来覆去地搅和，如果面对的是利益的诱惑，尤其是涉及重大的切身利益时，他一定会不择手段占为己有的。表面看似心连心，背后都在玩脑筋！"

彭翼南昏昏欲睡："哦……哦！"

彭明辅："翼南呀，吃饭时一定要注意自己的吃相，不能霸占自己喜欢吃的菜，那会被人耻笑的。不论贫困与富有，面对满桌美味佳肴，不能失了礼节。不要小瞧一双筷子，一个小小的细节，可以看出拿筷子者的修为和人品。一个人的一生，诱惑何其多，但要时刻对欲望加以节制，好的东西，更不能占为己有，要与人分享。人心隔肚皮，你在外交朋结友，千万要擦亮眼睛，一旦有人知道了你的秘密，就如同有一把刀架在你的头上，而往往执刀者是你最信任、最要好的朋友。人生在世，心中点亮一盏指路明灯，黑夜里才不会迷路。"

彭翼南："帕普，我梦见一个盲人打着灯笼走路。他明明看不见，打着灯笼又有何用？"

帕普回答道："如果他是怕别人看不清路，这是儒家，照亮了别人；如果他是怕别人撞到他，这是墨家；如果他认为黑夜出门就必须打灯笼，这是法家；如果他是反其道而行之，这是道家；如果他是借此开示众生，这是佛家；如果他明明看得见却装瞎，这是政治家；如果他是真瞎，却打着灯笼给人引路，这呀肯定是瞎掰的专家了！"

彭翼南酒醉迷糊，早已呼呼大睡。

"不听老人言，吃亏在眼前，唉！"帕普自言自语，"长辈爱子，则为之计深远，学堂可以宽松，社会呢？教育，不可能没有痛苦只有快乐。宽松教育，只能让0—18岁的孩子开心快乐，但之后呢，他们在18—80岁的这段漫长人生里，谁来让他们宽松？教育，不可能没有痛苦只有快乐，少壮不努力，老大徒伤悲，唯有让他们苦读、增长学识，那么他们18岁之后的人生，才会有更多可能。"

▲**老司城（晨，外）**

司城不远处的若云书院传来书生们的琅琅读书声："千山鸟飞绝，万径人踪灭。孤舟蓑笠翁，独钓寒江雪……"

▲**司城，若云书院（晨，内）**

"一帆一桨一扁舟，一个渔翁一钓钩。一俯一仰一场笑，一轮红日一江雪。"

书院学堂里，只见老土司彭明辅带领着弟子们，正在朗诵着配图诗画……

黑板上是南宋画家马远描绘的一幅情景图画——《寒江独钓图》

第十四章 见贤思齐 隽言妙语才智非凡
一箭三雕 古城问斩跌宕起伏

讲台下是正襟危坐的弟子们，他们中有稚气未脱的翩翩少年，也有满头银发的垂暮老翁……

这时，醉意尚未退去的彭翼南姗姗来迟，张天娇、王藩在外隔窗而望——

"子曰：'见贤思齐焉，见不贤而内自省也。'"只见彭明辅望了弟子一眼后说，"大家看这幅《寒江独钓图》。作者是南宋画家马远，作品以严谨的线条描绘出一叶扁舟上，一位老翁俯身垂钓的图景，船的旁边以淡墨寥寥数笔勾出水纹，四周皆是空白。画家画得很少，但画面并不空，反而令人觉得江水浩渺，寒气逼人，而且还觉得空白之处有一种语言难以表述的意趣，是空疏寂静，还是萧条淡泊，真令人思之不尽。相传，马远在江浙任知县时，有人给他送来一对珍贵的玉璧。女儿见到这对晶莹透亮的玉璧非常喜欢，惊呼：'太美了，真是稀世之宝啊！'马远亦抚摸着玉璧赞叹道：'如此圆润光洁，真是白璧无瑕啊！'女儿见父亲赞赏玉璧，更是高兴得爱不释手。不料随即马远话锋一转，语重心长地开导女儿说：'玉璧贵在无瑕，人也应当如此。我一个平庸而且地位不高的官吏，从不敢以璧自喻。如果我收下这一对玉璧，心灵上就会留下斑污，再说送玉璧的人，是从来不会做亏本生意的，今后会怎样？'"彭明辅试问大家会怎样。

台下众弟子交头接耳，不知如何作答。

彭明辅要刚进来的彭翼南问答，只见他呵欠连连："拿人手短，就会受制于人呗。"

彭明辅："对，因为行贿之人，不但不会做亏本生意，而且还会变本加厉，加倍赚回去。于是，女儿听了父亲的话，爽快地同意父亲将玉璧退回去。"

室外，隔窗而望的王藩深感老土司不简单；张天娇则纳闷不已："马远的这幅《寒江独钓图》，告诉人们生活需要留白，尤其是老土司为此画题诗一首：'一叶扁舟一老翁，一丈长竿一寸钩。一人独钓一江雪，一瓣寒梅一片香。'诗中寓意'梅花香自苦寒来'，人生若要成功，就必须'寒门苦读'。难道神秘的王城秘诀，藏在这首一字打头的诗里？"

黑板上已书写下"成语运算"题目，彭翼南上来迅速一一填空作答：

1. 加法运算：

（　）言为定+（　）鸣惊人=（　）全其美；（一）言为定+（一）鸣惊人=（两）全其美；
（　）亲亲不+（　）触即发=（　）窍生烟；（六）亲不认+（一）触即发=（七）窍生烟；
（　）龙戏珠+（　）零八落=（　）霄云外；（二）龙戏珠+（七）零八落=（九）霄云外；
（　）生有幸+（　）颜六色=（　）面玲珑；（三）生有幸+（五）颜六色=（八）面玲珑。

2. 减法运算：

（　）彩缤纷−（　）呼百应=（　）海升平；（五）彩缤纷−（一）呼百应=（四）海升平；
（　）全十美−（　）手八脚=（　）顾茅庐；（十）全十美−（七）手八脚=（三）顾茅庐；
（　）体投地−（　）长两短=（　）败俱伤；（五）体投地−（三）长两短=（两）败俱伤；
（　）嘴八舌−（　）亲不认=（　）言为定；（七）嘴八舌−（六）亲不认=（一）言为定；
（　）面威风−（　）光十色=（　）头六臂；（八）面威风−（五）光十色=（三）头六臂。

3.乘法运算：

（　）全其美×（　）厢情愿=（　）海一家；（两）全其美×（两）厢情愿=（四）海一家；

（　）花齐放×（　）万火急=（　）变万化；（百）花齐放×（十）万火急=（千）变万化；

（　）顾茅庐×（　）望无际=（　）言两语；（三）顾茅庐×（一）望无际=（三）言两语；

（　）全十美×（　）指连心=（　）花盛开；（十）全十美×（十）指连心=（百）花盛开；

4.除法运算：

（　）寿无疆÷（　）思不解=（　）折不挠；（万）寿无疆÷（百）思不解=（百）折不挠；

（　）霄云外÷（　）头六臂=（　）教九流；（九）霄云外÷（三）头六臂=（三）教九流；

（　）拿九稳÷（　）光十色=（　）袖清风；（十）拿九稳÷（五）光十色=（两）袖清风；

（　）炼成钢÷（　）全十美=（　）拿九稳；（百）炼成钢÷（十）全十美=（十）拿九稳；

5.混合运算：

丢（　）落（　）+（　）步登天=（　）（　）成群；丢（三）落（四）+（一）步登天=（三）（五）成群；

（　）体投地×（　）窍生烟=（　）令（　）申；（五）体投地×（七）窍生烟=（三）令（五）申；

（　）石（　）鸟×退避（　）舍=（　）头（　）臂；（一）石（二）鸟×退避（三）舍=（三）头（六）臂；

（　）面（　）方÷独（　）无（二）=（　）面楚歌；（四）面（八）方÷独（一）无（二）=（四）面楚歌；

彭明辅又问学子们："《孙子算经》中有'物不知其数'这样一道题目，曰：'今有物不知其数，三三数之剩二，五五数之剩三，七七数之剩二，问物几何？'"

众弟子在下面议论纷纷，有人示意要彭翼南给出答案。

彭翼南举手答曰："三三数之剩二，五五数之剩三，七七数之剩二，此答案是：二十三。"

"哦！"顿时，弟子们赞叹不已。

彭明辅再问："平平湖水清可鉴，面上半尺生红莲；出泥不染亭亭立，忽被吹到清水面。渔人观看忙向前，花离原位二尺远。试问，湖水如何知深浅？"

彭翼南稍稍思考便答道："这是一首多么富有诗情画意的代数题！你看，长在湖里的红莲，露出湖面的长度是半尺，它被风吹向一边，红莲顶上的花离原水面的距离为2尺，试问湖水有多深？根据勾股定理，列式算得湖深为3.75尺。"

室外张天娇经过一番默默心算之后，挥笔写下：设湖水深x尺，则莲高x+0.5尺，$x^2+2^2=(x+0.5)^2$，x=3.75，所以湖水深为3.75尺。

张天娇顿时豁然开朗……

王藩见其倾慕神态，嫉妒神情油然而生。

▲王城演武场（晨，外）

演武场上，几十个土家青年正在习武练拳——虎虎生威、有声有色。

此刻张天娇、王藩在彭翼南陪伴之下来到了这里。

看到演武场上的拳术套路，张天娇不禁脱口而出："这是彭氏镇倭拳，出手皆为直线，由线至点，刚猛有力，敏捷流畅。"

彭翼南："姑娘好眼力，自唐宋以来，土家人代代习武，从不懈怠……"

说话间，只见那个叫黄鼠狼的，将手中的竹蜻蜓绳索一拉，竹蜻蜓便飞了出去——飞速旋转的竹片将树枝上的一个柿子劈成了两半。

人们顿时一阵喝彩。

这时，画外传来急促的呼喊声："少爷，少爷！"

彭翼南回头看见——王府管家庹叔一边跑一边喊道："少爷，大事不好了，官兵把城门给围起来了——"

"围城？为什么？"彭翼南疑惑不解。

管家庹叔："他们此刻正在城门口叫嚣，令我王城立即交出人犯！"

"人犯？"彭翼南不解地问："交什么人？"

"严嵩调来的清剿大军在官庄遭遇七剑客设伏劫杀，内廷锦衣卫千户，中了毒蛊，至今尚未清醒。现在，朝廷官兵在城门口叫嚣要我们交出主谋。"

"主谋？难道官军已抓获了次谋？"说着彭翼南不由自主地望了"黄鼠狼"一眼。

管家庹叔："昨晚向府趁万虎山空虚，率兵攻打山寨，守山七剑客伤亡惨重，残余悉数落网，现已关押在府衙监狱，向老太爷儿子向天歌阵亡。按照大明颁布的'湘人治湘'律条，人犯必须归由湘西土司亲自查办，但你阿玛昨晚突发疾病，老王爷一早就上天门山求药去了，没有王府的发话，人犯不可能交由官军处置。"

彭翼南："自大唐盛世以来，湘西土司辖地实施自治，朝廷不得干涉内政，不论部落酋长还是庶民，如有罪过，只能由土司科惩，官军不得介入。他们还有什么屁放？"

庹叔："可眼下官军要追查幕后主谋。官爷说了，朝廷钦差遇刺、锦衣卫在途中中了毒蛊，土司王府脱不了干系，七剑客必遭斩杀！而你阿玛奶奶疾病缠身，老王爷上山求药至今未归，真是急死人了……"

"这……"彭翼南面露难色。

▲府衙狱中（日，内）

一扇沉重的铁门缓缓打开。

长长的走廊，阴冷凄暗，一缕阳光不知从哪里射来，落在漆黑的铁栅上，尤添几分恐怖气氛。

铁链发出叮叮当当的声音。

一双双戴着铁链的脚在艰难移动……

▲**王城东门前坪（日，外）**

城门外左侧是一座高大、肃穆的彭氏宗祠，祠堂正中央供奉的那把神奇的钩镰枪格外醒目，虎头刀架上蒙着红绸，只能估摸钩镰枪的大致形状。

大门之外：一队朝廷官兵如临大敌，一字排开，将这里团团围住……

持刀之手，肌肉虬结，粗壮有力。

刀，阴森森、黑沉沉。

刀身笔直，厚重，式样拙朴，粗布缠柄，绝无装饰，只有刃口处一线雪白，让人隐约感到冷兵器强烈的血腥味迎面扑来……

此时，一列锦衣卫马队疾驰而来……

杀气腾腾，气氛紧张。

铁镣的声音渐渐近了。

沉重的古城大门"吱呀"一声打开——

只见胸前印有衙门、向府字样的团丁们押着万虎山七剑客中的棒棒客、牛皮客、舍宝客、驼子客四名人犯出现在人们的视野中，他们头发蓬乱，胡须满脸，依然双目炯炯，英武异常……

画外传来："赵大人到！"

可见那个手臂受伤、缠着纱布的刀疤脸立即翻身下马前去迎候——

赵文华在众人的簇拥之下款款走来……

赵文华眯眼扫视眼前一切，慢条斯理地道："都说湘西有'偷、抢、拐、骗、闹、杀、赌'以此营生的'七剑客'，怎么这里的'剑客'人犯，只有这四个呢？"

刀疤脸将手一挥——只见两名锦衣卫将放蛊、施闹药的幺妹押解了上来……

锦衣卫甲将那个银簪子、织锦袋递了上来："大人，这就是从她身上搜到的暗器。"

闹药客幺妹蔑视地道："真没想到施蛊放药的，还能碰到更毒的！"

赵文华将织锦袋里的药丸一一拿出来，仔细审视之后，他摇了摇头之后问道："那还有两名剑客呢？"

刀疤脸附耳回答："漏网的一个是七剑客中的老大雷也行；另一个是最为狡猾的老二，叫傩子客，是这伙匪徒的狗头军师。不过，小的已布好了陷阱，他俩即刻就会自投罗网。"

赵文华道："哼哼，还真看不出来，脸上疤子多的，点子也多呀，但愿此次你不是自作聪明……"

刀疤脸："大人请放心，此次绝对万无一失！"

这时，从古城内"呼啦"涌出一大群人——领头的是一位白发苍苍的老者，只见他气宇非凡，手持水烟袋、一瘸一拐地在孙子向重九的搀扶下走了过来……

他们身后的团丁们正抬着一口棺材，里面装的正是攻打山寨阵亡的向老太爷儿子向天歌，向天歌长子向八八正怀抱着父亲的灵牌，一脸悲愤。

刀疤脸连忙给赵文华介绍："向老太爷是昨晚剿匪的有功之臣。"

向老太爷:"大人,这些匪徒,别看现在像霜打的茄子,其实个个身怀绝技,曾作恶湘西一方。若不是昨晚趁老巢空虚,老子杀他一个回马枪,是很难将他们缉拿归案的。"

赵文华:"钦差大人遇刺、锦衣卫路途遭劫,今日若不交出幕后主谋,不管他是天王老子,都脱不了干系。朝廷有决心、有能力将人犯一一绳之以法!"

听罢此言,在场的所有人不由得心头一紧。

▲古城,山岭(日,外)

古城对面山岭的荆棘丛中,一个个手执刀枪棍剑的汉子正在悄悄移动……

只见英武俊朗、眉宇之间豪气迸放的舵主雷也行,一边跑动还一边喝着酒,其腰间挎着的那个楠竹酒壶十分显眼,他酒嗝连连地朝身边的弟兄挥手催促:"快,快快!"

汉子们跟随他迅速朝山下跑去……

▲古城,前坪(日,外)

此时古城前坪,已俨然成了杀人的刑场。

向老太爷:"湘西七剑客,杀人越货、无恶不作。来呀,将匪徒押赴刑场!"

顿时,向府团丁遵命将人犯逐一五花大绑,押上了审判台。

向老太爷开始细数匪徒罪行:"最前面这个家伙是七剑客排行老四的棒棒客,原本是世代猎户,他却不安分守己,擅长鸟铳枪法,飞镖稳准狠,能一刀致命,专以单枪匹马拦路打劫为营生……"

赵文华点头道:"此乃罪大恶极也!"

向老太爷继续道:"这位绰号牛皮客,在湘西七剑客中排行老六,巧舌如簧、瞒天过海,最擅长欺诈,他说出一句话,能把人吓个半死。'牛皮客',不言自明,善于夸海口、吹牛皮——天不怕、地不怕,就怕湘西人'牛皮客'讲大话。信不信?他给你卖了,还能使唤你帮他数钱。"

赵文华冷冷地讥笑道:"难道吹牛欺诈者,不犯王法?"

向老太爷又继续道:"这是刚抓获的美女蛇叫闹药客,别看她貌美如花,却是蛇蝎心肠,她在七剑客中排行老幺,最擅长的就是拐。'闹药'是我们湘西常用口语,意指'耗子毒药'。闹药客幺妹最擅长这种古老的神秘巫术,借其迷人的外表施以放蛊术,能使对方身心招致创伤不治,也可以再施蛊解药使对方逢凶化吉。她就是此次官庄路途放蛊施药、毒杀锦衣卫千户的元凶。"

赵文华道:"美女蛇,如同罂粟,真是一坨毒药!"

向老太爷指着一个五大三粗的汉子:"舍宝客,湘西七剑客中排行老五,性情暴躁,遇事'杀'字当头。'舍宝儿'在湘西方言中就是敢于玩命、把自己的性命不当一回事之意,只要能打起发,性命都可不要。只因昨晚上他酒醉迷糊而被我家家丁趁机俘获。"

"嗯?"赵文华疑惑,"你这'打起发'是何意?"

向老太爷:"'打起发'就是湘西方言'搞路子'打劫财物。"说着他走到一个老者面前:

"这个腰躬背驼的家伙就是专门搞路子的，叫驼子客，他是美女蛇闹药客的养父，真名庹索万，'庹'与'驼'谐音，因其身形腰躬背驼，所以外号驼子客。他是前朝落魄秀才、'麻雀'博艺的发明人，最擅长的就是一个字：'赌'！"

赵文华："还真看不出这些牛鬼蛇神各自身怀绝技。"接着他附耳轻声说道："严大人再三交代，关键是要抓到行刺钦差大人和锦衣卫千户背后的真凶……"

向老太爷："俗话说'蛇打七寸、雁打头'，如今只要将漏网的首犯雷也行、傩子客抓获，难道还怕真凶、幕后主谋不落入法网？"

赵文华："你告诉他们，谁要供出两主犯的下落，即可大赦不死。"

向老太爷来回巡视着人犯："哼哼，你们这些鸡鸣狗盗的家伙也有今天呀！实属罪大恶极，不杀不足以平民愤也！不过今日赵大人网开一面，谁若说出你们的舵主雷也行和那个狗头军师傩子客的行踪，可从轻发落。"

驼子客："嘿嘿，要想从我们口中找到他们，那是叫公鸡下蛋——"

赵文华："什么意思？"

驼子客："让公鸡下蛋——你想可能不？"

赵文华气急败坏地道："你？！"

向老太爷："既然你们几个执迷不悟，休怪我无情！"

驼子客："冷血毒蛇难道会有情？"

向老太爷："王八吃秤砣，铁了心是不？那今天硬是要躺在茅坑边上睡觉啰！"

驼子客："茅坑边上睡觉？此话怎讲？"

向老太爷："离屎（死）不远了。"

赵文华补充道："明年的今天就是你们贼匪的忌日。"

"你们这帮匪徒竟敢与我向府作对多年，今日一定得有个了断。"

只见向老太爷挥了挥手中的水烟袋，团丁即刻端上来一坛酒和几只土碗——

落魄秀才出身的驼子客冷冷地、自语般地吟道："翻开史书，通篇只有两个字：恩怨。新恩旧怨，绵绵不绝，谁也不能真正了结人世间的所有恩怨。"

向老太爷："跺一脚山摇地动的七剑客，这就要去见阎王爷了，不知此时此刻，你们会有何感想？"

驼子客逼视着他："我们都是土司王爷的子民，未经王爷亲自审判，你不能就这样杀了我们。"

向老太爷："万虎山七剑客，罪大恶极，不杀不足以平民愤。"

驼子客狂傲地道："是你执迷不悟，违反王法祖训，你的恶行将会招致天塌地陷，洪水滔天。"

刀疤脸吼起来："够了！哪怕你就是神仙，老子也要给你一刀！"

驼子客哈哈一笑："有种的，就下手吧！"

刀疤脸拔刀欲刺，赵文华举手示意，将其制止。

第十四章 CHAPTER 14

见贤思齐 隽言妙语才智非凡
一箭三雕 古城问斩跌宕起伏

向老太爷:"驼子客,你乃大明堂堂秀才,最擅长的就是赌!殊不知赌乃万恶之源吗?不过,今天送你上路之前,我向某人还是要请你逮碗酒。"

舍宝客一旁喊道:"逮什么酒啰?庹三爷,莫跟他尽啰唆了。"

这时,棒棒客吼叫起来:"怕个什么呢,让他拿酒来!"

向老太爷亲自倒了一碗酒,端到驼子客面前——

驼子客回头看看身边那些弟兄:"弟兄们,想我七剑客多年在湘西占山为王,弟兄们风里来雨里往,今日大家一起命丧刀下。各位兄弟,请受我驼子客一拜。"说罢,他单膝下跪——

众兄弟异口同声、凄厉地呼喊:"三爷——"

棒棒客喊道:"三爷,跟你一起死,是小弟我的福分。"

牛皮客喊道:"三爷,十八年以后,老子还是你的兄弟,一条响当当好汉!"

美女闹药客幺妹神情悲催地走上前,轻轻呼喊了一声:"爹!"

驼子客:"妹子,爹害了你。"

闹药客:"不要这么说,自二十年前的那个冬天您把我捡回来,我就认命了。"

向老太爷递上一碗水酒:"驼子客,不怕死的,逮呀。"

闹药客气愤地道:"你不给他松绑,这酒怎么逮?"

只见驼子客"呼"地垂下头,用嘴叼起碗一仰头,碗中的酒全灌进嘴里去了。

"逮得好!"一旁的兄弟们齐声喝彩。

那些团丁、锦衣卫也不禁为之一震。

▲山头(日,外)

此刻,雷也行和他的手下兄弟们已经占领了古城背后的山头。

雷舵主忍不住打了一个酒嗝之后,从荆棘丛探出头来,望着山下前坪刑场里的喝酒一幕,不禁猛地将竹筒里的酒全灌进了自己的口中……

▲王城刑场(日,外)

——酒水灌入口中的是舍宝客。

这时,锦衣卫端来一碗碗酒,分别给这些汉子们一一喝下——

美女闹药客大喊一声:"还有我呢!"

刀疤脸接过一碗酒端着递给了她。

只见闹药客豪气冲天,将碗中酒一饮而尽。

叫舍宝客的汉子大声喊道:"幺妹儿,逮得好!"

闹药客走到舍宝客面前,放下嘴上叼着的酒碗,望着他:"舍宝哥,幺妹敬你!"

舍宝客用嘴叼起碗,迅速将碗中的酒一饮而尽。

舍宝哥望着她:"幺妹,有句话藏在我心里好久了,一直没有机会对你说。"

幺妹深情地望着他:"舍宝哥,什么也不用说了,妹子我心里早已晓得了。"

舍宝哥:"幺妹,你怕死吗?"

闹药客:"有点怕,不过,死的时候,能和你在一起,我觉得舒心畅快。"

这酒越喝越畅快,舍宝哥清清嗓子,吼唱起了粗犷、野性的湘西《砍头歌》:

"老子本姓天,世代住深山,吃的千家饭,抽的百家烟,吃穿靠自己,快活赛神仙。"

同伴们似乎被感染,立即挺直了身子,一起接应,狂吼这首《砍头歌》的最后两句:"英雄行道义,要死也朝天!"

他们越吼豪气越盛,直吼得脖子青筋直冒,伤口崩裂,鲜血直流!

向老太爷呵斥道:"贼寇劫匪,你们有何资格煮酒论英雄?哼哼,酒喝过了,山歌也唱了,老子马上送你们上路了!"

"慢!"赵文华还是要诱逼七剑客说出幕后主谋,迫使虎头傩王浮出水面,无处遁形。历代土司广揽豪杰,门徒故吏遍布大西南。各种迹象表明,诡异的虎头傩王一定源自土司王族的内部,只要抓到张经勾结土司、通匪的证据便可一箭双雕……

既然在场匪徒都不愿说出傩王的下落,赵文华举手示意刀疤脸准备行刑……

锦衣卫、团丁们纷纷执刀上前,刀刃对准了他们——

"准备开刀问斩!"眼看刀疤脸就要发出斩首的指令……

——定格!

急速转黑的画面上、滚屏淡出以下字幕:

【第五单元叙事、第十四章完】

● 第五单元叙事之：

第十五章

　　魔高一尺　虎穴营救深陷囹圄
　　道高一丈　天师出观道法高强

▲山坡（日，外）
　　——雷舵主随即丢掉楠竹酒桶，立即举手示意准备劫持法场……
　　隐匿在林木中的汉子们的鸟铳、弓弩对准了刑场里的官兵、团丁，还有不少人早已做好了猛扑过去救人的准备……

▲山路上（日，外）
　　与此同时，一辆官家豪华马车在官道上前行……
　　车厢内的严嵩正闭目养神，两侧有多名保镖护卫。
　　前方道上忽然出现了一些圆木，横七竖八地堵住了去路——
　　"吁！"马车停下，两名保镖下车，欲搬开拦路的木料……
　　突然，路边的草丛中跳出几名大汉，他们手执短刀，朝着保镖呵斥："别动！"
　　保镖立即被制伏，乖乖地举起手来。
　　严嵩趁机跳下车欲逃跑，这时路边的一棵大树上飞闪出一条汉子，他一只手抓着荆藤，一只手持着短剑，像荡秋千一般"飘"然而至——
　　汉子的双脚不偏不倚，悠然降落轿顶之上，说时迟那时快，只见他翻身跳下左脚飞起，一个飞毛腿便将欲逃跑的严嵩踢倒在地。
　　这位汉子就是威震湘西的七剑客二号头领傩子客，虽然他个小精瘦，却才智过人、气宇非凡，此刻他手中的剑尖直指严嵩的咽喉要害。
　　严嵩倒也镇静，望着他道："好汉，拦路打劫？想要钱财我给就是。"
　　傩子客："你以为湘西豪杰都是'此路是我开，此树是我栽，要想从此过，留下买路财'吗？"
　　严嵩："那你是？"
　　"在下万虎山的傩子客，想必以前听说过这个名号吧？"
　　严嵩："你……你就是湘西七剑客排行老二的傩子客？"
　　傩子客："鄙人在此恭候严大人多时了。"
　　严嵩："你怎么知道我会从这里过？"
　　傩子客："严大人是大福大贵之人，贵人出门，红霞满天、霜满地。"

严嵩:"我知道,你傩子客在湘西七剑客中最具声望。"

傩子客:"能被钦差大人夸赞,深感荣幸。"

严嵩望着对方手中的短剑:"你……你究竟想干什么?"

傩子客:"啥也不想干,就想拿严大人换回我那几个被抓的生死兄弟。"

严嵩:"你以为我严某人是贪生怕死之人吗?"

傩子客:"湘西有句俗语:'打赤脚的不怕穿鞋的。'假如严大人不怕死,正好给我兄弟垫棺材底儿。"

这时一同前来拦截的两个汉子已经换上了锦衣卫的衣服,坐在了严嵩身后,他们将手中的短刀直逼严嵩的后脊。

傩子客对马夫命令道:"快赶路!"

马夫迟疑地呆望着严嵩——

严嵩只好对马夫说道:"走吧。"

马车在绵延的山道上行进……

▲王城,刑场(日,外)

驼子客骂道:"等到倭寇养精蓄锐,再从东南打来,你比老子们也多活不了几天了!"

赵文华举手示意暂停:"倭寇打来又怎么样,攘外必先安内。"

"国亡家破,不先去抗倭攘外,又如何安内?"驼子客忽然哈哈大笑。

赵文华:"驼子客,你笑什么?"

驼子客:"我笑你,笑你虽为朝廷命官,却是个四肢发达、头脑简单的蠢宝,两眼失明,双耳失聪,糊里糊涂,愚不可及。"

"此话怎讲?"

"攘外必先安内?都成了亡国奴了,你们到十八层地狱去安息吧!"

赵文华气愤地道:"驼子客,你太猖狂了!"

驼子客:"你也不睁开你的眯子狗眼,看看清楚——"

此时,画外忽然传来一阵震耳欲聋的"呜吼"声……

赵文华、向老太爷循声望去——

▲王城,前坪(日,外)

只见——雷舵主单枪匹马,跃马扬鞭,飞驰而来……

刀疤脸疾呼:"拦截匪徒——保护大人!"

舍宝客激动地对身边的驼子客说:"是舵主大哥来搭救我们了!"

驼子客:"我早就知道,该来的一定会来!"

赵文华倒也不慌,只见他做个手势,他身边那些锦衣卫立即掉转枪口,对准了雷也行。

▲王城,吊桥(日,外)

此刻,前面那辆被劫持的官家马车已在人们的视线之中……

第十五章 魔高一尺　虎穴营救深陷图圄
CHAPTER 15　道高一丈　天师出观道法高强

傩子客"吁"的一声，勒住马首，远远望去——刑场内外一片滚滚烟尘。

▲王城，刑场（日，外）

骏马奔驰溅起的烟尘之中，可见雷舵主单骑闯入刑场。面对无惧无畏的山匪，场内官兵愣住，一时间竟然不敢前去拦截。

只见雷舵主翻身下马，走到被俘的七剑客面前，揖手道："兄弟们受惊了！"

驼子客激动地呼叫："大哥！"说着，雷舵主将他身上的绳子迅速解开。

雷舵主走到向老太爷面前，冷冷地望着他："老太爷，今天我要将他们带走！"

向老太爷："你以为这里是你们万虎山寨，都由你说了算吗？这里可是朝廷的法场，放与不放，得由朝廷的赵大人说了算！"

雷舵主走近赵文华："我雷某人，本来不打算跟官府结仇，今天你若不肯放人，那就得罪了！"说着，他朝着四周发出一声清啸——

声音清亮激越，引得山林顿时发出一连串的"呜吼"回声。

四面八方，突然跃起许许多多手执刀枪的汉子，密密匝匝，即刻将刑场团团包围住了。

舵主雷也行对赵文华说："怎么样，你是放人，还是决一死战？"

赵文华不慌不忙："决一死战？好啊，本官正打算将你们一网打尽！"

只见刀疤脸手里忽而亮出一面小旗。

他举起小旗，挥动了几下。

雷舵主望去，顿时大惊失色——

▲王城，刑场外围（日，外）

刑场外围空地上的茅草房突然一一被掀开——露出十面埋伏的重兵。

真可谓：螳螂捕蝉，黄雀在后！

壕沟里尽是早已埋伏下的朝廷官兵，坑道里迅速升起了红夷大炮，炮口正对准山岭上冲下来的汉子们。

刑场四周埋伏的官兵纷纷现身——刚刚冲入刑场的汉子们，立马陷入被全歼的危险境地……

▲王城，刑场（日，外）

面对风云突变，顿时舵主雷也行等匪徒们手足无措，一时没了主意。

赵文华忽而大笑，望着雷也行说道："早料到你们会来劫持法场，我等在此恭候多时了！"

雷也行望着大家，不知所措："兄弟们，怎么办？"

舍宝客："乌龟爬到门槛上，进退都得打个滚。大不了跟他们硬逮一场！"

"好！"赵文华示意刀疤脸走到红夷大炮旗手旁边，然后喊道，"你们已被包围，我数三下，放下刀枪，缴械投降，否则你们必死无疑！"

七剑客们左右为难，面面相觑。

赵文华开始数："一……二……对准目标，预备——"

就在这"三"字尚未出口的千钧一发之际——坪场旁边突然冒出一团烟雾，接着小树林中又传出一声震耳欲聋的铜锣长鸣——"咣！"

只见林中飞出一个身穿白袍的孩童，他大叫一声："且慢，大家不要动！"

赵文华呆望着他："何方妖孽？神神鬼鬼的！"

刀疤脸上前，悄声对赵文华说道："这是天门道长的僮儿！他师父是鬼谷子第十八代传人，赶尸放蛊、驱邪隐身、料事如神，深得当朝圣上青睐。"

赵文华喝道："妖道僮儿，朝廷清剿土匪，不关你的事，马上滚开。"

"不！"僮儿手挥拂尘，指着林边的山崖，"大人，你，请往这边看——"

▲王城，对面崖壁（日，外）

僮儿拂尘指向之处的崖壁忽然"咔嚓"一声开裂，渐渐露出了一个山洞。

洞内传来一阵祭祀歌：呜吼，妖气来自东南，邪魔涌入人间；天师肩扛使命，速来降妖除魔……

呜吼的祭祀歌声中伴随诡异声响，袅袅青烟升腾起来。

烟雾之中，一队戴着狰狞傩面具的汉子蹦了出来……

这时僮儿手中的拂尘一掸，一位盲眼老者飘然而至——忽而飘浮在林间，忽而又落于佛龛巨石上，朦胧之中，人们隐约看到——此人银髯飘飘，一派仙风道骨。

▲王城，刑场（日，外）

在场的驼子客等剑客们都激动不已，情不自禁地喊道："天师道长！"

赵文华惊讶地仰望着这个飘浮不定的人影，疑惑地道："是人，还是鬼？"

站在他身后的刀疤脸悄声介绍道："他，就是天门山大名鼎鼎的天师道长。"

赵文华："为何只闻其声，而不见其人？"

刀疤脸回："这就是湘西隐身术的神秘之处。据说他是鬼谷子的正宗传人，神龙见首不见尾，天上地下、前生今世，大师无所不晓、无所不通、无所不能。"

赵文华纳闷地道："哦……可看不清他的模样。"

刀疤脸："真人不露相，露相非真人。就像这四周崇山峻岭形成的'万马归朝'，神奇而诡秘，深不可测。"

赵文华："难怪这些鸡鸣狗盗之徒都尊称他为大师。呃，江湖上流传的隐身术、分身术已经失传多年，如今怎又重现湘西？"

刀疤脸："湘西之官匪商农、三教九流，无论是正是邪，红黑两道，谁见了他都要低头尊称一声天师道长。"

佛龛巨石上飘浮不定的道长身影开始发话了："赵大人请移步过来说话！"

赵文华："我为何要听你的？"

天师道长："赵大人，老道有话与你说说。"

刀疤脸："大人你最好还是过去一下，倒不是因为这道长会怎么样，而是他天门道观里正休养生息着一个人……"

"哦?"赵文华不解,"这又怎样,难道朝廷剿匪还得看这个人的脸色行事?"

向老太爷:"各人门前三尺硬土,不看僧面看佛面,这里可是湘西呀!"

赵文华:"竟有这等能耐,此人到底是谁?"

向老太爷:"她就是老土司的夫人阿玛,自她那个当土司的儿子病逝之后,因伤心过度,她一直在天门山道观里治病休养,于是,这个天师道长就成了土司王府的代言人。"

赵文华稍加犹豫,还是估摸着大概,朝着佛龛巨石下走了过去……

▲**刑场,吊桥**(日,外)

萧瑟寒风之中,那辆被劫持的官家马车正在快速驶过吊桥……

前方刑场上的人,已看得一清二楚。

▲**佛龛巨石**(日,外)

天师道长身影对赵文华说:"贫道屈指一算,王城今日大动兵戈,匆匆前来就是管管闲事的。"

赵文华:"你也是七剑客的人吗?"

天师道长:"非也,贫道与七剑客非亲非故也,早先他们与我道家还有仇,只是不忍心……不忍心看到这风光如画的湘西山水之中,发生那杀戮之事。"

赵文华:"本官乃奉朝廷之命,剿灭匪患,为民除害,请天师不要阻挠。"

"请往前看——"天师道长的鹅毛大扇指着一旁的彭氏宗祠,继续说道,"此乃彭氏宗祠,这里供奉的那把钩镰枪是彭公先祖的神灵,在此发生刀光血灾,实属不敬也!"

赵文华凝神仰望,疑惑地问道:"这清匪剿叛与彭氏先祖有何干系?"

天师道长:"大人有所不知,但凡路经此地,'武官下马、文官落轿',即便是皇上也得亲自进门瞻仰。擅自在此大动干戈、开刀问斩,实属大逆不道也,其后果大人考虑过吗?"

赵文华:"难怪刚才驼子客妄言,此时此地,我们不敢把他们怎样。"

向老太爷:"大明天下,朗朗乾坤,怎能奈何不了这几个区区贼寇?"

天师道长:"真正的贼寇乃东南倭寇也,其来势汹汹,连下诸城,民众处于水深火热中,大明危在旦夕。可眼下你们不去迎击外敌,却'煮豆燃豆萁',在这儿自相残杀。"

▲**王城,刑场**(日,外)

天师道长说着走向前,他用扇指着司城大门两侧的巨幅对联:一等人忠孝守羲,两件事报国读书。

天师道长:"'一等人忠孝守羲,两件事报国读书'!此乃彭公爵主的遗训。若要保大明江山安危,唯我湘西英雄横空出世,湘西土兵自古就是倭寇的天敌。早在公元653年大唐中叶,中日两军会战于白江口,东瀛不论战船还是倭军数倍于唐朝军队,激战中大唐左卫郎将刘仁轨陷入了重围。关键时刻,一支神兵突然从天而降,湘西彭氏土司鼻祖彭公爵主手持钩镰枪弹射霹雳火焰,焚毁敌舰,烧杀倭军,四战皆捷,水陆连胜……厮杀之中东瀛邪恶之首木下晋一毙命于彭公的钩镰枪下。唐高宗李治赐彭公"武神将军",赏蟒袍玉带。遭致命打击之后的日本人不得不俯首称臣,但在时隔六百余年后的元朝他们又开始猖狂起来。公元1273年,彭氏土司'武德将军'彭万思随成吉思汗的孙子忽必烈东征,威震东瀛,立下了赫赫战功。彭公祖传的那把钩镰枪的致命一击,早已让倭奴闻风丧胆,湘西王者无疑就成了倭贼的天敌、克星。历届朝廷待我湘西王族厚重,湘西土司是受中央王朝任命的,属地免征赋税,不抽兵差,官军也不得随意进入土司世袭封地,朝廷给予湘西土司高度自治的权力。今贫道奉劝大人三思而后行。"

赵文华:"我乃堂堂朝廷钦差大臣,难道还怕一地方区区土司不成?"

天师道长:"赵大人,强龙压不过地头蛇,这里可是八百里大湘西,不信邪还不行呢!"

"不行!非要将万虎山这帮匪徒给老子斩了。"向老太爷气急败坏地将烟袋往地上用力一磕,顿时,向府家丁在其孙儿向八八的率领之下,瞬间将法场死死围住,匪徒悉数重新被绑缚——

"不听老人言,吃亏在眼前。"僮儿生气地将拂尘一掸,师徒飘然而去……

向老太爷疾步来到刑场中央:"乡亲们!今天是我大湘西九峒八十一寨斩妖除魔、大快人心的好日子。斩何方之妖?除何方之魔?就是斩万虎山这帮妖孽,除七剑客这些魔头!这帮妖孽,煽动良民,抗捐抗税,为非作歹,聚众作乱!各寨各峒,多少弟兄死在了他们手中,吾儿向天歌,在昨晚荡寇剿匪战中阵亡,害得老夫孙儿小小年纪没了阿爹,害得老朽白发人送黑发人……今日一定得了断这场官匪多年来的争斗恩怨……"

说着说着,向老太爷蓦然流出了老泪。

怀抱向天歌灵牌的向八八、向七七更是一脸悲愤。

向老太爷:"有人要讲了,这也怪不得他们,要怪,就怪天旱,就怪老天爷不长眼,降了大旱灾——是呀,今年确实遭了天灾,可千不该万不该去抗捐抗税。大灾就该为非作歹?讲这种鬼话的人,你们睁眼往这铭功台上看看——"

他的手遥指着朝廷赐予的铭功铜柱,上面赫然刻写着巨幅对联:"胸襟坦荡义薄云天,精忠报国千古流传!"

向老太爷:"'胸襟坦荡义薄云天,精忠报国千古流传'。义薄云天、精忠报国,这才是彭公的遗训,这才是天地至理!我湘民要做忠臣孝子,有哪条讲了该为匪为盗?老天有眼,今天七剑客匪首们就要在此开刀问斩了!这就叫天网恢恢,这就叫因果报应!"

忽然他手一抬起,扯足了嗓子喊道:"有请钩镰枪——"

这一嗓子仿佛当头霹雳,匪首们的身子顿时剧烈一颤!

台上台下,各峒寨主、所有的湘民顷刻之间一片震惊。

就在这一片惊诧的目光之中,只见四名红衣红帕的法师抬着那尊庙里供奉的虎头枪架,出现在人们眼前,枪架上蒙着红绸,只能看出钩镰枪的大致形状。

随着这尊枪架经过,几乎是条件反射:

第十五章 / CHAPTER 15

魔高一尺　虎穴营救深陷囹圄
道高一丈　天师出观道法高强

台下的湘民们——

台前的寨主们——

台上向府的妇孺老幼们——

千百湘民蓦然跪了下去，头同时伏地！

就连即将服刑的七剑客匪徒也诚惶诚恐地低下了头！

一时间，满场上下，只剩了官兵、家丁们持刀枪站立——钩镰枪尚未露面，它在湘民男女老少心中无上的地位与威严已展露无遗！

惊诧的议论声嗡嗡一片：

"钩镰枪？怎么随随便便就请了钩镰枪？"

"斩杀匪徒，请钩镰枪做什么？"

"是啊，这可是彭公爵主的神灵，哪能随便请出来？"

"这又如何是好……"

就在这一片嗡嗡议论声中，枪架被抬到了铭功台正中香案之上，台上台下，在司仪的主持下，湘民们齐齐叩首之后，大家这才缓缓站起。

各峒寨主们面面相觑，盘鹰峒的谭寨主头一个走上前说话了："向老太爷，这贸然请动钩镰枪，只怕是不妥吧？"

向老太爷："有何不妥？"

谭寨主："这……这钩镰枪可是彭公的神器啊！"

老龙峒的田寨主也上前："是呀，就算要请动神枪，依照规矩，也得是彭公爵主的后人亲自出面主持。"

"是呀，是呀！土司王爷都没同意，你就擅自做主，会遭天打雷劈的呢。"大多数寨主纷纷应和，显然都不赞成。

向老太爷却手一扬："请都请了，这回，我向某人就做了这个主！"

说罢，他伸手欲去揭开覆盖在钩镰枪上的红绸。

"慢！——姓向的！"猛然间，雷也行吼了起来，"今天老子落到你手里，要杀要剐由你来，砍脱脑壳碗大个疤！可我雷某算哪路角色，哪能用自己的血，玷污钩镰枪的威名？要我的命，你换一样家伙！"

向老太爷："怎么？怕了？哼哼，告诉你，雷也行，老子今天还非让你死在钩镰枪下不可！"

雷也行："凭什么？"

向老太爷："就凭你们这帮悍匪邪气重，生是恶人，死是厉鬼！不用钩镰枪，镇不住你们的邪气！"

他再次上前伸手，欲揭红绸……

雷也行的眼中，已全是绝望——

此时，全场静得出奇，仿佛空气凝固一般。

就在向老太爷抓住红绸即将要掀开的一刹那，台下一个少年的声音传来："慢——着——！"只见彭翼南、彭翼北、王藩、天娇等一行人大步流星赶了过来……

——定格！

只见土司王城土家博物馆内，一座封土大墓模型前，探险家贝尔·格里尔斯举起茶杯喊道："Waiter——Xiangxi Golden Tea！"

"贝尔先生，湘西黄金茶来了！"身穿店小二戏服的剧务端着热茶送了上来……

只见贝尔边饮茶边说道："欲知后事如何，尔等容我品茶之后慢慢道来。"

急速滚屏淡出以下字幕：

【第五单元叙事、第十五章完】

● 第六单元叙事之：

第十六章

　　　　生死攸关　　总督张经力挽狂澜
　　　　彭公显灵　　王族子孙气宇轩昂

▲王城刑场（日，外）

"少爷……王府大少爷来了。"人群嗡嗡一片，"他才是彭公爵主的后人呀！"

人们纷纷让路——彭翼南大步流星走向台前……

刀疤脸目光一直盯在他身后的那个黑衣姑娘天娇的身上，他赶紧上前在赵文华耳边轻声地说着什么……

"帕普，王府大少爷到了！"向重九赶紧叫停爷爷。

向老太爷的手也不由得一僵，但仍然抓着红绸不放："今日向某诛杀贼寇，奉的可是朝廷王法，难道少爷要阻拦不成？"

彭翼南淡淡地道："既是依法处决，那么依照祖训便是首要。自古以来，何时见过处决自家湘民用过这把钩镰枪？"

向老太爷："这……难道今日不该用钩镰枪？"

彭翼南："钩镰枪上保天下佑地中斩番邦倭奴，那是我祖上威震东瀛时留下的堂堂神器，多少年来，这钩镰枪上，我只听说染过倭奴外寇的血，啥时候用来屠戮湘民自家人了？"

彭翼南一边说着一边转向台下人群："为了斩杀自家人，要动钩镰枪，你得问问在场的九峒八十一寨的乡亲们能不能答应。"

"不答应……"台下，阵阵骚动，呼声一片。

彭翼南不想再说什么，转过头，淡淡地望着向老太爷。

抓着红绸一角，向老太爷犹豫着——只要轻轻一掀，钩镰枪就会出现在大家面前，但在彭翼南淡定的目光直逼之下，他手中的红绸，此刻却变得仿佛有千斤之重。

台下，群情激奋，湘民们还在纷纷嚷着。

向老太爷："少王爷，难道今天你要以祖宗神灵之名，给匪徒们担保吗？"

彭翼南目光转向雷也行："十年前，我彭翼南下河捞鱼，被山洪卷走，是你把我从水中救起，滴水之恩，当涌泉相报。"说着他对台下的乡亲们喊道："我彭翼南愿当着祖上神灵，为他们作保，有愿与我同保他们的，就一起请老祖宗开恩吧。"

他理顺衣襟，郑重其事地率先朝红绸覆盖的钩镰枪跪倒——

紧接着，台下各位寨主、绝大多数湘民，都次第向钩镰枪跪了下去……

向老太爷不屑地道:"哼,那我今天倒要看看,老祖宗是如何显灵的。"

青天白日,满场肃静庄严,尽显千百跪地湘民赤诚祈求的心——

钩镰枪仍然纹丝不动。

带着满脸的不屑,向重九轻蔑地笑了笑。

趁着大家不注意,锦衣卫刀疤脸已挪到那位黑衣姑娘天娇的身后……

赵文华也不禁摇头,他显然就不相信这种祈求真能起什么作用。

随即他掏出了香烟,并划燃火柴欲点燃……

火柴却蓦然熄灭,赵文华的手僵在了半空——起风了!

仿佛这一片赤诚打动了冥冥中的神灵,一股风骤然而起,席卷台上台下。

风卷红绸,不时抖动着,似起又落,反复再三,蓦然红绸还是被这股神风卷起,高高飘去……

只见阴霾的天空中,一轮红日拨开乌云,喷薄而出——

钩镰枪映着阳光,终于露出了它古拙威严的真面目,那雪亮的刃口熠熠生辉,是如此庄严神圣!

"老祖宗显灵了!"

"彭公老爷应验了!"

台上台下,所有湘民一齐叩下头去。

刹那之间,就连向老太爷与其孙儿们都看傻了,不由自主地跪了下去。

此时,黑衣姑娘张天娇已在刀疤脸的控制之下……

台口,傩师大声吆喝道:"彭公显灵,按老祖宗立下的规矩,人犯免除死罪——"

"彭公显灵,湘西人可免死罪。"怒从心上起,恶向胆边生,赵文华突然话锋一转,"来呀——把刺杀朝廷钦差的凶手给我押出来!"

只见那个黑衣姑娘张天娇,此刻已被押在锦衣卫锋利的刀刃之下……

这不禁使得彭翼南、彭翼北、金凤大惊失色——真可谓:一波未平一波又起!

刀疤脸递上那只酷似行刺严嵩的银簪子:"大人,这是从凶犯身上搜到的暗器!"

赵文华将其与先前的那枚银簪子暗器对比之后,说道:"此乃子母簪,人证物证俱在,还如何抵赖?"

张天娇昂首挺胸、无惧无畏地道:"要杀要剐,悉听尊便!"

刀疤脸:"小的认为,此女子一定与科举总督张经有瓜葛!"

"是呀,不知我在哪儿见过。"赵文华疑惑地道,"说,受谁的指使?是不是科举总督张经?"

张天娇:"这还用受谁的指使吗?你们这些逆党贼子,结党营私,窃权罔利,吞没军饷,废弛边防,党同伐异,徇私舞弊,受贿纳银,见利忘义。朝廷财政危机之时,你们贪腐集团就见机行事,倡导'捐监冒赈'——大家也许不知道何谓'捐监',说白了,就是花钱买文凭换取官职;而'冒赈',则是以赈灾的名义,私吞赈灾款,将捐监的财政收入以赈灾的名义合伙分赃、中饱私囊。"

第十六章 / CHAPTER 16

生死攸关　总督张经力挽狂澜
彭公显灵　王族子孙气宇轩昂

说着张天娇走向台口,细数奸党的系列恶行:"人人皆知捐监滋生腐败,可无奈边关危急、朝廷财政捉襟见肘,不得不同意捐监这招。但朝政明文规定:只能收粮食,禁止收钱。上有政策,下有对策,严贼奸党为了使自己发财,先是贿赂御用宦官谷大用,擅自将此政令改为收钱不收粮,这样一来就省事多了。你赵文华与各地贪腐官员狼狈为奸实施这一出贪腐大戏。按规定每名监生需捐粮50石(约2.7吨),但改收钱后,你们将粮食折合成50两纹银,同时再外加办公银、杂费银10两,共收60两。由此一来粮食变银子,你们一伙算是赚醉了。"

她的这番话,顿时引来台下一阵骚动,百姓议论纷纷……

向重九怒道:"你,信口雌黄!"

张天娇怒目圆睁:"还有你向重九,这个湘西府衙知州——'只许州官放火,不准百姓点灯',作为京城国子监祭酒严嵩的弟子,你乃'捐监冒赈'贪腐集团实际操作人,伙同东瀛奸商搜刮民脂民膏,造成大量物质财富外流……江南大旱,湘西灾民暴乱愈演愈烈之时,朝廷派重兵围剿义军,急需大笔军饷,作为湘西州官的你,由于剿叛不力,暂被革除了官职,你害怕遭到惩罚,认为如果自己用'议罪银'充抵军饷,就能将功赎罪,于是就伙同赵文华向朝廷捐银5万两……"

赵文华气急败坏地道:"一派胡言,血口喷人!"

张天娇俨然把这里当成了演讲台:"而你赵文华作为清匪剿叛的先锋,却向朝廷撒谎,称由于湘西遭遇暴风雨,道路泥泞而无法推进。万万没想到,正是这两个来自湘西的消息,引起了皇上的高度怀疑。一是向重九作为府衙知州,哪来如此多的金钱?二是之前奏报湘西旱灾不断,为何连遇暴雨?皇上立即派人调查,结果发现问题。更不凑巧的是,由于贪腐集团操作人承建的凤凰虹桥豆腐渣工程轰然崩塌,他也交出了'议罪银',居然高达50多万两。圣上深感问题重大,责令彻查!这一查不要紧,一个隐匿多年的窝案被彻底揭露出来,震惊大明朝野!皇亲国戚为了至高无上的皇权争得死去活来之时,就是贪腐官员发财之日。而当沿海倭患危机、社会急剧动荡之时,你们这些奸党又热衷于搞活经济、中日合作共赢,认为不必对抗。大明与扶桑(日本)之争,必有一伤,人为财死鸟为食亡。如今读书为的是获取'例监'文凭,有了它就可以去做官;而做官不就是为发财吗?——'当官不发财,请我都不来'。为此,你们买卖文凭、换取官职。你干爹严嵩不是常说:即便官当得再大也不可能去做皇帝,宫廷争斗你死我活,你等只需坐山观虎斗。螳螂捕蝉,黄雀在后;鹬蚌相争,渔翁得利。还是现实一些好,各取所需,他们争权,你们获利,确保既得利益集团的实惠……"

赵文华:"我们的京城国子监既是大明最高学府,又是主管教育的机构,在严掌门的苦心经营之下,国子监为国家培养了多少栋梁之材!"

张天娇:"可恶的京城国子监,你口中的国之栋梁,无非是结党营私、拉帮结派、拜把子的贪腐集团。你们把团结变成'结团',整天忙于寻找'乡缘''学缘''业缘'的'团员';或是官官相护,热衷拉关系,搞勾兑;或是私相授受,把朝廷赋予的权力当成了私人谋利的工具,把下属当成家臣;或是以同乡会、监生会为名义,暗中相互提携、互通款曲……不问学识能力水平，只看'是不是自己人'，滥用职权、败坏朝纲，致使南倭北虏、边关危急，人民处于水深火热之中。逆党不灭，天下岂能太平？"

"好了，你越说越像张经的口气了，一派胡言！"赵文华厉声斥责道，"张经就那么清正廉洁、克己奉公吗？南京国子监祭酒张经，自身不会武功，却四处谈论武学，篡夺朝廷科举主考权。他个子矮小，一口南方口音，曾在官场几度大起大落，一心想控制朝廷人才选拔。此人做事的风格很具有冒险性，那就是：他一只口袋里装着获胜之后的感言，另一只口袋里却装着失败之后的悔过书，时刻准备着'一只脚踩着官门，另一只脚却踩着牢门'。他的口头禅就是'人生能有几回搏'。自张经总督南方六省军务以来，他一直镇守我大明王朝的南大门……如今东南沿海出现倭患，他张经有着不可推卸的责任！"

刀疤脸："大人，既然她是南京国子监派来的杀手，不可手下留情！"

赵文华："来人呀，将其砍了！"

刀疤脸听令，即刻上前——

忽然，画外传来一声大喝："慢！"——只见科举总督张经的副手俞大猷在侍卫的簇拥之下快马加鞭地赶到了法场……

赵文华暗喜道："幕后主谋终于出场了……"说罢他迎上前，皮笑肉不笑地说道："俞大人，我乃钦差大臣亲自派来缉拿凶犯的。这里可不是你们科举贡院，靠拿笔杆子舞文弄墨哟。"

俞大猷："难道舞文弄墨的路见不平，就不能主持公道吗？"

赵文华："如此看来，眼前这个凶犯，一定与你们总督张大人有关啰？"

俞大猷："有没有关系并不重要，身为朝廷命官，得重事实讲证据，哪能这样随意草菅人命？"

赵文华拿出那对子母簪冷冷地问道："俞大人，人证物证俱在，还有何话可说？"

俞大猷指了指台下四周说："这样的银簪子，在场的哪位女子发髻上没有？这如何就成了杀人的凶器？再说，你又如何证明此物就是她行刺的暗器？"

"这……这……俞大猷！看来你是非要阻拦不成！我赵文华今天就不信这个邪，尚方宝剑在此，来人呀！"赵文华立刻恼羞成怒。

刀疤脸立即上前，挥刀指挥着众锦衣卫将俞大猷等人团团围住……

"呵，我看谁敢动我们俞大人一根毫毛！"总督府管家情急之下拦在了最前面。俞大猷扒开卫兵，拔剑怒吼道："尚方宝剑手中紧握，妖魔鬼怪无处遁形！"

望着双方都亮出的尚方宝剑，在场的人一时间真假莫辨，不知如何是好。

彭翼南眼见场面陷入僵局，灵机一动："管你是上方宝剑还是下方宝剑，老子们只认祖上神器，既然老祖宗已经显灵，那就得按老祖宗规矩办！"说罢，彭翼南横刀立马，挡在了争斗双方的中间。

"祖上规矩，大得过王法吗？"赵文华指向张天娇质问道，"难道她……她也是彭公的'后人'？"

第十六章 / CHAPTER 16

生死攸关　总督张经力挽狂澜
彭公显灵　王族子孙气宇轩昂

彭翼南："她……这……"

赵文华："她，怎么啦，她与你彭氏王族有何关系？"

彭翼北心直口快："怎么没有关系……"

"究竟什么关系？"

"她是我……"

"她是你什么人？"赵文华咄咄逼人。

"她是……"彭翼北被逼急了，脱口而出，"她是我嫂子！"

"哦？！"这一回答着实让赵文华大感意外。

张天娇、兴藩王朱厚熜等人都为之大吃一惊。

彭翼北："难道嫂子不是我们彭家的人吗？"

赵文华："这？难道彭氏土司祖上的规矩，大得过王法？文华乃朝廷命官，只听朱家皇命，除非她是皇亲国戚，'刑不上大夫、礼不下庶人'……"话音未落，人群中突然传来——

"她当然是皇亲国戚！"

说话者正是兴藩王朱厚熜，只见他举着那块朱姓皇族的腰牌走了上来……

望着只有皇族才能拥有的"藩王腰牌"，刀疤脸对赵文华说："难道他就是当朝正德皇上的堂弟朱厚熜？"

"如假包换。"朱厚熜亮出了皇族腰牌，上前解开张天娇身上的绑缚，开口更是文绉绉的："世上最远的距离不是海角天涯，而是我在你身边，你却不知道我在爱你。"

彭翼南则更不示弱："这辈子最疯狂的事，就是爱上了你，最大的希望，就是有你陪我疯一辈子……"

面对朱厚熜、彭翼南在法场竟相为女人大献殷勤，赵文华大惑不解。

一旁的京子醋意大发，她无意之中的一句话，"这就奇了怪了，一个女子，两个男人争抢……"一下唤醒了赵文华："其中必有诈，刀疤脸……"

刀疤脸："微臣在！"

"严大人再三交代，抓住刺客格杀勿论！"

就在赵文华下令处决人犯的千钧一发之际，"说曹操、曹操到"，（画外传来）"严大人到！"

这时，那辆被劫持的官家豪华马车急速驶来，停在了坪场中央。所有人都把目光投注到了那辆马车上。车刚停住，门即刻打开，只见严嵩与傩子客并肩走了过来。

"干爹！"赵文华和锦衣卫官兵们皆立正肃穆，朝着严嵩鞠躬行礼。

忽然赵文华愣住了——他看见两个"保镖"竟拿着短刀，刀尖顶在严嵩的腰上。

傩子客快步走到被绑缚的雷舵主面前，单膝跪下一拜："舵主，让您受惊了！"

也许是雷舵主刚才的酒喝多了，不禁打了一个酒嗝："天上……天上打雷、地上开花，三山五岳，四海一家！"

傩子客接话："水做女人，泥做菩萨；敬天法地，忠义为大。"

雷舵主:"风吹雨打,年年发芽。"

傩子客:"翻山涉水,上七下八。"

雷舵主:"傩子客,狠角色,逮起!"

傩子客回头走到赵文华面前,逼视着他:"谁敢动我大哥一根毫毛,我就拿你们严大人祭酒!"

赵文华不知所措:"干爹……"

他身边的官兵一齐端起刀枪,对着雷舵主和傩子客等人。

气氛立刻变得紧张起来。

严嵩到底是老手,他望了雷舵主等人一眼,对赵文华说:"把他们都放了。"

"这?"赵文华犹豫地挥了挥手,官兵、锦衣卫立即上前,解开束缚在七剑客等人身上的绳索。

这时,刀疤脸似乎得到了京子的某种暗示,指了指彭翼南身后的黑衣姑娘,附在严嵩耳边轻声说了些什么……

赵文华对于干爹如此绥靖忍让,大惑不解。

严嵩似乎主意已定,轻声对赵文华说了句:"绥靖是为了'引蛇出洞'。"他拉起赵文华到一边又小声说道:"若要抓获劫杀老夫、锦衣卫千户的幕后真凶,就得利用这帮人,迫使'虎头傩王'浮出水面、无处遁形。历代土司广揽豪杰聚首,门徒故吏遍布大西南。种种迹象表明:诡异的'虎头傩王'一定源自土司王族,只要抓到张经勾结土司通匪的证据便可一箭双雕……"

只见严嵩走到雷舵主面前:"你,就是万虎山舵主雷也行?"

雷舵主:"要杀要剐,悉听尊便,别耍花招消遣老子。"

"只要入我京城国子监门下,万罪均可消除。"严嵩说着解开身上的黑色锦袍,披在雷舵主身上,"这件蟒袍乃当今皇上亲赐给我的珍贵礼物,今日我将它转赠给你。"

雷舵主:"这么说,钦差大人不想杀我这个大土匪了?"

严嵩:"当然不杀,皇上还要亲自为你颁发一道紧急赦免令。"

雷舵主:"不杀我,想让我雷某人干什么?无须遮遮掩掩。"

严嵩:"什么也不用你干,我严某人敬重舵主是条响当当的汉子,愿意和你交个朋友,如若助我事成,日后必有重赏,让你这只猛虎回到崇山峻岭之中。"

雷舵主:"我的这些弟兄呢?"

"他们是你的兄弟,当然也是我严某的兄弟啰!不过——"

"不过什么,难道祭酒大人反悔不成?"

"哼!在我严某人这里,就没有'反悔'二字。放下屠刀,立地成佛。锦衣卫千户中了幺妹放的蛊,至今危在旦夕,只要你交出解药,既往不咎。"

雷舵主:"就这么简单,不是缓兵之计吧?"

"哈哈,非也,严某乃大明钦差重臣,哪能如此言而无信呢……"

第十六章 / CHAPTER 16

生死攸关　总督张经力挽狂澜
彭公显灵　王族子孙气宇轩昂

话音未落，画外马蹄声急，接着传来："张大人到！"

只见几匹快马飞驰而来，为首的正是朝廷科考总督张经。

赵文华凑近严嵩耳语："哼，真正的幕后主谋终于登场了。"

严嵩："且看他葫芦里究竟卖的什么药。"

赵文华见张经翻身下马，便迎上前，不阴不阳地说道："总督张大人亲临，可谓良苦用心呀！"

张经不予回答，从衣袖中拿出一道黑犀牛角轴的圣旨，宣读起来："奉天承运、皇帝诏曰：朕惟治世以文，戡乱以武。而军帅戎将实朝廷之砥柱，国家之干城也。今倭贼侵扰，大明危在旦夕。地不分南北、人不分老幼，皆有抗击外寇之责，无论过往有多大的罪孽，凡科举者即可免除罪责，一致对外，即日大赦天下。"

宣读完圣旨之后，张经面朝彭翼南、彭翼北、彭金凤大声道："湘西永顺土司接旨！"

彭翼南跪下接过圣旨："回张大人，帕普、阿玛身体有恙，长孙彭翼南在此接过圣旨。皇上万岁、万万岁！"说罢，他起身对台下湘民宣布："大湘西九峒八十一寨，奉旨行事！"

顿时"呜吼"之声响彻云霄。

"咣！咣！咣！"三声铜锣骤响。

人群齐声吆喝道："噢——倭寇来犯，精忠报国，湘军出马，天下永顺！"

赵文华不解地对严嵩道："干爹，在这天高皇帝远的鬼地方，这圣旨怎么说来就来，难道京城的皇上就是他们家的小舅子？"

"天高皇帝远？那也还得有皇帝呀！越来越多的迹象表明，皇上已经驾崩，目前朝政已被贼党杨廷和所掌控，京城危在旦夕……"严嵩不由得担忧起来。

话音刚落，铜锣再次骤响："咣！咣！咣！"

人群齐声吆喝："精忠报国，天下永顺！"真可谓，剿匪官军的"明枪"易躲，而倭寇"暗箭"难防，纷至沓来的"明"流"暗"涌，却是东瀛倭酋女间谍京子使出的奸诈诡计。

张经："朝廷昭告，倭寇来犯，大明危急，凡科举者即可免除罪责！"

严嵩："天下大乱待治，大明求贤若渴，即日起本钦差招贤纳士！"

唇枪舌剑，南北两大阵营，即刻展开了人才争夺战……

▲王城，林荫道（日，外）

"嫂子……嫂子！"彭翼北一边高呼一边追赶。

张天娇头也不回地狂奔……

彭翼北气喘吁吁，好不容易追上了她："嫂子啊……你跑什么跑呢？"

张天娇："谁是你嫂子？真是见鬼了。"

"呃，你别不识好歹，狗咬吕洞宾——不识好人心。见鬼、见鬼？要不是我喊你嫂子，你就真的见鬼去了。"

张天娇："见鬼，我怕今天硬是见了活鬼！"

说活鬼、活鬼到！只见彭翼南赶过来，关切地问张天娇："刚才在刑场上，姑娘一番唇枪舌剑，深感巾帼英雄再现江湖。不知姑娘芳名，家住何方？"

张天娇："名字……无非是一个符号，不说也罢！"

彭翼南："那姑娘从何处来，又要到哪里去？"

张天娇："不知你是智商不高还是情商不高？"

彭翼南："情商高，主要是让别人高兴；智商高呢，主要是让自己高兴；智商不高情商也不高呢，主要是自己不高兴了，还要不让别人高兴。请问姑娘从何处来，你是高兴呢还是不高兴？"

张天娇："若问我从哪里来，世上的人，都是从梦里来，最后再回到梦里去。"

见她故意搪塞，不愿说出实情，彭翼南料定姑娘定有难言之隐："我猜，你呀不是皇亲国戚，就是官家千金，绝非民间普通女子。"

"难道你是彭半仙？"张天娇激将他，"彭翼南，你武功不错，为何不愿去参加今年的武举国考？此次科举总督张经，爱才如子，像你这样的奇才，定会受张大人赏识的……"

彭翼南却说："奸臣当道，朝廷昏庸，即便高中，亦难作为。"

张天娇："正因奸臣当道、南倭北虏。天下英雄岂能眼睁睁看着外敌胡作非为，国破家亡，百姓流离失所？作为男子汉大丈夫，理应走出湘西报效朝廷！怎么能成天无所事事、混迹江湖？"

彭翼南："昨晚做了一个梦，正德皇帝派太监找我去做官。当太监说了来意，我便问太监：'听说皇帝养的一只神龟，已经活了三千岁，每日被锦缎包裹供奉在神龛上。你说这只神龟，它是愿意死去留下龟壳得到供奉呢，还是宁愿活在烂泥潭里拖着尾巴爬行呢？'太监想了想说：'当然是宁愿活在泥潭里拖着尾巴爬行了。'于是我说：'那你们回去吧！我也是喜欢在泥潭里拖着尾巴活着'。"

张天娇："你的意思是'好死不如赖活着'？"

"能不能走出泥潭，这事我还得去问问大师……"

"问大师？男子汉大丈夫难道你就没一点担当、主心骨？人＋谷＝俗，高度不够，看到的都是问题，格局太小，纠结的都是鸡毛蒜皮；你若走出大山，就是人＋山＝仙，提升高度、放大了格局，方能建功立业！"

清晨，山野鸟语花香。

面对张天娇有些看不起他的眼神，彭翼南急了，就用腰间的楠竹酒壶当竹笛，一直使劲吹，想借此把她的芳心吹软了……

彭翼南终于忍不住了，试探性地询问张天娇："如果有一个人爱你，你怎么办？"

张天娇："这要看是谁了。"

彭翼南："这人，就是某人……"

张天娇："某人？"

彭翼南自鸣得意。只见一只求爱的喜鹊跃上枝头，围着另一只喜鹊叽叽喳喳叫个不停……

张天娇："某人敢做，还不敢为，还是动物比人真诚。"

彭翼南："难道鸟比人好？"

张天娇："真挚真诚比技巧重要，所以鸟总比人唱得好。"

彭翼南："鸟是好鸟，就是话多。"

张天娇："你看那猫头鹰无精打采地栖息于枝头，睁一只眼、闭一只眼……"

彭翼南："这一大堆的道理，都不如你的貌美。如今世道，还是睁一只眼、闭一只眼的好，免遭灾祸！"

张天娇："南派北派，那你究竟是哪一派？"

彭翼南："我呀，既不是京都派，也不站队南京留都派，老子是逍遥派。不选边，不站队，乐天自在逍遥派，凡事若愚不见怪……"

▲天门山道观（日，内）

彭翼南来到天门山，他问老道长吴用："大师，有人说我整天无所事事，我该怎么办？"

道长吴用："树挪死、人挪活，为何你整天晃晃悠悠？就是因为眼前的大山遮蔽了你的视线，你何不尝试走出去？走出大山，穷则变，变则通，通则达呀；自古以来，凡是建功立业的湘西人，都是因为走出了大山，人生才赢得转机。"

彭翼南："真的？怎样转机？"

吴用："人生遭遇重大挫折之时，往往就是转机。"

道长的一席话，顿时让彭翼南若有所思。

——定格！

急速转黑的画面上，滚屏淡出以下字幕：

【第六单元叙事、第十六章完】

● 第六单元叙事之：

第十七章

　　黄雀在后　　忠奸博弈波诡云谲
　　横征暴敛　　贪官伺机中饱私囊

　　（画外音）倭国人向来是说话不算话的，东瀛南朝天皇虽然上表称臣，但是倭寇仍然很猖獗。朝廷一怒之下，断绝中日交往，实行海禁。天皇只得遣使朝贡以示友好："我虽然地处扶桑之东，未尝不仰慕中国。只是蒙古人与我们一样都是夷族，却想让我们称臣……"

　　意思是东瀛不服蒙古，但不是不服大明。东瀛派一些僧人到中国奉表称臣，称向朝廷贡献马匹和土产，但数量却少得可怜：马四匹、散金鞘柄大刀两把、硫黄一万斤、玛瑙大小二十块、贴金屏风三副、黑漆鞘柄大刀一百把、枪一百把、长刀一百把、铠甲一领、砚一面并匣扇一百把。这可把大明礼部官员的肺都给气炸了。

　　▲王府书院（日，内）
　　彭翼南的帕普彭明辅正在案桌前教弟子们挥毫泼墨……
　　遒劲大字，潇潇洒洒，跃然纸上——
　　"天下之本在国，国之本在家。"
　　彭翼南兄弟与张天娇、王藩相继来到书院，他们在一旁观看私塾的弟子们练习书法。当书写条幅一挂起，张天娇不禁脱口而出："天下之本在国，国之本在家……真可谓家国之根本呀！"
　　彭明辅："此乃孟子所言。中国历朝历代的文化传统讲修身、齐家、治国、平天下。修身是入德的起点，是人生第一要务。家是微缩的社会，伦常者五，家庭有其三：夫妇、父子、兄弟。只有我们每个家庭都按照道德要求和谐相处，治国、平天下才有坚实的基础。"
　　张天娇凝神、赞叹道："彭氏书法，既有东晋王羲之书法的平和自然，笔势委婉含蓄，遒健秀美，又有唐代颜真卿颜体楷书的圆满中见筋骨，笔力雄健，力沉势足，大气磅礴，独树一帜。字里行间庄严雄伟，用笔横轻竖重，笔力雄强而有厚度；在结构上方正茂密，方中呈圆。竖笔向中略呈弧度，刚中有柔，富有弹性感；笔画轻重，力足中锋，更增加气势宏大、圆润浑厚之美感。"
　　彭翼南："姑娘慧眼之至，不愧为金石书画的行家呀！"
　　张天娇："自小受家父影响，略知一二罢了。"
　　帕普将毛笔递给孙子："翼南，你也来写一幅！"
　　彭翼南接笔挥毫写下："诚孝、慎言、检迹——国难显忠臣、家贫出孝子，路遥知马力、日久见人心。"

张天娇问道："此乃彭氏家训？"

"嗯！"彭明辅点头回答道，"此乃《彭氏家训》，土司王族历来把读书做人，作为家训的核心，把圣贤之书的主旨归纳为'诚孝、慎言、检迹'六字。读书做学问的目的，是'开心明目，利于行耳'，'若能常保数百卷书，千载终不为小人也'。在我们家族里，无论年龄大小，都应该读书学习，'幼而学者，如日出之光；老而学者，如秉烛夜行，犹贤乎瞑目而无见者也'。"

又见彭翼南挥笔写下——

"老子忠臣儿孝子，忠臣孝子集一门！"

彭明辅望着神龛上的土司王族先辈的画像，深有感触，说道："目前国家面临空前绝后的边疆危机，北边鞑虏滋扰不断，东南沿海烽火又起，日倭南朝的海盗、流浪武士与不法海商勾结组成武装集团，扰我大明不得安宁……"

张天娇："东瀛正值战国时期，南北混战、声名狼藉。而大明却拥有世界上最强大的海军，为何不效仿元军，杀过海去？大明非但没有杀过去，相反，却被几个倭商浪人骚扰得国无宁日，大明世界第一的海军哪里去了？王朝庞大的卫所国防哪里去了？今日如不趁早杀过去，他日必将后患无穷。"

彭明辅："姑娘这是想当然。当朝执政者昏庸，哪有开疆之志？奸宦当道、宫廷争斗，自顾不暇，哪有什么精力去报复东瀛蛮夷？更为致命的是倭酋引入的东瀛、高丽邪教歌妓，靡靡之音使得国人沉溺于其中不能自拔，早已精神麻醉、沉沦，传统文化遭到毁灭危机，中华文明受到前所未有的冲击，倭酋趁机休养生息，待其羽翼丰满，定会大举进犯。"

彭翼北："哦，东瀛奸商表面上与我们做生意，原来最终目的是想侵吞大明？"

金凤不解地道："为啥要把东瀛侵略者称为'倭寇'呢？"

彭明辅解释："东瀛几乎都是大和民族，而'倭'在日文中同'大和'一样都发音为'yamato'；而'倭国'与'大和'一样同为日本的别名，'倭'字起初并没有贬义，战国时期，身材矮小的日本人被称'倭人'，还常以'扶桑'来表示日本。相传三国时期魏国皇帝曹睿曾御封当时日本的君主为卑弥呼（即亲魏倭王），'魏'字去右边的'鬼'字舍去'魂魄'之意，左边再加上'亻'旁，表示往来'友人'的意思，于是亲魏倭王的所在国家就叫'倭国'……"

彭明辅："直到唐朝时期，倭国对外国号修正为'日本'。另外，倭夷、东洋、东瀛、倭奴、倭迟等称呼也散见于中国典籍之中。如今为了表示对侵略者的憎恨，国人将来自东瀛的海盗劫匪统称为'倭寇'。他们都是职业武士，剽悍善战，凶残无比。东瀛为筹集战争物资，觊觎湘西崇山峻岭之中盛产日本造船工业急需的桐油、楠木、杉木、朱砂等自然资源。倭人不择手段掠夺之后，经加工又在我国倾销，让百姓的生活中充斥着舶来的洋货：洋烟、洋油、洋火、洋布、洋钉、洋车、洋面等等，比比皆是。倭酋借国人掠夺资源，汉奸借倭奴运作资本，彼此依附，狼狈为奸，实施所谓的合作开发、共同致富……殊不知对大自然过度索取而不节制,必将遭到天灾(泥石流、地震)的惩罚!"

彭翼北:"真是有钱能使鬼推磨。怕他个啥,倭寇算老几呀?老子要和他们拼到底!"

金凤:"对!拼到底!把他们赶回日本老家去,活捉他们的窝头!"

彭翼南:"窝头?"

金凤:"窝头就是日本南北朝的破天皇,倭寇的头儿,叫窝头!"

彭翼北:"对,窝窝头都是杂粮做的,倭寇就是小杂种!"

帕普彭明辅笑了笑:"日本处在战国时期,由于多年南北朝混战,国力衰退。靠近东南沿海的南朝政权,更是穷得揭不开锅,即便天皇驾崩,皇室也无钱安葬,只得四处求告献金,最后勉强凑钱了事。"

翼北:"窝窝头活得不容易,死也死不起,只因口袋里布黏布——"

金凤不解道:"'布黏布'?不就是口袋外面的布紧黏着里面一层布……"

彭翼北:"正因为口袋里没钱,才会布黏布呗!"

彭明辅:"日本岛国自古资源匮乏,早就对邻国虎视眈眈!"

彭翼南:"哦,难怪这些贼寇佬儿,总想到我们这儿明抢暗偷……"

彭明辅:"是呀,日本当朝的后奈良天皇和他的前辈一样,就连即位大典都没钱举行,直到十年之后得到幕府提供的献金才得以补办。一个天皇还不如流浪武士赚得多。为了养活皇室成员和宫廷官员,天皇甚至靠贩卖字画、封赏爵位换取献金。他们还有一个说来可笑的生财之道,那就是时常派遣使者向中国进贡……"

彭翼北高兴地道:"他们穷得拖灰还向我们进贡?这个生意硬是逮得。"

彭明辅:"逮得?赔本的买卖哟!"

彭翼南不解地问:"有贡品可得,咱们为何还会吃亏?"

彭明辅:"进贡的都是些不值钱的所谓日本工业品、土特产,而我朝廷回赠给他们的全是真金白银、绫罗绸缎,其价值不知高出了多少倍。唉,中国的历朝历代君王,均以泱泱大国自居,给前来朝贡的附属国王以丰厚的回馈来显示天朝地大物博、皇权至高无上,脸上很是有些面子。"

彭翼北:"哼,虚荣,尽干一些撒钱买吆喝的赔本买卖!"

彭明辅:"这种'薄来厚往'次数搞多了,皇上也明白了,渐渐对这种赔本的朝贡礼节也不感兴趣了。朝廷逐渐取缔了这种中日之间的'勘合贸易'。"

表姐金凤插言道:"勘合贸易?这又是怎么回事呢?"

彭明辅:"勘合贸易也称'贡舶贸易'。明初朝廷实行海禁后只允许外国与明廷进行有时间、地点规定的朝贡贸易。后来中日达成的这种所谓贸易协定被取消了。朝廷实施闭关自守的政令,严格禁止海上贸易,凡走私贩私者,一律处以极刑。"

彭翼南释然道:"哦,蒙骗不了,那倭贼就干脆明目张胆地公开战争侵略!"

彭明辅:"是呀,不论贸易还是战争,最终还是利字当头,如今的东瀛人在中国的生意都是借合作合资之名。日本的生存发展是建立在中国百姓的痛苦之上的，近年来向我中华侵略扩张就是他们的生存之道。被日本右翼激进分子誉为'巫豪将军'的木下晋三，这个连'日本国王'头衔都看不上的野心家，却摇身变成最大的倭寇，这些日本流亡将军、海盗武士与我国不法海商勾结组成了武装集团，在我国东南海疆攻城略地。令人愤慨的是，早几年日本发生大地震，大明王朝给他们捐款五千万两白银赈灾，'希望日本在这次震灾中，领略人类同情心之福音，上下交勉，与中国做一个道义上的朋友'。可东南传来的消息却是狼烟四起。天朝的官员们忘了'狗走千里要吃屎、狼行万里要吃人'的古训。如今朝廷危难，正是用人之际……"

张天娇："正因如此，朝廷紧急举行武举会考，选拔人才，抗击外敌。"

彭翼北："帕普，我和金凤姐也有一些功夫在身，何不让翼南哥带我们出去见见世面？"

彭明辅摇摇头，叹息道："唉，真作假时假亦真，假作真时真亦假。你看这倭贼的疯狂掠夺都夺到咱们家门口了，也不知天子朝臣们是真抵制还是挂个旗号？当今时局不明，切不可贸然行事，发生在帕普身上的教训深刻呀！"

彭翼南："这……如果朝廷不是真想抵御外敌，干吗还要举行武举选拔？"

金凤疑惑地道："是呀，为何国家危难、病入膏肓，才想到'科举'选拔？"

彭明辅："科举是一种选官的制度。创始于隋，形成于唐，完备于宋，兴盛于我大明，'科'乃考试的科目，'举'乃推举、选举；科是手段，举是目的。科举有两类，分'常科'和'制科'，'常科'就是每年按时举行考试的常设科目，而'制科'乃皇上根据特殊需要临时设置的科目，就像今年即将在湘西举行的算是'制科'科举的考试。"

金凤更为疑惑："这样就能改变国家命运吗？"

彭明辅："科举作为一种制度，初衷是好的，它改革了传统的选官制度。"

彭翼北："那没有科举以前又是如何选官的呢？"

彭明辅："孟子曰'穷则独善其身，达则兼济天下'，以往的隋朝都是'察举制'和'九品中正制'，就是谁当官谁不当官，都由几个大权在握的官员说了算，任人唯亲，滋生腐败。而科举选官制度的实施，改变了拥有政治背景的高门大户掌权的现状，面向天下所有的读书人，一切以考试成绩为准，给读书人进入官场提供机会和可能。又因科举考试中，几乎所有的科目皆与儒家经典有关，要想考上就得学习、揣摩、体会儒家思想，潜移默化地受到儒家道德观、价值观以及文化思想的影响，进而会形成读书人的一种品格，这种科举制度被西洋人誉为中国的第五大发明，已被各国效仿。目前洋人选拔官员的方法就是从中国科举制度那儿学来的。"

彭翼北："既然科举如此之好，为什么不让我们去呢？"

彭明辅："时下风气日趋低下，人心浮躁。以往做官的人还讲个名节，回到故乡人家问他赚多少钱，他要生气，如今发生了根本性的变化，做官等于做买卖，计较赚钱多还是赚钱少，在这个地方做官赚钱多，另换一个赚钱少的地方就不愿意去。到富庶之地去做官，亲友们设宴举杯庆贺；如果到了穷地方去，大家就扼腕叹息。当官不发财请我都不来。念书是为了做官，而做官是为了发财。孟子曰'君子有所为而有所不为'。当今的科举取士、乱象丛生。南北纷争，波诡云谲、暗藏杀机。谁能预料此次科考之结局？别人怎样我管不着，咱们彭家人不许去掺和……钱财能聚也能散，人留清白在人间，廉洁家风传久远。天下有两难：登天难，求人更难。地上有两苦：黄连苦，没钱日子更苦。世界有两险：江湖险，人心更险。人间有两薄：春饼薄，人情更薄……"一语道出，在场所有人顿时默然。

趁着大家纷纷离去，彭翼南悄悄给张天娇书写了一封简短的情书：

为什么不搭理我，其实，你在我心中是最重要的，我特别"受"你。

只见张天娇像老师似的把情书中的错别字圈起来，并写道：好像不是我特别"受"你，是我特别"爱"你。

彭翼南回：对的，我就是希望你帮我加上一个心……

"你！？"张天娇又羞又恼。

▲古城大街（日，外）

这里是湘西最具特色的巫傩一条街：神秘的傩戏、上刀山下火海、裤裆里放火把等表演应有尽有，尤其是湘西傩戏《刀剑狂舞》戏法充满着神奇与惊悚……熙熙攘攘、人头攒动之中，彭翼南发现一个熟悉的背影，立即上前拍了拍那人的肩膀："嗨，虢成兄……"

虢成回头欣喜地看着他说："翼南，没想到在这儿又碰见你。科考总督张经正在贡院大厅讲经论学，你我不如进去听听？"

彭翼南答道："好呀！"

▲古城贡院（日，内）

贡院大厅内，数百人正襟危坐，正倾听着科举总督张经的高谈阔论……

张经："江山社稷，务必稳定祥和；朝廷时政，务必开明清廉。灾难深重的华夏山河，软弱可怜之劳苦百姓，再也经受不起内忧外患的折腾了。当今，我东南沿海遭日倭侵扰，他们攻城略地，无恶不作，华夏之大地到了最危险的时候了，中华民族的英雄儿女，你们在哪里？是男人是汉子，是英雄是豪杰，不为别的，担当的是天地良心与浩然正气！"

显然，台下的学子们被他的慷慨陈词深深打动了，纷纷点头称赞不已。

只有性格耿直、叛逆的虢成当场提出质疑反驳："当今朝政腐败，民不聊生，总督张大人所言'江山社稷，务必稳定祥和；朝廷时政，务必开明清廉'将何处寻觅？"

张经解释："前汉有文景之治，后汉有光武中兴；前唐有贞观之治，后唐有开元复兴。当今皇上乃真命天子，只要朝野同心同德，建立强国富民的大明盛世，又有何难？"

虢成："官府横征暴敛、中饱私囊，闽浙倭寇猖獗、边疆危机，国家内忧外患，民众生灵涂炭，焉能富民强国？倭患如不尽快剿灭，大明将亡国灭种！"

"嗯！"张经问道，"请问这位壮士尊姓大名，何方人士？"

虢成："在下桂北人士虢成。"

张经："虢壮士忧国忧民、敢怒敢言，令人敬佩。不过今日下官在此，旨在讲经论学，不愿谈及当朝政事人物，还请见谅。"

彭翼南高声解围："张大人，虦成兄性情过于急迫，他说的话，大人您不必计较。"

张经："其实，朝政时局混沌，我张经何尝不着急。相信在座的诸君都怀有一颗济世报国之心，然而，欲速则不达，朝野时弊，积重难返，如同太医治驼背，只能慢慢矫正，如果强力猛压，必矫枉过正，不但驼背难医，恐伤及性命。"

这时，王藩忽然站立起来："总督大人，假如由你来主持朝政，又该怎样治理？"

听闻此言，张经惊慌不已："这等犯上作乱之事，千万不可乱讲。"

王藩："张大人，学子敢问一句，大明清除倭患危机，当今最缺的是何物？"

张经："中国不缺人，人口众多，日本只有中国人口的六分之一；中国不缺物，我泱泱中华地大物博，比日本国土疆域整整大了二十八倍；中国不缺权威，皇恩浩荡，一统江山；中国不缺忠勇，军队威武、将士强悍，且拥有眼下世界上最强大的海洋水师……"

王藩："既然什么都不缺，那为什么被几个东瀛倭寇搅得鸡犬不宁？"

张经："其一，是因为大明的'兵制'是太祖一手创立的军户世袭制，军士编制在卫所中，平日屯田，战时拿起武器而战。因念及田产土地，军士大量逃亡，以致目前只剩下不到三分之一的兵员。卫所荒芜且是表象，更为致命的是承平已久，将士们参与海上贸易经商，扎堆捞钱、贪图安逸，军事素质差得惊人，有的世袭将领连马也不会骑、旗帜标识都弄不清，毫无战斗力可言。边防卫所那些年轻力壮的士兵都逃走了，剩下的都是羸弱之辈，当然一触即溃。"

王藩："那其二呢？"

张经："其二，'汉奸'层出不穷。这是历朝历代中华最大的'民族之痛'。'汉奸'——即'汉人'中间的奸细，'汉奸'一词起源于汉朝，如今泛指那些'投靠外国侵略者，甘心受其驱使，出卖祖国利益的中国人'。中国历史是英雄辈出的历史，也是汉奸泛滥、祸国殃民的历史。东瀛侵略者为何'小蛇吞大象'屡次得手，得力于'汉奸'的助纣为虐。大明倭患危机，实则陷入了一场'汉奸'危机。因为倭寇中大多数是中国人。这些生长在中国土地、喝着祖国乳汁长大的无耻之徒，却背叛祖国和人民，充当倭人侵略者的'狗腿子'，干起了祸害同胞的罪恶勾当，此乃国家之耻、民族之羞。东瀛倭寇扶持汉奸伪政权，目的是推行'以华制华''以夷制夷'和'分而治之'的阴谋诡计，而汉奸卖国贼'有奶便是娘'，为了一己私利不惜出卖国家、民族利益，历朝汉奸自诩'小奸出于愚，大奸出于智'，只要倭人能让我迅速发财致富，骂我是汉奸也好，流氓也罢，反正老子现在有的是钱，有钱便是硬道理。这些孬种以自我价值为中心，鼠目寸光，信奉人不为己、天诛地灭！与中华民族'富贵不能淫、威武不能屈、贫贱不能移'的气节背道而驰。而当遭遇外敌之时，能打败中国人的一定是中国人！"

彭翼南："张大人，眼下倭患愈演愈烈，那又如何应对呢？"

张经："'国之兴亡，不由蓄积多少，唯在百姓苦乐。'《贞观政要》如是说。它总结了隋炀帝失败的根本原因在于苛捐杂税过重、朝廷大兴土木，民众服役不得生养。也就是说国家形象工程过多，让百姓苦不堪言，加剧了当时的阶级矛盾，从而导致天下大乱。国家富足、官员富有、军人纸醉金迷、统治阶层生活穷奢极欲、权臣作威作福，谁还愿意去打仗送死呢？试想当年太祖皇上若是带领一帮富豪造反，能成就一番伟业吗？当今内忧外患、雪上加霜，朝廷遭遇困境，实际上是陷入一场人才缺失的空前危机。古往今来，人才问题是决定成败的关键，只要充分发挥人才的作用，什么人间奇迹都可以创造出来。太祖皇上一生英武，自正大位后却不断剪除异己、诛杀当年一同打天下的功臣，以致当下遭遇外敌入侵之时，皆是文臣代理武将之职。如此'功成忘本，任用庸人'，偏听偏信，岂不知'水能载舟，亦可覆舟'。中国历史上小人误国的实例太多太多……为拯救大明于危难，朝廷采用'制科'科举形式，决定提前举行科举会考，意在尽快招募领兵抗倭的将帅之才，东南倭患威胁十万火急，大明王朝疾呼盖世英雄横空出世！"说罢他喝了一口水。

他望了望台下继续道："'三顾茅庐'就是招募人才的经典事例，它使得刘氏集团发展到了巅峰，随后由于将领队伍配备跟不上，走上了盛极而衰的老路。虽然刘备知道关羽有骄矜自傲的毛病，还得安排他去镇守荆州，最后，丢失了要地。在后诸葛亮时代，'蜀中无大将，谬化作先锋'，文臣武将之中，若无得心应手之人，失败也就不可避免。自隋唐科举取士以来，科考选拔与国家命运息息相关，正是由于这种公正、公平、公开的人才选拔制度，大唐王朝才得以走向兴盛。"

张经最后强调道："天下国家，本同一理，国若破，家必亡。大明王朝最紧要的是让百姓们体味到国家理念、家国情怀，从而将个人的命运与国家人民的命运紧密联系起来，凝集民族力量！"

王藩："张大人这一番道理，何不转呈当今圣上，这也是你为臣之责任呀！"

张经无奈地："这……"

这时，虢成忽然站立起来："张大人，如今皇帝久病未愈，朝廷毫无作为，干脆让你来做皇帝得了。"

闻听此言，张经顿时惊慌不已："这等犯上作乱之事，想都不敢想。我张经算什么，身为朝中大臣，当忠君报国，鞠躬尽瘁、死而后已。"说罢他立即诚惶诚恐地朝着北方揖拜……

见他如此迂腐愚忠的举止，虢成大为失望："张大人，我虢成错看你了。"

张经："此话怎讲？"

虢成："我原以为，张大人敢作敢为，名满天下，今日一见，也不过如此。恕在下不恭，告辞了！"说罢拂袖而去。

望着虢成毅然离去，张经顿感莫名惆怅。

▲贡院门口（日，外）

显然，科考演讲已结束，张经、俞大猷等人刚走出书院大门……

只见张天娇从人群中迎上前去叫了张经一声："阿爹！"

父女相见，分外亲热……

彭翼北远远瞧见了这一幕，兴奋地对彭翼南说："老哥，你看那是谁？"

彭翼南顺着他手指的方向看去——

只见张天娇大方地迎上前来揖首："彭家二位少王爷，本小姐在此等候多时。"

彭翼南："你眨眼就不见人影，忽而又出现在眼前？真是神龙见首不见尾！"

王藩已被张天娇的美貌和气质所吸引，痴痴地望着她："张小姐不愧为国色天香，人间难觅……"

彭翼南疑惑不解："难道你真是总督张大人的千金？"

张天娇不置可否，连忙给父亲介绍说："他们就是我刚结交的好朋友。"

"哦，"张经喜出望外，"还有那个刚离开的桂北好汉鯢成？"

"嗯！"张天娇点了点头道，"他们几个都是参加科举的……"

"学子王藩，湖广安陆人士，适才倾听大人一番讲经论学，受益匪浅……"少王爷朱厚熜拱手施礼。

张经不解道："安陆？王藩？"

王藩点点头赔笑着，视线却一直没离开张天娇。

彭翼南："到底是总督千金，每次连个招呼也不打，就神不知鬼不觉地消失了，你让大家找得好苦呀，直到现在我们还不知小姐的芳名。"

张天娇："总督张大人女儿当然得姓张啰，至于这名字嘛！唐代诗人李白有这样的著名诗句：'沙尘何茫茫，龙虎斗朝昏'……"

彭翼南接着吟诵："'胡马风汉草，天骄蹙中原'，难道你的名字叫张天骄？"

张天娇："家父取其'天娇'之名，正是此意。不过我的'娇'是'女'字旁。"

彭翼南："真可谓'一代天骄'呀，唐代诗仙李白这首诗说的是：昔日西晋王朝的政权崩溃时，中原一带的难民纷纷向南逃亡。当时局势纷乱，乘机崛起的军阀割据势力日日夜夜争斗不休。胡人的马队在汉地上奔驰，苻坚率领的前秦军队威胁着中原。贤明而有才能的大臣谢安察觉到了国家即将衰败的命运，为了挽救危局，抵御侵扰，他率兵迅速东山再起……"

张经："看不出你年少博学多才，将来定是大有作为、前途无量呀！"

张天娇："青出于蓝而胜于蓝，他的名字叫彭翼南，翼南、翼南，意思是既要防御来自北方鞑虏游牧民族的骚扰，又要抗击来自东南沿海东瀛倭寇……"

彭翼南："帕普当初给我起名'翼南'，也正是此意。"

"英雄所见略同嘛！"在场的人不禁哈哈大笑起来。

笑声之中，王藩莫名地感到失落，悄然离开了……

这一切都被彭翼北看在眼里——

▲**古城街道（日，外）**

不远的马路上，有两个侍从躬身行礼将王藩迎上了官家专用的豪华马车。

▲**贡院门口（日，外）**

见此情景，彭翼北俏皮地说道："嘀，你们瞧，这个王藩兄好大的派头哟。"

望着离去的马车，助手俞大猷小声提醒张经："大人，可知他是何人？"

张经："他说是湖广安陆人士，叫王藩。"

俞大猷："大人，且将'王藩'二字颠倒过来呢……"

张经惊恐地道："王藩……藩王，安陆兴藩王府的大公子？"

俞大猷点头："嗯。"

"难道他就是兴藩王朱祐杬之子朱厚熜？"张经大为吃惊。

"嗯，八九不离十。"俞大猷点头道。

彭翼南问张天娇："朱厚熜是谁呀？"

张天娇望着远去的马车答道："朱厚熜，当朝正德皇上的堂弟。"

彭翼南大为惊讶："啊，他竟敢违反'大明律'，王族世子也来参加科举？"

（画外音）审时度势，严嵩从张经招抚、笼络人心的举措中得到某种启示，于是欲擒故纵，发布了钦差招贤纳士令："天下大乱待治，大明求贤若渴，天上、地下、人间，任君驰骋；奇才、鬼才、怪才，只要你来！"其名义上为朝廷招募人才，实则引蛇出洞，欲以功名利禄诱惑神龙见首不见尾的"虎头傩王"浮出水面，意在斩断土司投靠科举总督张经的念想，尤其想查出这个不以正面示人的"傩王"幕后究竟是受何人指使。而据锦衣卫报告：历代土司后脑勺都长有一块"反骨"，其门下弟子故吏众多，谋反之心昭然若揭。公元939年，湘西大旱，灾民揭竿而起，楚王马希范遂派大军镇压。危急之时彭氏土司利用湘民敬奉鬼神、崇信巫傩的心理，夜里将火把放在笼里，使其隐隐约约像磷火游动，同时，又学鬼狐鸣叫，意在借助自然现象说事。鬼火真是磷火吗？为何荒野深夜成对出现？磷火是一种自然现象，而"鬼火"则被视为一种不祥的预兆。土司制造"篝火狐鸣"，其实就是假托狐鬼之事以巫傩迷信来蛊惑人心，发起溪州反击之战，借民之所向，达己之所欲。血战伤亡惨重，最终双方只得议和结盟，并立下溪州铜柱为凭，上面镂刻着双方缔结永久太平的盟约……

老土司彭明辅是当朝首辅大臣杨廷和的同门师兄，严嵩、赵文华一下子也奈何不了他，不看僧面看佛面。而今摆在奸党面前难以逾越的三座大山：老土司、万虎山七剑客还有那神龙见首不见尾的虎头傩王，三者一旦拧成一股绳就难以对付了。湘西土匪并不可怕，怕就怕土匪有文化。老土司无疑是悬在头上的利剑，他退位土司之后一直留任朝廷，担任科举主考官，因受奸党陷害，只得远辟尘世喧嚣、醉影纵横卧南山。如若老土司不为严嵩所用、与科举总督张经勾结的话，其后果将不堪设想。而眼下清剿大军所带的粮草所剩无几，急需从长沙府调运，又怕在路途中被匪徒劫持，十分纠结的严嵩，便想出了一个"暗度陈仓"的奇招……

钦差大臣严嵩的招贤令刚刚贴出，各路牛鬼蛇神就纷纷登场，尤其是万虎山七剑客，或是为功名，或是为利禄倾巢出动。他们个个身怀绝技、各展强项，施以湘西巫傩鬼怪术、赶尸还魂术以及神秘的奇术、魔术、幻术、催眠术……念念有词的咒语"抬头望青天、师父在身边"开启了与仙界对话交流的大门，追魂仪式解除心病，昭示万物有灵，百害不侵——遥远的传说、彪悍的民风，可谓步步惊心，令人望而却步——神奇、恐怖、惊悚！

第十七章 CHAPTER 17

黄雀在后　忠奸博弈波诡云谲
横征暴敛　贪官伺机中饱私囊

东边日出西边雨。知州向重九与向老太爷配合严嵩、赵文华实施"暗度陈仓"，趁着湘西这群牛人参加钦差"招贤"比拼之际，偷偷在王村渡口去接应清剿大军急需的粮草……

▲王村渡口（夜，外）

负责接应粮草的是向府团丁头目何七，赌瘾很重，竟然跟一个山里赌客狂赌一天一夜，棋逢对手赌得好不开心，警戒官兵都围拢上去看得入神。刚开始团头何七还不准围观：老太爷再三交代了，看好码头，不可掉以轻心。可架不住赌瘾的鬼使神差，输红了眼的何七，到后来他哪还记得管住自己的弟兄。这时不少路人都纷纷加入了围观人群，三三两两站在了官兵、团丁的身后。突然，每个官兵、团丁的腰上都"顶"住了一把刀子。团头何七赶紧去拔火绳枪，却发现枪不知何时已落到了那个赌客的手中。

只见这个斗笠遮脸的赌客站立起身，伸了个懒腰："兄弟就是虎头傩王，听说过吧？"说罢，斗笠下赌客"变脸"似的瞬间换上了那张恐怖狰狞的虎头傩面！

团头何七"扑通"一声就跪下了……

夜色之中，隐约可见锦衣卫刀疤脸正押着一名黑衣人走来……

万没想到另一名蒙面人的突然出现，即刻拯救了黑衣人，化解了危机。

▲王村码头（夜，外）

脱下黑衣的张天娇更显飒爽英姿，惹得彭翼南、朱厚熜为她大献殷勤……

风流倜傥的朱厚熜，既有颜值也有才华，又是皇亲国戚，还要摆出男子汉气概欲与彭翼南公平竞争，岂不是太不公平？然而，两人却因"英雄救美"而惺惺相惜。

▲接官楼（日，外）

翌日，在科考总督下榻的接官楼庭院内，藩王朱厚熜正与张经下棋，张天娇在一旁观看。

朱厚熜心不在焉，屡屡侧眼偷窥张天娇，弄得姑娘不好意思起来……

"张大人你有一位如此聪明伶俐的千金，真是有福气哟。"朱厚熜感叹道。

张经："朱公子，您过奖了，咱们继续下棋吧。"

朱厚熜在棋盘上投入一子："这一步叫'花间美人'，张大人你看如何？"

"嗯，"张经顿时一下陷于窘境，"你……你这一步果然厉害。"

张天娇见状插言道："小女子可否代父讨教几步？"

朱厚熜巴不得与之下棋呢，连忙道："不必客气，请！"

张天娇投入一子："我这一步叫'玫瑰有刺'。"

朱厚熜一看棋局，怔愣片刻："呃，这一步走下去，你爹的棋便满盘皆活了。"在一旁的观者顿时哈哈大笑起来，朱厚熜尴尬不已……

张天娇可不吃他这一套。面对她的冷峻沉着，朱厚熜身陷其中，早已不能自拔。

▲河潭边（日，外）

猛峒河水悠悠，一叶竹排顺流而下，竹排上几只鹭鸶扑打着翅膀……蓝天、青山倒影在清凌凌的河水之中，犹如一幅淡雅的图画。河边，一个戴着竹笠的老翁正在钓鱼。微服的科举总督张经走了过来，顺势在那个老翁身边蹲了下来。

待老翁转过脸来，原来此人是彭明辅。老土司一边抽着烟袋，一边专注垂钓；张经见他的烟窝早已熄灭，连忙划擦火柴帮其点燃……

面对张经"三顾茅庐"再次恳求，彭明辅似乎被其执着所感触。老土司临别丢下话：文科举的目的乃从"纸上谈兵"到"知行合一"，即如何"扬长"而"补短"，自古以来科举考的是四书五经、诗词歌赋、撰文立说。到了唐代，武则天喜欢猛男，特首设武举科，考武艺、力量、耐力和谋略。到了宋代以后，武举又加考策论。孙子曰：在"文""武"之间，一定要先"合之以文"，再"齐之以武"。"文"是"武"的基础，若无睿智、何以武勇？科举考试由早期的经义文章到中期的八股取士，逐渐已形成了目前特有的科举程文，试题须善恶并陈，以革剽窃之弊。

张经马上领悟其要义：今年科举选拔不但考武勇，更应该把考试侧重点放在智与谋……

——定格！

急速转黑的画面上，滚屏淡出以下字幕：

【第六单元叙事、第十七章完】

● 第六单元叙事之：

第十八章

流水无情　烈女退礼拒婚藩王
落花有意　天娇翼南相爱相杀

（画外音）今年朝廷科考之日乃湘西土司王城一年一度的"祭枪节"，这是湘民缅怀"武神将军"彭公爵主、传承武勇的盛大节日。王族祖传的"钩镰枪"神器威震东瀛，凝聚着武勇强悍、无惧无畏的湘人精神。彭氏土司祖先乃华夏始祖伏羲女娲的后裔。"彭"是象声词，源自敲击战鼓发出之声。因先秦道家先驱籛铿能做大鼓，声音洪亮，鼓声"彭彭"。《说文》曰：鼓声也。从"壴""彡"声。"壴"表示鼓的形状，"彡"表示连续敲鼓发出的声音。彭祖建国于彭，子孙以国为氏，乃无惧无畏的东方战斗氏族。

公元653年朝鲜半岛爆发内战，引发中日两国军事对抗，双方会战于白江口，激战时刻，神兵天降，只见土司鼻祖彭公爵主手持"钩镰枪"弹射出霹雳火焰焚毁敌舰、烧杀倭军，四战皆捷，水陆连胜……东汉末年，诸葛亮发明的"一弩十矢俱发"，改变了以往的弓弩一次只能发箭一支的不便。而彭公发明的这种复合式单兵器，不仅可以用于近距离搏杀，还能在弹射弩箭的同时携带火焰远距离焚毁敌船，杀伤力极强。厮杀中东瀛邪恶之首木下晋一殒命于彭公钩镰枪下。唐高宗赐彭公"武神将军"封号，赏蟒袍玉带……

彭公爵主那神龙见首不见尾的"钩镰枪"，早已让倭奴闻风丧胆，湘西王者无疑就成了倭贼的天敌、克星。如今岛国神社里供奉的那把倭寇残剑就是当年厮杀的见证。倭酋木下临死之前释放出东瀛邪毒致彭公中毒不治，湘西土司王族从此与东瀛木下家族结下了世代冤仇……

联合国专家杰克和露丝正在实地考察：王陵中葬有历代土司古墓109座，唯独彭公墓鬼怪灵异，神秘的无字碑上刻满预备写字的方格子，可不曾发现其中的碑文。千百年来有种种猜测，而当盗贼炸开古墓，寻找秘密冥器以及金银财宝时，他们只找到一坛当年出征壮行时的湘西鬼酒和一面"伤时拭血、死后裹身"的"死"字旗。"无字碑"了却了墓主人生前遗愿：昭示了彭公"武神将军"横刀立马、保家卫国的丰功伟绩，其功过自有后人评说。

以土司王城为中心的大湘西，沟壑纵横，野兽出没，不时上演着巫傩呼风唤雨的神鬼大戏。然而，时光荏苒、岁月悠悠，转眼间已是明朝正德年间，此时一衣带水的东瀛正值南朝后奈良天皇时代，倭人蠢蠢欲动，已不满足东南沿海经济掠夺，倭酋借华人为耳目，汉奸则借倭贼为爪牙，彼此依附，搅得大明王朝不得安宁。

面对日倭海盗武士的杀人越货、无恶不作，朝廷显得束手无策。

千里之遥的大湘西自古神秘而蛮荒，堪称中国盲肠，这里的土著汉子，封闭、保守、愚昧、强悍、充满血性而又一诺千金。

▲接官楼，花园（日，外）

翌日，在总督张经下榻的接官楼里，助手俞大猷喜形于色地道："大人，大人，藩王府托人送来聘书聘礼，说是他家公子欲娶小姐为妻。"

张经颇感意外："哦，藩王公子朱厚熜不是早与人定亲了吗？"

俞大猷："大人，别说皇亲国戚，就连小小财主也都三妻四妾的，何况王爷？小姐品貌双全，与少王爷倒是十分般配。"

张天娇生气道："俞大叔，您不要说了，我才不稀罕皇亲国戚！家仇未报，小女焉能安心。"此刻她的脸上写满了仇恨……

俞大猷苦苦相劝："冤冤相报何时了。大人，有句话不知当讲不当讲？"

张经："大猷，什么话你直说吧。"

俞大猷："一个好皇后，可以改变一个皇帝，一个好皇帝，可以改变一个国家。当朝皇帝膝下无子又无亲兄弟，正德皇帝唯有这个堂弟朱厚熜离他最近，假如日后……小姐若嫁他，那是江山之幸，万众之福啊！"

张天娇嗤之以鼻，拂袖而去。望着女儿匆匆离去，张经叹息道："大猷，你也许还不知道娇儿的凄苦身世……"

原来当年赵文华为霸占张天娇之母，制造了那场震惊朝野的科场舞弊大案，嫁祸于其外公，致使其外公被株连九族。她母亲生下她们双胞胎姐妹的当晚，知道了冤案的真相，跳河自尽。天娇外公的同门师弟张经收留了其中的姐姐天娇，妹妹天薇也被人领走，此后便下落不明，只知道两姐妹的脖子上各自挂有半块残玉，合在一起就是一块完整的"天娇天薇"吉祥符。

张经："娇儿复仇之心矢志不渝，秉性难改。呃，难道小女已有意中人了？"

俞大猷："据说这一阵小姐跟那个彭翼南走得很近。不过，这傻小子可是'傻到极致是精明'。大人，眼看这科举日期越来越近，您打算何时举行……"

这时，侍卫拿着一个织锦小包进来报告："大人，土司王府派人送来的。"

张经接过东西，连忙问道："他人呢？"

侍卫："放下东西就走了，来人说您打开此物之后，一切都会明白的。"

"哦！"张经连忙打开西兰卡普锦囊——里面却是张经上次拜访彭明辅时所留下的那本小册子，里面夹着一张纸条，一行苍劲有力的大字赫然在目：

腊月二十八，湘西"祭枪节"。

张经看完之后，疑惑地来回踱步，琢磨其中之意……

俞大猷："大人，武举武举，自古都是刀枪棍剑、南拳北腿……"

张经突然停住脚步，说道："腊月二十八，是土司王城祭枪节，朝廷科考可否在同一天举行？老土司彭明辅是不是在提醒我们……"

俞大猷不解地问："他在提醒什么呢？"

张经恍然大悟，兴奋地说："'祭枪节'一年一遇，每到这一天便是湘民缅怀先烈、传承武勇的盛大节日。威震东瀛的'钩镰枪'早已成为湘民武勇强悍、无惧无畏的代名词。何不利用'祭枪节'进行我们的科举选拔？我看就在'祭枪节'同一天举行武考，你意下如何？"

俞大猷："好呀，湘西是此次'国考'的主办地，若将地域武勇传承与国家忧患紧密结合起来，此乃天助我也。"

张经一边翻看册子，一边说道："你看老土司上面写得清清楚楚，今年武举与以往不同，赛制可采用湘西土司祖上立下的规矩，也就是考生们要凭借智、勇、谋连闯三关，夺得'钩镰枪'者为获胜者。传统的民俗充分体现了中华民族无惧无畏、拼死抗争的精神。借祭枪节传统，我等可实现拯救大明之伟业……"

▲府衙，红楼（日，内）

钦差大臣严嵩正在下榻的府衙红楼上大发雷霆。

"啪"的一声，一本"武举细则"帖子被摔在地上，严嵩破口大骂道："世上居然有你们这等蠢货，一步步钻进了老土司和张经早就布好的套子里，还自以为是，真是愚蠢至极！"

赵文华："干爹息怒，孩儿不知张经暗中藏有玄机，上了他们的当。目前的'武举细则'已经张榜公示，假如再反复无常，必遭群起而攻之，真到了那个时候，局面就无法控制了？"

严嵩："不用到那时，而是眼下的局面就已经无法收拾了。湘西清匪剿叛尚无结果，桂北那边灾民造反又起，提督江彬率领朝廷大军已火速前去镇压，估计这一时半会儿也抽不出身来。"

赵文华："为防备民众暴乱，我们只能将错就错，走一步看一步吧。不过，据校尉打探到的消息，张经正在撰写奏章，列举了干爹您'十罪五奸'的奏章，只等科考结束，便回京面呈圣上。"

严嵩："他想进京告御状，难道皇上会信他？"

赵文华："哎呀干爹，如今的张经已不是嘉兴小小知府了，自他执掌了南京国子监之后，名望极高，他若举起反腐大旗，朝野里必定闻风而动，尤其是首辅大臣杨廷和。"

严嵩狠狠地道："哼，想跟我严某作对，绝没有好下场！"

这时，刀疤脸走了进来："大人，您要的人我给您带来了，正在门外候着。"

严嵩应道："哦，快带他进来见我。"

此时张经已渐渐掌控了科举的操控权，奸党深感作弊无望，谋划"借刀杀人"，并在武举考生中挑选了王直叔侄，指使他们深夜行刺主考官张经。

▲府衙，内厅（日，内）

"保靖黄金茶来喽！"严嵩刚在太师椅上坐下，赵文华赶忙将沏好的保靖黄金茶递了过去，闻到扑鼻而来的黄金茶清香，严嵩顿时火气消了一大半，立刻换了一副嘴脸。

刀疤脸带进来的正是王直的侄儿王熬，进来后他朝严嵩鞠躬："弟子王熬拜见京城祭酒严大人。"

严嵩见其身材魁梧、极为彪悍，十分满意道："壮士，请坐。"

赵文华示意他就座，王熬在椅子上坐了下来回道："谢祭酒大人！"

严嵩："什么祭酒不祭酒的，我算什么，只不过在朝中是效忠皇上的臣子、为民众服务的公仆，尽力为咱老百姓做几件实事而已。"

王熬："我王熬是个炮筒子，恕我直言，您老在外的名声可不太好呢。"

"这……"严嵩顿时尴尬不已。

赵文华连忙解释道："那都是南派奸佞对我京派圣贤的嫉妒、中伤和诋毁，流言蜚语，岂能相信。"

严嵩："项庄舞剑，意在沛公，诋毁我严某意在攻击皇上，犯上作乱。"

王熬不解地道："难道这是诋毁皇上？"

严嵩："你想想如果皇上重用一个奸佞小人，那皇上岂不是小人中的小人，坏人中的坏人？"

王熬顿悟："祭酒大人，这些道理，你不说，我还真不明白……"

赵文华："此番科举，皇上为何钦点严大人全程监考？说明皇上无比信赖严大人。我们的严大人至神至圣、光照千秋，前无古人后无来者也。"

严嵩："有人说我目不识丁，你可相信？徐壮士，此刻你把《春秋左传》《战国策》翻开，任选一篇，让老夫背诵，让你看看何为倒背如流？"

王熬："不，不必，在下心悦诚服。"

严嵩问身边的刀疤脸："老夫拜托王壮士要办的事，你跟他说清楚了吗？"

刀疤脸点头道："回禀祭酒大人，王壮士武功高强，绝不会让大人失望的。"

王熬起身叩拜："弟子王熬，愿为祭酒大人赴汤蹈火，在所不辞。"

"好！"严嵩轻轻一拍巴掌，侍从听令，立即端上来一大盘金银。

严嵩："壮士，这些金银都是你的了，事成之后，定有重赏。"

第十八章 / CHAPTER 18

流水无情　烈女退礼拒婚藩王
落花有意　天娇翼南相爱相杀

王敖面对金银却摇摇头道："我不要金银。"

严嵩再拍巴掌，侍从又引出了四大美女，多姿娇美。

王敖仍摇头："我不要美女。"

赵文华不解道："呃，这就奇怪了，问人世间什么最好，无非就是金钱美女。"

严嵩问道："那，那你究竟要些什么呢？"

王敖道："要功名，请祭酒大人助我科举夺魁，他日坐镇边关，保家卫国。"

严嵩一拍手掌道："好！真是热血男儿！好风凭借力，送尔上青天，你的事就包在老夫身上。"

"两位大人，弟子就此告辞。"王敖说罢退出。

"问世间什么最好？无非就是金钱美女。"严嵩望着出门的王敖摇头不解。

刀疤脸附耳对严嵩道："他叔叔王直早给他交代过了，大人赏赐什么都不要，只要功名。有功名就可做官，做了官，还愁金钱美女吗？"

严嵩大悟地对赵文华道："长江后浪拍前浪，后浪把贪婪欲望都拍在心眼上，文华呀，与你我相比，有过之而无不及，现实、现实，太现实了！"

▲**藩王下榻的接官楼（日，内）**

深夜，朱厚熜正在书房中神情恍惚地踱步，桌上摆着前日的那盘"棋局"。忽然门"吱呀"一声开了，有个人影突然出现在他的面前——

朱厚熜定眼一看，站在眼前的人竟是他牵肠挂肚的张天娇。他不由惊喜道："张姑娘？"

张天娇"嗖"的一下将一包东西丢在他怀里，说道："这是聘礼，还给你。"

朱厚熜不解："天娇，你这是为何？"

张天娇道："天娇不敢高攀皇亲国戚，婚嫁之事，天娇看重的是缘分和情爱！"

朱厚熜道："听你这番话，更让我钦慕之至。"

▲**王城大街（日，外）**

此刻张天娇眼神满是怒火：家仇未报，天娇誓与朱氏皇族不共戴天……

科举开考之日正好与王城的"祭枪节"不期而遇，设置考试规则只能"入乡随俗"，王经参照了土司王族祖上的选拔赛制——文考加武考，意在选拔文武双全的领军奇才。在古老而原始的"祭枪节"上，朝廷武举科考拉开了序幕——

"强龙压不过地头蛇，各自家门三尺硬土。"首辅大臣杨廷和深知：在湘西这块神秘土地上，老土司彭明辅就是活菩萨，只要有他在，一切便可顺理成章。在总督张经不懈努力下，老土司重掌科举命题大权。

无论风云怎样变幻，老土司就像湘西的定海神针。奸党严嵩、赵文华便利用人们的仇官心理转移视线，指使知州向重九四处散布谣言：湘西匪患如此猖獗，若无土司暗中支持，谁能如此大胆？土司谋反昭然若揭。老土司帕普彭明辅就是最大的嫌犯，他曾担任过岳麓贡院的山长，也是朝廷多届科举的内帘官；后承袭湘西永顺宣慰使司，俗称湘西"土司王"，只因远辟尘世喧嚣、醉影纵横卧南山，故提前将土司职位让给了儿子，也就是彭翼南的父亲彭宗舜。早年间州官向重九散布谣言，说这个白鼻子土司，因好色犯了性病，鼻子会时常发痛，每当发作之时，他就要将百姓新婚女子弄来享受初夜权。当地一名画师将其荒淫无度拿来讽刺开涮，画了一幅"白鼻子无道"的水墨画，画上的人物很像彭宗舜。此画一经面世立即引起广泛关注，成为人们茶余饭后的谈资。如此诋毁土司王族名声，当地民众也看不下去，纷纷要求把画师抓起来关进大牢严刑拷打。以他老土司的权力，抓个画师当然是小事一桩，可是彭明辅却选择了"退一步，宽以为怀"，自掏腰包，将那幅画给买了下来。此举让污蔑土司的画师佩服不已，从此对土司王族毕恭毕敬，再没有诋毁之作传出。谣言止于智者更止于真相，而那个所谓的"白鼻子土司"风流韵事，则是因为彭宗舜体弱多病，继位后一直在天门山道观养病，未能出门见人而传出来的谣言罢了。

　　彭明辅因遭诬陷被革职还乡，故远辟尘世喧嚣、醉影纵横卧南山。然而作为深谋远虑的老土司，他早就闻知倭国自白江口战败后非常重视教育，今日东洋日渐强大，是因为有真正的学堂，塑造民众心灵，这样社会生态文明决定了经济的发展与繁荣，其国之兴起源于"人"的因素。然而"十年树木，百年树人"，十年时间可培育一棵树，如果要造就一辈人才至少需要一百年时间，教育无疑是百年大计。天下兴亡、匹夫有责，彭明辅深感不久的将来，东瀛世仇就会卷土重来。于是他秉承"一等人忠孝守义、两件事报国读书"的祖训，在家乡开办了若云书院，精通儒学的老土司"老骥伏枥，志在千里"，他毕生精力致力于开办学堂，竭力培育子孙后代，相信只要拥有"人才"，什么人间奇迹都可以创造出来，报仇雪恨指日可待。金山银山不如绿水青山，要让湘西的自然生态、社会人文环境天人合一，还要明白"山美水美"之根本在于湘西"人美"的道理，只有"人更美"才能真正实现"青山绿水、金山银山"！

　　▲张经府（日，内）

　　世事难料。黑衣人张天娇已成了锦衣卫重点抓捕嫌犯，因为他们认为只有将其俘获，才能迫使虎头傩王显露原形，这让彭翼南、朱厚熜焦虑不已……

　　直到此时，总督张大人这才明白：自己一直暗暗担心的女儿不平凡的身世，原来都是真的。现在他不想责怪女儿瞒着自己，只想告诉她，后悔来得及。只要她从此金盆洗手，凭他张经如今也是朝廷重臣，还可以保她平安无事。

　　"对不起，阿爹。"天娇只说这一句。

　　总督张大人明白了，如今复仇心切的女儿他想管也管不了了。

　　夜已深，张天娇执意又要出门，而就在她拉开门栓的一刹那，张经按住了她的手："亏你还是干这个的，你以为现在还跑得了吗？"

　　的确，就在这一刻，赵文华派来的锦衣卫已经团团包围了接官楼。

　　彭翼南、朱厚熜兵分两路，声东击西展开拯救行动，但天娇还是身负重伤。

　　两位王子巧妙出手化解了危机，冤冤相报何时休？三人冰释前嫌化敌为友。

　　张天娇吃惊地意识到了周旋在彭氏兄弟之间的木下京子，就是自己孪生妹妹张天薇。原来

第十八章 / CHAPTER 18

流水无情　烈女退礼拒婚藩王
落花有意　天娇翼南相爱相杀

天娇、天薇在刚出生时，其家族遭奸党陷害，她们被迫分离，不同的人生经历铸就了她们迥异的性格。巧合的是，长大后的姐妹俩阴差阳错地爱上了土司王族这一对彭氏兄弟，上演了一出"错位"的爱恨情仇。而朱厚熜也一直暗恋着总督义女，张天娇却偏与彭翼南情投意合。两人历经血与火、荣与辱、生与死的考验，从此踏上了一条"有情不必终老，暗香浮动恰好，你陪我一程，我念你一生"的真爱之路。

▲石板街（日，外）

王村，石板街通向集镇中心，人来人往、络绎不绝。

彭翼南与伤愈之后的黑衣姑娘张天娇远远走来……

张天娇劝彭翼南："你武功不错，为何不参加今年的科举武考？"

彭翼南叹道："奸宦作祟，亦难作为。老子在湘西要风得风、要雨得雨，有滋有味，活得新鲜，为何要蹚这滩浑水？在此我又得赋诗一首：日出东海落西山，愁也一天，乐也一天。遇事不钻牛角尖，人也舒坦，心也舒坦。心宽体健养天年，不是神仙，胜似神仙。"

"你！"张天娇怒道，"奸宦当道，南倭北虏。眼看外侵倭酋胡作非为，岂能无动于衷？国破家必亡，百姓必将生灵涂炭。作为男子汉大丈夫，理当报国！"

彭翼南道："山巴佬不知倭酋还是杂粮窝头？江浙路途遥远，凭什么要老子前去打仗送死？那些戴着乌纱帽、吃着俸禄的朝廷官军难道是个摆设？"

张天娇叹息道："唉，江浙地处东南沿海，富庶甲天下，虽金钱物资丰富，但民风柔弱，尤其是沿海官军腐败参与经商以及汉奸们助纣为虐，长此以往，断根去魂、亡国亡种，已近在咫尺。都是金钱财富惹的祸！如今大明遭遇困境，实际上是朝廷陷入了一场空前绝后的人才危机……"

彭翼南诡秘戏说道："人之初，性本善，狗官是个大坏蛋；天苍苍，野茫茫，东洋矮子就是大灰狼；官家不要人才要钱财？他们招财，咱浑水摸鱼捞水打柴。"

张天娇气愤之极："你！？"

——定格！

只见土司王城土家博物馆内，一座封土大墓模型前，探险家贝尔·格里尔斯举起茶杯喊道："Waiter——Xiangxi Golden Tea！"

"贝尔先生，湘西黄金茶来了！"身穿"店小二"戏服的剧务端着热茶送了上来……

只见贝尔边饮茶边说道："欲知后事如何，尔等容我品茶之后慢慢道来。"

（画外音）各位看官，欲知后事如何，且听贝尔先生逐一分解……

急速滚屏淡出以下字幕：

【第六单元叙事、第十八章完】

● 第七单元叙事之：

第十九章

鬼使神差　科举场上意外连连
义结金兰　追杀途中险象环生

（画外音）大明王朝危在旦夕，可朝廷南北两派围绕此次湘西人才选拔，也就是军政大权将来谁来掌控，争斗不休。南京留都国子监张经、俞大猷与京城国子监严嵩、赵文华之间水火不容，"忠""奸"博弈正在延续。而就在一个风雨交加的深夜，一生怪诞暴戾的正德皇帝朱厚照暴毙，因他无子嗣、亲兄弟继位，内阁首辅杨廷和鉴于皇位继承的残酷性以及江山社稷之安危，经过与张太后磋商之后，决定秘不发丧。

"不信巫傩彭翼南，吃亏就会在眼前"，东瀛魔女才不会信这个邪，在她的妖言蛊惑下，彭翼北一心只想夺取科举功名，从而迅速改变自己的尴尬地位，岂不知幕后早已是危机四伏。为了让弟弟走出险境，彭翼南也被卷入这场史无前例的"科考"明争暗斗……

今年科举选拔不但要比试武勇，更是智谋的对抗与较量。

对于考试细则的改变，严嵩、赵文华怀疑在张经的背后一定有高人点拨。"武举加文考"选拔"能文能武、智勇双全"的优秀人才，乃南京国子监首创，开隋唐以来科举考试之先河，在某种程度上无疑削弱了北京国子监的监考权。张经为掌控朝廷人才选拔权，所以执意要加试文考，也就是说过不了文考关的考生不能进入武考环节，意在将那些不学无术之辈拦在武举之外。这可谓"前无古人后无来者"，能在背后出此"馊主意"的，非老谋深算的彭明辅莫属。眼下奸党赶紧想对策适时应对张经新的"科举"规则……

"武考加文试"的第一步是资格考试，此举改革了往年的八股文考试方式，就是根据所给材料即兴写一篇诗词歌赋。南京国子监出题，试卷共有三套。此举意在考查考生的语言文字表达能力，从而确定考生是否有进入下一轮考试的资格。

北京国子监的应付对策是：作为朝廷钦差大臣严嵩具有一票否决权，试卷虽由南派出题拟定，名曰从中随机抽取一套作为考试试卷，实则抽取哪一套试卷或者篡改试题，还是严嵩说了算，只要事先请人写好一篇锦绣文章背熟或到时照抄照搬，其门下的弟子就可顺利过关。

▲**客栈大厅（日，内）**

只见大厅内，几名公差正在当众宣布考纪："各位考生请听清，皇上有旨，今年武考跟往年不一样，要招募智勇双全的良才，不光比试拳脚兵器、马步弓箭，还需先考试经史文章、兵法韬略。就是说，过不了文考这一关的，就不能进入武举考试的终考环节。"

考试甲疑惑地道："武举还得加文考？这还是头一回听说。"

第十九章 / CHAPTER 19

鬼使神差　科举场上意外连连
义结金兰　追杀途中险象环生

科考公差："总督张大人秉承圣上旨意，实施科举改革新举措，重在选拔出'能文能武、智勇双全'的优秀人才。若还有不明白的，自己可到贡院门前阅览刚刚张贴的公文告示！"

此刻，诸多不学无术、想走旁门左道的考生愤愤不服："什么'能文能武'？斗大的字，老子识不得一箩筐，还考个屁呢……"

"是呀，什么'智勇双全'？怪搞！我看他是脑子进了水吧？"

"这不是节外生枝吗？历朝历代，武举科考，哪有考试经史文章的喽！"

▲商行讲坛（日，内）

科考解题"会讲"尚未开始，在场学子们早已乱成一锅粥，场面几乎失控……

主持讲座的府衙知州向重九挥手大声说道："静一静，静一静，掌声欢迎太子少傅、礼部侍郎陶文仲大师给大家开讲了——"

稀稀拉拉的掌声中，一名中年模样的儒士登上台来，他见下面仍然议论纷纷，便慢条斯理地道："少安毋躁，各位安静下来，且听我来——道明此次科举之玄机。读万卷书，太苦；行万里路，太累。一夜成名、一夜暴富，大家想不想？"

"想！"考生们异口同声。

"想不想不劳而获？"

"想……太想了！"群情高涨。

"想、想……想得美！世上无中生财的便是黄粱美梦，子曰'所求于迩，故不劳而得也'，不过你们这个不可能成真的梦想，如今在贵人的关照下即可实现。当今圣人乃我们的祭酒严大人，圣人以治天下为事者也，必知乱之所自起，焉能治之；不知乱之所自起，则不能治。譬之如医之攻人之疾者然：必知疾之所自起，焉能攻之；不知疾之所自起，则弗能攻。治乱者何独不然？必知乱之所自起，焉能治之；不知乱之所自起，则弗能治。圣人以治天下为事者也，不可不察乱之所自起……"

在场的科考学子都未听懂其意，渐渐议论纷纷。

室外，彭翼北正好路过窗下，室内传来吵闹声，他不由得好奇地驻足……

陶文仲拿出了一叠试卷："今天，在此进行一项摸底考试，看看大家基础怎样，以便因人施教，分层次缴费疏通。各位放心，大家都能实现梦想……"

试卷下发，学子们面面相觑，不知如何是好。

一张署名彭翼北的试卷上画着一头"奶牛"，这让陶文仲气愤至极，他扬了扬试卷讽刺道："就这水平，要想凭自己本事考上，除非这份试卷能自己飞回来！"说罢将其往窗外扔去——话音未落，那张被扔出去的试卷居然神奇地"飞"了回来……

陶文仲与学子们顿时都惊呆了！

原来，室外的彭翼北见有异物从窗口飞出，便用手中的"竹蜻蜓"顺势一拨——那张"牛"试卷又被"弹"了回去，在学子们头顶上旋转飞舞。

大家都惊呆了，不知此试卷为何这么"牛"？

陶文仲好不容易将其抓到手中："静一静，武举加文考，乃南京国子监首创，开隋唐以来科举之先河。当今科举取士日趋激烈，总督考张经此改革之举，名曰选拔'能文能武、智勇双全'的优秀人才，实则是要把控朝廷人才选拔的权力，所以执意要加试文考。也就是说过不了文考关的，就不能进入武考，意在将各位举子都拦在武考大门之外。亏他想得出来，可谓'前无古人后无来者'呀！"

顿时，科考学子们的议论声再起。

考生甲："狗屁'智勇双全、能文能武'，岂不是口若悬河、花拳绣腿吗？"

考生乙："文武并举，咱们大字不认得一箩筐，考什么考？不死也得脱层皮，这不要了我们的命吗？"

考生丙："你没瞧见贡院里张贴的布告吗？'天上、地下、人间，任我驰骋；奇才、怪才、鬼才，只要你来'……"

考生丁："这样的科举取士，是招人还是要招鬼？"

陶文仲："肃静，肃静！各位才俊、好汉，咱们京城国子监，乃最高官学学府，又是朝廷教育的主管机构，见此情形能不出手相救？严大人如同救苦救难的观世音，一定会帮助各位渡过难关的……"

考生甲："我这肚子里墨水没几滴，这文考怎么过关？"

考生乙："是呀，严大人又如何帮我们混过去呢？"

陶文仲："少安毋躁……在此我提醒大家，严大人早为各位学子们考虑了，为应对文考，已请来了诸位文章高手，早就替大家写好了锦绣文章，只要事先背熟就可以应对考试了……"

考生甲："陶大人，听说此次科举试题，皆是南京国子监出题拟定，考卷有三套。你们监考只能从中随机抽取一套试题来作为考场试卷，怎知是哪一套试卷、哪一类题型呢？我们总不能大海捞针吧！"

考生乙："是呀，总不可能事先准备三套答卷吧？谁也记不住呀！"

陶文仲："这个请放心。历朝历代均考试八股文，八股文亦可称为'时文''制艺'，由破题、承题、起讲、入手、起股、中股、后股、束股八部分组成。譬如此题《圣人治理天下》，出自《孟子》之《尽心章句上》，圣人治理天下，使有菽粟如水火，即圣人治天下，使百姓粮食像水与火一样充足。子曰'见贤思齐焉'，意思是看到大德大圣之人，便要向他叩拜，就如同见到我们国子监祭酒严大人，都要尊他为楷模。祭酒大人为人师表、至神至圣，此两句可为'破题'，扼要说明文字之要义。'中股'乃全篇之重心也，务必极尽溢美之词，歌颂严大人之尧天舜德、千古称颂……"此时，他讲得口干舌燥，下面听的人似懂非懂，渐渐有些不耐烦了。

考生甲："大人，你讲的这些，我们一下也学不会。冰冻三尺非一日之寒呀！"

考生丙："最简单的，能给个一对一的答卷，这样兴许能熬过文考关。"

陶文仲："这些请放心，严大人早替你们考虑好了。各位只需花上十两银子，就可得一篇锦绣文章，大家请往这边看。"说罢示意大家朝商行里面望去——

第十九章 / CHAPTER 19

鬼使神差　科举场上意外连连
义结金兰　追杀途中险象环生

▲**商行大厅（日，内）**

大厅内，性感裸露的东瀛舞女与高丽歌妓的靡靡之音遥相呼应……

门楣上赫然挂着横幅：天下文章一大抄，就看你会抄不会抄！

四周墙壁上告示、条幅比比皆是：万般皆下品、唯有读书高，书中自有黄金屋、书中自有颜如玉……

此时的商行大厅，一时间俨然成了"文考"科举文章的"交易所"。

考生们进进出出，几个酸气十足的先生坐在临时摊点，正与考生讨价还价，他们推销、贩卖的正是科考作弊的文章。

熙熙攘攘的人流中，女扮男装的金凤与表哥虢成一并走了进来。只见那个向老太爷的外孙女月月正在一个劲儿地吆喝着："哎，卖文章，锦绣文章，二十两纹银一篇，买一篇送一篇……"

一个干瘦老先生上前告诫她："小声点行不行，这种事儿能叫卖吗？"

月月不以为然："做生意，不喊怎么成，你看那卖臭豆腐的，还满大街喊呢！"

老先生气恼之极，摇头道："唉，有辱斯文……"

月月才不管那么多呢，继续喊道："哎，臭豆腐，二文钱一片，科考文章，一篇十两……"

虢成与金凤走上前好奇地打量着。

金凤上前询问月月："你这文章，值十两吗？"

月月回道："十两银子，换个金榜题名，一辈子享不尽的荣华富贵，你说值不值？"

金凤："万一试题与你文章对不上，我这银子不是白花了吗？"

月月："我们商行老板说了，要是答卷有误，双倍返还……"

虢成："姑娘，这文章是你写的吗？"

"我哪儿写得出这些文章。"月月说着凑了上前，附在他耳边轻声说道，"我这是从家里偷偷跑出来的，在这儿赚点儿外快。"

虢成："那这些文章哪来的呢？"

月月："我帮别人卖的，卖十篇，给我一两回扣银子。"

"行呀，我买一篇！糟糕……"金凤故意为难地道，"我今天忘了带银子。"

月月见女扮男装的金凤长相英俊，有意示好："小哥，我可帮你呀。"

金凤道："你又如何帮我呢？"

月月回道："送你一篇，你拿去抄下来，抄完了再还给我，就一文钱不用花了。"

金凤悄声地回道："姑娘，你真好，人长得好看，心思也好，叫我如何谢你？"

月月不好意思地回道："不用谢，你若中了状元，我也高兴。"说着，她悄悄地将一篇文章递给金凤。

虢成拿过来一看，疑惑地道："嗯，难道科考试题是《圣人治理天下》？"

月月："对，肯定是，我们老板说了假一罚十。"

金凤："圣人？写别的圣贤不行吗，为何非要称颂钦差严大人？"

月月："这可是秘密。你要称颂别的圣贤，阅卷帘官就不识你的试卷了。"

"哦，"金凤恍然大悟，忽而又为难地叹息，"不过，这么长的文章背不下来，怎么办？"

月月神秘地道："你可将它藏在身上，进了考场，再抄不迟呀。"

虢成："进了贡院考场，监考甚严，万一……"

月月："放心吧，监考帘官都是严大人安排的人。"

虢成："哦，原来如此……"

金凤悄声骂道："那严大人就是个头顶生疮，脚底流脓的大坏蛋了……"

谁知这些对话，已被身后的人盯住了，一只手搭在金凤肩头："骂什么呢？"

金凤回头，一张恐怖的刀疤脸近在眼前："没，我什么也没说呀。"

刀疤脸厉声道："妄议朝廷钦差大臣，该当何罪？跟我们走一趟！"

金凤嬉皮笑脸地问道："去哪儿？是不是你爹过生日请我吃饭呀？"

刀疤脸："恐怕你这辈子没机会吃饭了，来人呀，把这两个奸细给我带走！"

几名锦衣卫迅速上前，欲将他俩绑缚起来。

金凤身子一滑，拉着虢成的手扭头便跑……

月月赶紧挡住锦衣卫说："他们是我的朋友，你们不能抓！"

锦衣卫一把粗鲁地将姑娘用力推开。

此时，官兵越来越多，虢成和金凤寡不敌众，硬是被他们强行抓走了……

临抓走之前，金凤丢下一句话："姑娘拜托你赶紧去'不二门'火铺，告诉彭翼南，我们被人抓走了，要他快来相救。"

"彭翼南……"月月喃喃念道。

▲"不二门"火铺（日，内）

彭翼南、彭翼北兄弟正在火铺里商议着什么……

彭翼北问道："你说这个王藩就是兴藩王，那他的真实姓名叫什么呢？"

彭翼南回道："兴藩王与当今的皇上一样，姓朱，皇上叫朱厚照，他叫朱厚熜，他们是一对叔伯堂兄弟……"

正说着，月月气喘吁吁地跑进来："翼南哥，出大事了，赶快去救人！"

彭翼南顿时蒙了："救人？出什么大事了？月月你别急，慢慢说。"

歇了口气后，月月这才一五一十地说了虢成与彭金凤被抓走的情况。

彭翼南问月月："你可知道他们把人抓到什么地方了？"

月月："肯定关押在我表哥他们的府衙监牢。"

彭翼南："府衙监牢？快走，我们去看看。"

彭翼北忽闪着大眼睛，灵机一动："老哥，别急，这救人的事儿，就包在小弟我的身上。"

彭翼南怀疑地回道："你？小小年纪，武功又差，行不行呀？"

第十九章　鬼使神差　科举场上意外连连
　　　　　　义结金兰　追杀途中险象环生

月月："监牢里有好多官兵看守，暗道机关密布，就是武功再好也打不进去。"

彭翼南："好了小弟，你给我老实待在这儿，这救人的事，你就不用插手了。"

彭翼北不服气地嘟囔着。

▲府衙，监牢（夜，内）

虢成和金凤被关押在一间阴暗潮湿的牢房中。

金凤靠在木栅栏前大声地叫喊道："快放我出去！"

只见一个狱卒一边喝着茶水，一边朝金凤吼道："吵什么吵？活得不耐烦了！"

喊了半天的金凤，此时口干舌燥："我口渴，给我水喝。"

"口渴是吧！"狱卒猛地将手中茶水朝她泼去——"怎么样，现在不渴了吧？"

"你这个浑蛋！"金凤气愤至极，伸手欲打那个狱卒，可是被栅栏挡住了。

虢成："金凤，别打了，够不着……"

金凤无奈地回到牢房床铺前，把一肚子气撒在虢成身上："表哥你倒是好，心平气和地进了监狱，就好像待在自家一样，自由自在的，跟没事儿人似的。"

虢成淡淡一笑，不予回答。

金凤大声呵斥道："桂北好汉虢成，你那猛劲儿哪里去了？"

虢成："我？我在想事儿。"

金凤："想事儿？你想什么事儿？"

虢成："想什么？耳朵都被你吵麻了，我想现在呀，终于可以睡个安稳觉了。"说罢，他干脆在牢房床铺上躺下了。

金凤："进了牢房，你居然还想睡觉？"

虢成："我想起了一个皇帝坐牢的事。"

金凤："皇帝也会坐牢？"

虢成："英宗帝朱祁镇被瓦剌胡人俘虏，关进了大狱。不论你是皇上还是庶民，坐了大牢，就得吃牢饭。牢饭可不是好吃的。头一天狱卒给朱祁镇送来一盆牢饭。牢饭散发着浓烈的异味，朱祁镇直想吐，索性一脚就将牢饭踢翻了！"

金凤："那他晚上就得饿肚子喽。"

虢成："第二天，狱卒又给朱祁镇送来同样的一盆牢饭。饿了一天一夜的皇上朱祁镇，突然觉得牢饭没有什么异味了！于是端起饭盆慢慢地吃了起来。到了第三天，送牢饭的狱卒来晚了。朱祁镇急得什么似的，不住地向门外张望。送饭的狱卒终于来了，朱祁镇竟早早地伸出手去将牢饭接了过来。猛然之间他感觉牢饭特别可口香甜！后来，朱祁镇复位，感叹道：'牢饭，令我顿悟人生没有吃不下去的苦啊！人在苦水中泡一泡，喝着白水比蜜甜！'"

金凤："你坐牢觉得很安逸是不？还跟皇帝比吃牢饭，哼，尽想些好事。"

虢成："当然要想好事，哎妹子，你我同住一间牢房，这算不算缘分呢？"

金凤："不知道。"

虢成："有句俗话，难道你就没有听说过？"

金凤："什么俗话？"

虢成："百年修得同船渡，千年修得共牢监。"

金凤："不对！应该是'千年修得共枕眠'。"

"哦！"虢成诡异地道，"还是表妹有学问，知道得多呀！"

金凤一下反应过来："你！表哥你好坏。"

"男人不坏、女人不爱嘛！"

这时，月月跟着一个老头儿提着一大桶饭进了监牢。

月月看见了金凤，连忙上前喊道："喂，新来的，吃饭了。"

金凤激动地道："是你？！"

月月赶紧示意："小声点儿。"她从桶里打了一碗饭，从栅栏边递了过去："吃吧，就是掉脑袋，也不能当饿死鬼呀。"

趁着递饭的机会，两只手紧紧地抓在一起。月月使了个眼色，示意她要冷静。

此时，狱卒过来发现老头腰上挂着一个硕大的酒葫芦："哎，这是什么？"

老头："儿子孝敬我的一点好酒。"

"好酒？我来闻闻。"狱卒贪婪地将酒葫芦解了下来，喝了一口，"哟，真是好酒，老头儿，这酒归我了！"说着，他抱着酒葫芦乐呵呵地走开了。

月月趁机忙对金凤说道："今天晚上，他们会来救你们，赶紧填饱肚子。"

▲府衙大门外（夜，外）

月亮在乌云中时隐时现……

"梆、梆梆！"州衙更夫敲打着竹梆，高墙内一队巡逻的官兵走过。

彭翼南在月月的带领下，沿着围墙悄悄地摸了过来……这时，又有几个巡更的衙役朝他们走来，两人急忙躲进了墙角。突然，一只手轻轻搭在彭翼南的肩头，彭翼南惊悸回头——原来在他身后的正是黑衣人张天娇！

彭翼南："天娇姑娘，你怎么也来了？"

张天娇："你们这一路鬼鬼祟祟的，一看就知出事了，我便跟着你们来了。"

彭翼南："金凤姐、虢成哥被抓了，我来救他们。"

张天娇："这等好事儿，不带上我怎么成呢？"

此刻传来脚步声——又有巡夜的官兵走过，他们立即消失在黑夜之中。

▲藩王下榻的接官楼（夜，内）

室内，藩王朱厚熜正在挑灯夜读。

画外传来轻轻的敲门声。

藩王立即警觉地问："谁？"

"我。"

第十九章 CHAPTER 19

鬼使神差　科举场上意外连连
义结金兰　追杀途中险象环生

"你是谁？"

"我是我，是说一不二的焰火。"

藩王即刻拔剑，悄悄走到门后，突然他猛地将门打开，屋外一地月光，空空如也，未见敲门人的踪影。当他持剑刚跨出大门，一个矮小的身影闪进屋内，一屁股坐在了书桌前，藩王定眼一看，来者正是彭翼北！

他惊讶地问道："小弟，你怎么来了？"

彭翼北眼睛转了转，诡异一笑："想你呗！"

"想我？恐怕是想呀想，想不起来了吧！"藩王调侃道。

彭翼北："真的好想你，不信……"

藩王打断他："这深更半夜的来找我，肯定有事儿，小弟，说来听听……"

▲府衙，监牢（夜，内）

灯影摇曳。狱卒们早已酩酊大醉，桌上摆着老头的那只酒葫芦。

黑暗之中，突然闪出三个人影，正是彭翼南、张天娇和月月。

月月走上前拍了拍那个嗜酒如命的狱卒，他显然酒醉没了知觉。她嘟囔道："本小姐的酒你也敢喝，真是不知天高地厚！"说罢伸手将狱卒腰上的钥匙解下，交给了彭翼南。

三人迅速朝监牢里搜索前进……

栅栏里的金凤看见了，激动地招呼他们："在这儿呢……"

彭翼南上前用手中的钥匙将牢房打开："走，跟我们快走！"

▲监牢，前坪（夜，外）

一行五人急忙出了监狱大门，宽阔的前坪呈现在眼前……

正当他们庆幸之时，忽然传来厉声呵斥："站住！"

顿时，灯笼、火把照得四周如同白昼——官兵已将他们团团围住了，领头的正是锦衣卫刀疤脸。

这时那个嗜酒如命的狱卒从监狱里冲了出来，冲着月月道："别说你这小丫头的迷药酒，就是王母娘娘的御酒，老子都敢喝，你才不知天高地厚呢！"

刀疤脸得意地道："还是赵大人神机妙算。"

眼见无路可逃，彭翼南对虩成说："虩成兄，我来对付，你带他们先走！"

虩成："不，还是我来对付他们……"说罢他飞身上前，拼死扑去——

霎时间，虩成、彭翼南与官兵、锦衣卫们已打成了一团……

左攻右突，两人功夫了得，看来要活捉他们几乎不可能。

只见刀疤脸突然把手一挥，一排弓箭手冲了过来，他们个个箭在弦上，立刻将他们置于危险境地……

刀疤脸大声呵斥道："束手就擒吧，如若再反抗，格杀勿论！"

生死关头，只听画外有人大喊一声："住手！"

大家循声望去——

只见在王府管家（长史）的簇拥之下，朱厚熄与随从一行人走了过来，而在他身边的正是彭翼北。

两侧的官兵、锦衣卫连忙朝他们稽首施礼。

刀疤脸拱手道："少王爷、长史大人，我等奉命在此抓捕越狱要犯。"

长史："哦，可这几位是我们王府的客人，我们少王爷要带他们走。"

刀疤脸为难地道："这……这是不是等我们赵大人来了再说？"

长史："难道这大明江山姓赵？非得他赵大人说了算？"

刀疤脸尴尬地道："这……"

府衙监狱长连忙打圆场："这大明江山当然姓朱啰。"

长史："既然江山姓朱，那我们说话不算数？"

朱厚熄："不就是因为骂了几句钦差大臣吗，这大街上天天有人骂，抓得完、杀得光吗？"

府衙监狱长笑脸附和道："是呀，是呀！既然少王爷和长史大人开了这个口，我等恭敬不如从命啦。"说着他手一挥："放他们走！"

于是，被救的五人跟着少王爷一行径直朝外走去……

当月月走近那名狱卒身边时，无不得意地道："你真的喝过王母娘娘的酒吗？不知天高地厚！"

狱卒和官兵、锦衣卫只能眼睁睁地看着他们走远。

▲**府衙，大门（夜，外）**

朱厚熄和长史大人护着彭翼南等人走出了府衙大门。

彭翼南停住脚步，拱手道："多谢少王爷出面搭救！"

朱厚熄："不必说谢了，大家都是朋友。要不是小弟来找，我还不知几位出了事呢。"

彭翼北得意地道："老哥，我说这救人的事，包在小弟我的身上，你偏不信，说什么'小小年纪，功夫不行'……"

彭翼南："难道今晚是凭你的功夫？还不是少王爷的面子大！"

朱厚熄目光含情地望着张天娇道："姑娘不愧为总督大人千金，如此自由出入江湖，真是让人羡慕呀。"

张天娇："你说过的，脱下王服，不也同样可以步入江湖吗？"

朱厚熄："姑娘言之有理。"

月月恳请彭翼南道："翼南大哥，今晚的事，要让我表哥知道了，不知道会怎么样，让我跟随你们一起走吧。"

彭翼南为难地道："这……"

金凤："要是你表哥知道你是跟我们跑了，那就更麻烦了！"

"是呀！"张天娇道，"今晚我眼皮子老是跳……"

第十九章 / CHAPTER 19

鬼使神差　科举场上意外连连
义结金兰　追杀途中险象环生

彭翼北:"左眼还是右眼?"

张天娇:"两只眼睛都在跳……"

一席话顿时让月月有些紧张起来。

▲接官楼,院内(夜,外)

月黑风高。手执钢刀的王熬跳上了院墙……

王熬环顾四周,一跃而下,悄然朝着亮灯的屋子摸了过去——那里正是张经下榻的接官楼……

▲接官楼,内室(夜,内)

此刻,张经正在内室奋笔疾书。

王熬悄然推门而入,一步步朝他靠近……

张经的眼角余光偶然发现墙上有个人影正挥刀向他砍来……

"壮士且慢!"张经却不慌不忙朗声道,"容我写完这最后几句,你再动手不迟。"于是,他头也不回地继续书写着……

王熬被这突如其来之举吓愣住了,不由得将目光投注在他疾书的文字上——

张经忽而掷笔,轻声念着长卷:"凡此劣迹,昭然若揭。伏望陛下明察秋毫,以正国法。臣死且不足惜。谨奏。"

少顷张经回头,大义凛然地望着王熬:"你可以拿走张经项上人头,但这份弹劾奸贼'十罪五奸'的奏章,请留在此处。严嵩招权纳贿无孔不入,实属自古以来权奸前所未有。"

王熬不由得倒吸一口凉气,颓然地道:"大人,您这一身正气,我倒怕了!"

这时,张天娇刚好归家进门,见状大惊,迅速拔出梅花剑——

狭路相逢,张天娇挥剑与王熬拼斗起来……

王熬出刀凶狠,张天娇灵巧敏捷,两人斗得难解难分。

张经却淡定地看着王熬的刀法,在一旁解说道:"壮士这套徽州齐云观刀法由智空大师所创,动时若松涛翻滚,静时如苍松傲雪,招式中暗含五行相生相克之理,端的是武林一绝呀……"

王熬:"张大人精研天下武功绝学,果然名不虚传。"

张天娇一边应战一边问道:"齐云刀法,如何破它?"

张经:"此刀破绽就在招式连接之处。"

天娇将梅花剑舞得呼呼作响,忽而从王熬的刀光之中推出一剑,剑尖一晃,直指王熬的胸口——

张经厉声喊道:"娇儿,不要伤他!"

王熬撤刀,叹息一声:"我输得心服口服,要杀要剐,悉听尊便。"

张经:"壮士,是受何人指派,可否告知?"

王熬:"你的奏章写了他'十罪五奸',人家能不杀你吗?"

张经："你是考生吧，老夫身为师长，从来不杀学生的。今日之事就当不曾发生，你走吧。日后你有了功名，理当报效朝廷。"

王熬深深一拜："大人高风亮节，以德报怨，在下久仰大名，敬佩之至。"

当王熬正欲离开时，张经忽然叫他等等，随即说道："徽州齐云观刀法讲究奇偶对称，也就是说，你使完第一招，连接的应该是第三招或第五招，奇数招式用于进攻，偶数招式用于防守，这样也就没了破绽。如今，倭寇犯我东南沿海，朝廷平倭连连失利。此番科考就是要选拔良才拯救国家于危难，望壮士能以民族大义为重，救国于危难、救民于水火。"

王熬顿时感慨万分："总督大人三言两语，够我受用终生，多谢指点迷津！"说罢叩首惶惶离去。

▲贡院，考场门口（日，外）

翌日，朝廷科举即将开考，贡院大门口，应试举子们纷纷入场……

负责保卫的锦衣卫在对进场的考生们例行搜身检查。

这时，彭翼南看见了虢成，招呼道："虢成兄，昨晚睡得可好？"

虢成："当然睡得香啰，来，翼南，我给你介绍一下。"说着他将身边几个人拉了过来，"这是我的朋友王直，徽州齐云观俗家弟子，他带的这两个侄儿也是来参考的。哦，这位是湘西彭翼南，我跟你说起过的。"

"久闻大名，幸会、幸会。"王直叔侄三人不约而同地客气拱手。

对于眼前的王直，彭翼南似曾相识，不就是那个街头卖假蛇药的"周围"吗？

彭翼南："安徽齐云山古称白岳，与黄山南北相望，风景绮丽，素有'黄山白岳甲江南'之美誉。齐云观的俗家弟子，深得禅师指点迷津，其刀法天下闻名。今年科举，有齐云观俗家弟子参与，定会精彩纷呈呀。"

王直连连摇头道："哪里哪里，论动拳脚，我叔侄还可应付应付，但今日却考经史文章，麻烦大了。"

虢成："不必着急，到了考场上再说吧。"

这时，一对巡逻的锦衣卫杀气腾腾地冲了进来，迅速加岗布防。彭翼南对几位兄弟说："这哪是考场，简直像杀场。"

▲贡院，考场内（日，内）

考场上，举子们已汇集在此，大厅神龛上立有一尊孔夫子雕像。

司仪官俞大猷喝道："科举时间到，叩拜万世师表、千古圣人！"

考生们纷纷鞠躬。张经、严嵩、赵文华、向重九等科考官员们，都在圣人雕像前焚香祭拜。

祭拜完毕，俞大猷宣布："科考开始，请科举总督张大人拆封取试题。"

张经走上台前，考场侍从恭敬地捧上一个蜡封的圆桶。

张经接过侍从递上来的剪刀，神情严肃，小心翼翼地剪开密封试卷的圆桶。

只见他从中拿出黄锦，望着上面的文字，念道："今年的科举试题是——"

第十九章　鬼使神差　科举场上意外连连
义结金兰　追杀途中险象环生

他几乎不相信自己的眼睛，举子们屏住呼吸静听下文……

张经喃喃道："科举试题是《圣人治天下》。"

顿时，举子们一阵骚动，有的面呈喜色，有的满是忧虑……

张经痴痴地望着黄锦上面的文字，自言自语："圣人……治天下……"忽然他顿感天旋地转，几乎晕倒，俞大猷急忙将其搀扶了下去。

赵文华赶紧登台，大声道："'圣人治天下，使有菽粟如水火。'出自《孟子》的《尽心章句上》。圣人治理天下，使百姓的粮食像水与火一样充足。此次科举按圣上旨意，试题从众多命题中随机抽出，可谓公平、公正、公开。总之，当今之大圣大贤，乃严大人也。为人师表、尧天舜德，时代楷模，诸位见贤思齐焉。"

随后试卷逐一下发，科考即刻开始。举子们各自回到了不足一平方米的考舍，他们中有稚气未脱的翩翩少年，也有头发斑白的长者。面对眼前的试卷，他们或愁眉不展、冥思苦想，或奋笔疾书、左右逢源。偌大的考场一片肃静，唯有巡逻兵勇的脚步声在空中回响。监考帘官不时地巡场监视，锐利的目光扫过一排排号舍，决不会遗漏任何一个角落。

虢成在座位上，望着手中的试卷，一副义愤填膺的神情。彭翼南虽手握小楷毛笔，却一个字也写不下去。

起先考场秩序还好，眼见着那些行贿鬻题、不学无术的考不下去了，赵文华对监考人员使了一个眼色，舞弊好戏便上演了——有的卷起裤腿，有的掀开衣服，有的抽出鞋垫，有的脱下帽子，五花八门、千姿百态。

一个考生正准备将夹带的资料拿过来照抄照写，监考官刚走近，考生连忙将一锭银子放在桌上。

监考官将银子收入衣袖之中，视而不见地走开了。

彭翼南目睹了这一幕幕舞弊恶行，感慨不已。他忽然心血来潮，奋笔疾书……

王直在试卷上正画着一个裸体的东瀛歌妓，而他的两个侄儿则心不在焉。

为了笼络武林高手为我所用，严嵩等人不仅事先走漏了试题，还特意请来了许多"替笔"者，从中作祟，花样翻新。

考场顿时大乱，而监考官们却睁一只眼、闭一只眼。虢成气愤之极，将试卷揉成一团，站起身弃考而去。在严嵩、赵文华等奸臣的操纵之下，朝廷科考陷入了一片混乱之中。

贡院门口，张经望着虢成离去的背影，叹息道："好一副侠肝义胆！"

——定格！

急速转黑的画面上，滚屏淡出以下字幕：

【第七单元叙事、第十九章完】

● 第七单元叙事之：

第二十章

侠肝义胆　孤男寡女情有所衷
大智若愚　奇人奇招智破谜题

▲贡院，门口（日，外）
　　张经望着虢成离去的背影，叹息道："好一副侠肝义胆！"
　　这时，彭翼南、王藩考试完了走出考场。张天娇急忙询问他俩写的文章内容。王藩说他写的是"周公托梦"——寓意天降开明的帝王，拯救人间疾苦！
　　彭翼南则说："天地一股英雄气——自古英雄出湘军，其兵可死而不可败！"
　　张天娇不由得担心道："阅卷者皆是严赵二人的亲信，你们这样指桑骂槐，必闯大祸，他们一定不会放过你们的。"
　　彭翼南："那又如何？老子大不了跟这些杂毛拼杀一场，纵然一死，也总比活着做别人的奴才强！"
　　张经显然已被赵文华的舞弊行径气昏了头，"荒唐呀，荒唐！"他仰天长叹，"忠义正直之士皆被拒之门外，录用的全是些不学无术、卖身求荣的小人，这样的科考真叫人痛心啊！真正的良才恐怕连参加考试的资格都没有了。"
　　张天娇急了："爹，一定要想办法，让他们参加接下来的考试呀。"
　　张经："考试已结束，阅卷皆是京城国子监的，无力回天呀！"
　　张天娇顿时陷入沉思……
▲古城，巷口（日，外）
　　赵文华携带着刚考完的试卷，乘坐着官家马车悠悠晃晃驶进小巷。猛然，斜刺里闪出来一个人，只见身着黑色劲装，脸上蒙着黑丝巾的劫匪，用一柄利剑突然顶在了赵文华的胸口。官兵、侍卫们见状立即挥着武器扑了过来。
　　这个身材瘦小、蒙着黑丝巾的劫匪用梅花剑直逼赵文华："快让他们闪开！"
　　赵文华早已吓得半死，连忙对官兵们呵斥："闪……闪开，快闪开！"
　　瘦小黑衣人："赵文华，试卷在哪里？"
　　赵文华："壮士，你要试卷干什么，一堆废纸……"
　　瘦小黑衣人："少啰唆，快把试卷给我！"
　　赵文华："试……试卷丢了，我脑袋也会保不住，壮士，要金要银要美女，我都可以给你……"

瘦小黑衣人将剑顶住他的脖子:"我什么都不要,试卷在哪里?"

赵文华哭丧着脸,无奈地道:"好,我给我给……"

当瘦小黑衣人一把从赵文华手里夺过试卷、正欲离开之时,增援的锦衣卫官兵赶到,并迅速封锁了巷口,情势十分危急。忽然又有一位瘦高黑衣人杀了过来,看来他也是冲着试卷而来的。锦衣卫官兵一拥而上,两个黑衣人联手抵挡,却渐渐招架不住。这时忽然一团烟雾升腾,一个骑马的傩面人冲了过来,挥剑将官兵击退,从而使得先前那两个抢试卷的黑衣人得以脱身,迅速消失在树林之中。

▲猛峒河边(日,外)

瘦小的黑衣人往前跑着,手里正拎着那些试卷。

后面瘦高个的黑衣人喊道:"你站住啊,张姑娘!"

张天娇解下丝巾,诧异地道:"你是何人,怎么知道我的名字?"当追赶她的瘦高个黑衣人也解下黑头巾时——原来是藩王朱厚熜!

张天娇惊奇地道:"藩王公子,怎么会是你呢?"

两人先后跳下了马。

少年藩王一笑:"是你说的,只要脱下王服,我就和别人没什么不同。"

张天娇:"你……为何要抢试卷?"

朱厚熜反问:"那你又为何抢这些试卷呢?"两人会意地哈哈一笑。

朱厚熜:"呃,刚才烟雾中救我们的那个鬼脸人会是谁呢?"

张天娇:"彭翼南。"

朱厚熜:"你凭什么断定是他?"

张天娇:"看见那团烟雾升起,就知是他使用了湘西巫傩奇幻术。"

"哦,"朱厚熜试探道,"你打算如何处理这些试卷?"

张天娇:"这等溜须拍马的狗屁臭文章,扔进河里算了。"说罢欲扔——

朱厚熜:"等一等,把我写的那篇拿出来吧。"

张天娇:"哦,那我也要拿出来一篇……"

朱厚熜:"我知道,你要拿的是谁的考卷——彭翼南?"

张天娇点了点头,说着从中挑出两篇,并将其中一张考卷递给了他。朱厚熜接过考卷,妒忌地问道:"你是不是很喜欢他?"

张天娇:"谈不上喜欢,算是欣赏吧。你看他这一手好字,潇潇洒洒。"

朱厚熜:"他成天混迹江湖,醉生梦死,愤世嫉俗。谈不上是个真正读书人!"

张天娇:"话可不能这么说,他为人豪爽,敢作敢为,这比那些个读死书、读死书的人强——咦,你干吗这样看着我?"

朱厚熜:"因为见到你,我的心跳得太厉害了……你笑起来很好看,我特别喜欢你的眼睛,一汪清泉已将我融化,我……真的很喜欢你,难道你,你就没一点儿感觉?"

张天娇:"感觉？你想听真话还是假话？"

朱厚熜:"假话。"

张天娇:"没有。"

朱厚熜:"真话呢？"

张天娇:"真的没有。"

朱厚熜悲哀地吟诵道:"你是风儿，我是沙……"

张天娇打断他:"你要是风儿，我就自杀！"

朱厚熜:"怎么在你那双美丽动人的眼睛里，流露出的却是忧愁？"

张天娇（内心独白）:"只要双眼一合上，我姥爷就浮现在眼前。我对你们朱氏皇族只有仇和恨。"说罢她急速跑开了。

"这……这是怎么啦？"朱厚熜疑惑地道，"彭翼南有什么比我好？难道这个世界真是男人不坏、女人不爱？"望着跑去的张天娇，他大声地喊道:"天娇，这辈子我朱厚熜追定你了！"

▲**永顺火铺**（日，内）

觥筹交错。火铺大厅内，正在此聚会的考生们已酒过三巡，大家正借酒浇愁，发泄对白天文考的不满情绪。

餐桌上，彪成、彪龄峰与彭翼南兄弟以及安徽考生王直等人猜拳行令、对酒当歌。他们此次参加科举，都是为功名而来的，没想到竟然是这样的结局。彪成破口大骂奸党恶劣的舞弊行径，祸国殃民。彪龄峰表示马上要弃考回家，早知如此就不该来的。彭翼南道:"难道家里有美人在等待，祈盼龄峰兄早早回归？"

彪成:"我这二弟自小就定了娃娃亲，但小媳妇还一直没见过面呢！"

王直却直言不讳，功名渺茫，他们很是不甘心。

正在他们议论纷纷之时，张天娇、朱厚熜先后走进火铺。

王藩:"各位少安毋躁，不必操之过急，等等看吧！"

张天娇:"天无绝人之路，事情总会有转机的！"

彭翼南慨叹:"我管它考试结果如何都无所谓，以文会友、以武识道，彭翼南有缘结识各位，此乃幸事也。"

▲**王城大街**（日，外）

街头，一年轻女子正在街头习武卖艺，引来众多考生前来围观。只见习武女子长袖飞舞，剑光霍霍，尤显矫健英武。彭翼南、彪龄峰从围观的人群中挤了进来。她的一招一式，让彪龄峰若有所思。忽然场内跳进两个轻浮的武生来寻衅闹事，一看就知是来砸场子来的。

武生甲:"好一个狂傲女子，居然敢当着天下武生的面卖弄武功。"

武生乙:"不教训教训，她还不知道，自古练功习武都是男人的事。"

女子揖首道:"二位大哥，有何见教？"

武生甲:"你可知王城这几日最大的事是什么？"

第二十章 / CHAPTER 20

侠肝义胆　孤男寡女情有所衷
大智若愚　奇人奇招智破谜题

女子："朝廷科举就设在土司王城，天下英雄云涌而聚。文科比文、武场比武，报效朝廷。"

武生甲："你既知武林精英汇集在此，居然敢在此卖弄，岂不是让武林须眉颜面扫尽？"

女子："小女子背井离乡来此摆摊习武，一为谋生，二为找人。"

武生乙猥亵地道："找人？莫不是来找男人的吧？"

武生甲："看你有几分姿色，不如跟着大爷我享清福算了。"

女子："你……你们还是考生？口出秽语，有辱斯文。"

"秽语？"武生乙拔出剑，"老子这就教教你，什么是斯文……"

女子："小女子只是练剑卖艺，不愿与人过招。"

武生乙急不可耐地道："你不愿就行了？看剑——"说罢猛扑过去。

女子挥剑仓促抵挡，连连后退。

武生乙趁机直逼女子身体的要害部位挥剑砍去。

女子："这位大哥，你这是过招，还是要杀人？"

武生乙："老子这是要教训教训你！"说着剑舞生风，迫使对方无法脱逃。

女子："欺人太甚，莫怪小女子还手了！"她反守为攻，直逼过去。

武生乙顿时慌了手脚，拼命乱砍。女子灵巧避开，旋即腾空而起，手中的剑尖已抵在了对方胸口。

武生乙愣住，满头大汗。

女子撤剑："得罪了！"

"好，好呀！"围观人群顿时一阵喝彩。

这时，气急败坏的武生甲从她身后忽然窜出，两武生联手夹击，女子渐渐不敌，危急时刻，彭翼南飞身跃起，双手代剑，将被攻击的女子护在身后，呵斥道："几个大男人偷袭一个女子，算什么英雄！"

武士甲乙发疯似的一齐向他扑来。只见彭翼南手臂一振，内力到处，两柄长剑悉数折断，引来周围一阵喝彩。两个轻薄武生大败后悻悻退走。

彭翼南："刚才听姑娘说是来此找人，不知你要找哪位？"

女子："我是来找桂北虢龄峰的。"

"哦，"彭翼南连忙将虢龄峰拉了过来，"龄峰兄，姑娘是来找你的。"

虢龄峰疑惑地问道："你是谁？找我何事？"

女子脸上露出几分羞涩："我姓岑，叫银花，你应该知道我是谁了吧。"

虢龄峰的脸顿时就红了。

彭翼南不解："呃，这，这是怎么回事？"

岑银花不好意思地轻声解释道："我们自小定了娃娃亲，但一直没见过面呢。"

虢龄峰问银花："你怎么跑到这里来找我呀？"

岑银花："听说你来王城赶考，我就过来了。你舅舅要我速速找到你，家里闹灾荒，官府横征暴敛。这日子没法儿过了，他已拉起队伍，揭竿造反了。"

"哦！"这令虢龄峰、彭翼南大感意外。

虢龄峰："翼南兄，十万火急，此次科举我是不能参加了，就此别过！"

说罢，虢龄峰带着岑银花匆匆离去……

▲州衙，红楼（日，内）

负责监考的官员们正在埋怨："……措施不严，监管不力，以致试卷被抢，按《大明律》这是要被杀头的……"

赵文华正来回踱步，如同热锅上的蚂蚁。（画外音）"张大人到！"

只见张经匆匆赶来，进门便询问："听说试卷被抢，现下落如何？"

赵文华摇摇头，哭丧着脸："张大人，我家还有八十老母……"

张经轻蔑地道："除了有八十老母，还有十多个妻妾，九十八处房产……"

赵文华："张大人，你看这……"

张经："下官倒有个主意，既可帮赵大人过关，科考还可以继续。"

赵文华："哦，张大人请讲。"

张经："此番科考，好在不是纯粹的文考科举，前三名试卷不必呈给皇上亲自批阅。只需钦差大臣封锁试卷被抢的消息，且让所有的考生一律过关。"

赵文华："那……那此次的入门初试不是作废了吗？"

张经："如果你觉得智力测试很重要的话，可再增加一次比智谋的考试。"

赵文华："又搞一次文科考试，恐怕不妥吧？"

张经："上次考试是书面测试语言文字功夫，而再考则重在智谋的当面测试。"

赵文华："面试？以往只有皇上殿试时，才有面试呀。"

张经："即便殿试，皇上也不会亲自阅卷。只要能招募到真正的人才，就不必拘于考试形式，重在体现公正公平公开，所有面试题目放进密封箱，由考生随机抽出，根据提示来回答问题，意在检验考生即兴分析问题、思考问题、解决问题的思维能力，不拘一格降人才嘛！"

赵文华："哎！这个主意甚好！张大人真是我的再生父母，我赵文华当终生报答！"

张经打断了他："你既然已经拜了严大人做干爹，我看你还是去报答你的干爹吧！"说罢淡然一笑，拂袖走出了大门。

望着张经离去的背影，赵文华手一挥，刀疤脸赶紧近前听令："大人……"

赵文华低声道："你安排的王壮士，怎么还没动手？"

刀疤脸："一直没找到合适的机会……"

▲贡院考场（日，内）

科考第二轮就是专门比拼智谋的面试。翌日考场上的一道智力试题使考生们纷纷出局，题目是：在规定时间里怎样将一根丝线快速穿过九曲明珠。

前面考生都无法完成，只见另类智慧的彭翼南，很快就找来了外援：蚂蚁。众所周知"千里之堤毁于蚁穴"，不就是钻几个小孔吗？这对蚂蚁来说，当然是小意思。彭翼南将那只肥胖的蚁后粘贴在珠孔里面，再把一只工蚁绑上丝线放在入口，工蚁就会想尽一切办法与蚁后会合。细小的丝线系在那只工蚁的腰上。不一会儿蚂蚁就带着丝线顺利地爬过了这颗明珠的九曲孔道，好样的！丝线出来了，挑战成功，各路考生顿时都看呆了。

赵文华才不信"巫傩彭翼南"，他随机另抽一题，命题是"辨认母子关系"。

题目是将100头母牛和100头小牛犊混在一起，要求考生辨认出哪头小牛犊是哪头母牛生的。没断奶小牛犊都会紧随母牛，但这么多一时半会儿谁也分不清。

彭翼南心想，这孩子饿了还要吃奶呢，小牛犊也该如此吧。他决定将母牛和小牛犊分别关了起来，而且其间又不给它们饲料和水，到了下午，才将它们都放在一起。只见饥渴至极的小牛犊急奔向母牛——吃奶去了。如此这般彭翼南很快就辨认出了它们之间的母子关系。

其超乎寻常的智慧，让众考官们称赞不已："这题够刁钻的，肯定是老土司彭明辅出的。""彭翼南这小子也够绝的，让人佩服之至！"

难道翼南预先知道了考题？于是严嵩即兴出了第三道题想为难一下他。

严嵩迫不及待地命题："甲和乙可以相互轮回转化，乙在沸水中生成丙，而丙在空气中变成丁，丁有臭鸡蛋的气味。请问这甲、乙、丙、丁分别是什么？"

彭翼南从"丁有臭鸡蛋的气味"这个已知的条件倒推："既然是臭气味来自臭鸡蛋，而蛋是鸡产下的，那么鸡蛋孵化为鸡、鸡与蛋可相互轮回转化——鸡蛋在沸水中煮成熟鸡蛋——熟鸡蛋在空气中腐烂就成了臭鸡蛋，一定会散发臭味。就如同做人一样的道理：首先要做一个人，人生就是人的一生。快乐就是要自己从内心中感到高兴，幸福首先源于自己的内心……"

"好了！"赵文华打断了彭翼南的滔滔不绝，忽然发难，"那我问你'米'字加上一笔，是什么字？"

彭翼南："什么'米'字？"

赵文华："吃米饭的'米'字……"

顿时面试考生们全都被问蒙了，不知道该怎么回答。只见朱厚熜自告奋勇地站起来说道："这个问题未免太简单了，肯定是兴高采烈的'采'字呗，而且不会再有其他的字了。"说完之后他自信满满地望着众人。

几位面试考官听完以后不断点头，但赵文华、严嵩似乎仍不甚满意。

一个被问蒙的考生插话道："面试官大人，我也觉得是'采'字，他肯定说得没错。"

彭翼南稍加思考后回答道："我觉得他的回答有瑕疵，其实还有一个来去的'来'字，也是符合标准的。而且的话，'采'字的'ノ'下面还是'米'字，'来'字最为贴切，尤其是当下规定情景是'招聘'人才，面试官肯定是需要有人'来'的。"

话音刚落，面试官们竖起了大拇指，议论纷纷："不错、不错。"不管你的学识如何，态度往往更重要。朱厚熜的回答也很不错，但他的话可能太过于绝对。所以一个人在说一件事的时候，也不要说得太满，一定要注意自己的态度。态度往往是面试考官最看重的。

严嵩起身鼓掌，哈哈大笑。赵文华不解："干爹，何以大笑？"

严嵩突然问道："彭翼南，那我问你，笑是什么？"

彭翼南答："笑是神。"

严嵩再问："生气是什么？"

彭翼南再答："生气是鬼。你一笑，神就来；你一气，鬼就到。神一来，鬼就得走，这就叫'神出鬼没'。只要每天高高兴兴，无忧无虑，就能把病给饿死。病靠吃气活着，疮靠吃火活着。'气'是病的水，'火'是病的粮；你不生气，你不上火，就等于不给病水喝，不给病饭吃。没吃没喝，病就自然饿死了。"

虤成、朱厚熜上场考试意外连连，好歹他俩都能化险为夷，闯关而过。

考试一波三折。眼看除了彭翼南、朱厚熜、虤成以外，竟无人晋级。严嵩故技重施，使出了钦差大臣的特权：考生们全数过关！

经过两轮折腾，朝廷科举取士犹如峰回路转，又重新回到了"武举"起点。

风起云涌，变幻莫测。心胸狭窄的彭翼北还不时地在与大哥暗地里较劲。

▲**古城校场（晨，外）**

腊月二十八，东方刚刚亮出鱼肚白。

字幕：湘西"祭枪节"。

晨光之中，考生们已在校场排成队列，校尉高喊（画外音）："钦差大臣到！"

鼓手们立即擂响了鼓，众考生在校尉的带领下齐声高呼："见贤思齐，至圣至神……"

只见严嵩在赵文华等人的陪同下，悠哉悠哉地登上了检阅指挥台。

严嵩："听说老土司彭明辅就在王城，为何不请他也来此观看比武啊？"

赵文华："那个迂夫子，说武举考试，他不便介入。"

严嵩："张经张大人呢，这比武马上就要开始，主考官为何迟迟不到？"

赵文华不无得意地道："噩梦醒来是早晨，会不会睡在温柔乡里，还没起床呢？"

这时，远处传来马蹄声，张经和张天娇各骑一匹骏马朝校场这边奔来。严嵩看见张经，不禁慌乱，赵文华更是脸色刷白，身体不由得微微颤抖。

张经下马，对他二人拱手："二位大人，微臣来迟一步。"

随即他将牵马绳交给了女儿张天娇，大步流星地登上指挥台。

严嵩："张大人，何故姗姗来迟呀？"

张经："近来刺客连连造访，要行刺于我，所以夜晚噩梦不断。"

"哦，"严嵩故作惊讶地道，"太平盛世，竟有如此狂徒！"

张经："来者自称是受您的指派，既然严大人派来的，我便把他放走了。"

严嵩恼羞成怒："你！血口喷人！老夫纵然与你有些过节，自当在皇上面前与你辩明是非，岂能干那些阴谋暗算、卑鄙龌龊之勾当呢？"

张经："我也希望严大人不是那种人。"

严嵩："既然你说，那刺客是老夫手下，他姓甚名谁？你道来听听。"

张经："武考马上开始，张经公务在身，刺客之事日后再说。"

严嵩："好，我等着你拿出人证物证来，还老夫一个清白！"

张经朝着司仪官做了个手势："武举可以开始了。"顿时鼓手们拼命地擂鼓，号手们也吹响了长长的号角。

指挥台上，张经面朝众考生，慷慨激昂地说道："各位考生，'居天下之广居，立天下之正位，行天下之大道。得志，与民由之；不得志，独行其道。富贵不能淫，贫贱不能移，威武不能屈，谓之大丈夫也。'此乃孟子所言。大家都是习武之人，为人要正，为武也要正，不欺弱凌幼，不助邪行恶，匡扶正义，保家卫国，行天下之大道，才可谓真正的武人！而今东南沿海倭寇横行，狼烟四起，炎黄子孙苦难深重，每当家国之需时势所迫，必然会有聪明秀出、胆识过人的英雄人物不断涌现。微臣深信英雄就在你们中间。中华上下五千年，无数英雄人物名垂千古，流芳百世。只有那些为解人民于水火、救国家民族于危难、挺身而出、为国效力的人，才能称得上真正的民族英雄。"

考生们被他的一席演讲深深地打动了，一个个都显得情绪激动。站在校场一侧的张天娇泪盈眼眶，更是激动得不能自已。

司仪："下面，有请朝廷督考俞大人宣布比武规则。"

俞大猷："今日武考乃湘西土司王城一年一度的'祭枪节'，每到这一天便是湘民们缅怀先烈、传承武勇的盛大节日，威震东瀛的'钩镰枪'无疑是武勇强悍、无惧无畏的代名词，今年的武举就是要传承彭公爵主无惧无畏的精神！"话音未落，远处传来"嘟、嘟——"的声音，这是用湘西牛角吹响的集结号。

南长城烽火台上，傩师摇动响铃，挥舞着司刀跳跶狂舞。古老的仪式野性而阳刚，浓郁的民俗民风令张经、俞大猷大开眼界。全身披挂着稻草裙的舞者跳起了原始祭祀神灵的"毛古斯"舞。傩师歌之舞之，开启了祭枪的序幕。"呜吼"古老的祭歌，豪迈而苍凉——

  番邦贼子扰太平，
  奋起湘西土司兵。
  别过妻儿辞老母，
  千里远征王江泾。

张经已端坐指挥台上，张天娇则站在她父亲的身后，如同贴身保镖。

一旁的严嵩与赵文华目光对视，特意地瞟了一眼张经父女，语带双关地问道："张大人，你女儿英姿飒爽，老夫真是羡慕不已啊。"

赵文华："听说张姑娘不但文才不错，而且武功过人。"

严嵩："文华，你女儿要是活在世上，恐怕也这么大了吧？"

赵文华叹息一声："我那小女命薄，无福享受世间富贵。她要是活着的话，今年也该十九岁了。"

张经脸上露出异样神情，岔开话题："二位大人，王城祭枪节如此盛大隆重，令人叹为观止呀！"话音刚落，鼓声震天，呐喊声一浪高过一浪。

紧接着是震耳欲聋的擂大鼓声和唢呐声齐鸣，越来越响，越来越近。巨大的声音惊天动地，仿佛整个地皮都在颤抖，考生们不由自主地望去，只见在一阵翻江倒海似的"呜吼"声中，人们仿佛置身于喧嚣的海洋。

在场的考官、举子们全都惊呆了！顷刻之间，比武校场口一下子涌进一股股奔腾的人流。

彭翼南看见，湘民们一边挥着长矛大刀，一边呼喊着"呜吼"，疾速往前奔跑；朱厚熜、虢成看见，涌入广场的湘民们挥着锄头、猎枪，一边呐喊一边朝武举擂台口跑来。几股人流，沸腾般地汇合在一起，迅速聚集在这个盛大的"彭公"广场。

▲**比武擂台**（日，外）

彭公广场搭起了擂台，随着一阵锣声，脸上涂着鬼脸的傩师们边舞边登场，沉浸在怪异舞蹈中如痴如醉，眼神凝重，仿佛被祖先神灵附体一般。

南长城烽火台上急骤的鼓声，预示着擂台比武即将开始："恭请钩镰神枪，祭缅彭公爵主——"

傩师们高声齐呼："钩镰枪、钩镰枪！"

指挥台上，张经、俞大猷、严嵩、赵文华、向老太爷祖孙以及湘西各峒寨主正襟危坐。在庄严的牛号角声中，披盖着红绸布的钩镰枪被抬了上来。俞大猷走向台中央，冲着东西南北抱了一个长揖："今年祭枪节，意义非凡，各位举子须仿效当年彭公出征，在擂台上比武夺魁，报效朝廷。"

首先，来自山东泰山的苏来宝挑战，徐海登台战胜了他的五霸拳，接着是求胜心切的彭翼北与徐海在比武场上打得难解难分。

赵文华："干爹，照这样打下去，啥时能有个胜负？真没劲！"

严嵩俯耳轻声说了几句后，赵文华便迫不及待地跳出来叫停："既然此次的武举赛制采用了湘西土司祖上立下的规矩，我们钦差大臣不拘一格降人才，为增加对抗性、强化协同作战，经修改之后的新规则就是考生们三人一组，自由组合，凭借实力击败对手的，才是最终的获胜者。"

话音刚落，在场的各位科举武生傻了眼，顿时议论纷纷。

彭翼北、徐海与苏来宝只得临时联手守擂，不料却被来自江西三清山的螳螂拳三兄弟击

第二十章

侠肝义胆　孤男寡女情有所衷
大智若愚　奇人奇招智破谜题

败。翼北等人无奈出局。彭翼南、虢成、朱厚熜可谓黄金组合，联手将拳王三兄弟打下了擂台。

他们一个是湘西土司王子，一个是桂北土官后人，另一个则是安陆兴藩王的嫡长子，三位王子拳脚功夫了得，竟无人能敌，眼看就要获得拳术比赛前三强，这时三名壮汉持剑跳上了擂台："老子要跟你们几个斗斗剑法。"来者正是安徽齐云观的王直和他两个侄儿王煎、王熬。

彭翼南拱手道："科场规定，今日只比拳脚，不使兵器。你们要切磋剑术，来日再说。"

王直："等不及了。我入齐云观十年，刀山剑林里滚爬，等的就是这一刻。"

司仪上前呵斥："今日科举乃南拳北腿，现在还没轮到刀枪棍剑！"

王直挥舞手中长剑，剑光闪过竟然将司仪官的胡须削了下来："废话，现在轮到我们了吧？"

司仪官吓得发抖，急忙朝台上求救："严大人……"

严嵩不阴不阳地表态："既然已经上场，不妨比试一番。张大人，你说呢？"

张经无奈地道："好吧，但切记点到为止，万万不可伤及对方。"

彭翼南说他没带剑。赵文华道："为了以示公平，你们也不能用自己的剑。来人！"他做个手势，校尉们立即给他们送上了六把长剑。

赵文华："你们一人一把，这样就公平了，开始吧。"

鼓声激越，号声悠扬。王直叔侄三人连环劈剑，寒光闪闪，快似雷电。彭翼南、虢成、朱厚熜并肩协力，挥剑还击，剑影移动、如梦如幻。王直与其侄儿急扑而至，彭翼南在剑光中穿来插去。六个人在擂台上厮杀得难解难分。

赵文华："干爹，他们这样斗来斗去，到何时才能分出胜负？"

严嵩："胜负已经分出，难道你还看不出来？"

赵文华："那他们谁是胜者？"

严嵩："胜者乃你、我。"赵文华立即悟出话中之意，连忙点头。张经疑惑地朝他俩斜了一眼。

擂台上，王直叔侄凶狠的招式连接终于露出破绽：彭翼南剑光一闪罩住王直，虢成迅速将王煎剑尖挑起，朱厚熜则趁机将王熬压制，转瞬之间彭翼南倒转剑柄敲击兄弟俩的剑刃，示意他们弃刀，三位王子配合极佳完全如同一个人：三双手三双脚，就像只长了一颗脑袋。王煎、王熬哪肯服输，趁其不备双剑齐齐劈下——

"小心呀！"急得张天娇不禁疾呼。

彭翼南猝不及防，眼见劈头来剑，他只得仓促挥剑抵挡，不料，王煎、王熬脚下一滑，他俩的身子却朝着彭翼南、朱厚熜、虢成的长剑扑去。王煎、王熬被剑尖意外刺中，身子前后摇晃起来。彭翼南连忙上前将他们扶住："不要再打了。"王煎、王熬摸了摸受伤的肩膀，见手掌上沾着鲜血便恼羞成怒："你说不打就不打了？"说着拳脚并用，朝彭翼南击打而去。彭翼南并不还手，连连闪避，险些跌落台下。突然，王煎、王熬脸露痛苦之色，捂着胸口，跟跄倒下。彭翼南、虢成、朱厚熜先后扔掉长剑，上前将王氏兄弟扶起。王煎、王熬痛苦无比，眼睛一闭，停止了呼吸。

王直抱着侄儿声嘶力竭地喊着:"王煎、王熬!"台下的观众们惊呆了!

彭翼南一时没了主意:"这?怎么会这样?怎么会……"

赵文华:"来人,将他们三人给我拿下!"

锦衣卫迅速将擂台上的三位王子团团围了起来。

"慢!"张经立即上前制止,"事情尚未弄清,不得抓人!"

赵文华:"人命关天,王子犯法与庶民同罪。"严嵩望着张经得意扬扬、不可一世。

这时,张天娇发现,两只猎犬在舔舐丢弃剑刃上的血污后,一命呜呼。

张天娇贴近张经耳语道:"阿爹,他们用过的剑可能沾有剧毒!"

张经眼前(闪回):武考场上,赵文华令人递上利剑。(闪回完)

张经气愤至极:"严嵩,你不问青红皂白,凭什么抓人!"

严嵩:"这地上躺的两具尸体,就是铁证!"

"不!"彭翼南,"他们是触碰了我的剑而身亡的。一人做事一人当,此事与我这两位兄弟无关。"

张经:"他可是土司继位的嫡长子。"

赵文华:"人命关天,王子犯法与庶民同罪,先将彭翼南押下去候审!"

金凤姐、彭翼北欲上前抢人,一阵厮杀,随即姐弟先后被校尉控制。

张天娇走上台,悄悄捡起了彭翼南刚才扔在地上的长剑。

▲府衙监牢(日,内)

严嵩、赵文华在校尉簇拥之下走进了监牢,衙卒将牢房门打开:"彭翼南,出来拜见严大人!"

只见彭翼南拖着脚镣锁链缓缓从监牢内走出。严嵩:"彭翼南,我听说,被你刺死的王煎、王熬兄弟,还是你的朋友,你想当武状元,也不该如此心狠手辣啊!"

彭翼南:"他俩死于我的剑下,我应该偿命。此事与虢成、王藩兄弟无关。"

严嵩:"老夫喜欢你这样讲信义的年轻人,我可以救你,而且包你日后飞黄腾达,不过我有个条件。"

彭翼南:"条件?"

严嵩:"谷公公手下的内廷有四万禁军,老夫想让你担纲禁军统领。不过,要想当这个禁军统领,就必须先要净身。"

彭翼南:"翼南无法接受严大人的美意。"

赵文华:"彭翼南,这可是人命关天呀,王子犯法株连九族,如若不答应,你的姐姐和弟弟就要陪着你一块儿去见阎王爷了,带上来!"

校尉将彭翼北、金凤押了过来。二人嘶声喊着:"翼南!大哥!"

彭翼南也喊着:"金凤姐、小弟——"

严嵩:"现在能救他们二人的,是你自己。"

彭翼南:"翼南不愿做苟且之人。"

严嵩朝校尉做个手势:"将他二人打入死牢!"

彭翼南喊着:"等等,我一人做事一人当!"

严嵩:"我再说一遍,现在能救他二人的,是你自己。"

彭翼南泪流满面,无奈地喊道:"好,好,我答应你……"

严嵩:"你说话算话?"

彭翼南:"既然我答应了你,就不会反悔。"

严嵩:"好,将他二人放了。"

彭翼北、金凤被驱赶出了牢房……

▲监牢大门口(日,外)

彭翼北:"凤姐,没想到,大哥因祸得福,居然还当上了禁军大官。"

金凤:"你好不懂事!不识严嵩的奸计,他是要逼翼南净身!"

彭翼北:"那你的意思是说,我大哥以后就不能讨媳妇,也不能……"

金凤:"你大哥是为了救咱们,才无奈答应严嵩的。"

彭翼北咬牙切齿:"这个老东西,真是太卑鄙了!"

金凤:"我们要想办法救出你大哥!"

彭翼北灵机一动:"去找王藩,他不是皇亲国戚吗?"

▲州府接官楼(日,内)

庭院之中,张经沉闷地思索着什么。张天娇急匆匆走来:"爹,彭翼南用过的剑,我请郎中验过了,剑上沾有剧毒。"

(闪回)武考场上,赵文华令人递上利剑……(闪回完)

"哼!"张经恨得咬牙,"严嵩这一招太狠毒了!"

张天娇:"爹,听说严嵩还逼彭翼南净身,打算让他去当禁军统领。"

张经大怒:"卑鄙,卑鄙至极!我找他去!"

▲严嵩下榻的接官楼(日,内)

张经只身怒气冲冲闯入接官楼,直面严嵩:"王煎、王熬之死并非死于剑上,而是死于剧毒。彭翼南使用的剑,是赵文华亲手交给他的,此剑我让郎中验过,剑刃沾有剧毒。"

严嵩:"照你这么说,是监考官赵文华有意陷害彭翼南啰?"

张经:"赵文华不过一走卒,定是受人指使。"

严嵩沉不住气了:"那,指使他的,又是何人?"

张经:"此人乃京城国子监祭酒、钦差大人是也!"

严嵩气愤地道:"张经,你,你血口喷人!"

张经寸步不让:"王熬受严大人指派潜入我府,行刺未果,如今严大人欲杀人灭口,为此赵文华在擂台上将一柄沾有剧毒的长剑给了王熬的对手彭翼南……"

(闪回)赵文华道:"为公平起见,你们俩谁也不能用自己的剑。来人!"他做了个手势,

校尉立即送上利剑。(闪回完)

　　严嵩:"哼,你说完了没有?"

　　张经:"严嵩,你我之间的是是非非,待科考完毕,再回京面见圣上辩个是非曲直。今日若不将彭翼南交出来,我跟你没完!"

　　"张经,你我之间的是非恩怨,老夫今日就给你个了结!"他气急败坏地喊着,"来人!"一队校尉闻声入内,执刀步步逼近张经。

　　这时,另一队官兵冲了进来,为首者正是他的助手,俞大猷呵斥道:"谁敢!谁敢动我们张大人……"

　　双方剑拔弩张,气氛异常紧张。严嵩忽地抽出一把镶金嵌玉的宝剑:"尚方宝剑在此,哪个胆敢不从!"

　　校尉们正要上前,这时,朱厚熜领着两名侍从进来。朱厚熜见状大声呵斥:"且慢!"

　　严嵩恭敬地道:"兴藩王!"

　　朱厚熜问过情由之后,劝解说:"好好,你二人之是非,回京之后,我再向皇兄如实禀报。不过,今日我要将彭翼南带走,不知严大人给不给这个面子?"

　　"这?"严嵩奸猾地一笑,"哼,兴藩王,恐怕你来迟了一步呀。"

▲净身房里(夜,内)

　　烟雾缭绕的净身房里,彭翼南正被绑缚在手术台上。

　　赵文华阴阳怪气:"彭翼南,美妙的时刻就要降临到你的身上,我真的好羡慕你哟!"

　　彭翼南厌恶地道:"滚开!"

　　几名太监黑衣黑巾,仅仅露出两只眼睛,在阴霾气氛中伴着鼓点,装神弄鬼,朝着香案跪拜,手舞足蹈,正表演着玄幻、诡异的净身"仪式"。净身房屋外,站着一排校尉。这时,又有两名蒙着头巾的黑衣人走了过来,他们一高一矮,与屋里的太监一般打份,手里端着盘子,盘子中装有药瓶等器皿。

　　仪式完毕,赵文华朝太医吼道:"快动刀呀!"

　　忽然那两名端着器皿、悄然进屋的黑衣人若兔起鹘落,猛地用刀子分别顶住太医和赵文华:"别动!"

　　赵文华吓呆了,连说:"好汉饶命……"

　　黑衣人挥刀割断彭翼南身上绑缚的绳索,并对彭翼南说:"王煎王熬之死,罪不在你,是赵文华害死的。"

　　另一黑衣人将刀横在赵文华胸口:"说,彭翼南的剑上是不是被你们沾了剧毒?若不说实话,一刀就宰了你,说!"

　　赵文华哭丧着脸道:"我,我说,王煎、王熬先后行刺张经未遂,严大人害怕他们到皇上面前作证,所以他就要我杀人灭口……"

　　彭翼南喝道:"赵文华,你恶贯满盈,太医,过来,把他给阉了!"

随即，彭翼南将布巾塞入赵文华口中，再用绳子将其绑在床上。黑衣人用刀逼着太医过来——准备进行阉割手术！这时，个子稍矮的黑衣人对彭翼南轻声道："等等。"说完她便转过身悄然走出室外……

赵文华望着明晃晃的刀子，顿时惊恐得昏厥了过去。

彭翼南："赵大人，老子以后该叫你赵公公了。"

▲巷口（晨，外）

三人走出府衙，门外急速驶来一辆马车，驾车人正是金凤姐。她身后大个子黑衣人正是虢成，而小个子黑衣人解下头巾——却是张天娇！

彭翼南："虢成兄、天娇姑娘，多谢二位搭救。"

虢成："只要能救兄弟，无论付出什么代价，我们都在所不惜。"

望着虢成与金凤配合默契，彭翼南不解："那你们俩究竟是什么关系呢？"

只见金凤姐不好意思地一笑。

彭翼南恍然大悟："哦，原来你们……"

▲净身房里（晨，内）

严嵩与兴藩王赶到净身房查看时，发现早已狸猫换太子！真正被阉割的却是赵文华！

此时赵文华悲惨地哭诉道："干爹呀，彭翼南被人劫走了……"

严嵩气急败坏地道："快！快把彭翼南给我抓住，决不能让他跑了！"

赵文华："还有朱厚熜、虢成，其实他们都是王族藩镇的叛逆，依照'祖制'和'大明律'均不得参加武举科考，以防拥兵自重。干爹，这些人都得治以死罪！"

严嵩咬牙切齿地道："杀无赦！"

刀疤脸率领官兵、锦衣卫快速追击而去……

（画外音）擂台上的彭翼南、虢成、朱厚熜联手各展强项，携手击败各路高手，就在即将获得科举"前三甲"时，却遭到阴谋陷害。三位王子就像那奸党头上的三把尖刀，揭开了严嵩、赵文华受贿、徇私舞弊的丑恶行径，由此招致杀身之祸。就在赵文华带人实施绝杀之时，三位王子协同配合逃出了险境。在锦衣卫的追杀中，兄弟三人被迫踏上了逃亡之路……

▲雪地上（日，外）

山道弯弯、崎岖不平。兄弟三人相互搀扶的身影在风雪中若隐若现。三双脚印通向远方，中间的那双脚印还一路带着血迹……显然之前已发生过惨烈的厮杀，三人均已不同程度地受了伤。

▲山坳（日，外）

北风乍起、寒风刺骨，眼看刀疤脸率锦衣卫已追过山坳。赵文华在一瘸一拐地呵斥官军们追击。

▲三岔路口（日，外）

茫茫山野，白雪皑皑。一块刻着"开弓断弦，分岔路口"字样的石碑，就矗立在三岔路口。血雨腥风中，彭翼南、朱厚熄、虢成跑到石碑旁边时，已是精疲力竭。四面八方隐隐传来喊杀声，眼看包围圈越来越逼近。三人上气不接下气地互相望着对方，眼神倍显绝望。

朱厚熄喘着粗气："跑，跑不动了……"

彭翼南气喘吁吁地道："看这架势……今天非要搞死我们……"

虢成前后打量："跑了大半天，也没甩脱他们，不知现在到了哪里？"

兄弟三人打量四周：一座残破的关帝庙就在眼前——

"咱们三人萍水相逢，志趣相投。"朱厚熄手指路旁的关帝庙，"我们何不也像当年刘关张一样，在此结拜为异姓兄弟……"

"好呀！"彭翼南、虢成异口同声。

▲关帝庙（日，内）

一叠黄纸在燃烧，三人已跪在残破的关帝神像前，手里捧着点燃的香火。

"苍天在上，我——朱厚熄……"

"我——彭翼南……"

"我——虢成……"

三人合声道："今日结为生死兄弟……"

雪花，不时飘进破庙，远处，追杀声越来越近……三人齐齐用刀割破手腕，鲜血立刻滴洒在雪地上。虢成捧起地上带血的雪团，盟誓道："肝胆相照！"

朱厚熄："福祸共当！"

彭翼南："生不同生——"

三人合声道："死必同死，来世还要做兄弟！"

兄弟三人走出破庙，朱厚熄："我们一大早是迎着太阳初升的东方跑来的，那么前面应该是分别通往东、南、北方向的三条路了。"

彭翼南："那我们现在该走哪条路呢？"

朱厚熄观察岔路口地形："如果我们兄弟再这样子逃跑，目标太大，恐怕是很难有逃脱的机会了。"

虢成："是呀，眼下，跑脱一个是一个，咱必须在这儿分手，分散追兵的注意力！如果我们再绑在一起，恐怕大家只有死路一条了。"

面对生死选择，三兄弟默然伫立，无言以对。

虢成："活下一个算一个，马上分头走！"说罢，他欲朝南边大道走去……

彭翼南一把拦住："大哥，这条路目标大，你的腿又受了伤，我来！"

朱厚熄又拉住彭翼南："不，三弟，还是我来！"

大家争执不下……

狂风呼啸，扬起的雪花飘飘洒洒从天而降。眼看官兵的包围圈越来越小，追杀声临近，他们已上天无路，入地无门……

虢成："大家这样争来抢去，也不是个办法呀。"

朱厚熜："是呀，其实摆在眼前的三条路，都有被追杀的可能。"

"我看倒不如这样，"彭翼南灵机一动，"抓阄。"

虢成："抓阄？"

"对，赌命！"翼南，"抓到什么阄，就走哪条路，这就看命了。"

其实，三兄弟都想将自己置于危险境地，最后只得以抓阄择路而逃——抓阄结果：朱厚熜往东、彭翼南往南、虢成则往北……

前程难测，生死未卜，兄弟仨挥泪而别……

逃跑路上，三兄弟各自暗地里在自己踏上的逃亡路上留下了标记，就想吸引官兵追赶自己……

▲八阵图（日，外）

往东的朱厚熜误入"八阵图"迷宫，曲径通幽，总是走不出"迷魂阵"。就在他东躲西藏中，巧遇了小弟彭翼北前来指引。

彭翼北带领着朱厚熜好不容易才走出了"八阵图"秘境。

朱厚熜揖首，感激地道："滴水之恩当涌泉相报，你大哥是我的结拜兄弟，小弟你就跟我一起回湖广安陆吧，本王一定待你不薄。"

彭翼北："跟你走？我大哥早有交代……"

（幻影闪现出彭翼南的画外音）"留在你身边，老兄得答应我三件事。"

朱厚熜："三十件也无妨，翼南，你我兄弟一场，尽管说。"

彭翼南："第一，你若回到安陆王府，要请最好的老师教小弟练武习文。"

朱厚熜："我的老师就是他的老师。"

彭翼南："第二，请厚熜兄以朋友相待，不可拿小弟当下人使唤。"

朱厚熜："我愿与他有福同享。"

彭翼南："第三件事尤为重要，那就是有朝一日，你这个兴藩王若当了皇帝，千万不能把小弟留在身边当枪使。"

朱厚熜慌乱地道："哎呀，此话万万不可乱说呀……倘若我朱厚熜做了对不起兄弟的任何事情，天诛地灭，不得好死！"

彭翼南："厚熜兄言重了，相信你是一个值得信赖的兄长……"

（画外音）往北的虢成途中遇险，幸有凤姐及时搭救，两人携手落草桂北"草寇"；向南引诱追兵的彭翼南险象环生，危急中张经、张天娇父女赶来搭救……

——定格！

急速转黑的画面上，滚屏淡出以下字幕：

【第七单元叙事、第二十章完】

● 第七单元叙事之：

第二十一章

劫后重生　情侣一对终成眷属
喜中双庆　湘桂两峒消除积怨

▲**春陵码头**（日，外）

风萧萧兮潇水寒，归乡路途遥远又艰险……

张经为了承担三兄弟逃跑之责，跟严嵩彻底翻脸，也因此遭到奸党陷害而被革职遣返原籍，赵文华趁机落井下石在途中拦截，但并未查出张经的行囊中夹带任何金银钱财，只找到老土司赠予的那幅"两袖清风，一身正气"的楹联。

彭翼南陪着张经父女一行，沿潇水而上，来到湘桂两省交界的春陵码头。

张经忽然触景生情地道："哦……这地方，让我想起了十九年前，就是这里，我看见一个妇人抱着刚出生的婴儿，跳进河中……"

张天娇："那后来呢？"

张经："后来呀，我就将她们母女救起……"

张天娇："爹，十九年前那个被救起的女婴，现在应该和我一般大了吧？爹，你怎么从来没有跟我说起这事？"

正在这时，不远处传来激烈的厮打声……

▲**半山亭**（日，外）

几名壮汉正围堵一个蒙面女子，一阵乱砍乱刺，女子的臂膀已被刺中流血。

彭翼南见状，如同大鹏展翅般飞扑过去，只使了几招便解救下那名女子。

当蒙面人揭开面罩后，彭翼南惊呆了，这不就是王城街头卖艺女子岑银花吗？她的未婚夫虢龄峰呢？为什么在这荒郊野外被人追杀？

对于彭翼南的疑惑，岑银花并不急于回答，只是淡淡地回答："先上山再说吧！"

▲**桂北，大峡谷**（日，外）

张经、张天娇、彭翼南等人在岑银花的带领之下，已进入大峡谷……

只见岑银花吹出一声清哨，山谷即刻回应一阵锣鸣，前方出现一排黑衣人，挥舞着黑色小旗，跳着祭祀舞蹈。两名黑衣女子上前揖首："我们白果峒掌门人，恭请张大人一行入山寨做客。"

风光秀丽的山寨，绿荫掩映，曲径通幽。

张经、张天娇父女在彭翼南的护卫下，随着黑衣女子进入山寨大门。

▲白果峒（日，内）

长长的台阶通向一座殿宇，大厅帏幔飘拂，香烟缭绕。两边立柱上刻写着：江湖路远义字先，唯秉此志克难坚；成败兴衰逝如风，黄泉路上再相逢。

殿中神龛上供奉的"峒主亡灵"牌位众多，一眼望不到边，彭翼南发现守护在这里的都是清一色的娘子军，尤显凄凉……

此情此景，彭翼南不禁问道："你们这里的男人都去哪儿了？"

岑银花解释说："为反抗官府暴政，前一阵在舅舅率领之下，我们拉起队伍，揭竿造反……"

彭翼南："造反、造反，究竟遭遇了什么，为何男人们都被打光了？"

原来此次桂北剿叛，官府改变了以前"大军压境、定点清除"的惯用手段，而是扶持了另一股实力——福禄峒虢氏家族，以夷制夷，以蛮制蛮，各个击破。

白果峒与福禄峒地处湘桂交界，早年因地界纠纷结下了世仇，为了平息纷争，两家曾为虢龄峰和岑银花定下了娃娃亲。可在官兵的挑唆下，两家纷争又起，各自都想利用外来势力的扶持吞掉对方。如今白果峒的男人都被打光了，只剩下岑银花手下的这帮寡妇和孩子们了。

表面上看似官军扶持虢氏打压岑氏，其实这是严嵩、赵文华精心策划的一场阴谋——螳螂扑蝉、黄雀在后！

岑银花告诉彭翼南：昨天追杀她的那伙人，正是福禄山庄派来的，如今福禄峒与白果峒早已誓不两立，她想邀请张经等三位加入白果峒，更想让彭翼南做山寨的舵主，拯救白果峒。

彭翼南直言："眼下我要护送张大人，不可能加入你们的峒派之争。"

张经则表示："身为朝廷命官，决不做山野草寇这等犯上作乱之事。"

面对两人的回绝，岑银花笑道："真不识抬举，这里是我的地盘，别看这儿没有男人，可我们黑寡妇手中的凌花剑是不认人的！"

彭翼南"噌"地拔出剑来，挡在了张经前面——

他的鲁莽之举，立即被张经呵斥制止。

岑银花见状觉得硬来不行，不得不施出缓兵之计："那我就邀请各位在此小住几日。山寨之中，你们可以自由往来，但不可以擅自外出。"

彭翼南得知，这里一脚踏两省，山那边是福禄山庄，虢宸毅家族祖祖辈辈就居住在湘桂交界的湖南一侧，代代习武，一套神龙八卦掌打遍天下。

这个叫虢宸毅的峒主，数年来就想吞并白果峒，而岑银花呢，也想趁机夺了福禄派地盘。就这样两家打斗多年，势均力敌。直到白果峒此次揭竿造反，官军介入之后，才打破了双方之间的平衡。

岑银花对彭翼南说："今早，虢家峒主送来聘礼，说是要我嫁给他们少峒主，两家和解成为一家人。哼哼，想得美！不就是想吞并我白果峒嘛！"

彭翼南："好事嘛，两家合一家，化干戈为玉帛。"

岑银花："黄鼠狼给鸡拜年，没安好心！"

彭翼南："你既然不愿嫁，那就别去呗。"

岑银花："不！福禄山庄地势险峻，强攻硬打肯定是不行的，这次倒是一个千载难逢的好机会。"

彭翼南："你想怎样？"

岑银花一笑："哼，他使出这招叫'美男计'，我便将计就计，趁机潜入，踏平福禄山庄，哼，想要跟官军狼狈为奸，是绝对没有好下场的！"

▲山庄秘境（日，外）

云遮雾绕、海市蜃楼，石洞秘境，仙气逼人。

岑银花带彭翼南来到山崖下的石洞前，说："今日可是我白果派圣女出关的日子。咱们圣女练的可是无人能敌的——白果无畏剑。"

话音未落，洞中即刻发出"隆隆"声响，缓缓升起的白烟中走出了大难不死的——金凤姐！她和彭翼南近在咫尺，都情不自禁地叫出了对方名字，姐弟相拥而泣。

彭翼南疑惑地道："大姐你不是和虢成哥一起逃回桂北老家了吗？怎么又入了白果峒，当上了圣女？"

金凤顿时痛心疾首，伤心地哭泣道："你虢成哥……他死了……"

（闪回）山道上——

虢成与表妹金凤骑着马，在赶回桂北老家途中。他俩并驾齐驱。远方天边的夕阳将云彩烧得一片血红。

金凤手指天空："表哥，你看天上的云就像一块红绸。"

虢成："这红绸盖在你的头上，你就成新娘了。"

金凤："那，拜堂之时，你有何定情之物送给我吗？"

虢成："我呀，送你八个字——不离不弃，同生共死！"

金凤感动地叨念着："不离不弃，同生共死……"

突然，前面林中闪出一队锦衣卫，拦住了去路，刀疤脸大声叫喊道："还不快快束手就擒！"说着就向他俩袭来……

虢成和金凤挥剑与官兵拼杀。锦衣卫密集的羽箭刷刷飞来，他二人舞剑抵挡，长剑护住了人，不料，骏马却中箭倒地不起。虢成和金凤只得边打边退朝山梁上跑去，到了山顶低头一看，竟然是深不见底的山涧，眼看已没有了退路。望着逼近的刀疤脸，虢成绝望地对金凤道："想不到你我今日要葬身于此……"

金凤："和表哥死在一起，我无怨无悔，不离不弃，同生共死！"

锦衣卫渐渐逼近，虢成勇猛异常，金凤力气稍弱，却灵活敏捷。四名校尉将虢成的长剑"罩"住，他且战且退。当退到山崖边时，他终于寡不敌众，肩头中了一刀，只见他身子往后一仰，随即掉落悬崖……

第二十一章 /CHAPTER 21　　劫后重生　情侣一对终成眷属
　　　　　　　　　　　　　　　　　　喜中双庆　湘桂两峒消除积怨

　　金凤声嘶力竭："表哥——"她的声音在山谷中久久回荡。

　　牙关紧咬的金凤回转身子，长剑如暴风骤雨般猛烈，校尉们被她的勇猛慑住，连连后退。刀疤脸朝她射出一箭，击中她的胸部。金凤痛苦地一颤，长剑垂下，瘫倒在地上。一名校尉迅速上前、挥刀砍去——

　　刀疤脸疾呼："留下活口！"

　　锦衣卫得胜而归，金凤被绑在马上。她双目紧闭，昏迷不醒。

　　这时突然从官道上闪出一排穿黑衣黑裤的人，头上裹着黑巾，有的还戴着狰狞的傩面具，齐声喊："杀呀！"

　　刀疤脸惊恐地道："黑寡妇！"

　　领头的正是白果峒派的掌门岑银花。此刻她做了个手势，黑色队伍立马敲锣打鼓，手舞足蹈……

　　刀疤脸和他手下的锦衣卫都愣住了。岑银花娇叱一声，飞身如燕，落在驮着金凤的那匹马前，纵身一跃"跳"到了马背上，轻拉缰绳，这马将她和金凤驮着，直向苍茫的原野飞驰而去……（闪回完）

　　金凤、翼南姐弟在此相见，分外动容，岑银花见此情景，也不禁潸然泪下。

　　原来，岑银花打算假借婚庆之日——实施"掉包"之计，让金凤扮成假新娘引诱对方上钩，再伺机出击，攻下福禄山庄……

　　对于白果掌门的冒险举措，彭翼南、张天娇不由得为她捏了一把汗！

　　岑银花解释："唯有圣女练过无畏剑，才能制服那个少峒主，这事成功的关键在于你们姐弟之间的配合是否默契、天衣无缝？"

　　金凤："翼南，我的性命是掌门从锦衣卫手中救下来的，你一定要答应她。"

　　既然如此，彭翼南和张天娇只能配合此次冒险行动了，于是他俩决定假装扮成送亲的，做金凤的贴身护卫，见机行事。

　　▲**福禄山庄（夜，外）**

　　锣鼓喧天、鞭炮齐鸣。福禄山庄的迎亲花轿吹吹打打走进山寨，岑银花、张天娇扶着身穿大红嫁衣、风姿绰约的金凤进入了花轿。岑银花悄声再三叮嘱："记住，得手之后，立即发出信号。"

　　▲**福禄山庄（凌晨，外）**

　　翌日凌晨，彭翼南挑着一担礼品，混进了送亲队伍之中。此时天色尚未明朗，如水的月光映照着秀丽的福禄山庄，山门外的大红灯笼给清冷的凌晨添了几分喜色。

　　时候尚早，彭翼南和张天娇坐在山寨小坪中的石凳上小憩。

　　彭翼南注视着星空："如果说天边那颗最亮的星是你，那我就是离你最近的那一颗行星。"

　　张天娇情不自禁地拉住了彭翼南的手。彭翼南情不自禁地闭上眼把脸凑过去，想亲吻张天娇，躲闪中的张天娇俏皮地拈起自己胸前的那片残玉挡住彭翼南的嘴唇。陶醉的彭翼南双眼紧闭:"挺香的,还有点凉……"当他睁开眼,发现吻的是那片残玉:"你……"

张天娇得意地扬了扬那片残玉,这一举动倒是引起了彭翼南的注意:"呃,你的玉佩怎么只有一半呢?"

张天娇:"我也不知道,从小就这样,这玉佩是我娘给的。"随即两人沉浸在如梦如幻的情境之中。

▲ **福禄山庄,新房内(晨,内)**

洞房里,就在新郎掀开红盖头的瞬间,金凤唰地亮出了——白果无畏剑!

新郎敏捷地避开。定眼一望,双方都不禁怔住了!

"表哥——"金凤惊呼着,无畏剑"当"的一声掉落在地上。

新郎虢成不禁欣喜若狂,猛地将金凤搂入怀中:"金凤——"

金凤哭泣着:"这不是做梦吧?你掉下深崖后,我以为再也见不着你了。"

虢成喃喃地道:"要是今生无缘再见,必定来世有缘重逢,上天一定安排你又回到我的身边。"

金凤问道:"呃,你怎么成了福禄山庄的少峒主了?"

虢成:"少峒主不愿娶女魔头为妻,更不愿做新郎,让我代替,假戏真做。"

金凤:"我也是个假扮新娘。"

原来,虢成那天掉落悬崖后,只是受了伤,被福禄山庄的峒主救了下来。虢成为了感激峒主的救命之恩,甘愿"赴汤蹈火"替代少峒主实施全歼白果峒黑寡妇的计谋。

不知不觉已过去了半个时辰,这时,虢成才想起:"老峒主已经布下人手,只等我发出的信号,立即进屋拿下你。"

金凤也笑着说:"白果峒也派人马在山下伏击,只等看见我的信号,便立即攻打福禄山庄。"

虢成:"那我们怎么办呢?"

金凤:"不理他们,从现在开始,我是新娘,你是新郎。"

虢成兴奋地道:"对,他们忙他们的,我们忙我们的。"

说着两人深情地相拥在了一起……

老峒主虢宸毅带领一帮壮士就在洞房外不远处窥探,焦灼不安。白果峒这边的黑寡妇们也正举着火把,翘首等待金凤发出信号……

天亮了,金灿灿的阳光洒满了山庄。桃红柳绿、鸟语花香。洞房外站满了人,福禄山庄的人与白果峒的人都在等候着——

门"吱呀"一声开了,只见虢成和金凤相拥着走出了洞房。

彭翼南惊奇地道:"虢成兄?"

众人目瞪口呆,虢宸毅不由得紧握挎在腰上的钢刀,白果峒的黑寡妇们,也在等待岑银花的眼神示意准备动手。

第二十一章 / CHAPTER 21

劫后重生　情侣一对终成眷属
喜中双庆　湘桂两峒消除积怨

彭翼南厉声呵斥:"大家不要动,在下湘西彭翼南。"

虢宸毅呆望着他,喃喃地道:"彭翼南……"

彭翼南朗声说道:"各位父老乡亲,大家都是喝潇湘水长大的!为何要你杀我、我杀你,为何不能化干戈为玉帛,真正地缔结百年之好呢?"

老峒主虢宸毅与山庄头领们似乎被他的一席话感动。

"说得好!"人们都情不自禁地朝着那神采奕奕的新郎新娘鼓起掌来……

山民们即刻吹起了号角。喜气盈盈的厅堂里,福禄山庄和白果峒寨的头领们聚在一起,张经、彭翼南、张天娇也在席中。

虢宸毅大声说道:"咱们福禄和白果结束了数年的湘桂仇家之争,从此不再拼杀,不再流血。大伙儿,端起酒碗,为往后祥和、安稳的好日子,干!"

大家兴奋地端起酒碗猛喝着。张经走到虢宸毅面前:"老峒主呀,今天大喜的日子,怎么没见少峒主呀?"

只见虢宸毅手一挥,众人就把少峒主虢龄峰从屋内推了出来——

岑银花顿时惊呆了:"龄峰!"

虢龄峰惊喜万分:"银花!"

这一对情侣在阴差阳错之下竟然团聚了,顿时,祝福掌声响起……

张经对虢宸毅说:"少峒主和岑姑娘天生一对,老峒主何不再来办一次婚礼,两家永结百年之好?"

老峒主虢宸毅:"犬子若能迎娶岑姑娘,那是我们虢氏家族的福气呀。"

虢龄峰和岑银花相对一笑,岑银花爽快地答道:"有朝廷张大人做月老,我们就恭敬不如从命吧!"

▲官道上(日,外)

(画外音)严嵩、赵文华从锦衣卫刀疤脸那里得到消息:福禄山庄与白果峒冰释前嫌,挑起两峒自相残杀、渔翁得利之计谋已经破灭,张经也没有回原籍,而是跑到桂北山庄做了草寇……

于是,一队锦衣卫缇骑朝着张经居住的山寨奔来。

▲山寨大厅(日,外)

彭翼南力劝张经:"好汉不吃眼前亏,大人还是暂避一时。"

张经却说:"我虽然已被罢官,但还是皇上的臣民。纵然粉身碎骨,也绝不违抗圣意。"

张天娇焦急地喊道:"爹——"

此时锦衣卫缇骑已封住山寨大门。

彭翼南见苦劝无效,只得拱手道:"大人,弟子得罪了。"说着,他伸掌点击了张经几处穴道,张经身子再不能动弹。彭翼南接着又交代:"天娇,你来照顾大人,我来对付他们。"

屋外,锦衣卫缇骑的刀光闪闪。

大门突然一开，彭翼南"闪"了出来，如梦似幻的剑招施展开来——

骄横跋扈的缇骑们一出手便凶狠毒辣，恨不得将这位挡道者砍倒，彭翼南却并不轻取他们性命，但必须给予他们教训。只见他"呀"的呵斥一声，话音未落，缇骑们手中的兵器同时落地，彭翼南剑指缇骑校尉。校尉惊恐地道："好汉饶命！"

彭翼南呵斥："滚！"校尉屁颠颠溜走。

"慢！"只见气势汹汹的赵文华带着身怀绝技的大内高手，已经赶到了山寨大门。

面对浩浩荡荡的朝廷大军围困，彭翼南单枪匹马迎住了赵文华，朗声说道："我应当叫你赵大人呢，还是叫你赵公公？"

赵文华咬牙切齿："彭翼南，你胆敢与朝廷作对，只有死路一条。"

彭翼南一笑："你说的朝廷，就是你们这帮奸臣贼子？"

赵文华恼羞成怒，示意大内高手放箭，彭翼南"刷"的瞬间转身溜走，官兵们追到一个绝壁之下，将退至于此的彭翼南团团围住。彭翼南长剑倏出——剑风呼啸，卷起砂石尘土飞扬。身怀绝技的大内高手各执怪异兵器，发疯似的朝他攻来。彭翼南左突右闪，越战越勇。

赵文华仗着人多："今日拖也要把他拖死，给我轮流上！"

彭翼南："赵公公，你也不瞧瞧我身后——"

赵文华回头一望，顿时目瞪口呆：彭翼南的身后——岑银花和虢宸毅正带领众多山寨壮士们将锦衣卫官兵团团包围。赵文华见此情状吓得瑟瑟发抖。岑银花率领壮士们一拥而上，官兵们连连后退。

彭翼南怒声道："赵文华，今日若不杀你，难平百姓心中的怒气！"

赵文华哀声求饶："彭大侠，我也是奉旨前来，求你饶我一命……"

虢宸毅手中的刀已高高扬起，身后却突然传来张经的声音："不能杀，不能杀……"

张经直接挡在赵文华面前："你们万万不可因为我而犯上作乱呀！"

赵文华这时又神气起来："张经，你好大的胆子！还不快将这些刁民赶走！"

张经从怀里拿出一件衣服，对彭翼南说："翼南呀，我自己缝了件囚衣，来，你帮我穿上。"

彭翼南不禁眼眶湿润："大人……"

张经又走到赵文华面前："赵大人，请为张经戴上枷锁。"

赵文华做了个手势，官兵上前将枷锁套在张经脖子上。

就在赵文华与众官兵押着张经欲离开之时，彭翼南、张天娇围了上来。他们要陪同张经一起进京。

张经："万万不可，天大的事情，由我一人承担。"

▲**春陵码头（日，外）**

虢成、金凤正缓步走在码头苍凉的石级上，心情沉重，不时回头望一望。

"等一等！"这时远处有人骑马飞驰而来。渐渐地看清了，那正是彭翼南、张天娇。

彭翼南下马："你们……怎么要离开了？"

金凤:"他姑父捎信来了,家里闹灾荒,贪官横征暴敛,这日子过不下去了。姑父已拉起队伍,揭竿造反,要虢成尽快赶回去。"

虢成:"混账的朝廷,忠奸不分,连张大人也要抓。如今你们也是泥菩萨过河,所以就不敢惊动你们了。"

一艘渡船正停靠在岸边。

虢成挥手:"虢某我永世不忘兄弟之情。"随即他对彭翼南轻声道:"老弟,你大智大勇,将来必定有出息,说不定哪一天,你我兄弟会成为战场上的对手。倘若真有那一天,我想你手中的'钩镰枪'不会冲着我来吧?"

彭翼南:"虢成兄,放心吧,彭翼南绝不会成为虢兄你的对头!"

"不知何时才能相见。"说罢,虢成动情地扶住彭翼南的肩头,泪珠夺眶而出,大家依依不舍。

▲京城,严府(日,内)

校尉进来禀报严嵩:"告您状的六名官员都已被捉拿归案。"

严嵩一笑:"文华啊,这六个迂夫子一块来做客,你可要好生款待哦。"

赵文华:"那是自然,不过,这事最好不要让杨廷和这个老贼知道了。"

一旁太监躬身报告:"大人,杨廷和到避暑山庄打猎去了。"

严嵩沉吟着:"他为何此时离开呀?"

太监:"奴才以为,杨贼虽为朝廷首辅大臣,但也有害怕的时候,他救不了这些人,也不想管这份闲事。如果他真敢添乱,皇上的干儿子江彬也不会轻饶他。"

严嵩:"哼,算他识时务。"

此时谋士陶仲文进来,严嵩询问他如何处置张经和他的这些同伙。

陶仲文道:"八个字:除恶务尽,斩草除根。"

严嵩倒有些害怕,担心民变。陶仲文说:"将他们一一挂牌游街示众,就说他们贪赃枉法,百姓最恨腐败贪官,赃款数目要弄得大一些,这样方可激起民愤。游街时,往他们口中塞一个布团,让他们有冤也喊不出来。"

严嵩欣喜地道:"仲文,到底是读书人,读书人才知道如何对付读书人。"

▲京城,大街(日,外)

张经等六个冤臣胸前挂着黑牌,被押在平板囚车上游街。众百姓路边观望,议论纷纷。人群中的张天娇满脸是泪,欲冲上去解救,被彭翼南拉住,他悄声对张天娇说:"我们去找首辅杨大人。"

可到了首辅杨廷和的府上,门口的侍卫告知他们:杨大人外出打猎去了。

▲京城,诏狱(夜,内)

深夜,诏狱院中,彭翼南和张天娇从屋顶一跃而下,悄悄前行,却突然发现赵文华带着一帮校尉围了上来。

赵文华阴笑道："彭翼南，今天我要给你来个关门打狗！"

张天娇一边奋勇拼杀，一边口中大喊："翼南，你快去救我爹！"

彭翼南冲进牢房，挥剑砍断门锁："大人，快跟我走！"

可张经却说："我若逃生，如何向皇上交代？如何向一同下狱的其他冤臣们交代？"

彭翼南欲强行拉着张经往外走……

张经吼道："翼南，你再拉我走，我就一头撞死在此。"

彭翼南："这……我一定要为您报仇雪恨！"并朝张经深深一拜。

"快，快救天娇离开！"在张经不断催促下，彭翼南一柄长剑如蛟龙出海，护卫着张天娇跃上高墙，迅速消失在暗夜中……

▲**严府，花园（黄昏，外）**

严嵩在花园中悠闲地赏花。

赵文华走近："干爹，张经已被打入了死牢。"

严嵩："嗯，别忘了陶仲文给咱们的那八个字。"

"除恶务尽，斩草除根。不过，孩儿我越来越肯定当初行刺您的那个黑衣人，就是张经的女儿张天娇。干爹，我欲请东洋剑道高手来对付彭翼南的湘西功夫，将他们缉拿归案，一并处以极刑。"

严嵩："哦，这事一定要快。那五名罪臣呢？"

赵文华："全都给处死了。"

严嵩："死？没这么便宜，我要他们千刀万剐不得好死！"

赵文华："锦衣卫已用尽酷刑折磨：土囊压身，铁钉穿耳……"

严嵩："将他们五人的喉骨都给我剔削下来，老夫要泡酒喝。"

▲**严府，内室（夜，内）**

夜晚，严嵩、赵文华正与几名太监一块兴高采烈地喝着喉骨泡制的酒。

严嵩感慨道："古往今来，多少读书人，给自己酿下滔天大祸，以至身败名裂，都是因为这不安分的喉骨所致呀，哈哈哈……"

——定格！

只见土司王城土家博物馆内，一座封土大墓模型前，探险家贝尔·格里尔斯举起茶杯喊道："Waiter——Xiangxi Golden Tea！"

"贝尔先生，湘西黄金茶来了！"身穿"店小二"戏服的剧务端着热茶送了上来……

只见贝尔边饮茶边说道："欲知后事如何，尔等容我品茶之后慢慢道来？"

（画外音）各位看官，欲知后事如何，且听贝尔先生逐一分解……

急速滚屏淡出以下字幕：

【第七单元叙事、第二十一章完】

● 第八单元叙事之：

第二十二章

因祸得福　藩王意外坐上龙椅
窃权罔利　奸贼贪腐机关算尽

▲张经府（日，内）

朝廷首辅大臣杨廷和与奸党严嵩、赵文华之间的博弈日趋激烈。幸有张太后站在杨廷和一边，为了平衡左右，张经一案被暂时搁浅，他被遣回原籍。

造化弄人、阴差阳错，拜把三兄弟此后各自投入了不同的阵营；而散落天涯的王城三姐弟，也由此展开了相互纠缠不断的争斗。

彭翼南不惧凶险，护送张经冒死相谏。张经撰写的"十罪五奸"的奏章揭露了严嵩、赵文华勾结倭酋贪腐敛财的弥天大罪，严嵩哪能让其奏章面呈圣上？

此时的张经府上，早已是危机四伏。

凌晨时分，刺客一刀朝张经迎面劈来，大门突然一开，彭翼南"闪"了出来，霎时空中一把剑将刀"接"住——如梦似幻的剑招之中刺客败下阵来，彭翼南却并不轻取他性命，剑指刺客呵斥："滚！"话音未落刺客弃刀，惊恐地叫道："好汉饶命！"

彭翼南回到张经身边，拱手道："大人受惊了。"

张经叹道："唉！幸有你的保护，严嵩派来的刺客才不能得逞。眼下铲除我这个'绊脚石'，已成为奸党的当务之急。肆无忌惮的严嵩迫害忠良，排除异己，窃权罔利，坏事做尽做绝。他与干儿子赵文华同流合污、贪赃枉法，可谓史上之最——"

彭翼南："这样的奸贼，偏偏能受到重用。"

"赵文华之所以平步青云，在于他'能屈能伸'，所谓'屈'就是他拜倒在严嵩门下，认其为'干爹'；而他的'伸'，与一般人想象中的'投桃报李''攀龙附凤'不一样。他的能屈能伸很另类，不是那种简单的卑躬屈膝、欺上压下，而是很'摆谱'，更不是如今的贪官们——'对上奉送、对下索要'。按现在时髦词就是：此人的巴结手段很'拽'、很'牛'，且'拽'得让人难以想象。'两点之间最近的距离不是直线，而是曲线'道出了他为人处世之诡辩哲学。

"赵文华为了巴结嘉靖，敬献百花仙露，诡称他干爹严嵩吞服了此药而长寿，还当着严嵩的面让嘉靖问严嵩，但他又没有事先和严嵩说好，忽闻此事严嵩大惊，好在老练的严嵩随机应变：'哦，那是，那是，文华之仙药的确可以长生不老。'嘉靖皇上吞服之，觉得效果还不错，吃完了再让人去要，按说这就很给他面子了，要是别人肯定得买通皇帝身边的小太监天天求着皇帝，吃完了赶忙再送，可赵文华的'谱'太大，他'索之不应'，注意是'不应'，意思是，你皇上怎么了,不是没有不给,就是不搭理你——先声夺人、欲擒故纵!这是他的第一招。

"因为献百花仙露、祭拜海神有功,嘉靖皇帝要赏赐赵文华,还亲自派太监去赵府犒赏。但很不凑巧,赵文华喝醉了。按说甭管是不是酩酊大醉,一般人听到'圣旨到'都会立马醒酒的,可是赵文华就是这样'拽'。

"当然不知当时他是真醉还是假醉,抑或是借醉发'拽',人们不得而知。——难得糊涂、大智若愚,这是他的第二招。

"他如此费尽心机,无非是满足一己贪欲。嘉靖帝要在西苑建造新阁,这事交给了赵文华去办。可预计的工期到了,新阁还没修好,嘉靖就问赵文华怎么回事,赵文华说:'没钱了。'皇帝信了他的鬼话。可实在不凑巧,许久未出门的嘉靖,一天巡游,看到不远处有一座很漂亮的大宅子,已经快修好了。就问随行官员:'那是谁家的宅子啊?'随行管员回答:'赵文华。'嘉靖立刻勃然大怒。

"其实,这房子是谁的都无所谓,就是不能是赵文华的,皇上让你给他盖个新阁你说没钱盖不了,你家盖那么大一座宅子怎么就有钱了,难道你比皇帝还有钱。革职抄家,让你有钱让你拽,接圣旨你不好好接,要药不搭理,盖新阁吧,你把钱都拿去盖自家房子了,真是贪得无厌——机关算尽、聪明反被聪明误!幸好有干爹严嵩袒护着,他才免遭杀身之祸。

"史上没有最贪,只有更贪。尽管当朝皇帝常常囊中羞涩,而贪官们却富得流油,以致明王朝逐渐走到崩溃边缘。利益面前,是最能体现人的品行德性的。人对金钱的欲望永远无法满足。"

彭翼南听了赵文华之流的种种劣迹,恨不能除之而后快。

▲客栈(日,内)

此时朱厚熜、彭翼北正欲回安陆兴藩王府的老宅,不幸被京城提督江彬率领的锦衣卫抓获。自靖难之役后,明成祖朱棣为防止宗藩世袭的贵族势力膨胀和对官场的渗透,特在《祖训》中增补:"皇族世子严禁参加科举,违令者斩!"

明朝中期以来,藩镇王爷虽被分封各地,但是生活在当地官员的严格监视下,基本上一年都出不了几次王府,且不掌握军事力量。皇朝灭亡的几个重要因素,明成祖朱棣都注意到了。王族世子竟敢违反"皇令"参加科举,罪不可赦!然而,就在朱厚熜、彭翼北将被处斩的危急关头,彭翼南、虢成闻讯前来搭救……

▲刑场(夜,外)

夜幕降临,刑场上空惊现两道异光直冲云霄:南面的那道发出紫色的光芒,北面的那道发出红色的光芒,而当两光交会时则幻化成一只腾云驾雾的鸿雁。如此奇异的天象,令人匪夷所思。正当提督江彬拔出尚方宝剑欲斩杀之时,忽闻鸿雁孤鸣,突然天降陨石将大雁击落,锦衣卫在大雁肚子里找到了朱砂描绘的一根叶片很粗很厚的大葱,寓意天降"皇帝朱厚熜",看谁还敢动这根葱?彭翼南无疑是借助天象、巫傩迷信制造了"天子天命"拯救了朱厚熜。

江彬:"你算哪根葱?"

第二十二章 / CHAPTER 22

因祸得福　藩王意外坐上龙椅
窃权罔利　奸贼贪腐机关算尽

朱厚熜："老子就是长得最好看、最粗最厚的那根葱，叫朱厚熜，怎么着吧！"几句话令手持尚方宝剑的提督江彬心生胆怯，只好将其押往京城，听候朝廷处置。

彭翼南戏称：这就是南蛮子炒菜，告诉北方人啥叫"葱、姜、蒜"——人生有"葱"动，才会有"姜"来！千万不要遇到一点挫折就"蒜"（算）了。没有比脚更长的路，没有比人更高的山，人生的意义在于拼搏，因为我们生存的世界本身就是一个竞技场……

▲皇宫，内殿（日，内）

此时，正德皇帝朱厚照暴病身亡，首辅大臣杨廷和、张太后考虑到江山社稷之安危，秘不发丧，正在为皇位继承人选而大伤脑筋。若按太祖皇上亲自制定的《皇明祖训》，帝位传承制度为有嫡立嫡，无嫡立长，无子就兄终弟及。而正德皇帝死后绝嗣，也没有任何兄弟，只能从朱姓皇族近亲之中甄选，而正德皇帝的叔叔伯伯堂兄堂弟侄子一大堆，究竟谁来继承皇位？朝臣两派众说不一。

世事无常，风云变幻。首辅大臣杨廷和、张太后见朱厚熜仪表堂堂、少年老成且十分聪明，还带有皇族霸气，他还与正德皇帝同一个爷爷，血缘关系最近，年轻人嘛也容易控制和教育，毕竟他杨廷和之前已经伺候过一位特立独行的天子朱厚照了，自然想按照自己的想法来打造下一位新天子。所以，杨廷和、张太后商议让先帝的这位堂弟来继承皇位。

但他万万没有想到年纪不大的朱厚熜却是一个权谋高手，根本不受人摆布，完全不按照杨廷和安排的套路走，一场"大礼之争"让张太后凄凉而死，首辅杨廷和丢官去职，这些当然是以后的事了。

▲皇宫，大殿（日，内）

幸得有两位拜把兄弟舍命相救，从而使得本应被杀头治罪的皇族世子朱厚熜命运得到逆转，并在彭翼南营造的"君权神授"之中因祸得福，意外地登上了皇帝龙椅，改年号为嘉靖。大权独揽的朱厚熜，最终成为史上最任性的皇帝。

不论兄弟也好，君臣也罢，只可共患难，不可共富贵。自坐上龙椅的朱厚熜拥有了至高无上的权力后，逐渐形成"朕即国家""四海之内，莫非王土；率土之滨，莫非王臣"的意识。嘉靖与兄弟之间已形成特有的"帝王心态"和"子民心态"。

▲六必居酒楼（日，内）

此时到达权力顶峰的朱厚熜为披上"真命天子"、君权神授的帝王统治者外衣，在王朝"大礼之争"中，"嫡出庶出"始终是新皇帝的一块心病。嘉靖为此性情大改，疑心越来越重，早已忘了结拜兄弟之时"有福同享、有难同当，生不同生、死必同死"的承诺。唯恐身世秘密被揭穿，嘉靖信奉"宁可天下人负我，也不可我负天下人"，企图除掉知情人彭翼南、虢成，他借口在"六必居"兄弟聚会，设下了"鸿门宴"。

酒宴上，兄弟三人就像湘西初次相聚那样，早已喝得伶仃大醉。

朱厚熜借着酒劲问二位："还能再喝一碗吗？"

彭翼南说道："我连死都不怕，难道还在乎这一碗酒吗？"

朱厚熜话锋突然一转:"你的意思是,即便是碗毒酒你也敢喝?"

话音未落,虢成脸色突变,借口要去上厕所,暗示彭翼南一同离去。

就这样在"死亡酒局"上虢成侥幸逃脱,致使义结金兰的三兄弟从此分道扬镳。

▲皇宫,内殿(日,内)

作为皇帝,朱厚熜毕竟还是很在乎天下人之口实的,为了避遭世人谴责,他让彭翼北当上了天子伴读,成了辅佐圣上治理朝政的左膀右臂;而考生徐海也坐上"江南织造"主事总管的宝座。嘉靖一直痴迷于张天娇不能自拔,但碍于彭翼南兄弟情面,始终没能下手。"一个人快活,两个人生活,三个人就是你死我活……"嘉靖常常叹息。眼下南派冤臣张经已得到了平反,彭翼南在朝中的地位也非同一般了。

当有大臣问及皇帝为啥还要重用这些贪官?嘉靖辩解说:"泾水清,渭水浊,自古'泾渭分明',然而朕却不这样看,无论泾河渭水都可灌溉两岸良田,不能因水清而偏用,也不能因水浊而废弃,当然人们都愿天下海晏河清,难道朕只用泾水而废渭水?"所以,当彭翼南要求惩治朝中腐败之时,嘉靖皇帝就有了另一番说辞:"贪腐受贿,巨额财产来历不明。你说某某受贿,那谁在行贿?宗室王亲、朝廷上下那些在位的官员均在此之列?上涉及皇上,下涉及官员;你说'陷害忠良,善恶不分'造成蒙冤被害,皇权至高无上,被捕、关押、处死都得皇上认可,没有圣上的认可,谁敢独断专行?不就说明当今皇上是个不分青红皂白、瞎了眼的昏君吗?"

嘉靖皇帝的这一席话,顿时说得彭翼南无言以对。

▲皇宫,御花园(日,外)

嘉靖正缓步行走在御花园,严嵩带着谋士模样的陶仲文叩见皇上。

严嵩:"皇上今日心事重重,微臣引荐一位谋士为您分忧解愁。"

嘉靖疑惑地道:"此人就是那个料事如神的谋士?"

"不敢当!"陶仲文,"皇上在平反南派冤臣张经的同时,为何不重新启用北派的旧臣赵文华?唯有平衡左右,皇权才能至高无上。"

听闻此言,嘉靖大彻大悟:"立即传旨让赵文华官复原职。"

严嵩故作不解:"皇上,您这是?"

嘉靖:"朕要让他牵制彭翼南和前朝那些对立面的官员们。早年宰相胡惟庸,一人之下万人之上,独揽大权而导致朝纲混乱,直接威胁到皇权,被处以极刑。从此太祖皇上废除了丞相一职,朝中大小之事均由六部分理,这样皇帝才会拥有绝对权力。若要掣肘彭翼南,非赵文华不可。"

陶仲文:"彭翼南可是您曾经的拜把兄弟?"

嘉靖摇头:"兄弟无非是好朋友,朋友朋友,要'有'才会有人'捧',没'有'就没人'捧'。君臣也一样,手掌内外之平衡,朕不敢相信任何人。重新启用赵文华,这会让朝中的旧臣感恩戴德,料想他们将比往日更忠心。说到底大明江山还是离不开他们的,这就叫左右、内外之平衡。彭翼南天天鼓动朝野清查逆党贪官，可查来查去，朕突然发现：祸患根源就在朕的朱家皇族，朕做这个皇帝，总不能孤家寡人吧！说到底大明江山还是离不开他们。"

当严嵩与谋士刚刚离开，文华殿伴读彭翼北手里捧着一本书就来找皇上。

嘉靖："朕心情不好，今日伴读就免了吧，哦，翼北，你马上去一趟桂北，替朕将虢成请到京城来。"

彭翼北："皇上，您还惦记着虢大哥？"

嘉靖："怎么不惦记。上次我在'六必居'宴请虢成和你大哥，店小二的一个换酒杯的举动，被虢成误认为杯中下了毒药，拖着你大哥仓皇逃走。朕怎么会设'鸿门宴'谋害于他呢？毕竟大家义结金兰，兄弟一场。屋檐滴水代接代，新官不算旧官账，朕是不会计较他的鲁莽之举的。"

彭翼北："虢大哥人才难得，让他来做督府将军，绝不会比人差。"

嘉靖意味深长地叹了一口气："这个虢成，朕总觉得他不甘落人之后，他的眼皮，如电似火，总在朕的眼前闪现。此人一身豪气，却也一身匪气。他若归顺于朕，乃朝廷之福；若敌视朝廷，将为朕之克星。翼北，你带上朕的亲笔信，速速去桂北将他召入京城，朕一定委以他重任。"

彭翼北："遵命！翼北即刻奉旨前往。"

——定格！——【第八单元叙事、第二十二章完】

● 第八单元叙事之：

第二十三章

世事难料　伴读翼北路遇妖姬
玩物丧志　皇上沉沦荒淫无度

▲桂北，山路（日，外）
　　十万桂北大山，山高林密；五十弯春陵江，滩险浪急……电闪雷鸣，河水奔腾；马蹄踏过，泥水溅起……山路上，骑着大白马的彭翼北，正在雨雾中匆匆前行……
　　"唔呼呼"，胯下马儿昂首长嘶，他勒住马头抬头望去——

▲茅草亭（日，外）
　　前方一座茅草搭建的长亭，正在风雨中飘摇。彭翼北翻身下马，牵着大白马走进长亭遮风避雨。空中几只春燕掠过，在雨丝之中上下翻飞。茅草屋檐滴下串串水珠，彭翼北拍打着身上的雨水。蒙蒙细雨淅淅沥沥，滴洒在路面积水洼里，泛起涟漪。彭翼北给大白马的头上挂上了"食袋"，马儿吃得正欢。
　　（画外音）"哟呵——呵！"不远处传来情意绵绵的歌声："忆当年青梅竹马，两小无猜情相随；春风吹红了花蕊，燕儿双双配成对；如今你还未婚配，我依旧待字深闺；何必旁人来说媒，蝴蝶都是自成对……"
　　彭翼北循着歌声追根溯源——

　　山谷回荡着："你说你喜欢雨，但当下雨的时候，你却撑开了伞；你说你喜欢阳光，但阳光播撒的时候，你却躲在阴凉之地；你说你喜欢风，但清风拂面的时候，你却关上了门窗；你说你也爱我，而我却为此烦忧，我害怕你对我也是如此之爱……"
　　彭翼北："你说烟雨微芒，兰亭远望，后来轻揽婆娑，深遮霓裳；你说春光烂漫，绿袖红香，后来内掩西楼，静立卿旁；你说软风轻拂，醉卧思量，后来紧掩门窗，幔帐成殇；你说情丝柔肠，如何相忘，我却眼波微转，兀自成霜……"
　　"喂，别看你骑一匹白马……但你不一定是王子——"
　　彭翼北："我？可我真是个王子哪！"

第二十三章 / CHAPTER 23

世事难料　伴读翼北路遇妖姬
玩物丧志　皇上沉沦荒淫无度

雨雾中回荡声："骑白马的……有可能……是去西天取经的玄奘……"

彭翼北自言自语："那带翅膀的，也不一定是天使，很有可能是鸟人呢。"

紧接着是一连串回声："海马不是马，蜗牛不是牛……"

彭翼北气恼地道："那姑娘也不是娘！"说罢尿急状，转身就想撒泡尿，差点摔了一跤——"哎哟！我的娘啊！"

回荡声："娘啊，站得更高——"

彭翼北答道："尿得更远！"

"穿别人的鞋，走自己的路——"

"让他们到处找鞋子去吧！"

"讨厌，你真讨厌！"

忽然，一双穿绣花鞋的脚匆匆跑过屋檐滴水坑，泥水瞬间溅起……

朦胧之中，一把雨伞"飘然"而至——却跑到了茅草亭的另外一侧躲雨……

雨还在不停地下，两人一东一西，默然无语。

彭翼北看了看天色，显得烦躁不安："这鬼天气，还有完没完？"

"呵呵……"这时，亭子另一端油纸伞下传来了银铃般的笑声，"下吧、下吧，畅快地下吧，你是春天的小雨，飘飘洒洒，呵呵。"

"老太爷呀，你再下，我就走不了了！"彭翼北不满地瞥了油纸伞下的人一眼。

油纸伞下的人更起劲了："下雨了，下雨了！种子说，下吧，下吧，我要发芽；小花说，下吧，下吧，我要开花；麦苗说，下吧，下吧，我要长大；鱼儿说，下吧，下吧，我要遨游天下……"

"哼，穷唱些什么？烦死人了！"彭翼北不满地斜睨了她一眼。

"世上有的歌，听的是音符；有的歌，听的是歌词；有的歌，听的是歌者；有的歌，听的是情怀。还有人说过：林深时见鹿，海蓝时见鲸，梦醒时见你。可林深时雾起，海蓝时浪涌，梦醒时夜续，不见鹿，不见鲸，也不见你……"

彭翼北："什么毛病？"

"没毛病没出息，当今大明王朝不弱智就当不上官。你看玉皇大帝派孙悟空去守蟠桃园，众所周知，猴子是喜欢吃桃子的，这无疑给孙猴子提供了监守自盗的便利，岂不弱智吗？"

"胸大无脑，你才弱智呢！"望着伞下人凸起的胸部，彭翼北气不打一处来。

彭翼北不满地道："什么毛病！"

雨伞下的笑声戛然而止……

彭翼北没好气地拂了拂额头上的雨水，一时间亭子里的气氛显得有些沉闷。少顷，翼北不由自主地再次望去——油纸伞下一个姑娘亭亭玉立！

浓雾已渐渐散去，只见她将油纸伞放下，掀开头巾的刹那之间——水蛇般的细腰，瀑布般的黑头发在微风中飘了起来……姑娘颈如蝤蛴、齿如瓠犀、螓首蛾眉，巧笑倩兮、美目盼兮，可谓倾国倾城；举手投足、一颦一笑，尽显温婉柔美。望着她头上插的蓝色妖姬，彭翼北极为错愕：难道她是一个百变魔女？

姑娘"呵呵"一笑是如此甜蜜，真可谓：回眸一笑百媚生！

忽然，彭翼北愣住——仿佛空气凝固一般。

彭翼北："你？你不就是那个……"

姑娘惊喜地道："呵呵……"

彭翼北："你不就是……那个2？"

（闪回）姑娘嫣然一笑："蓦然回首见到了你。"

翼北："不期而遇梦中的你——"

姑娘："多想和你再次相遇——"

翼北："你的笑容多么甜蜜！"

姑娘："恭喜你答对了，讨厌！"

彭翼北大声地问："2号美女，你叫什么名字？"

姑娘回头一笑："我叫——京子！"（闪回完）

彭翼北："你是……京子！"

京子："你是……王城少爷？"

"恭喜你答对了。"

姑娘妩媚地点点头，问道："哎，少爷，你今年多大了？"

彭翼北心直口快："我今年虚岁十六了，你呢？"

京子："我比你大三岁。可否告诉我，你这行色匆匆的，是要去哪里呀？"

彭翼北："桂北。"

京子："那可太巧了，我也是，不如我们同行吧。"

彭翼北神秘地道："2号美女，不行呀，小弟我这次是要去办一件大事的。"

京子："哦？那我就更要跟你去了……"

"你去，会给我添麻烦的。"

"不嘛不嘛！"京子天真无邪地撒着娇。

彭翼北小声道："不瞒你说，此次我去桂北是帮皇帝哥哥办大事的。"

京子疑惑不解："你不是吹牛吧，你怎么可能管皇帝叫哥哥呢？"

彭翼北："信不信由你，在下乃圣上的文华殿伴读，天天与皇帝在一起。"

京子："哦，那我就知道了，还真是一个骑白马的王子。你是彭翼南的小弟彭翼北吧？"

彭翼北："哎，你怎么晓得我和我大哥的名字？"

京子："彭翼南武功盖世，帮助皇上清除奸贼逆党，威震天下；彭翼北少年才子，睿智机灵，皇上视为心腹知己。彭氏兄弟的传奇故事早已传为佳话，今日再次相见，真是三生有幸。"

彭翼北："呃，你名字真的叫京子吗？没骗我吧。"

京子:"如假包换,我姓京,单名一个子字。"

"哦,难怪,鬼精鬼精的!"彭翼北直愣愣地盯住她那丰满的胸部。

京子害羞地道:"人家不是鬼精的精,而是京城的京。"

翼北深情地道:"不是鬼精也是人精,你是我梦中常常遇见的女神……呃,京子姑娘,你究竟是何方神圣?家住哪里?怎么一个人在这里呀?"

"我乃东南人士,父母双亡,一个人漂泊在外,前一阵子被东亚商行收留……"

忽然京子幡然大悟:"真是啊,你彭翼北还真是个骑白马的王子耶!"

彭翼北:"为什么这么说?"

京子:"我看啊,你是湘西土司王的儿子、当今皇上的伴读,又是骑着白马的,不是'白马王子'是什么?"

彭翼北十分得意:"我要是王子,你就是公主啰!"

京子:"哎,'白马王子',你去桂北做什么呀?"

彭翼北:"皇上让我去那里,找我大哥的一个老兄上京城做官。"

京子:"你大哥的兄弟可是虢成?"

彭翼北:"正是虢成。呃?你,你怎么也知道他的名字?"

京子:"眼下虢成率领的狼兵正在桂北聚众造反,我当然知道啦。"

彭翼北:"什么?虢大哥已经造反了!糟糕,我得快些赶路,不能误了皇帝哥哥的大事。"

京子:"翼北,那我呢?让我跟你一块儿去吧,走在一起是缘分,一起在走是幸福。"

彭翼北犹豫道:"这?"

京子:"人家要去嘛,不然就不理你了。一颗流星划过天际,我错过了许愿;一朵浪花溅在岩石,我错过了祝福;一个故事说了一遍,我错过了聆听;一段人生只走一回,我不能错过你!"

京子见彭翼北仍犹豫不决:"难道我会吃了你呀?自从上次一别,也许你已走出我的视线,但从未走出我的思念。一切都明明白白,但仍匆匆错过,因为你相信命运,因为你怀疑生活……"说着她迷人地嫣然一笑。

彭翼北显然被她那对甜甜的酒窝所吸引:"那好,我们一道赶路吧!"

▲**春陵江边(日,外)**

河边小路,他们一前一后骑在这匹大白马上,边走边聊。河水映照着京子的倩影,此刻,彭翼北的后背紧贴着她那丰满的胸脯,神情激奋难耐……

河水悠悠,碧波荡漾——

京子:"哎'白马王子',你说皇上写有亲笔信,可否给我看看?"

彭翼北搪塞道:"公主啊,这,这信有啥好看的?"

京子故意激将他:"翼北,都说'天不怕地不怕,就怕湘西人说大话',你不是跟我吹牛吧!你怎么会有皇上的亲笔信呢?"

彭翼北有些为难："这……这个……真的有。"

京子："我卖过许多名人字画，但从没见过皇上的手迹。都说当今圣上文韬武略、才华横溢。翼北，你就拿给我看看嘛！"

彭翼北谨慎地望望四周："到客栈歇息时，再给你看……"

说罢欲打马加鞭——

京子一把拉住了他的手："人家现在就想看嘛。"

彭翼北无奈，只好将信拿了出来，递给了京子……

京子望着信感叹道："这皇上就是皇上，字迹龙飞凤舞的，我哪里认得全呢。"

彭翼北："那你拿过来，我念给你听。"

京子："不用你念，我自己看嘛。"

彭翼北："你又看不懂，拿过来——"说着就将书信装入包袱之中。

京子欲抢夺装书信的包袱，他们就这样在马上扯来址去，忽然一阵狂风袭来，他们手没拿稳，包袱随风吹走……

彭翼北、京子先后跳下坐骑，连忙去追逐……

不料，包袱随风飘落河中，忽而一个洪水波涛就将包袱卷入激流，瞬间吞没。

彭翼北气愤地拔出佩剑："你把皇上的信弄丢了，犯下了死罪！"

京子："死罪就死罪，你干吗那么凶？"

彭翼北撤回剑："信没了，我怎么跟虢大哥说？他又如何相信皇上的诚意？"

京子："既然他虢成是皇上的兄弟，你又是他兄弟彭翼南的兄弟，你说皇上的信路上给弄丢了，他若不信，这还算得上是兄弟？"

彭翼北："包袱里盘缠银子也没了，路上花销怎么办？我……我怀疑你是有意弄到河里去的。"

京子气恼地一把抓住他的剑柄，直往自己脖子上搁："是啊，我是有意的，你杀我呀！"说着掀开头巾，披落一头秀发。

彭翼北气急："……你？"

京子："反正要被你杀死，也没必要害怕了，你……你就杀了我吧！"

彭翼北无奈地放下佩剑："我……我不杀女人。"

京子："见到虢成大哥，我会当面向他解释的。"

彭翼北只得叹息一声后，牵着大白马继续前行……

京子："呵呵，不杀女人……到底是白马王子，心地真善良。"

彭翼北："呃，你一个姑娘家，为啥喜欢扮男人？我家的金凤姐，她也喜欢装扮成男人。"

京子温柔地道："如今东洋就流行这种中性时髦打扮。哦，白马王子，你时常穿州过府、出入皇宫、见过的美女不知多少，你说我美吗？"

彭翼北："美——美若天仙……你比诸葛亮的老婆还美！"

第二十三章 / CHAPTER 23

世事难料　伴读翼北路遇妖姬
玩物丧志　皇上沉沦荒淫无度

京子："那个诸葛亮的老婆奇丑无比，比她漂亮算什么呀！"

彭翼北："逗一逗你嘛，你真的挺漂亮的，我……我很喜欢，梦中女神！"

京子："可惜你比我年纪小……"

彭翼北："小又怎么样，京子大小姐，湘西有句俗话：女大三，抱金砖。"

京子又羞又气："王府小少爷，我才不听你胡说呢。"

▲**奉天殿（日，内）**

嘉靖皇帝在奉天殿召彭翼南前来议事。

太监上茶，嘉靖端起茶杯道："翼南，国不可一日无君，君不可一日无茶。这是你们湘西黄金茶，朕一日不喝，就跟犯烟瘾似的，浑身都不对劲。"

彭翼南："人无癖好不可交。然而酒瘾误事，烟瘾伤身，毒瘾亡命，而茶瘾呢？却具有保健功能。"

嘉靖："一壶好茶，来自每一片茶叶共同需要的净土。当今南倭北虏，如何守护大明江山这一片净土已迫在眉睫。"

彭翼南："大明士兵平时都是'亦兵亦民'，只有临战之时才组兵上前线，就连带兵的将帅也是临危受命的。将帅受命之后才从各处征集士兵归属其指挥。而东瀛木下晋三手下的倭寇却是'兵农分离'的职业化的武装集团，在这方面我明军编组训练和战斗力明显不足呀！"

嘉靖："是呀，太祖皇上传下来的这种治军方法，好处在于兵源有保证，士兵生活比较稳定，打仗和生产两不耽误，但军队也不断出现士兵逃亡和余丁空缺的现象。各级将领腐败，吃空饷和军队经商，在很大程度上削弱了我军的战斗力，以致在围剿倭寇中连连失利。如今倭贼企图以岛礁为屏障与我军抗衡，一时半会儿还没有良策收复这些战略要地、制服这帮海上的强盗。"

彭翼南："倭寇乃我大明之大患也，朝廷应快速组建专业水师前去进剿。"

嘉靖："朕已下令参将汤克宽前去组建一支庞大的水师，眼下倭贼木下晋三已被围困在孤岛，一时半会儿也不敢出来轻举妄动。"

彭翼南："兵贵神速，一旦倭贼羽翼丰满，后患无穷！"

嘉靖："内忧外患当务之急。哦，对了，翼南，朕接到一纸奏章，检举江南织造大臣假借上供之机，横征暴敛、贪腐累累，百姓怨声载道。"

彭翼南："国家之兴衰，原因多种多样，但追根溯源，大多出在'吏治'上。其实，治国就是治官，而治官就是治贪。太祖皇上在治吏过程中惩贪奖廉，赏罚分明，对腐败分子绝不手软。镇守广东的开国大将朱亮祖，因被土豪劣绅拉拢，并为他们谋取利益，朱元璋立马派人将其抓捕归案，亲自用鞭子将其活活打死。丞相胡惟庸广收贿赂，结果被处以极刑。驸马欧阳伦私自贩卖茶叶，贪污行贿，又令家奴周保让地方官吏在民间征调车辆押运，小吏告发后，太祖下令赐死驸马欧阳伦，杀了周保，表彰奖励了不畏权贵的小吏。太祖皇帝先后处斩了15万名贪官，其中二品以上的官员152人，前朝武宗时期，大太监刘瑾所贪钱财甚多，最后被凌迟达3355刀。从严治官，铁腕反腐，才能建立吏治清明的社会，才会一呼百应、天下归心、安定有序、民富国强。"

嘉靖："既然贪腐已危及江山社稷，那朕就任命你为反腐昭翼大将军，你即刻去一趟苏杭，督查巡视'江南三织造'，给朕捉拿几只硕鼠。"

彭翼南："臣遵旨。"

嘉靖："你先去，过几天或许朕亲自来与你会合。老虎苍蝇一起打，朕要刮起一阵'打虎拍蝇'的反腐风暴，以保大明的江山万万年！"

▲严嵩内室（日，内）

嘉靖皇帝的"反腐风暴"，令严嵩焦急万分，正在内室来回踱步……

赵文华："干爹，孩儿献上一计，我们何不围魏救赵？找些奇技淫巧之物，让皇上沉溺于其中。"

严嵩："哦？如今的嘉靖少年老成，性格暴戾偏执，又不像先帝正德，沉溺于女色淫物……"

赵文华诡秘地道："此次我从永顺府衙带回来一人，只要此人一出马，可解当下之困局。"说罢示意——侍卫便将那个能改变困局的"能人"带了上来。

当严嵩见到落魄穷秀才——庹索万那副窝囊、猥琐的穷酸相貌时，他不禁失望至极，对赵文华说："你说此人……能改变时局？"

赵文华奸诈一笑："干爹，此人名叫庹索万，他发明的博具，可谓是人间极品，妙不可言！"

严嵩大悟道："文华，你真是青出于蓝而胜于蓝，只要能投其所好，皇上必玩物丧志，还会热衷'打虎拍蝇'吗？庹索万，来，展示你那神奇的博具吧！"

只见庹索万从包袱里掏出一大把形状如小砖头的小玩意儿……

▲皇宫大殿（日，内）

嘉靖皇帝临朝之时，接连收到张经及朝中许多大臣弹劾严嵩的奏章……

众大臣激奋："严嵩排除异己、吞没军饷、废弛边防、招权纳贿、勾结倭酋，从而导致东南沿海倭患愈演愈烈。"

严嵩见势不妙，以退为进："微臣仰不愧天，俯不怍地，忠心耿耿，日月可鉴。木秀于林，风必摧之，朝中已无微臣安身之地，唯有严某人隐退，离开朝廷，恳请皇上恩准。"

嘉靖皇帝："你要去哪里呀？"

严嵩故作可怜："严某欲还乡归隐，远离朝政是非，图个心身安静。"

嘉靖皇帝不耐烦道："哎呀，好了，好了，尔等是是非非，朕一时半会儿还难以辨清，奏折都留下，待朕阅后再断。退朝！"

第二十三章 / CHAPTER 23

世事难料　伴读翼北路遇妖姬
玩物丧志　皇上沉沦荒淫无度

▲内廷（日，内）

嘉靖皇帝正在内廷一边玩古董，一边听太监念奏折。

启奏内容皆是严嵩的"十罪五奸"勾结倭酋贪腐的种种劣迹。

皇帝听罢叹道："这严嵩的确做过了头，再大的官，也不过只是朕的奴才，何必如此嚣张！"

这时，太监谷大用、首辅大臣杨廷和一前一后进来了。

嘉靖："朝中大臣奏请铲除严嵩，杨爱卿，你意下如何？"

杨廷和颇有心计地答道："皇上自有定夺，微臣不便多言。"

嘉靖："朕就想听听你首辅大臣的想法。"

杨廷和："严嵩独揽大权，结党营私，导致朝纲不振，上下官员腐败，皇上，请恕微臣直言，大明社稷正面临生死存亡之危急关头。"

嘉靖皇帝："杨爱卿何出此言？"

杨廷和："太祖皇帝曾问军师刘伯温，'我大明王朝可传多少代？'军师答道，'可传万子万孙'。"

嘉靖皇帝："这个传闻朕早就知道了。"

杨廷和："所谓可传万子万孙，其中藏着一个天大的玄机：大明江山若要传万子万孙，必须从现在起奠好基石，圣上作为太祖皇帝的万子万孙理当重振朝纲。"

嘉靖："万子万孙，万贵妃之后不就是预言先帝和我这一辈喽……如此说来，大明江山将要毁在朕的手上？"

杨廷和："命理预测，不可轻信，却也不可不信。正所谓'未雨绸缪'，皇上务必顺应天道，正本清源。"

嘉靖立刻感到事态严重："如此说来，严嵩之事，竟危及江山社稷！"

"皇上英明，自有定夺，微臣就此告退。"杨廷和叩谢之后离开。

只见嘉靖焦急地来回踱步，忽然厉声喊道："来人，给朕将严嵩拿下！"可校尉们却站在原地，纹丝不动。

嘉靖："没听到吗？给朕将严嵩拿下。"

校尉甲："请皇上再说一遍。"

嘉靖的语气忽而变软了："给朕把严嵩叫来。"校尉仍然站在那儿不动。

太监谷大用："皇上，这宫里宫外，朝廷上下，皆是严嵩严祭酒的弟子呀！"

嘉靖无奈，再改语气："恭请严大人严嵩……"

校尉："是。"

严嵩急急匆匆入殿后立即遭到皇帝的一顿训斥。稍后皇帝劝慰："严嵩啊，杀你或责罚你，都让朕好没面子。不如这样，你先回老家避一避，等过了这个风头，朕再接你回京。"

严嵩泣不成声："皇上，严某临行之前，要献给皇上一件奇宝。"

皇帝一听，忽然来了兴趣："哦，什么奇宝？"

严嵩："罪臣所献奇宝，是一个姓庹的秀才，是赵文华费了好大的功夫，才寻觅到的，此刻正在宫外候着。"

嘉靖十分好奇："那快传他进来吧。"

顷刻之间，皇帝让严嵩离京之事便没了下文。来者正是落魄秀才庹索万。

庹索万跪奏："皇上请看，此物源自叶子戏、马吊牌，乃人间极品也，精妙异常，雅俗共赏，一旦您学会如何玩它，必然爱不释手。"

▲御花园，八角亭（日，外）

于是，在御花园里，嘉靖皇帝、严嵩、赵文华、庹索万围坐于一张石桌四周，庹索万摆弄着那些小方砖头，侃侃而谈："此玩意儿分坨、索、万三色，从一到九，每字四枚（3×9×4），一共108枚，就如同梁山好汉一百单八将，其中有富人也有穷汉，他们均来自东西南北中，所以此博艺就有了发财和白板，有了东西南北中……"

皇帝听得津津有味："庹索万，你这口若悬河、滔滔不绝，朕一时都被你搞糊涂了，咱们还是一边玩，一边解释如何？"

严嵩："皇上，此博艺尚未取名，请皇上赐名。"

皇帝抬头刚好看见不远处几只麻雀在树枝之间跳跃，啄食虫子，豁然感悟："朕看此博艺取名'麻雀'如何！"

严嵩："麻雀？好好好，四人围坐，摸牌如麻雀啄食，这名字再好不过了。"

▲大殿门口（日，外）

从此之后，皇帝沉溺于"麻雀牌"博弈，长期不临朝了。

早朝时间，众文武官员在大殿前，焦急地等候着觐见皇帝。太监谷大用手拿拂尘，朗声宣布："皇上龙体欠安，今日免朝。"

群臣顿时议论纷纷。

官员甲悄声地对张经说："皇上与严嵩等四人已玩了两天两夜的麻雀牌了，此时兴趣正浓，哪会早朝召见群臣共商国是？"

张经感慨道："长此以往，必将玩物丧志！"

▲御花园，八角亭（夜，外）

嘉靖推牌大喜："朕又和了！大三元，将将，缺缺，单吊自摸，一共378番。"看来，此时皇帝的牌技已很熟练。

严嵩暗喜，故作惋惜地道："皇上一吃三，我等都不是对手啊！"

谷大用："不过，今儿早朝时，张经义愤填膺地说了四个字。"

严嵩："哪四个字？"

谷大用："他说皇上这是'玩物丧志'！"

"哦？"严嵩火上浇油，"微臣可不愿拖累皇上玩物丧志，恳请归隐还乡，远离是非之地。"

第二十三章 / CHAPTER 23
世事难料　伴读翼北路遇妖姬
玩物丧志　皇上沉沦荒淫无度

"不能走！你要是一走，朕不就三缺一了吗？"玩兴正浓的嘉靖立刻勃然大怒，"这个张经是活得不耐烦了吧！传旨将张经削职为民，遣返原籍。"

▲张府（夜，内）

太监将圣旨交给张经，在他耳边悄声说道："同被削职遣返者，还有其他上奏告状的许多大臣。张大人，您快快离京吧，走得越远越好。"

临行之前，张经还在看彭翼南演练的湘西土家拳。

张天娇低声对张经说："爹，都什么时候了，您还有心思看人家练拳！"

张经镇定自若，淡淡一笑，目不转睛地望着彭翼南拳脚套路。彭翼南将一套上乘土司拳法演练得出神入化。

张经："翼南，这套湘西拳是何人传授？"

彭翼南："帕普所传。"

"你爷爷觉得你学得怎样？"

"帕普说几乎与他的一模一样。"

张经："你爷爷说一点儿也没走样，这是夸你，还是指责你呢？"

彭翼南一愣。

张经："翼南啊，天下悠悠万事，最难能可贵的是创新二字。习武者将师父所传的套路招式学得一点儿不走样，这只是一个很浅很低的标准，武术的高峰，当在习武者的不断创新之中，唯有创新创造，才能超越呀。"

彭翼南思索着，口中喃喃自语："创新……创造……"

张经又道："湘西拳法，刚猛有余，柔韧不足，招式中霸气过重，搏击时极费体力，就像兵器中的刀剑，极锋利者往往钢脆易裂。彭翼南你天天练这套拳，可曾想过它的这些缺点和不足？"

彭翼南："大人一番话，让彭翼南茅塞顿开。"

这时，张天娇告诉彭翼南："我爹已经被皇上罢官，遣返原籍。"

彭翼南惊愕："怎么会这样？一定是严嵩所为，我会替大人辩明是非。项庄舞剑、意在沛公，如今皇上令我巡查江南、打虎拍蝇，必然会触及奸党利益集团敏感神经，眼下唯有将他们的罪证尽快掌握，才能将其绳之以法，正本清源，还忠臣们一个清白！"

此时内廷上下已掌握麻雀牌之技，庹索万也就失去了利用价值。严嵩、赵文华则过河拆桥，借口庹索万发明的麻雀博艺隐藏着《水浒传》梁山好汉一百单八将的"聚众谋反"之意，就将庹索万给秘密处决了。

此番尝到了甜头，严嵩、赵文华蛊惑皇上"玩物丧志"的方法便开始升级。

然而民间演绎以讹传讹，说麻雀牌是渔民发明的。为啥？渔民出海捕鱼，论的是什么？一条两条三条九条；捕上来的鱼放在哪里？一筒二筒三筒九筒；卖出去的赚多少钱？一万两万三万九万。还有渔民们关注的是什么？风啊。所以麻雀牌里就有了东南西北风。还有三张牌，白板是什么？就是帆船；红中是什么？就是桅杆；渔民所追求的，就是发财。难道麻雀牌不是渔民发明的吗？其实，劳动人民才是真正的演绎高手。

▲**后宫，猫房（夜，内）**

严嵩、赵文华、谷大用陪同嘉靖皇帝来到了后宫猫房，这里美女如云。

严嵩恭维道："皇上今日之殿上的一番言辞，真是妙语连珠呀！说得群臣哑口无言。"

嘉靖："自朕继位之后，朝臣上下呼呼中兴之治，打压旧朝官吏，抑制内廷宦官专权，任用首辅大臣把控朝政。明眼人一看就知葫芦里究竟卖的什么药。所以，朕也就不上朝了，而是隐藏真实意图，让他们去猜朕的心思，猜错了，就证明这些人就是没什么用的废物。朕则苦练道行，静观其变。"

赵文华："名曰'革除先朝弊政，抑制内廷专权'，实则是限制、剥夺了圣上您至高无上的皇权呀！"

嘉靖不以为然："限制、剥夺皇权那是痴人说梦，让他们尽情表演，聪明的人会静观其变，而智慧的人则会思考应变。"

谷大用急不可耐："既然圣上亲揽内外大政，皇权至高无上，那为什么在追授您父皇母后的尊号上，朝臣上下说三道四？美其名曰'违反了祖训、古制'而故意大放厥词。既然圣上的家事还要受限制，那皇上还是皇上吗？甚至有大臣还在您私生活上指指点点，说什么'荒淫无度''玩物丧志'，难道皇帝干那事也只能偷偷摸摸吗？"

嘉靖："那朕眼下该如何行事才能封住他们的嘴？"

赵文华："对一个男人来讲，这世上什么东西最好，无非就是'金钱美女'。当然那是对群臣而言，但对圣上来说，这天下都是您的了，就不存在金钱美女最好之说了。皇上乃真龙天子，什么值得您追求？不就是长生不老嘛！"

嘉靖点头道："嗯，朕正是此意。"

严嵩："礼部侍郎陶仲文，刚从江西三清山带来了一个张天师道长的传人，此人可解圣上的燃眉之急。"

嘉靖："快，快快传他来见朕！"

▲**后宫，走廊（日，外）**

文华殿书童、宫女们正抱着一叠书，四处找寻皇上读书习文。

这时后宫传来："传江西三清山道士邵元节觐见——"

▲**后宫，猫房（日，内）**

只见道士邵元节在陶仲文的引领之下急匆匆进来。

陶仲文叩见皇上："微臣给您举荐江西三清山道士邵元节，邵大师长期居住在世代相传的张天师曾住过的上清宫，总领天下道教。那里的人们亲眼见过道长能祈雨、祈雪，妙手回春医治疑难杂症之神奇。不仅如此，大师还先知先觉。当年宁王在南昌谋反时，也曾派人用厚礼请其下山相助，但他却硬是托故不往。"

嘉靖点头赞道："陶爱卿真是慧眼识英才呀。"

陶仲文："微臣欲安排邵大师前来主持京城最著名的道观显灵宫，专门负责皇家的祭祀祷告。不知圣上意下如何？"

嘉靖："知我者，陶爱卿也。这事儿你全权为朕做主去办，我要叫那些多嘴多舌的大臣哑口无言，让他们见识见识什么叫大师，什么才是人间的传奇！"

▲**显灵宫（日，外）**

显灵宫祭祀台上，道士邵元节正在施展巫术，祈求天降祥瑞……

尽管百官对皇帝宠信妖道十分不满，但大家还得跟在嘉靖身后故作虔诚。

文臣甲小声说道："前段时间京城里该下雨的季节却没有下雨，天干物燥已多时。皇上请他呼风唤雨。呃，没想到邵大师一通鼓捣，大雨瓢泼。"

武臣乙："是呀，大师就是大师，绝非浪得虚名，真是神奇！"

文臣丁："我看这位道长似乎懂得一些气象常识，就像《三国演义》中诸葛亮借东风一般，他只不过预测到了下雨的时间而已，瞎猫碰到了死耗子。"

文臣甲："如今已是隆冬时节，还不见下雪，皇上着急了，俗话说得好，瑞雪兆丰年，今日大师要祈祷下雪，难道这雪能下吗？"

话音未落，只见漫天飘起了鹅毛大雪，纷纷扬扬。

顿时，阵阵赞叹不绝于耳。

"天降祥瑞，此乃天意。"嘉靖皇帝顿时兴奋不已。

▲**后宫，猫房（日，内）**

房内，嘉靖端坐，严嵩、赵文华、太监谷大用正夸着道士邵元节。

"邵大师，朕要好好赏赐于你，你要什么尽管开口。"嘉靖说。

邵元节："此乃小道雕虫小技，不足挂齿。若问需要什么赏赐，小道我要的是大明江山万年万万年，皇上您的万岁万万岁！"

嘉靖感激地道："你对朕之大明王朝的忠诚，日月可鉴。太祖皇上当年曾问过丞相刘伯温'大明江山可传多少年'，刘伯温说'可传万年'。为保大明江山传至万万年，几位爱卿有何高招？"

严嵩："皇上，您已大婚多年，尽管后宫佳丽三千，目前尚无一个能够给您生个皇子的，就连公主也没几个，这……"

邵元节："膝下尚无子女不是皇上的错，只要适时调节好身体，崇信道教，服下我配制的'长生不老'与'皇子迭出'的丹药，之后，既能保您长生不老稳坐江山，又能保您不到一年皇子迭出……"

嘉靖："哦，大师配制的这剂丹药，竟有如此这等神奇？"

赵文华："大师之神奇，臣亲眼所见。江西巡抚陈扶贫六十多岁膝下无子，吃了大师配制的丹药，不到两年，哎，神了，连生两子一女。"

"啊！"谷大用惊讶道，"一年多就生了三个，太神了吧？"

赵文华："其中有一对是龙凤胎。"

嘉靖："如此本领，朕岂能不信大师之灵验？文武百官上奏反对我信道教、吞服丹药，试问他们哪个有本事求一场雨、祈一场雪，为老百姓的农事出出力？他们哪个又有本事，让朕生几个皇子公主？他们不行，可我们大师一定能做得到，对此朕深信无疑。"

邵元节："皇上，长生不老与男女房中之术，乃道法养生，只需掌握一定的技巧，服用秘制的丹药，并且多与童贞的女子行房，就可以达到采阴补阳、延年益寿的效果。施法者的关键就是要炼制好红铅丸。"

嘉靖："何谓红铅，如何炼制？"

邵元节："红铅者，天癸水也。"

嘉靖："那什么是天癸？"

邵元节："《黄帝内经》不是说'月事以时下，谓天癸也。其实，'红铅'不是一般的女子月经，而是处女的第一次经血。所以，为了炼好药，内廷和各地藩王应积极配合，广泛从民间采选那些十三四岁豆蔻年华的少女入宫。一方面为炼制红铅丸提供原料，另一方面也可给皇上日常采阴补阳。"

严嵩："妙！这样既解决了长生不老，又能延续皇室后嗣，真是一箭双雕，皇上何乐而不为之呢？"

嘉靖兴奋地不断点头赞同。

邵元节继续说道："红铅丸的成分除了'首经'，还有多种中草药、矿物质以及'秋石'等。"

嘉靖："秋石？"

邵元节："秋石乃童女的小便以及清晨采集的'甘露'。"

嘉靖："甘露？"

邵元节："就是令宫女们每天天不亮就去御花园采集的露水即为上等'甘露'。为尽快获取红铅原料，可给这些年幼的宫女服用催经药物，使她们迅速行经尽快排卵……"

赵文华赞叹道："邵大师的法术实在是高明呀！"

▲后宫，大门口（日，外）

清晨，文华殿书童甲一手捧书，一手叩门"啪啪！"

院门开了，一小太监出来道："哦，是文华殿书童呀！"

书童甲："翼北去桂北之前，一再交代这些书都是给皇上早读的。"

小太监："此乃后宫女眷重地，任何男子都不得入内！"

书童甲只得神情失落地往回走，看样子还是不死心，他要寻找伴读的皇上，路过回廊时，他看见一群采集"甘露"回来的宫女们精疲力竭，神情低落，正与他相向而过。

忽然，一幼女跌倒在地，另一个叫杨金英的宫女连忙将其扶起。

幼女："金英，每天这样天不亮就要去采'甘露'，我实在受不了了。"

杨金英："这是什么甘露？为什么谷公公要咱们每天清洁身体，还不得进食，只能吃桑叶，喝露水。"

幼女："金英，不知猫房里的那个道士给我吃了些什么药，这个月我已来过三次身上了。"

"我也是，身上老没劲儿，也不知他们在搞什么鬼？"

忽然传来一阵怒吼（画外音）："想谋反吗？"只见几个太监手持棍棒，劈头盖脸地将杨金英等宫女打得皮开肉绽——

书童甲在一旁听着看着，不禁眉头紧锁，若有所思。

字幕：这天深夜，宫内发生了一起中国历史上极其罕见的宫女谋杀皇帝案，以杨金英为首的十几名宫女趁嘉靖皇帝醉睡之机，以绳带套住其颈部，然后左右一起用力拉，意在结果嘉靖性命。但是由于杨金英当时手忙脚乱，误将绳带系成了死扣，未能将嘉靖勒死。事后，杨金英等宫女全部被处以极刑。

——定格！——【第八单元叙事、第二十三章完】

● 第八单元叙事之：

第二十四章

造化弄人　虢成高擎义军大旗
大礼之争　嘉靖偏执迷恋天娇

▲桂北，火铺外（日，外）

彭翼北带着京子欲抬脚进入火铺，忽然他发现一个逃难的女孩在门外乞讨，彭翼北本想掏几个铜板给她，谁知一摸肩上的行囊空空如也，却引来一大帮乞丐蜂拥而至，将他团团围住。

彭翼北望着可怜巴巴的小乞丐们，灵机一动："你们肚子都饿了吧？本少爷请你们饱餐一顿，都跟我进来！"

京子疑惑不解："你身上又没有钱，怎么请他们饱餐一顿？"

"看我的……你在莱河的拱桥下等着吧！"说罢彭翼北大步走进了酒肆。

京子："莱河？拱桥下？"

▲火铺，酒肆内（日，内）

彭翼北刚进酒肆，就与那个乔装锦衣卫刀疤脸擦肩而过，他们分别在不远的桌前坐了下来。那帮小乞丐也跟了进来，围在彭翼北的酒桌四周。

店小二连忙招呼客人："客官，您要点儿什么？"

彭翼北："上等的牛肉、猪肉、馒头、饺子，统统给我端上来！"

"好嘞！"店小二边应答边下去准备。

彭翼北对那些小乞丐说："你们都坐下吧！"

乞丐们纷纷择位坐下了。

彭翼北忽然抬手道："你们都给我站起来！"

小乞丐们立即站起，愣愣地望着他。

彭翼北："都把手伸出来。"

小乞丐们都把手伸展开给他看，只见那一双双手掌皆又脏又黑，不堪入目！

彭翼北："去，先把手给我洗干净。"

"呼"的一下，小乞丐们立即往厨房洗手去了。这时，店小二把刚才点的那些食物端了上来。

彭翼北："小二，把菜和主食都放在小孩那张桌上。再拿一壶上等好酒来，哦，外加下酒的菜，都给我打包装好。"

"好咧！"话音未落，洗完手的小乞丐们来到彭翼北面前，摊开手给他看。

彭翼北:"好,大家开吃吧!"

孩子们开始大快朵颐,店小二随即送来了打包好的酒菜。

一个小乞丐走近彭翼北:"我也要喝酒。"说着欲打开酒瓶。

"不行,小孩子家喝什么酒。去把这打包好的酒菜拿到奈何桥,孟婆还没吃呢,去!"彭翼北小大人似的训斥着。小乞丐们拎着包袱一溜烟地跑了。

"奈何桥?孟婆?"店小二顿时惊出一身冷汗,连忙叫来了老板娘。

彭翼北问老板娘要了两碗面,一碗自己吃,另一碗放对面,还放了一双筷子。他一边吃,一边朝着空无一人的对面有说有笑,神秘诡异。

老板娘在一旁看得头皮直发麻。

这时,彭翼北朝对面说:"亲爱的,我先出去方便一下,马上回来。"

老板娘惊魂未定地目送着彭翼北走出大门。

等了好一会儿,一直也没见人回来。老板娘突然一拍脑门:"这霸王餐吃的,真是活见鬼!"

▲莱河,石拱桥下(日,外)

"鬼?我才不是孟婆呢。"原来,小乞丐已把酒菜送到了莱河的拱桥下。

京子:"难道这是阴曹地府的黄泉路?路上盛开着只见花不见叶的彼岸花?花叶生死两不见,相念相惜永相失。路的尽头有一条河叫忘川,河上有一座桥,叫奈何桥。桥分三层,上层红,中层玄黄,最下层黑色。愈下层愈凶险,里面尽是些不得投胎的孤魂野鬼。生时行善事的走上层,善恶兼半的走中层,行恶的就只能走下层,好不吓人……到底是骑白马的王子,鬼灵精怪的,仗义疏财、帮助穷弱,小女子不得不敬佩!"

彭翼北:"死鬼活鬼都是鬼。公主大小姐,让你见笑了。今儿就不喝孟婆汤了,你陪我喝几杯酒如何?"

京子:"好呀!"

彭翼北:"这几个小鬼也是,真把酒菜送到了这个鬼地方……"

京子:"一口一个'小鬼',不知你比他们大多少。"

彭翼北:"大多大少没关系,反正要比他们大。"

"是脾气大吧!"

"脾气不大,胆子大!"

京子拿起酒壶开始斟酒,忽而打住问道:"白马王子,你会喝酒吗?"

"当然,海量呀!俗话说得好,'百年修得同船渡,千年修得共枕眠'。"说着彭翼北端起酒杯,"相逢就是缘,来,敬你一杯!"

京子举杯:"我也敬你。"

彭翼北猛地喝了一口,不料立即"呛"得喷了一地。

京子大惊:"如此海量,佩服!"

彭翼北:"不瞒你说,此乃头一回喝酒,原以为喝酒乃快乐之事,没想到今日一尝方知喝酒是如此之痛苦哟!"

京子:"你呀,还不知那些嗜酒如命之人,原来都是在苦中求乐罢了。男人不喝醉,女人没机会。如果酒跟女人必须放弃一样,你该如何抉择?"

彭翼北:"我大哥是酒鬼,你猜他是怎么回答的?"

京子:"你大哥是怎么回答的呢?"

彭翼北:"看年份!"

"啊!"京子十分惊讶。

彭翼北:"酒鬼说酒,意不在酒,在乎酒与女人间。要是我的话,放弃酒,对的女人是一生中最值得珍惜的。听说月老只管婚姻不管爱情!婚姻不完全等于爱情。每个人都是自己爱情的神仙,幸福是两个人的,留给第三个人的只能是回忆!"

京子:"所以每段感情的开始,都会有两个神仙保护!也许该苏醒的,不是故事里的人,而是听故事的人。"

"奈何桥上酒不醉人,人自醉!"彭翼北说话间,不经意瞅见拱桥下那个锦衣卫(刀疤脸)正往这边偷窥——

京子低语道:"你刚才没付钱吧,酒肆老板娘派人来找你麻烦了?"

彭翼北:"非也……不管他,一个刀疤脸的窝囊废人。"

京子:"你没发现他在盯你的梢?肯定是要钱来的。"

"要钱?谁敢问皇上的伴读要钱,不要命了吧。"彭翼北望着京子手中摆弄的那束花,问道,"你喜欢什么花?"

京子羞答答地道:"我喜欢三种花!"

彭翼北急切地问:"哪三种?我送你!"

京子低头小声地道:"有钱花、随便花、拿去花,因为钱是用来花的,其实,还不止三种花,还有该花就花、马上花……"

彭翼北傻傻地道:"这么多的花,你真美!"

京子妩媚地道:"我哪儿美?是花美,还是人美?"

彭翼北故作深情地回答:"想得美。"

"你?"京子欲怒还羞。

彭翼北:"跟你开个玩笑呗,呃,你给我讲个笑话,助助酒兴,乐呵乐呵!"

京子:"说什么好呢?从前呀,在平户港,有一个富翁……"

彭翼北疑惑不解:"平户港不是在日本吗?"

京子:"对,日本平户港有一个富翁,牵着一只狗在户外溜达……突然'嘭'的一声枪响,狗被打死了。富翁抬头一看,树上有个杀手,这时他手中的火绳枪口正冒着烟呢。富翁不解,疑惑地问道:'你……你为什么打死我的狗?'枪手回答:'有人出钱,要你的狗命'!"

"别人出钱买他的狗命，所以就把狗打死了？呵呵！"彭翼北开心一笑。

京子："杀手不禁问富翁：'你年收入多少？'富翁回答道：'八千多万。'杀手好奇地问：'哇，八千多万！你每个月有八千多万进账，赚这么多，做什么的？'富翁说：'做梦的……'"

"做梦的？呵呵！"彭翼北被她的笑话逗得前仰后合。

▲苏杭大运河（日，外）

客船在河道中悠悠行进，彭翼南站立船头，凝视前方。

船靠岸了，苏杭织造大臣徐海领着随从官员前来热情迎接。

彭翼南一脸疑惑："徐海兄，你怎么会在这儿呀？自上次湘西科举之后，一直就没有你的消息，呃，你什么时候成了这里的朝廷命官？"

徐海："容我慢慢跟你细说，今晚你我兄弟定要痛饮几杯。"

彭翼南："我此来是为了查实苏杭织造上供腐败一案，还请老兄全力配合。"

徐海："难道你彭翼南还不了解我吗？我徐某两袖清风，一身正气，日日为朝廷收取贡物，好不辛苦！皆因做官时间不长，根基太浅，又不会拍马奉承，遭人妒忌啊。"

彭翼南："你放心吧，身正不怕影子斜，相信你不是那种贪婪鼠辈。"

▲桂北，客栈（夜，内）

房间里的桐油灯已经点亮，映照着翼北、京子二人如痴如醉的脸庞。

"你就像一杯美酒，看起来迷人，闻起来诱人，喝起来有点辣，回味起来还挺甜嘞。"彭翼北一往情深地说，"往往就是因为人生中的某一次意外的'遇见'，命运便由此改变……譬如说，两情相悦的'遇见'：只因在茫茫人海中偶然偷看你一眼，从此便开始了一段刻骨铭心的情感传奇——爱上这个人，便就爱上了这座城，然而在现实生活中，这桃花之运怎么没降临到自己的头上？心中千万次地问'爱你的人'和'你爱的人'她在哪里？"

京子："人的一生会遇见四个人，首先你会遇见你自己，然后遇见你爱的人，再遇见爱你的人，最后才遇见陪伴你一生的那个人，而这个人不是你爱的，也不是最爱你的，而是最恰当的时间出现的那个人。老实说我不知道谁才算是最合适的那个人！我也不愿意去想那么多！我也不喜欢把生活弄得那么复杂，简单多好！翼北，你说是不，呵呵……"

彭翼北不由自主地拉住了京子的纤纤小手。

京子含情脉脉地说道："人生苦短，终将失去，不妨大胆爱一个人，攀一座山，追一个梦……不知道我们之间的遇见算不算是生活开了个玩笑，人总是在不经意的那一瞬，因为不经意的那么一句话，就深深地爱上了……你可能记不清自己说过哪些话，可是我却记得很清楚，那一幕幕总是在脑海里浮现！没办法，谁让我记性这么好呢！"

彭翼北："今日你我有幸遇见，不知何日再次重逢？"

京子："我也是。人海茫茫，为何单单与你相识？然而人与人的相遇是缘，心与心的相知是爱，难道这就是上天赐予的缘分？总是害怕失去，害怕受伤，所以不敢轻易去接受，不敢轻易触碰爱！可是再次遇见你时，我才发现爱慕之情依然是那么美好！是谁说的美好的总会是短暂的！也许正因是人海中偶遇的短暂，才会让人感受到转瞬即逝的美！翼北你就像一本书，一本很厚很厚、内容丰富的小人书，深深地吸引着我，想要去翻阅！只是我不知道自己是不是还是那么幸运，能永远地翻阅你这本值得一生回味的书。尽管我年纪比你大，其实心里还是像个小女孩，希望有人疼、有人爱。不过，我不希望女人为了钱财而淫乱，因为'女'和'票'加起来，正好就是一个'嫖'字，更不喜欢坐怀不乱的男人……"

翼北："'坐怀不乱'？"

"'坐怀不乱'说的是在春秋战国时期，鲁国有个人叫柳下惠，他在一个雨天走进一座庙中，突然看见一个女子光着身子在拧湿透的衣服——没想到古代的女子也是如此开放啊——这时的柳下惠十分尴尬，就独自走出庙门来到庙前的一棵槐树下避雨，因此才有了坐怀（槐）不乱的美谈。"

翼北："可我听说的却是另一个故事。在一个寒冷的冬天，柳下惠在一个破庙里睡觉，半夜里进来一个女子，被冻得瑟瑟发抖，柳下惠为了给这位女子取暖就把自己的衣服给了她，还让女子坐在自己的怀中为她温暖身子，不过这一夜两个人没发生任何过分的事情。"

"柳下惠为什么坐怀不乱？这是为什么？"

"因为……大约是在冬季吧！不过，现在可是万物复苏的春天。"

听着听着，彭翼北激动不已，一把将京子搂入怀中，俩人激情相吻……

此时，窗外一阵冷风突然袭来，将桐油灯吹灭……

▲苏州，街道（夜，外）

华灯初上。苏杭织造大臣徐海与随从官员出现在街道上，满城一片繁华景象，人们脸上个个挂着微笑。徐海陪同着彭翼南在大街上巡视。彭翼南发现街上居然没有一个乞丐，还有百姓打扮的人当着他彭翼南的面，或给徐海送上"清正廉明"的匾，或给徐海送上一只鸡，说是给清官大人"补补身子"等。

▲苏杭织造官邸（夜，内）

望着陈设简陋的官邸，彭翼南有感而发："翼南此来奉旨行事，万没想到……"

徐海："翼南啊，百闻不如一见，我徐某都是实打实地为百姓服务。"

彭翼南："老兄深受民众爱戴，待我回京之后，一定向皇上为你请功。"

"徐某淡薄功名，只需皇上明白微臣的一片赤子之心，也就心满意足了。"说着他又捧出了一大沓账本，对彭翼南道，"此乃我在任期间，苏杭织造上供之账单，请翼南兄查实。你到了此地慢慢地查，仔细地查。查过了之后，你便知我徐海是清官还是贪官了。"

▲苏杭织造接官楼（夜，内）

彭翼南正在下榻的接官楼灯下查看账本，忽然门外传来急切的敲门声。然而进来的这个女子，居然是多年未见的月月！

月月哭诉着说："我被人贩子卖到了江南，还在半路的时候，我就跳到河里，逃了出来。先是到苏杭织造官邸做丫鬟，后来就进了缫丝厂。大哥，你和金凤姐说了，会来接我的，为何不来找我呀？"

彭翼南："月月呀，实在对不起，自从湘西科考以后，我们几个人也是九死一生，也就没顾上你了。你怎么知道我在这里？"

月月："我在大街上看见你和徐海在一起巡视，于是便悄悄跟着你来了。"

彭翼南："有人举报徐海借织造上贡之机，大发横财。今日我在这小镇上看了看，没想到那都是诬陷之词。"

月月："大哥，徐海是个大坏蛋。他不但贪污而且还与江泾岛上的倭贼木下晋三密谋勾结，在海上走私牟取暴利！"

"不会吧？"

"你不相信？我就带你去一个地方……"

▲灵岩寺，大门口（夜，外）

月月领着彭翼南在小路上悄然潜行。殊不知已有两男子悄悄地跟在了他们后面，贼亮的眼睛盯住了他们。月月和彭翼南走到了灵岩山寺院外，只见寺门紧闭。

月月："大哥，秘密就在寺院里面。"

彭翼南："好，你在这儿等着我。"说罢，他一跃上了院墙。

可彭翼南刚走，那两男子猛地上前，捂住了月月的嘴，迅即将她拖走了……

▲灵岩寺，院内（夜，外）

彭翼南从墙上轻轻落下，蹲在一棵树后，只见寺院大坪挤满了男女老少的乞丐，他们正在吵闹、哭喊……看守官兵对他们不断打骂着，不许他们走出寺院，还说是等那个姓彭的走了，才能放他们出去。彭翼南顿时明白了一切，他便一个轻功飞上了院墙。

▲灵岩寺，院墙（夜，外）

双脚落地，彭翼南返回到院外时，却不见了月月的人影。

他仔细谛听周围动静，感觉到不远的山坡上有声响。彭翼南飞身上前，欲救下月月，一大汉忽然将刀横在月月的脖子上，对彭翼南喊道："你过来便杀了她！"此时，林中突然杀出十多个打手，为首的正是徐海。

只见他冷冷地说道："翼南兄，只怪你自己多事，不该看的东西你偏要看，这让我好不为难呐。如果你想让这姑娘活命，就老实点。"彭翼南无奈地放下了手中的剑。

▲苏杭织造官邸（夜，内）

彭翼南被徐海押解到了一座富丽堂皇的官邸里。

徐海："翼南兄，实不相瞒，我这个苏杭织造大臣的美差，是花一万两银子买来的。"

彭翼南："你是跟谁买的？"

徐海："这个你就无须多问了。当今朝中，大大小小的官员，有几个人的职位不是花钱买来的呢？"

彭翼南见他如此平静，非常吃惊，不禁倒吸了一口凉气。

徐海又道:"上到内阁辅臣、六部尚书,下至州、府、县,谁不知道做官必须走路子,就连乡下的保甲长,不花钱也是弄不到手的。翼南兄,话我已经跟你说明白了,你想如何处置我呀?"

彭翼南:"我带你面见圣上,只要你揭发检举官市之黑幕,可以将功赎罪。"

徐海冷笑:"听说皇上让你下来抓腐鼠。一两只腐鼠好抓,一万只十万只你怎么抓?一不小心若将众鼠惹恼了,一齐钻洞,就是万里长城,也能给钻塌了。"

彭翼南:"你的意思是要我睁一只眼,闭一只眼?"

"人世间什么最好,无非就是金钱美女。"说着徐海一挥手,四名汉子便抬上来数箱金银珠宝,想贿赂彭翼南。

徐海:"翼南,你若能帮徐某渡过此关,这些财宝都归你了。"

他见彭翼南不为所动,令人又带上一名叫万宝露的美女,以此引诱。

彭翼南:"大丈夫岂能被金钱美女所诱惑?我还是那句话,你只有将功赎罪。"

徐海:"既然你执迷不悟,就休怪我无情了。"说罢他突然退后一步,按动暗道机关,"嗖"的一声,彭翼南、万宝露一齐落入洞中。

漆黑的洞中,任凭彭翼南运功发力,牢洞铁门纹丝不动,只有挂在洞壁上的油灯在颤抖⋯⋯

彭翼南:"万姑娘,对不起,是我连累了你。"

万宝露:"与其做徐海的玩物,还不如陪你这个英雄一块死在这里。"

彭翼南:"看不出姑娘还有几分江湖侠气。"

▲**演播厅(夜,内)**

联合国专家仍在"讲述"之中——

尽管太祖朱元璋自建立明朝以来就对贪腐者实施抄家灭族等史上最严的酷刑,但由于人本性贪,生而好利,与天道相违,"人看人"的反贪之举都是治标不治本的。更为荒唐的是:严嵩、赵文华居然也成了查处贪腐的朝廷命官,他俩以贪反贪、以腐反腐,朝廷上下立即陷入了越反越贪、越反越腐的怪圈。

为了平息民怨,皇上推行反腐中兴之治,彭翼南被任命为朝廷"打虎拍蝇"的昭毅大将军,前去查处"苏杭织造"。官员徐海贪腐累累,妄图以科举时结交的情谊蒙混过关,在欺骗彭翼南不成后,施计谋将其打入牢洞。张天娇前去解救,不料也身处险境。

嘉靖一直痴迷于张天娇,碍于彭翼南兄弟情面不敢袒露:"一个人快活,两个人生活,三个人就是你死我活。"他得知张天娇被囚禁,于是心急如焚地只身微服前往苏杭施救。

▲**苏杭织造官邸(夜,内)**

徐海正在与几名宠妾饮酒,忽然走进来蒙着面巾的嘉靖,徐海吓得连忙跪地。嘉靖问起彭翼南,徐海却说不知道,令嘉靖大惊。嘉靖只得道:"苏杭织造一案,朕亲自来查办,你必须随时听候传唤。"

徐海："臣遵旨。"

▲酒肆，密室（夜，内）

惶恐不安的徐海找到陶仲文："仲文兄，我大祸临头了！皇上亲自来苏州，一来就问彭翼南的下落。"

陶仲文深思少顷，喃喃道："这皇上微服私访，满朝文武无一人知晓，如果他死了，谁也不会查到这里来。再说，皇上在朝中树敌太多，若真出了什么事，有些人高兴还来不及呢。"

徐海："你的意思……"

陶仲文："你与其等死，还不如拼死一搏。只要有风吹草动，严嵩、赵文华定会兴风作浪。你这次若是得手，朱家的下一位皇帝还不知怎样感谢你呢。"

徐海揖首道："多谢仲文兄指点。"

陶仲文："哎，我说什么了？我可什么也没说呀。"

▲客栈接官楼（夜，内）

嘉靖正在客栈房中来回踱步，烦恼地思索着什么，忽然随从来报，说是苏杭织造的管家愿意告知彭翼南的下落。管家进来对嘉靖说，他知道彭翼南几天前就来了苏州，只因其迷恋女色而遭暗算，死了。

嘉靖凄然自语："怎么会这样……"

那名管家趁嘉靖一时神思迷乱，忽然朝嘉靖胸口击来一掌。嘉靖身子避过，随从侍卫立即上前将那管家制服。

管家中剑倒地，歇斯底里地狂笑："有皇上陪着我死，我赚了！"此时，只见窗外烈火熊熊，火光冲天。房门、过道、窗口都已被封死。

嘉靖不禁长叹："想不到朕今日要命丧小人了……"

▲牢洞里（夜，内）

万宝露被彭翼南一番正气凛然的言辞感动，从怀中取出一把早先暗中复制的钥匙，打开了铁门，二人迅即逃出洞外。

彭翼南找到徐海，徐海却镇定地告诉他，皇上住的客栈正着火呢。

万没想到微服的皇上已被徐海纵火围困。危急之时，彭翼北送来了那张神奇的虎头傩面，徐海因受神鬼难测之术之震慑，仓皇逃跑。

彭翼南迅即飞冲进燃着熊熊大火的客栈，玩命地救出了嘉靖。这位湘西巫傩王者"言既出、行必果"，斩断了助纣为虐的爪牙，他的果敢之举令奸宦佞臣、东瀛倭酋不寒而栗。

彭翼南带人抓捕徐海时，发现他早已被倭寇派来的间谍给救走了……

嘉靖叹息："朕想做点事情，却一样都干不成，非有内忧，必有外患。"

▲京城，奉天殿（日，内）

明朝军队采用的是世官制，世官制度下卫所官兵的战斗力也就非常低效了。当兵不是为了打仗，而是为了点卯吃粮。而明军之所以可以支撑这种世官制度，是因为有"军屯"，自给自足。但到了明朝中期，土地兼并严重，世官制度的生存基础遭到了破坏，因为领不到足额军饷，卫所的士兵大量逃亡。朝廷就不得不实施募兵制以弥补兵额不足。即便人数足额的军队，战斗力也实在堪忧。

崇明岛守将胡文斌幼年时被过继给伯父为嗣子，因而世袭了指挥佥事。他骄恣索饷、虚报浮夸。边关大臣上疏胡文斌犯下六大杀头之罪：若按朝廷祖制，大将领兵在外，必须接受文官监视，而胡文斌在崇明岛一人专制，军马钱粮都不接受核查，此其一该杀；他呈上的奏章全都是假的，杀害投诚的官兵和难民，假冒战功，此乃欺君之罪，二该杀；每年饷银几十万，他不发给士兵，每月只散发三斗半米，侵占军粮，三该杀；他擅自在岛上开设马市，私自与倭人通商，四该杀；部将只要与他同姓，他就会随意发给布帛上千匹，走卒、轿夫都穿官服戴袍带，五该杀；他镇守八年，不能收复一寸土地，坐地观望，姑息养敌，六该杀。因其麾下有凶猛强悍的官兵数万人，边关大臣们都惧怕这个守将胡文斌，敢怒而不敢言。

▲**奉天殿**（日，内）

奉天殿里，皇上紧急召见彭翼南。

嘉靖："刚接到紧急奏报，东南沿海嘉兴守军哗变，巡抚上疏引罪之后，便上吊自杀了。"

彭翼南大惊："啊……那相邻的崇明岛岂不是孤立无援了吗？"

嘉靖："崇明岛是东南前沿，战略位置十分重要。而镇守崇明岛卫所的守将胡文斌桀骜不驯，依仗叔父胡宗宪是浙江巡抚，为所欲为，热衷于海上捞钱，骄奢淫逸，就像岛上的土皇帝。海防卫所形同虚设，一旦倭寇进犯，必将损失惨重。"

彭翼南："皇上可知嘉兴守军哗变的原因吗？"

嘉靖："巡抚奏书中说，乃因兵部拖欠军饷所致。"

彭翼南："东南将士抵御倭寇，浴血奋战，兵部没有任何理由拖欠军饷呀！"

嘉靖："兵部的意思是，守军虚报军籍，冒领军饷，因此，兵部须查清军队实有人数，方可发放军饷。可当务之急是平定兵变，以防倭寇乘机大举入侵之时，我军却在自相残杀。为了稳定沿海防务，眼下急需一名良将督师东南。"

彭翼南："微臣举荐一人督师东南，一定可以力挽狂澜，彻底解决东南沿海之忧患。此人乃是……"

嘉靖打断他："等等，朕也想到了一位帅才，朕与你分别写出此人的姓名，然后再做比较。"

两人落笔写下的却都是"俞大猷"。

嘉靖哈哈一笑："这就叫：君臣所见略同嘛。"

彭翼南："俞大猷曾出任闽浙总兵，屡战屡胜，因遭奸臣所害，告老还乡。"

嘉靖："朕今日提升俞大猷为兵部侍郎，督师东南，将东南沿海的防务全部交给他。"

彭翼南："臣愿前往俞大猷家乡，迎接他来京受命。"

一轮圆月在云层中时隐时现……

▲御膳房（夜，内）

彭翼南、俞大猷觐见皇上，嘉靖设酒宴款待，谷大用等人作陪。

嘉靖："东南边关，朕就交给你了。东瀛倭寇的坚船利炮，来势凶猛，不知俞爱卿有何方略迎击来犯之敌？"

俞大猷："臣愿立下军令状，五年之内，东南沿海外患可平，全境可复！"

嘉靖大喜："好，俞爱卿，朕就等着你说出此言。谷大用，你拿纸笔来，让俞督师写下军令状。"

彭翼南连忙拉住谷大用，对皇上说："皇上，军令状晚一点写也不迟。俞督师出师之前，当召集六部大臣联席协商，群策群力共议抗倭大计，以免贻误全盘。"

嘉靖对俞大猷道："翼南此言极是。俞爱卿有何要求，只管向朕提出来。"

俞大猷："督师东南乃微臣夙愿。以臣之力，镇服东南倭寇有余，而应付官场上是是非非则不足。朝中忌妒微臣的大有人在，因而我担心有人趁我在边关征战搏杀之时，搬弄是非，虽不至于掣臣之肘，亦足以乱臣之心，正所谓流言蜚语杀人也。"

嘉靖："流言蜚语，朕一概不予理睬，愿卿一心一意早日收复失地。"

▲狼兵，营寨（日，外）

"狼"字大旗、迎风猎猎。

彭翼北带着京子终于找到了手执刀叉棍剑的狼兵起义军，在"狼"字大旗下的军营里，虢成见到彭翼北异常高兴。

营帐中，虢成说："翼北，跑这么远来找我，是嘉靖派你来劝降的吧？"

彭翼北："非也，我在离开京城的时候，还不知道你已经造反了。皇上登基之后，惩治贪官，清剿奸党。虢大哥，要是有你与我大哥帮助皇上的话，中兴之治，指日可待。"

虢成感慨道："这个王朝烂摊子，不是一个皇帝可以救得活的。再说他口口声声说咱们是生死兄弟，可对付兄弟他从不手软，上次六必居的鸿门宴上，要不是我脚底板揩油跑得快，早就见阎王了。"

彭翼北："那次是个误会，皇上说了，要请你去做朝廷大将军。"

虢成："伴君如伴虎，若与暴君为伍，还不知道自己是怎么去见阎王的？"

京子趁机煽动："虢大哥，不如高举你的'成王'大旗，一鼓作气闹到底，彻底拆了明王朝这个烂摊子，自己建立一个王朝。你虢氏家族原先不也是桂北的土皇帝，他朱厚熜能做皇帝，你虢大哥为何做不得皇帝？"

这时一旁的成王夫人金凤赞成道："姑娘说得对，既然我们已经扯起了造反的大旗，就当轰轰烈烈地闹下去。"

虢成赞叹道："想不到姑娘所言如此豪气！"

彭翼北急了："京子姑娘，少说两句行不行，你这不是火上浇油吗？"

京子："实话实说嘛，我这都是为虢大哥、金凤姐着想的呀！"

彭翼北只得对虢成解释:"虢大哥,我来的时候,带有皇上的亲笔信。皇上信中说既往不咎,还要你到京城去做官,不料路上却被她给弄没了。"说罢白了京子一眼。

虢成:"看不看见信无所谓,我虢成宁愿相信世上有鬼,也不会相信嘉靖的这张臭嘴,他的话就等于放屁!"

彭翼北无奈:"既然虢大哥执意不肯归顺朝廷,小弟这就告辞了。"

▲文华殿(日,内)

当彭翼北禀报完情况,嘉靖勃然大怒:"他不仁,休怪朕不义,朕就不信他那几千狼兵乌合之众,真能抵挡住朝廷的数万大军。"

彭翼南:"皇上,广西灾荒连年不断,民不聊生,虢成兄揭竿造反,也是迫不得已呀……"

嘉靖打断他的话:"迫不得已?也不该聚众造反!他虢成纵有千万条理由,也不该犯上作乱。朕决不轻饶他!"接着嘉靖又反问道:"翼南,朕若派你率兵进剿叛贼虢成,你会怎么办?"

彭翼南:"我会以大局为重,替朝廷尽忠效力。"

嘉靖:"若朕要你杀了他,你下得了手吗?"

彭翼南:"我们都是义结金兰的拜把兄弟,烧过香,喝过酒,发过誓,我会尽到兄弟情义拯救于他。"

嘉靖:"拯救?如何拯救?你彭翼南是朝廷的昭毅大将军。'忠义'二字将成为误事误国的祸根!"

面对如此暴戾的皇上,彭翼南极为错愕,几乎不认识这位曾经的拜把兄弟。彭翼南只得无奈地离开大殿。

赵文华极力蛊惑皇上:"老土司彭明辅凭啥有恃无恐?不就是仰仗着同门监生杨廷和乃当朝首辅大臣!如今各地藩镇土司拥兵自重,个个都是土皇帝,到底是先攘外,还是先安内,圣上您可要三思而后行呀!"

(画外音)赵文华、严嵩想要借皇帝之手斩断老土司的保护伞杨廷和。当初首辅大臣杨廷和执意拥立朱厚熜为新皇帝时还自鸣得意,想日后应得到回报,他恰恰忽视了朱厚熜少年老成、叛逆的性格。从一开始他们仅仅只是一种理念之争,后来就演变为政治斗争,最终导致了南北党同伐异的一场杀戮。因为新任皇帝拒绝了首辅大臣杨廷和安排的朱厚熜"认爹"(认其伯父明孝宗为爹),由此埋下了隐患,在"大礼之争"中杨廷和又遭奸臣严嵩陷害而被削职为民。他只得与儿子杨慎返回故里,不久含恨离世,严嵩趁机便坐上了首辅大臣之位。

痴迷于张天娇的朱厚熜一直没能走出当年被拒婚的阴影,严嵩见皇帝为了女人成天萎靡不振，于是在异域挑选高丽、东瀛美女敬献给他，但他却不像其堂哥正德皇帝朱厚照那样贪图女色、荒淫无度，而是对选来的女子丝毫不感兴趣。

严嵩大为不解："为什么有的男人往往喜欢人妻？"

嘉靖叹息："我并不是喜欢人妻，而是喜欢的人慢慢都成了人妻。爱情之酒，两个人喝是甘露，三个人喝是酸醋，随便喝便会中毒。爱情就像一副耗子毒药，吃下去以后，便是日日夜夜的煎熬、分分秒秒的烦恼，让你痴、让你狂，让你痛不欲生，也可以使你迅速去见阎王！国不可一日无君，君不可一日无娇呀！"

严嵩幡然醒悟，原来他一直暗暗喜欢着彭翼南的恋人张天娇。

于是，严嵩利用其与生俱来的叛逆性格，请来了三清山妖道不断洗脑蛊惑，致使嘉靖性情偏狭乖戾，崇信道教而痴迷于炼丹，日求长生，甚至长期不理朝政，以致国家混乱、经济危困，边防屡遭侵扰。

正所谓"色字头上一把刀"，眼见朱厚熜处于张天娇、彭翼南之间的情感纠葛中，严嵩、赵文华打起了如意小算盘，如果皇帝与张天娇修成正果，奸党必将死无葬身之地。所以他们要置朱厚熜于想爱爱不成的爱恨交加之地。皇权虽至高无上，朱厚熜作为拜把兄长也不能强人所难。另外作为皇帝的嘉靖一方面要考虑到东南倭患愈演愈烈，彭翼南和他的虎兵乃倭贼的天敌，非他不能克敌制胜；另一方面彭翼南又是他绕不过的情敌。这种无处安放的炽热情爱冲动，使得皇帝朱厚熜陷入了鬼使神差般的"相爱相杀"怪圈里不能自拔。

——定格！

只见土司王城土家博物馆内，一座封土大墓模型前，探险家贝尔·格里尔斯举起茶杯喊道："Waiter——Xiangxi Golden Tea！"

"贝尔先生，湘西黄金茶来了！"身穿"店小二"戏服的剧务端着热茶送了上来……

贝尔边饮茶边说道："欲知后事如何，尔等容我品茶之后慢慢道来。"

（画外音）各位看官，欲知后事如何，且听贝尔先生逐一分解……

急速滚屏淡出以下字幕：

【第八单元叙事、第二十四章完】

● 第九单元叙事之：

第二十五章

擅斩将帅　东南前线将士哗变
借刀杀人　皇帝追责冤斩督师

明朝初期，为了防御东瀛日倭突侵东南沿海，朱元璋就将钓鱼岛列入防区。钓鱼岛及其附属岛屿位于中国台湾岛的东北部，由钓鱼岛、江泾岛、黄尾屿、赤尾屿等岛礁组成。嘉靖三十二年（1553年），与钓鱼岛海域相邻的江泾岛遭到了倭寇侵占，该岛屿南临浙江嘉兴、北望日本平户，倭寇依托岛礁之间诡异的水道形成的"迷魂阵"般的天然屏障负隅顽抗。朝廷举兵进剿，无奈屡战屡败……

▲**东海（日，外）**

茫茫东海上，太阳旗迎风招展……倭寇旗舰作战室，年轻气盛的木下晋三正与彪悍强壮的倭酋喝酒盟誓。

只见他端起一只大碗："诸位武士兄弟，要进攻留都南京，必先占领杭州；要占领杭州，必先夺下嘉兴、崇明岛。明日将有一场恶战，来，我敬各位一杯。"

这时，一位漂亮的女子走进指挥室，她便是曾与彭翼北订有婚约的京子。

京子："师哥，切莫操之过急，此时不但东南明军统帅已经换成俞大猷，而且还有一个更厉害的角色，此人叫彭翼南，有万夫不当之勇。"

木下正在酒兴上："小妹，你别多嘴，男人武士在议事，你出去吧。"

京子："师哥，想不想攻占东南沿海一带的诸座重镇？"

木下："想又如何，目前俞大猷坐镇指挥，我拿他一点办法都没有。"

京子："你可以避开嘉兴呀，绕道嘉善，跨越崇明，直捣杭州。"

木下："使不得，崇明岛之明军倘若出击，断我后路，我军就会首尾难顾，弄不好全军覆没。"

京子莞尔一笑："师哥你坐下，小妹可帮你破了崇明岛防线。"

木下："谈何容易。崇明驻军休养生息、兵强将勇，我曾率兵攻打过三回，每一次都是落败而归。"

京子："落败而归，那是你没本事。我若出马，必胜无疑。"

木下："军中无戏言，小妹不得吹牛。"

京子："我若拿不下崇明岛，甘愿一死。"

木下："哦，你要多少舰船火炮，我都给你。"

京子："我不要一兵一卒，只要十万两银子。"

木下一怔："你要那么多银子做甚？"

京子一笑，笑得那么得意，那么妖媚……

▲崇明岛（日，外）

俞大猷、彭翼南前往崇明岛卫所巡查……

彭翼南："胡文斌镇守的崇明岛兵猛将勇，倭寇从不敢从水路攻打；而且，胡文斌能够自给自足，利用海上交易，做点生意，解决了军费的不足。"

可俞大猷并不认同："胡文斌颐指气使，独霸一方，崇明岛成了他胡氏王国，势如割据，把谁都不放在眼里，造成了如今守岛官兵骄奢淫逸、贪生怕死。"

彭翼南："他的叔父乃浙江巡抚胡宗宪，加上皇上对胡文斌信任有加，夸他孤撑海外，从未打过一次败仗。"

俞大猷："我管他是谁的侄子，就是天王老子，本督也要收拾他！"

▲卫所渡口（日，外）

俞大猷和彭翼南踏上崇明岛。这个40多岁、身躯瘦小的胡文斌带领着手下将领热情迎接："参见俞督师、彭将军。"

眼见岛上民康物阜，商贾云集，军营里面也种植着花草，整齐而精致，一派生机勃勃。俞大猷有感而发："文斌好雅兴，皇上的御花园也不过如此。"

胡文斌说："士兵们除了练兵，就是种地种花草。俗话说这荷锄是民，受甲是兵，将士们视海岛如家园，倘若敌寇胆敢来犯，人人皆愿拼死护岛，保护自己的财产和家园。"

▲卫所军营（日，外）

营房内，士兵的床铺上整齐地叠着被子，室内设施应有尽有。

俞大猷："文斌啊，兵士们居住的房子，一点儿也不比京城的上等客栈差呀。"

胡文斌："将士们远离父母妻儿，驻守孤岛，文斌不敢亏待他们。岛上开荒种地以及水路通商之盈利，皆众士兵辛勤所得，羊毛出在羊身上，花点钱让他们住好吃好，这也是理所当然。"忽然他发现俞大猷眼中露出不悦之色。

俞大猷问胡文斌："你实话告诉我，崇明岛上到底有多少兵士？"

胡文斌："准确兵丁数为12,000千人。"

俞大猷："12,000人？可你上报朝廷之兵员为36,000人，翻了三番！文斌，这可是欺君之罪！欺君之罪是要杀头的！"

胡文斌："督师大人，难道别处之驻军就不曾虚报？"

俞大猷："我现在查的就是你崇明岛！"

胡文斌："军资富足，衣食丰盈，方能人心稳定。我之所以这样做，这也是为了保家卫国嘛。"

俞大猷："军饷多拿了三倍，海上通商每月又有十万两白银进账。大明满朝文武，谁有你这么富足？俗话说，饱暖思淫欲。你看看你的军营成了花园，五色炫目，你的手下将领纵情声色、醉生梦死、颓废腐化。如此的天朝军队，还能克敌制胜吗？"

彭翼南见俞大猷火气越发越大，连忙将其拖进了接官楼内室。

▲卫所，接官楼（日，内）

彭翼南与俞大猷为胡文斌之事相互争执起来。

俞大猷："这个胡文斌，我恨不得一刀把他砍了！"

彭翼南："此事不可操之过急，'寓兵于农，守屯结合'，这都是太祖皇上传下来的治军弊端，冰冻三尺非一日之寒，希望督师能体谅守岛将士的苦衷。"

俞大猷："东南军队由我俞大猷统帅，此时是听你的还是听我的？我把你从京城请到东南沿海来，是为了让你来帮我，而不是让你来给我拆台的！"

▲演兵场（日，外）

"呜——"集结号吹响。

崇明岛的将士们整齐地排列着，正在听候俞大猷的训话。俞大猷阴沉着脸，将士们显得非常惧怕，气氛相当紧张。彭翼南站在一旁，神情抑郁。

俞大猷厉声道："将士们，胡文斌欺君罔上，冒兵克饷，以通商筹集军资为借口，中饱私囊，罪不可赦。"

胡文斌站在一旁，冷冷地望着俞大猷。俞大猷走到一将领前，问道："你叫什么名字？"

将领："回大人，我姓胡。"

"叫什么？"

将领："胡丕忠。"

他又问另一将领："你呢，姓甚名谁？"

"胡可诚。"

他再问一士兵："你叫什么？"

"胡守毅。"

他又问一士兵："你呢？"

"胡可富。"

俞大猷对着前排的士兵："你，你，还有你，你们都往前一步。"

那几个被叫的士兵纷纷出列——

俞大猷："你们是否都姓胡？"

士兵们相互一视，不约而同地点了点头。

俞大猷："行了，退回去。"

第二十五章 / CHAPTER 25

擅斩将帅　东南前线将士哗变
借刀杀人　皇帝追责冤斩督师

士兵们战战兢兢地回到队伍之中。

俞大猷："胡丕忠。"

胡丕忠上前："末将在。"

俞大猷："你一出娘胎就姓胡，对不对？"

胡丕忠："我以前姓刘，到崇明之后才改姓胡的。"

俞大猷再问一将领："你呢，你以前姓什么？"

"回督师大人，我以前姓赵……"

俞大猷接过话头："到了崇明，改名胡守毅，是否有人逼你改姓？"

胡守毅："无人逼我，大家都改，我也改。"

俞大猷走近胡文斌："全岛将士，一律抛掉祖宗姓氏，随你姓胡，真是糊里糊涂，闻所未闻呀！"

胡文斌不服："将士们尊敬我，心甘情愿随我姓胡，我视士兵为兄弟家人，莫非这也犯了王法？"

"如此的'胡家军'，史无前例、千古奇闻呀！"

胡文斌："督师大人，我真的不曾逼他们改姓。"

彭翼南："将士们随你姓胡，你为何不制止，为何不反对？"

胡文斌："文斌无话可说。"

彭翼南："你那接官楼里养的那些东洋歌妓、高丽倡优，一律遣返，你不会难以割舍吧？"

胡文斌："男人胸怀可容天地，我等哪会割舍不下几个小女子呢？"

俞大猷正色道："崇明岛自今日起实行海禁，不许任何商船靠岸，更不许再与东洋客商做任何贸易，违者严惩不贷。"

胡文斌急了："督师大人，你不让将士姓胡，我完全服从，你要遣返歌妓，我也无话可说，可你要禁船禁商，我想劝督师大人几句：堵了这条财路，军资从哪里来？"

俞大猷："崇明所需粮饷物资，皆由杭州运来，不会少你们一两一钱。"

胡文斌："朝廷下拨的粮饷物资，哪里够用呢？杭州驻军穷得叮当响，哪能保证得了崇明之所需。假如军需富足，就不会时常有兵士哗变闹事了。"

见他顶嘴，俞大猷恼怒不已："如今东南沿海，本帅亲自坐镇，兵部拖欠军饷之事，再也不会发生。你当众鼓噪兵变，分明是要扰乱军心。旗牌官——"

两名旗牌官出列："在。"

俞大猷："给我把胡文斌拿下！"

旗牌官呆立不动。

俞大猷："我说的话，尔等没听见吗？"

旗牌官迟疑着："督师大人，使不得。"

俞大猷对着将士们大喊起来："敢出来绑胡文斌者，官升三级！"

将士们个个将头低垂，依旧没人出列。

胡文斌这时沉不住气了，哈哈大笑。他的笑声狂放，却也凄冷，撼人心魄。

俞大猷望着失态的胡文斌，气愤至极地亮出皇上赐予的尚方宝剑，举在头上："尚方宝剑在此，谁敢不从？"

彭翼南上前，连忙劝道："督师大人，请息怒……"

俞大猷此时哪里还听得进不同意见，剑指旗牌官胸口怒斥道："违令者，格杀勿论！"

胡文斌走上前："督师大人，休得为难他们，罪臣文斌甘愿受缚。"

说罢他走到旗牌官面前，坦荡地道："来，绑我。"

旗牌官眼泪夺眶，朝着胡文斌跪下，哽咽地说："大人，得罪了……"

随即两名旗牌官拿出绳索，上前将胡文斌绑了起来。

在场将士们的眼睛里露出强烈的不满，面对手执尚方宝剑的俞大猷，却又无可奈何。

一位将领朝着俞大猷跪了下来，哀求道："大人……"

顷刻之间，所有将领如风吹劲草般一齐拜倒，大声哀求："大人……"

彭翼南："督师，大敌当前，擅斩将帅，万万使不得呀！"

俞大猷："使不得也要使，杀不得也要杀。"

彭翼南："今日你若杀胡文斌，有一人最为高兴。"

俞大猷："此人是谁？"

彭翼南："东瀛倭酋木下晋三。诛杀胡文斌，犹如替倭寇除去了心头大患，他们定会开怀大笑的。"

俞大猷怒不可遏："彭翼南，崇明岛上的事当由我做主，休得与我唱反调。我若不杀胡文斌，崇明之土地非皇上所有，这支胡家军便不是大明朝廷的军队。"

彭翼南："胡文斌乃大明一代名将，要处死他，须奏请皇上，未经获准，不可擅自动斩。"

俞大猷："皇上赐我尚方宝剑，东南海防军务由我来统帅，无论何人，我可先斩后奏。"

彭翼南泣声喊道："督师大人……"

俞大猷望了他一眼，转过身，面朝西方，拜叩着喊道："皇上啊，臣今诛胡文斌，以肃军纪，臣若五年内不能平定倭寇，愿给胡文斌偿命！"说罢，潸然泪下。

跪在地上的将士们感动了，纷纷站了起来。

胡文斌也泪流满面："大人，要杀便杀，胡文斌死而无憾。"

彭翼南："俞督师，不如将胡文斌押赴京城，由皇上裁处。"

俞大猷将尚方宝剑递给彭翼南："我今日非斩胡文斌不可，如若我不该杀他，那你就用此剑将我杀了！"

彭翼南不敢伸手接他的宝剑，感慨地摇头："你……"

俞大猷扬起尚方宝剑，果断地下令："斩——"

▲接官楼（夜，外）

彭翼南来到天台，望着上弦月在阴云密布的天空中若隐若现，心潮起伏。

俞大猷不由自主地走近窗前，彭翼南回头道："督师大人，还没睡啊？"

俞大猷："哪里睡得着呀！诛杀胡文斌，实属万不得已。同室操戈，其实我心里也不好受。"

彭翼南："是啊！胡文斌功大于过，罪不当诛。"

俞大猷："翼南，我真不是因为个人成见而杀胡文斌，你看他依仗自己是浙江巡抚胡宗宪的侄儿，为所欲为，自行其是，骄恣刚愎，桀骜不驯，他就是崇明岛上的土皇帝。我若不除他，迟早是朝廷祸害。他现在成了生意人，这世界上做生意的都是'利'字当头，是最靠不住的，生意人怎么可以掌管军队呢？"

彭翼南："是啊，人头落地，现在说什么都为时晚矣。"

俞大猷："翼南，今日我对你有失尊重，在此，我向你赔罪。"

说罢他欲跪拜，彭翼南连忙将其扶起："督师大人，你这是为何？"

俞大猷忽而变得哀伤，难过地道："翼南……今日为何口口称我督师大人，你一向都直呼我大猷兄。难道你为胡文斌鸣不平，而不认我这个兄长了吗？"

彭翼南："我不是不认你这个兄长，你对我怎么样，我都可以不计较，我只是觉得朝廷正是用人之际，况且大敌当前，胡文斌不该擅自处死呀！"

俞大猷："翼南，你恨我，是吗？"

彭翼南："我恨你，恨什么？你把胡文斌杀了，他的叔父还曾是你的朋友。岛上的万余将士都恨你，你以后怎么统领这支军队？大猷兄，你过来……"

他将俞大猷拉到了天台窗前——

▲窗外小岛（夜，外）

俯瞰窗外，小岛上到处是一堆堆燃烧着的纸钱。

山坡、树林，密密匝匝布满了蜡烛，星星点点的火苗在微风中闪烁着。

彭翼南痛心疾首："如今岛上军民早已习惯富裕生活，不愿再过苦日子了。你能将生米煮成熟饭，又有谁能把饭还原成米呢？你以为你杀了胡文斌，岛上的将士们就会忠于你、听你的话吗？"

俞大猷顿时无言以对。

"大事不好！"这时，传令兵跑来报告，"嘉兴卫所守将听说崇明岛被查，俞督师还斩杀了胡文斌，官兵们见势不妙，闻风而逃。"

俞大猷、彭翼南大惊。

谁知又有传令兵前来禀报："倭寇木下晋三率舰船五十余艘，已离开了老巢江泾岛，正朝嘉兴方向扑来，距此不到三百海里。"

顾此失彼的俞大猷带领人马上前去处置。疾恶如仇的俞督师不顾彭翼南的劝阻，使出尚方宝剑斩杀了胡文斌，造成扼守东南海防卫所官兵人人自危。东瀛间谍京子趁机施以"离间计"，挑起事端，致使崇明岛上的守军哗变，官兵们纷纷逃走。

▲嘉兴城门（日，外）

俞大猷率领一队官兵匆匆赶到了嘉兴……

传令兵："倭寇正朝嘉兴口岸开来，距此大约八十海里。"

校尉匆匆前来报告："督师大人，倭寇声东击西，分兵合围了崇明岛，眼下就怕未等援军赶到，崇明岛那边早被倭寇攻破了。"

俞大猷："不可能，有彭翼南将军在，倭寇要攻破崇明岛，怕是痴心妄想。"

▲杭州府衙（日，内）

嘉靖皇帝巡视东南刚到浙江府衙，迎驾的巡抚胡宗宪客套话还未说完，就见校尉已跪地禀报："倭寇舰船兵分两路，直扑嘉兴、崇明岛……"

话音未落，又一校尉报告："副总兵龙天翔在嘉兴崇德县城之下与倭寇激战，身中流矢阵亡，众将士几乎全军覆没。"

听罢此言，嘉靖脸色苍白，喃喃地道："此乃错杀胡文斌恶果所致……"

校尉："内阁辅臣赵文华赴东南沿海劳军，半路上被倭寇拦截。"

嘉靖："赵文华怎么样了？"

校尉："据线报，赵大人已被倭寇抓走，生死不明。"

嘉靖："嘉兴离杭州不过百十来里，敌寇马上就会打到朕之眼皮底下。"

巡抚胡宗宪趁机火上浇油："俞督师夸下海口五年平倭，现在却让人家打到我杭州府衙大门口了，皇上您目前的处境危险呀！"

嘉靖："朕的个人生死置之度外，愿与疆土共存亡。这个俞大猷呀，朕一定要拿他治罪！胡爱卿你赶快带兵前去迎击。"

大臣甲："皇上不必惊慌，彭翼南尚在崇明岛，一定会与倭寇决一死战。"

嘉靖："崇明岛守军已经哗变，彭翼南手上没有一兵一卒，如何决战？"

▲嘉兴军营（日，内）

俞大猷正在紧张地调兵遣将，排兵布阵。

俞大猷："倭寇已绕过我军嘉兴防线，攻克了崇德县城，总兵聂耀辉你务必将它迅速夺回；副总兵边海明马上堵住敌之援军；参将陈伟军继续驻守嘉兴，防止敌人偷袭我大本营；我亲率参将欧阳越文等前往杭州城紧急救驾。"

欧阳越文："督师大人，万一崇明岛被攻破，杭州就完全暴露在敌寇眼皮子底下了。"

俞大猷："即便崇明岛遭到倭寇围困，彭翼南将军总会有办法应对。"

▲倭寇营帐（夜，内）

树丛营帐中，赵文华被绑缚在里面，门外有几个倭兵看守着。

| 第二十五章 | 擅斩将帅　东南前线将士哗变 |
| CHAPTER 25 | 借刀杀人　皇帝追责冤斩督师 |

赵文华用力磨断绳子，悄悄溜出了营帐……

▲**倭寇，指挥营帐（夜，外）**

赵文华刚溜出营帐，恰遇巡逻倭兵，他只得躲至另一个更大的指挥营帐背后。正欲伺机逃走之时，忽然里面传来的对话声引起了他的注意。

偷偷摸摸地，他正好可从一小孔看见指挥营帐中木下晋三正与师妹在商量着什么事情，于是赵文华注意偷听他们两人之间的对话。

"俞督师收下了我那十万两银子，已敞开了东南防线，师哥你就放心地绕过去吧！"

"哈哈，他不是一向高举反腐大旗吗？原来俞大猷也贪财呀！"

"俞督师已答应，会助我们东瀛推翻朱家的大明江山！"

赵文华偷听了他们的谈话之后，趁着夜色，偷偷逃走了……

▲**崇明岛（日，外）**

倭寇舰船忽然转向崇明岛，趁东南防线空虚直逼杭州，进而妄想攻打留都南京。

此时崇明岛上只剩下妇孺之辈，无力抵抗。想当年，蜀军失街亭之后，司马懿乘胜率大军企图攻打西城，城内诸葛亮沉着镇定，敞开城门，并在城楼上弹奏"十面埋伏"，吓退了敌军。

而今敌舰渐渐驶近，孤身一人的彭翼南走上城墙，发现倭寇旗舰上的风帆油光发亮，应该是不久之前刚上过湘西桐油。彭翼南计上心来，只见他戴上虎头傩面，念起了王城秘诀："抬头望青天，师父在身边……"

咒语中，彭翼南摆上了当年落洞后祖先赐予的那把古琴。每每关键时刻，他总是焚香净手，抚琴一曲，激昂的琴声一时让敌人摸不着头脑。暗地里他指挥百姓们把家中的镜子拿来当成一面面"照妖镜"，齐齐对准了倭贼旗舰，镜面反射的阳光集中照射在刚上过桐油的风帆上引起燃烧，霎时大火借着风势迅速蔓延。王者"焰火"来袭！敌人无处躲藏，纷纷弃船跳水逃命。

常言道"蛇打七寸雁打头"，彭翼南的"照妖镜"之所以"聚集天地日月之精华"烧毁了敌舰，其实就是利用镜面反射的原理把阳光聚焦到一点之上，使这个点的温度迅速升高，引天神之力为己用，远距离击毁倭寇旗舰，造成敌军恐慌，不战而退。这是常规思维无法想到的。诸葛亮的"空城计"只是吓跑了敌军，而彭翼南的"照妖镜"却能拒敌于国门之外，远距离摧毁入侵者，决胜于千里。他几乎是赤手空拳，凭借着自己的智谋和勇气，战胜了来犯的倭寇大军。

▲**浙江巡抚府衙（日，内）**

嘉靖皇帝正在下榻的府衙大厅里接见文武群臣。

赵文华跌跌撞撞地跑了进来。只见他跪在嘉靖脚下，哭喊道："皇上……"

嘉靖："赵文华，听说你被倭酋掳去，让朕好不牵挂。"

赵文华哭泣："皇上，臣差一点就成了倭寇的刀下之鬼……木下晋三绕过了东南正面防线，正向杭州逼近！"

嘉靖："多亏了彭翼南智勇双全，守住了崇明岛。"

严嵩出列奏道："倭寇舰队突袭崇明岛，我头一回听说可以用巫傩奇术将其击溃。皇上呀，所谓的'照妖镜'神鬼难测之术，说不定是个天大的谎言。"

浙江巡抚胡宗宪出列奏道："皇上，此次俞大猷、彭翼南督师东南，借惩治走私腐败之名，斩杀了参将胡文斌，从而导致崇明岛守军哗变，倭寇趁机来袭，险些打到了杭州城。"

群臣异口同声道："俞督师、彭将军有纵敌之嫌，请皇上明察！"

嘉靖显得有些不耐烦地道："尔等还有何要说，继续奏来。"

大厅内顿时鸦雀无声。

嘉靖："倭寇已经退去，杭州危机已解除，朕心头的一块石头总算落了地。我大明王朝自开国以来，倭寇一直为朝廷大患。此次彭翼南力挽狂澜，功莫大焉，你管他用的是巫术也好，还是别的什么方式也罢，反正他征服倭贼，给江浙带来了安宁。尔等今日怎么回事，为何这般德行？朕唯才是举，从来不问过程，只看结果。"

彭翼南出列："皇上，退敌之功，当属众将士与当地百姓同仇敌忾，加之俞督师援军及时赶到，前后夹击，倭寇不得不退。若论功行赏俞督师也有一份。"

嘉靖突然脸色一沉："彭翼南，你不要替俞大猷说话！"

俞大猷出列："皇上，微臣督师东南，不慎让倭寇钻了空子，敌军险些攻破崇明岛防线，臣罪该万死。"

赵文华趁机奏道："皇上，当初俞督师立下军令状，五年平倭。这一年来，时有捷报传来，满朝文武皆大欢喜，哪知如今的倭寇长驱直入，卫所形同虚设。由此可见，俞督师以往的所谓捷报，纯属欺君谎言。"

胡宗宪奏道："皇上，俞大猷胆大妄为，斩杀守将，造成岛上军士哗变，以致倭寇犹入无人之境，他就根本没把皇上放在眼里。只是我那可怜的侄儿，他死得好冤呀！"

彭翼南："皇上，诛杀胡文斌乃臣之过错，与俞督师无关。"

嘉靖正色道："彭翼南，这里不是你讲兄弟义气的地方，胡文斌被谁所杀，朕一清二楚，用不着你代人受过。"

彭翼南："皇上……"

嘉靖："休得多言，你可知什么叫欺君之罪？"

彭翼南只得缄默不语。

胡宗宪："皇上，俞大猷诛杀胡文斌，犹如当年秦桧杀岳飞，何其相似也。"

赵文华义愤填膺："皇上，臣以为，与其说倭贼趁机攻打崇明岛，倒不如说是俞大猷故意为之。身为一代名将的俞督师，未必不知崇明岛地理位置之重要，既然知道，却又为何不增派重兵以加固其防务呢？究竟是失职，还是有意通敌，请皇上明察。"

俞大猷不服地喊道："皇上，说臣通敌，那是天大的冤枉！"

胡宗宪："皇上，如果倭贼海盗攻破了崇明岛，兵临杭州城下，而俞大猷的援兵姗姗来迟……若不是彭将军神勇御敌，杭州恐已沦陷。"

众臣一齐奏道："皇上，俞大猷私通敌寇，罪不可赦！"

嘉靖被众臣的异口同声而感染，怒目圆睁："将俞大猷给我拿下！"

几名校尉上前，绑住了俞大猷。

彭翼南上前，杜鹃泣血般大喊道："皇上……"

嘉靖："你！还有何要说？"

彭翼南感慨道："皇上，臣很难过，很痛心，臣为朝廷之风气而难过，臣为满朝文武之德性而痛心。当初皇上重新启用俞大猷，朝中一片叫好声，无人不说皇上英明、俞大猷乃天下第一帅才。如今东南险些失守，俞大猷请罪于此，赢得一片唾骂，墙倒众人推，推波助澜，落井下石，岂是正人君子所为？"

大臣们无人敢与彭翼南锐利的目光对视。

彭翼南走到被绑缚的俞大猷身边激动地说道："大猷兄对朝廷忠心耿耿，他身居大帅，未曾为子弟乞求一官，未曾收取下属一分一毫，清廉克俭，一身正气。他将老母妻儿置于军中，欲与东南海疆共存亡；他屡次挥剑阵前搏杀，勇不可当。东南将士无不敬仰俞督师之文成武德。此番崇明岛防守失误，俞大猷当有推卸不掉之责。然而，胜败乃兵家常事，悲喜乃人之常情。尔等为何抓住人家一次失误大做文章，欲置人于死地而后快呢？"

文武诸臣见彭翼南义正词严，威严逼人，顿时不知如何诡辩。

走到俞大猷身边，彭翼南掀开他的衣服，只见他身上伤痕累累。

彭翼南："诸位请睁大眼睛看看，这满身的伤哪里来的？倭寇的刀剑砍的，倭酋的弩箭射的。皇上呀皇上，大猷兄奋勇冲锋陷阵的情景，臣至今历历在目。所谓卖国欺君，秦桧杀岳飞，亏尔等说得出口。皇上，作为督师之过失理当追责，倘若说他通敌欺君，臣愿拿项上人头替他担保。"

说着，他在俞大猷面前跪了下来。

嘉靖："翼南，你这又是为何……"

彭翼南："皇上，斩杀胡文斌乃臣一人过错，一切罪过应由臣来承担。"

嘉靖："彭翼南，朕今日不提胡文斌之事，俞大猷背着你与倭酋订有密约，你却蒙在鼓里。"

彭翼南："不可能，俞大猷绝不会做这种事。"

嘉靖："你以为朕愿意冤枉他吗？人证物证俱在，朕想不相信还不行。"

俞大猷："皇上说人证物证俱在，请拿出来给大家看看，也好让罪臣心服口服。"

赵文华连忙奏道："皇上，微臣劳军东南，半途遭劫，在倭营亲耳听见了木下晋三与人谈论俞大猷受贿通敌之事。微臣之所言，若有半句虚假，愿遭五雷轰顶！"

胡宗宪："据微臣密探截获的情报，贿赂给俞大猷的那十万两纹银，正是通过倭酋木下晋三的邪教师妹京子送过去的。"

"京子？"彭翼南不由一震，"皇上，赵文华的话不能相信，他嘴里能有几句真话？而胡宗宪所说的贿银通敌之事更不可作为证据，因为他对其侄儿胡文斌遭诛杀耿耿于怀，务请皇上明察秋毫，辨明忠奸。"

嘉靖："赵文华乃朝廷重臣，胡宗宪身为浙江巡抚，他们的话朕为何不能相信？你与赵文华以往曾有过节，不能将私人恩怨带入朝廷的大是大非之中。"

俞大猷喊着："皇上，臣的确是冤枉的……"

嘉靖："且将俞大猷押刑部候审，退朝——"

彭翼南赶紧上前一把拦住："大猷兄，我会去找皇上替你说情的。"说着他对押解俞大猷的校尉说道："尔等听着，不可对俞督师擅用私刑，谁敢碰他一下，休怪我彭翼南不客气。"

校尉甲点头："将军放心，我等一定善待俞督师。"

朝廷大臣对彭翼南此次单枪匹马击退群倭褒贬不一，一时陷入南北两派争议的风口浪尖。严嵩、赵文华却借崇明岛哗变，栽赃嫁祸俞大猷、彭翼南，趁机除掉心头之患！

▲**府衙内厅（日，内）**

彭翼南欲往里走，两名太监赶忙挡在了前面。

太监："彭将军请留步。"

彭翼南："我要见皇上。"

太监："皇上龙体欠安，此时不想见任何人。"

彭翼南："我有急事。"

太监悄声道："皇上特别交代，尤其不能让你彭将军进去。"

彭翼南："为何会这样呢？"

太监："奴才也不知皇上何意。"

彭翼南无奈，只得退回。

▲**酒楼，密室（日，内）**

密室里只有京子一人。看上去，她比以前更漂亮了，脸若桃花，光彩照人。

彭翼北掀开门帘，激动地喊道："京子！"

京子打量着他："翼北，我终于又见到你了。"

彭翼北："那么久都不来找我，我还以为你变心了。"

京子："别这样说嘛，我，没有一天不想你的。"

彭翼北打量四周："你总是神神秘秘的，约我到这种地方来干吗？"

京子诡秘一笑，掀开桌上的两口箱子——里面装着满满的金银珠宝。

彭翼北："你？哪来这么多财宝？"

京子："这些都是送给你和你大哥的。"

彭翼北："大哥是朝廷大将军，我是文华殿伴读，绝不会收受任何贿赂的。"

京子："就当是我的陪嫁不行吗？"

彭翼北："不行，君子爱财，取之有道，你一定要说清缘由。"

第二十五章 / CHAPTER 25

擅斩将帅　东南前线将士哗变
借刀杀人　皇帝追责冤斩督师

京子："你彭翼北上知天文地理，下知大象蚂蚁，一点也不如人家俞大猷俞夫人爽快。"

彭翼北意外地道："哦，俞夫人如何了？"

京子："不瞒你说，我给俞督师送的礼物，就是俞夫人收下的。"

彭翼北："俞夫人所收的礼物，与我这一样吗？"

京子："那是当然，我师哥最为敬重的两个人，便是大哥彭翼南和俞大猷，俞督师与我师哥订有密约，等明年开春后，他将协助我们活捉嘉靖皇帝。"

彭翼北顿时大惊失色："啊！我看你是东瀛派来的间谍吧，越说越离谱了，难道俞督师是那种人？这事儿要让皇上知道了，非灭了九族！"

京子："我是你媳妇，难道还会骗你吗？只要你大哥帮我们救出俞督师，这些东西就全归你们了。"

彭翼北气恼地拔剑指向京子："你也太小看我彭家人了，忠肝义胆岂是用金钱可以买到的！"

▲**巡抚衙门，院内（日，外）**

彭翼北急匆匆走着，迎面碰见赵文华，便问道："赵大人，你可知道我大哥此时在何处？"

赵文华："一个时辰前我还见到过他。翼北，看你这样子，像是有急事。"

彭翼北："没，没什么……"

赵文华不阴不阳地道："彭将军一心要替俞大猷洗刷罪名，四处游说，现在恐怕是在找哪位大臣吧。"

彭翼北欲走，却见嘉靖从府衙走了出来。

嘉靖喊了一声："翼北。"

彭翼北急忙跪地："彭翼北叩见皇上。"

嘉靖："起来，快起来，怎么慌慌张张，像有什么急事？"

彭翼北："没，没有。"

赵文华在皇上身边附耳低语后，嘉靖问道："找你大哥有何事？说与朕听听。"

彭翼北看看四周，迟疑道："这个……"

嘉靖："哦，跟朕到里面说话……"

彭翼北无奈，乖乖地跟着嘉靖进了府衙内厅。

▲**府衙内厅（日，内）**

嘉靖听完了彭翼北的一席话，恨得咬牙切齿："俞大猷果然通敌！"

彭翼北："皇上，这只是一面之词，不可全信。"

嘉靖："赵文华被俘时，在倭营亲耳听见有人说起俞大猷与倭寇订有密约，起初朕还有些怀疑，如今终于得到了证实。"

彭翼北急了："皇上！"

嘉靖："翼北，你真的想娶这位东洋姑娘为妻吗？"

彭翼北："微臣曾喜欢过她，的确与她订有婚约。"

嘉靖沉下脸："你好大的胆子！"

彭翼北连忙跪地："臣有罪，臣有罪……"

嘉靖转而一笑："起来，起来，何罪之有？朕也喜欢异域的东洋姑娘，这有何不可呢？翼北，这位京子姑娘，想必很漂亮？"

彭翼北："在微臣心中，她是最美的女人。"

嘉靖："你将她带来，朕想见她一面。"

彭翼北："皇上，京子姑娘只是个平常女子，普普通通……"

嘉靖："被你翼北看中的姑娘，不可能平常，也不可能普普通通。朕一定要见见她！"

▲大街上（日，外）

锦衣卫的马队呼啸而过。行人纷纷闪避一旁，用惶恐畏惧的目光望着马队走远。

▲酒楼，密室（日，内）

京子独自在酒楼中，不慌不忙地自饮自斟。几名校尉冲入楼中，将她团团围住。

校尉甲："京子姑娘，皇上请你去做客。"

京子不慌不忙地将酒杯放在桌上，顺手去拿桌上的剑。校尉们急忙亮出兵器，对着她。

京子将剑挎在腰上："好，我跟你们走一趟。"

▲府衙内厅（日，内）

彭翼南正往里走……

太监连忙迎上："将军，皇上有要事召你觐见。"

彭翼南跟随太监走进大厅。京子正站在嘉靖面前，几个校尉四周警戒。

见彭翼南走了进来，嘉靖："翼南，朕让你见一个人。"

彭翼南望着京子，不禁一愣："是你？"

京子叫了一声："大哥。"

嘉靖："这是你的弟媳。翼南，你和她早就认识，对不对？"

彭翼南摇摇头又点了点头。

嘉靖："京子姑娘，翼北跟随朕有好几年了，朕最喜欢这位伴读。你是他的未婚妻，我不会为难你的。不过，今日当着你大哥的面，朕要问你几句话，你务必如实回答。"

京子："皇上请问。"

嘉靖："俞大猷与你师哥订有密约，此事是真是假？"

京子："我师哥最恨之人，便是俞大猷，自从俞大猷镇守东南沿海，杀了不少东瀛武士，我师哥怎么可能与他订有密约？"

嘉靖："木下是不是给了俞大猷一笔财宝，财宝是俞夫人亲手收下的？"

京子："俞大猷那么廉洁，两袖清风一身正气，从不爱钱财，顽固不化，我师哥恨不得将他碎尸万段，哪里肯将财物送予他？"

嘉靖："你所说的，都是真话吗？"

第二十五章 / CHAPTER 25

擅斩将帅　东南前线将士哗变
借刀杀人　皇帝追责冤斩督师

京子："你把刀架在我颈脖上，我还是这样回答。"

嘉靖："行了，没你的事，可以走了。"

太监将京子带走了……

嘉靖对彭翼南说道："俞大猷通敌，铁证如山。"

彭翼南："京子姑娘不是已否认俞大猷与倭寇订有密约吗？"

嘉靖："她说有，那便是没有，她说无，那便是有。"

彭翼南："皇上，我敢用人头担保，俞大猷不可能通敌。"

嘉靖："翼南啊，俞大猷的事，你不可再强词夺理了。朕一定要严惩不贷！"

彭翼南："皇上不如先将此事搁置一下，等拿到了其罪证、锁定依据以后再惩罚也不迟呀。"

嘉靖："俞大猷通倭谋叛，朕要将他依律磔之。"

彭翼南连忙跪下哀求："皇上，请刀下留人……"

嘉靖气愤地道："彭翼南，你再包庇他，朕连同你的脑袋一块儿砍下！"

彭翼南痛心疾首："臣当初杀胡文斌已铸成大错，皇上今日杀俞大猷更是错上加错，亲者痛仇者快，东瀛倭贼不费吹灰之力就除去了两员最难对付的将帅。"

嘉靖："照你这么说，通敌者不是俞大猷，而是朕？"

彭翼南苦谏道："皇上如果要杀俞大猷，无异于自斩手足，自毁长城，此后再难谋求这样克敌制胜的帅才。"

嘉靖："死了张屠夫，不吃混毛猪，我泱泱华夏天朝，未必就找不到几个会统兵打仗的。"

彭翼南重重地磕头："皇上……"

嘉靖正色道："俞大猷罪不可赦，为其鸣冤叫屈者，无论何人，与其同罪。"

说罢，嘉靖拂袖而去……

▲大街上（日，外）

众锦衣卫押着一辆囚车从大街上走了过来……

只见蓬头垢面的俞大猷被关在木笼之中，大街两旁围观的人们气愤地朝着俞大猷扔石头、鸡蛋和垃圾。

人们呼喊着："打死他，卖国贼！"

"吃他的肉！"

一块石头砸到俞大猷的额头，顿时血如泉涌。

彭翼南穿过人群，走近囚车，一跃跳了上去，用身体挡着飞来的杂物。

俞大猷在囚车中感激涕零，仰天长啸。

市民甲："听说皇上要给俞大猷用磔刑，何谓磔刑？"

市民乙："磔刑算得是天下第一酷刑，就是用利刀将囚犯寸寸剐割致死。"

市民丙叹道："唉，皇上真狠心。"

▲刑场（日，外）

俞大猷背上插着囚徒标牌，双膝跪地。四周被锦衣卫团团围住。赵文华任监斩官，他坐在一张椅子上，一副威严盖世的派头。

彭翼南上前，痛心地跪在俞大猷身边，泣声呼唤道："大猷兄……"

俞大猷："翼南，还记得胡文斌替我看相时所说的话吗？他说得好准，今日我的脑袋碎裂开花，百姓要吃我的肉，正所谓'尽享督师之福'，福与肤同音，他话中有话，可惜我当时就没听明白。"

彭翼南："星相占卜，不可相信。不过，我倒是没忘记胡文斌说的另一句话，他说，人生在世，有何人逃得过劫难呢？死是劫难，生何尝不是劫难？"

俞大猷："我遭此劫难，幸有兄弟的手足情谊，乃俞大猷之福！"

彭翼南："大猷兄之亲眷，便是翼南之亲眷，我一定悉心照料。大猷兄还有何未尽事宜，可交付翼南替你办理。"

俞大猷："俞大猷唯有一个心愿。"

彭翼南："大猷兄请讲。"

俞大猷："我欲与你结拜为兄弟，不知你可否成全？"

彭翼南："我也早有此意。大猷兄，请稍候。"

他一跃而起，冲到赵文华身边。赵文华吓得浑身发抖，连连退缩。彭翼南从香炉中拔了几根已经点燃的香火，又回到俞大猷身边，将香插在地上。

他二人朝着苍天，叩头便拜。

俞大猷和彭翼南异口同声道："苍天在上，俞大猷、彭翼南二人今日结拜为兄弟……"

赵文华端着酒壶走了过来，说道："二位将军刑场上义结金兰，老夫今日敬你们一杯酒。"

说着他倒酒，递给俞大猷、彭翼南。（被绑缚的俞大猷只能衔在嘴上）

俞大猷、彭翼南二人碰杯，将杯中酒一饮而尽。

俞大猷将衔在口中的酒杯吐掉："翼南，我有一事相托。"

彭翼南："兄长请讲。"

俞大猷："大猷有负皇恩，死不足惜，大猷死后，恳请翼南赶赴东南，镇守边关，兄五年平倭之誓言，就只能由你老弟来完成了。"

彭翼南垂泪点头："兄长之托，小弟铭记于心。"

俞大猷："酒喝过了，兄弟拜过了，要说的话也说过了，赵大人，现在该你给我动刑了。"

赵文华："俞督师，老夫奉旨行事，多有得罪。"

俞大猷自己走到手执利刀的刽子手前，眼睛圆瞪，喝道："动手吧。"

刽子手们畏惧地望着彭翼南，站在那儿却不敢动手。

赵文华上前示意彭翼南赶紧离开，可彭翼南站在那儿还是一动不动。

赵文华上前朝着彭翼南揖首："臣奉旨行事，请将军回避。"

俞大猷:"君要臣死,臣不得不死。老弟,你走吧,你在我身边,我死也不痛快。"

彭翼南泪如雨下,哽咽着喊道:"大哥,一路走好……"

他咬着牙,转身便走……

此时刑场寂静无声,人们纷纷让出一条道路,目送彭翼南默默地走远。

背后传来监斩官画外喊声:"午时三刻已到,准备行刑……"

此刻刺耳的声音令彭翼南万箭穿心!

——定格!

急速渐映的画面上,滚屏淡出以下字幕——

【第九单元叙事、第二十五章完】

● 第九单元叙事之：

第二十六章

至亲相残　翼北统兵攻打虓成
成王败寇　狼兵头王生死不明

▲将军府邸（日，内）

清风亭内，香炉青烟袅袅，彭翼南正在全神贯注地捧着一本书。

"皇上驾到！"只见嘉靖在彭翼北等人陪同下走了过来。

彭翼南回头——"皇上！"连忙起身叩拜。

"免了。"嘉靖举手示意，他走过去问道，"翼南，在看什么书呢？"

彭翼南："《三国志平话》，正看到赤壁之战，蒋干盗书一节……"

"反间计！"嘉靖脸色立即阴沉，"翼南，你是在怨朕错杀了俞大猷？"

彭翼南不无伤感地道："大猷死得好惨，每割下一块肉，百姓便抢来生吃。臣不明白天下之人为何突然兽性大发，以往的岁月里若不是有俞督师镇守东南，他们能日日围在桌上玩麻雀牌吗？臣心头之肉犹如被割下，被人吃掉了……"

"彭翼南！"嘉靖打断他，"听说你与俞大猷在刑场结拜为兄弟，你好大的胆子，竟敢与朕作对，你就不怕朕将你一块磔了？"

彭翼南："除死无大祸，讨米再不穷。死算什么，头砍了不就碗大个疤吗？臣与俞大猷结为兄弟，乃敬佩他英雄肝胆。皇上，俞督师临死之前托付我一件事，你可知道是件什么事吗？"

嘉靖："哦，你说来给朕听听。"

彭翼南："俞督师要我赶赴前线，镇守东南，完成他五年平倭之誓言。"

听罢此言，嘉靖似乎有所感动，问道："翼南，他真是这样说的吗？"

彭翼南："皇天后土，日月可鉴。翼南坚信：人在做，天在看！"

嘉靖："就算冤枉了他，朕也绝不后悔。朕要让文武百官明白：背叛朝廷，欺君失职，将和俞大猷一样下场！"

彭翼南："臣请求皇上废止酷刑，凌迟磔刑万万不可再用，酷刑固然有威慑之力，却将人心变得如同禽兽，这等违背人伦道德、灭绝人性之事哪能发生在华夏礼仪之邦？"

嘉靖不耐烦地道："刑律之事以后再说……"

话音未落，太监谷大用前来禀报："叛军虓成正攻打桂林福王府，情况危急！"

嘉靖顿时勃然大怒："朕要派兵火速进剿桂北流寇。"

彭翼南："皇上，这倭寇外患还未除，怎么又……"

嘉靖:"到底是先攘外,还是先安内?朕一度也拿不准,土司藩镇拥兵自重,个个都是土皇帝,桂北土官虢成已揭竿造反,如今连下诸城,直逼桂林福王府,攘外如不先安内,否则大明江山就将毁于一旦。这个虢成罪孽深重,与朕不共戴天!"

彭翼南:"上兵伐谋,攻心为上,不战而屈人之兵才是最高境界。臣以为,对内施以安抚方为上策呀!"

嘉靖:"如无大军压境,兵临城下,那些恶贯满盈的流寇会招降吗?朕令你和彭翼北统兵五万,进剿桂北流寇,不得有误。"不管翼南同意不同意,他示意太监将圣旨往翼北手里一塞,拂袖而去。

"皇上,翼北怎么行?他从未带兵打过仗……"彭翼南连忙追上去解释。

彭翼北也被突如其来的圣旨给镇住了,一时之间也不知如何是好。

"嗨!"突然他的肩被人拍了一下,扭头发现是从后院溜进来的京子。

京子:"翼北,我也要和你一起去桂北剿匪。"

彭翼北没好气地瞪了她一眼:"你……怎么像幽灵一样,总是给我惹麻烦。如果我没将你说的话告诉皇上,俞大猷那条命兴许还能保住。你说这几年来的偶遇巧合,是不是你精心设置的?你的每一步都是在利用我、实施反间计来陷害俞督师?如果真是这样,老子非要剥了你的皮,抽了你的筋!"

京子故作天真地道:"翼北,说什么呢?什么计不计的,自从我与你相识,那就是一眼万年,从天荒到地老!难道你不爱我吗?"

彭翼北:"你妈?如果老子查清真相,你和你妈,都将付出代价!"

▲严府,大厅(日,内)

奸臣妖言惑众、借题发挥,促使皇上追责,俞大猷被凌迟处死;彭翼南功过相抵,暂不追究。眼下奸党与倭贼勾结,欲置彭氏兄弟于绝境。

严嵩正在焦急地来回踱步,只见赵文华急匆匆前来报告。

赵文华:"虢成率领的桂北叛军越闹越凶,已攻占数座重镇……"

严嵩趁机蛊惑嘉靖皇帝——令文华殿伴读彭翼北前去清剿反叛义军,实施"借刀杀人",从而达到借皇帝之手致使彭氏兄弟、姐弟坠入相互争斗的深渊。奸贼们明知彭翼北此去无疑是毫无胜算,为何"不可为而偏要为之"呢?他要让皇帝试想一下:如果直接派彭翼南带兵前去征剿虢成、金凤,一个是曾经的拜把兄弟、如今的姐夫,另一个则是从小带他长大的姐姐,如果让彭翼南带兵清剿,有这个可能吗?然而这幕后的始作俑者就是翼北的恋人木下京子,她精心布下了诡计——"一箭三雕":只有先置彭翼北在桂北剿匪中身陷囹圄,彭翼南作为亲哥哥才会舍身相救,卷进这场至亲相残的绝境。如此妙计,奸党们才能从"打虎拍蝇"的激流中逃脱,从而拔掉眼中钉、肉中刺,以绝后患。

▲山寨,大厅(夜,内)

殿堂上,虢成正在召集义军头领一起议事。

老庄主："翼北一个小孩儿，从来没带过兵，他怎么今天也变成了'屠夫'？"

虢成："彭翼北一直跟随朱厚熜，如今已是朱家王朝的文华殿伴读，大明江山是他朱家的，翼北无疑成了朱家的走狗，我们造他朱家的反，他们哪肯答应呢？我们且商议一下，看有何破敌良策。"

老庄主："看他一路风尘，立足未稳，我们不妨打他个措手不及。"

虢成："好！我也正想一脚踢了他的军营。"

金凤："你要踢了他的军营？弄得不好，会伤了翼北的。"

虢成："都到了你死我活的关键时刻，你还顾及他的性命？"

金凤："毕竟姐弟一场……"

▲官军营帐（夜，内）

夜幕笼罩下，金凤姐化装潜入官兵营帐……

她特来为弟弟彭翼北接风洗尘，于是，姐弟相聚酒肆——

▲酒肆（夜，内）

金凤："你姐夫说你一个文华殿伴读，从未带过兵，怎么也成了'屠夫'？"

彭翼北端起酒杯："大姐此言差矣，朝廷已大军压境，可是刀枪子弹向来不长眼，小弟这也是为了大姐你的安全，不妨暂留我军中，一道助我踏平桂北狼兵山寨！"

金凤："多谢小弟好意，不过……"

彭翼北："不过什么？"

金凤："你姐夫虢成就是等着官兵来围剿——让他们肉包子打狗，有来无回！"

彭翼北大惊。

金凤："翼北，你看看窗后，这是虢成送给你的见面礼。"

窗外隐约可见义军正在与乱成一团糟的官兵厮杀，彭翼北气愤不已："我随你到此喝酒，原来是中了你的诡计。"

金凤："大姐我……我是担心两军混战之中会误伤了你。"

彭翼北："将士们是我带来的，纵有一死，我也要和他们死在一起。"说罢，怒气冲冲地跑出了酒楼。

此时，朝廷官兵早已大乱，溃不成军。

果不其然，毫无实战经验的彭翼北率兵刚到桂北前线，姐姐和姐夫就给了他一个"见面礼"，打得他措手不及，所带官军几乎折损殆尽。

▲皇宫，内廷（日，内）

嘉靖紧急召见彭翼南，并将张太后（正德之母）亲手缝制的锦袍赏赐给了他，彭翼南顿时感动不已："无功不受禄，皇上您这是……"

嘉靖："桂北叛军越闹越凶，如今彭翼北身处险境，谅你不会袖手旁观的。若朕派你去追剿虢成，你下得了手吗？"

彭翼南："我们都是义结金兰的拜把兄弟，烧过香，喝过酒，发过誓，我会尽到兄弟情义拯救于他，真到了你死我活的时候，不是他杀我，便是我杀他。"

嘉靖："你不是平头百姓，也不是一介布衣书生，你彭翼南是朝廷的大将军。这'忠义'二字将成为误国的祸根，也会将你们土司王城推入万劫不复的深渊！眼下桂北之流寇乃朕心头之患。朕派你率领五千精兵日夜兼程前去剿灭虓成！"

彭翼南："臣遵旨。"

嘉靖语重心长地道："翼南啊，反贼虓成如今已是朕的头号大敌，你与他对阵，万万不可念及旧情而心慈手软。"

彭翼南："看来，皇上对微臣还是有些不放心。"

嘉靖："翼南啊，朝中诸臣对你颇有非议，说你随心所欲，滥交朋友。"

彭翼南："皇上，虓成可也是您曾经的结拜兄弟呀！"

嘉靖："以前是以前，现在是现在。昨天的结拜兄弟，今日朕之头号大敌，不知你是否下得了手呀？"

彭翼南："皇上请放心，臣若与他对阵，定会一决雌雄，不是他死就是我亡，如不相信，臣愿立下军令状。"

嘉靖："好，朕就想听到你的这句话，来，笔砚伺候——"

话音未落，贴身太监谷大用端着笔墨纸砚走了上来。

谷大用凑近彭翼南低声、假意地提醒："军中无戏言，皇帝面前更是无戏言呀！"

彭翼南想都没想便提笔在"军令状"上签字画押。

嘉靖拿起军令状："朕早就对你说过了，你宅心仁厚，过于讲究江湖信义，这并非好事。你若一朝出错，所误之事乃朕的江山社稷之大事。"

彭翼南："皇兄教诲，小弟铭记于心。"

说罢，彭翼南叩首后即刻离开，正好与内阁辅臣赵文华擦肩而过。

赵文华急忙向嘉靖皇帝进谗言："哎呀皇上，万一彭翼南与叛匪虓成勾结，岂不是狼狈为奸放虎归山？"

"哼，没那么容易！朕是那么好欺骗的吗？昨天退朝之后，你和你干爹还有两个爱卿一起玩麻雀牌了吧？"

赵文华纳闷地道："是呀。"

嘉靖："玩了几圈后，是不是发现麻雀牌少了一张，无奈只好就此罢手？"

赵文华意外地道："皇上您是怎么知道的？"

嘉靖笑了笑："看来，赵爱卿真是个实诚之人。喏，你看看，是不是这张牌？"说罢他将丢失的麻雀牌递给了赵文华。

赵文华接过一看，惊讶地道："哎呀呀，皇上真是千里眼、顺风耳，什么事都瞒不过您！"

嘉靖："彭翼南想背叛朝廷，天方夜谭。哼！他的心爱之人和亲弟弟，皆在朕的手中，谅他也不敢。"

"皇上！"谷大用献上一计，"倭寇乃癣疥之疾，狼兵乃心腹大患。防范措施固然重要，凭奴才的直觉，《三国演义》中'捉放曹'的悲剧很有可能重演，说不定他也会步关公关二爷的后尘……"

嘉靖："朕赐你二人尚方宝剑，伺机行事，先斩后奏，绝不能让曹操脱逃的悲剧重演！"

"是，臣遵旨。"谷大用、赵文华跪谢。

▲桂北，山寨大门（日，外）

"成王"大旗迎风猎猎，桂北狼兵营寨紧靠山崖之上，一夫当关，万夫莫开！

彭翼南率朝廷官兵浩浩荡荡来到山寨大门前。

只见彭翼南手持钩镰枪，高声喊道："湘西彭翼南到此，叛贼虢成快快出来与我一决雌雄！"

寨内毫无动静，狼兵凭借天险地势，严阵以待。

少顷——狼兵营寨拱门上挂起了"免战"牌。

彭翼南恼怒："虢成，你往日的威风上哪儿去了，为何不敢与我决战？"

只见守在拱门外的义军撤入寨内，并将沉重的山寨大门迅速关上了。

面对虢成避而不战，彭翼南心生一计，采用"诸葛亮三气周瑜"之激将法，命人送去妇女的短裙衣物，讽刺他畏畏缩缩像个女人。然而，仍不见虢成打开寨门迎战。彭翼南疑惑地询问副将汤克宽："克宽兄，为何不见虢成出来迎战？"

汤克宽："虢成一向狂傲至极，今日他也知道害怕了。"

彭翼南："我军若是强行攻打，你以为如何？"

汤克宽："不得强攻，你看——"

狼兵山寨堡垒露出了密密麻麻的弓箭手，个个箭在弦上；悬崖上的滚木礌石早已严阵以待……

▲义军营寨（日，内）

面对彭翼南送来的女人短裙衣物，虢成不以为然，端坐在案桌之前沉思，金凤站在他的身边，周围几位义军将领义愤填膺。

虢龄峰、银凤夫妇气愤至极："王兄，我们愿出寨迎战彭翼南！"

虢成瞪了一眼："你们有几条命？人家一出手便可取你的人头。倭寇神风剑高手、幕府大将军，都一一败在彭翼南钩镰枪下。他的武功出神入化，不可与他正面交锋。"

虢龄峰："官兵已将我营寨团团围困，一个劲儿地在外叫阵，还送来了女人衣物戏弄咱们兄弟，此时若不应战，我狼兵士气必扫地无疑。"

虢成："休得多嘴。嗯，对付彭翼南，我自有主意……"

▲官军营帐（日，内）

朝廷进剿官兵只好适时安营扎寨，等待时机。此时，彭翼南正独自端坐在营帐里聚精会神地看着地图。

第二十六章／CHAPTER 26　　至亲相残　翼北统兵攻打虢成
　　　　　　　　　　　　　　　成王败寇　狼兵头王生死不明

一侍从进来报告："将军，有个自称是你朋友的人要见你。"

彭翼南："可曾说他姓甚名谁？"

"她说姓彭，是个女子。"

"哦，让她进来吧。"

彭翼南刚收起图纸，只见一女子风风火火走了进来。

女子喊道："翼南——"

彭翼南抬头一看，立即起身："大姐，你……你怎么来了？"

彭金凤："虢成让我来看看你……老弟呀，多日不见，你越来越英武了。"

彭翼南："哪里哪里，我是身负皇命，寝食难安！曾记得我与虢成分别时，他说也许有一天，我们拜把兄弟会成为战场的对手。他还问我：'你的钩镰神枪会不会向我刺来呢？'没想到，他的这一番话，眼下已成为残酷的现实，我与他今日果然刀枪相对。"

金凤："虢成他还曾记得你们分手之时，你亲口说的，你永远都不会成为他的对头。"

彭翼南："此一时，彼一时，如今我是朝中重臣，他是造反的流寇，我们这是各为其主呀。"

金凤："各为其主？此言差矣，你的主子是皇上，虢成没有主子。若说你姐夫有主子，那就是千千万万受苦受难的老百姓，他要让天下人都有饭吃，都有衣穿，都过上好日子……"

彭翼南："不，如果所有人都过好日子，就违反了'物竞天择、弱肉强食'的大自然法则了。大姐，虢成是不是让你来当说客，来劝我放他一马？"

金凤："话可不能这么说，虢成手下也有万儿八千的狼兵将士，个个同仇敌忾，未必会怕了谁。不过，虢成也不希望你们兄弟厮杀于战场。"

彭翼南："大姐，不，嫂子，请你转告虢成兄，摆在他面前的只有一条路，那就是向朝廷投降，皇上一定会赦免他以往所犯之罪过。嫂子，大明江山好不容易才有了一位励精图治、体恤民情的好皇帝，我们要做的是更好地帮助他，给他更多的时间。"

金凤："嘉靖继位之后荒淫无度，昏庸无道，求仙问道，炼丹祈福，不理朝政，不问百官，玩弄皇权于股掌之间；尤其是迷信丹药方术，且不顾宫女的死活四处采集甘露，吞服道士炼制的丹药，欲求长生不老，荒诞至极。近年来江南大旱，饥人相食，百姓流离失所，他嘉靖皇帝又干成了哪件好事？老弟你对他不要抱有任何幻想。"

彭翼南："难道说让虢成坐上龙椅，他就可以让国家昌盛、百姓安康了吗？"

彭金凤："一个兴盛的国家，必须有一个顺应天道的朝廷，有一批廉洁奉公、有德有才的官员，朝廷需要正气，天下需要仁爱，你看今日之朝廷都干了些什么？"

彭翼南："虢成兄如果有救国之心，更应报效朝廷。嫂子，皇上对虢成兄的品性和才华极为赏识，曾亲笔写信请他做官，没想到他偏要揭竿造反。"

彭金凤："天下无道，那就推翻它，让我们创造一个有道德的天下……"

彭翼南："好了好了，不要说了，虢成犯上作乱，野心勃勃，妄图推翻朝廷，来人呀——"他大喊一声。

立即有几名侍卫冲了进来，一个个将刀枪对准了彭金凤。

彭翼南呵斥道：“谁让你们将刀枪对着我的客人了？”

侍卫们连忙将刀枪撤回。

彭翼南冷冷道：“嫂子，得罪了，送客！”

彭金凤无可奈何，叹息一声，跟着侍卫退出了厅堂。

彭金凤前脚刚走，参将汤克宽后脚就跟进来了……

汤克宽："彭将军对朝廷忠心耿耿，可敬，可敬！"

"此话怎讲？"

"你与彭金凤所说的话，我都听见了。"

"莫非你在暗中监视我？"

"监视你的不是我。"

彭翼南疑惑不解："不是你，会是何人呢？"

汤克宽："此人乃你的拜把兄弟，当今圣上、皇帝陛下也。"

彭翼南一怔，喃喃地道："看来，皇兄还是不肯信任我呀！"

汤克宽："不瞒将军，皇上已赐我尚方宝剑，让我在军中暗中监视你，一旦有疑似反叛行径，先斩后奏。"

彭翼南顿时脸色苍白，一屁股坐在椅子上。

汤克宽劝解道："将军无须难过，如今的圣上对谁都不放心，说不定他还会让你来监视我呢。"

彭翼南："皇上这么做，自有他的道理。你我只要问心无愧就是了。"

汤克宽："只要你我同心协力，早日剿灭虢成，自然会得到皇上的信赖。只是现在匪寇们依仗山势险峻负隅顽抗，一时半会儿也拿他们没办法……"

彭翼南指了指地图："剿灭这些匪寇，我已经有主意了。"

"哦，说来看看，什么好计谋？"

"调虎离山之计。昨日我在武器库房里看见有几门大炮。"

"那些炮早已不用，不知能否打响。"

"我只要它做个样子，你先将大炮用红绸布包裹起来，再找一些当地百姓将这些'红衣大炮'拖至匪寇盘踞的山寨大门前……"

▲**吊井岩**（日，外）

彭翼南骑马来到吊井岩峡谷之中，他的身后跟着几名侍卫。长长的峡谷中，只有一条小道，两侧皆为悬崖峭壁。望着这里的情景，彭翼南不禁叹息连连。

▲**狼兵营帐**（日，外）

虢龄峰正向虢成报告："王兄，官兵已在我营寨之外摆出了几门大炮，正在填充火药、铁砂……"

虢成思忖道:"汤克宽若有大炮,为何以前不用?"

虢龄峰:"听那些搬运大炮的百姓说,大炮是彭翼南从京师运来的。"

"哦!"虢成朝外面望了望,思索片刻之后说道,"咱们这山寨可经不起他彭翼南的几炮轰呀,此地不可久留。"

虢龄峰:"王兄,这……这是不是彭翼南设下的什么计谋?"

虢成:"管他用的什么计,三十六计,走为上计。打得赢我就打,打不赢老子就跑,咱们尽快撤离此地。"

▲官军营帐(日,内)

营帐中,彭翼南正在调兵遣将。

彭翼南:"匪寇明日拂晓必定偷偷撤离,尔等做个追杀的样子便是,放他们逃出去。"

汤克宽:"放他们逃出包围圈,岂不是放虎归山?"

彭翼南:"你我各率一支重兵分头堵截,只给他留一条出口,逼他由西衙步朝吊井岩方向溃退。"

汤克宽似乎不解其意,疑惑地望着他。

彭翼南:"王淇生听令。"

众将领之中的王淇生出列:"末将在。"

彭翼南:"令你带精兵一千,即刻出发,进入吊井岩峡谷之后,投石砍树,将峡谷之通道堵死。"

王淇生:"遵命!"

彭翼南指着地图,对汤克宽和众将领们说道:"我军将匪寇逃跑的两侧拦截,他们只能从湘桂两省交界的西衙步强行突围,渡过漓水河进入吊井岩峡谷,那里悬崖峭壁,号称猿鹿无径。只要引虢成进入此峡谷绝境,他的狼兵流寇必定无一逃脱。"

汤克宽兴奋地赞叹道:"瓮中捉鳖,好,虢成纵然三头六臂,也难逃此劫。"

▲狼兵营寨(日,外)

清晨,东方刚刚亮出鱼肚白。

义军营寨的大门悄悄打开了,只见虢成和彭金凤率领的狼兵义军一涌而出,开始攻击突围。

▲官军营帐(日,内)

将领乙匆匆进来向彭翼南禀报:"将军料事如神,贼军已撤离营寨,正在朝西衙步方向强行突围。"

彭翼南哈哈一笑,起身对汤克宽说:"狼兵已调离山寨,现在就轮到你我牵猪赶羊了。"

▲三岔路口(日,外)

虢成和彭金凤率领狼兵起义军在三岔路口正犹豫着,忽然,前方传来阵阵吆喝,虢成定眼一看——原来,彭翼南带领的官兵已堵在这里!虢成见状命令虢龄峰、岑银花夫妇拦截断后,指挥义军赶紧撤退。

▲西衙步（日，外）

虢成带领着义军士兵们穿过一片树林，前面是一条大道。忽然前方传来一声炮响，只见汤克宽率领官兵们堵在路上。

虢成连连喊道："快！往回走。"

他立即指挥狼兵将士们再次转回到丛林之中……

▲吊井岩，峡谷口（日，外）

虢成与义军将士们来到了峡谷口——

峡谷的崖石上，刻写着三个大字：吊井岩。

虢成回头一望，不禁哈哈大笑起来。

彭金凤纳闷道："虢成因何发笑？"

虢成："穿过吊井岩，前头便是桂北十万大山了，彭翼南纵然身生双翼，也休想追上我们。"

彭金凤担忧地道："虢成……这峡谷之中会不会藏有伏兵？"

虢成："不会的，彭翼南不熟悉桂北地形地貌。"

他手一挥便带领着将士们走进峡谷……

▲峡谷中（日，外）

义军将士小心翼翼地在峡谷路径上行进，忽然一堆滚木礌石从天而降，狭窄的小路被封堵得严严实实。

一士兵连忙转回向虢成报告："前面的路已被堵死。"

虢成上前一看，脸色顿时变得刷白。

虢成咬牙切齿地道："彭翼南呀彭翼南你，这一招好不狠毒！"

▲峡谷口（日，外）

官兵已经将峡谷口团团围住，弓箭手张弓搭箭，正在等候着义军往回撤。虢成只得硬着头皮率将士们欲往外冲，但密集的弓箭将他们逼得连连后退。

▲山坡（日，外）

彭翼南和汤克宽在山坡上观望着，官兵们早已张网以待，将进入峡谷口的狼兵围堵得寸步难行。

汤克宽欣喜地道："虢成的万余贼兵就要被剿杀，天下自此无患。"

彭翼南怔怔地望着远处，沉思着，一声不吭。

汤克宽："皇上得知虢成被剿灭，不知道会有多高兴。"

彭翼南还是不说话。显然，眼前的这一幕让他心中难以平静。

汤克宽不解地望着他："翼南，你怎么了？"

彭翼南喃喃自语："万余人即将葬身峡谷，未免太惨了……"

▲官军营帐（日，内）

风雨交加，撕打着这个寒冷的夜幕。

彭翼南站在营帐门口，眼睛望着远处的火光。

汤克宽走了过来，兴奋地道："这场大雨一下，顷刻间可将虢成淋成落汤鸡，峡谷中寒风凛冽，加上没有吃的，不出三五天，他那万余将士必将饿死病死大半，活着的，也不能作战了。"

彭翼南："汤兄，我想进入吊井岩峡谷劝其投降。"

汤克宽："翼南兄，万万不可。虢成一身反骨，顽固不化，上次你弟弟曾带着皇上的亲笔信前去招抚，结果如何呢？"

彭翼南："此一时彼一时，眼下他已身陷绝境，若不投降，万余将士将陪他一同死于峡谷之中。"

汤克宽："你不能去，再说，以虢成的性格，他绝对不会服你软的。"

彭翼南："我好言相劝，做到仁至义尽。"

汤克宽："虢成狡诈刁滑，万一他假装投降，从吊井岩脱逃，这将酿成滔天大祸，你我如何向皇上交差？"

彭翼南："虢成是个血性汉子，一诺千金，我相信他不会诈降。"

汤克宽："万一他们誓死不降，群起而攻之，你孤身陷入峡谷，寡不敌众，然后他拿你来要挟于我，叫我如何是好？"

彭翼南："倘若出现这种局面，你不必顾及我个人的生死安危。"

汤克宽："翼南兄，你不能去。"

彭翼南坚定地道："我主意已决。"

汤克宽忽而亮出尚方宝剑："彭翼南，尚方宝剑在此，你不得入峡谷劝降。"

彭翼南也拔出剑来："尚方宝剑，我也有。"

汤克宽："我知道你宅心仁厚，不忍心看着万余贼兵葬身峡谷。"

彭翼南："所谓的贼兵，本是善良温顺的灾民。"

汤克宽："灾民拿起刀枪，便是吃人的虎狼。翼南啊，你若轻信诈降，纵敌出险，大明江山将毁于你的一念之仁。"

彭翼南："克宽兄，天塌下来，我一人承担。"说完，他大步走出了营帐……

▲**吊井岩，峡谷中（日，外）**

雨过天晴，一缕阳光射进峡谷深渊。

义军狼兵们横七竖八地躺卧在地上，一个个无精打采，萎靡不振。

虢成焦虑地站在石崖边，连连叹息。

彭金凤焦急地上前："虢成，快想个办法，不能困在这里等死呀。"

虢成："不必着急，我想，会有人进来找我们的。"

话音未落，只见虢龄峰、岑银花夫妇急忙走来，悄声说道："王兄，彭翼南他来了。"

虢成眼睛一亮，自语道："我知道他一定会来。"

远望发现，彭翼南正朝他走了过来……

躺卧在地上的士兵们，纷纷站立起来，这才让出了一条小路。

彭翼南一阵激动："虢成兄。"

虢成明知故问："翼南，你来做甚？"

彭翼南："此时你我兄弟在这峡谷之中见面，还能有别的事吗？"

虢成："哦，你是来劝降的。"

彭翼南："虢成兄人才难得，翼南不忍心眼睁睁地看着你葬身于此地。"

虢成："虢成被困吊井岩，难道不是你彭翼南做的好事吗？"

彭翼南："如不将你逼至绝境，怎能将兄从万劫不复之深渊中拉扯回来？"

虢成："你回去吧。虢成若是贪生怕死，就不会揭竿造反。"说罢故意转过身去，不理睬彭翼南。

彭翼南对彭金凤说："嫂子，你帮我劝劝他。皇上极为赏识虢成兄的才华，只要他肯投降，以往的罪孽，可一笔勾销。"

彭金凤："翼南贤弟，虢成是个宁愿砍头也不肯屈膝的人，谁劝他也没用。"

虢成厉声道："彭翼南，你我之兄弟情分就此了结，可惜这吊井岩过于狭窄，我真想与你真刀真枪地决一雌雄，领教你的镇倭拳、钩镰枪。"

彭翼南："虢成兄，你不肯投降，有三不该。"

虢成不屑地道："哪三不该，说来听听。"

彭翼南："万余将士随你身陷峡谷之中，上天无路，入地无门，你意气用事，不顾他们的死活，不顾这些将士家中还有父母妻儿！此为一不该也。"

虢成："二不该呢？"

彭翼南："东南沿海战事频繁，倭寇犯我疆土，杀我同胞，你身负济世之才，不肯保家卫国，却趁机造反滋事，做下亲者痛仇者快之事。此为二不该也。"

虢成："还有呢？"

彭翼南："皇上当年视你为朋友，待你也不薄，他登基之后，励精图治，推行中兴新政，力图兴国富民，他还亲笔写信请你入京做官，你却反目成仇，揭竿造反，大不敬、大不义，此为三不该也。"

虢成："说完了吗？"

彭翼南："说完了。"

虢成："你走吧，我不想再看到你。"

彭翼南拱手揖拜："虢成兄，金凤姐，你们多多珍重。"

当他欲转身离开时，站在虢成身边的将士忽而凄厉地大声喊道："成王，我们不想死，投降吧！"

虢成拔出剑来，怒目圆瞪："没骨气，谁要投降，我杀了谁！"

一个狼兵兄弟哭泣道:"大王,我家中还有八十老母……"

一个少年跪下道:"我媳妇还未过门,我若一死,她就成寡妇了……"

虢成吼道:"起来!为何要哭呢,是男子汉,就要挺着胸膛赴死!"

狼兵们一齐跪了下来:"成王,我们不降,与其让官兵砍头,还不如你将我们都杀了……"

虢成望着士兵们,不禁泪流满面。

彭金凤更是泪如雨下,她难过地将脸扭向一边。

望着残兵败将,虢成朝着即将离开的彭翼南凄厉地喊道:"翼南!"

彭翼南回转身,望着他——

虢成嗓音颤抖,喃喃地道:"翼南,我……我降……"

▲**峡谷口**(日,外)

在彭翼南的带领之下,虢成等人走出峡谷。

守候在谷口的官兵搭起弓箭欲射击,彭翼南朝他们连连摆手:"不得放箭。"

官兵们连忙将弓箭收起,呆呆地望着彭大将军,不知如何是好。

虢成将手中的佩剑放在地上。

旗手随后跟着上前,将"狼"字旗放下,以示:放下屠刀,立地成佛!

他手下的狼兵们排成队走过来,纷纷将兵器放在"狼"字旗上。

站在官兵阵营中的汤克宽望着这一幕,不禁叹道:"大错已成矣!"

(画外音)不出严嵩所料,毫无实战经验的彭翼北率兵刚到桂北,姐姐、姐夫就给了他一个"见面礼",打得他措手不及,所带官军几乎折损殆尽,四面楚歌的他在绝境中幸得哥哥及时解救,才侥幸脱身。令奸贼们万万没想到的是:智勇双全的彭翼南只身闯入义军的阵地,手持皇上亲笔特赦令,规劝身陷绝境的姐姐、姐夫,放下屠刀,立地成佛,往日罪孽一笔勾销,并以项上人头担保。彭翼南化干戈为玉帛,竟然说服虢成、金凤放下刀枪同意归降,从此不再与官府争斗。

▲**桂林府衙**(日,内)

一计不成又生二计。京子蛊惑彭翼北:"翼北你回到京师皇上那儿,怎么说?那桂北匪寇,是平了,还是没平?"

彭翼北不以为然:"他们已同意归降,从此再不犯上作乱。"

京子:"你是朝廷追剿流寇的主帅,不是瘸子赶强盗,光凭嘴上喊。你只有提着叛贼的头颅进京,那才叫真正地班师回朝,凯旋……"

彭翼北:"我何尝不想如此,可我们的官军打不过人家。"

京子:"我有一计叫瓮中捉鳖,可以不费吹灰之力,一举剿灭匪寇。就怕你顾忌手足情分,下不了手。"她见彭翼北犹豫不决:"翼北,你的建功大业比什么都重要,谁要阻拦你,哪怕是最亲的亲人,你也要狠得下心来……"

见其仍然不为所动,京子便又激将他:"你此次代帝出征,只对皇上负责。只有尽快全歼匪寇，平息叛乱，天下百姓方能安居乐业。悠悠万事，唯此为大。"

（画外音）京子谎称官军明日就要班师回朝，临行之前设晚宴款待姐姐、姐夫以及归降的众首领，殊不知她早已在酒中放了东瀛邪毒。

▲接官接，宴会厅（夜，内）

彭翼南举杯向虢成敬酒："虢成兄，从今往后，你我又是好兄弟了，我带你进京拜见皇兄，请皇上赦免你以往的罪孽。来，我敬你！"

汤克宽也端起酒杯："苦海无边，回头是岸。望你洗心革面，重新做人。"

虢成："虢成自知罪孽深重，甘愿接受任何处罚，只求二位大人对我属下的将士手下留情，放他们回去与家人团聚。"

彭翼南："愿意回家的，发给路费，愿意留下的，可在军中当兵吃粮。"

虢成："铸剑为犁，天下太平，昔日斩木揭竿者，今日荷锄归来矣。我感谢二位大人放了将士们一条生路。"

汤克宽话中有话："翼南菩萨心肠，不忍心看到万余狼兵死于峡谷之中，于众将领的反对而不顾，只身进入吊井岩招抚。虢成啊，你对手下的将士们说说，千万不要重蹈覆辙，再做流寇。倘若如此，辜负了彭将军一片好心，会把他们的救命恩人逼上绝路。"

虢成："汤大人请放心，队伍解散，兵器上交，投降二字是我亲口说的，我若出尔反尔，天下还有谁看得起我？在此我可对天发誓，虢成若背信弃义，天诛地灭！"

汤克宽这才放心："好，虢成兄弟，我敬你一杯！"

▲卧室（夜，外）

夜深人静。彭翼南躺在床上，已经熟睡。忽然屋外传来喧哗声，将他吵醒，他急忙起床，推开窗户，只见窗外火光闪闪，有人高喊："着火啦，着火啦！"

急促的敲门声传来，他拉开门，汤克宽急匆匆进来："翼南兄，虢成他……"

彭翼南："虢成？他怎么了？"

"虢成放火将营帐点燃了……"

彭翼南一时没了主意："怎么会这样呢？"

汤克宽："不知今晚谁在酒中放了迷药，义军首领大多中毒身亡。虢成一气之下杀了守卫，抢回了武器……"

彭翼南："现在他人呢？"

汤克宽："虢成、金凤带着小股残余已逃出城了……"

彭翼南："快追！"

▲春陵码头（夜，外）

彭翼南和汤克宽急忙率领官兵紧急出城追赶。

春陵水码头上，狼兵正在渡河。

第二十六章 / CHAPTER 26

至亲相残　翼北统兵攻打虢成
成王败寇　狼兵头王生死不明

河面，密密匝匝全是义军，他们手里拿着火把。虢成站在船头，火光映照着他的脸庞，阴气逼人。

彭翼南带人追至码头，隔水遥望，大声喊道："虢成，你不能走！"

船头，虢成哈哈大笑："翼南，虢成与腐败王朝势不两立，岂肯屈膝投降？"

彭翼南："堂堂七尺男儿，为何背信弃义，你忘了自己是如何发誓的吗？"

虢成："兵不厌诈，如若我不肯低头，此时已葬身在吊井岩峡谷了。"

彭翼南气愤道："虢成，你不能走，我要与你决一死战。"

虢成："论单打独斗，我不如你；论统兵打仗你不如我。翼南，你熟读经史兵法，那又如何？你心肠太软，正因为善良仁慈，无论在官场还是战场，你永远是个失败者。"

彭翼南："虢成，你太不讲信义了。"

虢成："不讲信义的应该是你的主子朱厚熜，上次借兄弟聚首摆下'鸿门宴'，昨晚又在酒中下了药，故技重施。其实我早就有了防备，但你却还蒙在鼓里。"

彭翼南："这件事我会查个水落石出的，你不要跑！"

虢成："不跑？早就见阎王了，虢成没别的本事，就是搞得赢就搞，搞不赢就跑，不陪你们玩了，再见，昭毅大将军！"

彭翼南恼怒至极："虢成，看剑！"说罢手中的钩镰枪"飞"刺过去——

虢成一声："射！"话音未落，弓箭手就将凌空飞来的钩镰枪击落，射出的乱箭纷纷朝彭翼南袭来。

羽箭嗖嗖飞来，彭翼南被逼得连连后退。

虢成拱手揖拜，说道："翼南，皇帝不会放过你，你已经没了退路，还不如和我一道造反，推翻腐败王朝，你我兄弟一同打天下。"

彭翼南："彭翼南决不做背信弃义的小人！即便你虢成打得了天下，我一样看不起你！"

虢成："青山不老，绿水长流，翼南老弟，相信你一定会回到我这边来的，我等着你。"

只见虢成挥手，众将士齐声呼喊："手持钢刀九十九，杀尽不平方罢休……"

彭翼南气极，顿时头昏目眩，眼冒金星，但又无可奈何。

就在虢成转身欲离去之时，他忽然愣住了——

只见水面四周已被锦衣卫大船围住，那个赵文华手持尚方宝剑站在官船上，冷冷地道："好呀，一场精彩的好戏即将谢幕，虢贼你万万没想到吧？螳螂捕蝉，黄雀在后！这都是你的结拜兄弟设下的妙计，叫瓮中捉鳖，还不速速就擒？"

虢成大惊失色："彭翼南呀彭翼南，你竟敢如此玩弄于我，老子跟你没完！"

"玩弄你的不是他，而是当朝圣上。"赵文华身后的那个卧龙谋士说话了，"尚方宝剑在此，叛军逆贼一并统统拿下！"

虢成："老子跟你们拼了！"说罢指挥虢龄峰、岑银花夫妇与众将士拼命突围。

义军不敌官军、锦衣卫，纷纷遭到砍杀落水。

狼兵拼死抵抗，虢成的小船被锦衣卫的大船撞得东倒西歪，虢成大声疾呼："金凤，你们快逃！"

　　虢龄峰、岑银花夫妇在搏斗中不幸双双毙命，金凤乘坐的小船在丈夫的掩护下，杀出一条血路，从而使得部分义军突围了出去，而断后阻击的虢成却不幸被尚方宝剑砍杀——掉入水中。

　　河对岸，金凤回身惊呼："虢成……"

　　撕心裂肺的呼喊声在山涧回荡。

　　金凤姐带着小股残余侥幸得以逃脱……

　　生死不明的虢成，无疑中了"成王败寇"的魔咒。

　　——定格！急速渐映的画面上，滚屏淡出以下字幕——

【第九单元叙事、第二十六章完】

　　画面急速转黑……

● 第九单元叙事之：

第二十七章

恩怨情仇　追剿凤姐重蹈覆辙
纵敌出险　皇上大怒通缉翼南

▲寝宫（日，内）

赵文华："彭翼南在追击桂北流寇中，重蹈'捉放曹'的覆辙，竟然放走了大姐金凤。如今逃出官军重围的金凤接替夫位，这位虢氏夫人继续与朝廷为敌，杀贪官，分田地，在桂北闹得烽烟四起。"

嘉靖龙颜大怒："他彭翼南纵有千万条理由，也不能放走叛匪。朕此次决不轻饶他！"此刻他像一头困兽，气愤地挥舞长剑，将室内陈列的花瓶劈碎。

赵文华趁机火上浇油："皇上息怒，桂北流寇逃脱，实乃彭翼南罪中之罪。"

嘉靖凶狠地道："你带锦衣卫将彭翼南家人拿下，还有彭翼北，别让他跑了！"

赵文华："臣遵旨。"

嘉靖拿出彭翼南签字画押的军令状，几近疯狂："彭翼南虽是人才，但与朕不同心，朕现在还有什么人可以相信？"

太监谷大用："既然不同心，就要斩草除根。还有那个卧龙谋士居功自傲，每天吵着要皇上赏赐……"

嘉靖生性多疑："你去派锦衣卫马上把他给杀了，既然他能出主意对付别人，他日，也可以出谋献策帮别人来对付朕。"

谷大用："是，奴才马上去办。不过皇上，若要尽快抓到彭翼南，得有高手来对付他的钩镰枪，奴才此次寻找到了一个钩镰枪的克星……"

▲皇宫大殿（日，内）

嘉靖皇帝正在大殿上接受数位重臣朝见。

赵文华出列奏道："冰冻三尺，非一日之寒，彭翼南通敌，群臣早有奏议，可皇上被彭翼南的假忠假义所迷惑，未能断然处置，反而委以重任，以致酿下了今日大祸。"

嘉靖叹息道："唉，纵然到了此时此刻，朕仍然不肯相信彭翼南会背叛朝廷。"

群臣一齐奏道："彭翼南通敌，大逆不道，证据确凿，务必断然铲除！"

太监谷大用进殿朝嘉靖跪下："皇上，流寇虢成的夫人彭金凤已重整旗鼓，连连攻下桂北诸城，烧杀掳掠，无所不为。三日之前攻破桂王府，桂王一家老小皆遭杀害……"

"气煞朕也……"嘉靖痛苦地晕厥了过去。

▲寝宫（日，内）

嘉靖头扎布巾、病恹恹地斜躺在御榻上。赵文华等几位重臣已站在皇帝跟前。

嘉靖凄声道："国家多事，复遇饥荒，人皆相食，深可怜恻。近日流寇连下七城，朕之叔父桂王被害。孟子道，亲亲而仁民，仁民而爱物，连亲叔叔都保不住，朕这皇帝还如何做下去？天灾人祸，皆朕不德所致，真当愧死……"说着，他不禁声泪俱下。

赵文华："皇上不必自责，千错万错，错在一个人身上，这个人就是彭翼南，倘若不是他通匪纵敌，就不会有今日之大祸临头。"

嘉靖："彭翼南当年几次救朕，大忠大勇，朕对他宠信有加，视同手足，他为何也会背信弃义呢，朕实在想不通。"

赵文华："彭翼南大奸若忠，皇上被其表象所惑，朝中百官早就看穿了他的本性，皆因皇上宠护不敢直言。"

嘉靖："诸位爱卿，朕应当如何处置彭翼南？"

赵文华："彭翼南罪不容赦，臣以为应当将他凌迟处死，满门抄斩。"接着几位大臣也附和道："皇上，彭翼南死有余辜！"

嘉靖："彭翼南的确人才难得，倘若让他戴罪立功，剿除桂北流寇虢氏夫人，有此可能吗？"

赵文华："皇上，像吊井岩这样的机会不会再有，彭翼南其人，不可复用。"

嘉靖伤感道："朕很痛心，不想失去这么一位人才……"

赵文华："人才？皇上……"他欲言又止。

嘉靖："有话你便说，无须吞吞吐吐。"

赵文华："刚才接到几份紧急奏章，因圣上龙体欠佳，故不敢禀报。"

嘉靖："但说无妨。"

赵文华："倭寇精兵十万，再次犯我东南，嘉兴、嘉善再度失守。"

嘉靖脸色一沉："木下晋三不是曾经发誓，俯首称臣，不再犯我沿海疆土吗？"

赵文华："当初发誓者，乃伪大宋国的军事首领木下晋三，如今犯我疆土者，乃日本南朝幕府将军'木下晋三'，称谓不一，身份也就不同，所以之前的誓言也就不算数了。"

嘉靖："浙江巡抚胡宗宪，怎么不去迎击倭奴？"

赵文华："胡宗宪若肯拼死御敌，怎么会丢失城池呢？"

"这……赶快将汤克宽调往东南前线！"

赵文华："汤克宽正在追剿桂北流寇，此时万万不可调他离开。皇上，攘外必先安内，当务之急是尽快将境内流寇扫荡干净，然后重兵对付外来的倭寇。"

嘉靖感慨道："偌大一个大明王朝，时下最缺人才也！虢成是人才，他却是朕之大敌。彭翼南是人才，他也不再与朕同心……"

赵文华："皇上眼中只有彭翼南，一叶障目，哪里还看得到天下英才。"

嘉靖："赵文华，你对彭翼南恨之入骨，是因为你们以往有过节。"

赵文华:"以往之事,臣早就抛之九霄云外,臣恨彭翼南,完全为的是大明江山。皇上,非臣一人恨他,满朝文武无不欲生吞其肉。"

嘉靖:"有那么严重吗?"

赵文华:"皇上,臣还有一奏折未禀报。"

嘉靖:"你说。"

赵文华:"三日前,虢氏夫人派狼兵偷袭安陆王府,还掘了先皇之陵!"

嘉靖大惊失色,哀号一声,险些从御榻上跌下来。站在一边的太监连忙上前扶住他。

太监谷大用疾呼:"皇上……"

众臣也哀号道:"皇上……"

嘉靖满脸泪痕,咬牙切齿地道:"令锦衣卫速将彭翼南捉拿回京城!"

谷大用:"湘西巫傩玄幻,此次必须得请江西三清山大师邵元节参与围剿,以其人之道还治其人之身!"

嘉靖:"按你的意思是要'江西老道大战湘西巫傩'?"

谷大用:"皇上英明,明察秋毫。"

妖道邵元节略通方术,是个纯粹的江湖骗子,不仅敲诈普通百姓和富商,而且还把行骗目标对准了有权有势的官员和地方藩王,如能"高处吃财",在王爷公侯这些大人物身上宰一刀,是他最值得炫耀的资本,可以奠定他在江湖上的名号。当骗子也要当大骗子,专门忽悠、敲诈大人物。当他听说老土司儿子彭宗舜病危,命悬一线时,邵元节就以朋友的身份前去"施法消灾"。在病床前,邵元节潸然泪下,悲痛欲绝。老土司很奇怪:"这位兄弟,你真是个厚道人啊,可我儿子和你也没有多深的交情,为何如此悲伤?"接下来邵元节说的一句话,把老土司的脸都吓白了——"你儿子曾经跟我说过,以后夺了大明江山,当上皇帝,要封我为侯。"面对这突如其来的敲诈,老土司很是无奈,只得花钱消灾,这等犯上作乱之事岂能外传……

(画外音)"毒酒事件"后彭翼南与彭翼北兄弟之间产生了的激烈矛盾,导致了彭翼南在追击桂北流寇中重蹈"捉放曹"的覆辙,竟然放走了大姐彭金凤。

▲官军营帐(日,内)

彭翼南在营帐内,心神不定地来回踱步……

汤克宽走了进来:"翼南。"

彭翼南:"克宽兄。"

汤克宽:"皇上派来了锦衣卫,要抓你回京治罪。听说你的家眷都已被逮入诏狱。"

彭翼南叹息道:"彭翼南犯下大错,以致牵累亲眷。"

汤克宽:"此时的朝中百官,个个落井下石,欲置你于死地而后快,你到了京城,或许与俞大猷一样,将被凌迟处死。"

彭翼南脸色苍白,一屁股坐在了椅子上。

汤克宽:"我把锦衣卫截住了,你快逃走吧。"

彭翼南疑惑地道:"克宽兄,你为何要这样?"

汤克宽:"翼南兄,我汤某敬你德才,不忍加害于你。"

彭翼南:"天地茫茫,我能去哪里呢?"

汤克宽:"不要投虢氏夫人,毕竟她是草莽流寇,难成气候;不如速速逃往天门山道观,投靠吴用道长,想他自有办法让你逃过这一劫的。"

彭翼南:"不,不能这样。"

汤克宽:"良禽择木而栖。大明王朝腐败至极,无须再替它卖命,唉,这个世道好人没有好报,过些日子我再来投你,咱们一起诵经修行。"

彭翼南想了想,果断起身:"好,我走。"

汤克宽:"走?翼南,你能走到哪里去呢?"

彭翼南:"我去取下虢氏的人头,再回京向皇上请罪。"

▲内廷(日,内)

赵文华急匆匆向嘉靖禀报:"皇上,彭翼南投靠虢氏夫人了!"

嘉靖:"不会吧!"

赵文华:"锦衣卫亲眼所见,他进了流寇虢氏的山寨老巢。"

嘉靖气急败坏地大喊一声:"彭翼南呀彭翼南,你不该负朕!"

赵文华:"皇上,当断不断,必有大患呀。"

▲狼兵山寨(日,内)

虢氏夫人(金凤)正在山寨大厅内与几位将士议事。

一名小将急匆匆进来:"夫人,彭翼南只身闯入山寨,打伤我数十人。"

"哦?"虢氏夫人感叹道,"他终于来了。"

话音未落,只见大厅门前,彭翼南正与义军将士厮杀,他将钩镰枪舞得风驰电掣,如入无人之境。

那名小将急忙转身,为了保护夫人,令一排弓箭手对准了彭翼南。

虢氏夫人金凤挥手喊道:"不得放箭!"

彭翼南挥剑刺去,虢氏夫人却并不躲避,这一剑刺中了她的手臂。

众将士疾呼:"夫人,小心呀!"

彭翼南:"彭匪金凤,你为何不还手?"

虢氏:"我不是匪,是你金凤姐,你妈临死时,托付我把你养大的大姐,如今,你姐夫已去,他也是你的拜把兄弟,不能让咱们姐弟之间的悲剧再重演了。"

彭翼南:"你不用唠叨叙旧,今日我欲借你项上人头,回京城洗刷冤情。"

虢氏:"翼南,你听大姐把话说完,说完了,再取我人头不迟。"

▲桂王府粮仓(日,外)

义军士兵正在给灾民们开仓放粮。

一行排成长队的饥民看见夫人金凤陪彭翼南走来,感激地呼喊道:"夫人,夫人呀……"灾民们齐齐拜倒叩谢。

金凤急忙上前将拜倒在地的老人家扶了起来:"老人家,乡亲们,大家无须拜我,我和你们一样,也是受苦受难的弱女子。"

老人:"夫人,若没有义军救济,我们早就饿死了。"

彭翼南显然已被感动。

▲桂王府,大院(日,内)

富丽堂皇的桂王府大院,门内外已站满了义军士兵。

虢氏夫人带着彭翼南走了进来,可见夫人金凤的手臂上缠着绷带。

望着木柱上绑着一个肥头大耳的男子,金凤介绍说:"这人就是桂王,皇帝的亲叔叔。你再往这边瞧——"

只见大院的中央,全是十四五岁的幼年女子,她们席地而坐,一个个无精打采。她们看见虢氏夫人来了,立即站起身来……

金凤:"这些从桂北强抢的民女,都是上贡给皇上配制丹药的。"

彭翼南:"丹药?"

金凤:"翼南,你太忠厚老实,还不知道你那位皇兄不为人知的另一面。"

彭翼南:"他怎么啦?皇上继位之后,革除先朝弊政,查处贪官污吏……"

金凤:"但查来查去,腐败的根源还在他朱姓皇族。巫师陶仲文投其所好,受其蛊惑,朱厚熜一心乞求长生不老之药,不问朝政,致使奸臣严嵩专权多年,吞没军饷,吏治败坏,边事废弛,倭寇频繁侵扰东南沿海地区,闽浙百姓,生灵涂炭,民不聊生。这一切都是嘉靖怕死的荒诞行径。"

彭翼南:"人都怕死,祈求长生,也是人之常情嘛!"

金凤:"朱厚熜迷信道教到了痴迷的程度,一方面追求长生不老,另一方面'研究'房中术。在道士、巫师的眼中,房中术被看成了养生术,只需掌握一定的技巧,服用秘制的丹药,并且多与童贞的处女交配,就可以采阴补阳,延年益寿,为此,陶仲文还请来了妖道为皇上专门炼制了'红铅丸'……"

彭翼南:"红铅丸?如何炼制?"

金凤:"'红铅者,天癸水也。'"

彭翼南:"什么是天癸?"

金凤:"《黄帝内经》曰:'月事以时下,谓天癸也。'其实,'红铅'不是一般的女子经血,而是处女的第一次经血。为了炼药,内廷以及各地藩王都为此大肆采选民间十三四岁豆蔻年华的少女入宫,一方面为炼制红铅丸提供原料,另一方面也充当嘉靖泄欲进行采补的工具。"说着她手指院中席地而坐的幼女:"这些都是桂王准备送到京城去的。"

"哦……"

金凤接着说:"红铅丸的成分除了'首经',还有多种中草药、矿物质以及'秋石'等。秋石,即童女的小便以及命令宫女们每天天不亮就去御花园采集的'甘露',很多宫女因此累倒、病死。为了获取红铅的原料,那些年幼的宫女被迫大量服用催经药物,身心受到极大的摧残。这是导致那场宫女哗变弑君的原因。嘉靖为求长生不老药,命方士炼丹。朱厚熜认为未有经历人事的幼女的月经可保长生不老,因此大量征召十三四岁女子,并命道士利用她们的处女经血来制作'丹药'⋯⋯"正说着,只见一个女孩一个趔趄倒在地上⋯⋯

虢氏夫人连忙扶起地上这个病恹恹的女孩,继续说道:"为保持宫女的洁净,宫女们不得进食,而只能吃桑叶、饮露水。所以,被征召的宫女苦不堪言。结果,以杨金英为首的宫女们决定反抗,趁嘉靖帝熟睡之机,想用麻绳将其勒死。谁知慌乱之下,宫女们将麻绳打成死结,结果只是将嘉靖帝吓昏过去,而未能毙其命。其中一个胆小的宫女因害怕,将经过报告给了周皇后。皇后赶到后将宫女们制服,并下令斩首,就连当时服侍嘉靖帝的端妃也一并斩首了。由于事发在嘉靖壬寅年,所以人们称之'壬寅宫变'。这就是你所不知的嘉靖皇帝的另一面。翼南,天底下所有的帝王都是打着为民的旗号,而实际上却只是为了少数皇亲国戚的利益。"

这时,一女孩上前,对虢氏说道:"夫人,我父母都被桂王逼死,已经无家可归,可不可以收我到你军中做个女兵?"

金凤:"到女营去,就说是夫人我答应的,让她们收下你。"

女孩高兴地道:"多谢夫人!"

紧接着一群女孩围了上来:"我要去!""我也要去女营"⋯⋯

见到此情此景,彭翼南为之动容。

金凤:"纵观历史,你不难发现,历代王朝只干了两件事:一是造反当皇帝,二是如何保皇位。而当了皇帝之后的两件事:一是向老百姓收钱,二是防百姓造反。戏曲只说了两件事,奸臣害忠良,相公缠姑娘;所有的故事都离不开'帝王将相、才子佳人'。历代君王也没有你想象中的那么神圣,都有不为人知的另一面,内心极其肮脏。皇帝荒淫无道和妓女的纠葛由来已久,几乎每朝都有。妓女起源于卖艺的女子,又称倡优。汉代皇后卫子夫、赵飞燕,魏武帝正妻丁氏、唐玄宗的赵丽妃,都是出自倡优。宋徽宗宠爱名妓李师师,南宋皇帝赵昀眷恋名妓唐安安等,都是有史书记载的。而朱氏王朝的太祖朱元璋当了皇帝后仍改不了从前的偷情嫖妓之好,令人打造羊车,以便他深夜出宫嫖宿良家妇女⋯⋯"

▲义军营帐(日,内)

虢氏夫人金凤对彭翼南说道:"皇亲国戚,宗藩子孙,仗势欺人,作恶多端;贪官污吏,权钱交易,鱼肉百姓,祸国殃民。"

彭翼南:"朝政积疴难治,皇上纵有救国之心,他一个人也无回天之力!"

金凤:"翼南,此言差矣。你必须看清,腐烂衰败的根源就在皇帝自身。皇室王族就是最大的毒瘤,朱厚熜拼命维护的,是他朱家的皇权,是他们王族的根本利益,其所谓的惩治腐败,富国强民,全是蒙骗百姓的鬼话。"

第二十七章 恩怨情仇 追剿凤姐重蹈覆辙
纵敌出险 皇上大怒通缉翼南

彭翼南听着听着，陷入沉思。

金凤："翼南，你姐夫虢成虽已离去，但我们要继承他的遗志，一定要推翻这个腐败无能的王朝，创立一个没有王室、没有贵族的平等世界，让天下老百姓真正当家做主，过上好日子。"

明显看出，她的这番话已渐渐打动了彭翼南……

虢氏夫人取下佩剑，递了过去："我要说的话就这些，你要取你嫂子人头，就请动手吧！"

彭翼南一下愣住，没有去接她递过来的剑，呆立着不动，看得出此时他内心纠结、激荡难平……

这时，帐外传来一阵吵闹（画外音）"让我进去，我是来找大哥彭翼南的！"

"让他进来。"虢氏一挥手，一个人走进营帐。

进来的正是彭翼南儿时的发小向九九，只见他风尘仆仆，满头大汗。

彭翼南疑惑地问道："向九九，你……你怎么找到这儿来了？"

向九九上气不接下气地道："皇上派锦衣卫到湘西欲捉拿你治罪，你那土司阿玛一气就病倒了……"

"阿玛现在病情怎样？"

"已经三天三夜滴水未进，你帕普要我催你马上赶回去！"

虢氏夫人见此情况，劝解道："翼南，阿玛病重，我这一摊子也走不开，但你得尽快赶回去打理。这些祖传苗药，给阿玛捎去，很灵验的。"说罢，一名女侍从将装苗药的包袱递给了彭翼南。

虢氏夫人："翼南，你看还有谁来了？"说罢，后门打开走出一个人。

彭翼南定眼一看，惊呼道："天娇！你怎么到了这里？"

张天娇："官军要捉拿你，把我当人质，在我被押解至湘西的途中，金凤姐救了我。"

彭翼南感激地道："嫂子！"

虢氏夫人："反正，嫂子这里的大门永远为你敞开，随时欢迎你回来。"

彭翼南跪下叩首："嫂子……大姐！"

——定格！

只见土司王城土家博物馆内，一座封土大墓模型前，探险家贝尔·格里尔斯举起茶杯喊道："Waiter——Xiangxi Golden Tea！"

"贝尔先生，湘西黄金茶来了！"身穿"店小二"戏服的剧务端着热茶送了上来……

只见贝尔边饮茶边说道："欲知后事如何，尔等容我品茶之后慢慢道来？"

急速滚屏淡出以下字幕：

【第九单元叙事、第二十七章完】

● 第十单元叙事之：

第二十八章

蛊惑狼兵　提督江彬人仰马翻
绝处逢生　翼南创新祖传神器

▲春陵码头（日，外）

寒风萧瑟，落叶飘零——大风起兮云飞扬，湘西王者兮归故乡……

彭翼南、张天娇、向九九在赶回家乡的路途中，再一次来到了春陵码头。

向九九翻身下马呼喊："船老板，把船划过来，我们要过河。"

渡船渐渐划了过来，船靠岸之后走出一人，彭翼南定眼一看，原来此人正是唯恐天下不乱的东瀛妖姬——京子！

京子揖首道："大哥、大嫂，小妹在此已恭候多时了。"

彭翼南："京子姑娘，你乃朝廷要犯，为何出现在这荒野之中。"

京子："大哥，话不要说得这么难听嘛，东瀛已与贵国大宋合作共荣，暂借江泾岛收复东南失地。"

彭翼南："此言差矣，你口中那所谓的伪大宋国，不过是中日混编的'倭寇集团'。东瀛抢占的江泾岛，自古乃中国领土！"

京子："江泾岛自朱元璋开国以来，就一直被我东瀛实际占有。"

彭翼南："众所周知，潘金莲是武大郎的老婆，而实际被西门庆强行占有。难道强占的东西，在你们口袋里揣久了，就是你们的了？岂不是强盗逻辑。"

京子："大宋国皇上，仰慕大哥的才华，欲请你辅佐他共创千秋大业。"

彭翼南："你让那伪宋国儿皇帝趁早死了这条心吧，我彭翼南决不背信弃义、卖国求荣！"

京子："大哥呀，你身为朝廷大将军，舍生忘死，战功卓著。而你那个嘉靖皇兄对你又怎样？最终还不是家破人亡；现如今你又改换门庭投靠了虢氏夫人，尔之所为，难道就不算背信弃义？"

彭翼南一时竟无言以对。

京子越说越起劲："大明王朝腐烂至极，不值得替那昏君卖命；虢氏夫人乃山野草寇，干不成什么大事的。唯有大宋国，倚东瀛之红日东升，必光照中华之大地，多少华人追随其门下。大哥你身负绝世才学，何不顺应时势，助大宋一统天下呢？"

彭翼南："大明昏君也好，虢氏草寇也罢，一个是我拜把兄弟，一个是我的大姐，这些都是我们自家的事情，不容外来侵略者干涉。而你们东瀛南朝扶持的伪政权儿皇帝，无疑就是见利忘义、出卖祖宗的汉奸！"

京子："汉奸？要说汉奸就太多了，不知大明朝廷统计过吗？倭寇中混有多少中国人？如果没有这些明白人，怎能建立起大东亚皇道乐土？再说与我们合作的伙伴们，每日都过着衣锦食肉的舒适生活，这又有什么不好呢？"

彭翼南："没骨气的奴才！而那些追随其门下的，就是奴才中的奴才。为了一己私利，不惜出卖祖宗。中国自古以来不是被外来侵略者所打败，一定是败在中国人自己手里的。人活着就是要有骨气，京子姑娘你那一套歪理邪说，休得再说了。"

京子："你们彭氏土司家族的人呀，都是茅坑里的石头，又臭又硬。不过，今日你难逃一劫，有人一定要会一会你——"

忽见前方异常：一个壮汉在四名校尉的簇拥之下，正朝他们逼近。

校尉甲："彭翼南，这次你可跑不了了。我们严大人为了对付你的钩镰枪绝技，专门请来了一位'神风剑道'的高手……"

"高手？"彭翼南不慌不忙地喝了一口酒，疑惑道，"哪来的高手？"

剑道高手："我就是踏浪而来的东瀛精英！"

彭翼南："什么精？酒精？鬼精鬼怪？"

"放屁！"

"果然是高手，你居然闻到了。"

剑道高手："好你个反贼，还不束手就擒？"

彭翼南："哦，原来倭寇肆意横行，都是你们这些汉奸贼子引狼入室的！"

那个剑道高手掀下斗笠，只见是髡头跣足、怪肉横生的倭酋，此人正是日本幕府的超级剑客松下。

松下操着一口蹩脚中文道："我乃松下家族神风剑道传人，苦心修炼多年，为了就是洗雪耻辱，土司王族钩镰枪他日灭我剑神先祖，今日'神风剑'定要与'钩镰枪'做个彻底了断，彭翼南，你的死期到了！"

彭翼南："所做之恶，留在身边；所做之善，回到身边。翼南今日有事在身，此刻不愿与人过招。"

"这？这可由不得你了！"说罢，松下拔出神风剑劈杀过来。超级剑客松下名震江湖，手中的神风剑如影若幻，势不可当。彭翼南只得仓促应战，挥舞钩镰枪连连接招。"神风剑"与"钩镰枪"你来我往，杀得难解难分，那四名校尉也上前助阵。张天娇见彭翼南以一敌五，连忙挥动梅花剑上前尽力解救。彭翼南寡不敌众，险象环生。松下挥剑愈来愈猛，彭翼南手臂被划了一刀，鲜血直流。张天娇也被校尉刺中了一剑，她不由得叫了一声。彭翼南忽闻张天娇受伤发出的尖叫声，一时分神，握枪手腕又中了松下一剑，"当"的一声钩镰枪掉落在地，彭翼南体力不支，跟跄倒下。

松下得意地呵斥："带走！"校尉们上前正要锁住彭翼南之时，突然听得林中有人喊了一句："且慢——"只见一个长须道长飘然而至，手握一柄薄剑，冷冷说道："倭寇贼子竟敢在此横行！"

"你，你究竟是人还是鬼？是人莫挡道，是鬼快滚开！"

"鬼是人心，神也是人心，鬼怕人还是人怕鬼？我乃天门山鬼谷子正宗的第十八代传人吴用。"

松下傲慢地道："吴用？就是没用的东西。我看你这糟老头子是活腻了吧！"说罢欲挥剑劈来——

"呃，等等！"道长不紧不慢地道，"东洋无影神风剑，只不过是唬唬小孩子的鬼把戏，任凭你快剑势如疾风骤雨，你刀光剑影的中心便是一大破绽……"说罢，道长手握薄剑掀起一阵旋风——飞沙走石、尘土飞扬！

"啪"的一声无影神风剑便从松下手中脱落，他大惊失色。

"现在，究竟是无用还是有用？"

松下惊恐万分："松下习武之人，有眼不识泰山，还望前辈见谅。"

道长："算你是个明白人，赶快滚回你的东洋去吧！"

松下只得与那四名校尉仓皇离开。

张天娇："翼南，你没事吧？"

彭翼南："没事，多谢道长相救！"忽而伤口一阵剧痛，他昏厥过去。

道长连忙将他扶起："快随我上天门山。"

▲天门山（晨，外）

天门山云海翻腾，令人抬腿似生雾，迈步如踏云，恰似人间天界，世外洞天。

道观前面古柏亭亭如盖。演武坪中，一群年轻道人在练拳。其拳法刚劲奔放，如行云流水。

张天娇陪着伤势初愈的彭翼南走来，赞叹道："天门拳术，博大精深啊！"

吴用道长："北斗七星主亡，南斗六星主生，福、禄、寿三星分别主一个人一生的福、禄、寿。它们在天上看着人的一切，这就是：人在做，天在看。所以人都不敢做昧良心的事，破坏因果天道，迟早会有报应，必遭惩罚！翼南，我欲将这套'除罪拳'传授给你。"

彭翼南："听说除罪拳只传门内弟子，不传外人……"

吴用道长："门户旧制，早该摒弃。吾观中前辈创此除罪拳，意在练拳不忘内省，如果一个人能够做到日日检察自身，必定善莫大焉。"

道长一边给翼南示范拳法，一边传授武功理义："天下武林中人习拳练剑，招式中充满霸气、戾气、傲气、娇气，离武功之真谛越来越远。因而返璞归真，尤为关键！"

彭翼南回味着："人若不返璞归真，必混沌糊涂。"

吴用道长："五行相生，五行亦相克，如圆循环运转，绵绵不息。武功也是一个道理，有生有克。倘若敌人攻来一掌，其势如排山倒海，你避其锋芒，脚踏惊涛骇浪之上，敌之力量反而成了你克敌之能量。"

彭翼南："闻听道长一席话，翼南茅塞顿开，眼前瞬间一片光明。"

吴用道长："现在该你练给我看看了。"

彭翼南起个架势，他将"拳法"与钩镰枪"枪法"合一并用……

"翼南，你很有悟性。"吴用道长说道，"任何祖传绝技，都是有时代局限性的，继承先贤而又不能泥古，才能与时俱进！说'祖传''师承'的绝功神技都是不现实的。有绝技不一定有真功，有真功者才能有绝技也。"

彭翼南抚摸着钩镰枪若有所思，张天娇欣喜地走了过去。"仁""道"乃道家的最高准则；那么道家为什么要反对儒家的"仁义"？因为老子主张"无为"，追求"凡事皆顺其自然"，是一种天道天造，天地之大仁大义！

▲土司王城（日，外）

彭公祠堂前坪上彭翼南正在挥舞着钩镰枪，耳边不时回响起吴用道长的那句话："任何祖上传下来的绝技，都有时代的局限性，与时俱进、推陈出新乃是首要。"

此时彭翼南正揣摩如何改进传统钩镰枪。只见枪头锋刃上有一个倒钩的"长枪"在他手中、肩头来去自如、拳脚虎虎生威，在这种古代传统兵器与多种拳术的交替呈现中我们不难看出：他的钩镰枪绝技与除罪拳相辅相成、完美融合，从而使得"枪技""拳法"上下左右相得益彰、如行云流水一般。瞬息之间他手腕一翻，已将寒光闪烁的钩镰枪紧握在手上；手腕又忽而一抖，钩镰枪法竟然立马变幻出南拳北腿的绝杀；轻啸一声，运枪如风，忽又化枪为拳，化拳为枪——可谓枪与拳相辅相成、天人合一……

此时天上飞来几只竹蜻蜓，这是民间儿童玩具，它由两部分组成：一是竹柄，二是"翅膀"，孩童双手一搓，竹蜻蜓便会飞上天空翱翔。

彭翼南仰望空中飞行的竹蜻蜓，再低头揣摩手中的钩镰枪，若有所思。

张天娇："翼南，你练的这套功夫，既有刀枪棍剑又有南拳北腿，挺厉害的，以前我怎么没见过？"

彭翼南："继承先贤，吸取新知，尊古而不泥古。我刚才演练这一套拳，是把祖传的钩镰枪绝技与天门山除罪拳、南岳五霸拳、神龙八卦拳、泰山乾坤拳还有我们彭氏的镇倭拳，这五种拳法糅合为一体，创练出了一种新的枪技与拳脚技法，这也是针对东洋倭寇怪异神风剑道而专门创立的。不过，任何事物的改进创新都是无止境的。你看那飞在空中的竹蜻蜓……"

张天娇望着天空飞翔的竹蜻蜓，欣喜地说道："若钩镰枪能像它一样，那可真是前无古人、后无来者的创新了！"

彭翼南愣住，（闪回）张经："翼南啊，天下悠悠万事，最难能可贵的是创新二字。习武者将师父所传的招式动作学得一点不走样，这只是一个很浅很低的标准，武术的高峰，当在习武者的不断创新之中，唯有创新创造，才能超越呀。"（闪回完）

张天娇："翼南，你已进入了武者境界！"

这时帕普彭明辅走了过来："人若是不懂得创新创造，永远不会有大出息。习文如此，习武也是如此。"

彭翼南说："帕普所言极是。刀枪拳法者，贵在行云流水，随心所欲。静时稳如泰山，全身没有一丝牵挂；动时则以迅雷不及掩耳之势，令人猝不及防。比如说此时我心中意念为峒河之水，水面波涛翻滚之时，水底却是宁静寂然；水面沉寂无声时，水底却是急流奔涌。这叫阴阳两极，互为转换，互为照应。"

张天娇："翼南，那你创造的这种枪技拳法叫什么名字呢？"

彭翼南："尚未取名。"

张天娇："帕普，您就给取个名字吧。"

帕普沉思片刻说道："我族始祖伏羲氏，在黄河河口看到了河水滚滚交融，才悟出了天地阴阳之说：天地山泽，水火风雷乃至万物，皆依照此理运行……翼南，你所创的这套枪拳技法，根据孩童玩竹蜻蜓旋转的原理将兵器钩镰枪进行了相关的创新改进：不仅只是停留在将镰刀绑在长枪上当兵器使用，而且将枪头锋刃压缩进了特制的套管之内，两者之间用韧性十足的牛筋连接，遇敌镰刃弹射出去，牛筋到达伸展极限后会立马自动收缩（犹如变色龙弹射捕食之法），在惯性作用下迅速将敌人脖子勾住。取名为'钩镰枪弩'如何？"

彭翼南："'钩镰枪弩'，好！既有祖传的绝技，又有蕴含湘西人保家卫国、无惧无畏的精神，这个名字好！"

▲皇宫，内廷（日，内）

严嵩、赵文华二人借机在皇上面前大吐苦水，让朱厚熜后悔不已：彭翼南有勇有谋，可他却不为朕着想，贻误战机，罪不可赦。于是皇上令彭翼北带兵前去捉拿大哥彭翼南，这无疑使得弟弟彭翼北陷入了两难的痛苦境地。

朝廷奸党、东瀛倭贼联手离间的黑手，意在激化兄弟矛盾，促使彭翼北带兵攻打老司城，活捉彭翼南。眼下血浓于水的兄弟即将成为你死我活的对手。

在东瀛魔女京子的精心谋划之下，江西三清山道士邵元节被请来参与围剿，以其人之道还治其人之身！一场江西妖道大战湘西巫傩的惊险离奇好戏就要上演……

清剿先锋彭翼北率领的队伍先期抵达了土司王城山下。首先映入眼帘的是"彭公忠烈祠"，祠前那尊石雕格外显眼——跃起的战马昂首长嘶，马背上的武神将军彭公爵主正冲锋陷阵，尤其是他手中挥舞的钩镰枪威风凛凛。

正门两侧是唐高宗皇帝亲笔书写的楹联："武官下马、文官落轿。"

王城大门紧闭，守城虎兵严阵以待。这座王城始建于唐朝，宋元两朝进行了改建重修，历经唐宋元数朝。古都堡垒群三面环山一面环水，鳞次栉比，错落有致，固若金汤。中国古建筑

第二十八章 / CHAPTER 28

蛊惑狼兵 提督江彬人仰马翻
绝处逢生 翼南创新祖传神器

最讲究大门朝向的设计，而这里大门不朝正东，却偏向东南，预示着来犯之敌只能是东南方向。

城墙上设有灭火水槽，以防敌军火烧攻击。其间还开了对外弓弩鸟铳射击的枪眼。城墙外均有两道防洪闸门和向城外排水的暗道，设计精巧，防守自如，古城之外是护城的猛峒河，谷宽坡陡、浪高水急，形成天然屏障。

整座古建筑群犹如太极八卦，具有浓厚的民族特色。古城呈现"回"字形结构，分九街八十一巷，东西南北四个城门以及街巷布局极像一座迷宫，纵横交错，时而相通，时而相闭。敌人一旦攻入府门，立刻会陷入巷战，自投罗网于封闭的瓮城：道环关口，处处藏兵，步步杀人。

这无疑是为了适应冷兵器时期巷战之需，也是中国唯一设置有"六离门"，以示'永不投降'之城。不言而喻，此山、此水、此地、此城，定有高人！

官兵们急于攻城，被彭翼北及时劝阻，他深谙巫傩其道不可轻举妄动。尤其横亘在古城前面的"八阵图"，怪石林立，古木参天，石峰与树木阴阳交错犹如八卦排列，无疑是一道鬼斧神工的天然屏障。如没有足够的兵力和重武器，要想攻破王城，几乎不可能。所以，他要等到援军汇集之后才能发起总攻。

神秘的土司王城陷入官军重围，城内外弥漫着湘西巫傩的恐怖气息。

夜幕降临，一队人马正由西路开来，这支由京城提督江彬率领的神机营配备有洋枪、洋炮，担负着"内卫京师，外备征战"的使命，乃朝廷直接指挥的战略机动部队。严嵩吸取了上次锦衣卫千户在官庄遇袭的教训，催促提督江彬日夜兼程，一路狂奔。由于山路崎岖，行进艰难，当队伍途经三岔口时，天色已晚。连日长途跋涉，军士们早已疲惫不堪。

江彬忽然发现前方人声鼎沸，一群土家男女正围着篝火载歌载舞，激情狂欢，原来这里正在举行一场别开生面的"摸泥节"。这项民俗是由"抹锅灰""摸米米"演变而来的。湘西秘境，以歌为媒，摸泥示爱，喜欢谁就摸谁。只见一个个年轻漂亮的女子一边跳着摆手舞，一边往喜欢的人身上摸泥。江彬一下子就被"摸"糊涂了。老道邵元节提醒他：怕是有诈，应小心行事。然而骄横的提督根本没在意，他命令队伍在此稍事休整，明天一早开拔。

巫歌傩舞中，提督江彬走近人群，在这众人狂欢的"摸泥节"上，好色的提督一见到丰满性感的老板娘（凤姐）便魂不守舍。美女们即刻摆开宴席，抬出白酒数瓮犒劳将士们。提督嗜酒如命，一闻到酒香便欲罢不能，张口便准备开喝，被邵元节拦住。他先拿一条狗做实验，见狗吃了没事，江彬满心欢喜，便号令手下喽啰抱着酒坛畅饮起来，眨眼工夫，那些酒菜全都被吃得精光。

忽然，焰火四起，傩舞进入高潮，阎王小鬼齐登场，顿时将士们酒醒了一半，少顷，呕吐四起，恶臭一片，原来酒中早已放蛊施药，刚吃过酒菜的官军，手脚乏力，腹泻不止。

喝得醉醺醺的妖道邵元节顿感不妙，不顾老板娘的阻拦，跃马扬鞭，绝尘而逃。没想到刚跑了几步，"吧唧"摔在地上，人仰马翻。这让妖道邵元节惊骇万分：老子捉死鬼的，今天碰到了活鬼！？岂不知这种湘西放蛊还只是蛊仙凤姐的略施小技惊鬼神。

凤姐厉声呵斥道："骑马不喝酒，喝酒不骑马，这是湘西骑马（起码）的规矩！"

早在外面埋伏多时的桂北狼兵听到暗语，里应外合，全力出击！

面对劫匪的突然袭击，官兵大多中毒至深，无心恋战，仓皇而逃。

拂晓，东路开来的围剿官军由老谋深算的严嵩率领，当得知神机营途中遭遇放蛊袭击后气急败坏，他并没有按约定与彭翼北在古城南门汇合，而是改道率领清剿大军包围了万虎山。这里是彭翼南族叔、保靖土司彭荩臣的"匪城"，横跨南岭，地势险要。控制万虎山，就扼守住了通往桂北边境唯一的通道，也就阻断了彭翼南与凤姐合伙潜逃大西南的退路。

保靖土司与永顺土司都是鼻祖彭公爵主的后人，同胞兄弟分家形成两地土司，尽管同宗同脉，但自另立门户以来，一直为"封地"纠纷不断，加之早年保靖土司彭荩臣嫁到老司城的外甥女巧儿死得不明不白，如今，官兵要围攻老司城，他会不会出手相助呢？

（画外音）朝廷清剿大军迅速集结：以赵文华、陶仲文、汤克宽为左、中、右三路领军都统，而戴罪立功的彭翼北为此次清剿先锋，一时之间朝廷大军压境，已将老司城围困得水泄不通。

▲老司城（日，外）

老司城素有湘西"万马归朝"之称，地势十分险要。此刻山上的湘西土兵、山下的朝廷官兵已形成胶着对峙的态势。

倭酋无形的幕后"离间"黑手，无疑激化了兄弟之间的矛盾，促使彭翼北带兵攻打老司城，活捉彭翼南。如今血浓于水的兄弟俩成了你死我活的对手、死敌。在京子的谋划之下，皇上令江西三清山道士邵元节参与围剿，以其人之道还治其人之身！

一场江西妖道大战湘西巫师的玄幻大戏正在上演，情势十分危急。

▲营帐内（日，内）

官兵统帅的中军帐内，谷大用正在宣读着圣旨：彭翼南叛变投敌，罪不可赦。

大家做好战前准备，围歼老司城的总攻就在后天拂晓，一举消灭土司蛮夷的嫡长子彭翼南、山贼王帕普以及老土匪婆阿玛等王族叛逆。

彭翼北听着听着，内心十分纠结。

（闪回）京城临行之前，嘉靖紧拉着彭翼北的手嘱咐道："翼北，是否忠于朝廷，考验你的时候到了。"（闪回完）

彭翼北心中茫然，他还能说什么呢。

这时，在外组织粮草的汤克宽走进了营帐，他得知后天拂晓大军就要强行攻打老司城后，劝赵文华、陶仲文两路领军都督不要性急，决意只身上山去与彭翼南谈判之后，再做定夺，并说：老司城不光有上千虎兵，还有地方乡民的大力支持，加上城池坚固，打这样的攻坚仗，官兵肯定是要吃亏的！无奈赵文华、陶仲文二人主意已定。

苦闷中，汤克宽来找彭翼北，却看见他的脸上挂着泪痕。

彭翼北正在撰写标语檄文。

汤克宽简直不敢相信自己的眼睛——他居然正在亲手书写"清剿山贼老土司帕普彭明辅""活捉叛贼逆子彭翼南"。

——那正是赵文华交代的任务,欲攻其城必先攻其心,为此他已找过彭翼北,希望他戴罪立功,现在是考验他的关键时刻,能否摒弃一切私心杂念,就看他的实际行动了。

汤克宽:"你自己说说,你爷爷、奶奶是不是山贼土匪?你大哥是不是叛贼?"

面对汤克宽的质问,彭翼北无言以对。

"大敌当前,惩治朝廷叛逆乃头等大事,只能牺牲个人一切。"彭翼北只能用这句话来敷衍他,同时掩盖自己的内心。此时,他早已忍不住流出了惶恐而无助的泪水。

汤克宽联想到与彭翼南在桂北清剿流寇时的一幕幕情景,不禁怒吼道:"这剿来剿去,无疑自相残杀!"

暗处,那个刀疤脸正把他俩所说的话,统统记录下来。

▲**老司城山下(日,外)**

汤克宽叫来了贴身侍从王淇生:后天就要打老司城了,身为朝廷一员大将,他不能违抗圣旨,但作为彭翼南曾经并肩作战、出生入死的患难兄弟,他汤克宽同样不能坐视兄弟陷于危险境地而不顾。

他要王淇生悄悄上一趟山,给彭翼南捎个口信,让他及时逃离险境。

暗中,一直跟踪汤克宽的刀疤脸,发现了王淇生匆匆离去的身影。

▲**官军营帐(日,外)**

按照赵文华的部署,朝廷此次清剿要大张旗鼓,他认为这里的乡民无知无畏,还没有清醒地认识到土司匪性面目以及蛮夷统治的危害性,所以人马未动,宣传攻势已经展开,标语檄文甚至都贴到了司城山寨的大门口。

此刻,万马归朝的老司城内外,一片繁忙的备战景象。

▲**土司王府,内寝(日,内)**

王府内室,面对朝廷的清剿大军压境,彭翼南一时也不知该怎么去安慰病入膏肓的阿玛,帕普彭明辅急忙上山求道问药去了。

此时,只见向九九刚刚送来那张"清剿山贼老土匪彭明辅"的标语,彭翼南一看就知出自亲弟弟彭翼北之手。他现在只有一个念头,人在城在,为了老祖宗留下的这座王城以及乡民百姓的安危,死活也得守住老司城!

向九九:"赵文华不知从哪儿弄来的邪术迷魂药,把翼北那么天真的人也活生生地洗了脑!栽到这些奸贼手里,好人也会变成坏人,正常人也得变神经病!实在让人费解、痛心!"

翼南挥挥手,示意他先出去。

向九九"唉"的叹息一声,他刚前脚迈出内寝,侍卫王淇生后脚就跟进来了,他带来了汤克宽的话。

翼南却拒绝了:"彭翼南问心无愧,没有做过对不起朝廷的事。如果是弟弟彭翼北作为清剿先锋来要他这个大哥的命,那他还有什么好躲的呢?"

此刻的他心如死灰,宁可坐以待毙,等待弟弟来取其项上人头向皇帝请罪。

▲老司城大门(日,外)

天刚麻麻亮,朝廷大军手持火铳、长矛、大刀开始向古城发起攻击。

城内,彭翼南的虎兵卫队与民团联手抵抗,守军虽然人数处于劣势,但由于城墙乃糯米汁浇筑,古城坚固,易守难攻,加之虎兵自制的钩镰枪弩齐齐并发,抱着炸药包的官兵,没能接近城池就被射杀,倒地不起。

进攻一再受挫,官兵伤亡也不断增加。

(画外音)皇上亲拟的速战速决的原定目标已成泡影,更糟糕的是,官兵竟头一次出现了后勤供应问题:往日朝廷打仗,老百姓要人出人,要粮出粮,从不为后勤发愁,可这回攻打土司城,别说主动送,就是后勤部门拿钱去买,乡民们都是推三阻四、纷纷躲避。因为官兵打的是他们的恩人土司!也难怪乡民无法理解。

围城数日,官兵已经开始饿肚子了,士气也越来越低落——不光是饿,就连个带路的乡民都找不到,受过土司这样那样恩惠的乡民,面对官军武力镇压,岂能坐以待毙。

▲营帐(日,外)

几个士兵冲入营帐,质问领军都督汤克宽,这仗到底该不该打。

汤克宽无法回答:要能不打,我早就不打了!

▲长沙,湘王府(日,内)

赵文华赶到湘王府,向前来坐镇指挥的皇帝禀报了首战不利。此时嘉靖急了,如同热锅上的蚂蚁,因为东南沿海倭患告急,湘西追剿久拖不决,必将腹背受敌。一旦湘桂边境的流寇——土兵、狼兵齐齐赶来救援,那就骑虎难下了。

内忧外患,雪上加霜。嘉靖不由得唉声叹气:"唉,没想到之前在桂北清剿流寇的悲剧又将再次上演!这笔账一定要算到叛贼彭翼南的头上。"

赵文华:"皇上,强攻,贼寇肯定还击,我军必有伤亡。微臣有一计可以迫使叛匪不敢还击。"

"不敢还击?"嘉靖纳闷不解。

"对!不敢还击。强攻老司城的目的,就是要缉拿叛贼彭翼南以及踏平土司老巢,如果让彭翼北去打头阵的话,难道他大哥还敢下手还击吗?"

嘉靖眼前一亮,但觉失态,马上假惺惺地凛然否决:"这可不行!岂不是要把彭翼北置于前面做人质的地步吗?朕一生光明磊落,怎可以小人之心度君子之腹?如果彭翼南狗急跳墙下令还击的话,朕之小弟不是白白去送死?"

赵文华提醒道:"皇上,为了大明的江山社稷,您什么都可以去做!"

一语道破天机,似乎提醒了嘉靖。

第二十八章 蛊惑狼兵 提督江彬人仰马翻
绝处逢生 翼南创新祖传神器

赵文华刚走出湘王府，刀疤脸匆匆赶来禀报：锦衣卫绑架了张天娇。赵文华便有了更为歹毒之计，但他就怕嘉靖怜香惜玉。于是，他令刀疤脸火速将张天娇押回王城前线。

▲老司城外（日，外）

赵文华不顾汤克宽的反对，命令彭翼北不惜一切代价，组织敢死队，欲再次向王城发起强攻。

彭翼北解释道："守城士兵的弓箭枪弩射杀太猛，我官兵的伤亡太大了！而且城墙是用糯米汁浇铸而成的，又厚又硬，一两个炸药包也无济于事。"

赵文华："没困难要你彭翼北干什么？对付你哥，你自有办法！"

陶仲文："炸药包解决不了，那就用人肉炸药包，看他彭翼南还有何能耐！"

▲老司城（夜，外）

城池之上，彭翼南忐忑不安："我的右眉毛老是跳，有一种不祥之感。"

向九九："左跳福，右跳灾，难道有大祸降临？怎么到现在还没一点迹象？"

彭翼南："越没动静越是危险，官军事先做足了准备，绝不会就此轻易放弃……哦，对了，你带人到城内各家各户收集一些桐油来，不，是越多越好……还有，把仓库里那些炸野物的地炸子、滚雷都给我拖到这里来！"

向九九："要这些东西干什么？"

彭翼南："未雨绸缪！到时候，你就会明白派上什么用场的……目前看来，官军很有可能已经改变了原来部署，不过，我们始终以不变应万变。你吩咐下去，弟兄们连续作战辛苦了，每人赏银十两。非常时机，千万不能放松警惕！"

向九九："是！"说罢，他转身而去。

"等一等——"翼南似乎还有什么事要交代，可一时又无从说起，只是紧锁眉头、目不转睛地盯着一个守城的虎兵喝水——士兵的嘴角正溢漏出了水滴！

▲水车下，溪流边（夜，外）

潺潺溪水映出岸上火把、人群晃动的影子……

在松枝火把照耀之下，官军敢死队已集合完毕，在赵文华的催促下，他们今晚要将城墙炸开，只见彭翼北和队员们各自怀抱着一个炸药包。

赵文华："出发——"

"慢！"陶仲文突然挥手示意，只见刀疤脸押着张天娇走来。

汤克宽大惊失色，连忙将陶仲文叫到一边："你们这是？"

陶仲文掏出圣旨："皇上有旨，今晚攻打老司城，把这两个人肉炸药包放在最前面，一个是他的亲弟弟、一个是他最心爱的女人，看他彭翼南还敢不敢还击。"

汤克宽："怎能这样……岂是大丈夫所为？"

陶仲文抽出尚方宝剑："违抗圣命，杀无赦！"

汤克宽无奈道："先看彭翼北他们敢死队能否炸开城墙再说吧。"

陶仲文命令敢死队："火速炸开城池！"

▲城楼上（夜，外）

彭翼南在城楼上缓缓地踱着步，脸上写满了忧心。

傩师公走了过来："少爷，自从开战以来你一直没有合过眼，趁现在没什么情况快去眯一会儿吧，这儿有我盯着呢！"

彭翼南"嗯"了一声，仍然眉头紧锁，人却未离开。

▲城楼下（夜，外）

趁着夜色的掩护，敢死队员们已摸到了城池之下。只见护城河上，一条排水沟正向城外排泄着污水。一袋袋用油布包裹的炸药包迅速在人与人之间悄无声息地传递着——

▲城楼上（夜，外）

傩师公："少爷，你好像有什么心事……"

"是啊……总觉得有什么事要发生，心里不踏实呀！"翼南忧虑不已。

此时画外传来一阵骚动……

彭翼南扭头看见向老太爷在孙子向八八的搀扶下来到了这里。

向老太爷高声喊道："翼南呀，这一仗打得好，你的功劳不小！"

彭翼南淡淡回道："老太爷过奖了。"

向八八："帕普特意杀了一头牛，煮了牛肉来犒劳弟兄们，来！大家一起逮一杯吧——"

▲城楼下（夜，外）

黑夜里，油布包裹的炸药包在悄悄传递着。接过炸药包的手，正往城墙下的排水沟里填塞，一个、两个、三个……

▲城楼上（夜，外）

城楼上，火把高举，篝火正旺。

一口大锅里盛满牛肉，虎兵们正围坐四周饮酒吃肉。

向老太爷："老朽敬大家一杯——来，满上！"

桌上土碗已经放好，向八八拎起酒壶猛地往碗中倒酒，溢出来的酒水立马引起了彭翼南的关注。

向八八往一只只土碗里倒酒——"哗哗"地发出夸张的酒水声！

彭翼南关注的眼神——

酒水倒入碗中，溅起水花……

彭翼南瞪大眼睛——

流入碗中的酒水似乎发出阵阵蜂鸣声！

彭翼南惊恐的大眼睛——

向八八："来，我和帕普来敬你……"说着举起酒欲碰杯——

此刻翼南眼前迎面而来的不是酒杯，而是两个硕大的炸药包！

"不好！城墙下……排污沟！"只见彭翼南惊呼，"他们要炸城墙了！"说着，只见他随手夺过身后虎兵手中的火把，沿着城墙垛往下一路寻找着，终于听到了城墙下排水沟流水的声音，他随手将火把一扔，火把渐渐跌落至城墙根……

▲城楼下（夜，外）

　　火把亮光划过夜空，映照中可见排污口正填放炸药包的彭翼北！城墙上的向八八在火光中，也发现了城墙根下敢死队员的身影。

　　彭翼北大声惊呼："不好，快撤！"说时迟、那时快！只见城上一排弓箭齐齐射来，水沟立即溅起了水花！两个敢死队员中箭倒下。情急之中，翼北迅速点燃了导火引线——顿时，燃烧的导火索发出"嗞嗞"声响，只见彭翼北一个鱼鹰式的猛子便扎入了护城河水之中……

　　——定格！

　　急速渐映的画面上，滚屏淡出以下字幕——

【第十单元叙事、第二十八章完】

　　画面急速转黑……

● 第十单元叙事之：

第二十九章

手足相残　翼北带兵攻打王城
勠力同心　勇者岂能坐以待毙

▲城楼上（夜，外）
　　彭翼南一挥手中的枪弩："要爆炸了！大家快往两边撤！"话音未落，一道红光闪过，紧接着"轰隆"一声惊天巨响——
▲护城河岸（夜，外）
　　城墙这边的连环爆炸声，震得正欲上岸的翼北回头惊望，身后腾起巨大火球、气浪，瞬间将其掀倒。
▲城墙豁口上（夜，外）
　　城墙被炸开一个大豁口子，许多人被爆炸的气浪震翻，扑倒在地上，一时间哭喊声一片。
　　彭翼南从地上跳起，他的额头被砖块砸伤，血流满面。他顾不得包扎，捂着脑袋一边朝城楼上冲去，一边大声呼喊："快……快把那些桐油桶子、滚雷拖过来！"
　　与此同时，城外一片喊杀之声。守城虎兵顿时一阵慌乱。
　　"不好了，城墙被炸开了！"
　　"官兵打进来了！"
▲城外掩体（夜，外）
　　赵文华遥望、观察着前方的战况……
　　画外传来"报告！"赵文华转过身——浑身湿漉漉的敢死队员甲："禀报大人，匪徒弓箭枪弩太厉害，敢死队被打了回来。"
　　"啊——"这大大出乎赵文华的意外，只见他大呼一声，"伍四柒！"
　　"在！"只见这名叫伍四柒的校尉带着数名士兵，每人身上都披着一叠厚厚的棉被，听候着调遣。
　　败下阵的敢死队员甲不解地道："大人，您这是？"
　　"叫匪寇也尝尝咱们'土行孙'的厉害，伍四柒，你们上！"
　　只见伍四柒往士兵背上的棉被上浇水、覆盖泥土……
▲城墙豁口（夜，外）
　　覆盖棉被泥土的"土行孙"们如同地头蛇一般，正朝老司城前进。
　　向八八急忙指给翼南看："少王爷，你看——"

彭翼南立即指挥城墙上的虎兵"嗖嗖"发射箭弩。然而，射出的箭弩对于"土行孙"们无济于事。

彭翼南连忙令向八八："快把咱们看家的松树炮拖过来！"

箭弩射在棉被上，除了泛起一小团烟雾外，"土行孙"们跟没事一样，继续前行，眼看就要越过城墙豁口，只见向八八率领的松树炮队调整着炮口。

"放！"向八八一声令下，顿时松树炮口喷出一团团"怒火"，接近城墙豁口的"土行孙"们瞬间被火炮击溃。就在炮队再次装填火药时，后续的"土行孙"们仍在前仆后继。

情急之下，翼南大声喊道："快扔地炸子、滚雷！"

顿时，几枚地炸子、滚雷飞了出去，"土行孙"们瞬间被炸得人仰马翻。

彭翼南一声大吼："大家不要慌张，沉住气！"

众人这才停住了，齐齐望着统帅彭翼南——

彭翼南："听我的指令，把装桐油的盖子打开，给我滚进城墙的豁口。砖墙没有了，我们还有火墙！"

一只油桶滚落，又一只油桶滚落，无数只油桶滚落……

一颗颗滚雷、地炸子掉落油桶之上，只见火光冲天，"轰轰"连续爆炸，已将缺口封锁！

冲至城墙缺口处的官军立刻成了火球，在地上翻滚着、喊爹叫娘。校尉伍四柒一看此情景，顿时惊呆了，没等反应过来，他的"土行孙"们立马又被一阵更大的、腾起的热浪掀了回去——

"给我狠狠地打！"向八八一声令下。

顿时，装填好火药的松树炮齐齐发射，阵地上，火光将夜空映照得如同白昼。校尉伍四柒率领的"土行孙"小队只得落荒而逃，溃退的官军不是被炮火击中炸死，就是被弓弩远距离射杀……

▲**城外掩体**（夜，外）

退下来的官军纷纷躲入掩体，战地郎中急忙给他们处理射伤、烧伤。

汤克宽连连摇头道："停止攻击，马上停止！"

这时陶仲文不阴不阳地道："汤大人，你不是说你自有妙计破城吗？限你一个时辰解决战斗，不然我就要用上我的人肉炸弹了……"

汤克宽只得连连求饶，望着远处熊熊大火："我倒要看看，他彭翼南的火墙到底能支撑多久！"

陶仲文掏出怀中的圣旨："不行！大敌当前，皇上有旨，今晚必须速速拿下老司城。我这个人肉炸弹乃绝杀，此乃叛贼最心爱的女人，看他还敢还击不。"

汤克宽："亲兄弟他都敢打，狗急跳墙的彭翼南，还有什么不敢的！"他要陶仲文再给他一次机会。

▲城墙豁口（夜，外）

一只只桐油桶还在不断地从城墙上被推入城墙豁口，火光冲天——

向老太爷担忧地问道："少王爷，这……这样还能坚持多久？"

彭翼南皱着眉头没有吭声。

向九九："城墙已被炸垮，如果没有火墙阻挡，官兵随时都会攻进来。"

彭翼南没有理会，转身对向八八："不断添加桐油，以防官兵卷土重来！"

"是！"向八八望着他转身欲离去，又不解地问道，"少王爷……你要去哪里呀？"

"看来，这不是长久之计，我要去保靖搬救兵解围！"说罢转身离开。

"解围？"向老太爷与孙子向八八面面相觑，"哪来的救兵？"

向八八："如今，他也只能到保靖叔叔那里去搬救兵了。"

"远水解不了近渴。"向老太爷疑惑不解，"为何不用祖传秘诀？这样不费吹灰之力，就会把官军打败！"

向八八："王城秘诀对外不对内，此次是彭翼北带兵攻打王城，秘诀对付彭公子孙是不起作用的。"

"唉！"

▲老司城，南大门（夜，外）

古城南大门一打开，只见彭翼南策马冲了出去。彭翼南回过头，吩咐正欲关门的守城官兵："注意警戒，防止官兵从南门两路夹击！"

"是！"大门两侧虎兵致礼。

"驾！"彭翼南打马远去……

▲老司城远景（夜，外）

老司城上空已红透了半边天——

▲城墙豁口上（夜，外）

又一桶桐油被投进了城墙的缺口中，火焰再度熊熊腾起——

向老太爷与大孙子向八八一脸的忧虑。

向老太爷："八八，这个彭翼南把这烂摊子交给你指挥，说是搬救兵去……他会不会来个金蝉脱壳——溜之大吉，让你来当替死鬼？"

向八八："以少王爷平时为人来看，还不至于见势不妙自己逃掉。不过，他说去保靖土司那里去搬兵，我觉得还是有些不太对头。"

向老太爷："有什么不对头？保靖土司王彭荩臣原就是彭氏同胞兄弟分家的，永顺这边土司有难，难道保靖土司不来帮忙？"

向八八："帕普你有所不知，自祖上分家以来，两兄弟为了封地一直暗地里较劲，纠纷不断……"

向老太爷："总不能见死不救吧，再说城里的土司老阿玛已数日滴水未进，如果官兵打进城，岂不是死路一条？"

向八八："不能坐以待毙……把咱们府上的人马全部派上城，死死守住！"

向老太爷："这……顶事吗？"

向八八："成败在此一举，死马也要当活马医！"

向老太爷挥舞着拐杖："好，我这就去招人，我这把老骨头今天跟官军拼了！"说罢在随从的搀扶下走下台阶……

▲**城外掩体（夜，外）**

赵文华对彭翼北说："每隔半个时辰佯攻一次，攻击要猛，要舍得花费弓箭，嗓门更要响亮，要摆足强攻的架势！"

彭翼北立即吩咐敢死队旗头："按赵大人部署行事，不得有误。"

"是！"敢死队旗头转身欲走，又疑惑不解地问道，"为什么要轮番佯攻，而且还要摆足强攻的架势？"

"你进攻一次，他就要添油、放滚雷拦截，我倒要看看，他们有多少桐油、滚雷？"彭翼北又强调道，"更重要的是——养精蓄锐，保存好实力！"

旗头点点头："明白了。"说罢欲转身，忽然"轰！"的一声松树炮炸响，顷刻之间沙石飞溅。

只见彭翼北用手正捂住自己的额头——鲜血从手指缝隙中浸出，他自嘲地道："连老子都敢打，怕不认得兄弟我了，要给我脑门子上做个记号呀？"

这时陶仲文赶来，暴跳如雷："明天拂晓必须攻破老司城，否则格杀勿论！"

彭翼北不由得一怔："明天拂晓……破城？"他不知不觉地望了望老司城方向，眼神茫然，一副魂不守舍的神情。

▲**保靖土司大殿（夜，内）**

彭翼南跌跌撞撞闯入土司大殿，包裹在头上的绷带浸透着血迹……

保靖土司彭荩臣和夫人似乎是在睡梦中被人叫醒的，他双眼惺忪，边走边骂着："哪个杂种吵事，深更半夜地把老子喊起来，要死呀！"

彭翼南气喘吁吁地道："叔父大人，不是要死，是我们那边快死了。我是来搬救兵的！"

"搬救兵？你要去打谁呀？"彭荩臣一时丈二和尚摸不着头脑。

"彭翼北这个忘恩负义的家伙带兵攻打老司城……"

"哦，原来是你们两兄弟扯皮。早几年为那块封地，是我和你爹这对堂兄弟之间打，现在轮到你们兄弟了，真是'屋檐水滴现眼'，因果报应呀！"

彭翼南稍稍平息："……昨天夜里，彭翼北带着朝廷清剿官军把老司城城墙炸了个大口子，眼下，官兵正在轮番猛攻，如果再不出兵相救，只怕最迟能挨到今天晚上，官兵就要攻破老司城了！"

彭荩臣："两兄弟怎么就打起来了？你不是中了科举，朝中做官了吗？前一阵子不是还听说你还在桂北追剿流寇吗？"

彭翼南："说来话长，哎呀，以前是以前，不过现在十万火急，否则，就来不及了！"

彭荩臣："……官军正在攻打老司城，我们若帮了你——岂不是与朝廷成了冤家对头？"

彭夫人更是不解："你们永顺土司和朝廷的关系一向不错，为什么要跟官兵打仗呢？如果我们帮你的话，那就等于帮你去打你亲兄弟彭翼北呀！"

彭翼南："这？我给你看一样东西——"说着，他从衣袋里取出那张彭翼北书写的标语递到他们面前……

彭翼南："叔父大人，这上面的字迹，想必你应该认识——"

彭荩臣夫妇望着标语上的"清剿山贼老土匪彭明辅"，诧异地抬起头来望着彭翼南："翼北写的？这……这又是怎么回事？"

彭夫人皱起眉头："为什么成这样啊？"

彭翼南："这你要去问他了……叔父大人，就算你不帮我，你难道也不管我帕普、阿玛了？他们可是你的叔叔、婶婶呀！"

彭荩臣心头不由得一震。

彭翼南："这次官兵攻打老司城，就是要清除湘西地方土司王族，难道叔叔你们这个保靖的土司就不在被清除之列？"

彭翼南的一席话如同重锤敲击在彭荩臣的内心深处。

▲**王城，彭府门前（晨，外）**

东方亮出鱼肚白。

此时，帕普彭明辅拎着大包草药回到家门口，管家钱叔急忙上前迎接："哎呀，老王爷，您总算回来了，家里出大事了！"

远处，隐隐约约传来官军的厮杀声音——

钱叔："……老王爷，这会儿喊杀声稀疏了不少，官军怕是攻不进来了吧？"

彭明辅："昨天在天门山就听说城墙被炸开了——"

钱叔："少王爷到保靖搬兵去了，到现在一点消息也没有……"

彭明辅："不能再等了，老司城若被官兵攻破，必遭屠城血洗！"

钱叔："是呀，听说这次官兵也死了不少人……"

彭明辅长叹一声："唉——死的都是湘西人、伤的全是老百姓呀！"

▲**城外掩体处（日，外）**

圆筒望远镜中的老司城远景——

城墙缺口处的火还在燃烧着，火势显然小了许多，仍不时冒着滚滚青烟。

赵文华用望远镜观察着城楼上的情况。

他把望远镜递给身边的陶仲文："陶大人，你看，烟的颜色渐渐变了——"

陶仲文用望远镜观察着:"……是的,早晨烟的颜色还是黑色的,现在已经变成青色的了……"

赵文华:"这说明桐油用得差不多了,现在烧的应该是柴草——"

陶仲文:"如此说来,匪徒已是强弩之末,发起总攻的时机到了?"

▲峒河,水车处(黄昏,外)

太阳渐渐落山。水车吱吱呀呀,沉重而缓慢地旋转着。溪边空坪上,官兵们已集结,正在进行总攻前的动员。

赵文华站在队伍的前面,神情激动地鼓舞士气:"弟兄们,经过我们三天三夜的浴血奋战,匪寇有生力量已经被我军削弱,胜利就在前方,总攻即将开始……"

不远处伤员集聚的角落里,翼北额头上缠着绷带,目光痴呆。

陶仲文慷慨陈词:"皇上有旨,谁先打进老司城,赏银一百两,彻底干净地剿灭蛮夷土司!"

彭翼北呆呆地听着,神情漠然,不知不觉地眼角溢出了泪水……

汤克宽望着他,心情十分沉痛。

▲王府厅堂(黄昏,内)

彭明辅手里拿着那副标语,正在书房来回踱步,忽然他停住脚步,转身朝门外走去——

▲王府门口(黄昏,外)

整顿衣冠,彭明辅决定出城——不是要打倒老土司彭明辅吗?他宁可用自己的生命,挽救王城黎民,避免双方更多的流血。

门"吱呀"打开,老土司彭明辅大步走了出去……

画外传来管家钱叔的叫喊声:"老王爷,老王爷!"

彭明辅停住脚步,回过头来——

钱叔赶了过来:"老王爷,您这是要去哪儿呀?"

彭明辅缓缓地吐出两个字:"城门。"说罢继续朝前走……

钱叔一惊:"城门口正打着仗呢,你去那里做什么?"

彭明辅脱口而出的,还是两个字:"出城!"

钱叔:"哎哟,官兵指名道姓要抓你,你这一出去岂不是送肉上砧板吗?"

彭明辅淡淡地道:"既然要抓的是我彭明辅,与其让双方流血拼命,不如我自己找上门……"

钱叔:"老王爷,这……这可万万使不得啊——"

彭明辅:"如果我个人的生死能平息这场争斗,那可是无量功德,我彭明辅死而无憾!"

钱叔:"老王爷,再想个万全之策吧——"

彭明辅:"覆巢之下安有完卵?我主意已定,你就回去吧。"

钱叔牙关一咬:"老王爷,我陪你一起去!"

"你去又有什么用?"

此时不知不觉，他们的身后已围拢来不少乡民："老土司王爷，千万不能去啊！"

彭明辅对大家揖首："各位乡亲，多谢大家的好意，老朽就此别过！"

说完，彭明辅转身大步流星而去……

▲城外掩体处（黄昏，外）

赵文华、陶仲文等人还在掩体内观察着前方的情况。

陶仲文按捺不住："赵大人，叛匪的油料已烧得差不多了，开始进攻吧！"

赵文华："等一等，我看天色暗下来以后再发起总攻！"

陶仲文："呃，我们要在气势上压倒叛匪，冲锋的锣鼓一敲响，所有的官兵从四面八方冲向城池，彻底摧毁敌人的心理防线！如果天黑以后再进攻，对叛匪的心理震慑就要小了许多——"

赵文华踌躇着："这……"

陶仲文："一鼓作气追穷寇，擂鼓——"

明代官军以擂鼓作为进攻的号令，只要战鼓一擂响，官兵随即发起冲锋。

擂鼓兵相当于司号兵——"擂鼓兵抡起槌，千军万马跑断腿。"

鼓槌刚举起，突然间持望远镜的赵文华把手一挥："等等——"

擂鼓兵见状，赶紧放下鼓槌，不解地望着赵文华。

陶仲文更觉得莫名其妙："怎么啦？"

赵文华手指着城门，把望远镜递给陶仲文："陶大人，你快看——"

陶仲文举起了望远镜。

陶仲文："叛匪正在打开城门……好像有个人走了出来……"

▲城门口（黄昏，外）

彭明辅从容地走出了城门，只见他大义凛然、毫不畏惧。

▲城外掩体处（黄昏，外）

陶仲文从望远镜里观察着彭明辅的一举一动。

赵文华（画外音）："他就是这里的老土司王、彭翼南的爷爷彭明辅……"

"彭明辅？"陶仲文很意外，"他想搞什么鬼名堂？大家做好准备！"

▲城门护城河，石桥（黄昏，外）

彭明辅独自走到了护城河边的石桥上，只见他高喊："官兵弟兄们，我就是老土司彭明辅，请派个管事的跟我说话！"

陶仲文、赵文华与埋伏在掩体后面的官兵们全都在默默地注视着他。

彭明辅顿了顿，见四周无人应答又重复一遍："官兵弟兄们，我是彭明辅，谁是官军的统领？"

赵文华正欲起身，陶仲文却一把拉住了他。

陶仲文："小心有诈！"

第二十九章 / CHAPTER 29

手足相残　翼北带兵攻打王城
勠力同心　勇者岂能坐以待毙

赵文华："他孤身一人，有什么好怕的！"

"不，"陶仲文摇摇头，"我担心他在耍诈……还是另外派个人去吧！"

"陶大人，我与叛匪谈判有经验。"赵文华一看表现的机会到了，便赶紧自告奋勇争抢头功。

陶仲文："那好吧，不过要当心！"

"好！"赵文华兴冲冲地迎上前去。

彭明辅见赵文华走近，问道："大人，你是——？"

赵文华原以为只有彭明辅一人好对付，不料抬头一看——不好！城墙上一排箭弩正对着他，顿时他吓出一身冷汗，不由得心虚了，后悔不该来的。

"大人，你是……"彭明辅再次问他。

此刻，在众目睽睽之下，赵文华不得不打肿脸充胖子，故作镇静，但此时他已管不住舌头，结结巴巴地道："本人乃皇上……"

"哦？你是皇上……"

"皇上派来的……内阁辅臣赵文华。彭明辅，你乃叛贼彭翼南的爷爷……"赵文华显然全身颤抖、语无伦次。

彭明辅拱了拱手："赵大人，久仰……你说我孙子背叛了朝廷？口说无凭，证据呢？你们此次攻打老司城，若是仅仅为了清剿我彭氏土司，老朽愿替我子孙听凭朝廷发落——"

赵文华："彭明辅，你是真降，还是诈降？"

"降？"彭明辅指着老司城大门道，"这道'六离门'以示'永不投降'之城。"

然后他缓缓地问道："降谁？当今皇上吗？可以这样说，我孙子乃当今圣上的拜把兄弟，早在三国时期，曹植就写下了一首千古名句——'煮豆燃豆萁，豆在釜中泣。本是同根生，相煎何太急。'"

"这首诗又能说明什么？"

彭明辅："豆子和豆秸本来都是同一条根上生长出来的兄弟，为什么要如此苦苦相逼？"

赵文华打断他的话："我管它豆子、豆秸是不是兄弟相残，既然是真投降，就叫城里人把武器都交出来，朝廷保证优待俘虏！"

彭明辅："赵大人，老朽已辞职归隐多年，如今只是一个平头百姓，我无权命令这些土兵缴械投降。"

赵文华："想顽固抵抗吗？"

彭明辅："老朽愿意以自己的性命换得双方化干戈为玉帛，希望官军退兵，不要继续攻打老司城，百姓遭殃呀——"

"退兵？"赵文华冷冷地一笑，"彭明辅，你听好了，这次官军攻打老司城，是为了剿灭蛮夷土司，你们必须乖乖地放下武器，交出叛贼彭翼南，接受朝廷的审判，如果妄想负隅顽抗，那只有死路一条！"

彭明辅："老朽现在是手无寸铁……"

这时他看见了正朝这边走来的二孙子——彭翼北正深情地望着他！

赵文华："官兵能够答应你的就是'缴枪不杀！'……彭明辅，你要清楚你们目前的处境，不要再玩什么阴谋诡计，留给你的时间已经不多了！"

彭明辅望着孙子，默然无语，眼泪止不住溢出，他欲掏手帕擦拭，赵文华以为他在掏暗器，慌张举起火绳枪——"叭！"子弹不偏不倚地打中彭明辅的左臂，他整个身子晃了晃，带血的手帕瞬间滑落在地。

顿时，画外一阵呼天抢地的喊叫声——"老王爷！"

翼北惊呼："帕普！"

赵文华见状立马乱了阵脚，丢下火绳枪，飞也似的逃了回去……

▲城外掩体处（黄昏，外）

陶仲文见状急忙命令："马上击鼓，冲上去——活捉老土司！"

"是！"擂鼓兵血脉偾张。

"咚咚——"进攻的鼓声就是号令，官兵们立刻从掩蔽处跳出来，"杀呀！"呐喊着朝前冲去，迅速包围了王城门外的护城河两岸……

与此同时，画外传来一阵更大的"呜吼"声，此起彼伏，震耳欲聋……

陶仲文、赵文华不约而同地循声望去——

▲城门外，旷野（黄昏，外）

漫山遍野杀出一群人马，喊杀之声立刻盖住了官兵的呐喊声。那正是彭翼南搬来的保靖土兵，他们一袭黑色蓑衣，从四面压来……领头的就是保靖土司、湘西第一刀客彭荩臣。顷刻间，黑蓑衣土兵将朝廷官兵团团围住……

▲城外掩体处（黄昏，外）

面对神兵从天而降，陶仲文、赵文华大惊失色："哪来这么多的救兵！"

所有的官兵都愣住了，万万没想到援军这么快就赶到了！

▲城外，护城河两岸（黄昏，外）

黑压压的蓑衣土兵，迅速截住了官兵的后路。

彭荩臣和彭翼南跳下马来到彭明辅的面前："二叔——""帕普——您受伤了？"

彭明辅："我没事……荩臣、翼南，你们答应我，不要再……再起争端……千万不要与朝廷为敌呀……"

"嗯！"彭荩臣、彭翼南点了点头。

傩师公带着郎中随后赶来为彭明辅包扎伤口。

彭荩臣对着众人抱拳致意："各位官兵弟兄，我们保靖土兵是来搭救老司城的。刚才老土司也告诫不能与朝廷为敌，所以我们不想跟官兵兄弟开战，请大家给个面子——"

陶仲文从官兵队伍中走出，狐假虎威地问道："你们是来替叛匪解围的吗？"

彭荩臣："不，是来解救自己的亲人的，相信大家都是父母所养，我们保靖、永顺土司本来就是一家人，我们是来保护王城亲人的，与反叛没有任何关系！"

陶仲文："你们这样做，就是与朝廷为敌！"

彭荩臣再次拱手示礼："荩臣这次带人前来，就是想让官兵给老夫一个面子！"

陶仲文勃然大怒："你想威胁我？告诉你，我乃朝廷命官，不怕任何威胁！"说着他抽出火绳枪来："来呀，刀疤脸把人押上来！"

刀疤脸随即率众锦衣卫从密林之中窜了出来，将蓑衣土兵们团团围困。而那些官兵立刻乘机举起了刀枪。蓑衣土兵也不示弱，掉转身齐刷刷地亮出了家伙。

只见举刀枪的锦衣卫、官兵忽然闪开了一条路……

彭翼南看见——

那个刀疤脸锦衣卫正将张天娇押了上来……

"天娇！"彭翼南极为错愕，不由得惊叫出来。

没想到狡兔三窟，居然还来这么一招，可谓：螳螂捕蝉，黄雀在后！

双方剑拔弩张、一触即发，形成对峙僵局。就在这个节骨眼儿上，画外突然传来"嘟嘟嘟……"一阵号角长鸣。

雄壮的牛角号音，如长剑破空，似万马奔腾，响彻云霄，气壮山河——原来是桂北狼兵在虢氏夫人率领下及时赶来，顿时将官兵、锦衣卫反包围……

▲城墙（黄昏，外）

"桂北狼兵来了……"城墙上，守城的土兵兴奋起来，纷纷叫道："虢氏夫人的救兵来啦！"

"大救星呀，这下王城有救了！"

"弟兄们，抄家伙啊——"

一排排弓弩、鸟铳伸出城墙，对准了官兵。

▲城门，护城河边（黄昏，外）

面对险境，赵文华赶紧劝陶仲文："陶大人，现在形势突变，敌强我弱，腹背受敌，情况非常危急！"

陶仲文："慌什么慌？咱们是朝廷正规军，做好与匪寇血战到底的准备！"

情急之下，赵文华声嘶力竭地叫喊起来："陶大人，你看清楚，现在可不是逞匹夫之勇的时候！再硬拼，你我这把老骨头只怕是要留在这荒山野外了。"

陶仲文："赵大人，当今圣上六亲不认，为了江山社稷，他是只问结果的，你可不要忘了俞大猷的下场，为什么有今天追剿彭翼南？就是因他放走了桂北流寇，这难道不是我俩的前车之鉴？"

张天娇闻言一震。此时的桂北狼兵、蓑衣土兵正以排山倒海之势将官军压制。

彭明辅挣扎着站立起来，阻拦道："千万别冲动，让亲者痛，仇者快，大家留着点精神去抗击外寇吧！"

前面城墙上的弓弩、鸟铳如林，而夹在中间的是保靖土兵，后面是桂北狼兵的反包围，望着桂北狼兵、保靖土兵前后夹击、步步紧逼，赵文华、陶仲文害怕起来，这真是：乌龟爬进了茅厕——前后都是屎（死）！

眼见包围圈渐渐缩小，情急之下，赵文华举起佩剑架在了张天娇的脖子上，咆哮道："再……再往前一步，我……我就杀了她！"

狼兵、土兵不由得一愣。顿时，彭翼南束手无策。

陶仲文："赵文华，他们再不撤围，就要她的命！"

赵文华歇斯底里地叫道："彭翼南，你到底退不退兵？我数到三，你若再不退兵老子就杀了她……"

突然张天娇一把抓住刀锋顶住自己的喉管。两军相对，遥望天娇，彭翼南心如刀绞地大声喊道："天娇——"

天娇感激地喊道："翼南，不用管我——只要你没有背叛朝廷，我张天娇就心满意足了……哎呀！"说着说着，刀疤脸朝她头上砸了一下。

陶仲文："死到临头，还穷说什么！"

赵文华："彭翼南，我开始数了，你听着，一……二……"

就在"三"的刹那之间，彭翼南惊奇地看见张天娇突然欲抢刀自尽，却被眼疾手快的赵文华一把拉扯住了！

"天娇！"彭翼南的痛呼撕心裂肺！

"嫂子！"彭翼北几乎不相信自己的眼睛。

彭翼南一把甩掉头上的帽子："给老子狠狠地打！"

顿时，弓弩、鸟铳四起，悲愤的王城虎兵、桂北狼兵同时发起攻击……

保靖土兵的神秘武器"三弓床弩"大显神威，这种两弓一反（一枪三箭）能实现远程狙击，一支箭击中了彭翼北，造成官兵的恐慌，而赵文华幸好逃得快，才没被击中。

在锦衣卫的拼死护卫之下，陶仲文指挥着官兵们边还击边撤退，彭翼南奋力追击着。

官兵们纷纷倒下，只有少数残兵败将，侥幸突围逃命，山上山下，大批官兵被迫在混乱中撤离，兵败如山倒。

老司城一战，官兵以失败告终。

"兄弟相弑、至亲相残"，受伤的彭翼北陷入了不仁不义、肝肠寸断的绝境。

——定格！

急速叠映的画面上，滚屏淡出以下字幕——

【第十单元叙事、第二十九章完】

画面急速转黑……

● 第十单元叙事之：

第三十章

波诡云谲　虢成叛逃海外称王
疾恶如仇　翼南奇招治理湘西

　　由于长期无休止的"窝里斗"导致大明国力衰退，倭寇趁机扶植当年那个被尚方宝剑砍落水中、生死不明的虢成潜逃至海外，他脸上的那道疤痕无疑刻写着新仇旧恨。

　　虢成欲打破"成王败寇"的诅咒，伙同逃亡的贪官徐海以及沿海走私集团，在王江泾古城建立了所谓的"大宋"伪政权，"海贼王"虢成自封为"徽王"。倭酋实施"以华制华""以夷制夷"和"分而治之"的策略，进行军事扩张，掠夺资源；汉奸则与倭贼彼此依附，狼狈为奸，杀人越货、无恶不作。

　　嘉靖急派赵文华前去招抚。"海贼王"虢成一见到赵文华，不禁仰天大笑："我与朱厚熜都是纪妃娘娘的后人，同为表兄弟，为什么老子就不能做皇帝？如今他还提什么兄弟之情？宁可相信世上有鬼，我也不会相信嘉靖这张破嘴。他当年赐你尚方宝剑砍死我的时候，怎么就没念及拜把兄弟之情？"

　　赵文华斥责虢成："尔等桂北土官世受国恩，却为虎作伥甘愿做汉奸！"

　　虢成反驳："我桂北土司历来顺从，忍受皇族宗藩的层层盘剥，稍有不服就被大军清剿，生存之路皆被尔等堵死，无奈只得乞食外邦，而今你骂我是汉奸，我却看你就是国贼，大明王朝就是毁在你们手里，尔等眼中什么君臣父子、兄妹夫妻，通通都是浮云。没有永远的敌人，只有永远的利益！"

　　此时的东瀛倭寇，要用坚船利炮打开明王朝闭关锁国的大门。海盗舰船在幕府将军木下晋三率领下骚扰东南沿海，中日之战拉开帷幕。

　　倭军围攻嘉善重镇，巡视东南的赵文华惶惧无策，知府问他如何迎战。赵文华惧怕倭寇，就想以重金贿赂，要求其勿犯嘉善，而转道去攻击张经督师的崇明岛。倭酋不允，认为岛上荒芜捞不到什么油水，执意攻打嘉善。赵文华无奈只得硬撑，他再三交代守城参将引诱倭军在后门打仗，败了可以掩饰；而在大门口打仗，败了不可掩饰，倭寇不过是掠食贼，饱了自然便会离去……

　　嘉靖接到张经奏报，百思不得其解，难道我大明将士都是酒囊饭袋？

　　嘉靖皇帝并不了解倭寇的军事实力，也没见过海盗舰船是个什么样子，于是派赵文华前去与木下交涉。木下态度强硬，要求明朝政府赔款，否则决不退兵。赵文华看了一眼海盗舰队，回去禀报皇帝：大明水师大多是木船，而倭寇使用的都是西方进口的大型铁甲舰，他从未见过！皇帝听罢，自信全没了。赵文华怀揣着木下晋三的强硬通牒，不敢拿出来，因为实话不能实说。赵文华琢磨着怎么措辞，才能让皇上觉得脸上有面子。最后他只得告诉嘉靖：大明禁海让东瀛蒙受了天大的损失，于是跨洋过海讨说法来了，请圣上给他们做主开恩，让他们继续做贸易，赏一口饭吃。

恰在此时，张经又上了一道折子，给嘉靖皇帝鼓劲：坚持抗战，最后的胜利一定属于大明天朝！嘉靖皇帝憋着一肚子气，回他一副对联：上联：无理！下联：可恶！横批：一派胡言！这是皇帝在张经奏折上的朱批。

嘉靖皇帝下旨暂停了张经的总督职务，原以为这道圣旨算是给倭人雪冤解恨了，于是又派赵文华全权负责与倭人进一步交涉。赵文华见风使舵，先给倭舰上的海盗武士们送去鸡鸭鱼肉，算是犒劳慰问，然后对木下说：这沿海刁民闹事不安全，你们先退到海上，赔款之事，容我禀报圣上再做处理，一定不会亏待你们的。木下脑袋瓜子里面一根筋，只要有钱得，便退回到老巢江泾岛耐心等待。嘉靖皇帝大喜过望，觉得赵文华这张嘴真牛，三言两语就说退了千军万马，这叫不战而屈人之兵。就是诸葛再生也不过如此！

纸是包不住火的。由于赵文华不敢将赔款之事禀报皇上，久不见银子到手的倭寇恼羞成怒，马上攻打沿海重镇嘉善，明军根本没有还手之力。赵文华心急如焚，不知道下一步该怎么办才好。就在这时，皇帝圣旨到了：一切都可以谈。赵文华竭尽全力和倭人在谈判桌上周旋，人家有军舰大炮，他只有一条舌头，木下晋三漫天要价，狮子大开口索要赔偿两千万两白银！最后赵文华硬是砍价到六百万两！这银子不是问题，天朝什么都差，就是不差钱！谁知这位幕府将军得寸进尺，索要江泾岛相邻海域的主权，这让赵文华头都大了。因为割让海疆土地对于朱厚熜来说，愧对列祖列宗，这是死活都不能答应的。

字幕：公元1555年，即日本后奈良天皇继位的天文二十四年，以幕府将军木下晋三为首的邪恶势力，与国内外逃的贪腐集团以及海盗出身的徐海团伙，相互勾结，东瀛右翼极端势力则为这伙贼寇提供基地、人员和装备，实施"以华治华"毒计，扶植汉奸傀儡政权。其中的成员大多是汉奸，而真正一线玩命的，却是"髡头鸟音"的倭人。养精蓄锐的倭寇进口了大排水量的铁甲舰，又从荷兰引进了前装滑膛加农炮，这种被称为"红夷大炮"的武器破坏威力十分强大。倭寇趁明王朝"窝里斗"之机，大举进犯东南沿海，当初天皇保证不再犯我疆土的誓言也不作数了。倭酋侵占了江泾诸岛，烧杀淫掠，无恶不作。朝廷派兵征剿屡遭失败，华夏大地危在旦夕。

▲**江浙沿海（黄昏，外）**

日本倭酋以华人为耳目，而华人汉奸则借倭奴为爪牙，彼此依附，狼狈为奸。由于东瀛倭人作战勇敢，打先锋和断后的危险差事都由髡头跣足的日本人担纲，而这些海盗武士不通中国的人情事理，经常冲锋在前，享受在后⋯⋯

东南战火愈烧愈烈，朝廷官兵不堪一击，已到了最危险的时候。自入冬以来，倭寇肆意妄为，所到之处，残暴至极。

第三十章 / CHAPTER 30

波诡云谲　虢成叛逃海外称王
疾恶如仇　翼南奇招治理湘西

大明江山危若累卵，频频告急，五十三名海盗武士犹入无人之境，一路烧杀掳掠竟然打到了留都南京的大门口。

面对猖狂的倭寇，朝廷一筹莫展，严嵩向皇帝举荐，启用冤臣张经督师东南。

"用人要疑，疑人也要用。"这让嘉靖感觉到意外，他以为严嵩真是心胸开阔，能撇开私怨，以国事为重。殊不知这正是严嵩居心叵测之处。以他对东南局势的判断：料定他张经纵有三头六臂此去也将毫无建树，到时再借皇帝之手拔掉这颗眼中钉就是顺势而为的事了。怎料机关算尽，也有百密一疏。

他万万没想到张经督师东南的首要条件就是要求彭翼南姐弟前来帮他抗倭：一个是倭寇扶植的大宋"徽王"虢成的老婆，一个还是皇帝曾经的拜把兄弟……不过，这事儿倒是提醒了嘉靖，这位平时一味求丹问道、多年来不上朝的皇帝，节骨眼儿上对时局的判断力、把控力竟是这般凌厉，居然意识到了富庶甲天下的东南沿海，虽钱财富有，但民风柔弱，尤其是军人经商腐败，毫无战斗力可言，"断根去魂、亡国亡种"近在咫尺。若要对付中日混成的贼寇，就得有一支骁勇之师方可与之抗衡，这便是曾经的金兰之友彭翼南的"虎兵"和他那个大姐金凤带领的"狼兵"。嘉靖皇帝马上下了一道圣旨：借尔一支钩镰枪，杀尽倭贼，还朕一片净土。

狡猾的严嵩急忙应对，马上安排心腹赵文华作为监军前去掣肘张经。

▲湘西，老司城（日，内）

凄厉的唢呐声中，王城内外满是肃穆的白幡……

此时此刻，老司城正处于一片哀伤之中，由于上次彭翼北带兵攻打老司城时，老阿玛连气带病，久治未愈，最终去世。临终前她拿出那面"伤时拭血、死后裹尸"的"死"字旗，嘱咐孙子彭翼南：中国历朝历代的灾难皆倭逆所为，血债必血偿！处理完老阿玛丧事，彭翼南正式承袭了湖广湘西宣慰使，管辖21个州县。如今他已是统领数千土兵、保卫一方平安的土司首领。

治国的核心在于治吏，《资治通鉴》如是说。治国就是治吏，治吏务必从严。一个吏治清明的社会，才会一呼百应、天下归心、安定有序、民富国强。而权力滥用、吏治腐败，必然导致"四维不张，国将不国"，国运衰微，民生多艰。而眼下彭翼南治理湘西地方，也是如此，必须从严治官，铁腕反腐。彭翼南阅人无数，是见过大世面的。如今官场上，官员不想解决民众提出的问题，老想解决提出问题的民众；一遇到问题就说是历史遗留问题，实际上他们每天都在制造历史遗留问题。官方所说的每一句话，百姓们都在质疑；百姓质疑的每一件事，官方都在否认；官方否认的每一件事，最后都被证实！最后所证实的每一件事，都是不了了之。而今，作为土司王族守护者的彭翼南处处以乡民的利益为根本。俗话说：新官上任三把火。临近春节那天，他出巡看见一户人家破旧大门上贴了一副春联，上联：二三四五。下联：六七八九。彭翼南立即派人送去了衣物、食品。

州县官员们不知缘由,为何土司大人速速派人为这户人家送去衣服和食品?

彭翼南答,上联嘛,二三四五,缺"一"即缺衣;下联六七八九,缺"十"即少食,谐音的意思是春节来临,人家缺衣少食、饥寒交迫。所以勤政爱民的土司大人派人送去了衣物和食品,于是在十里八寨赢得了好口碑。

而对于州县官场盛行的贪腐,彭翼南疾恶如仇:因为人对金钱的欲望是无止境的——人心不足蛇吞象!

彭翼南想要治理好湘西,谈何容易。因为湘西有两个特点,一是贪官凶,"捞钱"不要命;二是土匪猛,几百年来没人治得了。这两个顽疾,从未有人根治。

俗话说:"魔高一尺,道高一丈"。贪官奸,清官更要"奸",不然怎么惩治贪腐?以其人之道还治其人之身。为了让老百姓监督州县地方官员,彭翼南专门制定了一项特别规定:普通百姓一旦发现了贪腐官员,就可以将其捉拿押到王城来兴师问罪,在押送途中,胆敢有阻拦者,一律严惩,严重者诛灭九族。

初生牛犊不怕虎。少年土司彭翼南颁布了若干条王法,用以惩治贪腐官员,一旦犯案处罚极其严厉,被罢官的是小事,杀头是常见的,能熬到退休的,不知是哪辈子修来的福分。这导致州县衙门无人开堂,甚至有的官员还得戴着镣铐办案。自己被判了死刑,还得硬撑在大堂上办案,说不定这个案子一审完,官员自己也被拉出去砍了。彭翼南还有一个惩治的绝招:那就是召集州县官吏,一同前去彭公庙祭祀彭公爵主。

彭公庙?祭祖?

对,彭公庙,向祖宗磕头,赌咒盟誓——人在做,天在看。天乃道,天乃祖宗神灵,在冥冥之中约束、监督当世后人。顺应天道,不能做昧良心的坏事,如若践踏因果法则与天道,则迟早会遭到报应的!

彭翼南让州县官吏们一个个上前,对着彭公爵主的雕像发毒誓,人人表态:为官者奉行清廉,绝不贪污纳贿。

第一个上前发誓的是永顺州衙的向重九，只见他摸着胸口盟誓："我向彭公老爷发誓，重九若贪污纳贿，就不得好死，毙命于火绳枪下。"

第二个宣誓的是龙山县衙田一屋，他同样赌咒道："我向彭公老爷发誓，如果一屋敢贪赃枉法，一屋人不得好死，利箭穿耳，遍游州县示众。"

如此这般，每个官员都已宣了誓、赌了咒，彭翼南就将他们的誓言都写在了符贴上，誓师大会就这样结束了。

然而没过多久，向重九因私吞赈灾银款东窗事发。彭翼南就拿出他的誓词，找了支火绳枪，把他枪毙了。然后彭翼南拿着向重九的誓言纸条，焚化在彭公爵主的雕像前，这样向祖宗销了案。

接下来，龙山县衙田一屋，也因贪赃枉法东窗事发。彭翼南拿出他写的誓言，削了根竹签，穿过田一屋的耳朵，让他披枷带锁，巡游湘西二十一州县。当游到第十八个州县时，田一屋只剩下一口气了，彭翼南就把他提溜回来，等救活之后再行惩治。

蛇打七寸雁打头，湘西吏治惩贪奖廉、赏罚分明，此后面貌焕然一新！

其实，官员们怕的不是彭翼南，而是害怕苍天有眼、违背誓言遭报应。这种心理冲击，让他们几乎魂飞魄散，从此官员们洗心革面，不敢再像以前那样任性胡来。

接下来彭翼南要治理有几百年历史的匪患了。

湘西匪患，历史悠久，早在以前都是治标不治本的。

现在轮到彭翼南实施新政：还是老办法，州县官吏集合，齐步走，都到祖上的彭公庙宣誓。治匪也去彭公庙宣誓？这招管用吗？管用不管用，看看再说。

到了彭公庙，彭翼南让官吏们一一发誓。

接着，他颁布了一条新政：以后在湘西境内，但凡百姓财物遭劫，损失先由辖区官吏掏腰包补偿，等案子破了，再行返还官吏的垫付款。听到了这个土政策，官吏们全都傻眼了，内心几近崩溃，但又不敢抗命，彭翼南这厮是个"一言既出、驷马难追"的蛮子，谁敢跟他论理辩驳？无可奈何，大家只得打道回府。自从官员们回去之后，土匪居然全都消失了！

湘西土匪都去哪儿了呢？

官府乃万恶之源。彭翼南虽霸得蛮，可他再清楚不过了，自古官匪一家，匪都是官养的。千百年来匪患不绝也是官府故意纵容所致。如果没有匪，老百姓安居乐业，官吏们怎能浑水摸鱼呢？

上梁不正下梁歪。老土司帕普给孙子讲过一个故事：隋炀帝亡国后，唐太宗李世民在翻阅炀帝批阅的奏章后，大吃一惊。于是问魏徵："杨广讲的都是尧舜之言，何以灭亡？"魏徵曰："讲尧舜之言，行桀纣之实，蒙蔽百姓，鱼肉天下，何有不亡之理？公民害怕强权，官府忧心刁民。强权有之，刁民亦有之。滥权之祸远甚于刁民之害，这是常识。自古以来，当道德沦丧、礼仪无存、法制崩溃、社会不公、良知泯灭的时候，就是一个王朝灭亡的前兆。"

贪腐问题，症在官吏，当然要严惩。匪患问题看似与官吏无关，其实症结还是在官吏。官吏掌控着所有的资源，如果官员稍微用点心，何至于局势崩坏如斯？

由于桂北追剿的那场误会，年轻的土司大人与他的表姐彭金凤的关系一直没能修复。为了感谢凤姐出兵解救老司城之围，趁着年关时节，他差人前往桂北田州虢氏府上，顺便送上些苗药、特产。听说那边正闹瘟疫，苗药是用采集于高海拔山区的珍贵植物提炼而成的，对预防瘴疠极其有效，肯定用得着。

修身、齐家、治理湘西……就在彭翼南干得有声有色的时候，驿道上飞驰几匹快马，太监谷大用送来了朝廷十万火急的羽书，同时还有一封嘉靖皇帝的御笔亲札。

原来东南沿海烽烟再起，朝廷官兵屡战屡败，大明王朝到了最危险的时候。闽浙沿海，富庶甲天下，虽金钱物资富有，但民风柔弱，尤其军人参与经商，毫无战斗力可言，"断根去魂、亡国亡种"已近在咫尺。

▲老司城王府（夜，内）

深夜，司礼监大太监谷大用宣读了嘉靖皇帝御旨：倭寇又犯我东南疆土，令湘西土兵火速集结前去征剿，救国于危难……

对于这突如其来的命令，在场的人全都愣住了，一时没了主意。到底是老土司帕普见多识广，只见爷爷彭明辅把烟袋脑壳往门槛上一磕："富而义，出而忠！国家危亡之际，湘西人一定要走出大山抗击外寇，方能建功立业——明日彭公庙前坪征兵抗倭，共赴国难……"

彭明辅此刻像变了一个人似的，一改往日儒雅风范，从祭坛中拔出了祖传钩镰枪，只见他轻轻抚摸着泛着寒光的锋刃："切莫错过千载难逢的报国机会，这一天终于来了……自战国以来，中国历代王朝都在干着同样的一件事，那就是如何抵御、抗击来自北方游牧民族和东瀛倭寇的掠夺与侵扰——南倭北虏，咱们湘人就是为朝廷排忧解难的！"

王府管家庹叔担忧地道："老王爷，咱们不是朝廷正规军，粮饷军费没着落，拿什么去抗击倭寇……"

彭明辅："管家，你去把咱的田和地全部卖了，哦，对了，还有这栋房子，凡是能值些钱的，都兑换成银两！"

庹叔："这可是咱彭氏宗族一辈辈留下的祖业呀！"

彭明辅："祖业又有何用？国破家必亡，哪怕是砸锅卖铁，老朽也要倾家荡产前去抗击倭寇！"

庹叔："即便变卖房产田地，筹措银两，购得刀枪，也得有人扛呀，人呢？"

彭明辅："湘人流淌着倔强、强悍的血液，充满忠孝和仁义。湘西铁血男儿，自古高举一致对外的旗帜，是民族英雄的典范，更是大中华的精神写照，我坚信湘西儿女、彭公子孙们都会积极响应的！"说罢提起笔来——

"老王爷，瞧您这威风，真不减当年呀！"庹叔说着朝他笔下望去——

彭明辅挥笔写下："倭寇犯我中华，彭公庙前征兵，愿出征者从速，明日拜刀组军——彭明辅叩首；嘉靖三十四年十二月二十日。"

▲东南沿海（日，外）

世事波诡云谲，大明越来越不安宁。

（画外音）入冬以来，倭寇在沿海滋扰一直不断，竟然发展到向内陆侵袭扩张。日本幕府将军木下晋三竟敢率五十三名海盗武士从嘉兴登岸，一路犯太仓，破嘉善、崇德诸邑，一直打到了留都南京大门口。

这群倭奴残忍至极，竟然用长杆挑起刚出生不久的婴儿，浇开水烫，以婴儿的惨号声为乐趣；几个倭酋喝酒狂饮时，还拿孕妇肚子里婴儿的性别开赌，随即剖开查看结果。

几十名武士居然将上万重兵把守的南京围困，将偌大的古都搅得乌烟瘴气。明军死伤惨重，而东瀛武士毫发无损，这是千年以来未曾有过的事。

这是大明留都的奇耻大辱，更是华夏天朝的切肤之痛。

▲京城皇宫（日，内）

嘉靖皇帝得到了东南传来的急报，立即令朝廷兵部尚书调兵遣将，组织征讨。同时嘉靖还意识到倭寇如此凶悍，必须得有一支骁勇之师方能与之抗衡。他想到曾写给金兰之友彭翼南的御笔亲札，想必早已收到，为何还没见回复？还有被称为流寇的彭金凤（虢氏夫人），她现在是广西狼兵的统领，会来吗？于是嘉靖再次写书信催促彭翼南：倭寇得寸进尺，百姓生灵涂炭，朕已无力招架。

朝廷军队如此不堪一击？这是由于金字塔式的腐败引发的蝴蝶效应：为了贿赂上级，军官群体层层向下伸手，卖够若干顶小帽子，才够买下一顶上级别的大帽子。赚够了还要留足，送主官还要送管官，纵向送横向也要送，管人要送管事也要送，对中介还要送。官官之间，官兵之间，军民之间，军地之间，互相交往无不牵动利益，织成了纵横交汇、错综复杂、互相牵扯的利益互贿网络。

此时的首辅杨廷和已被位列三公的内阁奸臣严嵩取代，怎料奸贼机关算尽，也有百密一疏。对于嘉靖"调遣湘桂土兵"的决断，严嵩不禁倒吸了一口凉气，他万没想到这位平时一味求丹问道、做事不动声色的皇帝，居然先后两次调遣湘西土兵和广西狼兵前来救急。严嵩只得亡羊补牢，派赵文华前去应付。

▲白鹤道观（日，内）

桂北白鹤道观，香烟缭绕。彭翼南与金凤姐在此会面，而当凤姐一见到嘉靖的亲笔信，便怒火中烧："这个所谓的拜把兄弟坐九五之尊的宝座后，仿佛自己就是'飞龙在天，利见大人'无所不能的神，手握绝对权力的他，狂妄地以为自己上可九天揽月，下可五洋捉鳖，为了至高无上的皇权，不惜令千万人血流成河，生灵涂炭。绝对皇权是一把高悬在百姓头顶上闪着寒光的锋利的刀，指不定哪天就会让许多人人头落地。（朱厚熜的个子矮小，所以他就曾说过'我承认我矮小，但如果你敢取笑我，我就会割下你的头颅来取消这个差别'。）如今的嘉靖昏庸无能，倭患不治竟然举全国之力兴道问丹，祈求长生不老，荒唐至极。其实今生与来世，是不可分割的，不修今生，又何谈修来世？今生修持善法，是今生来世都能获益的，因果有三世因果之说，也有现世现报的。所以'不修今生而修来世'是极其荒谬的。其实他早就不是你当年拜把结义的那个兄长了，为何还要听从他的差遣？这样的昏君早就不是你心中的大哥了，你还念念不忘当年拳拳结义之情，岂不是迂腐至极？你等着瞧吧，即便帮他渡过难关，结局也一定是悲剧！"

"倭寇烧杀掠夺、百姓生灵涂炭，这可是千载难逢的报国机会！"当彭翼南告诉她那个伪大宋"徽王"就是当年生死不明的虢成时，凤姐顿时心中一颤！

"莫错过这千载难逢的报国机会！"当今机遇时势无疑造就了一个义薄云天的民族英雄彭翼南。国难未除，何以为家？在民族大义前，恩断义绝的姐弟俩能否重新站在一起？

只见他将酒葫芦里的酒倒入两只大土碗，与凤姐共饮，姐弟喝干后就将碗摔碎，以示尽释前嫌、情义无价。

世事总难料，沧海一声笑；往事知多少，都付笑谈中！

帕普书写的一张"出征抗倭"告示，引来四乡八寨的土家苗汉踊跃报名参军。

——定格！

只见土司王城土家博物馆内，一座封土大墓模型前，探险家贝尔·格里尔斯举起茶杯喊道："Waiter——Xiangxi Golden Tea！"

"贝尔先生，湘西黄金茶来了！"身穿"店小二"戏服的剧务端着热茶送了上来……

只见贝尔边饮茶边说道："欲知后事如何，尔等容我品茶之后慢慢道来。"

（画外音）各位看官，欲知后事如何，且听贝尔先生逐一分解……

急速滚屏淡出以下字幕：

【第十单元叙事、第三十章完】

● 第十一单元叙事之：

第三十一章

组兵抗倭　为国尽忠报仇雪恨
狭路相逢　弩箭所指势不可挡

▲**湘西，老司城（日，外）**

彭氏宗祠前坪，帕普彭明辅与子孙望着眼前的一切全都惊呆了——人山人海，水泄不通，仅凭老王爷一纸告示，大湘西八十一寨男女老少到得整整齐齐！

帕普登上台："九百年前，彭公爵主就是在这里拜刀出征，率领勇士捐躯沙场、为国平倭，如今，倭贼又打进了中国，湘军后人、彭公子孙们，该不该效仿先人，为国尽忠？"

"逮！"湘民们的回答如雷贯耳。

此刻每个彭公后人的心中回荡着的都是"精忠报国"！

老土司彭明辅老骥伏枥，弃笔从戎，披挂上阵。一下拿出了数量惊人的银两：虽然朝廷没有下拨粮饷，但为了抗倭，他已变卖了田地、祖宅和家中一切值钱的东西，以充军需。

帕普说了：没有国，何来的家？国家兴亡，匹夫有责。

彭翼南问族叔彭荩臣："你们保靖的土兵，愿不愿拜刀出征？"

彭翼南问主峒寨主："各竿各峒的民团，愿不愿拜刀出征？"

彭翼南问在场所有的湘民："彭公的子孙，在场的青壮们，愿不愿拜刀出征？"

在一连串越来越响的回答声中，人人热血沸腾……

母亲送儿子，妻子送丈夫……报名处一下子被挤得水泄不通。

▲**南长城，烽火台（晨，外）**

晨曦，东方亮出鱼肚白……

"嘟——嘟！"一排排树皮号指向天空，悠长的号音在"万马归朝"的山谷中阵阵回荡……

烽火台上，土家苗汉的牛皮大鼓一字排开——

"咚——咚咚！"姑娘们在擂击着那首熟悉的"召唤"鼓拍……

▲**彭公庙，前坪（晨，外）**

"呜——呜！"牛角号在吹响。

彭公庙前，傩师公一边摇动铜铃，一边挥舞着司刀跳跶狂舞，紧接着出场的是全身披挂着稻草裙的舞者，他们正跳起原始敬神的"毛古斯"舞。

锣鼓有节奏地击打着……

古老的祭歌，豪迈而苍凉——

番邦贼子扰太平,
奋起湘西猛虎兵。
别过妻儿辞老母,
千里远征王江泾。
前头打头田好汉,
后头麻爷逞豪英。
中军领兵彭大帅,
虎兵杀倭传美名……

▲**彭公祠,祭祀台(晨,外)**

祠堂门前一阵薄雾飘过,隐约可见祭祀铭功台上彩旗飘飘。

祭祀歌声中,彭翼南、彭明辅、向老太爷等人正朝着主祭台走去……

彭翼南远远望去——黑压压人群一片。

忽闻牛皮大鼓声骤响,震耳欲聋的"咚咚咚"和唢呐齐鸣声,越来越响,越来越密集……

巨大的声音震得大地颤抖,大家不由自主地望去——

傩师仰面吆喝:"呜吼一声震天响,湘西神兵从天降,湘军出征,天下永顺!"

"——呜吼——呜吼!"

紧接着是一阵又一阵倒海翻江似的"呜吼!"附和接应声,人们仿佛置身于喧嚣的海洋之中。

在场的男女老少全都惊呆了!

顷刻间,通往彭公祠广场的各条路口一下子涌出几股奔腾的人流……

铭功台上,彭翼南看见——

从老司城门口涌出的湘民一边挥着长矛、大刀、锄头,一边喊着"呜吼",疾速往前奔跑……

帕普彭明辅看见——

东、西街口,涌入的湘民们挥着菜刀、猎枪,一边呼喊一边汇入人流……

向老太爷看见——

几股人流,沸腾般地聚集在祠前广场。

台下早已是人山人海,水泄不通——

向老太爷兴奋地说:"你看我没说错吧,仅凭老土司的一纸告示,这大湘西九峒八十一寨男女老少该到的全到了!"

彭明辅在众人的簇拥之下,步履坚定地走到了祭台中央……

只见彭明辅挥手示意,台下立刻鸦雀无声:"九百多年前,朝鲜爆发内战,引发中日两国直接军事对抗,双方会战于白江口,东瀛不论战船还是倭军均数倍于唐朝军队,激战之中大唐左卫郎将刘仁轨陷入了重围。关键时刻，一支神兵突然从天而降，我湘西彭氏土司鼻祖彭公爵主手持'钩镰枪'杀敌无数，四战皆捷，水陆连胜……厮杀中东瀛邪恶之首木下晋一毙命于彭公的钩镰枪下。唐高宗赐我彭公封号'武神将军'、赏蟒袍玉带……

"彭公爵主那神龙见首不见尾的'钩镰枪'，早已让倭奴闻风丧胆，湘西王者无疑成了倭贼的天敌、克星。如今，东瀛神社供奉的那把倭寇残剑就是当年厮杀的见证。但倭酋木下晋一临死之前释放出'东瀛邪毒'致彭公中毒不治，从此我湘西土司王族与东瀛木下家族结下了世代冤仇。

"公元1273年，高丽国挑拨离间，引发元世祖忽必烈东征日本，'武德将军'彭思万率领湘西土兵随元朝联军前去讨伐，由于高丽建造的战舰质量低劣，在突遭强台风袭击时沉没，湘西土兵在被敌寇围困中弹尽粮绝全部阵亡，无惧无畏的'武德将军'不幸也倒在了幕府将军木下晋二射出的毒箭之下。

"当年木下家族使诈逃过了一劫，我湘西土司王族与东瀛邪教家族结下了世代冤仇。这不正应验了'不是冤家不聚头'那句中国古话吗？

"不论武神将军还是武德将军，都是在这里拜刀出征，率领先人鏖战沙场，为国平倭。如今，倭寇又打进了中国，他们在东南沿海一带烧杀掳掠，无恶不作。咱们湘军的后人、彭公的子孙们，切莫错过这千载难逢的报国机会！效仿先人，为国尽忠，报仇雪恨！"

"逮！"湘民应声如雷。

"天下国家，本同一理。如今，国难当头，匹夫有责——国是千万个家，家是最小的国！国家国家，国都没有了，哪里还有我们的家？为了组建抗倭联军，老朽我已变卖了田产、祖宅和家中一切值钱的东西，以供军需。有人说我已是倾家荡产，但我要说：钱财乃身外之物，只有有了强大的国，才会有我们小的家，只要青山在，就不怕没柴烧呀！今天，当着彭公神器，我们要在这里拜刀组成一支抗倭湘军，共赴国难！来，有请祖上神器钩镰枪——"

"伏请祖上神器钩镰枪！"祭祀台上的师爷顿时"下凡"——他摇动响铃，挥舞着司刀跳跶狂舞，口里念念有词："……伏请彭公下凡——"

红衣红帕的湘民抬着那尊祠堂里供奉的虎头刀架，出现在人们眼前，刀架上，红绸蒙盖着的俨然是那把威猛的神器——钩镰枪！

顷刻，千百湘民的膝盖蓦然跪了下去，千百人的头同时伏低！

只见白须白发的傩师爷手捧香烛对着彭公神器吆喝道："皇天在上、后土在下，众位子孙叩拜，有请彭公神灵下凡保佑……"

忽然天地之间，刮起一阵狂风将覆盖在神器上的红绸掀开，露出了万众敬仰的神器——钩镰枪！

傩师爷："彭公下凡保佑，一叩首，再叩首，三叩首！"

随着师爷的吆喝声，全体湘民按口令整齐划一地跪拜，十分虔诚！

傩师爷："礼毕——"

师爷的话音刚落，彭明辅问台下："彭公的子孙，在场的青壮，愿不愿拜刀出征？"

顷刻响应的"逮起！"之声此起彼伏——

"逮！""逮！！""逮！！！"

回答声在群山深处回荡……

彭明辅："愿出征抗倭的，在此登记！"

台下壮汉向九九高呼："湘军出征，中国不亡，不怕死的跟我来！"

话音未落，应答声此起彼伏，越来越响亮——顷刻之间人流涌向铭功台……

老母亲送儿子报名……

妻子陪丈夫登记……

报名台前挤满了湘民青壮，人头攒动……

三炷香被点燃……

土司老王爷手持三炷香拜祭之后，傩师爷呐喊道："湘军全体集合——"

台下，几千汉子立即聚集成黑压压一坪人……

彭明辅宣布："湘西虎兵今日成立，焚香！"

只见鞭炮齐鸣，一捆捆熏香被丢进香炉之中焚烧。

"叩拜！"彭明辅一声令下，大家齐刷刷跪拜。

彭明辅起身问道："倭寇叫嚣要灭我中华，九峒八十一寨的好汉们，你们怎么办？"

"若要中国亡，除非湘西人全死光！"台下震耳欲聋的回答声在山谷中激荡。

彭翼南大声宣布："选兵开始——"

选拔土兵的标准非常另类：其一，忠厚朴实、满脸黝黑，只有在家能勤奋务农的，方可在外英勇杀敌；其二，将一头强壮的公牛牵上来，谁力气大且不怕死，敢将牛头一刀割下，方可加入这支虎兵威武之师；其三，懂得兵法韬略、排兵布阵，作战时能团结协作、步调一致。虎兵每司设二十四旗，每旗的第一排设一个勇猛者为旗头，第二排为三人，第三排为五人，第四排为七人，第五排为九人……其余土兵则在后面呐喊助威，前列阵亡，逐列进补，形成前仆后继之势。这种铁塔式的冲锋队形，进退自如，攻守兼备，无往不前，所向披靡！

快马飞至，传来皇上第三道加急谕旨："东南沿海战局急转直下，火速出征！"

此时正值春节前夕，为了使土兵们在出征前夕过完春节，帕普彭明辅决定打破土家族传统过"除夕"习俗的常规，提前过春节……

就在此时，狼兵首领瓦氏夫人率领八桂头领们也赶来了，桂北狼兵加入抗倭大军，准备一同出征。

虎狼之兵，在彭翼南的率领下，焚香拜刀……一日之间，抗倭联军成功组建！

▲**湘西"不二门"**（清晨，外）

天空微明，牛角号吹响了集结号："嘟——"古城笼罩在蒙蒙细雨之中，雪花纷纷扬扬，漫山遍野披上了银装，恰似送别亲人的泪花，难舍难分。

虎狼之兵出发了。他们背负着原始的长矛、大刀，抬着简陋的"松树大炮""钩镰枪"走出了出征的必经之道——湘西"不二门"……

彭翼南在向九九等人的簇拥下，刚走出城拱门，就被眼前的景象惊呆了——赶来送行的父老乡亲早已在此等候！

城门口迎面打出了巨大的横幅：

"湘军出征，中国不亡！"

"若要中国亡，除非湘西人全死光！"

瑟瑟秋风中，欢送横幅在风雪中翻飞……

一张张满布皱纹的脸上充满了悲戚之色，少妇和孩子那红肿的眼中泪水还未来得及擦干，大家站满大路的两旁，使劲挥手送别着亲人。

彭翼南见此情景，急忙下马抱拳示谢，一个瞎子老太太摸索着挤上前来："少王爷呀！我那三个孙子都跟你去打倭寇，战场上刀枪不长眼，你……你可要给我留个种回来呀！"

彭翼南："老人家，咱是为祖上报仇雪恨，为国家的尊严而战！在此，我向大家承诺：彭翼南若不战死沙场，一定会带他们回到家乡；如若战死疆场，我也会带他们魂归故乡！"说罢，他向父老乡亲致以湘西土著王者特有的军礼！

在大家不舍的目光中，湘军虎兵昂首阔步向前开拔……

忽然，天地之间卷起一阵狂风，雪花飞扬，将人们的视线遮挡！

猛峒河上，一艘艘运载着虎兵的船只沿河而下，渐渐消失在人们的视野中。

远山传来了女子送郎参军的情歌声："阿妹送郎去远征，千叮万嘱要记清。晚上莫忘把被盖，日里莫忘扎头巾……"

▲**东南沿海（清晨，外）**

大海波涛汹涌。沙滩上摆起了临时道场，香烟紫绕，充满神秘、诡异的气氛。

"天苍苍，地茫茫，焚香拜请四金刚：东机魔兄法，西机魔兄奉，南机魔兄狩，小生沾北方，一人独门到，吾奉登机姜太公，手接法尺做横黄，劈斩妖邪影无踪，神兵火急如律令……"妖道邵元节在海滩设醮，施法降魔，祈求驱邪纳吉，追夺房魂。只见监军赵文华正在道场上领衔祭祀"海神"，妄图用这种荒唐之举平定倭寇。

此时的嘉靖已被妖道的仙丹弄得神魂颠倒，竟然对赵文华的鬼话深信不疑。

与海滩道场形成鲜明对比的，是髡头跣足、怪肉横生的倭酋邪教信徒正在战船上举行血祭仪式，他们口中念念有词，如同巫师跳大神一般，张牙舞爪，手舞倭剑弓矢耀武扬威，根本没把华人放在眼里。

赵文华催促出兵，张经不予理睬。由于明朝中叶朝廷腐败、千疮百孔，将领克扣军饷谎报军员，不堪重负的士兵逃亡现象司空见惯。军户逃亡率已高得吓人，大量卫所形同虚设，士兵战斗力低下，上阵一触即溃。张经十分担忧：上阵如同儿戏，将无号令，兵无纪律，往往隔着敌人老远开完火、放完箭就算完事，临阵脱逃、杀民报功者不胜枚举。

临危受命的张经要对付刀光闪烁的海盗，就显得束手无策了。

张经坦率耿直，不媚权贵，赵文华仰仗着干爹严嵩颐指气使；张经则鄙视其阴险奸诈，贪天功归己有，两人早就结怨。在南京保卫战中，监军赵文华率领着百倍于敌的明军，面对区区五十三名倭寇，居然紧闭城门不敢迎击。倭寇攻城两天，竟搏杀明军千余，而敌寇不折一人。张经认为兵不在多而在于精，他是在等待虎狼之兵的到来。崇山峻岭的恶劣环境铸造了其坚韧的民族性格，从小善骑射捕猎，山地兵素质优于游牧民族，其机动灵活性也远高于农耕地区步兵；他们英勇善战、无惧无畏，其优势显而易见——湘桂援军未到之前，不可轻举妄动。明史记载："经以兵机秘业，已刻师期，不告也。"

在赵文华眼中湘桂联军无疑是一群乌合之众！如今已进入火器时代，张经为何"明知不可为偏要为之"？他向皇上诬告张经"糜饷殃民，畏贼失机"的同时，竟不顾事实真相，找了一批文人墨客，将妖道蛊惑下的魔幻想象，画成连环图来向皇帝邀功：谁说明军大败？在绘画出的《南京保卫战》中，明军盾牌挡住了洋枪、长矛大刀大破倭军"蝴蝶阵"；威风凛凛的《中华门得胜图》上，赵文华率领官军巧用"长蛇阵"击溃了倭寇；而在《捉拿倭逆审问正法图》上，可见明军营帐前，被俘倭寇被斩首示众……这些编造出的"捷报"，无疑是奸党的意淫。难道皇帝、满朝文武没有识破？大臣们也知道这些人在说假话，就是没人揭穿，因为嘉靖皇帝好大喜功，就是愿意听这些不现实的谎言。

赵文华谎称"七战七胜"，这是天朝官员的惯例，报喜不报忧，是为圣上分忧，龙颜大悦之下，必然好处多多。

留都南京堪称六朝古都，但都是短命的朝代，国祚绵延没有超过百年的，并不是奠都的好地方。由于朝廷禁海引发了危机，外侮日亟，沿海走私猖獗，尤其是高丽人跟在倭寇后面耀武扬威，加之汉奸的助纣为虐，大明王朝俨然就是一个没有组织的国家，古都南京不堪一击，然而，天有暗示、人有感应，国难当头必有盖世英雄横空出世！

区区五十三名倭寇，在没有重装武器的情况下竟敢攻打留都南京，着实让人费解。

"每个中国人吐口唾沫，就能将日本鬼子淹死！"可不是所有的中国人在面对侵略者都会口吐唾沫的。当五十三名倭寇攻击古城南京时，附近民众若无其事地在远处观战，还主动向倭寇武士出售牲畜、蔬菜、粮食，他们认为是在看倭寇跟皇帝打仗，与我何干？该干吗干吗，只为赚点钱。倭寇攻城时，甚至有人帮他们填平壕沟，架楼梯，汉奸还向倭酋告密'南京中华门的下水道未曾设防'，倭寇闻之趁机鱼贯而入，打得朝廷官军措手不及。侵略者之所以敢于冒险，就是看透了大明朝廷腐朽，民心涣散。五千年以来，中国以血缘和姓氏为核心的封建王朝，只对姓氏、家族负责，不对整个中华民族负责。

此次留都南京保卫战，中国军民几乎未做任何实际抵抗，绝大多数神情麻木，如同待宰羔羊。中日战争，实乃民之痛、国之殇！当国家遭受外族入侵之时，出现"有奶便是娘"的卖国贼并不奇怪，奇怪的是：像这样一个有着五千年文明史的泱泱大国，为何会冒出这么多汉奸？

殊不知"狭路相逢勇者胜，剑锋所指所向披靡！"一个人再强壮，如果没有勇武血性就是懦夫，再好的武器也是一根烧火棍，军人就是要为国家奉献出赤胆忠心，军人决不能有所谓的以德报怨，军人就是要有搏杀敌人的铁血精神。

赵文华手下哼哈二将身形高大，力气超群，貌似可指挥三军，然一旦开战就变成弱虫两条，尚未听到枪炮声就逃之夭夭，甚至披上妇女衣装，企图蒙混过关。可悲的中国人，只知道有家，不知道有国。大明孝子太多，但忠臣太少。如果一条鱼病了，是鱼的问题；如果一条河的鱼全病了，那就是水的问题了。

眼下亟待侠肝义胆的湘桂虎狼之兵镇守东南海疆。

▲嘉善码头（晨，外）

凌晨，就在倭寇咄咄逼人之时，彭翼南率领五千湘西"虎兵"赶到了。

一艘艘老式、破旧的硬质船帆缓缓停靠在嘉善码头上。

只见从船上陆续跳下许多疲惫不堪、衣冠不整的少数民族，其中大多是穿着黑衣举着黑旗、头戴"鬼脸儿"面具、身背长毛大刀的湘军虎兵。

傩师梯玛正在码头前面的跳板上焚香开路、辟瘟驱邪。

烟雾之中，身着长袍马褂的虎兵统帅彭翼南在众人簇拥下走来。

张天娇随夫君来到东南，抱的是必胜的信念，图的是要见上义父张经一面。

码头上，旌旗猎猎，父女相见，格外动容。

欢迎人群，锣鼓喧天。

总督张经率嘉善府衙的孙知县、众乡绅前来迎接自己的救星队伍。

孙知县："鄙人代表嘉善五十万民众，欢迎抗倭湘军！"

乡绅长们附和道："欢迎、欢迎！"

民众甲："自古湘军所向披靡……"

民众乙："令倭寇闻风丧胆……"

彭翼南致拱手礼一一答谢各位乡亲，礼毕后他发现——

熙熙攘攘的欢迎人群中挤进来了两个军士模样的人……

彭翼南疑惑地问道："二位是？"

卢镗介绍："我乃总督张经部下参将卢镗，他是浙江都司金事戚继光。"

戚继光："湘军不远千里赶赴东南沿海抗击倭寇，可敬可佩，在下已备好了酒宴，为将军接风洗尘。"

彭翼南拱手："多谢二位好意，等赶走了倭寇，再喝庆功酒吧。"

戚继光致以军礼："那咱们就一言为定！"说罢，两人匆匆离去……

彭翼南致拱手礼答谢欢迎人群，礼毕后他抬头看见——

人们举起的横幅上写着："欢迎抗倭联军！""湘军出征，中国不亡！"

横幅下一双双欣喜的眼神渐渐转化为失望——

热闹的场面却随着后续部队的出现渐渐起了变化：前面出来的还像一支队伍，可后面跟着出来的却是穿草鞋、黑衣、土布，身背大刀、长矛，一身污垢、满脸疲惫的士兵。

码头台阶上——

傩师公、傻彪抬着一整套法师行头欲登上台阶，两人早已满头大汗。

忽然，傻彪脚下一滑，肩上的那支破旧鸟铳便摔在了地上——

"啪"的一声，枪托与枪身立马分了家……

随之法师肩上扛的行头也"哐啷"一响，顷刻间散落一地……

围观人群顿时一阵嬉笑。

傻彪急忙将枪托、枪身捡起来，欲拼接上去……

"慢！"傩师公急忙制止，将散落的部件放回原处，只见他点燃三炷香叩拜，全然不顾四周围观人群，口中念念有词："打发，打发，一打就发……"

围观的绅士们见状议论开了——

绅士甲："这也是抗倭联军？居然还搞迷信？"

绅士乙："这群叫花子兵，难道就是咱们的救星？"

绅士丙："那肩上扛着的是吹火筒还是枪哟？不知道打不打得响啰？"

绅士甲："嘉靖皇帝就派这些人来镇守杭州湾，简直开玩笑！"

绅士丙："杭州湾肯定保不住了，大伙赶快逃命吧！"

望着眼前的一切，孙知县竟然不相信自己的眼睛、总督张经明显失望至极。

闻听四周的议论，彭翼南马上明白了，只见他跳上台阶："全体紧急集合！"

跟在彭翼南身后的司号员随即吹响了集结号："嘟——嘟——"

牛角号声在码头上空回荡！

▲杭州湾海面（晨，外）

字幕：公元1555年12月31日　凌晨7时38分

辽阔东海，风起云涌。

东瀛倭寇的特混舰队在波涛中浩浩荡荡前行……

"出云号"旗舰乘风破浪……

倭舰船舱内，一双手将白绫掀开——就是那把断掉了刀尖的日式倭剑……

《君之代》音乐声中，木下晋三正率领家族邪教信徒祭祀祖辈留下的残剑，此刻东瀛海盗武士的眼里，满含杀戮的凶光……

▲嘉善码头（日，外）

孙知县无可奈何地掏出了一串串钥匙，递给了彭翼南："彭将军，这些都是朝廷专门修筑的防倭工事的钥匙，杭州湾的防务就拜托各位了。"

彭翼南："这……"

孙知县头也不回地逃走了。

彭翼南见状，下令道："命令各部各旗，马上到镇倭牌坊前集结！"

傩师公："是！少王爷您这是要？"

彭翼南："镇倭牌坊前祭拜祖宗！"

▲**倭舰舱内（晨，内）**

木下晋三捧起那柄日式残剑，边抚摸边喃喃自语（日语）道："九百多年了，我大和民族的耻辱呀，为了这一天，我们一直在等待时机……"说罢他将残剑举过头顶……

众倭寇武士（日语）高唱："让我们头顶着国旗奋勇杀敌，在太阳的照耀下向杭州湾挺进！"

海面上，大雾弥漫，潮水四起。

庞大的倭寇特混舰船编队正破浪前进……

▲**镇倭牌坊（日，外）**

三炷香点燃，插在了镇倭牌坊前，古朴的牛角号吹响"嘟——呜——"

牌坊并不高大，只是象征而已，但牌坊上刻写的"威镇群倭"大字熠熠生辉。镇倭牌楼后面，是唐代时修建的镇倭祠。经过多年风雨侵蚀，早已破败不堪。

湘军虎兵此时已列队完毕。

彭翼南捧起钩镰枪登上台阶，只见他目光炯炯，将钩镰枪供奉在神龛上。

将士们"哗"地齐齐跪下，目光都凝聚在牌坊前祭奠的那柄祖传神器上！

傩师公："一叩首，再叩首，三叩首，礼毕！"

彭翼南抚摸着钩镰枪："弟兄们，公元653年，我湘军奉大唐朝廷之命，在彭公爵主率领下出征抗倭，千里奔袭白江口，以王者之枪搏倭众群寇。如今彭公的后人再次来到杭州湾，又一次站到了当年抗击倭寇出征的地方，对付来自同一个国家的敌人——倭寇！"

"倭寇算老几！"情绪激动的傻彪高声喊道，"要想从此过，留下狗命来！要踏平杭州湾，除非从老子身上踩过去，老子十八年后又是条好汉，逮起！"

虎兵们异口同声："逮起——手执钢刀九十九，杀尽倭寇方罢手！"

彭翼南手一挥，道："九百年前，彭公就是在这座牌坊前率领将士捐躯沙场，为国平倭。今天我们要用鲜血和生命换取民族尊严。弟兄们，为国效力的时候到了，我彭翼南再次承诺：如不战死沙场，一定带你们回到故乡！"

傻彪更加激动："无湘不成军，若要中国亡，除非湘西人全死光，逮起！"

台下一片更大的、震耳欲聋的声音："逮起！"

▲**海滩上（日，外）**

倭寇来势汹汹，大战在即，东南沿海的富人们全跑光了。

总督张经为了提高参战部队的自信心，决定在临战之前检阅"虎狼之兵"。

此刻的海滩上，受阅部队分为三个方阵，领头的是朝廷官军，随后紧接着的是湘西虎兵和桂北狼兵……

受阅部队的"弹簧步"整齐、威武、雄壮……

彭翼南这个一出世就被"诅咒"的湘西王者拨开雾霾见晴天，尤其是他带领的这群从大山深处走出来的虎兵汉子，一看到烟波浩渺的大海，格外兴奋。

此时隐约可见：头上插有蓝色妖姬的东瀛女子混迹于围观人群中……

为报家国仇恨的虎兵，精神抖擞地走过受阅海滩，他们的状态与之前的疲惫不堪截然相反，阅兵式上纪律严明，动作整齐划一、铿锵有力：在凄厉的牛角号、唢呐声中，湘西虎兵抬着棺材，高举伤时拭血、死后裹身的"死"字旗，扛着钩镰枪等湘西土著特制武器接受总督张经的检阅。一曲"风萧萧兮易水寒，壮士一去兮不复还"的悲歌，凄婉而悲凉，彰显湘人精神、民族正气。受阅士兵们豪迈的步伐，彰显出他们重信义、轻富贵、爱国家、忘生死的淳朴性情和英雄气概——湘军出征、天下永顺！

阅兵仪式上，隐匿人群的蓝色妖姬突然发起袭击：由于朝廷监军赵文华害怕枪械走火，严禁配备实弹，现场顿时血流成河，多人死伤。这些东瀛"黑寡妇"，大多是被击毙海盗的遗孀或者倭寇的姐妹。她们总是蒙着黑色头巾，身着黑色衣裤，心怀黑色的仇恨，动辄发动自杀式袭击，不时带来死亡的恐怖威胁。这些自杀式黑寡妇早已被邪教洗脑，疯狂至极，令人毛骨悚然……

自从公元653年，彭公爵主率领湘西虎兵击败倭寇以来，东瀛邪毒家族一直耿耿于怀，伺机报仇雪恨，专门招募携毒武士采集深海沉积物，通过女巫的诅咒，致其产生梦幻般裂变，从而形成致命性毒素，可杀人于无形。东瀛邪教将其隐藏于"情感精灵"的魔盒里，在这个诡异的魔盒里，既有东瀛武士的荣耀，也有人类万劫不复的噩梦。魔盒外表虽拥有诱人的魅力，一旦打开就会释放瘟疫恶魔，灭绝生灵，给人类带来惨绝人寰的大劫难。此刻，发起自杀式袭击的头领正是东瀛邪教木下兄妹，为了修炼东瀛邪术，黑寡妇们早已走火入魔。

阅兵现场，东瀛魔盒释放出的毒雾弥漫肆虐，人们纷纷倒下。假如不及时消灭这伙亡命之徒，后果不堪设想，因为黑寡妇"自杀式袭击者"的身上携带着病毒，一旦瘟疫爆发，明军将即刻招致灭顶之灾……

妖姬手持火绳枪向人群开枪射击，参阅官军毫无还手之力。哪知彭翼南是从不按规矩出牌的家伙，他手下的虎兵都是挂的实弹，抬手一枪就将为首的妖姬头目击毙，随即虎兵们的"松树炮"一阵怒吼，将发动恐怖袭击的杀手们打得四散溃逃。

"轰轰！"倭寇特混舰船逼近海岸，不断向滩头炮击。

炮声隆隆、阴云密布，一场中日大战旋即展开：湘军虎兵对阵倭寇海盗——湘西巫傩与东瀛邪教血腥暴力的斗智斗勇，生死对决……

一阵狂轰滥炸之后，滩头显得格外寂静。

第三十一章　组兵抗倭　为国尽忠报仇雪恨
CHAPTER 31　狭路相逢　弩箭所指势不可挡

　　幕府将军木下晋三举手示意停止炮击，随后他拿起长筒望远镜观察之后大惑不解："人呢？为何没有一个人抵抗？也没看见他们后撤？"

　　倭酋辛五郎大笑："哈哈，准是被我红夷大炮炸死了呗！"

　　木下晋三得意地道："统直格格！夺取滩头阵地，将作战指挥部向前推进。"

　　眼看倭寇先头武士已冲上滩头，很快"夺"取了第一道防线。

　　海盗犹入无人之境，长驱直入，越过泥泞的滩头。

　　辛五郎兴奋得"哇哇"大叫着，杂乱的脚步纷至沓来，倭酋正向前挪动着前沿临时指挥所，后勤保障人员正在海滩上搭建帐篷……

　　只见一队亲兵、侍卫武士持刀枪刚刚站定，倭寇首领木下晋三率贴身随从疾步而来……正当他欲掀开帐篷进入新指挥所时，突然，画外传来一阵"呜吼"魔鬼般的厮杀呐喊声，紧接着传令兵跑来报告："将军，大事不好，我们被敌人反包围了！"

　　神鬼欺人？木下晋三转身望去，倭寇阵营一阵骚动，前方不断传来震耳欲聋的"呜吼"呐喊声。他顿感意外，只见"呜吼"声中，一个个穿土布黑衣、挥动大刀的虎兵从沟壑里、稻草中、尘土下钻了出来。原来虎兵是为了避免敌人的重炮打击，各自利用有利地形地貌就地藏匿，待倭寇先头海盗冲过去以后，再从背后发起突然袭击。

　　旗头麻老五带领虎兵兄弟已与敌寇短兵相接。战鼓雷鸣、旌旗招展，大山走出来的虎兵从没有见过海盗长啥样，饥肠辘辘的虎兵一见到手持刀剑弓矢的倭寇海盗，顿时怒火中烧，朝敌人猛扑过去。

　　彭翼南率虎兵勇士效仿祖上抗倭"铁塔式"战队，"呜吼"一声，手持钩镰枪身先士卒。虎兵冲锋势不可挡："旗头"一人居前，其后以三、五、七、九人数排列，前列伤亡，后排补上，可谓前仆后继。既有小方阵的独立作战，又有各小队之间相互配合协同，勇往直前，无不彰显出悲壮的民族之魂……

　　倭寇海盗以"武士道"自居，总认为中国人都是怕死的。他们万万没有想到"不怕死的"碰到"不要命的"，可谓"不是冤家不聚头"！此时凤姐率领的桂北狼兵与保靖土司彭荩臣的神兵赶到，正抬着神秘武器"三弓床弩"赶来援助……

　　倭酋耀武扬威，一手持倭剑，一手撕咬鸡腿，猖狂挑衅，彭翼南抓住时机令神兵张开"三弓床弩"射击，倭酋应声倒地……

　　树倒猢狲散。顿时，倭寇豕突狼奔，早已是强弩之末。右翼攻击的倭寇发现海滩有一处高耸的建筑，不知情况的倭酋误以为这是一座抗倭堡垒，便命令炮手摧毁这个目标。其实，这根本就不是什么抗倭工事，而是唐朝时期修建的一座湘军"镇倭牌坊"……

倭寇迅速发起了阵阵炮击，然而奇怪的事情发生了，一连打了十几发炮弹，竟然全是哑炮。气急败坏的倭酋首领亲自操炮，对准镇倭牌坊进行炮轰，结果没有一颗击中目标，倭酋顿时惊呆了，个个吓得呆若木鸡。当倭寇爬进了牌坊里的镇倭祠，见到神龛上供奉的"彭公爵主"，一个个如遭雷劈，齐刷刷地跪倒匍匐在彭公坐像前，磕头作揖，口中念念有词，请求"神主"饶恕罪过……

恐慌的倭酋疑神疑鬼、草木皆兵，只得逃往经营多年的老巢——伪大宋王江泾古城。古城堡垒固若金汤、堑壕连绵易守难攻，彭翼南一时也无计可施。

——定格！

急速渐映的画面上，滚屏叠印出以下字幕——

【第十一单元叙事、第三十一章完】

画面急速转黑……

● 第十一单元叙事之：

第三十二章

与子同袍　湘军统帅智筹粮饷
夜袭港口　王者翼南围城打援

▲街道，集市（日，外）

翌日，"虎兵"出事了！原来旗头麻五从京子口里得知：官军们都发了棉衣，就他们虎兵没有。

冬季天寒地冻，虎兵冷得直跺脚，一怒之下，旗头麻五带了几个弟兄抢劫了当地的一家店铺。这还了得？赵文华勃然大怒："朗朗乾坤、江浙富庶之地，这群湘西蛮子竟敢公然抢劫，真是匪性难改！"

湘西虎兵非朝廷正规军，而且是千里奔赴杭州湾抗击外寇的，缺乏后勤补给保障。加之少数民族汉子都是临时招募来的，军纪管束稍有不严，就会有扰民现象，这无疑损害了以严嵩、赵文华为代表的江南富豪集团的利益。于是，他们大放厥词，"宁要东瀛倭寇，不要湘西土匪"，这荒谬之言，无疑是彻头彻尾的汉奸歪理邪说，总督张经为此伤透了脑筋。

作为监军的赵文华非要严惩抢店铺的"湘西土匪"不可，于是他便指使桂北狼兵旗头将那几个参与抢劫的虎兵抓了起来。

此举立即形成了虎、狼两军的对峙。张经、彭翼南更是忧虑不已，如此任其发展下去，联军将无法协同作战。

虎兵紧急集合，麻五等人挨完军棍处置，彭翼南当场脱下自己的棉衣给了他，并谆谆告诫大家："老虎再凶猛，也架不住群狼的围攻。说明什么？团结更重要，'岂曰无衣，与子同袍'，军纪需严明，非常时期更要相互团结，五根手指散开成不了拳头，抗倭联军哪能自己窝里斗？"

此情此景，让那个来告状的商号老板都为之泪下，他当场将被抢的棉衣、棉被捐给了湘西虎兵。

赵文华釜底抽薪，诬告总督张经"贻误战机，纵匪扰民，违抗军令"，上疏皇上弹劾张经。朝中大臣亦怨张经久战而不能克倭，其麾下的那些"虎狼之兵"军纪涣散，骚扰百姓，杭州、嘉兴等地被抢掠的消息不断传来。

震怒之下，专横暴虐的嘉靖皇帝派锦衣卫缇骑前来抓捕总督张经，以惩治其管兵用兵无能，意在杀鸡给猴看。

一波未平一波又起。一个叫汪巴的发现自家一只生蛋的老母鸡不见了，恰好虎兵黑旗队的麻四正从这里经过。

汪巴拦住麻四："你杀了我的鸡呀！你欺负老百姓！"

麻四："你说什么？谁杀了你的鸡？"

汪巴一口咬定："你还装什么蒜啊！刚刚还在，为什么我刚出去一下，回来就不见我的鸡了，只有你在这里，一定是你刚才偷吃了鸡肉。"

麻四火了："就这一会儿，一没锅二没火的，我又如何吃鸡？"

汪巴："湘西土匪都是活吃生肉喝鲜血，难道还要锅火？"

麻四："你今儿硬是赖上了是吧？再次告诉你，我麻四没有偷你汪巴的鸡，也没吃你汪巴的鸡，看都没看见你王八羔子的什么鸡肉！"

汪巴："你偷东西不认账，难道还要杀人？"

麻四肺都要气炸了："你讲不讲理，你咋知道就是我偷了鸡？"

汪巴也不是一盏省油的灯："偷了老百姓的东西还这么凶！我不怕，你们虎兵军纪不是已经改好了吗，走，到你们中军帐去评评理！"

双方推推搡搡到了虎兵营帐，监军赵文华正要抓典型，以前上报"这里抢了、那里被偷了"都是口说无凭，眼下正好"人赃俱在"……

越来越多的当地百姓也聚集过来看热闹，人们纷纷议论："前一阵是明抢，如今整肃军纪之后又在暗偷。"

"这不就是一群湘西土匪！"

一个说偷了，一个说没偷。彭翼南一时半会儿也无法断案，尽管他了解虎兵兄弟不会做这种偷鸡摸狗的事，但现在监军赵文华表面上是要修理虎兵，其实意在制服张经、彭翼南。目前情形比较复杂，联军想在这里待下去，还要打胜仗，必须取信于民众，得到民众支持，军民合作，打成一片，否则就无法对倭作战。只见他彭翼南沉默了一下，脑筋不停地在转，认定这件事情如果不弄个水落石出，后果真是不堪设想。

于是，在彭翼南的陪伴下，监军赵文华命令弟兄们都聚集到镇倭牌坊前，而周围各村村长和居民也到了，形成了一个临时法庭。

彭翼南问汪巴："你真认定是麻四吃掉了你的母鸡吗？"

汪巴："错不了，一定是他！"

麻四："我没偷！"

汪巴："不是你，还有谁？"

彭翼南："我们初到贵地，老百姓不明了我们的纪律，我还是重申最初我讲过的话，如果我的部下违反了军纪，一定严办。汪巴，现在你的意思是，要证实麻四偷没偷鸡吃，非要剖腹给大家看看，杀了汪巴的母鸡，可以剖腹给大家看，要是肚子里有鸡肉，那就没有话说，万一不是，你汪巴又怎么样？"

彭翼南本来的用意，是想逼使他知难而退，不必追究到底。然而让他想不到的是，汪巴性格偏执，过于自信，斩钉截铁地回答："如果不是，我就赔命！"以命赌命？这一下，现场就闹僵了。

在场的乡长、各村村长以及汪巴的亲友，都觉得不妥，纷纷强烈阻止，如果因一只鸡的小事赔上两条人命，实在不合适。但监军赵文华则认为"剖腹明志"很有必要。彭翼南派人到附近仔细搜索母鸡的下落，可找来找去实在找不着。

眼下怎么办？赵文华非要查个子丑寅卯、水落石出，汪巴也死赖着麻四。麻四只得从队伍中走出来："遇到这事儿是我的不幸，算是今天碰到鬼了，但是，为着湘军的荣誉，我愿意剖腹以明志，牺牲个人的生命，来保全虎兵的军誉。不过，家里七十多岁的老母，请将军替我设法照料。"

麻四的表情很痛苦，但仍然尽量从容地说出遗言。

乡长、村长和汪巴的父亲，一听麻四要剖腹明志，再三要求彭将军不要让他这样做。彭翼南发表了第二次讲话：

"军纪是军队的命脉，名誉是军队的灵魂。如果湘西虎兵也明抢暗偷，还谈什么抗倭？这和海盗倭贼又有什么两样？唯有良好的军风军纪军誉，老百姓才会与我们合作。"

可是汪巴仍然斩钉截铁地坚持说麻四偷食他的母鸡，除了麻四把肚子剖给大家看之外，没有任何办法洗刷他的偷窃罪名。

麻四把武器放下，把上衣脱开，手握刺刀，先向将军敬礼，然后高呼："雪耻灭倭！"就在众目睽睽之下，他挺着胸膛，刺开腹部，肚内食物涌出，血流如注——然而在麻四肚子里，根本没有鸡肉。

就在麻四倒下的时候，汪巴的母亲匆匆跑来，说母鸡找着了。原来这只母鸡受惊，躲进了稻草堆里，她去取稻草烧饭才发现母鸡躲在那里。

汪巴一看冤枉了别人，闹出了人命，顿时脸色苍白，呆若木鸡。他的父母亲跪下求饶，希望免儿子一死。虎兵们则纷纷向前，要求汪巴践行诺言——赔命！

彭翼南心想：如果真要汪巴偿命，以后我们虎兵要是再有不守纪律的事情，老百姓还敢来报告吗？跟我们合作还能水乳交融吗？这样一来，恐怕他们会无形中跑光了。于是，他极力安抚部下的激动情绪。

现场官兵和村民们，都痛哭起来。汪巴的父亲只好将给自己预备的棺木给麻四殓葬。在村民的协助下，官兵们为麻四举行了葬礼。湘兵扰民引起的纠纷暂时得以平息。麻四的墓碑上写了："湘军楷模麻四之墓。"

▲**虎兵营地**（日，外）

眼下缺衣少食，如何解决军需的当务之急？傩师爷忧心忡忡："少王爷向来足智多谋，能不能想个法子，在不增添当地百姓负担的前提下，筹备足够的军衣军粮呢？""这个不难办。"彭翼南胸有成竹地说道，"前几天有个打鱼人，在东海捕获了一只金色乌龟，你不管花多少钱，都想办法把这只金龟请来。"傩师爷顿时明白了他葫芦里卖的什么药，暗地里佩服彭翼南的才智高明。

第二天凌晨,傩师爷带领大队人马,浩浩荡荡前往那个渔民家,一通神念之后褒奖给渔民牌匾一块,便一路敲锣打鼓,把那只金色的海龟给"请"了回来,供奉在神龛上。白天杀鸡宰牛祭祀,晚上派百名士兵把守。众人大惑不解,一只海龟何以受此隆重的礼遇?原来经过傩师爷的"点化",天神显灵:这只海龟乃东海龙王的金龟婿,无疑价值连城,谁要是拥有了它,要风得风、要雨得雨,还会使主人延年益寿、长生不老。

这下整个东南诸地全都沸腾了,这只金色海龟也被越传越神乎。原来王江泾古城久攻不下,眼看就要断了后勤供给,彭翼南打听到了江南首富马化云家里囤积了棉布千匹、粮食数万担,足够让抗倭联军吃上半年,于是便有了这个主意。他亲自找到马老爷的家,说要把那只金龟婿赠予他,用以换取粮食布匹。马老爷受宠若惊,赶紧接受那只金龟回家供着,而缺衣少粮的问题就这么解决了。

总督张经听说此事后戏谑道:"翼南你真有本事啊,一只变异的海龟竟让你忽悠来了万担粮食、千匹棉布!"

彭翼南嘿嘿笑道:"物以稀为贵。这只海龟之所以弥足珍贵,就是因为变异少见,如果全国只有一张唐伯虎的画,这张画可以卖出高价钱,如果千家万户都有唐伯虎的画,您说能值钱吗?其实,任何东西,只要你赋予其故事传说,就会价值连城。人家姓马的生财有道,马到成功。唯有马化云能成为首富,而别人为什么做不到?你看嘉善城的那个冯轩就不行,他姓冯的,也有'马',但是加了两点'水',本来到手的钱财,又被水给化掉了。"他的一番诡辩,令总督张经哭笑不得。

▲联军校场(日,外)

一波未平一波又起。狼兵的操训同样出了麻烦:上峰派来的教官,偏偏是当年追剿桂北狼兵的老对手、彭翼北属下的旗头张三。

果不其然,双方见面就瞪眼,教官给狼兵兄弟示范正规拼杀,狼兵学来学去学不好,张三还一个劲儿地骂"流寇、笨蛋"。操训"向前走"还好,而当训练"向后转走"时,狼兵副将岑大猛被惹翻了:"你这向后转走,岂不是想逃跑?"两人动了手,结果酿成了双方几十号人的群架,打了个头破血流。

湘军统帅彭翼南疾恶如仇、赏罚分明,平时非常宠爱自己的子弟兵,但战时要求也非常严酷,每次作战必以旗头为先锋,铁塔阵列队排开——前仆后继!战后他命人检查每人身上的伤痕,通常奖赏身前有伤的,如果伤在背后,一定是临阵脱逃被人砍伤的,即刻遭到鞭刑或处斩。

彭翼南正为"打群架"之事大伤脑筋时,彭翼北送来了伤亡抚恤名单,而这个旗头张三居然赫然在列,顿时引起了彭翼南的注意,他传令将这个伤号叫来当面质问。张三虽也是湘西人,但出道于大西南习武堂,一直跟随彭翼北。

彭翼南质问张三:"何时何地何因导致身上何处受伤?"

张三:"前日攻打王江泾古城,被倭寇的火绳枪击中了臀部……"

彭翼南："臀部？不就是屁股吗？！那我再问你，受伤时你在干吗？"

"正在带兵冲锋陷阵，一往无前、所向披靡……"

彭翼南打断了他的滔滔不绝："你若是冲锋陷阵在前的话，那火绳枪击中的应该是你前面的小弟，而不是后面的屁股。"

张三顿时百口莫辩："那打仗时，你就不许人家有个转身的时候？"

"转身？那就是想逃跑！"彭翼南顿时火冒三丈，"在咱们湘西人的字眼里，就没有逃跑二字……你还好意思屁股中枪申领抚恤金，分明是战场上的逃兵！"

"秀才遇到兵，有理讲不清。"彭翼北的一个苦笑，又引发了昔日那场带兵攻打老司城的新仇旧恨，气头上的彭翼南暴打了张三几十军棍，将其逐出了军营。

祸兮福所倚，福兮祸所伏。乍看无知傻到了极致，往往世上许多成功之事都是傻人干的——傻到极致是精明。因为这种"精明"是对人性深刻的洞悉。世上没有人喜欢别人算计自己，也没有人不喜欢占便宜。这种精明就是彭翼南的逆向思维。人们都习惯于某种思维定式，若能跳出这种思维习惯，变换一下观察事物的角度，人与人之间就会是另外一种境界，另外一种结果了，这就叫"出奇制胜"！

其实，这个世上越是给人带来幽默的人，内心越是孤独、苦恼，彭翼南亦是如此，其实在他内心，很想得到翼北和虎兵兄弟们的鼎力支持。

▲虎兵营帐（夜，内）

彭翼北萎靡不振，整日里借酒消愁，京子连忙关心询问，当她得知缘由，便愤愤不平："打狗还得看主人，他就没把你当亲兄弟！如今继承土司王位、带兵出征的都是他彭翼南，跟你毫无关系。出尽风头的是他，而受气的却是你彭翼北。"京子知道他心胸狭窄，如此激将，彭翼北一定气愤难耐。她暗自庆幸"离间计"即将得逞，岂不知这正是彭氏兄弟联手唱的一出双簧、精心布下的苦肉"计中计"，典型的湘西人智慧，就是小处见傻，明处见傻，而大处见聪明，暗处见绝顶聪明，就如郑板桥的传世名言，人生的最高境界就是"难得糊涂"。

▲联军总部（夜，内）

眼看王江泾古城久攻不下，朝廷催促接二连三，总督张经焦虑不已。

彭翼南献计献策道："敌寇凭借坚固的城池龟缩其中，城内布防尚不在掌握之中，古人云：知己知彼方能百战百胜。在未弄清敌情之前，若贸然出击也非上策，何不先打掉古城赖以生存的补给港口？"

对于彭翼南的"围城打援"，参将汤克宽提出异议："断敌补给这当然好，但要冒着被古城、港口坚船利炮火力夹击的危险，还有驻扎在港口的倭寇大多是身经百战的海盗武士，整日驾船游弋在港口海上，如何靠近？无法实施围城打援！"

彭翼南"明知不可为偏要为之"，倭寇也是人，是人总要睡觉休息，白天算他狠，晚上老子摸他的夜螺蛳！兵者诡道也，攻其不备，出其不意。

张经同意了彭翼南的作战方案：组织大刀队，夜袭王江泾港口，切断敌寇的补给线，缩小包围圈，将其困死在王江泾古城之内。

▲镇倭牌坊（夜，外）

夜幕降临，就在镇倭牌坊前，傩师梯玛焚香起舞，以古老的祭祀仪式，为勇士们祈求祖上彭公神灵的庇护保佑。

偷袭的虎兵喝了壮行鬼酒，每人胸前贴上一道刀枪不入的"护身符"……

彭翼南再三叮嘱：脱光膀子，不许出声，凡摸到穿衣的，就往死里砍！

参将汤克宽质疑这种山匪的蛮干：光凭几十口大刀，想肉贴肉近距离搏杀，有这种打法吗？

大刀队出发了，旗头向九九率先脱光了膀子："大家都要记住，只有嘴咬筷子才不发出声音，凡摸到穿衣的，就给老子砍！"

星夜，光着膀子的虎兵悄无声息、幽灵般地摸进了港口，当他们掀开营帐：满地尽是睡熟的倭寇海盗，一只只手摸索着……

刚摸到穿衣服的，便是手起刀落——

——定格！

急速渐映的画面上，滚屏叠印以下字幕——

【第十一单元叙事、第三十二章完】

画面急速转黑……

● 第十一单元叙事之：

第三十三章

　　智者不惑　兄弟联手卧底江泾
　　将计就计　规劝虓成弃暗投明

▲皇宫内寝（日，内）

　　嘉靖皇上接到赵文华上疏弹劾张经的密报，震怒之下，不问青红皂白，遂派锦衣卫缇骑前去抓捕总督张经，以惩治其管兵用兵无能。

▲虎兵营帐（夜，内）

　　深夜，京子故技重施，挑拨离间，实施攻心策反，劝解翼北："此处不留人，自有留人处。如今的张经、彭翼南都自身难保，难道皇上还容得下你这个文华殿伴读？嘉靖已不是原来湘西科考时的朱厚熜了，是非之地不可久留，何去何从应早做准备。"彭翼北正在左右为难时，那个挨了军棍处罚的张三进来报告：虎兵营地空无一人，此时千载难逢！三人经过"密谋"终于达成了一致……

▲王江泾效外（晨，外）

　　翌日清晨，郊外的驿道上，彭翼北怀揣着那张神秘的《坤舆山海图》，与张三一起骑着快马一路前行。

　　赶路途中，就在他俩不远的后方，一辆豪华马车在众武士的护卫下，正朝着王江泾古城方向狂奔而来，卷起满天烟尘，马队快速超过了彭翼北、张三。

　　车里坐着一个骄横的贵妇人，她正是当年"自己挖坑自己跳"的小妾阿花，如今已是倭寇扶持的"徽王"虓成的皇后，这天她刚从庵堂修行回来打道"回宫"。

　　谁知豪华马车没跑多远，一只轮子掉进陷坑困住了车轴。这时，冲出来十几名拦路劫匪很快就杀光了随行护卫的武士，就在他们将要绑走大宋"徽王"皇后的紧急关头，彭翼北骑马赶到，他手持"竹蜻蜓"以一人之力打退了劫匪，救出了面如土色的"皇后"，然而他万万没想到，"皇后"竟然是死而复生的亲生母亲阿花，母子在此尴尬相逢。

　　彭翼北顺路便将"母后"送回伪大宋王城，到了大门口时便说要辞行。母亲哪里肯依，一定要将儿子迎入王宫府中，留他暂住几日。

▲倭军总部大厅（日，内）

　　木下晋三闻听此事，却很是怀疑，什么胆大的劫匪，竟敢拦路绑架"大宋"皇后？这里刚刚结束一场中日大战，行人避之不及，谁敢从此路过？且那些劫道贼人，也不曾被彭翼北捉拿、杀死一个。他觉此事非常蹊跷，便要徐海亲自去查个究竟，意在摸清彭翼北手中那张神秘山海图的真伪以及湘西祖传神器的射程。

▲倭营（日，外）

原来祖传神器钩镰枪是霹雳老道用陨铁加了穿山甲精血反复打制而成的，枪头飞旋声如霹雳，带着火花在空中飞行，就像一条云中穿行的火龙，任你上天入地也无处遁形。当年，霹雳老道将钩镰枪传于先祖彭公爵主时，授其绝命三枪。唐朝白江口大战时，彭公在与木下晋一厮杀中，打出一枪就将其毙命；元朝攻打东瀛本土时，武德将军彭思万，打出第二枪就将木下晋二送进了阴曹地府；剩下最后一枪就传到了彭翼南的手上，只要倭寇海盗进入射程范围，必死无疑。如今彭翼南已将祖传钩镰枪进行改进，打造成为常规火器——钩镰枪弩，遇敌时可单发，亦可连发，令倭酋毛骨悚然。

不料，徐海一见到来者，发现他们原来是多年不见的小弟彭翼北、张三。当年他们在湘西王城相识，今日"大宋"王城再次聚首，可谓有缘。当他问起彭翼北为何路经此地时。彭翼北叹息道：自己已与兄长分道扬镳，张三的屁股还挨了大哥的几十军棍，如今嘉靖皇帝对自己也起了疑心，只能远离是非之地了。

京子竟然也在此出现！这让彭翼北喜出望外，情人相会，喜上加喜，晚上"海贼王"虢成在"宫中"大摆筵席，庆贺母子重逢、情人相会——生于锦绣丛中，死在牡丹花下。不过，狡猾的木下晋三脑海里还是留下一个大大的问号："这世上竟有如此巧合？"

▲王江泾大酒店（日，内）

推杯换盏、觥筹交错。这可是翼北从湘西带来的馥郁酱香型鬼酒，酒质晶亮透明，开怀畅饮，满口生香，令人陶醉，回味悠长。当提及虢成脸上的刀疤时，翼北便破口大骂嘉靖不是个东西。大敌当前，虎兵攻势日渐加剧，众人劝翼北留下来协同守城，翼北禁不住众人相劝，特别是在狐媚京子的恳求之下，勉强答应暂住一些日子。

深夜，倭酋木下与"徽王"虢成争执起来："送上门的鬼酒里肯定有问题！""难道彭家兄弟竟如此之愚蠢？""兵不厌诈，这些湘西人鬼得很，切不可掉以轻心。老子曰：'大智若愚。'也就是说，极致的聪明往往以傻的方式体现出来的……"

因为背无眼，虢成只当它是耳旁风，不置可否。

伪大宋"王城"——王江泾古镇与江苏吴江的盛泽镇仅一桥相连，乃江南著名纺织品重镇，日出万匹，镇上店坊林立，市街繁荣，被誉为"衣被天下"的丝绸之府。古城外围固若金汤，城内布防无疑暗藏玄机。借着疗伤之机，张三四下走动，打探情报，熟记于心，并将城防布局偷偷描绘在图纸上。

倭酋木下一直想得到《坤舆山海图》，亲眼看看地图上的江泾岛为什么是中华门前的三尺硬土。而在这张外国传教士绘制的图纸上，中国版图几乎占满了整个亚洲，而东瀛、暹罗国却画得很小，那东南诸岛究竟归属于谁？东瀛若要"出师有名"，必须得到这张权威性的世界地图。木下借金钱美女诱惑，试探彭翼北随从张三，企图从地图上寻找江泾岛的破绽。不过张三虽为彪形大汉，却心细聪明，愣是滴水不漏……

第三十三章 / CHAPTER 33

智者不惑　兄弟联手卧底江泾
将计就计　规劝虢成弃暗投明

▲城楼（日，内）

徐海时刻紧随彭翼北的左右，训练当地的民团，排兵布阵，修葺城防。每当彭翼北稍露一点聪明才学，徐海则马上惊诧不已。

木下晋三却不以为然，给徐海当头泼了一盆冷水：湘西人狡猾狡猾的，想要借用《坤舆山海图》，他俩却以"投敌不卖国"加以搪塞，木下晋三提醒徐海要多加小心。

▲倭军总部大厅（日，外）

四周已埋下了伏兵，木下在暗中备下众多强弓硬弩，试探彭翼北，若再不交出图纸，抑或露出马脚，马上射杀。

虢成、徐海本着小心驶得万年船，也就同意配合木下晋三伺机行事。

彭翼北与张三突然被请去议事，走廊上，张三觉察情况不对，就想假借献图里应外合提前杀了木下晋三。

张三的鲁莽之举被翼北拦住了——小不忍则乱大谋。他觉得事情蹊跷，其中必有诈，于是两人约定：见机行事，并将匕首藏在图纸卷轴中。

刚到议事厅，忽然"王城"外喊杀声连天，探子禀报外围已被虎兵攻陷，情况十分危急，徐海正带人拼死抵抗，若再不交出《坤舆山海图》，王城必破无疑。张三只得献出他事先临摹的国宝，而当图纸徐徐展开，就要"图穷匕首见"时，翼北忽然发现木下故意面向地图查看，却将背对着张三，引诱其伺机动手，张三按捺不住，手就摸向刀把——殊不知暗中几十号弓箭手正对准他们！

耳闻喊杀声已至大厅，木下却纹丝不动，翼北忽然从他的鹰眼余光中识破了诡计，突然一边收起图纸，一边用暗语适时提醒，张三恍然大悟。两人将计就计冲杀了出去，打死了几个假扮虎兵的海盗和一个叫"汪朝"的汉奸。木下紧追而来，称这只是例行的紧急军事演习，是为了提高防备应急能力，每月都有，忘了提前告诉他俩了。彭翼北故装懊悔，称自己太冲动，未经允准就擅自行动了。

看着被打死的海盗武士，倭酋木下硬是哑巴吃黄连——有苦说不出，而当他得到了临摹的《坤舆山海图》时不禁欣喜若狂，从此便消除了怀疑，委以俩人重任。不过，这时那个被杀者"汪朝"的弟弟汪汉由此记恨心头，他在哥哥坟头发誓诅咒，一定替兄长报仇雪恨，整倒彭翼北、张三。

"皇后"阿花对于木下晋三如此不信任自己儿子颇为不满。京子却告诫她：大宋王城的伟业比什么都重要，谁要坏事，哪怕是亲生儿子，也得狠下心来。

夜晚，虢成设宴安抚彭翼北，好歹矛盾在其撮合下化解，也就不再追究。

▲倭兵校场（日，外）

湘西虎兵与"王城"外围的小股冲突不断升级，因倭寇海盗裸身跣足，很容易死伤，但"徽王"尚无财力为上万倭寇每人都打上一副铁盔甲，彭翼北为此献上湘西山区带来的特殊材料：那就是将这些手指粗的藤条泡制三天，浸透火油后既坚又韧，拗弯后制作藤甲，既轻便又结实……刚开始大家还有些不信,藤制盔甲虽然便宜,但适用吗?

成品制出来,翼北穿在身上,要徐海亲手刀砍斧剁,徐海犹豫地砍了几下,只是断了几根枯藤。翼北脱下藤甲向大家展示:身体毫发无伤,真是名不虚传!原来这枯藤韧性极好,可缓冲兵刃之锋利。木下大喜过望,重赏了翼北、张三,但他俩转身就将财物转给了众工匠,博得了好人缘。

此后"王城"倭寇身穿藤甲出战,伤亡率果然锐减,这让虢成更加信赖翼北。但机警的木下还是发现了其中的蹊跷,藤甲虽好,但惧怕高温火攻!而当彭翼北指着城防图上密布古城的水道时,他的戒备之心便消除了。

这段时间里,彭翼北也在慢慢试探虢成的底线,说起了东瀛海盗的残暴与贪婪以及当汉奸最终的下场。不料虢成无奈地回答:"我走到今天,早已无退路。"

翼北见虢成垂青张三的高深武功,以推荐其为守将之名,想来个调虎离山。虢成将此想法转告给主子木下晋三,倭酋哈哈大笑:"湘西人打湘西人,岂不是酒醉佬儿靠帐子?"九死一生的虢成在木下帮助之下逃亡日本,并在倭酋的武力扶持下,坐上了"徽王"的宝座,但他当汉奸的日子其实并不好过,留臭名于后世,遭万人之唾骂。如今大敌当前,他也只能苟且偷生,死心塌地地追随其主子活一天是一天了。

彭翼北策反不成,只得伺机先将张三精心描绘的那张城防图送出去。

这天翼北带兵练骑射,在追赶飞鸟中"一时大意",纵马骑到了虎兵阵地附近,引来小股虎兵兄弟的追杀,翼北断后,一箭射倒了追来的头马,引来一阵喝彩。彭翼南却取下死马身上的箭送到了大营,他从中空箭杆里,得到了张三绘制的那张秘密城防图以及彭翼北的密信。一个大胆的里应外合之计正在悄然进行。

——定格!

只见土司王城土家博物馆内,一座封土大墓模型前,探险家贝尔·格里尔斯举起茶杯喊道:"Waiter——Xiangxi Golden Tea!"

"贝尔先生,湘西黄金茶来了!"身穿"店小二"戏服的剧务端着热茶送了上来……

只见贝尔边饮茶边说道:"欲知后事如何,尔等容我品茶之后慢慢道来。"

(画外音)各位看官,欲知后事如何,且听贝尔先生逐一分解……

急速滚屏淡出以下字幕:

【第十一单元叙事、第三十三章完】

● 第十二单元叙事之：

第三十四章

勇者不惧　里应外合攻破古城
相爱相杀　母子上演生死对决

▲**虎兵营帐（日，内）**

开弓就没有回头箭。那个诬陷虎兵偷鸡的汪巴，因为给伪王城送酒而被抓获，不久又从虎兵战俘营逃走了，而此人早先曾在营帐里偷听到了旗头麻五的酒后失言。

彭翼南顿时焦急万分，此人一旦回到王江泾古城，势必会对翼北、张三构成威胁，这个旗头麻五尽给老子惹祸。

▲**王江泾（日，外）**

汪巴回到"王城"，看见了带兵操练的张三，果然神情十分诧异，而这一幕恰巧被彭翼北看见，他假装若无其事，暗中却打探汪巴的动静和家中情况，结果了解到汪巴是个梁上君子，去年因偷盗、通奸还被徽王府拿惩罚，于是，翼北便有了主意。

不出所料，汪巴为邀功领赏告了密，木下十分震惊，悄悄找到虢成、徐海商量，他俩不信，以大量的事实证明绝无可能，一番话说得木下犹豫起来，进而怀疑这个汪巴是不是受了虎兵的贿赂，前来实施反间计谋、借刀杀人的。张三打听到了这个秘密，决定借机除掉他。

正在此时，有人来到汪巴家捎来口信，说他父亲突然去世让他速回老家奔丧，汪巴顿时乱了方寸，于是他违反特殊时期"王城"宵禁之规定，连夜高价包了船，准备星夜偷偷离开，不料在码头上被徐海当场拦下，押送回来。当看到汪巴随身携带了大量财物钱款，徐海认定汪巴就是受虎兵之托，实施完反间计又要逃跑的双面间谍，虢成非常气恼，便杀了这个汪巴。

汪巴的堂弟就是那个欲报仇的汪汉，他对此事甚是怀疑。翼北假装毫不知情，但考虑到世上没有不透风的墙，真相迟早会大白，他必须果断采取行动。

虎兵前来叫阵，彭翼北一马当先，奋力擒获了麻五等多名冲锋陷阵的虎兵，按照他们事先的约定，被擒虎兵都被关进了大牢，翼北特意交代好生相待，养得肥壮些，以便好向徽王领赏。但汪汉无意中发现了虎兵居然身上无伤！而在战场上他明明目睹虎兵被砍伤了腹部、血染征袍（他哪里知道，那是衣下绑了血囊，受伤只是做个样子看的），牢房里机警的麻五察觉到汪汉已经发现虎兵破绽，他大感不妙，马上告诉了张三。

汪汉迅速告发，徐海大惊，独自赶到牢房查看究竟，不料在麻五身上却看见了刀砍伤口！这顿时让汪汉目瞪口呆！愤怒的徐海将汪汉打了个半死，厉声警告他："再因为兄弟被杀的事向翼北寻衅、诬告的话，就杀了你！"说完便扬长而去。原来，旗头麻五发觉不妙后，马上用碎石片忍痛在肚皮上深深划了一道血淋淋的伤口。

按约定，大举进攻"王城"的日子就要到了，恰好这天正是徽王的五十大寿，彭翼北见机行事，在各个路口上都绑上松香火把，明着为祝寿，暗地里却为虎兵进攻指引道路方向。彭翼南远远看见，满心欢喜，暗自佩服小弟聪慧机灵。

彭翼北借寿宴之机，将守关将士灌得酩酊大醉。

城门关口重要部位的护卫人员十有七八被安排去吃流水席去了……

有了城防图和松香火把的指引，虎兵攻打"王城"就容易多了。

▲**王江泾（夜，外）**

"嗖——"一支火龙箭袭来，天空顿时如同白昼，彭翼北设计的火油藤甲虽刀枪不入，却不耐火，倭寇瞬间变成火球，王江泾古城立即陷入一片火海……

徐海胸有成竹，赶紧令人开闸灭火。但是平时流水潺潺的水道，此刻居然断了流！原来，张三早就杀死了看守水源的汪汉，并将水门落了千斤闸。一时间烈火熊熊，火油浸过的藤甲由保护神变成了夺命死神。

这时，张三冲进牢房放出了麻五等虎兵兄弟，一场内外夹击、惨烈的大战随即上演。突如其来的虎狼之兵发起了攻击，倭寇们纷纷毙命。翼北则找到了躲藏起来的虢成。直到这时他才如梦方醒，破口大骂，但此刻为时晚矣，阵阵厮杀、震耳欲聋。

正当翼北绑缚虢成时，身后尖刀刺来，而拿刀的正是他的母亲阿花！

张三迅疾一箭射中了"皇后"阿花的手腕，翼北、阿花母子即刻上演生死对决。

在倭寇武士的掩护下，木下晋三、虢成得以金蝉脱壳，趁乱朝海上逃窜。

眼见溃败海上的倭寇战船乱作一团，彭翼南又用射程更远的"寒鸦箭"携带火药袋投射出去，形成了火攻利器达到远程狙击，敌寇大多战船被烧毁。

波涛汹涌的海面上，火光四起映红了半边天。

攻克倭寇伪王城，切断了港口运输补给，迫使倭寇只得退回到了易守难攻、海上最后赖以存的孤岛老巢——江泾岛。

▲**海滩（日，外）**

赵文华恃宠牵制兵权，借以监军之名，竟不顾天时地利，妄自调遣凤姐桂北"狼兵"，贸然发起海上攻击。不料凤姐陷入倭寇海盗围困，情况万分危急。

彭翼南心急如焚，率领虎兵紧急救

援。由于他们都是来自大西南崇山峻岭的山地兵，对沿海地形、潮汐变化知之甚少，此次海上遭遇战，可谓"山匪搞海战、木船打军舰"，有些自不量力，抗倭联军伤亡惨重，面临全军覆灭。幸好老土司帕普未雨绸缪，军中招有渔民壮男，关键时刻，是他救了孙子一命。此战让抗倭联军锐气严重受挫，倭酋眼见明王朝黔驴技穷，猖狂之势更盛。

▲海滩（夜，外）

海盗以逸待劳，凭借海上天险固守江泾岛，彭翼南一时也无法攻破。而江泾岛"江泾"的由来，是因为这里海面上分布着许多个形态诡异的岛礁，而岛与礁之间呈现出无数曲折诡异的水道，人们称这些水道为"泾"，江泾岛自古"七十二泾"天险。由于江水进入大海时，淡水与海水之间存在盐分的浓度差，诡异交错的漩涡就形成了"龙泾环珠"的自然奇观。倭寇依托"迷魂阵"般天然屏障：一夫当关，万夫莫开！

此后数次交战皆是无果而终。茫茫无际的东南沿海倭寇神出鬼没，抗倭联军束手无策，敌我两军隔海相望，处于胶着对峙状态。

江泾岛被人们称为"夺命岛"，虽说岛的四面环水，但东南与大陆架实际相连，涨潮时一片汪洋，退潮时淤泥成滩，易守难攻。倭寇筑巢其中，企图长久盘踞。江泾岛与王江泾古城港口遥相呼应，岛的西南北三面环水，东南一片浅滩，潮来成海，潮退是泥沮。陆兵攻打难于涉渡淤泥，水师进攻则船易搁浅。倭寇就是凭借着海上天险，在岛上已经营多年，筑城建垒，经常驾船出外抢掠，为非作歹。

——定格！

急速渐映的画面上，滚屏淡出以下字幕——

【第十二单元叙事、三十四章完】

画面急速转黑……

● 第十二单元叙事之：

第三十五章

祭祀海神　奸贼妖道一丘之貉
天命难为　负荆请罪大义凛然

▲明军总督营帐（黄昏，内）

面对孤岛老巢顽抗的敌寇，总督张经也显得无计可施。赵文华则自作聪明，借以督师之名，举行了盛大的祭祀海神仪式，妄想请"海神"助他降服倭魔。

此次东海祭海仪式，是赵文华与妖道邵元节的一石二鸟之计：一是总督张经重兵在握，又有翼南虎兵拥戴，所以他要借妖道祭祀、张经毫无防范戒备时，命锦衣卫缇骑趁机将张经抓捕；二是虎兵竟敢拿海龙金龟婿做抵押换取粮草，这江泾岛究竟还能不能攻打？他们祭祀以求海神宽恕。奸贼的愚昧无知令人啼笑皆非。

▲明军旗舰（夜，外）

是夜，张经与众文官武将及随从在凝重浑厚的古乐声中，登上指挥大船，参加妖道邵元节主持的盛大祭海仪式……

身着红袍的张经，当得知皇上要问罪他管兵用兵无能、纵匪侵民之时，忽然间变得喜怒无常，酗酒发泄。醉意中他追问彭翼南："鄙人不慧，将有志于世，无奈尽遭奸人陷害，是皇天负我，还是我负皇天？如果你前进一步是死，后退一步则亡，你该怎么办？"

彭翼南从腰间取下酒葫芦，猛地大口喝下，一字一句、毫不犹豫地回答："我往旁边去！海是上帝造的，苦海是人造的。"他那幽默天性与质朴率真，可谓语出惊人："水低为海、人低为王，磨难何尝不是人生的财富。大敌当前，张大人您真不该这样自暴自弃！"说罢给总督敬酒。

张经："我自暴自弃？你整日沉溺于酒醉之中，难道不是自暴自弃？"

彭翼南："喝酒是人与动物的区别，人越喝越清醒。'酒醉''茶醉'以及'赶年''赶尸'都是沉醉于故乡。只有沉醉之后，才能进入另一番意境，飘飘然般的'乡乐'与'乡愁'别有一番滋味。湘西人有两个故乡：一个是现实地理的故乡，另一个则是心灵上的故乡。故乡是我的小祖国，祖国才是我的大故乡！"

此言触怒张经："江浙与湘西远隔千里之遥，你们不是朝廷正规军，却自带粮草前来抗击倭寇，你凭什么会舍生忘死、横刀立马？"不等翼南回答，张经又连连追问："湘西地瘠民贫，历代匪患不绝，是不是想在此富庶之地捞些钱财回去？你们帮了我，也害死了我张经！"说罢剑劈彭翼南，哪知此时的翼南已将祖传神器升华为"钩镰枪弩"最高境界，只见他反手一拨，利剑便悬浮在空中，顿时，电闪雷鸣、狂风大作，在场将士见状惊骇万分。

彭翼南语重心长："大人说得很对，东南沿海不是我彭翼南的家乡，但它是我中华大家门前的三尺硬土，家乡是我的小祖国，祖国才是我的大故乡。'他乡'更是'故乡'，千年之前倭贼就欠彭公爵主一条性命，老子们来这里就是要给祖上雪耻复仇的！"

听罢此言，张经预感自己大限即将来临，顷刻之间口吐鲜血，栽倒在甲板上。彭翼南立马将其扶起，总督大人感激地将皇上赐予的红袍脱下转赠给他，并交代道："收复江泾岛，不，大明江山的守护大任就全指望你彭翼南了……"

▲倭寇旗舰（夜，外）

海风乍起，旌旗猎猎。"海贼王"號成携海盗头子徐海来到了江泾岛瞭望台极目远眺，正当得意时，突然一阵疾风袭来，将伪大宋旗杆拦腰折断，旗杆砸在徽王头上，徐海转身望去——只见號成惨叫一声倒地，口吐鲜血昏死过去。难道这不祥之兆预示"树倒猢狲散"？神鬼欺人？倭寇、贪官、海盗这些以利相结合的人，为首的旗帜一倒，依附的众徒随即四散。实则此旗杆乃木头制成，因长年受到海风侵蚀已成朽木，狂风来袭当然就会折断。

众倭将愕然！木下晋三捡起甲板上折断的旗杆不禁纳闷：难道这就是传说中的逆风来袭，倭军遭殃？湘西王者"神鬼难测之术"令倭酋闻风丧胆、草木皆兵。于是木下晋三吩咐手下将木制旗杆更换为铁制的……殊不知这正是彭翼南针对木下晋三的狡诈多疑，专门设下的以诈止诈、以毒攻毒之攻心计，这也为日后的反制敌人的"火烧连营"埋下了导火索——铁制旗杆会引来雷电袭击！

▲港口海滩（夜，外）

赵文华借祭海仪式布下了抓捕陷阱，当他带锦衣卫缇骑抓捕张经时，立刻引发了朝廷明军与湘军之间的刀枪对峙。

彭翼南横刀立马，在场官兵谁还敢动。

张经深明大义："切莫因个人而误了国事，我会在皇上面前辩明是非的。"

望着渐渐围上来的锦衣卫缇骑，彭翼南强行拉着张经欲快速逃走。

张经吼道："翼南，你再拉我走，我就一头撞死在此！"

彭翼南凄声道："大人，留得青山在，不愁没柴烧！"

而就在赵文华下令将张经抓走之时，火冒三丈的彭翼南将锦衣卫缇骑降服，然后跪在张经面前："大人，此次若被抓走，黄泥巴掉进裤裆里——不是屎也是屎。您这把年纪被关进监牢，无疑被判了死刑。快些跟我走，眼下逃命要紧！"

迂腐至极的张经却不愿意走："你这样救我，就等于犯下大罪，皇上是不会轻饶你的，翼南你怎么这么糊涂啊！"

情况危急，彭翼南不管他愿不愿意，架起总督大人，在虎兵的掩护之下逃向海边，将其迅速送上渔船："一人做事一人当，恩师大人，我就不送您了，明天我会向皇上投案自首。海上接应的人已安排，您老要多多保重！"说罢转身欲走。张经感动得热泪盈眶，却一时又不知道说什么好，忽然他叫住彭翼南。

"翼南，老夫有一事相托。"张经把张天娇叫到了身边，"老夫欲将小女的终身大事托付与你，不知你愿意否？"

彭翼南："大人，天娇金枝玉叶，翼南若能娶她为妻，已是高攀，我怎么会不愿意呢？"

张天娇哭喊了一声："爹——"

张经："天娇自小心高气傲，但心地善良，从今往后，你可要好好待她。"

彭翼南："大人，我……"

张经："此时此刻，你还不肯叫我一声岳父吗？"

彭翼南跪地："岳父大人！岳父大人在上，请受小婿一拜！"

张经："起来起来！好，有此佳婿，吾心甚慰！翼南，有件事要告诉你。"

彭翼南："什么事？"

张经："天娇不是我的亲生女儿，她是二十年前我在河边救起的那个女婴。"

彭翼南一惊："怎么会是这样？"

张经："天娇身上那块残玉的另一半就在她的妹妹手中。但愿有一天，天娇能找到自己的妹妹，姐妹团聚。翼南，天娇的命好苦，你一定要善待她呀。"

彭翼南泣不成声："岳父您放心吧！"并朝张经深深一拜。

张经拉着女儿的手："娇儿，翼南文武双全，你一定要助他成就一番大业。"

张天娇垂泪点头："爹，我都记下了。"

赵文华令官军追击，却遭到虎兵弟兄的拦截，双方陷入刀枪对峙中。

"轰轰！"就在双方剑拔弩张之时，倭寇舰船上的大口径大炮喷出了火舌，在红夷大炮的掩护之下，裸身跣足的海盗武士登上了祭祀海滩……

刚才还不可一世的赵文华被飞来的炮弹炸了一个趔趄，瘸着腿仓皇逃走。

▲滩头（日，外）

乌泱泱的倭寇不断涌上滩头……

只见倭酋辛五郎率"神风剑道"武士正在追击溃败的明军官兵。

忽然，前方沙丘上徐徐升起一面硕大的黑龙旗，紧接着一个神秘而苍凉的声音在空中回荡：倭贼且慢！彭公爵主来也——

只见在黑旗下闪现一袭黑褰衣、黑裤、黑头巾、黑绑腿、手持黝黑大刀、头戴"鬼脸儿"黑面具的湘西虎狼兄弟，他们手握鬼头钢刀，矗立在沙丘上……

这便是湘军虎兵中"不要命"的黑旗大队！

裸身跣足的海盗武士显然被眼前诡异的魔法镇住，只见身后红夷大炮上插着的太阳旗，竟然在海风中"愣住"，不再迎风飘扬了……

辛五郎望了望前方出现的黑旗，又看了看大炮上的太阳旗，还不明白这群人究竟施展了什么魔法。他连忙询问身旁的翻译："难道这些人是要投降？"

第三十五章　祭祀海神　奸贼妖道一丘之貉
　　　　　　天命难为　负荆请罪大义凛然

汉奸翻译："不太像哦，投降应是举白旗，这可是黑旗，黑白颠倒？"

辛五郎摇摇头："旗帜本作为聚集人心的标志，可华人走马灯式的朝代更迭，你方唱罢我登场，城头变幻大王旗，黑旗、白旗、黄龙旗？鬼都弄不清。而咱们的大和民族不变的信仰、万世一系，君权神授，永远的天皇、太阳旗，日照大神光照千秋……"

倭酋甲："看，黑旗上好像有条龙，难道这就是传说中的湘军黑龙旗？"

就在倭寇疑惑之际，傩师梯玛从黑旗后跳了出来，只见他手里捧着一沓沓"符咒"，左右摇摆跳跃，口中念念有词："刀枪不入、刀枪不入！"

他边念咒语边给每人胸前贴上一道符咒，并将剩余的"符贴"抛向天空……

从天而降的符咒纷纷扬扬，刚才还光芒四射的太阳竟然被一个巨大的黑影帷幔遮盖，天地之间顿时陷入一片黑暗。

"日全食？！"辛五郎不由心头一紧。

倭酋甲："不好，咱们的太阳旗被天狗吃了！"

话音刚落，海盗神风敢死队一阵骚动——天狗食日，大祸临头！

霎时间狂风大作，沙石飞溅。就在倭寇恐慌之际，刚刚撒完"符咒"的梯玛，突然从身后拔出鬼头大刀："弟兄们，逮呀！"说时迟那时快，只见那黑旗大队的弟兄们已冲了上去……

前排几个愣头愣脑的倭寇，首先被鬼头刀砍倒……

辛五郎顿时清醒过来，退守了几步后，大声叫喊："统直格格——"

太阳旗下的红夷大炮冒出串串火舌——

冲在前面的黑旗兄弟纷纷倒下……

在"刀枪不入、刀枪不入！"的吼声中，持鬼头刀的虎兵兄弟前赴后继……

一个个虎兵先后被火炮击中……

眼看弟兄们一个个倒下，旗头麻老五一把抓起傩师梯玛，火冒三丈："你这老杂毛，在湘西时你这法术还是蛮灵的，为什么今天就不灵验了呢？"

梯玛一脸茫然，突然他死死盯住了倭寇大炮上插着的太阳旗。

"喏——那……"梯玛手指太阳旗张口结舌。

麻老五顺着他手指的方向望去，不解地道："那……那是什么，不就是一面红坨坨旗帜吗？"

"不，我听朝廷官兵说，那是东瀛的太阳旗。"土兵九九在一旁解释道。

梯玛叽里咕噜地神念了一通："抬头望青天、师父在身边……傩神刚才说，那可不是普通的太阳旗！那是脏东西，不吉利。"

麻老五将信将疑地道:"那……那朗个破解呢?"

梯玛:"傩神说了,只要将狗血泼洒在旗帜上,倭寇的洋炮就不灵了……"

麻老五望了望:"这窝屎不长蛆的鬼地方,老子上哪儿搞到狗血呢?"

梯玛四处打量着——

九九:"哪来的狗?现在连只麻雀都找不到……"

"呃——"麻老五忽然指着九九说,"你小子不是属狗的吗?来,老子到你身上搞点狗血……"说罢欲掏刀割腕接血,这可是湘西民间一种驱鬼辟邪法术。

辛五郎见一时没了动静,便指挥倭寇向前冲去。

火绳枪、红夷大炮齐齐开火,虎兵黑旗大队只得落荒而逃。

"呜——呜!"树皮号吹响……

傩师梯玛回头一看,原来是彭翼南率援军抬着"松树炮"赶到了。

"打!"随着彭翼南一声令下,一阵松树炮火的攻击迅速将来犯倭寇击溃。

▲联军总部(日,内)

翌日,嘉靖亲自巡视东南前线,彭翼南已做了最坏打算,他已料定朱厚熜会以反叛罪将他处以极刑,但必须当面跟皇兄把事情说清楚。"除死无大祸,讨米再不穷",于是,他命令士兵将自己绑缚押送至皇帝面前。他把事情的来龙去脉对皇上说完后坦然面对:"我辜负了圣上,对不住皇兄。但总督张大人不仅是我岳父,更是我的恩师,我别无选择只能这么去做,要杀要剐任由皇兄处置。"

然而令彭翼南万万没有想到的是,只见朱厚熜来回踱步,转了好几个圈也没说话,忽然他叹息道:"翼南,知道朕为什么器重你吗?就因为你身上有别人没有的优点:一是男人汉子的敢做敢当;另一个是对兄弟、朋友、师长的忠诚。一个不懂感恩之人不能为友,一个没有忠诚度的人不能被任用。你的忠义令人钦佩,缺点就是太忠太义,就像你胸前的这把'忠义'长命锁;不过翼南你想过没有,你仗义执言讲真话,竟然代人受过,你就不怕杀头吗?"

"精诚所至,金石为开。不讲真话,难道说假话不成?"彭翼南挺直腰杆,泰然处之。

"舌为利害本,口是祸福门",世上没有不变的承诺,只有说不完的谎言。和上司说美话,和下属说丑话,和老婆说谎话,和情人说瞎话,和熟人说笑话,和生人说鬼话。嘉靖拍了拍他的肩膀说:"翼南呀,世人皆知假话的危害,却仍要冠冕堂皇地表白,谁也不会拆穿。酒不醉人人自醉,假话谎言蒙人也醉人。真话本没有力量,真话周遭却充满火药味,真话便是一颗火星。说真话比说假话难,表达真理比发现真理难。真人面前莫弄假,痴人面前莫说梦。看在你我拜把兄弟的情分上,你就少说两句实话行不行?得闭口时须闭口、得放手时须放手,说真话实话,是要付出代价的。看透大事者超脱,看不透者执着,看得透想得开,拿得起才能放得下,此乃人生一大修炼。自古良言忠告逆耳,真话实话,从来是不受褒奖的。让朕感到高兴的是,朕几次故意当着你面说张经的不是,你却从来没有附和一句,这是非常难能可贵的。这个世界上,在权力利益面前迷失自我、溜须拍马甚至出卖朋友、亲人的人太多了。凡成大事者必须具有两手，一手忠诚，一手能力，如果没有忠诚，能力无足轻重，人生的高度取决于你读过的书和遇到的人。朕之所以再三容忍你的鲁莽之举，就是希望你彭翼南建功立业，了却朕之心头大患。"

这时，大太监谷大用进来见二人已关系变融洽，着急地说道："皇上，彭翼南擅自放走朝廷要犯，还打伤了锦衣卫，按照大明律，死罪可免，活罪难逃！"

彭翼南抬头惊恐地望着皇兄朱厚熜！

——定格！

急速渐映的画面上，滚屏淡出以下字幕——

【第十二单元叙事、三十五章完】

画面急速转黑……

● 第十二单元叙事之：

第三十六章

助纣为虐　父女密谋沆瀣一气
云谲波诡　火烧连营反遭全歼

▲虎兵营帐（日，外）

虎兵营帐内外，满是伤兵，郎中正在给他们紧急救治。

战场上胆小如鼠的赵文华，此时瘸着腿却趾高气扬、耀武扬威地带着锦衣卫前来抓捕彭翼南，立即引发了一场骚动。

关键时刻，嘉靖皇帝传来圣旨：赦免彭翼南，望其戴罪立功！还是皇上运筹帷幄、老谋深算：他早就意识到倭寇如此凶悍，真正能克敌制胜的是彭翼南，而非张经，怎能抓他？

天不遂人意，人能奈天何？此时的东南沿海大雾茫茫，百尺之内居然看不清人影。赵文华与妖道借天象"说事"：此时若对江泾岛开战，必败无疑！

世事无常，波诡云谲。人算？天算？彭翼南逆天而行，一定要收复江泾岛，将倭贼赶出中华自家门前的三尺硬土！

（闪现）为了阻止彭翼南夺岛，严嵩蛊惑皇上：彭翼南执意逆天行事，东海龙王必定发威，凶多吉少。如今的彭翼南居然还不把你皇上放在眼里，岂不是拥兵自重、第二个髳成吗？

当提起叛贼髳成，嘉靖气就不打一处来，马上怀疑起了彭翼南此次夺岛的真实目的，如若今日他成了全国人民拥戴的英雄，来日岂不"挟天子以令诸侯"？为了维护皇权的至高无上，他宁肯丢掉海域疆土，放弃国家利益，甚至丧失人格、国格。严嵩蛊惑嘉靖为了防患未然，需未雨绸缪，让赵文华去将彭翼南的妻子、弟弟扣为人质。万一夺岛失利，彭翼南的后果不堪设想——妻子、姐弟、爷爷以及湘西那五千子弟兵，都将陷入万劫不复之地！（闪现完）

"江山易改，本性难移。"彭翼南"一根筋"的性格无法改变，湘西土著人深山里长大，要想生存，就必须面对崇山峻岭的恶劣环境，久而久之就铸造了坚韧的性格；而眼下严嵩、赵文华任何阻止之举都是徒劳的，反而会加剧彭翼南的逆反心理、坚定他夺岛的决心。

因为湘军与明军之间的联络暗语是汉语，多次被倭军间谍破解，从而导致了抗倭联军在战场上吃尽了苦头。这也一度让彭翼南很苦恼，如果照此下去，迟早会被倭寇葬送东海深处的。于是，彭翼南想到了利用湘西少数民族的土著语言在战场上传递情报，从而让日军无法破解。

▲江泾岛，倭寇地下掩体（夜，内）

果不其然，土著联络暗语的使用，让倭军屡战屡败，令木下兄妹百思不得其解。此战之成败关乎东瀛的生死存亡，如若战败，木下兄妹抱定必死的决心以谢天皇。于是，木下晋三让京

第三十六章　助纣为虐　父女密谋沆瀣一气
云谲波诡　火烧连营反遭全歼

子冒充虎兵行刺朝廷监军，制造混乱，拖延虎兵攻击时间，为此同门兄妹产生分歧。

木下晋三意外发现他这个师妹竟然是监军赵文华的亲生女儿，害怕她到时下不了手，于是心生一计，他将东瀛邪毒事先涂在京子的"必复剑"上，只要父女触碰，不是父亲死就是女儿亡。京子作为间谍一直周旋在彭氏兄弟之间，其实，世上更难对付的是毒辣妇人心。她带着一份对东瀛邪教的好奇心，但又有一份对翼北难舍难分的情感，这无疑使她陷入了纠结；她阴险、狡诈，怀揣着复仇的梦想，眼下还要在父女亲情的两难中做出抉择。得知京子对亲生父亲下不了手，这让木下大怒不已，他令人将京子打得血肉横飞，投入牢中。倒是虢成看出其中的端倪：这不正是兄妹合伙实施的一个愿打一个愿挨之连环"苦肉计"吗？看似中日争夺江泾岛的大战，背后却是一场人性善与恶的较量……

▲监军接官楼（夜，内）

谍影重重，暗藏杀机。就在夺岛的关键时刻，在虢成"帮助"之下，京子星夜逃离了江泾岛，她化装成虎兵来到了朝廷监军下榻的接官楼下潜伏，欲行刺赵文华，挑起抗倭联军内部纷争……

子夜，化装成虎兵的京子行刺赵文华被俘，然而她胸前半块残玉唤起了赵文华的记忆，眼前的姑娘难道就是他失散多年的双胞胎女儿中的天薇？

当赵文华将京子胸前这块残玉与扣为人质的张天娇脖子上的玉佩拼在一起时，竟然天衣无缝，赵文华如梦方醒，其实，她与张天娇乃失散多年的双胞胎姐妹……

父女意外相认冲昏了赵文华头脑。京子趁机蛊惑其父：如果彭翼南此次夺岛成功，必名声大噪，受到朝廷将士拥戴。而一旦他重兵在握，即便皇权至高无上也奈何不了他。父亲作为一个监军又算得了什么呢？必将死无葬身之地。

桂北狼兵猛于狼，湘西虎兵猛于虎，人无害虎心，虎有伤人意，养虎为患！赵文华与严嵩狼狈为奸，诬蔑彭翼南后脑勺上长有一块反骨，匪性难改，唆使皇帝未雨绸缪，要将彭翼南的爷爷、妻子、弟弟打入死牢。

此时京子极尽疯狂，企图致姐姐张天娇、恋人彭翼北于死地。

▲监军接官楼（日，内）

张天娇为复仇将计就计，揆情度理，趁机俘获了朱厚熜那颗阴暗之心，使得皇上将奸党的诬告奏折付之一炬，至少他暂时还不会剥夺大君的军事指挥权。

朱厚熜看似温文儒雅、处变不惊，其实心狠手辣、运筹帷幄。将所有人都掌控在股掌之间，这是皇族的本色。但是唯独在面对翼南和天娇时，他却处于矛盾纠结之中。朱厚熜对张天娇的"由爱生恨"是不可回避的现实。他屡次挑战彭翼南的软肋——张天娇，这也是对兄弟情义底线的逾越。

夺妻之恨，并未动摇王者翼南克敌荡倭的决心。赵文华一计不成又生一计，借口彭翼南将海龙王的金龟婿拿去抵押，激怒了海神，唯有通过祭祀赎罪，方可追夺房魂，并且妖道传来海神的话：此时江泾岛开战，必大祸临头，天意不可违！

奸贼与妖道的任何荒诞鬼把戏，都不能动摇湘西巫傩王者的决心！赵文华急奏皇上，防备其"狗急跳墙，起兵谋反"。

嘉靖得知奏报半信半疑，他令道士邵元节设醮，开坛祭神，亲自主持盛大的祭天祈福仪式。

妖道掐指一算，直呼："大凶！此乃大凶啊！此时江泾岛开战，必败无疑，这还了得！"

▲王江泾海港（夜，外）

大明嘉靖时期鬼神之说尤为盛行。然而，此时的彭翼南，早已开弓没有回头箭了！

生活不仅是眼前的苟且，还有鬼酒和烤串。用自己拼来的一个可能，回敬别人说的不可能，迎难而上，唯有偏执才能成功。此时此刻他眺望着苍茫大海，心潮起伏——海浪的品格，就是无数次被礁石击碎而又无数次地扑向礁石……

▲王江泾海港（日，外）

祭天、祭海、祈福，未见祥瑞之物？东南谍影重重，处处暗藏杀机。

赵文华才不信这帮"旱鸭子"虎狼之兵的鬼话，好大喜功的他，在京子的怂恿下亲自组建水军并自任都统。这天，他邀约众文臣武将一齐阅兵水师。

海面上艘艘战船首尾相连，结为一体，这样兵士们就可在连锁的战船上排练各种阵法。严嵩见状甚是欣慰，连连夸奖赵文华聪明，他想日后的抗倭联军就可如履平地，来往自如，何愁倭寇不灭？伐倭兴国指日可待。

彭翼南连连提醒严嵩、赵文华，要防备倭寇火攻。赵文华大笑，令人取出火具点燃：此时北风甚急，点燃的火苗竟向点火者自身袭来。他说在隆冬时节只有西风、北风，何来的东风、南风？大可不必杞人忧天，众将文臣齐赞他英明睿智。原来出此计策的正是她的女儿天薇。"敌中有我、我中有敌"，利益链早已将严嵩、赵文华、木下兄妹捆绑在一起。

倭寇来战，赵文华先用小船游弋迎战借以试探军情，而后再令连在一起的大船出击，侥幸得胜而归。由此更增添了赵文华此番必胜的信心和傲气。

朝廷官军主要来自北方，适应平原骑兵作战，而眼下沙滩海岛的攻坚战，只有山地兵与之抗衡。木下苦思冥想就是要利用苦肉计将妹妹京子打入明军大营，利用抗倭联军多为山里人、不识水性的弱点，伺机设下陷阱，实施火攻，烧毁水师战船，企图一举歼灭抗倭联军。

对于敌寇的"火烧连营"的诡计，彭翼南如何应对？此时正值隆冬，何来的东南风？又如何将计就计，借力打力？只有在万事俱备之时，方可出奇制胜。

彭翼南要捣毁倭寇老巢，必须告之民众，防止奸细，了解江泾"夺命岛"地形、潮汐规律和倭寇分布情况。他采取抚收胁从、肃清外围、斩断爪牙的策略，于是制定了从东南浅滩方向伺机登岛的攻击计划：东南是一望无际的滩涂，而在这片滩涂的尽头就是诡异的江泾岛，彭翼南率领的湘军，需巧妙利用涨潮之时，用"水寨船城"迅速在东南方向搭成一条海上"通途"，这样不论潮涨潮落，都能利用这座"水上浮桥"登岛攻击，击败倭寇！

彭公爵主给氏族子孙的嘱托、武神将军战死之前的呐喊、阿玛临终的遗言，此刻不停地在王者翼南的耳边回响：复仇、复仇、复仇！他是一位不按常理出牌的另类，然而没有套路便是

第三十六章 / CHAPTER 36
助纣为虐　父女密谋沆瀣一气
云谲波诡　火烧连营反遭全歼

他最大的套路，这使得对方很难摸准他的意图，你永远不知道他在想什么、下一步会干什么。然而这位肩负报家仇国恨的巫傩王者，其背后总被一只黑手操控，其命运时时面临着各种坎坷与挫折。

日本人以贸易之名欲撬开中华国门。日倭不仅战船数千，且大多是身经百战的海盗，这些被称为"西日本恶党"的海上强盗来势汹汹、势不可当。由于大明王朝没有一支专业的海军，一触即溃。而眼下大明王朝的守护神却来自湘西山区，虎兵根本不熟悉海上作战，他们面对的海上恶魔似乎是不可战胜的。战场上瞬息万变，压力巨大，古往今来，无数将帅并非勇武不足，而是败在心态不稳。彭翼南一度有些绝望。面对武装到牙齿的海盗，他的信心何在？

▲虎兵营帐（日，内）

虎兵营地，彭翼南从小熟读《三国志》，精心钻研了发生在东汉末年的赤壁之战以及元朝末年朱元璋在鄱阳湖大战陈友谅的经典战例，知道眼下汉奸倭寇正在"班门弄斧"，故伎重施，意在实施"火烧连营"，欲陷我军于万劫不复之地。无奈监军赵文华执意"战船连接"，掉入了女儿设下的陷阱，彭翼南反复劝说无效，束手无策之时，傩师梯玛却灵机一动：何不将计就计？

王者"明知山有虎，偏向虎山行"。可这隆冬时节只有西风、北风，何来的东南风？傩师梯玛"察天地之理、通鬼神之志"，他掐指一算，只要等到1555年的元宵节卯时这个千载难逢的特殊时刻，由于潮汐的变化，通过"祭祀"便会从东南方向引来一股"神风"，联军水寨船城便可扬帆起航，将倭寇进攻的船只推回到它的老巢，再用钩镰枪弩携带火焰弹发射出去，就会让倭贼有来无回死光光，这才是真正的"借力打力"！

风，呼呼地吹；雨，哗哗地下。此时的杭州湾海域，阴云密布，人心惶惶，空气中弥漫着血腥的味道。即将发生的这场海战，对于虎狼之兵首领彭翼南来说至关重要，不能有半点闪失。"好风凭借力，送我上青天"，适时地抓住了"好风"机遇，伟人就会应运而生，这就是时势造英雄！

对于江泾岛海域的潮汐、海流等自然现象，彭翼南早已了如指掌：冬季时节雨水偏少，由于不同海域含盐量不同，海水流向会导致表层海水涌向江泾岛周围，一旦时机成熟，进攻舰船即便没有风帆动力，也可顺着水势趁机攻击倭寇老巢……

▲江泾海面（夜，外）

虢成惯用"狡兔三窟"伎俩，早在追剿桂北流寇时，彭翼南就领教过他的诈降。于是在元宵节前夕，彭翼南安排凤姐与虢成这一对曾经的夫妻秘密会见，希望通过凤姐规劝虢成受抚招降。

凤姐质问他："当年咱们一起在桂北揭竿造反，就是要创立一个平等世界，让天下百姓真正当家做主，过上好日子，你怎么就忘了初心，甚至当上汉奸助纣为虐？"

虢成："唉，这一切都是朱厚熜给逼的。人生苦短，及时行乐，人人都想致富赚快钱。"

凤姐怒斥："招手即来的'快钱'，都是要付出代价的！"

虢成不以为然，他说他养了十多年的狗死了，悲伤不已，他不想土葬，一心想给它火葬，把骨灰撒回大海，让它回到大自然母亲的怀抱。谁知火烧狗的时候，越烤越香，后来他就买了两瓶鬼酒……唉，"不忘初心，方得始终"，可人世间，初心易得，始终难守。很多事情呀，走着走着，就忘了初心。

　　虢成在湘西科考时就知彭翼南的厉害，此次更受钩镰枪弩的震慑，只得勉强同意立功赎罪，配合实施"将计就计"。

　　深夜，大姐凤姐率狼兵潜至虢成"徽王"旗舰底部，炸穿了他最后逃跑所倚的旗舰船，给他造成了巨大的心理压力。

　　虢成透露出了京子的真实身份，真相大白之后，彭翼北这才感到自己深爱的这个女人来路不凡。原来她就是倭酋木下晋三的邪教妹妹、隐藏在彭翼北身边的东瀛间谍。京子早先施以离间计陷害张经、俞大猷，导致崇明岛边关失守，倭寇乘虚而入……

　　得知自己罪孽深重却仍走不出情爱陷阱，彭翼北不由得深深忏悔。

　　——定格！

　　只见土司王城土家博物馆内，一座封土大墓模型前，探险家贝尔·格里尔斯举起茶杯喊道："Waiter——Xiangxi Golden Tea！"

　　"贝尔先生，湘西黄金茶来了！"身穿"店小二"戏服的剧务端着热茶送了上来……

　　只见贝尔边饮茶边说道："欲知后事如何，尔等容我品茶之后慢慢道来。"

　　（画外音）各位看官，欲知后事如何，且听贝尔先生逐一分解……

　　急速滚屏淡出以下字幕：

【第十二单元叙事、第三十六章完】

● 第十三单元叙事之：

第三十七章

最后一吻　魔女毒舌无力回天
玉石俱焚　恐怖天使灰飞烟灭

▲虎兵营帐（夜，内）

大敌当前，对于心爱之人，彭翼北可谓爱恨交加，一场与倭逆的厮杀又使得他与京子的心迅速拉近。京子以身挡住了师哥木下晋三刺来的利剑，掩护翼北脱身；而翼北的回报便是以心换心，他告诉京子，大哥实施的"猛虎掏心"：先要炸掉江泾岛上的"鬼门关"，为夺岛铺平道路。然而，正当他憧憬着未来、充满遐想之时，却感到意识突然丧失。

▲江泾岛（夜，外）

联军爆破队秘密登岛、偷袭江泾岛"鬼门关"之时，却反遭倭寇的伏击，几乎全军覆灭。

▲孤岛悬崖（夜，外）

"东瀛之花"刻意隐藏迷局，并且制造了一个令人震惊的"案中案"现场！

"真想和你重新认识一次，从你叫什么名字说起，世间所有的相遇，都是久别重逢。"翼北在与京子的对话中，难以判别她那几乎不变的微笑所蕴藏的深意，人在恐惧的时候往往会用尽一切方法遮挡掩盖真实意图，这在心理学上叫"遮蔽行"。而识破京子诡计的正是能破解"心灵密码"的王者彭翼南，他已将祖传神器升华为"钩镰枪弩"的最高境界，只要他口中的巫傩火焰喷出，钩镰枪弩顺势弹射焰火——杀敌于无形，其释放出的能量简直让人难以置信，另类绝技，已练得神乎其神。彭翼南雪亮的眼睛及时识破京子的诡计，巫傩王者拥有强大的心理素质和诡异智慧。彭翼南用他那独门巫傩绝技，找出了东瀛邪教之花的破绽并锁定目标，结果不仅是胜利，而且大大超乎了人们的想象……

当寒光闪闪的钩镰枪弩将京子逼向绝境——在这场湘西巫傩与东瀛邪教的对决之中，京子气数已尽，临死前道出了她的真实身份和真实情感——爱情与阴谋，她早已陷入"东瀛邪毒"中不能自拔。爱情可使人登上天堂，也可使人下地狱。京子为了报邪教世仇，已流尽最后一滴血，她只求与彭翼北"最后一吻"，这让在场的所有人大感意外。

为免受侮辱，木下京子毅然选择了纵身跳下孤岛悬崖来结束她罪恶的一生。而就在她跳崖瞬间的最后一次回眸中，彭翼北脑海不断出现京子的嫣然一笑。（闪回）

京子："蓦然回首见到了你——"

翼北："不期而遇梦中的你——"

姑娘："多想和你再次相遇！"

翼北："你的笑容多么甜蜜！"

姑娘："恭喜你答对了。"

彭翼北大声地问："美女，你叫什么名字？"

姑娘回眸一笑百媚生："我叫——京子！"（闪回完）

爱情就如同一道魔幻剂，人性的善与恶就在天使与魔鬼之间，在这场惊心动魄的中日大战中，只有倭逆人性的扭曲与变态……

此刻彭翼北的意识已经模糊，脑海回想起京子的画外音："喝了孟婆汤就可以忘记人世间一切烦恼、所有的爱恨情仇，当你离开这个世界去另一个地方的时候，也彻底地与前世做了一个了断。"也正是心上人的最后一吻将他引上了奈何桥。谁知"情感精灵"魔盒释放出的"唾液"毒素迅速扩散，尽管有那只神犬"黑豹"舔舐毒液，翼北也难逃厄运。他万万没想到钟爱之人却把他送上了黄泉路，就连金凤大姐的"圣女液"也无力回天。

▲**王江泾港口（夜，外）**

深夜，寒风嗖嗖。

1555年元宵节的子夜，不出彭翼南所料，虢成如约前来"投降"，赵文华大喜过望，不料，"降军"刚驶入明军的水寨船城，便将船上携带的柴草纷纷投下，点火，顿时火光冲天，连接在一起的船只立即陷入火海之中，明军大乱。赵文华慌不择路，仓皇逃跑。

倭寇首领木下晋三亲率"神风敢死队"倾巢出动，欲全歼明军于大海之上。情况万分危急，彭翼南顶着家人被扣押的巨大压力，戴上了傩面具，口吐九味真火请来了神奇的"东南风"（实乃巧妙利用潮汐变化），忽然之间天空浓云密布，犹如战云翻卷，雷霆万钧。

狂风大作，电闪雷鸣。彭翼南犹如闪电的主人——聚集天地能量精华，瞬间形成电光火石划过夜空，迅速生成一道"球形闪电"，使得倭寇旗舰上的铁制旗杆遭到雷击，倭舰燃起熊熊大火，这大大超乎了想象。一时之间火借风势立即烧向了纵火进犯的倭寇船只，顿时"火烧连营"反将敌舰推了回去，江泾港湾一片鬼哭狼嚎。

王者翼南，逢酒必喝，喝则必醉，然而他酒醉心里明：天下大事必做于细，天下难事必成于易。"上天借尔一支火焰，老子就能燃遍整个东海"，旷世奇才彭翼南忍辱负重，任何困难都没能动摇他夺岛复仇的决心。

▲**王江泾港口（日，外）**

为了提高湘军的海上作战能力，彭翼南特意操练虎兵跨越横架于水面的桅杆捉鸭子，训练他们搏风冲浪的本领，所以现在兵士们在船上、水上来去自由、如履平地。东瀛海盗欺软怕硬，老子不能跟他们讲什么以德报怨，只能以牙还牙，以眼还眼了——湘西神鬼难测之术集聚风雨雷电、天地日月之精华，决胜于大海之上！

彭翼南为打破对峙僵局，决定实施"斩首"行动。但倭酋利用岛上地形地貌，将指挥所隐藏得天衣无缝，派出的几支敢死小分队上岛侦察，都无法确定其指挥机关的准确位置。

彭翼南偷偷登上岛观察倭军阵地，突然他发现一只狼犬正趴在坟地上慵懒地晒太阳。这里怎会出现如此名贵的狼犬？除非其主人就是倭酋的首领。

当年随元军攻打东瀛的湘西"武德将军"彭思万就魂断于这块土地上。

那是在公元1273年，元始祖忽必烈发兵日本，"武德将军"彭思万率湘西土兵随元朝联军东征，途中惨遭"神风"袭击几乎无人生还，倭人以为是天皇始祖神灵的护佑才幸免亡国灭族，其实是高丽人建造的舰船质量低劣，在突遭强台风袭击时沉没。

▲江泾岛（夜，外）

果真如此，倭酋指挥中枢神经，就藏在"鸟"化石下方的洞穴里。而日本人的居所习惯于用竹、木、纸作为建筑原料，一旦遭遇高温容易引起燃烧。

彭翼南就地取材，果断采取"蝙蝠炸弹"行动。他命人将隐藏在洞穴里的蝙蝠一一抓来，让冬天处于休眠状态下的蝙蝠逐渐苏醒，在其腹部挂上小型燃烧弹（硝石、硫黄、木炭混合物），随后让其展翅飞行，悄无声息地潜入敌方洞穴。由于蝙蝠翅膀上被涂了铁粉，一旦放飞，空气中的氧气与铁粉发生反应产生氧化铁，铁被腐蚀的时候就会释放出热量，就像现在的暖宝宝发热一样。只要这支由啮齿动物组成的自杀炸弹军团从天而降，立刻就会在漆黑的洞中引发毁灭性的火灾！

万虎山舵主雷也行率七剑客其他成员临危受命，前去秘密炸毁倭人的"太阳鸟"。不料，雷舵主率敢死队刚刚出发，就被赵文华误认为万虎山匪徒是要去投靠虓成的，遂派朝廷官军、锦衣卫追赶拦截……

万虎山七剑客个个身怀绝技，他们既要秘密登岛实施爆破，又要躲开明军的追杀，面对前后夹击，可谓步步惊心。阴差阳错中雷舵主突然发现这座化石山下面就是"倭巢"的军火库。里面储存了大量的东瀛邪毒魔盒，必须迅速将其毁灭，否则后患无穷。当点燃炸药包时，他却突然被倭寇的"恐怖天使"团团围住，这是一支木下家族组建的东瀛女子特种海盗部队，只见她们个个头上插着蓝色妖姬，手持倭剑，在木下晋三的率领下猛扑过来……

眼看"蝙蝠炸弹"漫天袭来，抗倭联军就要大举登岛行动，如不及时引爆，伤亡必定惨重。此时彭公神器已飞临倭巢"太阳鸟"上空，"恐怖天使"手持倭剑已将点燃炸药包的导火索砍断……

危急时刻，只见身中数箭的雷舵主、一个鹞子翻身跳在"太阳鸟"化石上，弯弓搭箭，"嗖嗖嗖"三声，箭无虚发，三个倭寇应声倒地。

不断冲上来的敌寇将其逼至绝境，情急之下雷舵主点燃了"巫傩焰火"——

焰火点亮了天空，给神器袭击"太阳鸟"指明了方位，但握着操作手柄的彭翼南一时下不了手，因为雷舵主和七剑客其他成员还在岛上，一旦按下手柄，他们必将玉石俱焚，化为灰烬。

雷舵主大声疾呼："来世再见，向我开炮！"

箭在弦上，彭翼南不得不挥泪按下手柄，顷刻之间，地狱飞弹发出怒吼——就在地面上"太阳鸟"被炸飞的同时，"蝙蝠炸弹"钻进隐藏于地下的军火库，军火库爆炸，储存在这里的东瀛邪毒魔盒瞬间引发了江泾岛火山的喷发,熔岩如火龙向大海蔓延。

轰鸣的爆炸声和飓风般的烟雾气浪席卷"太阳"孤岛,四周残垣断壁,大树被连根拔出,火焰冲天。当傩师带领弟子们赶到时,东瀛"恐怖天使"血肉横飞,这里已被夷为平地,如同人间炼狱。恐怖天使、地狱恶魔,随着烈焰燃烧,瞬间被化为灰烬。

什么是英雄?摧锋于正锐,挽澜于极危,方为英雄,湘西人粉身碎骨,用自己的血肉之躯,验证了人类的勇敢精神。硝烟之中傩师找到了被炸飞的雷舵主遗体。整理遗容后,傩师叱喝咒语,招魂"赶尸"欲带其回"老家"。在经过一座小桥时,忽然"轰"的一声,眼前的小桥被炸毁,只剩下小河上几根木头晃悠着。傩师正犹豫时,桥的另一端——突然窜出一队"恐怖天使"拦住了去路……只见辛五郎率领"恐怖天使"已将小桥团团围住。傩师与弟子仓促拔刀,显然不敌对手。就在辛五郎挥刀逼近之时,画外传来一声呵斥:"住手!"

大家回头看见,幕府将军木下晋三在众人簇拥下走过木桥,他谢绝侍卫的搀扶,亲自来到了雷舵主"遗体"前,"叭"的一个九十度大鞠躬,小心翼翼地扶送"灵柩"通过了这座被炸坏的木桥。桥头,木下晋三手臂一挥,示意手下让傩师与弟子"赶尸"而去。

望着远去的"赶尸"队伍,木下晋三庄严地低头致意,辛五郎与"恐怖天使"等人也只好跟着幕府大将军低下了头……

眼看着"赶尸"队伍已走远,辛五郎不解地问道:"将军,雷舵主双手沾满了我大和民族勇士的鲜血,您为何还要……"

木下晋三:"这群无惧无畏的湘西土著人,无疑是中国人的精英,千百年以来虽为对手,其人格魅力不得不令人敬仰,一个没有英雄的民族是可悲的,而有了英雄却不懂得珍惜的民族则是最可怜的。英雄是用来崇拜的,像雷舵主这样精忠报国的英雄豪杰,虽为东瀛敌人,也值得万分尊重。只有敬重英雄的民族,才能长盛不衰。一个没有英雄的民族是可悲的,一个不弘扬英雄精神的国家是可耻的,一个不崇拜自己民族英雄的国民是最可怕的!辛五郎呀,湘西人的英雄已经倒下,消灭湘西野蛮族群的时候到了……"

"恐怖天使,统直格格!"辛五郎立刻挥刀率领"恐怖天使"冲锋陷阵。

狭路相逢勇者胜,两军交战兵贵神速……

——定格!

急速渐映的画面上,滚屏淡出以下字幕——

【第十三单元叙事、第三十七章完】

画面急速转黑……

● 第十三单元叙事之：

第三十八章

夺岛大战　钩镰枪弩大显神威
明月清风　姐弟恩怨冰释前嫌

▲海港（夜，外）

总攻时机到了，王者彭翼南戴上了虎头傩面，口吐焰火，大声念叨王城秘诀："天灵灵，地灵灵，钩镰枪弩，阵列前行，除妖降魔显神灵……"顿时祖传神器绝技开启。随着一阵阵"呜吼"疾呼声，牛角号吹响——千舟竞发东风助，正是扬帆远航时……

借着劲强的东南风，连接在一起的"水寨船城"就像一艘航母起航，"推动"着前来进攻的倭寇船只，迅速朝着倭寇老巢一路乘风破浪。

此次"土匪搞海战、木船打军舰"今非昔比，"水寨船城"形成了虎兵攻岛的水上强大作战工具，彭翼南令虎兵们用"喷火油柜"朝敌人开火，顿时，倭寇苦心经营的江泾岛老巢立即陷入一片火海之中。

火，足够大；风，足够猛……

无敌神器钩镰枪弩顿时让敌寇阵脚大乱，纷纷溃逃。

乱作一团的倭寇欲驾船逃跑，彭翼南用射程更远的"梨花炮"投射出炸药包，达到远程狙击。这种新式武器类似于"猛油火柜"，就是将桐油燃料灌进一个封闭的、类似于风箱的容器，通过不断地压缩气体后，遇敌时点火喷射出去，巨型喷火器长长的火舌瞬间投射出的炸药包，能远距离攻击敌舰，非常适用于木船时代的海战，加之东南风适时袭来，立即引燃了倭寇船上的风帆，倭寇望风而逃，舰船在火海中焚毁……

"还我河山，开炮！"彭翼南的怒吼声仿佛是从苍天那里获得了雷电能量，一时间枪弩弹射出的喷火筒，就像那多管"一窝蜂"火箭，喷出来的火舌烟雾中夹带着铅弹、铁块、碎石乱窜，雄黄木炭、硝烟毒雾肆虐……

地狱死神钩镰枪弩吐出的火焰之魔幻、梦幻如影随形，震天怒吼中不时传来死神气息：恐怖、惊悚、诡异，巫傩神秘奇术，令敌寇不寒而栗。

江泾岛激战正酣，登岛的虎狼联军此刻急需驰援，然而，一件不可思议的灵异事件发生了，匆匆赶来的戚继光、卢锴率领的两路朝廷援军不知因何纷纷倒下了。这便是"东瀛之花"木下京子死后阴魂不散所隐藏着的玄机之一。

这个玄机便是东瀛实施的细菌战。京子早就令"恐怖天使"将病死的马、羊埋进沿途水源周边，这样水就有了剧毒。她们又在黑寡妇身体里植入病毒，散播的瘟疫一时给援军带来了灭顶之灾。

危急关头，彭翼南的爷爷、老土司彭明辅赶来驰援。老人率领土兵两千人，忽然从王江泾侧面水道杀出，围歼海湾堡垒防线上的倭寇。

虎头傩王神奇之处就在于他能"改天道之运作，集日月之精华"。彭翼南带领抗倭湘军以近战、夜战以及火战，令倭贼防不胜防，神奇的巫傩绝技早已令倭酋草木皆兵，倭酋的项上人头被纷纷砍落水中，所向披靡的湘西巫傩王者，让东瀛这个凶残好斗的邪恶蛮族闻风丧胆。

▲江泾岛（夜，外）

此时的倭酋首领木下晋三如困兽一般，以日本传统武士的名义实施最后的疯狂——只见他手握锐利的东瀛倭剑横冲直撞，瞬间就将张三的刀剑劈断。危急之时，彭翼南、凤姐赶来，姐弟俩携手共同对付倭酋，刀光剑影之中彭翼南大声怒吼："倭奴哪里逃！"仿佛是天神了赐予他无穷力量，只见他挥舞钩镰枪弩出神入化，几个回合下来就将木下晋三击退。绝望之中木下指挥残余倭寇实施自杀式攻击，却被虎兵的地狱火神器一炮击中，顿时化为灰烬……

血与火的战斗之中，只见王者彭翼南猛喝一口"鬼酒1555"，横刀立马，挥舞出征时祖辈赠予的那面"伤时拭血、死后裹身"的"死"字旗：我生敌死、我死敌生，必向倭寇索取代价，让狗日的竖着进来，横着回去！在这场土司王族与木下家族的殊死血战中，土司王族用鲜血与生命，铸就了气壮山河的血肉长城，捍卫了中华大地：一寸山河一寸血！

此时此刻，在迅雷铳多管火绳枪发射出的铅弹风暴中，倭寇纷纷溃逃。海盗头子辛五郎如困兽一般，横劈腰斩刀刀精准，挥动倭刀实施最后的疯狂，但最终还是被飞速旋转的钩镰枪弩砍飞首级。

"海贼王"虩成、徐海见势不妙欲潜逃，被天降巫傩神兵先后捕获；而那些逃窜的汉奸伪倭寇，也被虎兵狼兵一一擒拿归案。

一场血肉厮杀近在眼前："恐怖天使"手持倭剑穷凶极恶，虎兵旗头张三身中数刀倒下……

麻老五、向九九也被海盗倭刀刺中，狼兵副将岑大猛也被倭剑砍翻……

幸亏黑旗大队及时赶来，"神风敢死队"头领的身躯被勇猛的虎兵劈成肉酱，呜呼哀哉……

倭酋木下晋三自知逃跑无望，手持倭剑欲剖腹自尽，此刻，弹射于空中的钩镰枪弩自动跳出三叶飞镰刀刃，迅速将其身躯碎尸八块！

"咚咚"虎兵牛皮大鼓擂响，钩镰枪弩喷射出地狱死神火焰，迅速聚集成一股股烈焰风暴。一时间火借风势，风助火威，迅速席卷了整个江泾岛海域，江泾岛全部被点燃了，岛礁、树木……全燃烧起来，就连舰船上的金属都熔化了。大火像洪水般蔓延开来，四处逃窜的倭寇垂死挣扎，但很快就被火焰舔倒，并迅速化为焦炭。一些海盗跳进海水里求生，但此时海水的高温足以将他们活活煮死，剧烈燃烧所产生的热浪甚至使得天空中的海鸟坠落……

烟焰灼天，海水皆赤。

第三十八章 / CHAPTER 38　　夺岛大战　钩镰枪弩大显神威
　　　　　　　　　　　　　　　　明月清风　姐弟恩怨冰释前嫌

▲营地（日，外）

"噼噼啪啪……"此刻虎狼之兵的"摔碗酒"则是为祭奠战死将士的亡灵，独特的湘西巫傩民俗诠释了主人公匡时济世之豪情，湘西人书写了抗倭英雄历史传奇，其创造的钩镰枪弩无疑是我们中华民族精神的写照。

　　联合国专家杰克和露丝仍在讲述（画外音）：根据史书《嘉靖传》以及湘西文史记载，当年在王江泾大捷中，大败倭寇的兵器叫"钩镰枪弩"。而这件神秘的冷兵器，究竟是刀？是枪？是戟还是弩？经过查阅许多军事百科、考古文献、古代兵器史料仍不得而知。要么钩镰枪、要么弓弩箭，然而这是两种截然不同的、难以复合成一体的冷兵器……难道"钩镰枪弩"是虚构？那么彭翼南在王江泾大捷中究竟用了什么神秘武器战胜倭寇的？它究竟是"钩"？"镰"？"枪"？还是"弩"？到底有还是没有？如果"有"，那么它无疑是从孩童的玩具竹蜻蜓中得到的启发。竹蜻蜓是一种纯手工制作的玩具，就是将上方安装扇叶的木棍置入竹套管内，而扇叶下方棍子用绳子缠绕着，绳子从竹管孔中露出，只要用力一拉扯绳子，竹蜻蜓便有了惯性，迅速盘旋着飞向空中……从"竹蜻蜓"到"钩镰枪"再到"钩镰枪弩"，它们之间是如何相辅相成、相得益彰的？然而任何艺术都是从简单熟悉中来营造陌生与感人。彭氏枪王通过对竹蜻蜓的悉心揣摩，将祖上的钩镰枪辅以弩技，独创了钩镰枪弩，杀敌于无形。其绝技原理犹如那"螳螂弹射扑食之法"，就是将"钩镰"与"弩箭"两种武器优势相结合，它既可用于近战砍杀，也可远距离一招制敌，可谓："钩镰枪弩一出，令倭寇胆战心惊！"湘西王者还能通过人的呼吸、脉搏、心跳、肌肉等潜在信息来自如地读取人心，找出其中的破绽，锁定目标，而这个破解"心灵密码"的诡异之举，绝对超乎你的想象。

▲京城（日，外）

隆冬时节，古都北京雪花飞舞，天寒地冻，北风呼啸……

　　彭翼南一行人来向朝廷禀报王江泾大捷的消息，他们不是来受封领赏的，而是来向当年的大哥、如今的皇上讨说法来了，因为胜利者是不受指责的。

　　嘉靖却不愿见他们，只派了严嵩前来应对。巧舌如簧的内阁首辅大臣，面对彭翼南，竟然无言以对。

　　皇宫门前，太监挡道："皇上身体有恙，不见任何人，尤其是你彭翼南！"

　　还是彭翼南快人快语，他要严嵩转告嘉靖，一切都结束了，想得起他这个老弟呢，就到湘西走一走，看一看，串串门，想不起来嘛，也无妨。在此，他给皇兄留下肺腑之言，提笔写下一副楹联——昨日湘西义结金兰，今日京城未曾谋面。望帝做人以德为本，恳君治国以德为道。横批：振兴中华。他还特意交代太监转呈皇上，并提醒他，目前镇倭牌坊亟待修缮，否则，后顾之忧绵延百世。

▲镇倭牌坊（日，外）

探险家贝尔站在"镇倭牌坊"下正娓娓道来：1937年"淞沪保卫战"，中国军队惨败，70

余万主力面临被日军全歼的危险……不同的时代、同一地点，还是一支由湘西人组建的少数民族武装——新编128师开赴杭州湾，阻击从海上登陆包抄的日军。他们用大刀土枪土炮，阻击由飞机、舰载火炮、坦克和化学武器武装的日军第六、第八两个师团十余万人七天七夜，重创日军，从而使得中国军队主力得以撤出重围，这为日后的八年全面抗战保存了有生力量，粉碎了日寇"三个月灭亡中国"的计划，可谓冤家路窄！

彭翼南告诫嘉靖必须在江泾岛立上一块纪念牌坊，我们的祖先抛头颅、洒热血，精忠报国，而今却找不到一个给英雄下跪的地方。英烈尸骨还在，名字却已消失，英雄不能被遗忘。

朋友妻不可欺。眼下彭翼南心存芥蒂的是：张天娇为何会屈服于朱厚熜？当他得知当时如果不应付嘉靖扭曲阴暗的情愫，就会招致奸贼的黑手，天娇的委曲求全、假意应承也为他后来的夺岛行动赢得了时间。如今，夫妻之间的误会也就渐渐消除了。

▲张经府（日，内）

当张天娇回家向义父禀报胜利的消息时，不料，她看到的却是张经自拟的墓志铭："长眠于此的这个中国人，曾做了他应该做的事，说了他自己应该说的话。"总督大人无疑是"有所坚持""有所抵抗"的。人生最大的破产，就是绝望。可以想象他那双错愕的眼神里是多么无助，又是多么凄惶。张经此时的心境恰如一轮明月，宁静而素淡。他是智者，是看得清自己命运的人，这如他的棋艺，能推算命运七步之外。张经告诉女儿，东南倭患平定之时，必是自己的大限之日。如今，大限将至，这便是注定的宿命，谁也改变不了。他还告诉女儿其生父就是那个奸贼赵文华，这让天娇大感意外。

说曹操，曹操就到。赵文华带领锦衣卫赶到，正如张经所预料的，赵文华手持嘉靖皇帝的圣旨，称张经纵匪侵民、贻误战机，是死罪。张天娇可不管那么多，她抽出梅花剑，要与赵文华拼命。这可是她的生身父亲、一个冷血的灵魂丑陋的变态男人。张经呵斥了她的冲动之举，说咱爷儿俩总得有一个要活下来，好歹得看到这盘棋的结局呀。张经再次告诉天娇，透过这一切，他能看到那个幕后之人就是严嵩。不管她信与不信，他说他半生都在与严嵩较量，但总是斗不过人家，祈盼苍天有眼，自有后来人。他暗指继任首辅大臣徐阶大人！因为，当年首辅大臣杨廷和重用了两个人：一个是遗臭万年的严嵩，另外一个则是千古流芳的徐阶，嘉靖年间几乎所有的故事都是围绕他俩讲述的。现在张经突然省悟到了，只有一个办法能让自己成为最后一根压倒对手的稻草，那便是自己一死，如果这样去想，那就是死得其所了。

▲京城客栈（夜，内）

"回忆本身是美好的，只要能让过去的都过去。"彭翼南回到进京下榻的贤良祠客栈，与大姐叙旧。他与大姐多年的情与仇，也得有一个说法了。金凤说她已看到了结局，那就是精明的湘西王者也有看走眼的时候。彭翼南却对大姐说：天下国家本同一理，有国才有家，有家就有家长，这个家长便是当朝皇帝，如果大家各行其是，就如同一盘散沙，何以抗击外来强敌？

姐弟两人因此次联手抗击倭寇早已冰释前嫌……

第三十八章 / CHAPTER 38

夺岛大战　钩镰枪弩大显神威
明月清风　姐弟恩怨冰释前嫌

萧瑟寒风中，彭翼南、大姐凤姐一行明天就要离开京城，即将回到天高皇帝远的家乡。就在他们离开之际，满城尽传赵文华死了，是被砍死的。验尸的仵作官说刺客刀法极好，又极怪，还极狠，差点将脖子砍断哩。

赵文华那双死鬼的眼睛直愣愣地望着，恐怖狰狞！

——定格！

急速渐映的画面上，滚屏淡出以下字幕——

【第十三单元叙事、第三十八章完】

画面急速转黑……

● 第十三单元叙事之：

第三十九章

旷世奇才　客死异乡魂归故里
神秘湘西　王者精神千古流芳

▲京城（日，外）

王江泾大捷，举国欢庆。

倭寇大败，湘西人民用鲜血和生命换来了和平安宁。京城饭庄、酒店一时间白酒销售一空，尤其是刚上市的"鬼酒1555"陈酿，更是一瓶难求。

▲大湘西酒店（日，内）

就在江泾岛大捷的翌日，东瀛倭国派来使者，向天朝求和：中日两国，从此再不交战！

京城夜晚，华灯初上。在向老太爷开设的"大湘西"酒店里，一同在王江泾大战中并肩作战的参将戚继光、卢镗亲自在此恭候，他们早已备好了筵席款待凤姐、翼南姐弟等虎狼之兵将士。

酒宴上，向老太爷打开从家乡带来的陈酿"鬼酒1555"，一股白酒的馥郁芳香扑鼻而来，此酒品工艺精湛，源远流长，素以入口绵、落口甜、饮后余香、回味悠长而著称。

觥筹交错之间，大家互诉衷肠。彭翼南将祖传武学"铁塔阵""镇倭拳"一股脑儿地传授给了明军参将戚继光，这些武学后被戚家军的鸳鸯阵法发扬光大，威名远扬。

而当戚继光问及钩镰枪弩超级无敌的玄机奥秘时，彭翼南却摇头不语……

此时，太监传来了皇上圣旨："自有倭患以来，东南用兵未有得志者，此其第一功，子孙永享，立牌坊予以'昭告'天下，赐湘西土司彭翼南二品乌纱冠帽，授昭毅大将军……"

诸位庆贺，好不热闹。邻座的日本微服使者闻着酒的芳香过来举杯敬酒，戚继光讥讽道："到底是岛国派来的使者，嗅觉如此灵敏呀！"

微服使者忽然被彭翼南身后包袱之中露出的虎头傩面所吸引，此刻他似乎发现了那件神秘兵器，疑惑地问："这……就是传说中的王者神器？"见彭翼南未置可否，他便滔滔不绝："中日一衣带水、唇齿相依……"

"一衣带水，而非唇亡齿寒。"彭翼南扭转头望向窗外的天空（画外音）："但愿东南无战事，鬼酒定能化碧涛！"

趁着王者与诸位挥泪畅饮之际，微服使者偷偷将彭翼南身后的包袱抖开，操起神器朝着王者刺去——不料，神器"蜻蜓"飞旋，瞬间喷射出一股巨大的火焰，使者急忙打开随身携带的东瀛魔盒，释放出潘多拉病毒，灾难的渊薮即刻肆虐。只见火焰化作血盆大口，犹如虎啸龙

第三十九章 / CHAPTER 39

旷世奇才　客死异乡魂归故里
神秘湘西　王者精神千古流芳

吟，中日魔法相互厮杀、虎头傩面对阵东瀛魔盒，难解难分。

滚滚烈焰中回荡起王城秘诀："天灵灵，地灵灵，钩镰枪弩，阵列前行，降妖除魔显神灵！"

飞速旋转的神器反弹回主人手中，犹如"螳螂扑食"反将刺客砍飞，临死之前，使者喘息诧异："王城秘诀，神鬼难测；湘西傩王，匪夷所思。"说罢，他渐渐咽气。这便是东瀛之花死后阴魂不散，隐藏着的玄机之二。

参将卢铠十分惊讶："王城秘诀所向无敌，翼南真不愧为傩神！"

彭翼南："我不是傩王，更不是傩神，谁都不要装神弄鬼，因为世界上就根本没有神仙上帝，也没有无敌暗器，如果一定要说有神的话，那这个神就是我们炎黄子孙的先人们。"

彭翼南为何达到了"否定之否定"这种境界，因他从小深受儒家仁慈、善良、忍让等传统思想的影响。但是，好心没好报，因为狼是要吃人的，江山易改，本性难移。就在刚才与使者交手之中，彭翼南的手指被对方划伤，看似无大碍，实则遭到邪毒侵蚀。至于第三大玄机，那便是340年后的黄海大战，日寇再次占领江泾岛，重新夺回东瀛失去的精神殿堂，这才是倭贼最致命的疯狂。

王者彭翼南以湘西人特有的巫傩思维、无惧无畏的精神打赢了这场不可能胜利的"江泾岛大战"。英雄之所以是英雄，就是因其深谋远虑"智术之士，必远见而明察"。对于江泾岛未来命运，彭翼南早就料想到了，当他将身后的包袱打开——其实里面什么兵器也没有，只有祖辈在出征前赠予的那幅"马革裹尸、精忠报国"的锦缎。他淡定地说道："威震东瀛倭贼、无敌无畏的钩镰枪弩真的存在吗？"

卢铠不禁疑惑地问："每当你念起王城秘诀，祖传神器便顺势弹出，难道这是一种意念，一种心理暗示？其魔法根本就不存在？"

戚继光感叹道："不，不，王者手中无剑胸中有剑，能决胜于千里之外，神秘的王城秘诀，超级无敌的钩镰枪弩，无处不在，早已在王者心中，它是无惧无畏、永不言弃的湘西精神！"

彭翼南："它更是咱中华民族的精神。只要日倭胆敢再犯我中华，一定叫他有来无回，以牙还牙，加倍偿还！"

▲京郊外大道上（日，外）

寒风萧瑟，白云飘飞，草木枯黄，大雁南归。就在他们返乡途中，走着走着彭翼南一个趔趄欲倒下，傩师梯玛连忙将其扶住——原来在与间谍较量时翼南中了对方的"东瀛邪毒"。王者顿悟，不禁怒吼："江泾岛自古就是中国领土，还我河山！"

彭翼南要走了，即将回到他那绿水青山的土司王城。当年"走出去"——走出大山抗击外寇，是为了救国家民族于危难，救人民大众于水火。其实千百年来多少湘西仁人志士都是"走出去"建功立业的——一个士兵要不战死沙场，便是回到故乡。

▲严府（日，内）

倭患平定，作为掣肘对立面的严嵩也就不起作用了。自古多行不义必自毙，严嵩预感到大限已到，此时皇帝就要卸磨杀驴了。当嘉靖下令抄家逼他悬梁自尽时，严嵩忽然想起了正德生前给他留下的一道保命密诏，然而当他打开密诏却傻眼了，因这道圣旨里只有三个字："留全尸！"正所谓"善恶到头终有报"！

严嵩死有余辜，他贪腐搜刮的那些富可敌国的金银财宝自然就归皇上所有。只是可怜了严嵩这个奴才，一辈子巧取豪夺、机关算尽，最终却成了皇家敛财的工具，他成于太过聪明，也毁于太过聪明。这真是：精明一世，毁于一旦。

▲京城（夜，外）

鞭炮声响起，普天同庆。京城尽喝湘西鬼酒，"噼噼啪啪"的摔碗酒则是为祭奠战死将士的亡灵，可谓悲喜交加，寓意着中华民族"岁岁（碎碎）平安"。升腾起的白日焰火中仿佛从天际传来了那首粗犷、悲壮、古老的土家傩戏方言的祭祀歌。声音越来越近、越来越大："呜吼——逮起！"用火、敬火、祭火的湘西土家人"生于火塘边，死于火堆上"。

王者彭翼南的斗智斗勇，无不在耀眼焰火中透露出湘西各族人民的淳朴、善良、倔强的性格特质，以及面对外来侵略者无惧无畏、拼死抗争、永不言弃的精神。王者心中这团升腾的火焰，无疑是光明的象征，代表着人间正气，其展示出的精神力量就是为国为民燃烧自己，直至烟尘的消亡，哪怕只是瞬间的璀璨！

▲春陵码头（日，外）

就在彭氏姐弟返乡的途中，一条大河横亘在眼前，马儿不时打着响鼻，这里正是当年虢成被尚方宝剑砍落水中的那个春陵码头。彭翼南触景生情，不禁吟诗：步出霜林若隔世，回头一笑大河横！

话音未落，停靠在码头的大船上走出一个人，他就是与彭翼南一齐并肩抗倭的参将汤克宽。

汤克宽："翼南兄，汤克宽在此恭候多时了。"

彭翼南诧异道："克宽兄如今已是东南海疆大吏，为何出现在这里？"

汤克宽掏出皇上圣旨："湘西土司彭翼南升任云南右布政使，赏飞鱼服，立即转道云南赴任，不得延误，钦此！"

面对调虎离山、有职无权、异地任职的皇命，彭翼南道："翼南实难从命，莫非……"

"翼南，你我同袍一场，真人面前不说假话，从也得从，不从也得从！实话跟你说吧，让你转道云南赴任也只是一个借口。"说着，汤克宽的身后闪出一队朝廷锦衣卫，拦住了彭翼南的去路。

汤克宽撕下面具："为确保大明江山一统、以防藩镇土司拥兵自重，湘西土著军队就地解除武装，彭翼南你必须即刻交出那把钩镰枪弩……"

彭翼南："还是这把钩镰枪弩。克宽兄，你觉得这些锦衣卫拦得住我吗？"

汤克宽："此事可由不得你。为了对付你的钩镰枪弩，此次我专门从东南请来了一位高手。"说罢，船舱里走出一位神秘武士。

武士："彭将军武功盖世，领军破阵，声名远大，如雷贯耳，今日得见，果真气度非凡。"

彭翼南："如今彭翼南乃山野草民，并非领军破阵之将军。"

武士："彭将军所创神器刚刚大破了倭阵，在此我欲讨教几招，长点见识……"

"枪弩入鞘、四海太平，彭翼南从此收山，不问江湖……"

此刻招致邪毒侵蚀的彭翼南头晕目眩："这么说，你是专程来挑战的？"

汤克宽："翼南兄，实不相瞒，我来的时候，你的那位皇上兄长一再叮嘱道，像彭翼南这样的旷世奇才不能任其留在世间，否则迟早是大明王朝的心头之患……"

彭翼南："不能任其留在世间？那你今日非要置我于死地？"

汤克宽："我杀不了你，能杀你的是他。翼南兄，你可知道他是何人？"

彭翼南："他是……"

汤克宽："为破解你钩镰枪弩绝技，皇上令我请来倭国头号武士木下晋四……"

彭翼南："木下……晋四？"

木下晋四："我木下家族数代武士都一一败给了你们彭公子孙，此次我哥哥又含恨自杀，我潜心研究数年，苦练一套木下家族绝世武功，今日我定要破解你的钩镰枪弩。"

彭翼南："哦，原来幕府将军木下晋三是你哥哥。"

木下："知道就好，早就想取下你的人头，为我哥哥祭奠。"

彭翼南："就算你取下我的人头，你哥哥也不能起死回生。"

木下："不，我要让天下人都知道，彭公祖传神器败在我东瀛木下家族。"

闻听此言，身中邪毒侵蚀的彭翼南果断道："好，老子接受你的挑战！"

话音刚落，双方顿时展开了一场生死对决。在惊心动魄的生死较量之中，木下晋四被飞旋的钩镰枪弩砍落水中。

汤克宽不禁惊叹："钩镰枪弩，神鬼难测，匪夷所思！"

▲山谷荒野（日，外）

山谷之中，一阵又一阵地回荡起："天灵灵、地灵灵，王城遁甲，阵列前行，除妖降魔显神灵……"而就在彭翼南身上的邪毒发作之时，汤克宽拿出尚方宝剑挡住了他的去路："朝廷大军已压境，如果你置若罔闻，湘西土司王城即刻夷为平地……"

彭翼南不解："如今，东南敌寇已被剿灭，皇帝为何还要像成祖皇帝朱棣对待朱允炆那样，非要赶尽杀绝？"

汤克宽："翼南，东瀛倭贼只是敲开国门、掠夺财富，无伤大明江山社稷；而如今你抗倭名声大震，得到了全国人民的拥戴，说不定哪天'挟天子以令诸侯'，无疑你是皇兄的心头大患哪！长兄如父，父兄要你死，你不得不死。如果执意顽抗，土司王城那'城内三千家、城外八百户'都将死于非命，何去何从你没得选择。老兄我在此有一句忠告：千万不要去做名人，这名乃是登天之梯，也是踏入地狱之门；自古少年得志者，皆不得好死。老兄这句话，留给你下辈子享用吧！"

（闪回）朝廷大军已将土司王城山中的阴河堵死，并在阴河大坝的咽喉死穴处安放了千吨炸药，一旦爆炸，不仅王城被毁，而且还会引发洪水滔天，殃及下游百姓！尤其是阴河大坝，倭酋早年在此埋下了东瀛魔盒，一旦被炸开，隐藏其中的毒素飞出，与湘西激流中的阴沉木相遇后瞬间产生裂变，毒上加毒，导致瘟疫肆虐，这种灾难和苦痛将是一场毁灭性的人间大浩劫。

当年，王者带领子弟兵走出湘西大山，为报家仇国恨，出征时他承诺：若不战死沙场，我一定会带你们回到家乡；如若战死疆场，我彭翼南也会带你们魂归故里——如今为了兑现承诺，他唯有牺牲自己才能使得家乡子弟兵回归家门……

王者仰天长啸："天日昭昭，大明之大，却容纳不下我彭翼南，天理何在？"

他毕竟太年轻，神武勇猛有余而政治谋略不足，有心济世，无力回天，最终只能落得如此结局。

金凤姐（画外音）："这样的昏君早就不是你心中的大哥了，你还念念不忘当年的拳拳结义之情，岂不是迂腐至极？你等着瞧吧，即便帮他渡过难关，结局一定是悲剧！"

汤克宽也在滔滔不绝："在靖难之役中，朱棣的燕军实力远不如侄儿朱允炆南京朝廷的明军，先后数次被围困而死伤惨重。俗话说'擒贼先擒王'，只要能杀死朱棣，燕军自然树倒猢狲散。不过事情并没有那么简单，朱棣虽然被包围，但是他却在里面左冲右杀，神勇如战神降临。为何明军拿他没办法？朱棣真就如此神勇吗？答案当然不是，造成朱棣毫发未伤的就是因为建文帝的一道密旨：'毋使朕有杀叔父名。'原来是侄儿朱允炆心慈手软，他不想杀了他的叔叔！正是建文帝这道密旨，束缚了朝廷明军的手脚，错失杀死朱棣的大好机会，最终导致皇权旁落藩王之手。难道湘西土司不是地方藩王？你的那位皇兄是不会做第二个朱允炆的，今日必斩草除根，绝不留下后患的。自古奸臣难逃一死，忠臣难免一死……"

"将吾头往谢之，王城不可得也！"彭翼南仰天狂笑，喝完酒后将碗摔碎。

当汤克宽指挥锦衣卫将彭翼南逼致天坑绝境之时，忽然一阵狂风袭来，他毅然跳进了万丈深渊，犹如十年之前那场落洞。为了保住祖宗家业不被毁灭，彭翼南选择以死换取千年王城的延续。王者视死如归、大义凛然，惊天地泣鬼神！

张天娇、金凤阻拦彭翼南未果，顿时情绪失控，挥剑厮杀……金凤不幸被尚方宝剑砍杀，天娇也被锦衣卫刺伤了手臂，她眼前不断浮现出当年西楚霸王项羽自刎乌江时的情景："生当作人杰，死亦为鬼雄！"

汤克宽："将其拿下，押送京城，皇上正等待着这个小美人呢！"

张天娇视死如归，宁为玉碎、不为瓦全——朋友妻不可欺，何况还是结拜兄弟？人在做、天在看，这样天良丧尽的昏君，一定会断子绝孙的！

话音未落，雷鸣电闪，暴雨倾盆。这突如其来的奇异天象实在令人费解。

张天娇趁人不备，一头撞向"忠义碑"也追随亡夫而去，忽然之间天雨纷飞，一对化茧成蝶的伴侣且为忠魂舞,让人肝肠寸断。山涧回荡着嘉靖皇帝的声音(画外音):"你的优点是忠义,缺点是太忠太义,就像你胸前的那把长命锁……"

"神秘湘西,王者无敌"——东瀛邪毒势力的克星,最终却倒在了中国自己人的手中,不禁令人惋惜。

"山的梦、水的魂,湘西山水养育土家人;烽火狼烟那是倭贼马蹄触发的警报、国难当头正是王者英雄横空出世;要不战死沙场,便是回到故乡;客死异乡、魂归故里,老子死活也要回家门!"

王者兑现了当初的承诺,牺牲自己性命拯救了子弟兵和千年王城……

世人万般哀苦事,无非死别与生离。有人选择相信阳光,但有人选择相信黑暗,不管受过多少伤痛,无惧无畏的湘西人依然坚信人间有真情、人间有真爱。善恶到头终有报,只争来早与来迟!

此刻,前朝首辅大臣杨廷和之子杨慎正好前往湘西,路经此地之时杨慎触景生情,不禁吟唱唐教坊曲《临江仙·滚滚长江东逝水》:

"滚滚长江东逝水,浪花淘尽英雄。是非成败转头空。青山依旧在,几度夕阳红。

"白发渔樵江渚上,惯看秋月春风。一壶浊酒喜相逢。古今多少事,都付笑谈中。"

慷慨悲壮,荡气回肠,令人回味无穷,千古绝唱,平添万千感慨在心头……

"山的梦、水的魂,湘西山水养育土家人;山的梦、水的魂,树高千尺离不开根;烽火狼烟那是倭贼马蹄触发的警报、国难当头正是王者英雄横空出世;盖东南战功第一,数铁汉豪杰还看虎狼之兵;要不战死沙场,便是回到故乡;客死异乡、魂归故里,老子死活也要回家门!"

歌声之中,傩师梯玛口吐九昧真火,耀眼的火花溅射开来,释放出了光芒四射的巨大火球,在熊熊火光中浮现出一个个抗倭英烈威风凛凛、横刀立马的光辉形象,似乎在激励后人不忘国耻、振兴中华。人们仿佛看到彭公英灵以及许多在抗击外寇中客死异乡的"阴魂",正在傩师"赶尸"的吆喝之下,一个个"魂归故里"……

纸钱、幂币漫天飞舞,苍凉歌声响彻云霄,一路相随——无不透露出王者精神的高深莫测、永不熄灭!威震群倭的"钩镰枪弩"象征着湘西土家儿女救国于危亡、救民于水火的崇高精神,犹如行云流水般源远流长……

一阵清风拂去岁月的尘埃,一段气壮山河的历史清晰地呈现在世人眼前——镇倭牌坊上

"横刀立马、镇守东南"八个大字熠熠生辉,似乎在告慰英烈的在天之灵。岁月的更替淡漠了人们的记忆,历史的车轮定格了时代的烙印,正如牌楼石壁上刻写的"湘人彭翼南率卒五千在此打破倭寇"字迹苍劲有力,豪气冲天。

字幕:公元1567年,王者彭翼南(剧中人物原型)英年早逝,年仅31岁……

为了维护国家与民族的尊严,湘西王者彭翼南以湘西人特有的巫傩思维和无惧无畏的精神,打破了日寇不可战胜的神话。湘西人民抛头颅、洒热血,为争寸土慷慨赴死——"客死异乡,魂归故里",写下了中华民族历史上抗击外族侵略的壮丽诗篇。

▲首辅大臣官邸(日,内)

寒风凛冽,一阵急促的马蹄声将大明宫阙的清晨惊醒。

湖广永顺宣慰司的湘西使者日夜兼程,带着彭翼南去世噩耗赶到了京城。

使者跪倒在大学士徐阶(严嵩之后的首辅大臣)面前,一见面,还未开口,便泣不成声,徐阶一时不知所措。

使者哭诉道:"侯作也。"

侯,就是昭毅大将军、云南右布政使、湖广永顺宣慰使(土司)彭翼南。作,去也。真可谓——风萧萧兮沅水寒,壮士一去兮不复返。

惊闻噩耗,时年65岁的首辅大臣徐阶刚刚大病初愈,又禁不住悲从中来,亲自为彭翼南撰写了墓志铭:"嘉靖乙卯丙辰,倭寇祸我东南极惨。侯亦弱冠膺,提兵两千定之,吴越闽广至今蒙其福。迩者两役思田,宣慰世麒、明辅、宗舜三世咸征。及和门日侍讲宅。吾见其敏而勤,富而义,贵而礼,严而和,入而孝,出而忠。夫学莫贵乎勤,利莫先于义,接人莫急于礼,驭众莫要于和,立身莫切于孝,报国莫大于忠。"其碑文所述丰功伟绩不言而喻。这块墓志铭的碑文石刻,如今仍保留在湘西永顺老司城遗址。虽然抗倭英雄已经逝去,但他的精神却流传至今,深受后人尊崇!

流水的帝王、不朽的王城。2015年7月4日,在德国波恩、联合国第39届"世界历史遗产"评选大会上,古遗址专家杰克和露丝、探险家贝尔·格里尔斯与日本政府代表据理力争。随着联合国教科文"世界历史遗产"大会执行主席玛丽亚·博默尔女士手中的槌子落下,全场掌声雷动,向中国代表团表示祝贺——本剧主人公的故居、"湘西土司王城"被成功列入世界文化遗产名录,湖南省终于实现世界文化遗产"零的突破"。悬念终于被揭开——古墓中这件令日寇闻风丧胆的"神器"无疑象征着中华民族无惧无畏、永不言弃的精神!

贝尔（画外音）：湘西王者以惊天地、泣鬼神的悲壮，写下了中华民族历史上抗击外族侵略最壮丽的一页。最讲"义气"的湘西汉子，即便匪气十足的，也可以为了朋友两肋插刀；湘西人中的优秀者，品行更可以想象。如果你认真留意身边的湘西朋友，即便今不如昔，或多或少，你都不难发现其相应品格特质的存在。所以珍惜身边的湘西朋友，善待他们，他们一定是你事业发展有价值的伙伴、优质人脉资源的可靠保证。

字幕：2015年"盖东南第一战功"彭翼南的故居、湘西土司王城遗址荣列2015年联合国"世界文化遗产"名录！

——谨以此片献给为抗击外来侵略而抛头颅、洒热血的中华民族英雄儿女！

【全剧终】

（注：五十集电视文学剧本《王城诀》已在国内多家报刊上连载、发表）

【该作品已申请版权保护，湘作登字：18-2015-A-2230；剽窃、借鉴必究！】

2014年8月18日初稿于湘西·永顺；

2016年6月22日修改于湘西·吉首；

2018年12月10日再次修改于长沙·雨花亭。

天地英雄气　千秋尚凛然
——《王城诀》编导阐述

　　大明中叶，南倭北虏。东瀛海盗、流浪武士，伙同国内不法奸商混合组成的倭寇集团大肆掠夺财富，烧杀淫虐，无恶不作。烽火狼烟那是倭贼马蹄触发的警报，国难当头正是湘西英雄横空出世之时。"青出于蓝而胜于蓝、老子是湘西彭翼南！"无惧无畏的湘西土司彭翼南，受命于内忧外患，解人民于水火，救国家于危难。

　　明王朝道教盛行，嘉靖皇帝崇信道教，祭天祈福，迷恋于炼丹，欲求长生不老，几乎到了痴迷的程度；而湘西崇山峻岭，沟壑纵横，蛮烟瘴雨，猛兽出没，自古乃巫傩玄幻之地。本剧从这一特定的人文视角讲述土司王城鲜为人知的历史传奇：主人公彭翼南匡时济世、疾恶如仇，在动荡的历史风云之中顿悟天道。他将祖传秘诀意念之中弹射出的"钩镰枪"辅以"弩技"、醉创了地狱火神器"钩镰枪弩"，杀敌于无形。其绝技原理犹如"螳螂弹射扑食之法"，就是将"钩镰"与"枪弩"两种冷兵器优势融于一体，即可用于近战砍杀，也可远距离一招制敌，真可谓："钩镰枪弩一出，令倭寇胆战心惊！"彭翼南集"一祖二道三魔四侠"于一身，最终成为一代英烈，书写了抗倭英雄传奇。他无疑是仁义、智勇、忠信的代名词，凝聚了天地人间之正气！

本剧根据2015年荣列联合国"世界文化遗产"名录的"中国土司遗址"——老司城四百多年前所发生的真实历史创作演绎而成，以古老的、原汁原味原生态的神秘湘西巫傩文化这一独特的视角，讲述了土司王城三姐弟为复家仇、报国恨，毅然"走出去"——走出湘西大山抗击外寇的悲壮故事，讴歌了"一个士兵要不战死沙场，便是回到故乡"的爱国家、爱家乡的英雄主义情怀，表现了湘西人民无惧无畏、永不言弃的精神，展现了王城姐弟成长为民族英雄的历史传奇。《王城诀》是湘西巫术与东瀛邪术的斗智斗勇，它源于历史，又较历史曲折惊险；它基于湘西人民的口头传说，又较传说更为丰富、真实。它注重把握现代人的欣赏习惯，通过调动一系列视听元素与影视手段来展开戏剧冲突，使观众在获得审美愉悦的同时，也得到了一次心灵上的慰藉。该剧首次在抗倭题材上进行重大开拓与突破，编导站在现代思维与人文关怀的角度，重新审视了这场湘军抗倭大战，以人为本，准确地把握"人"的定义——介于天使与魔鬼之间的生灵。

少数民族历史题材影视剧，应当注重汲取其原汁原味、历久弥新的地域人文精髓，从而使得丰富的少数民族文化特色差异性更加鲜明；应探寻传承及传播独特民族文化走出去的路径，让少数民族题材影视艺术彰显出其独特的魅力；应深入挖掘民族人文精神特质，从人类历史的层面关注民族自身的生存境遇、变迁或发展。那么解读湘西的神秘文化、演绎王城背后的故事，为何要围绕"科考"做文章？千百年来几十代土司为何执意"十年树木、百年树人"开办书院？这与南蛮无知有着天壤之别，这就是湘西人文的魅力。

众所周知，全球有许多骇人听闻的鬼城，如意大利的庞贝、柯奥柯；英国的泰纳汉姆、挪威的皮拉米登……鬼城，顾名思义，就是一座废弃多年的城市遗址。它们之所以成为鬼城，无非是由于自然灾害或人为破坏，如地震、泥石流、战争杀戮抑或是缘于经济衰落等而人走城空，无人居住。这类天灾人祸造成的鬼城，在全球各地都有，其中一些还非常有名。就像我们剧中讲述的这座土司王城，2015年被联合国列入"世界文化遗产"名录。这座"鬼城"为何能浴火重生？它得力于老土司的深谋远虑。彭明辅文武双全，亦儒亦侠，他将土司王府及其衙署从富庶之地的闹市城镇迁往悠然见南山的老司城。为了赶走穷困，他竭力发展文化教育，开办了湘西"若云书院"，还派人从长沙城里"抢"来了几个私塾先生前来书院支教，从而使得穷乡僻壤的老司城兴盛几百年，造成"城内三千家，城外八百户，一片缠绵摆手歌"的繁荣景象。文化教育的兴起，才是王城繁荣之秘诀、真正的持续发展之道。这不得不令人联想到今天的"扶贫"，如果都能这样做，就从根本上治理了贫困。

哈佛大学校长德里克·博克说过，"如果你认为教育的成本太高，那就试一试无知的代价"；马来西亚教育部长苏莱曼也说过，"人民必须牢记，教育是最好的投资"。其实，文化教育不仅可以拯救人民于水深火热，也可以拯救一座"鬼城"，化腐朽为神奇，让其变得更加朝气蓬勃。

我们这里所说的"鬼城"非彼娱记笔下的"鬼城"，据媒体报道我国境内已有数十座人走楼空的鬼城。然而，一个城市的发展需要人流的汇聚，当今楼市的喧嚣渐渐趋于平静，一座城市真正的发展还是需要靠机关、企业、医院、文化教育等资源来聚拢人气，单一的房地产经济无法驱动一座城市发展乃至壮大，因为"钱"一定是在"人"的身上，假如世界上没有了人，何谈钱财？《王城诀》意在引领观众走进这座重新焕发青春活力的湘西王城——老司城。

神秘湘西没有统一的宗教。千百年以来，当遭遇不能理解的疑难杂症、自然现象时，人们心目中就逐渐形成了令人敬畏的人格化、社会化的神灵，以至于认为万物有灵，巫与医的结合无疑开启了"人、鬼"交流对话的钥匙。鬼是死去的人，人是活着的鬼，人鬼情未了。鬼不在阴间，也不在地狱，人死魂离，怨念深重；心中有鬼，心存歹念。人介于天使与魔鬼之间，心存善念，必遇天使；心存恶念，必遭魔鬼。而那些主观幻想与史实杂糅的远古神话，崇拜自然、信鬼尚巫的原始宗教以及质朴淳厚、雄强剽悍的民俗传统早已融入湘西人的血脉，其存在的意义更多在于历史久远、约定俗成的民族文化传承，生生不息，绵延至今……

为了更好地再现这场史称"盖东南第一战功"的王江泾大捷，又要避免专家学者对历史史实的考究和质疑，本剧淡化了中日两个国家之间的外交问题，强化了山地少数民族与海盗、湘西巫傩王族与东瀛南朝邪教倭寇之间展开的这场对决争锋。

影视艺术是关于"时空"的艺术，如果我们编导不能对时间、空间的结构性进行重组与构建，那么视听艺术就失去了它自身的意义，因为艺术贵在创新、创造。

为了达到文学叙事与视听语言的相辅相成的目的，本剧通过"三种时空"复合叙事：① 现在时：湘西突发地震、泥石流，惊现已经消失千年的土司王城遗址。联合国"世界文化遗产"专家前来考古，探寻未解之谜；② 过去时：讲述王城已经发生的、与主人公命运密切关联的历史传奇；③ 心理时空（潜意识）：表现规定情境之中主人公的潜意识或下意识，这是演绎故事、刻画人物内心世界的需要，同时，也是人物心灵的写照。本剧通过"一座城""一家人""一把枪"引发相生相克"三姐弟"（彭翼南、彭金凤、彭翼北）之间的爱恨情仇，衍生出"三对恋人"（翼南、翼北与双胞胎姐妹天娇、天薇；彭金凤与虢成），而后再派生出了彭翼南、朱厚熜、虢成"结拜三兄弟"，在人物之间相互制约的套层结构里形成"三足鼎立"式的戏剧关系，在生死命运中营造人物之间的亲情、爱情、友情的纠葛，戏中戏、戏外戏的复式叙事结构实现了三种时空、三条线索、三组人物（"三三制"）的平行交叉叙事，讲述了鲜为人知的湘西历史传奇，将古代与现代相互对应，使戏内、戏外相辅相成、相得益彰，尤其是对人物潜意识的"心理时空"描写看似荒诞离奇，却是主人公精神世界的真实写照。三姐弟相互配合，如同高、中、低三个声部，演唱出了人性"音乐"的和声之美。

"道路千万条，安全第一条。"戏剧结构故事的方法千万种，但故事框架结构稳定乃首要。当今为什么"三足鼎立戏剧结构"的电视剧更容易出现爆款？比如热播剧《亮剑》《潜伏》《人间正道是沧桑》《人民的名义》《琅琊榜》……不胜枚举。

何谓"三三制"戏剧结构？就是由ABC三个主人公组成相互制约的戏剧关系制造矛盾冲

突的叙事结构（如《借问英雄何处》中的三兄弟）。随着剧情的发展，三个主人公衍生出下一组相互牵制的三组关联人物，这样，组成人物戏剧矛盾与纠葛的"三三制"不断衍生。"三组人物"发生戏剧关系，组成人物的戏剧矛盾与纠葛，这种叙事结构最为经典，是经过前人总结的成功经验，这样的结构组织出来的故事比较稳定。这种"三足鼎立"式的叙事范式，我们称之为"经典叙事"。

那么《王城诀》是如何实现"经典叙事"的？探索历史的真相，以史鉴今，昨天的历史，就是今天我们所要正视的现实。

（1）湘西土司原型故事与明王朝的朱棣、建文帝朱允炆的叔侄相争之"靖难之役"何其相似——保靖土司和永顺土司为了赐封的边界一直争斗。建文帝究竟是"自焚"？还是"失踪"？甚至"失踪"到了海外？历史上众说纷纭，莫衷一是。这就是"丛林法则"——弱肉强食、物竞天择，都是为了食物领地以及交配权的争夺。一直到了彭荩臣将侄女嫁给了彭宗舜，通过"和亲"，保靖和永顺两地土司才得以暂时平息了纷争。真实历史本身就拥有精彩的戏剧纠葛，这也是北京几家影视专业公司老总看好该剧的缘由。

（2）李准同志审查该剧强调：大事不虚、小事不拘。即历史的结局不容篡改，细节可以演绎。根据历史资料记载：参与"王江泾大捷"的不仅有永顺土司彭翼南、保靖土司彭荩臣，还有广西土司瓦氏夫人（剧中的凤姐），因为叔侄反目"成仇"遭到专家反对走不通，为了戏剧矛盾冲突的需要，只能将叔叔彭荩臣边缘化了，那么，姐弟"相爱相残"就是必走之路了。真实历史的本身比影视剧更精彩！

（3）《明世宗实录》记载：广西桂北土司造反，奉朝廷之命，湘西老土司曾多次参与对广西的平叛征剿，瓦氏夫人丈夫岑猛以及其儿子均毙命于朝廷剿叛之中，再加上当年老土司还从桂北土司府带回了一个养女的传奇故事，这也为我们的"演绎"提供了史实依据。

（4）《嘉靖传》记载："土木之变"英宗北狩以及"夺门之变"，刀光剑影、至亲相残，皇位承袭的"大宗"与"小宗"缘此易位，这个惊天秘密便是皇族之子朱厚熜的身世之谜。其实，从朱厚熜爷爷开始，皇族世子便含有桂北纪妃娘娘的血脉基因。那是早在宪宗皇帝朱见深的成化年间，湘西土兵奉命追剿叛匪时，俘获桂北土司的一个少女，宪宗皇帝见其貌美临幸了她，之后不久她便生下儿子。在那万贵妃专权的黑暗日子里，其身世犹如"赵氏孤儿"一般传奇。因宪宗皇帝膝下无其他儿子，这个孤儿便当上了皇帝。此人便是朱厚照、朱厚熜的爷爷——朱佑樘。剧中鸳鸯箱里的朱厚熜皇族身世之迷的悬念就源于此。

所以，本剧纠葛的"三三制"构架为：三姐弟、三情侣、三兄弟！因"三姐弟"而衍生出来的一系列次要人物，都要给主人公的生死命运、情感纠葛，设下一个个万劫不复的绝境（绝处逢生实现"大逆转"），或爱之深则恨之切，或同室操戈，人物永远置身于相爱相杀的戏剧矛盾之中。

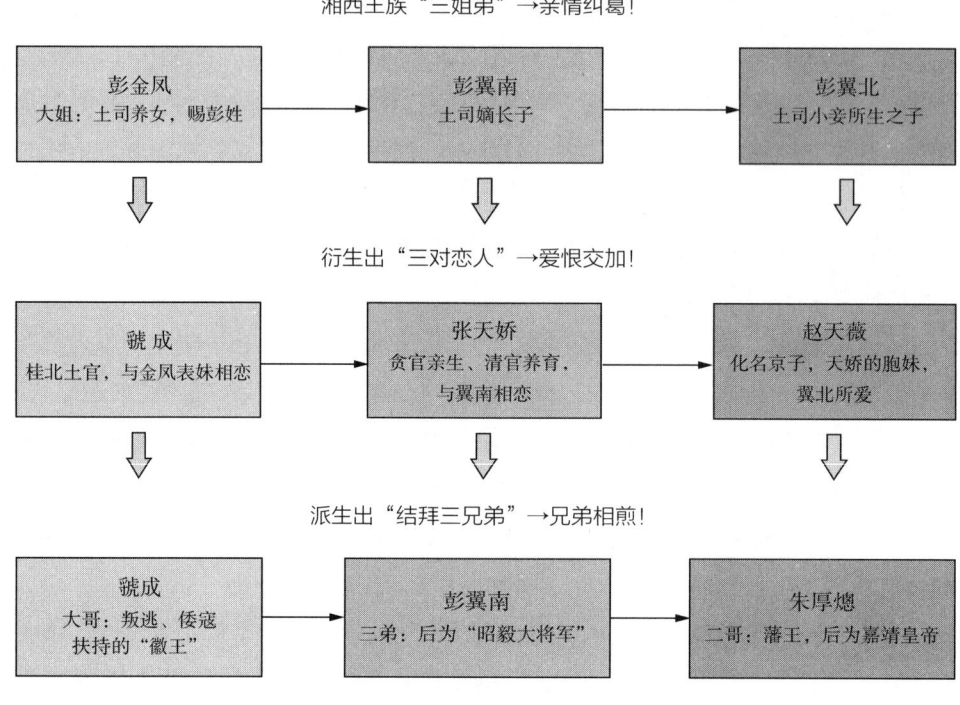

《王城诀》人物"三三制"套层/复式结构图

  结构故事是编剧的一种能力。"电影是导演的艺术,而电视剧是剧本的艺术,换句话说:作者一定是在卖故事。"故事占到一个编剧成功概率的80%以上。"悬念悬念,悬而未决",安全一受到威胁,悬念便就开始,人们则期待结局。《王子复仇记》中的悬念机制告诉我们怎样营造主人公的生死悬念、情感纠葛。全球票房排在前十位的影片,80%是用"死亡"威胁的悬念作为戏剧动力。为了满足"经典叙事"这个条件,主人公必须有非常明确的目标动机,这样才有非常流畅的故事线。也就是主人公的"行动线",必须要明确:做什么?怎么做?一环扣一环,大故事中套小故事,大情节套小情节,一波未平一波又起——治好了肝又伤了肾。如在美剧《加里森敢死队》中,加里森带领一支由犯人组成的别动队,好不容易在监狱里救出了当地抵抗运动领袖厄伦,然而一个意外,"头儿"加里森却被埋伏的德军抓住了,可谓:偷鸡不成倒蚀一把米!加里森的生死命运如何,请看下集分解……

  编好故事的前提一定要在"人设"相互制约上做文章。如《人间正道是沧桑》中"三兄妹"到黄埔军校的三个"同班同学""三位师长"——爱恨交加、兄弟相残。

  常言道:艺术源自生活。影视艺术无疑就是"在熟悉中营造陌生,从而又将陌生营造为熟悉",人与人之间的窝里斗是我们熟悉的,而宫廷里的尔虞我诈,尤其是皇后与贵妃、宫女与太监之间的争宠争斗,却是鲜为人知的,因为观众谁都没见识过宫廷里的生活,这就是《甄嬛传》为什么会收视率高的主要原因——新、奇、特,画鬼容易画人难!凡是经得起历史检验的名著、佳作,一定塑造出了光彩照人、栩栩如生的人物形象,如《三国演义》中的诸葛亮、

《红楼梦》中的林黛玉等，而现实生活中，人最常见，但最难写"活"。像优秀电视剧《亮剑》中的李云龙、《历史的天空》中的姜大牙等光彩照人的主人公形象，即使若干年以后，人们不一定记得剧里面的具体故事情节，但一定会记住剧中那另类的、鲜活的、栩栩如生的人物形象。所以创作剧本最重要的元素就是：人物！人物！还是人物！

如何让人物走向极致，乃塑造角色的重中之重。我们要把主人公彭翼南的大智若愚刻画到极致，彭翼南一定是"不按规矩出牌"的另类奇葩！凡是热播剧中的主人公，一定是高深莫测的"极端分子"，不然，观众记不住，也不感兴趣。"新、奇、特"重在人物的"传奇"性和不一般，适当地夸张演绎是必须的，佐罗、燕子李三……这些经典人物故事，令人过目不忘，一生铭记。人们常说：现实生活中"爱情"两个字好辛苦，那就请你看看我们编剧、导演的影视剧吧！剧中主人公的浪漫爱情故事让人痴迷、陶醉。编导就是营造"现实与梦幻"融合的理想世界的高手。白马王子爱上灰姑娘的人间情感故事，我们也只能在影视剧里看得到。它是现实而又非现实的，如同似曾相识的一种美好，所以影视剧一定是高于生活现实的，创作者要营造熟悉中的陌生，使"陌生"的人物故事让观众们"熟悉""熟知"，既真实又感人，从而适时引发观众的共鸣与联想。其实，在某种意义上，任何艺术形式都是在"讲述"一个故事，无论写实还是写意，抑或是两者相结合的叙事，都是在讲述人生传奇。影视艺术的本质都在于把"人"表现出来，以引发观众的联想与共鸣。其丰满立体的人物形象，通过感化和唤醒观众，帮助人们疗治心灵创伤，走出认知或生存的困境，这就是影视作品的本质属性。

南倭北虏、国破家亡，明王朝面临空前的边疆危机。彭翼南率领虎兵与广西狼兵组成"虎狼"联军，在总督张经的指挥下，水陆夹击，收复了王江泾，斩敌首一千九百余人，溺死者无数。王江泾大捷取得了对日作战的决定性胜利，明史称此次战役"自有倭患以来，盖东南战功第一"。这是中华民族引以为荣的真实历史，也是我国历史上第一次将日寇侵略者真正地赶回了老家。

《王城诀》是一个青春的传奇、一个信仰的传奇、一个土司王者的传奇、一个湘西铁血汉子的传奇，它无疑书写了"天地一股英雄气、一腔热血扭乾坤、一身正气惊鬼神"的豪迈诗篇！

做人以德为本、治国以德为道，只有以正道、公道、仁道、侠道为本，坚守正道、守正创新，中华民族才能以崭新姿态屹立于世界的东方。

"真实与感人"，是任何艺术形式都要实现的终极目标！

《王城诀》所表现的内容，即：鲜为人知的历史事件与人物，且都是有历史根据的，具有极强的"揭秘性"；而主人公故居——湘西土司王城在2015年被列入联合国"世界文化遗产"名录。

为了实现历史的"真实"，本剧在表现形式上创造性地运用了纪实记录的手法；而在人物故事的演绎上，则采用了复式套层叠加结构：将已经发生、正在发生、尚未发生的"三种时空"与"三组人物"戏剧关系加以整合构建，使之成为一部已经发生的历史剧。同时，它又是一部正在发生、未知结局的现代剧，它借古讽今，运用亦真亦幻、虚实结合的意识流手法营造当今现实尚未发生而观众又期待发生的故事，适时地引发和唤起观众的联想与共鸣。

何谓少数民族题材电视剧？笔者以为，它不只是关于少数民族文化风俗民情故事的演义，更要从少数民族生存的特殊地域土壤中汲取精神力量，表现民族底蕴与内涵。不仅在于"形似"更在于内在"神似"，反映特殊群体的心理状态和民族精神，并且还要用本民族特有的艺术表现力，通过创作和艺术加工将艺术形象呈现在荧屏上。严格意义上讲，电视剧《木府风云》不能算是一部真正的少数民族题材，除了服饰、建筑以及人物称谓跟纳西族似乎还有点关系以外，实质上就是典型的"宫斗"剧，它只是把大朝廷的尔虞诈移植到了丽江土司"小朝廷"，这就很像湖南卫视跟湖南三湘四水、鱼米之乡没有太多关系一样。创作少数民族题材电视剧，应该突显区域文化独有的民族特色，针对题材和内容进行创新，提炼民族题材的"质感""纯度"和文化深度：一方面保持与观众的交流和互补性，另一方面还要从题材自身时空环境出发，采用现代视听表达手段诠释传统文化的精神内涵。因此，少数民族历史题材电视剧是兼备主流文化、大众文化以及精英特质的多文化属性的艺术产品，具有不可估量的文化价值，它是中华民族世代传承下来而又历久弥新的艺术瑰宝。法国影视艺术家马塞尔·马尔丹曾说过："画面不仅含有某种言外之意又有各种思想的延伸，构成影片的不是画面，而是画面的灵魂。"若从这个角度审视影视剧，观众观看影视作品获得的最深刻印象，往往是画面所传达的感情与营造的意境。少数民族题材影视剧往往通过借景抒情，在画面上出现连绵群山、崇山峻岭、碧波飞瀑等一些自然景物。在这些看似毫无生命、冷漠无情的自然物体面前，人们将自己的感情投射于其中，从而使得视听形象随着人物情感变化而变得更有表现力。

影视无疑是叙事和造型相结合（时空视听复合）的艺术，直接诉诸观赏者的视觉、听觉功能，它既是叙事艺术，同时也是造型的艺术。编导运用可见的物件细节形象、动作细节形象（空间艺术）以及可以听到的声音意象（时间艺术），达到叙事与时空形态的相辅相成。该剧看似只是表现了"狭义"的湘西人，实则透过"狭义"展示的是"广义"的华人。巴赞说画内空间是有限的，画外空间则是无限的，依附于"有限"，才能延伸展现"无限"。影视既像时间艺术那样展现时光的流逝，构成延续的艺术形象；又像空间艺术那样，在不同环境、地点的画面上叙述事件的发生、发展，呈现形象魅力，从而发挥多种手段、多种方式的表现力。编导为了达到真实与感人的艺术效果而不择手段。如在好莱坞大片《珍珠港》中，当美国夏威夷珍珠港遇袭，瘫痪多年的美国总统罗斯福，激愤地从轮椅上站立起来发表了对日宣言："不惜一切代价轰炸东京！"总统这一站，却让观众心头一颤。如果从医学角度上来讲总统瘫痪多年，是不可能站立起来的，也就像远隔太平洋去轰炸日本，是不可能实现的。然而，编导为了营造"美国精神"，设计总统站立这一动作，就是要把不可能变为可能，这无疑寓意着美国人从此站起来了。没有历史，哪有现实？如果《聊斋》是借鬼说人，那么《王城诀》就是借历史来说现实。前事不忘，后事之师，以史为鉴，历史的昨天，现实的今天，都无不预示着中华民族的未来。

《王城诀》英译名《土司王国的秘密》，那么神秘湘西究竟有啥不一般的人文传奇？土司王国里又隐藏着什么秘密？该剧所表达内容与形式有什么独特之处？影视是最为直观形象的艺术形式，其"对比手段"造成的强烈反差效果形成的冲击力、震撼力无与伦比。换句话说就是《王城诀》如何与当今的影视剧形成强烈的"对比"与"反差"，而不是跟风模仿。此刻，我不由得回忆起北京电影学院周坤老师讲授《场面调度与轴线规律》时，再三强调人物之间所形成的"轴线"。因为摄像机介入，就有了镜头的调度，现场拍摄中要经常变换机位、角度和视点，也就产生了不可逾越的"轴线"制约，否则，会给后期制作带来麻烦。为了避免观众产生不必要的误解，编导既要遵循轴线的基本规律，又要充分发挥场面调度的灵活性和多样性，突破和超越轴线对镜头拍摄的限制。为寻求富于表现力的场面调度，我们可以因地制宜，相机行事，运用七种方式合理地越过轴线，更好地为影片内容表达服务。其实，老师讲述的"轴线"与编导结构故事的道理一样——"螳螂捕蝉、黄雀在后"，关键在于营造"反转"。由此我们就是要打破常规，解除无形"轴线"枷锁对编导的束缚。学规矩的目的是为了打破规矩。如果我们被"轴线"规矩束缚了手脚，那读书学习还有什么意义呢？当然，前提是要懂规矩，否则就是无知无畏了。

　　生活是艺术创作的源泉，影片的真实感人是编导的使命。国产影视剧最致命的问题就是人为的痕迹太重，编导异想天开，凭空杜撰。为了继承先贤、守正创新，我们应唾弃娱记所鼓吹的"大 IP+流量明星=收视火爆"这一歪理邪说。在专业艺术创作上，娱记只是一群看热闹的门外汉，只是为了愉悦观众，如果仅从这个角度来看，他们都是唯恐天下不乱、以博人眼球营生的人。

　　早在 1997 年，笔者执导《女童班》时，就已经尝试过了"无技巧编导"创作手法。为了营造偏远山区瑶族同胞原汁原味的生存状态，全剧没有人为制作的音乐音效，烘托气氛、抒情渲染时则采用了大自然的风声雨声、小桥流水声、牛羊声、鸟鸣声以及当地少数民族山歌等。影片大胆启用非职业演员，饰演者临场反应，不做作、不表演，自然真诚，以期达到不露痕迹的表演境界。"无表演的表演"无声胜有声，充分调动了观众的参与、体验和情感共鸣。该剧虽然荣获当年的"飞天奖""骏马奖"连续剧一等奖，鉴于 20 多年前各种条件所限，留下了许多遗憾。所以此次创作《王城诀》就是为了圆当年的梦想，希望能在有生之年，拍摄出一部返璞归真、不像电视剧的"剧"，逼真的故事情节令观众仿佛就站在人物的身旁，注视着他们的一举一动，真实生活中的行为、人物之间的对话只是瞬间被摄影机捕捉到了而已，不是人为的矫揉造作，而是一场现实生活的"现场直播"。希望《王城诀》无论题材内容还是表现形式上都要与当今国产剧形成强烈反差，呈现出其独特的魅力。

　　《王城诀》旨在揭开土司王国神秘的面纱，因为在湘西这片蛮荒神奇的土地上，跨越千年的人文历史原始质朴、所流传的民间故事真实感人。剧情开篇要有代入感，让观众"我"变成主角，随着突发事件的进展，体验人物命运的不断转折，在错综复杂中寻找真相——我该怎么做？又怎样抉择？本剧以朴实无华的真诚讲述将观众置身于规定情境，与主人公同命运共呼吸。自从盘古开天地，三皇五帝到如今，湘西原始部落的土家人就在恶劣环境中繁衍生息，这是一个在苦难中坚韧生存的民族，一个与严酷自然和艰辛命运不断抗争、永不言弃的民族。在遭遇外寇入侵，国家危亡之际，主人公三姐弟为了报家仇国恨，组建了"虎狼之兵"复仇者联军，毅然走出大山，千里远征王江泾——"土匪打海战、木船打军舰"，明知不可为却偏要为之，湘西人以其独有的巫傩奇招克敌制胜，打赢了这场不可能打赢的战争。编导应注重把握现代人的欣赏习惯，充分调动一切手段展开戏剧冲突，使观众在获得审美愉悦的同时得到心灵上的慰藉与共鸣。早年播出的《乌龙山剿匪记》《湘西往事》和《血色湘西》都曾创造了收视奇迹，此次的《王城诀》弘扬家国情怀，书写民族自信，一定会获得收视、热度的双重保证。

全剧以探险家贝尔·格里尔斯在湘西探秘的"跟踪纪实"为线索，串联起历史演绎的叙事方式，引领着观众"跟着贝尔去冒险"，实现了整个"讲述"的相辅相成、首尾照应。一场突发的地质灾害，瞬间湮没了整个河川，火山灰、碎石和泥浆漫山遍野。联合国古遗址专家与探险奇人贝尔的实地考察，无疑是一场惊心动魄的神奇之旅，探秘王城遗址，盗墓贼接踵而至，正邪较量一波未平一波又起。在阴森恐怖的鬼城之中，联合国专家引领着观众探索自然人文奇观，见证匪夷所思、惊险刺激的奇观，解开一道又一道谜题，揭开历史背后鲜为人知的真相……戏内、戏外的故事衔接得天衣无缝，相辅相成，相得益彰。这种戏中戏、戏外戏"双线"结构并进的叙事方式，将古代与现代相互对应，使时空结构、情节结构、人物结构、场景结构、影像结构、色彩结构、声音结构珠联璧合、相得益彰。尤其是贯穿全剧的物件细节"钩镰枪弩"在结尾的处理，采用开放式的大结局，引发人们对于当今热点事件的联想。

编剧营造的湘西巫傩世界，将"批判现实主义"与"魔幻现实主义"糅合在一起，化腐朽为神奇般地将久远的历史化为眼下正在发生的现实。"钩镰枪弩"引发了主人公的"出场"与"亮相"，然而令倭寇闻风丧胆的"钩镰枪弩"，究竟是"钩"？"镰"？"枪"？还是"弩"？历史文献并没有详尽记载，那么，彭翼南在王江泾大捷中又使用了什么神秘武器战胜倭寇的呢？专家持不同意见。但在爱国主义大背景下，在理想信念与现实的冲突中，人们不再强调其本身是否真实。历史题材，大事不虚、小事不拘。影视是直观形象的视听艺术形式，直接诉诸观众的视觉与听觉。电视剧不仅仅体现历史的真实，更体现艺术的真实，影视艺术一定源于生活高于生活。本剧贯穿全剧的物件"钩镰枪弩"如同千呼万唤才出场的"人物"，它无处不在、无时不在，承载着中华民族的精神，通过"形""神"凝聚，展示出少数民族誓死抗争、永不言弃的精神传统。与其说中日两国交战，倒不如说是"刀光"与"剑影"之生死较量！玄事、幻事，诡异怪事，一切尽在王城背后的故事；神人、牛人、巫傩奇人，展示出主人公"修身、齐家、治国、平天下"的人生传奇。"土匪打海战、木船打军舰"，王者智谋绝对超乎常人，湘西人以其特有的巫傩思维与民族精神，打赢了这场不可能打赢的战争，这是该剧区别于任何国产影视剧的主要特征。

以王者一枪，搏倭众之师！湘西王者根据祖传神器发扬光大的"钩镰枪弩"，是将"钩镰"与"弩箭"相结合的冷兵器，其既可用于近战砍杀，也可远距离一招制敌；然而与之形成天敌的倭寇神风剑，则是一种由短刀改进的兵器。单刃为刀，双刃为剑，古时的剑乃上等兵器,也是将帅的佩饰。人们赞赏剑的锋利,是因为它能给持剑者以威风,令对手为之胆寒,具有很强的杀伤力。"神风"一词起源于七百年前的元朝,元世祖忽必烈率领大军东征日本时,由于突遭海上飓风袭击,元军舰队严重受损,征伐无果而终,而东瀛则认为是神武天皇的鬼魂掀起的"神风"击退了元军,日本才得以逃过被元朝军队灭国的命运。此后的"神风剑"就成了护佑日本武士、幕府将军神灵的代名词,从那时起东瀛倭寇就打造这种复仇、雪耻的"必复剑"。不过,最终倭军在争夺江泾岛的战役中大败。幕府将军木下仰天长叹:"既生剑,何生枪?"

无论东方还是西方,医学都源于巫,始于巫,继而巫和医混合为一体,再进而巫和医分立。以巫治病,是世界各民族在文化发展水平处于较低阶段的普遍现象,那时的人类都认为或只能无奈地认为,自然界存在着一种神秘的"灵性力量"超乎人的想象。那些主观幻想与史实杂糅的远古神话,崇拜自然、信鬼尚巫的原始宗教以及质朴、淳厚、雄强剽悍的民族传统早已融入湘西人的血脉,其存在的意义更多地在于历史久远、约定俗成的文化传承,生生不息、绵延至今……

当今"超能大师"类似于王林之流,疯狂敛财,无疑重蹈了巫医装神弄鬼的覆辙。然而存在便是硬道理,傩,人有难,傩舞以去之。湘西巫傩奇人——神秘的"刀尖上的舞者",当国家危亡之际,英雄必定横空出世书写卫国抗敌的英雄传奇。

明王朝道教盛行,上至皇帝下至庶民无不崇神信鬼。本剧所表现的巫傩民俗运用"否定之否定"这一基本创作规律——用以揭示事物由肯定到否定,再到否定之否定的发展过程。剧中渲染"巫傩神奇"是为了民俗文化的传承,也是为后来的反东瀛"神教"做铺垫。妖道掐指神算惊呼:"大凶,此乃大凶呀!"天子祭天,未见祥瑞之物,"此时江泾岛开战,必凶多吉少"。傩师拜神求佛也是:"此时正值隆冬,何来东南风?如何出奇制胜?"而王者却要"人定胜天"。这样运用对比的手法来营造人物命运的大起大落,以此增强观赏性、期待感。

故事的起承转合必须围绕土司王城主人公的命运,即围绕彭翼南、彭翼北与大姐彭金凤这"一家人"、祖传的这一把"钩镰枪"以及那只颇通人性的"啸天"神犬营造"情感纠葛、生死命运",展示湘西人民面对邪恶势力无惧无畏,骨子里的崇高之美。

主人公彭翼南的人物塑造乃该剧成功的关键!那以彭翼南为代表的湘西人有什么特点呢?

俗话说:"天不怕地不怕,就怕湘西人说大话!"尤其是醉酒之后的湘西人,豪爽洒脱闻名遐迩,如何展示牛人、神人、巫傩奇人彭翼南超乎常人的王者智谋,以及讲好他"酒醉英雄胆"的人生传奇,塑造出让观众记忆深刻的人物形象,是编导关注的焦点。湘西人敢说敢做,语言风趣幽默,本剧尤其将主人公话痨式的"笨拙"演绎到极致,人物对话借助了相声创作手法"扑盲子"——一本正经地真诚地"胡说八道",也就是"没准词儿",随意性很大,口无遮拦,让人听着东一头、西一头,不知道要说什么,似乎这一切都是即兴随意的,表面上看不出破绽、将有意隐藏在无意之间(实则早就有了主意),以此种手法塑出人物的大智若愚。主人公彭翼南作为湘军最高统帅,他的话痨与毒舌,似乎违背了"军中无戏言"的原则,而恰恰正是他言多必失的"戏言",从年少时轻狂的语言风格,渐渐发展到后来的凝重与正气浩然,描述出英雄成长的历程,塑造出真实、可信、感人的人物形象。

剧中有三对主要"恋人",彭翼南与张天娇、彭翼北与京子(赵天薇)以及彭金凤与虢成,如何将他们的爱恨情仇演绎到极致——爱恨交织、相爱相杀?这是该剧创作的重中之重!

这个故事的讲述,不论从历史上来说还是结合现实来看,意义深远。认清历史,展望未来,在当今抗日剧中此题材鲜少有人涉及,一定会启迪后人,影响世界。鲁迅说过:"只有民族的,才是世界的。"

抗战时期,湘西籍作家沈从文给家乡军人写过一封公开信——《莫错过这千载难逢的报国机会》,这是他生平为数不多的政治性作品之一。沈老的作品都是讴歌人性美与人情美的,而这一篇却是少有的夹杂着血泪心酸的写实性作品,由于写作时代的特殊性,加之蕴含着诸多湘西文化信息,它成为解读湘军抗日历史的一个视角。每当翻开鲜为人知、尘封已久的历史档案,我们就会发现相距千里之遥的杭州湾与湘西有着历史渊源:从1555年杭州湾抗倭的"王江泾大捷",再到1937年阻击日寇杭州湾登陆⋯⋯同一地点、不同的时代,抗击来自同一个国家的侵略者。湘军的这些历史史实奠定了讲述的权威性,也为本剧的真实可信增加了坚实的基础。而今驻守杭州湾这个军事要塞的中国人民解放军第一集团军,就是湘西籍元帅贺龙最早领导的红二军团,绝大部分官兵同样是湖湘儿女。本故事展现出湘西人民重信义、轻富贵、爱国家、忘生死的淳朴性情和英雄气概。

美国前总统尼克松在《1999:不战而胜》一书中写道:"当有一天,中国的年轻人不再相信他们老祖宗的教导和中华五千年的传统文化之时,我们美国人就已经不战而胜了。"

尼克松无疑是在预示:当今中国正遭受来自网络的纷杂信息和多元价值观的冲击,不少年轻人在金钱面前、娱乐之中迷失了自我,崇洋媚外,缺乏高尚的爱国情怀。随着市场经济的发展,娱乐圈正在野蛮生长,媒体成天报道明星八卦,追星成了孩子们的全部,偶像崇拜成了孩子们的最高目标。浮躁的社会里,人们追逐的都是表面的光鲜亮丽,失去了自然和本真,浮躁的气息扩散到了每一个角落,使得现代人已经不再关注生活的本源,而是追求虚无的奢侈浮华。网络媒体成天报道的都是明星代言动辄上亿,像天上掉馅饼一样容易。这种现象让成长过程之中的孩子难以形成正确的人生观,他们的人生目标不是升官就是发财,而当明星更是名利双收,这种价值观严重扭曲。科学家地位远不如演艺明星,这是时代的悲哀,社会的一种病态,请问一个科学家不如戏子的国度还能走多远?

面对当今乱象,我少年如何选择至关重要,少年智则国智,少年富则国富,少年强则国强⋯⋯这就是创作《王城诀》的现实意义所在。影视艺术源于现实,而又高于现实,其意义在于揭示现实生活,给人们以生活的启迪与艺术的感化。

进步的影视文艺作品,都刻写着一个民族的精神和一个国家的未来,并深深地影响着一个民族的精神和时代的风尚。影视文艺作品虽不能直接改变社会,但能激励和鼓舞人们。编导旨在让广大观众在互动、联想、共鸣中探寻人至美的心灵、至高的境界!

"盖东南战功第一"的抗倭英雄彭翼南以湘西人独有的巫傩思维克敌制胜,打赢了这场几乎不可能打赢的战争。金戈铁马,唤起土家儿女的豪情;英雄传奇,激起了当代人的报国梦想。湘西英雄四百多年前团结抗日的精神不但是一个历史的符号,更是精忠报国的体现,是各民族团结一致对外的旗帜,是中华民族英雄的典范,是大中国精神的写照。

2016年6月5日,于湘西"土司王城"火铺

此文原载于2016年大型文学期刊《老司城》秋节号(总第五期)

后　记

　　我们是一对父子，也是地地道道的湘西土家人。记得母亲（也就是王淇生的奶奶）临终前嘱咐：我不期望儿孙能当多大官、赚多少钱，只是希望你们所做的一切，能得到社会和人们的尊重，将来你们有了成就，一定要回报家乡……

　　"为什么我的眼里常含泪水？因为我对这片土地爱得深沉！"出自作家艾青的《我爱这土地》。这句诗引发了无数游子对故土温馨、美好家园的思念。十年前的一天，湘西州委秘书长张永忠告诉我，为了打造旅游核心景点圈，州里推出宣传主题词："神秘湘西——在沈从文的书里，在宋祖英的歌里，在黄永玉的画里，更在谢晋的电影、王静的电视剧里。"作为一个土生土长的湘西人，我深深地迷恋着故乡这一片神奇的土地，因为这里有我儿时的诗和远方。其实在青春期时，总有那么一个人、一件事会影响你的人生观和价值取向。高中毕业那年，我在作家出版社《新观察》杂志上发表了《捕蛇者的后代》，收到了杂志社寄来的80元稿费，我妈逢人便说："我儿子不一般，他的话可以当钱花！"此后我便走上了文学创作之路，期盼有一天在荧屏上实现自己的编导之梦。为了表现湘西"山美水美人更美"，我们已经完成了"湘西那些往事"系列电视连续剧三部曲《湘西往事》《野火》《借问英雄何处》，而这部《王城诀》是系列长篇连续剧的第四部，是我和儿子王淇生共同完成的。著名诗人汪国真说："没有比人更高的山，没有比脚更远的路。"因为山高人为峰，既然选择了远方，便只顾风雨兼程。古人云"3岁看大、7岁看老"，这句话的意思是通过一个人小时候的表现，可以预见他将来的秉性、成就和功业。记得3岁时，祖母带我去看了一场皮影戏，我回来后就独自剪上几个小纸人，拿尿片当作幕布，神气十足地举着纸人，咿里哇啦地演"戏"，现场唯一"买票"喝彩的观众只有我的祖母……后来我就成了一名专业影视导演，儿时梦想竟成了我的终生职业。我的父母都是教师，我16岁上山下乡时，曾在湘西山村当了三年民办老师，1977年恢复高考时考上大学，读的也是师范专业，原本以为当一辈子教师是确定无疑的了，然而毕业后却被分配到宣传部当新闻干事，后来因工作调动又在湖南电视台担任编辑记者，看来此生似乎要与教书职业无缘了。但在2005年内退后我又被湖南大学返聘为教授，担负着影视编导、媒体创意、播音主持、影视表演等专业的教研工作。自从1984年当上了专业导演后我就很少动笔写作，满脑子尽是导演的职责，那就是以编剧的文学剧本为基础，以蒙太奇思维进行艺术构思，将无声无息的文字，尤其要将抽象化的意念予以直观、立体地呈现，从而完成视听形象的塑造。然而如今由于原创剧本稀缺，我又得回到从前，开始动笔写作了。命运就是这么神奇——人生开始，往往总是和结束联系在一起的。

　　《王城诀》这部广播电视连续剧的创作，历经坎坷的七年时间，先后得到了中央许多老领导的支持和帮助，他们是：中宣部文艺局原局长李准、中宣部新闻出版局局长张凡、中央党史文献研究室主任张兆宪、中国电影家协会原党组书记康健民、中影集团董事长杨步亭等。他们的支持和帮助使本剧作得已公开出版发行，以飨读者。

2014年由儿子王淇生创作的长篇历史小说《老司城儿女英雄传》，在《团结报》社长刘世树、《老司城》杂志总编辑仲彦的关心下先后在报刊上连载发表，引发了有关专家学者的热议。那时正值湘西申报联合国世界遗产，湘西州委宣传部便组织我们开始改编、创作电视连续剧，州委、州政府、州人大、州政协主要领导给予了大力支持。由于当年土司彭翼南率领的湘西土兵非朝廷正规军，《明世宗实录》《嘉靖传》等史书只是寥寥几笔带过，这给我们的创作带来了极大挑战。早在明朝初期，为了防御东瀛日倭侵袭东南沿海，明太祖朱元璋就将钓鱼岛列入防区。嘉靖三十四年（1555年）与钓鱼岛海域相邻的江泾岛以及王江泾古镇连遭倭寇侵占。这里南临浙江嘉兴、北望日本平户，倭寇依托岛礁间诡异水道形成的"迷魂阵"般的天然屏障负隅顽抗，朝廷举兵进剿，无奈屡战屡败。湘西土司彭翼南、彭荩臣受朝廷之命，为了肃剿东南倭患，先后两次率领湘西土兵远赴千里之遥的杭州湾抗击敌寇。王者彭翼南以湘西人独特的巫傩思维和无惧无畏的精神，打败了倭寇不可战胜的神话，其故事曲折而又催人泪下。本剧以独特的视角描写了湘西人民的历史命运和历史贡献，讴歌了"盖东南第一战功"美誉的民族英雄彭翼南的雄才大略与人格魅力，展现了湘西各族人民纯朴、善良、倔强的性格特质以及面对邪恶势力、外来侵略者誓死抗争、永不言弃的宝贵传统，从而让人们真正感受到中华民族历史源远流长的深厚伟力和精神力量。

"中国梦"如同一缕春风吹拂了岁月的尘埃，《王城诀》是一部源于真实历史的抗击外寇的青春励志剧。翻开尘封多年的历史档案，千百年以来，湘西人民抗击外来侵略的史实，让世人震撼，昨天的历史，就是我们今天所要正视的现实……

《王城诀》讲述了在湘西崇山峻岭之中一群血性男儿，为了抵御外来的侵略者，他们抛头颅洒热血、为国捐躯的故事。在同一地点，不同的时代，湘西少数民族卫国抗敌的英雄传奇，激励和鼓舞着如今生活在和平年代的中国人民……

这是一段鲜为人知的真实故事，是一份有据可查的历史档案——自古英雄出少年、自古英雄出湖湘！

彭翼南与戚继光是同一时期的民族英雄，1555年"王江泾大捷"时，彭翼南为此次战役的主将，而戚继光只是登州卫指挥佥事，次年升任为参将，这与昭毅大将军彭翼南不可同日而语。只因后来"戚家军"发扬光大，且因其为朝廷正规军，戚继光抗倭的历史入选了教科书，为人们所熟知并广为流传，而彭翼南抗倭的历史却鲜为人知，这对于湘西人顶礼膜拜的民族英雄显然是不公正的。2015年7月4日，联合国第39届"世界文化遗产"评选大会上，彭翼南的故居、湘西土司王城荣列"世界文化遗产"名录，三湘四水的湖南省终于实现世界文化遗产"零的突破"！

湘西土司彭翼南的英雄事迹书写了"天地一股英雄气、一腔热血扭乾坤、一身正气鬼神惊、人间正道是沧桑"的慷慨悲歌。做人以德为本、治国以德为道——"修身、齐家、治国、平天下"必须要以正道、公道、仁道、侠道为本，唯有坚守正道、守正创新，中华民族才能屹立于世界之巅……

任何艺术作品都要实现"真实与感人"的终极目标。本剧所展现的历史事件与人物具有揭秘性：1555年"王江泾大捷"乃中国历史上第一次将日寇赶回老家；而今主人公故居——湘西土司王城荣列2015联合国"世界文化遗产"名录。既然历史事件、历史人物鲜为人知，且都是真实的而非虚构的，那么如何实现艺术上的感人尤为重要。为了实现历史"真实"与艺术"感人"的完美结合，本剧在表现形式上创造性地运用了"纪实记录"的手法。在人物故事的演绎上，采用了复式套层结构：将过去时空、现在时空以及心理时空这"三种时空"辅以"三组人物"的戏剧纠葛加以整合构建，使之既是一部古代的历史剧，同时也是一部正在发生、未知结局的魔幻现代剧。本剧又运用亦真亦幻、虚实结合的意识流手法营造没有发生而观众又期待发生的故事，适时地引发、唤起观众的联想、共鸣与感动。

没有历史，哪有现实？如果《聊斋》是借鬼说人，那本剧就是借历史来说现实。前事不忘、后事之师，以史鉴今。历史的昨天、现实的今天，无不预示着中华民族的未来。我们采取戏中戏、戏外戏"双线"结构并进的叙事方式，将古代与现代互相对应，从而使得戏内、戏外叙事层相辅相成、完美结合。尤其是在人物潜意识"心理时空"层面的情节，看似荒诞离奇，却是人物精神世界的真实写照。故事中贝尔·格里尔斯在湘西的探秘与历史传奇的演绎相辅相成，引领观众"跟着贝尔去冒险"，这种套层"复式叠加"的叙事手法，是一种创新。

"王江泾大捷"是明王朝自倭患以来的"东南第一战功"，这是中华民族引以为自豪的真实历史。王者彭翼南以湘西人独特的巫傩思维和无惧无畏的精神，打败了倭寇不可战胜的神话，将侵略者真正地赶回了岛国老家，一寸山河一寸血，最终他"客死异乡，魂归故里"。为了国家民族的尊严，湘西人民抛头颅、洒热血，以惊天地、泣鬼神的悲壮，写下了中华民族历史上抗击外族侵略的辉煌篇章，他们无惧无畏的精神感天动地。现实生活中即便匪气十足的湘西汉子也是最讲义气的，他们为了朋友可以两肋插刀。只要你认真留意身边的湘西朋友，或多或少都会发现，他们身上相应品格特质的存在。所以请珍惜身边的湘西朋友，善待他们，他们一定是你事业发展有价值的伙伴、优质人脉资源的可靠保证。有心常交湘西人，有心常做湘西人。

该剧在创作过程中还得到家乡领导和朋友们的鼎力支持，他们是：叶红专、龙晓华、彭武长、刘昌刚、廖良辉、周云、李平、张云中、刘小刚、向顶天、彭军、陈海波、张立新、曾维秀、樊未、胡丕忠以及湖南华夏投资集团董事长钟飞、永顺老司城遗址管理处主任孔凡卫、永顺县文旅集团董事长史刚、湘西自治州作家协会主席黄青松、副主席钟运军……在此一一表示感谢！

王　静　王淇生
2019年6月12日